1958 年发表出第一篇文章时的刘心武

1977 年写《班主任》时的刘心武

1981 年的刘心武

1983 年，巴黎罗丹《思想者》雕像前

1988 年在钟楼前思绪缱绻

1993 年

2004 年在田野中写生

2006 年

2006 年在美国哥伦比亚大学

2011 年 7 月在宁夏讲《〈红楼梦〉真相》

2014 年

刘心武自选集 ^{小说卷}

刘心武◎著

天 地 出 版 社 | TIANDI PRESS

图书在版编目（CIP）数据

刘心武自选集·小说卷 / 刘心武著 —成都：天地出版社, 2017.6
（路标石丛书）
ISBN 978-7-5455-2572-4

Ⅰ．①刘… Ⅱ．①刘… Ⅲ．①中国文学—当代文学
—作品综合集②小说集—中国—当代 Ⅳ．① I217.2

中国版本图书馆 CIP 数据核字（2017）第 037107号

刘心武自选集·小说卷

出品人	杨 政
著 者	刘心武
责任编辑	罗月婷
封面设计	今亮后声
电脑制作	九章文化
责任印制	葛红梅

出版发行	天地出版社
	（成都市槐树街 2 号 邮政编码：610014）
网 址	http://www.tiandiph.com
	http://www. 天地出版社 .com
电子邮箱	tiandicbs@vip.163.com
经 销	新华文轩出版传媒股份有限公司

印 刷	北京中科印刷有限公司
版 次	2017 年 6 月第 1 版
印 次	2017 年 6 月第 1 次印刷
成品尺寸	160mm×238mm 1/16
印 张	40
字 数	655千
定 价	58.00 元
书 号	ISBN 978-7-5455-2572-4

序言

王蒙

　　新华文轩集团在做一套当代作家的自选集，第一批将出版陈忠实、史铁生、张炜、韩少功、王蒙的自选作品，目前签约的则还有熊召政、王安忆、赵玫、方方、池莉、苏童等同行文友，今后还将考虑出版港澳台及海外华语作家的自选作品。好事，盛事！

　　现在的文学创作并没有太大的声势，人们的注意力正在被更实惠、更便捷、更快餐、更市场、更消费也更不需要智商的东西所吸引。老龄化也不利于文学作品的阅读与推广，因为老人们坚信他们二十岁前读过的作品才是最好的，坚信他们在无书可读的时期碰到的书才是最好的，就与相信他们第一次委身的情人才是最美丽的一样。新媒体则常常以趣味与海量抹平受众大脑的皱折，培养人云亦云的自以为聪明的白痴，他们的特点是对一切文学经典吐槽，他们喜欢接受的是低俗擦边段子。

　　孟子早就指出来了，"耳目之官不思，而蔽于物。物交物，则引之而已矣。心之官则思，思则得之，不思则不得也。"他强调的是心（现在说应该是"脑"）的思维与辨析能力，而认为仅仅靠视听感官，会丧失人的主体性，丧失精神的获得。因为一切的精神辨析与收获，离不开人的思考。

　　当然，耳目也会激发驱动思维，但是思维离不开语言的符号，而文学是语言的艺术，是思维的艺术，是头脑与心灵而不仅仅是感觉的艺术。文艺文艺，不论视听艺术能赢得多多少百倍更多的受众，文学仍然是地基又是高峰，是根本又是渊薮。文学的重要性是永远不会过时与淡化的。

　　当代文学云云，还有一个问题，"时文"难获定论，时文受"时"的影响太大。学问家做学问的时候也是希罕古、外、远、历史文物加绝门暗器，不喜欢顺手可触、汗牛充栋的时文。

　　但读者毕竟读得最多最动心动情最受影响的是时文。时文而晒一晒，静一静、冷一冷、筛一筛，莫佳于出版自选集。此次编选，除王蒙一人而外都是文革后"新时期"涌现的作家，基本上是知青作家。知青作家也都有了三十年上下的创作历程与近千万字的创作成果。几十年后反观，上千万字中挑选，已经甩掉了不少暂时的泡沫，已经经受了飞速变化与不无纷纭的潮汐的考验，能选出未被淘汰的东西来，是对出版更是对读者的一个贡献。以第一批作者为例，陈忠实的作品扎根家乡土地，直面历史现实，古朴淳厚，力透纸背。史铁生身体的不幸造就了他的悲天悯人，深邃追问，碧落黄泉，振撼通透，沉潜静谧。张炜对于长篇小说的投入与追求，难与伦比，乡土风俗，哲思掂量，人性解剖，一以贯之，未曾稍懈。韩少功更是富有思辨能力的好手，亦叙亦思，有描绘有分解，他的精神空间与文学空间纵横古今天地，耐得咀嚼，值得回味。我的自选也忝列各位老弟之间，偷闲学学少年，云淡风清，傍花随柳，作犹未衰老状，其乐何如？

我从六十余年前提笔开写时就陶醉于普希金的诗：

> 我为自己建立了一座非人工的纪念碑，
> ……所以永远能和人民亲近，
> 我曾用诗歌，唤起人们善良的感情，
> 在残酷的时代歌颂过自由，
> 为倒下去的人们，祈求宽恕同情。
> ……不畏惧侮辱，也不希求桂冠，
> 赞美和诽谤，都心平静气地容忍。

看到文友们的自选集的时候，我想起了普希金的诗篇《纪念碑》。每一个虔诚的写者，都是怀着神圣的庄严，拿起自己的笔的。都是寄希望于为时代为人民修建一尊尊值得回望的纪念碑来的。当然，还不敢妄称这批自选集就已经是普希金式的纪念碑，那么，叫路标石就好。几十年光阴荏苒，总算有那么几块石头戳在那里，记录着时光和里程，记忆着希冀和奋斗，还有无限的对于生活、对于文学的爱惜与珍重。它们延长了记忆，扩展了心胸，深沉了关切与祝福，也提供给所有的朋友与非朋友，唤起各自的人生百味。

代序 我的写作历程

刘心武

我的长篇小说《飘窗》2014年5月出版以后，颇受读者欢迎。总有人问我：你这些年不是在研究《红楼梦》吗？怎么又写起长篇小说来了？其实我研究《红楼梦》的目的，恰是为了向母语经典学习，在生活素材积累得比较丰厚时，来写长篇小说。写长篇小说，进入技术层面的时候，我觉得讲故事、设置悬念还是很重要的。我在《百家讲坛》讲《红楼梦》尝到些甜头。《百家讲坛》的栏目组曾把红学会的专家几乎全都请来讲《红楼梦》，播出并且制作光盘，根据央视索福瑞的统计，收视率不高，有的几乎为零，不是他们没有学问，讲得也很认真，但是那种讲法只适合大学课堂或学术会议，不能引起电视节目受众的兴趣。我是很偶然的机会走进《百家讲坛》的，考虑到要面对也许是不耐烦的、没有知识准备前提的观众，因此我必须首先激起他们的兴趣，我在设计的时候就注意设置悬念，开头十三讲就是揭秘秦可卿，收视率很快就上去了。我的相关书籍也是这样的特点，让读者就像读丹·布朗的推理小说一样，生出兴趣。一般民众，特别是年轻人，原来可能读不下《红楼梦》，我的讲红只是一家之言，目的并不是要求听众都来认同我的观点，但我可以激发出他们对《红楼梦》的兴趣。因此，在推广《红楼梦》，促使一般民众特别是年轻人去找《红楼梦》来读，这方面我确实是做了有益的工作。

讲《红楼梦》时采取激活受众兴趣的叙述策略，现在自己写小说，更应该发挥这个长处。在《飘窗》里，我有意识地设置悬念，大悬念套入小悬念。每个出场人物都有他的故事，每个故事都有枝杈。过去我写的小说情节性也强，不是单纯的文本技巧展示，不是拼接、变形什么的，我是现实主义的文本，这种文本在20世纪80年代后逐渐衰退，受马尔克斯等外国作家作品影响，很多小说创作是从想象出发。这种写法也好，很奇诡，使20世纪50年代的一批作家取得巨大成功。但这种文本不提供人物画廊，只是以文本的颠覆、以意念的想象完成创作。后来是后现代主义，靠拼贴，时空迅速转换。这种文本我也欣赏，读了也拍案叫绝：亏他想得出来！

但我写小说还是写实主义的路数。写实主义有两个特点，一是用最笨的办法——过去叫深入生活；二是要提供丰富的人物画廊，要接触人，要有素材，要有人物库和生活细节库、语言素材库，不能完全靠想象，这是一度被人嘲笑的写法。我从那个时代过来，一直钟情这种写法。现在有些作家的全部素材来自阅读，更多来自想象中。

我是20世纪40年代出生的作家，我尝试写作的时候，拉美魔幻文学还没产生，我受写实主义影响比较深。中国古典四大名著里也有魔幻的成分，总体上基本还是写实的。我青年时代对引进的作品也是欣喜若狂，外国文学读了很多，巴尔扎克、狄更斯、托尔斯泰、契诃夫等写实主义的作品对我影响很大。我的阅读史和写作史跟50年代出生的作家都不一样。他们是纯洁的写作史，从改革开放后才开始写作。

我1958年发表出第一篇文章，在"文化大革命"前我陆续发表过约七十篇小文章。"文化大革命"刚结束时，被打倒老作家还没解放出来，划成右派的作家还没平反，知青作家还在为返城而努力，那时我是出版社的编辑，能够写作，就写出了《班主任》。其实"文化大革命"后期我就开始发表作品并且出版了《睁大你的眼睛》那样单本的书。

《飘窗》是写实的作品。书中人物的名字像《红楼梦》一样，也有很多隐喻。为人物取名我掌握两个原则，一是生活化，非常真实，尽量不重样；二是多少有些寓意。比如薛去疾坎坷一生，老想把这些"疾"去掉。我的人物库分几类，一类是深入接触的，像卖水果的顺顺，我去过原型他们租的房子，也吃过他们做的蒸包，这是比较深入的交往，了解他们的生命前史和现在的生存困境；一类是观察，小说中的报告文学作家、台商、回国经商的华人，也都是有原型的，所有这些原型不可能直接挪用到小说中来，会有变化；一类是比较难以真正深入的，像麻爷，写的时候想象的成分多一些。小说横扫了社会众生相，包括退休工程师、歌厅小姐、保镖、票贩子、论文枪手、黑社会成员、极"左"分子、海归创业青年……有评论说这是一部特别接地气的作品，包罗社会万象。这部作品篇幅不大，但是动用了我二十来年的生活积累。

我的写作，扎扎实实接触人，接触生活，过去的写实主义作家都是这么做。20世纪80年代初我是北京文联的作家，那时的专业作家队伍充满名家，老前辈有萧军、骆宾基、端木蕻良、雷加、阮章竞、管桦等，新中国成立后成名的一批作家有杨沫、浩然等。这些资深作家都主张深入生活。他们对我有一定的影响和感染。骆宾基就说，即使是写一个山区收购站，那人物都得有原型，提及的山区药材都要有根有据。当然从生活到艺术有升华，不能对号入座。有人说《青春之歌》里的余永泽就是张中行，这是调侃的说法。

但是现实主义流派后来遇到了困境，一是干预生活、干预现实，这就变得敏感；二是改革开放以后，年轻人的写作就像有"疯狗"（即现代派）追着，不现代派就被视为落伍。当然作家"疯跑"也"跑"出了很好的文本，也有的被世界公认。近三十年过去了，我认为现实主义写法到了该"激活"的时候。

我认为现实主义回归恰逢其时。讲完《红楼梦》之后，有很多年轻的读者追着读我的作品。我的助手从网上把看到的帖吧里的帖子，以及涉及我的微博，下载给我看，从评论的语气可以看出，有相当多的80后、90后读者："耶，刘心武原来是老头耶，还写小说耶！"他们就查到我有"三楼系列"（《钟鼓楼》《四牌楼》《栖凤楼》），读完评价说写得好看，尤其《钟鼓楼》。

我觉得《飘窗》是激活写实主义的一次尝试。我不是故步自封。写《钟鼓楼》时已经和杨沫他们那样的线性叙述不一样了，是橘瓣式的结构，在文本上，我有一些自己的巧思，开始注重悬念。《飘窗》是强悬念的文本，有新的元素，语言上追求海明威式的简洁。我不搞语言瀑布，不造文字摩天楼，有时完全用对话推进情节，也不回避性的因素，这在以往的现实主义一度是禁忌。我有突破意图。不是无形中一不小心的突破，而是构造文本时主观的突破。

《飘窗》写得非常愉快，没有任何写不下去的苦恼。我的心智健全，只是年龄大了，有体力活的感觉。过去一天写一万字，现在一天几百字，有疲劳感。这也是控制文本字数的一个原因。

这部小说，我觉得某种深刻性在于，解构了庙堂和江湖二元对立的思维。江湖也不是我们想象得那么纯洁美好。看完之后读者会想，薛去疾这个"疾"究竟去没去？作品中最让人绝望的，是薛去疾对麻爷的一跪。这一跪，使庞奇的崇拜彻底粉碎，动摇了信仰或信念……有记者问我：这里的绝望，是不是也是您的绝望？庞奇最后要杀死薛去疾，是否别有寓意？作为叙述者，我要提醒读者，不能从大概念理解人物——每个角色都是独特的"这一个"。庞奇本来是和文化隔阂的，薛去疾对他有启蒙影响，而且是西方古典的人文思想的影响。但是小说最后，庞奇要杀薛去疾，这是启蒙的困境，更是启蒙的悲剧。我的作品不是否定这些，而是体现这些。

另外有一个始终在所有人背后的角色，就是资本。资本无处不在。薛去疾为什么下跪？所有的生命被罗织在资本之下了。这是全球问题。我们怎么办？中国的反腐，美国的占领华尔街，欧盟的困境，以及许多地方经济的衰落……这些现象背后都有资本运作。薛去疾跪的不是麻爷，而是笼罩全球的困境。麻爷只是资本的工具。

《飘窗》整个文本，采取《红楼梦》的写法，所谓地域、邦国、朝代、纪年皆失落无考，小说中一概没有具体的年代，但能感觉到是当代故事。叙述者本身有意不凸显年代标记。二是几乎没有真实的地名出现，就是大都会。

我是写小说的人，不搞政治。无非是小说叙述文本大胆——也不是胆大胆小的问题，我就是观察者、叙述者，是讲故事的人。所谓"大胆"，是驾驭的时候没有犹豫，只是中性叙述。我对夏家骏有些调侃，何司令是好人还是坏人，我在叙述上没有任何否定，没有讥讽。我是中性叙述，没有引导读者。我希望大家读了以后体味一些东西，体味多少算多少。可以有不同的解读。我要表现的，是每个人都有困境，我在写各种不同的生命的生存困境；以探索人性的文本，写人性的复杂和脆弱，这是很具有悲剧性的。我以为这才是文学的功能。有一种观念认为，所有人都应该投入政治，作家应该是公知，这种期望我能理解，但是不能勉强。

《飘窗》之前，我最后一个写实的长篇小说是《栖凤楼》，近二十年了。我从1959年写小小说，发表在《北京晚报》"五色土"副刊，现在也还经常写一些小小说，在《新民晚报》"夜光杯"发表，有的还被收入课本。2012年天津地区的高考语文题是我的小小说《掐辫子》，占了二十分，我试着做了一下，得不到满分。现在考学生很大程度上是考察思维方式是否敏锐。

写小小说是一种享受。我很珍爱这种享受，每年写几篇，都取自真实的素材。有人觉得，写这些成不了文豪。有亲友很真诚地劝我，到晚年了，再多出几个大部头多好。

写作是一种享受，我的人生目标不定位于文豪。我是一个边缘化的人，中心意识非常淡薄。我给自己的定位非常准确，我现在就是一个退休金领取者。我没有什么焦虑，没有创作任务。这么多年不写也没关系。我目前也不是专业作家，写作变得纯粹，成为生命的乐趣，使我能获得有尊严的生活。我从小喜欢写作，一路写来，有过坎坷，但坚持下来了，我为自己高兴。

我经常会回过头来看自己的作品，像看自己孩子似的，很亲切，不是为了修订或挑毛病。当然，我在《钟鼓楼》里发现过错字，再版时改掉。

《钟鼓楼》是我的第一部长篇。1980年中国作协召开长篇小说座谈会，茅盾说，我们新的中短篇都有了，文化要发展，要尝试长篇创作。他问："刘心武来了吗？"我站起来，茅盾对我微笑着点点头。他鼓励我写长篇，对我来说是很大的激励。后来他宣布拿出全部稿费设立基金。我想，我一定要争取得到茅盾文学奖。

我是从北京出版社出来的，《钟鼓楼》完成后，自然要给北京出版社的《十月》先发，这是不消说的。一个副主编说，因为刊物提前组稿，排满了，只能1984年最后一期发上半部，1985年第一期发下半部。这样就错过了评茅盾文学奖的时间。我找了《当代》杂志的章仲锷，他答应撤掉当期的小说，马上安排在1984年内全部刊出。结果第二年评第二届奖，我就评上了。

茅盾对《班主任》特别肯定，亲自给我颁奖，《钟鼓楼》获茅奖后，是在北京国际俱乐部举行的颁奖仪式，茅盾那时已经去世。获得茅盾文学奖是很大的荣耀，名利双收。更重要的是，茅盾和我四目相对给过我激励。

第二届茅盾文学奖，第一名是李准的《黄河东流去》，第二名是张洁的《沉重的翅膀》，第三名是《钟鼓楼》。李准全票，张洁少一票，我少两票。结果颁奖的时候，李准病了，张洁有个人的事情，只有我一个人出席。这是一场别开生面的茅奖颁奖仪式。

那年因为北京市有两个作家获茅奖，颁奖的时候，当时北京市分管文教的副市长陈昊苏上台讲话，他手里拿着一份《文摘报》，上面刚摘了我的《公共汽车咏叹调》，他很兴奋地说个没完，并且念起了《公共汽车咏叹调》。

《钟鼓楼》是在什么情况下写出来的呢？20世纪80年代初，北京市文联要作家报深入生活的计划。我报了去隆福寺商场体验生活。有人批评，说老作家还去农村深入生活，为什么刘心武不去？王蒙当时是北京文联作协副主席，王蒙说农村需要有人写，城市生活也要有人去写。后来我写出了《钟鼓楼》，素材大都来自那儿的采访。我的兴奋点在市民生活这块。我没有在农村长期生活过，农村题材跟我的生命体验难以衔接。这部作品为北京风情作了记录，传达了来自底层的温暖，表达了人性善美的一面。

我非常后悔，由于非常羞涩，没有去拜访茅公。茅盾是一个严格的写实主义作家。他甚至认为非写实主义是不对的。茅盾倡导革命现实主义，他有一本书《夜读偶记》，梳理文学史的脉络，认为是写实和非写实的斗争。

上《百家讲坛》、出《刘心武揭秘〈红楼梦〉》的书，带来很多争议。尤其是续写《红楼梦》。揭秘《红楼梦》就引起浪头了，但喜欢的很多。续书说好的不多，彻底否定的不少。我很坦然，我做了一件我喜欢的事，销售也很成功。梅耶荷德（苏联的一位戏剧家）的定律就是，所有人说你好是彻底失败，所有人说你坏那你可能还有些自己的特点，如果有的人非常喜欢，而另一些人恨不得把你撕成两半，那就是真正的成功，我的解读《红楼梦》就符合这个定律。

我还从事建筑评论的写作。王明贤主持中国十大地标的评选，邀我作评委，我接受了。我出版过《我眼中的建筑和环境》（建筑工业出版社）、《材质之美》（建材工业出版社），我的评论能从城市规划、设计风格一直谈到建筑材料的问题。当年我曾和高中同学马国馨一块画水彩，他后来顺利考上清华大学建筑系，成为吴良镛的学生，现在是中国工程院院士。

我的写作开始得很早。十六岁时，我在雪片般的退稿信中，终于发现一张用稿通知单。这一年，我的一篇文章在《读书》杂志刊登了，题目是《谈〈第四十一〉》。很快接到编辑部来信，大意是大文刊出，表示感谢。他们以为我是老学究，没想到是一个高中生。但是我的写作走过弯路，直到写出并发表《班主任》，才算摸上正道。

总有人问我：《班主任》还有生命力吗？我认为，作品生命力是指有一代代读者来读。我的作品发表，一开始是同年代人读，有的现在还源源不断印下去。《班主任》是我的成名作。《剑桥中国史》从先秦一直写到"文化大革命"结束，写到改革开放，关于我的内容有一页半，其中包括《班主任》《我爱每一片绿叶》。也有一些中国人或外国人写史，对《班主任》不以为然，放在次要位置，或忽略不计，我无所谓。

《班主任》的深刻在于，"文化大革命"切断了和四种文化的联系：中国古典文化、中国现代文学、中国当代文学，外国文学。"四人帮"搞文化专制的罪恶就在于此。《班主任》力图重新把这四种文化接续了下去，让年轻一代有健全的文化生活。茅盾喜欢我不是偶然的，他看出了《班主任》在那样一个历史阶段的特殊意义。很多人认为伤痕文学就是哭哭啼啼，其实《班主任》

里没有眼泪，获取了最大公约数。

《飘窗》也试图"打七寸"，引发读者对当下世界无处不在的资本力量，以及资本与人性互动的思考，但不够厚重。我是有能力厚重的，但没有刻意去厚重。

《班主任》得到了那时主流批评家的一致肯定，但是我的第一个中篇《如意》却并不"如意"。后来我从《我爱每一片绿叶》《如意》《立体交叉桥》转移了文学的落点。《班主任》的诉求我还在坚持，但那种写法需要改进。我那以后就确认文学是写人性的，要展示人的生存困境，弘扬人道主义。没有任何事情可以使我停笔。我所舍弃的都是可有可无的，一些名分、待遇与我无关，关键是不可剥夺我写作发表的权力。

我不存在没的可写的问题。我只是觉得，力气没那么大了，写不动了，有这种惶恐。我的心态好，基本达到与世无争。我继续"种四棵树"，即坚持小说、散文随笔、建筑评论、《红楼梦》研究的写作。我的长篇小说大体都是常销书，揭秘《红楼梦》的系列作品则成为畅销书。我被市场认可，这是多大的乐子！我去复旦大学讲课，二三百人的厅坐满了，还有人挤在门边站着听。我有这自信：我的生命价值，不用头衔什么的来证明。这也是我长期埋头创作积累出的效果。

目 录

附　录

长篇小说

钟鼓楼

谨将此作呈献：在流逝的时间中，已经和即将产生历史感的人们。

并非开头

（从一百年前，到一九八二年十二月十二日）

0. 这一段完全可以跳过去不读。不过读读也无妨。

大约一百多年前。清朝光绪皇帝载湉登基不久。是一个月黑夜。在北京北城，离钟楼、鼓楼不远的一所贝子府中，忽然有一声凄厉的惨叫。贝子虽是逊于亲王、郡王、贝勒的第四等贵族，但那府第也颇为轩昂华丽。

值夜的仆人和巡更的更夫听见了那声转瞬即逝的惨叫，慌忙行动起来，点燃了许多摇曳着红舌的蜡烛，动用了若干盏羊角提灯，立即在全府中进行了紧急巡查。回廊曲折、花木蓊翳的后花园自然是巡查的重点。

天上没有半点星光，阵阵小风掠过，厅堂檐角的"铁马"发出杂沓的音响。被惊动的主持家务的姨娘和府内总管，在议事厅里听取了各路仆人的搜寻报告：各处门户皆无异常，整个邸宅没有发现任何侵入的人和物。

于是，那声短暂的惨叫被怀疑为掠过府邸上空的"夜猫子"的嚎声，那当然属于"不祥之兆"，需得加倍小心——姨娘当场吩咐，天一亮便到隆福寺和白云观请僧、道来府禳解。

一切似乎又归于正常。多燃的灯烛相继熄灭，多余的人等相继散去，值夜的照常坐屋值夜，巡更的照常绕着府墙打更。天上密布的紫云裂开一道缝隙，一束蛋青色的月光泻向地面。贝子府渐渐现出了它的轮廓。北城的所所房屋渐渐显出了它们的轮廓。高耸在北城正北端的钟楼和鼓楼，也渐渐显出了它们那雄伟的轮廓。

鼓楼——又称谯楼——上,传来交更的阵阵鼓声,打破了这夜空的寂寥。一群流萤从鼓楼的墙体下飞过。

这似乎是一个普普通通的夜晚。同它的前一夜一样,并且同它的后一夜也将大同小异。

天光渐渐放亮。

随着天色由晶黄转为银蓝,沉睡了一夜的城市苏醒过来。鼓楼前的大街上店铺林立,各种招幌以独特的样式和泼辣的色彩,在微风中摆动着;骡拉的轿车交错而过,包着铁皮的车轱辘在石板地上轧出刺耳的声响;卖茶汤、豆腐脑、烤白薯的挑贩早已出动自不必说,就是修理匠们,也开始沿着街巷吆喝:"箍桶来!""收拾锡拉家伙!"……卖花的妇女走入胡同,娇声娇气地叫卖:"芍药花——拣样挑!"故意在鼻子上涂上白粉的"小什不闲"乞丐,打着小钹,伶牙俐齿地挨门乞讨……而最古怪的是卖鼠夹鼠药的小贩,一般是两人前后同行,手里举着一面方形白纸旗,上头画着老鼠窃食图,前头一位用沙哑的声音吆喝:"耗子夹子——夹耗子!"后头一位用粗嘎的声音相呼应:"耗子药!花钱不多,一治一窝!"……

钟鼓楼西南不远,是有名的什刹海。所谓"海",其实就是浅水湖,一半种着荷花,一半辟为稻田。据说因为沿"海"有许多寺庙庵堂,所以得"什刹海"之名。"什刹海"又分前海和后海,二"海"之间,有一石砌小桥,因形得名,人称银锭桥。银锭桥畔,有一小户人家,专卖豆汁。

豆汁并非豆浆。将绿豆用水浸发后,磨成原汁,使之发酵,分解出可供制作粉丝的淀粉后,再滤出"黑粉子"和"麻豆腐",最后所剩的一种味道酸涩的浊液,便是豆汁——未学会饮用者,特别是南方迁入北京的居民,往往仅啜一口便不禁作呕,然而老北京们却视它为最价廉物美的热饮,许多人简直是嗜之入迷。百年后的今天,北京仍有不少人酷爱此物,甚至有那漂洋过海侨居国外多年的北京人,虽然早已遍尝世上各种美味佳肴,但一旦回到北京,提出的首批愿望之一,便是:"真想马上喝到一碗热豆汁!"

话说当年银锭桥畔那家小铺,所卖豆汁极有口碑。经营者为一对年过半百的老实夫妇,他们的豆汁发得好、漂得净、质量醇正,而且经营有方,为顾客们想得极为周到。有那家道已然没落的旗人老太太,为了节省几个铜板,到了店铺并不买那热好的熟豆汁,而是买下生豆汁,用陶钵装回家再热熟了吃。店主夫妇对她们也一视同仁,笑脸相迎,毫不怠慢。北京人喝热豆汁时,讲究吃这么几种东西：咸菜、焦圈、烧饼。这家店铺的咸菜颜色正、模样俊、味道香，咸菜丝有辣的、不辣的、宽条的、窄条的几种，而且还供应用苤蓝切成的骰子块，浇上辣椒油，夏天更用冰镇，随要随取，真是粗菜细做了。那焦圈炸得不温不火，金红脆薄，夹在层次分明、芝麻粒盖面的芝麻酱烧饼中，就着喝那热豆汁，对嗜好者来说，真有销魂夺魄之感。

但就是这对卖豆汁的夫妇，前几日却惨遭不幸。

他们有一独生女儿，年方二八。父母钟爱此女，既不让她"当垆"，更不令她制作，宠为掌上明珠，满足她的一切要求。这女儿长得十分美丽——自然是按当时的审美标准衡量。她有着一张鹅蛋脸，双眼细而长，鼻梁平塌而鼻头圆白，一张地道的樱桃小口，上唇的轮廓线呈明显的 M 形，下巴偏右侧有一颗不大不小的黑痣。

时值丁香盛开的初夏，母亲带着女儿，从丰台姥姥家归来，临近什刹海时，已是夕阳落山之际。满湖新张开的绿荷，在晚风中瑟瑟抖动，岸柳如丝，拂在姑娘的身上，同她腰系的汗巾，以及汗巾上的槟榔香袋相纠缠，姑娘不由得站在湖边，娇喘微微，同母亲暂歇一时；好在再拐两个弯儿，便到银锭桥了。

不料事情坏就坏在她们娘儿俩那一歇。

她们所歇的地方，南边是一片栽满绿荷的湖水，北边隔着一条车道，是一家有名的饭馆——会贤楼。那饭馆是两层楼的格局，楼檐下挂着一溜黑地金字的长牌子，牌子下垂着红布条儿，大有古人所谓"青旗在望"的意思。楼上楼下都是 12 间，全部是磨砖对缝的墙体，楼上还有宽大的绿油栏杆画廊，雅座中的贵客，可以凭栏眺望，对景品酌。

偏偏那天有一佻侁男子在二楼上凭栏狂饮。他透过绿柳垂丝，一眼望到了那位卖豆汁夫妇的女儿。

那佻侁男子，便是开头我们提到的那个贝子府的主人，即贝子本人。此人好穿青洋绉衣服，随身总带着一把铁股大折扇，打开来扇面超过半圆，上面画着一只狂浪的黑蝴蝶，凌驾在一片血珠般的花丛上。他两手十指上起码戴着五枚戒指，其中两只是有倒须钩的铁戒指——由此可知其人秉性如何。

当那卖豆汁夫妇的女儿在湖边心情怡悦地歇息时，她万没想到大祸即将临头。

当天她穿着一件藕丝单衫，立在晚风中，衬着碧波绿荷，恰似一朵素雅的出水芙蓉。

偏她频频伸出纤指，理着被晚风吹乱的鬓发，更显得袅娜多姿，楚楚动人。那贝子从楼上望去，顿时酥掉了半边身子……

当那姑娘同母亲回到家中，夫妻父女还来不及叙谈时，贝子已在一群侍从簇拥下，闯入了他们家中。贝子自恃亮出自己的身份后，别说提出要纳那姑娘为妾，就是强要她进府当个"通房"大丫头，卖豆汁的夫妇怕也不得不屈从。

谁知当姑娘和母亲惊恐万分地回避后，那父亲却丝毫不为所动，只是严正地说："我们高攀不上。我们夫妇二人，只有这么一个女儿，我们只要能招进个白衣女婿，把这豆汁铺维持下去，就心满意足了。"

贝子和他的豪奴们悻悻然而去。

惨剧便发生在第二日凌晨。可怜的姑娘！同她的父母虽然彻夜未眠，心存忧惧，但总还以为尚有侥幸摆脱贝子纠缠的可能；天光透进窗牖后，那姑娘对着一面当年价格极昂的玻璃镜子——是她家的贵重物品之一——正细细地进行晨妆，忽然贝子府的一群豪奴破门而入，二话不说，架起她就往外拖。姑娘失声哭喊起来，拼死挣扎着，父母亲闻声慌忙从滤豆汁的灶房中跑了过来，本能地扑上去抢救——可怜那父亲被豪奴一铁尺击中头部，顿时晕倒在地，母亲跌倒在门槛之内，大声呼救时，女儿已被豪奴们架入了马车；邻居们闻声围到了门外，开始还不乏挺身质询、援救之人，但为首的豪奴又腰那么一嚷，人们便都敢怒而不敢言了。那豪奴嚷的是："奉贝子爷钧命，来此搜捕逃妾！谁敢多管闲事，上前试试长着几个脑袋！"

那日午正时分，钟楼悠悠然地撞着钟，什刹海银锭桥一带，人们仍像往日一样地照常活动着。走过来了用一对小铜碗（名曰"冰盏儿"）相击、卖酸梅汤和炒红果的小贩，又走过来了手持梭子（名曰"唤头"）、发出嗡嗡响声的剃头匠，还过来了一位卖"仙鹤灯"的……不远的街巷中——也许是烟袋斜街，或许是鸦儿胡同中，传来了墩鼓、号筒、唢呐、韵锣、海笛等乐器和鸣的声音，一定是哪家娶新媳妇的花轿已经过来了……

然而那卖豆汁的夫妇却处在极度的痛苦之中。父亲养伤卧在床上，虽有富于同情心的邻居前来帮忙照顾，但他一时怕难痊愈，昏迷中不时吐出絮絮的呓语……

母亲已处于半癫狂状态，她跌坐在银锭桥头，一边拼出全部力气号啕大哭，一边时断时续地发出最严厉的诅咒……

据目击者说，就在钟楼鸣钟中止不久，忽然出现了一位骑马的少年，他身穿一袭华美的长袍，头上戴一顶前面嵌着美玉的便帽，手里拿着一根镶着翡翠的马鞭，看去似乎是个书生，可是眉宇间却洋溢着一股雄武的英气；他在卖豆汁的那位母亲面前下了马，和蔼地问她为何在此恸哭。周围的人们帮着那位近乎癫狂的母亲，把事情的经过告诉了他。

那美少年听完，不禁双眉倒竖，切齿有声。人们听见他说："老妈妈，不要哭了。你等着听好消息吧！"待人们回过神来时，只听见一阵远去的马蹄声，只留下一股异常的香气。人们几疑刚才所见的纯系幻觉中的人物。

但几天以后，便发生了开头所写的那件事——在一个月黑夜里，贝子府中忽然发出了一声短暂的惨叫。

当晚贝子府的人们没有查出个所以然来。第二天天光大白以后，人们才发现贝子从昏死中苏醒了过来，凄厉地呻吟着——原来他的双目不知被谁剜去了，脸上是两个骇人的血洞。据说在床帐上还发现了一张纸条，上头写着十六个字："抉汝眸子，汝其猛省。刀光霍霍，已盘汝顶。"

到这天上午，贝子府中发生的事情便传遍了钟鼓楼、什刹海一带。邻居们自然争先恐后地去报告了那卖豆汁的夫妇。

是谁剜去了那恶贝子的双目，卖豆汁的夫妇和左近的邻居们都心中有数。

但据贝子府里所传，直到府里的人听见贝子的呻吟声，开门进去以前，他那居室的门窗都关合得极为严密，毫无被撬开过的痕迹，整个府第的所有门窗，也都如此……

岁月悠悠。钟鼓楼依然雄踞着。

银锭桥畔那卖豆汁的夫妇，不知后来同女儿团聚没有？他们那爿小小的豆汁铺，百年之后，不知尚有余痕可辨否？

那座贝子府，据说如今成了一所中学。当师生们处在笑语喧哗的校园中时，有谁还会想到，曾经有过那么一个月黑夜，在那阴森森的府邸中，曾出过那么一桩怪事：有一位放荡无忌的贝子，在门窗密合的情况下，被人剜去了双目，发出过一声凄厉可怖的惨叫……

这事自然成了一桩茶余饭后的谈资，虽经百年，如今到钟鼓楼、什刹海一带去查访，还能听到老北京们的娓娓传述，当然，各自加以不同的作料，安排不同的结局，因而构成不同的"版本"。

然而，在钟鼓楼边生息不已的人们之中，像这传说中那种纯善与极恶的人只是极少数；呈现于钟鼓楼下的大量生活场景，也并非都是"月黑杀人夜"或"风高放火天"。因此，我现在呈献给读者的这部小说，竟并不循着这离奇的传说朝下发展，而将钟鼓楼下那平凡琐屑却蕴涵更丰富的一面，向读者加以展现，想来不会使亲爱的读者们见怪吧？

往下读，读者们就会发现，这本书的内容，离你非常之近。

远的东西，常使我们感到神秘。近的东西，常让我们觉得平淡。但关键是能否有所发现。无论远近、高低、大小、上下，倘能有所发现，都能给我们带来收获，带来快乐。让我们试一试吧！

请记住，在北京城中轴线的最北端，屹立着古老的钟鼓楼。

鼓楼在前，红墙灰瓦。

钟楼在后，灰墙青瓦。

鼓楼胖，钟楼瘦。

尽管它们现在已经不再鸣响晨钟暮鼓了，但当它们映入有心人的眼中时，依旧巍然地意味着悠悠流逝的时间。

时间流到了 1982 年 12 月 12 日那一天……

在钟鼓楼附近的一条胡同中，有个四合院；四合院中有个薛大娘——请看、请看……

第一卷

卯（晨 5 时—7 时）

1. 钟鼓楼下，有一家人要办喜事。最操心的是谁？

薛大娘洗漱完，用发散着香胰子气味的手，郑重其事地撕下了月份牌上的日历，于是，那个让她又盼又怕、又喜又忧的日子，便在新的一页红日历上，赫然宣布了出来：

1982		农历壬戌年
12 月大	**12**	十 月 大
星 期 日		廿 八

冬至：公历 12 月 22 日
农历十一月初八

对于薛大娘来说，一日二十四小时的记时法，新的一日从午夜零点开始的概念，虽说经过这些年子女们谈话的熏陶，也算懂得，但从心理习惯上来说，她还是把天光透进院落，算作一日的起始。

今天，薛大娘的小儿子薛纪跃办喜事。

薛大娘在那页被朦胧的天光照亮的日历面前，愣了好几秒钟。同北京许许多多同龄的老市民一样，薛大娘现在绝不是一个真正迷信的人，她知道迷信归根结底都是瞎掰，遇上听人讲述哪里有个老太太信神信鬼闹出乱子，她还会真诚地拍着大腿笑着说几句嘲讽的话；但她又同许许多多同龄的老市民一样，内心还揣着个求吉利的想法。现在北京并没有人摆摊算卦，办喜事也没有什么人再那么讲究生辰八字，偶尔听说外地农村里竟然还有因为算生辰八字酿成儿女悲剧的事，薛大娘一类的人也会跟着叹息。但在选择什么日子办喜事这样的问题上，北京城时下却确凿存在着一定的讲究。是谁倡导的？谁传播的？你缕不清。不仅像薛大娘这样的老市民，就是薛纪跃这样的新市民，也都颇为重视这个讲究。什么讲究呢？就是得选个阴历、阳历月、日都是双数的日子。这当然是一种最原始不过的迷信心理：怕逢上单数会生出不吉利的丧偶的后果。世界上的事情就是这样，你可以比较轻易地涤荡繁缛的迷信习俗，却很难消除存在于人们内心中的原始迷信心理。薛大娘在副食店卖过二十多年的菜，头年才退休回家，她的文化水平恰到能够流畅地阅读日历的程度。在那张红色的日历面前，她把那些偶数读了几遍，心中漾出一种安适感。只是日历下面的小注略让她不快，不仅有个"十一"的数字瞧去刺眼，所预告的"冬至"这个节气似乎也不那么喜幸。不过，这几丝不快，很快也便被日历上所笼罩的红色驱散了。

薛大娘离开日历，看了看仍在床上酣睡的薛纪跃，本想过去把他唤醒，临到挪动脚步又生出了怜惜之情。让他再多睡一会儿吧，今儿个指不定得把他累成个什么样儿呢！

薛大娘走出屋子。院子里很静，没有人影。按过去以十二地支划分一昼夜的计算法，那正当卯时 ①。薛家住着这个四合院里院的两间西房。虽说他们早已接出去了一间厨房，但今天要办喜事，厨房支派不开，所以昨天便搭好

———————————

① 十二地支为：子、丑、寅、卯、辰、巳、午、未、申、酉、戌、亥。子时相当于半夜二十三点至一点，余类推。

一个用汽车苫布构成的棚子，好让今天来帮忙的大师傅有用武之地。

薛大娘原以为老伴在苫布棚里，及至走进去一看，并没老伴的身影，便知道他是到什刹海后海边遛弯儿、打八卦拳去了。难道今天这个日子也不能停它一次？

薛大娘不禁有点埋怨。薛大娘在苫棚里检查着备好的各种原料和半成品——洗净切好的白菜、油菜和胡萝卜，裹上鸡蛋面粉炸过一道的小黄花鱼，发了一夜的木耳、黄花和笋干……请到的大师傅据说曾在"同和居"掌过红案，他今天弄出来的"四四到底"（16个菜），肯定谁也挑不出碴儿来！

薛大娘心神不定。帮忙的大师傅没到还情有可原——现在天刚冒亮儿，人家兴许住得挺远，总得过一阵儿；可大儿媳妇昭英怎么还不露面？半年前大儿子薛纪徽和儿媳妇孟昭英还跟薛大娘他们住一块儿。那时候，两间屋子，薛大娘老两口和小儿子薛纪跃住一间，薛纪徽和孟昭英带着女儿小莲蓬住另一间。薛纪徽是开130卡车的司机，孟昭英是同一单位的出纳，他们打结婚那天起就跟单位要房子，总算在今年春上要到了一间——住那间的技术员搬入了新居民区的单元楼，这间便倒给了他们。他们搬了出去，这才腾出了给弟弟薛纪跃成家的居室。北京城里就是这个形势，一个萝卜一个坑。薛纪徽两口子搬得并不算远，就在恭俭胡同那边住，离这儿不过两站来地。说好让他们一早就来帮忙的，可你瞧，天光眼见着越来越亮了，却还不见影儿。薛大娘心里只怨着孟昭英，这是她的一种心理习惯。

两口子带着孙女来了，儿子叫没叫爹妈她不计较，媳妇要是忘了叫，或者叫迟慢了、声音听去不顺不甜了，薛大娘便会老大的不痛快；一般来说她倒并不发作，但面对着媳妇时，她却肯定不会现出哪怕是一丝笑纹。此刻她走出苫棚，朝院门迈步，心里直嘀咕：这个昭英，小叔子办喜事，在你心里头就那么没分量吗？还等着你去女家迎亲呢，你就不能早点儿来效力？

薛大娘走出里外院之间的垂花门，迎面遇上了荀磊。荀磊是个俊俏的小伙子，今年22岁，比薛纪跃小3岁。他家住在一进门右首小偏院中，父亲荀兴旺原是东郊一家大工厂的老工人，头年退休后办了个个体户执照，在后门桥那里摆摊给人修鞋。说起来真是鸡窝里飞出了金凤凰，这荀磊完全不像他父母那样五大三粗黑皮糙肉，竟长得细皮白肉苗条秀气。长相好倒还不算什么，他上小学起就肯好好念书，中学毕业后居然出乎全院人的意料，被外事部门直接招去，送到国外培训，今年夏天回来后，被分配在某重要部门当翻译，据说，将来还有机会出国工作呢！

这时候荀磊手里提着两个剪贴得十分精美的黄底子的大红字，满脸笑容地迎住薛大娘说："大娘，您过过目，要合适，我这就贴去！"

薛大娘喜出望外。她因为心里头堆满了事儿，倒把这个节目忽略掉了。院门口昨晚上就由薛师傅贴上了一对红字，不过刚贴上，就被才下班回来的荀磊偏着头评论说："这字剪得不匀称，衬底也不好看。今天晚上我帮你们另做一对，明天早上先给你们看看，要觉着好，我就帮你们换上。"这不，他倒真做出了一对。

薛大娘仔细地瞧了瞧荀磊高举起的字，确实是好，笔道匀实、黄红辉映不说，光那边框里的喜鹊闹梅图案，就难为他怎么剪得出来！

"哟，好！真好！够多喜幸！"薛大娘拊着掌赞道，"小磊子，你可真是个人精！"

"那我就弄糨糊给贴去啦！"荀磊高高兴兴地扭身回屋取糨糊去了。

薛大娘走出了院门，心情大畅。

这院子在北京北城的一条胡同里。此刻站在院门口，可以看见钟楼和鼓楼的剪影，从浅绿色的丝绸般的天光中，清晰地显现出来。那钟楼薨脊西端的兽头，1976 年地震时震落了，只剩下东端的兽头，还在天光中翘着上弯的铁须；那鼓楼木构楼殿的支柱，有一根明显地显露出来，给本来过分凝重的剪影，增添了一点轻盈灵动的韵味。

薛大娘抬头仰望着这溶入她的生活、她的灵魂的钟鼓楼。钟鼓楼仿佛也在默默地俯视着她住的那条古老的胡同、陈旧的院落和她本人。在差不多半分钟里，历史和命运就那么无言地、似乎是无动于衷地对望着。

但薛大娘很快便把眼光移向了胡同进口处。为什么昭英还不来？

2. 地安门大街上，来了一位给婚事帮厨的人。他为什么不要茶壶？

地安门的十字路口，显得过分宽阔。那是因为当年有座庞大的地安门，50 年代初将它拆除了，修成十字路口，所以成了这样。不知道为什么，30 年来，人们始终没有在那宽阔的街心，开辟一个转盘式的大花坛。人们净忙着干别的了。现在也还是这样。天还没有大亮，这里已经热闹起来。当然不是那种公园或商场式的热闹，而是一种缺乏色彩的、严肃的热闹——人们急匆匆地赶着去上班。公共汽车、电车里挤得满满当当。车站上既有循规蹈矩排队候车的人，也有无视公德、几乎站到快车道上、打算车到便往上跳的小伙子们。

而构成总体气氛的关键，还是那些骑自行车的人。多数骑自行车的人只是被动地随着车流前进，但总有少数屁股不怎么沾车座的小伙子，蛇形地快速穿过每一个能利用的车隙，惊心动魄地飞驰向前。

这天总算比平日景况稍松缓一点。因为是星期日，机关干部和学生们退出了清晨的这股人潮。不过需要通过这个十字路口去做工、售货、办事的人还是不少。

北面高踞的鼓楼和南面屹立的景山，仿佛都在薄明中凝望着这里，它们也许在沉思：为什么这里的生活既有惊人的变迁，也有似乎是单调的重复？

路喜纯在自行车的车流中，不慌不忙地均匀蹬车，边想心事边随车流向前。

这是个 26 岁的小伙子，从他的年龄来说，他或许要算胖子，但其实他的脸蛋、胳膊、胸脯都还是紧绷绷而富有弹性的，只不过比一般的同龄人鼓胀而缺乏棱角罢了。他在崇文门外花市附近的一家小饭馆工作。那小饭馆可以说是北京市最基层最不起眼、甚而会被某些自命高雅的人视为最低级最不屑一顾的社会细胞。但"麻雀虽小，五脏俱全"，其实整个北京城的阴晴风雨、喜怒悲乐，都能从那小小的饭馆中找到清晰而深刻的回响。

路喜纯已然父母双亡。常有人问及他的父母，他总是极简单地回答。倘若有人多问几句，他便仿佛不高兴起来。他那故去的双亲，似乎有着某种神秘的色彩。

其实说起来也很平常。路喜纯的父亲生前是个蹬平板三轮车的运输工人，母亲一直是个家庭妇女。他父母收入虽然不多，对他这个独生子却保证着绝不低于一般富裕家庭的供应，因此，上小学时，那位戴眼镜的班主任老师常以他为例，来教育全班同学："新旧社会两重天。要是在旧社会，路喜纯还不得穿着破衣烂衫，到垃圾堆拾煤核儿去吗？……"这位老师还曾到他家里去，动员他父亲到班上去忆苦思甜。那天路喜纯父亲正就着一头大蒜喝酒——他每天下了班回来总得喝上三两白干。出乎老师、也出乎路喜纯意料，父亲不但予以拒绝，还紫涨着脸，瞪着发红的眼睛，说出了这样蛮不讲理的话："甭拿咱们开心！甭跟我来这套！"母亲赶紧来打圆场，说他那是发酒疯，"甭搭理他！"老师扫兴地走了，从此讲话不再以路喜纯为例。路喜纯为这事深深地感到困惑。不久，父亲便脑溢血去世了。

父亲去世后，母亲挑起了生活的重担。原来，母亲做挑花活不过是补助家用，这以后她每月几乎要多领两倍的活计，每天都要做到晚上十点来钟。通过她的努力，路喜纯的生活水平一点没有下降。但在路喜纯的记忆之中，他母亲绝不是文艺作品中惯常描写的那种手持慈母线的贤良形象。她都快50岁了，每天起码还要照十多次镜子。她又很爱给自己拔痧，经常在额头上、太阳穴旁，用食指和中指的指缝，使劲揪出排列整齐的紫红印子来。他们难得吃肉，但母亲顿顿饭后总要坐到屋门口去，用炕笤帚苗剔牙。有时候母亲还要同邻居吵架，尽管这种时候不多，而且往往母亲确实占了几分理，但母亲吵架时那种豁出去的劲头，以及夹带着的那些极难听的脏话，事后总要让路喜纯偷偷地害上几天臊。母亲是1972年冬天查出来有肝癌的，1973年春天便去世了。

路喜纯家住着院里一间南屋。父母双亡后，邻居们原以为这间屋子很快便会变成无处下脚的鸡窝，甚至会成为胡同里小流氓们的聚会之所。谁想料理完母亲的丧事，仅仅16岁的路喜纯却在三天之内，使那间房子焕然一新。他先到街道上开了证明，去信托商店卖掉了家里的一套瓷瓶、瓷帽筒和一个硬木炕桌，取得了一笔对他来说相当丰厚的现款。然后，他便重新粉刷了屋墙，用草根刷子刷净了每一件家具，重新把屋子布置起来。他在窗明几净的屋子里，沉着地等待有关部门给他安排工作。当他手头只剩五块多钱时，给了他通知，让他去那家小饭馆。

按某些人从旁推论，路喜纯是北京市民中的所谓"胡同串子"①，最易堕落而难以教化，然而除了偶然有颇令人迷惑不解的行为外，他竟不但没有堕落，反而生活得非常正派。在他生活道路上给过他强烈影响、给予他这样去生活的启示人，一共有两个。一个是他中学时的老师嵇志满，一个是他们那个小饭馆的何师傅。

嵇老师并非什么知名的优秀教师，何师傅在饮食行业中也并非突出的先进人物，但他们灵魂中那些健康的、向上的东西，偏偏集中地流注到了路喜纯的灵魂之中。

先是为了尽可能不去上山下乡，后是因为安排就业困难，路喜纯所在的那个小饭馆里的年轻人，竟然大多是从后门安排进去的。这也许会让那些对小饭馆的前门也不屑一顾的人们哑然失笑吧。从某种意义上来说，我们这座

①　住在胡同中的没有教养的青少年。

北京城里的市民尽管共享着同一个空间和同一份时间，但人们所生活的层次毕竟有所不同。路喜纯所在的这一层也许并非最底层，但即使在最底层里，也会有许许多多同上面那些层次相通的东西。因为是饮食基层店经理安排来的，因此便在同事们面前趾高气扬，这同因为是某个“大人物”的侄子而进了市府机关，便令某些人格外尊敬三分，又有什么不同呢？路喜纯到了饭馆便想学掌勺炒菜，谁知那个差使至今轮不到他——因为那是红案，比起做主食的白案似乎要高出一档。在饭馆这个天地里，路喜纯的来路和背景都还不足以使他获得那个位置，于是乎一个总噘着嘴的比他“来路硬”的小伙子便占据了那个岗位——偏偏那小伙子满心满意想找个机会调到高一个层次的行业中去，他还不乐意学那个红案呢；但饭馆的小头头却宁愿要他学红案而不要路喜纯学。

路喜纯为自己这样的遭遇和身边这样的现实深深地痛苦过。他那痛苦的价值，比一位大学毕业生学非所用的痛苦的价值低吗？比一位有才华的作家的呕心沥血之作被退稿的痛苦低吗？比一位高级干部的正确的改革计划遭到保守者抵制的痛苦低吗？不见得吧。特别是当那个小伙子并不虚心听取老师傅指教，漫不经心地把菜炒得黑糊糊焦烘烘，因而引来顾客的抗议时，路喜纯便格外痛苦，有时他会禁不住把馒头机泻下的馒头，捡起来捏得湿面滋出每一条指缝，然后再重重地把那团面甩回到机器里去……

前几天路喜纯还去学校找过嵇老师，向他倾诉过内心的痛苦。嵇老师是教数学的。路喜纯在那所中学上学时，还是“四人帮”得势的时期。从那时的数学课上学不到多少知识，但从课下的谈话中，路喜纯却从嵇老师那里获得了不少实实在在的真理。嵇老师总是给他讲历史，特别是近代史。嵇老师所讲的，往往都是历史课上听不到的。他记住了嵇老师一句几乎是口头禅的话：“你要有历史的眼光！”

嵇老师一直住在学校一角的一间小屋中。不知为什么他总没有结婚。但路喜纯每次去，却几乎又总会在嵇老师那凌乱的宿舍中发现一位女客，有的显得很年轻，长得未必漂亮，打扮得可真时髦；有的徐娘半老，穿着朴素，却风韵犹存。这回去又遇上了一位，不老不少，圆脸庞，鼓眼睛，说话嗓门挺大。瞧那做派，简直跟嵇老师熟得不能再熟，路喜纯跟嵇老师说话的时候，她就坐在嵇老师床上，抽着一根烟，极随便地翻阅着嵇老师的一本集邮册，还不时发出像男人那样粗嘎的笑声。

路喜纯倾诉了他的苦闷。嵇老师照例没有什么特殊的表情，他用捏在手里的一个圆形塑料立体梳，慢慢梳理着日渐稀疏的头发，待路喜纯说完了，便从桌上取过一本书来，递给路喜纯，简单地说："你看看这个。"

那是一册纸已发黄的《文史资料选编》，路喜纯翻开，溜了一下目录，有什么溥佳的《清宫回忆》、溥杰的《回忆醇亲王府的生活》以及《清宫太监回忆录》之类。看这些东西，能解决什么问题呢？

"你看看这个。"嵇老师慢腾腾地对路喜纯说，"你要有历史的眼光。世界上的事，没有一刀切的时候，没有一切都合理都美满的时候，问题是你怎么看发展趋势，怎么跟残留的旧东西抗争……你以为1911年的辛亥革命以后，成了民国，到处就都是民国景象了么？旧事物的惯性是很强的。直到1924年，也就是末代皇帝溥仪被轰出紫禁城前后，北京的钟楼还在鸣钟报时呢！这还不算什么，你知道吗？钟鼓楼'定更'以后，街上还要出来'手打梆子腰摇铃'的人；'腰摇铃'就是腰上系个铃铛，他们是巡夜的；谁领着他们巡夜？还是由清朝九门提督衙门的巡街老爷们领着，前头打着名叫'气死风'的灯笼，一路顺街那么走下去……那时候，'五四'运动已经过去5年，中国共产党也已经成立3年，震撼世界的'二七'大罢工也已经发生过，但北京的街头，居然还有这种景象……这本书还能告诉你更多的这种事，你看看吧。"

他拿回去看了。他惊讶地发现，溥佳的所谓《清宫回忆》，写的是1919年以后的事，也就是说，那许多丑恶的封建景象，在民国以后居然长时间"依然故我"；而溥杰关于醇亲王府的回忆，更告诉他直到很晚，那王府内部依旧保持着森严的等级制度；至于几位老太监的回忆，更令他目瞪口呆，其中一位的父亲为了让儿子能进宫而使家庭状况有所改变，竟亲手为儿子血淋淋地"净身"，然后将儿子卖给了专为宫里提供太监的内务府官员。这事实本身已令人发指，发生的时代呢？已是民国以后！读完了这些文史资料，掩卷深思，路喜纯的心理状态渐趋平衡——他何必对眼前的某些阴暗的东西那么痛不欲生呢？时代的步伐既然迈进得这么快，它所来不及清扫的旧时代积垢必然显得更加触目惊心，问题确实在于你要有历史的眼光，冷静、沉着地去对待这些东西。因此，自己所在的小饭馆里有那么一个小头头，仍旧有着一双为旧时代所污染的势利眼，这又有什么稀奇呢？

这位势利眼不让路喜纯上红案，当红案的何师傅却偏偏把路喜纯收为了私人徒弟，把他带到家里去，不但教他做一般的席面菜，还教给了他几样

"绝活"。

何师傅原是"同和居"的掌勺师傅，为让儿子顶替，他提前两年退休了，退休后为了补差，这才到了离他家不远的这个小饭馆。其实还有好几家仅次于"同和居"的大饭馆争着请他去当教席，甚至答应给他很高的"补助"，他却一一谢绝了。他说："也该让进小饭馆的人吃到点好菜。"就是四毛八分钱的烧豆腐，他也精心地制作，使那小饭馆几个月后便颇有点口碑，不过，那口碑的前半句是夸赞，后半句却是"质量不稳定"五个字。不稳定的因素之一便是那好噘嘴的小伙子。路喜纯多么想替他来为饭馆挣个"质量稳定"的声誉啊，但至今还不能如愿……

路喜纯常往何师傅家跑，翻着菜谱请教细节时，何师傅一般只是咬着烟嘴，皱眉摇头，难得迸出一两句指点的话来；可一旦路喜纯带去了原料，在他家小厨房里摆弄起来时，何师傅就把烟嘴搁到一边，眉飞色舞地一连串地支上嘴了……

当一盘芙蓉鸡片，或者一盘糟熘鱼片，色香味俱佳地呈现在白瓷盘中时，何师傅总让路喜纯给他同院的邻居端去，他说："咱们的玩意灵不灵，让人家尝了发话！"

邻居们惊喜之余总要报之以答礼，或是一盘水果，或是一碟蜜饯。何师傅不让路喜纯谢绝，他主动接过来，拿出"二锅头"，坐下约路喜纯就着水果、蜜饯喝上一盅，边喝，边指出他今天制作过程中还有哪些失误。路喜纯发现，菜谱上所写的那些，常有含混乃至谬误之处，何师傅的言传身教，比任何精印的菜谱都要有价值……

"甭跟那起人置气^①，"何师傅常在喝一口酒后，用手背抹抹嘴唇，安慰路喜纯说，"有你掌勺的时候……"

何师傅真是喜欢他这个徒弟。不过，路喜纯有时候也确实让人感到奇怪——头些天他们饭馆不知从哪儿弄来了20个大瓷壶，除了留下几个在厨房里装酱油、醋以外，剩下的作为福利每人分上一个，别人都把壶收下了，唯独路喜纯不要。

何师傅跟他说："别嫌式样老，用它凉凉白开，比那玻璃凉水瓶还实用，你就拿回去吧！"他还是不要；问他为个什么，他又不说；别人硬把那壶塞到

---

① 赌气的意思。

他怀里，他不接，壶摔到地上碎成几瓣；大伙都说可惜，他却一声不吭地转身走开了。

除了这种偶然出现的令人费解的表现，路喜纯总体来说是一个心地纯正、力求上进的好青年。他渴望着何师傅所说的那样一个时候早日到来，他将不仅要掌勺，还要掌握整个饭馆，他要兴利除弊，让饭馆彻底改变面貌，使每一个进去的顾客都能一辈子忘不了它。

为此，他不放过每一次练功的机会。今天，他就是顶替何师傅，到钟鼓楼那边，去帮薛家操持婚宴的。听说这家人备的料相当齐全，打下手的人也不会短缺，他将施展出自己的浑身解数，让那家人及其亲友吃得眉开眼笑！

3. 一位正在苦恼的京剧女演员。人家却请她去迎亲。

愁人月色凄又冷，风吹铁马乱人心。

痴心的人儿你休怨嗔，比翼双飞入梦频。

愿效鸿飞心意定，你只要带定了那绿绮琴……

澹台智珠哼唱着《卓文君》中的二黄原板转散板，朝院门走来。喊完嗓又练了一套剑，现在她觉得声带松弛润适，浑身关节也都舒张和谐；但随着聚精会神喊嗓练功的阶段结束，她那心底里的一股忧郁，却又随着渐次混杂的朝市之声，丝丝缕缕地旋了上来。

这《卓文君》，排得出来吗？吴祖光先生编的《凤求凰》，已经由别的团排出来公演了，基本上是张派的唱法。按说这参考荀先生演出本改编的《卓文君》，将融合程派和欧阳予倩演出风格的特点，与他们的演出绝不会重复，可负责剧目的副团长的态度还是那么暧昧，同剧组的人也是七上八下，乐队的人也不那么积极。他们都怎么说来着？啊，对了，有说"这玩意排出来能叫座吗？"有说"编新不如述旧，只要有人买票，咱们就老演那几出，不是也一样过日子吗？"……

是呀，如今武戏、热闹戏最上座，《卓文君》这类文戏一般都相形见绌，何况按澹台智珠的意思，还要把韩世昌、白云生的昆腔艺术适当地糅合进去，创造出一种她所谓的"诗意气氛"，这样排出来究竟票房那儿会是个什么行情，也真难说！

不过，她可不甘心总是《豆汁记》，总是《玉堂春》，总是《武家坡》；就是前一阵新排出来反应相当不错的《木兰从军》，她也觉得可以先搁一搁；她渴望着在舞台上不断有新的创造，渴望着不但对老观众有新启发，而且还能吸引来一批年轻的新观众……难呀，难！其实她想做的不过是一个忠于艺术、忠于观众的演员尽自己义务的事，可在一些人的眼里，倒好像她是想把天上的月亮当月饼吃！这"一些人"不仅团里有，家里也有，爱人李铠竟也来阻拦。当然，他是出于另一番心思，可他那心思，让澹台智珠怎么克化得开啊！他现在起床了吗？因为昨晚的争吵，他还在折磨自己吗？……

快走拢院门，澹台智珠眼前猛地一亮，她瞥见了张贴在院门两旁的字，这才想起今天是薛师傅家二小子娶媳妇的好日子。她回想起昨晚所看见的字，和现在看见的不同；今天的黄底红框，框中还剪出精巧的喜鹊闹梅的图案；可见人家对今天这桩喜事的重视到了一种什么程度——连这样一个细节，也不断地再加以调整。倘若他们团里那些搞舞台美术的同志，也能有这种刻意求精的精神，那该多好哇！

澹台智珠进了院，到了家门。她家住在进大门往左首走的外院，屋门斜对着进里院的垂花门。她轻轻拉开屋门，走了进去，先把木剑挂在门边，然后对着墙上的大镜子，卸下裹住整个头部的鹅黄色拉毛加长围巾，把围巾顺手搭在椅背上，伸出双手整理着她那浓密油黑的头发。

她家住着三间南房。这当中的一间，是吃饭、会客兼她练功用的。东边一间她跟爱人李铠住，西边一间是公公婆婆带着儿子小竹和女儿小梅住。

她听见西边有咳嗽声，忙停止摆弄头发，掀开花布门帘，走了进去。婆婆早些日子带着还没上学的小梅到大姑家去了，还没回来。西屋里现在只有公公和小竹。公公原是玉器行业的钻眼工，如今七十挂零了，自然早已退休。他同一般的老人不一样，睡得迟，起得也不早。他有一定的文化，嗜好是戴着老花镜，一字一句地读章回小说，不管是古人还是今人写的，只要是章回体的，他都爱读。

最近他在读金寄水写的一本《司棋》，那薄薄的一本书，他已读了十来天，却还只读了不到一半。虽说读得慢，他记得却很真。

澹台智珠进去时，公公已经穿妥衣服，小竹却还在床上拥被傻睡。

澹台智珠大声问公公："您着凉了吗？"

公公又咳嗽了两声，摆摆手说："不碍事。家里存的有枇杷露，一会儿我倒出点喝，压一压准好。"

澹台智珠过去拍了拍小竹肩膀，催他起床，又扭过头对公公说："我这就给你们热粥去。"她心里想，再煎点鸡蛋裹馒头片，这顿早点总该能对付过去了。

公公显然是想说点什么，可又下不了决心。澹台智珠看出他的心思，便不好抬脚离去。

公公虚咳了两声，从枕边拿起那本《司棋》来，对澹台智珠说："你要排新戏，何不就拿这司棋的故事，排上一出呢？"

澹台智珠大声回答："爸，您当有个题目，就能开排吗？头一条，得有人写本子，本子弄妥了，还得创腔……哪一样是容易的？"她本来还打算列举更多的困难，可叹了一口气后，也就作罢。她意识到——公公想对她说的，绝对不是这关于新戏码的事。

公公到底还是忍不住了，他尽可能以最和蔼的语气问："昨儿个晚上……李铠他……又跟你闹别扭啦？"

澹台智珠觉得血涌到了脸上。虽说公公耳朵背，到底这三间屋通着，她昨晚上跟李铠闹气的事，怎么也难隐瞒过去。她偏过头望望坐在床上揉眼睛的小竹，强作笑颜，对公公轻描淡写地说："唉，我们年轻夫妻，吵几句也是平常的事。夫妻没有隔夜仇，您别操心！"

公公却郑重其事地宣布："我得叫过李铠来训训！你们也都不算年轻了，总这么窝里头闹，算是怎么回事？我们老人听着难受事小，对孩子能有什么好影响？就是邻居们听见，也怪没脸的……唉，放着好日子不好好过，李铠你犯的什么浑啊！"

虽说公公把责备最后都坐实到李铠身上，澹台智珠听了心里却有如针刺。是啊，为什么她和李铠掰到了这步田地？

"爸，您别为我们操心。"澹台智珠垂下眼帘，忍住就要涌出的泪花，转身往外走，一边说，"我这就热粥去。"

往常做饭基本上全由婆婆操持，婆婆不在，公公要接过这摊事去，被李铠阻止住了。李铠坚持要澹台智珠做，这也是他们夫妻间矛盾的一个方面。

澹台智珠本想往堂屋门外的厨房，可她走到堂屋门前，却忍不住转回身，移步到了她和李铠住的东屋门前，她在门前愣了几秒钟，才推门走了进去。

李铠睡在床上，头发乱蓬蓬的。他那颗头仿佛特别重，把枕头压得沉下一个大坑，枕头的四个角翘得老高，仿佛在为重压而叹息。他一只粗壮的胳膊撂在被子外面，黑黝黝的皮肤紧绷绷的，皮下的肌肉结实而富有弹性，在上臂中部，有两个很大的牛痘疤，仿佛是嵌在皮上的两片水萝卜。在他身上，散发出一股浓郁的烟草味道。

澹台智珠走过去，用自己那尚未叠起的被子，盖住了李铠的手臂。

望着沉睡的李铠，以及床头柜上那烟缸中满得冒尖的烟头，澹台智珠心里迷乱不堪。她忘记了去热粥，一屁股坐在了床边的软椅上。

他们为什么又闹了这么一场呢？为什么这一切仿佛是不可避免的呢？

……昨晚演出结束，她只不过比往常稍晚了十分钟走出剧场后门，结果，便不见来接她回家的李铠的身影。

那剧场是在一个胡同里面。昨天的戏散得本来就比较晚，加以又是冬天，观众们很快便烟消云散了，同剧组的同志们也转眼便各奔归程，可是当她走拢"老地方"，却头一回不见了李铠的身影，她呼叫、跺脚，急得干哭，竟仍然没有李铠出现，只好自己一个人朝胡同外小跑，一边跑一边使劲撸开大衣袖子看表——末班公共汽车已经过去，怎么办？难道一步步走回家去？

啊，有谁知道，几十分钟以前还在台上嬉笑欢舞的喜剧角色，现在竟是这般的凄苦孤单！

冷风钻进澹台智珠的围巾、领口、袖口，她浑身哆嗦，刹那间，她觉得平日她所看重的一切——事业、名气、荣誉、永恒的艺术价值……等等，等等，都没有丝毫的意义，她是这么的不幸，生活对于她来说，究竟还有什么乐趣、什么吸引力？

……猛然间，从岔胡同里窜出一个人影，是想拦路抢劫，还是想硬施无礼？

澹台智珠几乎就要呼救了，可她在惶急恐怖中定眼一看，那却分明是李铠。

"你……你为什么不等我？"澹台智珠真想凑上去打他两记耳光。

李铠却更其仇视地瞪着她，质问："你为什么卸完妆还不出来？"

澹台智珠解释说："我只不过跟他们说了说关于排《卓文君》的事儿……"

李铠粗暴地打断她，恶狠狠地、一泻无余地说："我就知道你是盯上那个小白脸了！什么东西！他那眼神我瞅着就不对头，到底你们两个还是勾上了……你怎么不跟到他家去？"

澹台智珠觉得这比挨了耳光还疼，她流着眼泪，嗓子眼里噎着一团火辣辣的恶气，愤激地辩驳说："你别撒疯！你那全是没凭没据的瞎猜！你知道他比咱们大出一辈去，他都快当爷爷了……要不是他能演司马相如，我连理都不愿意理他……他有狐臭，你知道吗？……你怎么糊涂成了这样？！"

……她决定不理他，自己走回家去。他还是推过来自行车，终于让她坐到了后座上。当他驮着她骑回家时，她不得不一如既往地搂住他宽厚的后背。可是这后背头一回让她觉得陌生、冰冷。她该怎么办、怎么办呢？

回到屋子里，他们两人都觉得头上的屋顶是沉重的，屋里的一切东西——特别是床头上那张他俩头挨头的 12 英寸彩色结婚照，全都显得格外令人不能忍受。

"……不能再这么下去了，咱们得坐下来、坐下来、坐下来……心平气和地好好谈谈了。"澹台智珠大衣也没脱，坐到沙发上，对李铠说。

李铠直到她说够三个"坐下来"，才坐到了床边。他一坐下便立即开始抽烟，一根接着一根……

当澹台智珠当年从戏校毕业的时候，她怎想得到今天会过这样一种生活呢？

她分到了一个不错的剧团。她用全副身心向老演员学戏。她在台上拼命地演，以至于一位评论家不得不在一篇评论文章中说："她的素质很好，感受力也强，但还缺乏修养。她不懂得，艺术贵在含蓄，她却总是演得太满，须知过火与发瘟同样令人不快……"正当她努力地提高自己的修养，向蕴藉含蓄的境界努力时，"文化大革命"开始了，她作为"封资修的黑苗子"被冲击，因为讲错了一句话，又被打成了"现行反革命"……她觉得一切都失去了意义，失去了希望，于是，有一天她趁着看守打盹，把看守拿来搁在躺椅下的小半瓶"敌敌畏"喝了下去……

她没能死成，她经历了昏迷、呆滞、麻木、消沉、痛苦、绝望……又渐渐回转为冷静、认命、无求、开通、企望……1977 年春天，她开始重新练功，人们惊异地看到，她那一度嘶哑得惊人的嗓音，竟恢复得比当年更显阔亮，她那似乎已然僵硬的腰身腿脚，竟复原得又可以像当年一样地满台扑跌；到了这一二年，连她自己也没想到，她的号召力竟大大超过了当年，即使在最不适时的日期最不方便的场子演出，也总能卖出七成以上的戏票，这在京剧观众锐减的形势下，应当说已经相当不错了；她的戏装照和便装照不时出现在报刊上，电台请她录音并讲话，电视台请她录像，唱片社为她灌制了唱片，戏迷们甚至跑到后台去请她签名，拉她合影……还是那位评论家，发表新的评论说："按说她的素质不算太好，感受力也未必最强，但她靠着厚积的修养，在一笑一颦之间，在一歌一吟之际，却丝丝入扣、动人心弦地展现出了角色的内心，使我们获得了一种形神兼备而无斧凿痕迹的美感……"

　　倘若她的遭际仅是这样简单地否极泰来，那生活的滋味便太寡淡了。她在 1973 年，也就是她自杀未死的 5 年之后，结婚成了家。当她从戏校毕业时，她曾暗暗地对自己说：你已经嫁给了舞台，你不能重婚！那绝非一句戏言，那意味着她把艺术看得比什么都重。但当她 1972 年以半残废的身心被"落实政策"到一家纽扣厂当包装工时，她在心里又暗暗对自己说：舞台把你甩了，你是永远回不去了，找个丈夫，结婚吧！人家给她介绍了李铠，一位憨厚强壮的车工。头一回见面，她就把自己的一切都跟他讲了，李铠的双眼明显地变得湿润起来。正是望着那双湿润的眼睛，她萌发了对李铠的爱情，她需要有人把她当妻子爱，她也需要爱一个具体的叫作丈夫的人。

　　……1976 年年底，又一次"落实政策"，她回到了剧团。1979 年春节她重登舞台，当她第一回迎着观众踏上红氍毹时，真是百感交集！记得那时候李铠的兴奋与欢欣绝不亚于她自己，包括公公婆婆，也都扬眉吐气，引以为荣。她总是演大轴戏，戏散得晚，李铠就总到剧场后门等着她，骑自行车把她驮回家去。开始，李铠不进后台，还仅仅是因为不好意思，后来……从什么时候开始的？澹台智珠恨自己竟没有及早察觉，李铠的不进后台，渐渐转化为一种既自卑又自傲的复杂心理……

　　也许，是从那回电台编辑来家里访问，开始转化的吧？

　　那位女编辑大声地问："您爱人是哪个行当上的？唱小生的吗？唱须生的？"

　　澹台智珠告诉她："他不是演员……"

　　那位女编辑仍旧大声地问："他是场面上的？司鼓？拉琴？"

　　澹台智珠便又告诉她："他不是我这行的。"

　　该女编辑竟还要大声地问："他在哪个文化部门工作？"

　　澹台智珠坦然地说："他不在文艺部门工作。他在工厂。"

　　死心眼的女编辑不知好奇心盛还是有一种猜测的癖好，竟又大声地连问："啊，在工厂工作？哪个工厂？工程师？技术员……"

　　结果是李铠从里屋走出来，板着脸对那位女编辑说："我是车工。二级工。干力气活的。"

　　……如果仅仅是一种自卑感，那倒也好办。问题是李铠渐渐受不了澹台智珠在台上同风流小生眉目传情、插科打诨，乃至于当场拜堂……特别是最近澹台智珠又接连换了两个配戏的小生，并且酝酿着要排《卓文君》，李铠非常清楚，卓文君所钟情于司马相如的，究竟是些什么……

昨晚他俩回到屋里的一场争吵，已经绝非头一回了，却是迄今为止最激烈的一回。其实这种争吵照例由三部曲构成。首先是双方气顶气地说一些仇恨的话，而且都归结到"干脆离婚"这样一个命题上；然后，便都极其不冷静地互相追究对方的错误，明明对方已经解释清楚了，也偏要硬找出"破绽"来加以推翻；当双方都被这种既无味又无望的争吵压得喘不过气来时，总有一个人，而且往往总是开头最蛮横最强硬的李铠，突然崩溃下来，要求和解……昨晚也是这样。当澹台智珠头脑已经发木，只是固执地质问李铠："你为什么这么恨我？为什么？"李铠却突然一下子扑到她面前，把她拉起来紧紧搂住，狂乱地用火烫的嘴唇亲着她的脸、眼睛、额头、鼻子和嘴，喘得像头熊似的呓语般地说："我爱你爱你爱你爱你爱你……如果你不爱我了，我就杀了你，然后自杀！……"澹台智珠挣扎着，拼命想推开他，不顾一切地回答说："我不爱你，不爱不爱不爱……你杀了我吧！"而李铠却突然又一下子"扑通"地跪在她身前，紧紧地抱住她的双腿，把脸埋到她大衣的下摆上，闷声闷气地哭泣着说："智珠……你原谅我，原谅我原谅我……你要我怎么着都行，可就是别离开我，别……"

这下澹台智珠完全清醒了。她赶忙把李铠扶起来，紧紧地搂住他那粗壮的身躯，安慰他说："你该有多傻！多傻！我爱你，这不是明摆着的事儿吗？我怎么会离开你？你为什么想到这种事？那是不可能的，绝不可能！……"

于是他们上床睡觉。李铠像一个戴着镣铐的罪人，他每一个动作都充溢着忏悔和痛苦……澹台智珠尽力让自己理智，她吞服了安眠药片，并且想到：明早要照常喊嗓子练功，也要满足李铠的自尊心：由她来为全家做饭，以证明她在这个家庭中毕竟只是一个普通的媳妇……

当澹台智珠清早从外面回来，见过公公，坐到仍在沉睡的李铠面前时，她痛苦地意识到：尽管他们又一次和好了，但那感情的创痕却永难完全平复……而造成李铠那种心态的外在因素，却依然存在，并且不可逃避……

澹台智珠忽然听到有一种呼唤她的声音，她站起来，定了定神，这才听出是里院的薛大娘在门外叫她。

她赶忙走了出去，在几秒钟里，把自己的神情体态调整成欢快活泼的模样。

"哟，薛大娘，快进屋坐！我这正想着给您道喜去哩！"她一出门便主动对薛大娘这么说。

"不啦。"薛大娘拉过她一只手，端详着她，无限爱慕、无限信赖地说，"智珠呀，我有个事要劳你的大驾啦！"

"什么事呀？薛大娘，您尽管说吧，凡是我能做得到的……"澹台智珠爽快地应答着。

薛大娘先唠叨了一番："你看我们家今天的事儿！一大早就不顺心。我们那昭英都这时候了还没影儿！好容易托人请了个"同和居"的大师傅，谁知又说有病来不了，临时支派了个愣小伙子来应付我们……纪跃他这才刚起，那西服裤子才上身，就给溅上了洗脸水，眨眼就要成家的人了，还那么毛手毛脚没个稳重劲儿……我急得这心都快蹿到嗓子眼儿了，可我们那老头子还不紧不慢地迈着方步，磨磨唧唧地说什么'甭急，车到山前必有路'，你瞧瞧！……"

澹台智珠不得要领，只好微笑着问："我能帮点什么忙呀？"

薛大娘一手握着澹台智珠的右手，一手拍着她那只手的手背，诚心诚意地说："智珠呀，你是个'全可人'①，上有老，下有小，你们夫妻和美，儿女双全，你又大难不死，越唱越红……今天我们昭英迎亲去，想请你也陪着辛苦一趟……"

没等薛大娘说完，澹台智珠便干脆利落地答应说："那有什么说的！什么时候去，您让昭英来招呼我，我是一定拾掇得干干净净，打扮得喜气洋洋，给您把新媳妇妥妥当当地接进新房！"

薛大娘满意地转身去了。澹台智珠这才猛然想起，昨天散戏以后，她约了乐队的几个同事来家吃午饭，昨晚上那么一闹，竟使她把这档子事忘记了。她可该怎么办啊？怎么跟睡醒觉的李铠宣布这件事，恳求他不要当着那些人暴露出他们的矛盾？家里肉也没有，菜也不够，可怎么着手准备？原本这工夫若赶紧去地安门菜市场采购还来得及，可又刚答应了薛大娘要去迎亲，说不定没多会儿人家就来叫自己出发，这可怎么是好？即便打发小竹去采购吧，那公公和李铠难道能备出一餐像样的客饭来？……唉，生活啊，你为什么充满了这么多的烦忧？自己的生活，又为什么常常被别人的生活插进来搞乱？

---

① "全可人"即全福人。"可"轻读为 ke。

澹台智珠呆立在大镜子前，一筹莫展。

4. 一位局长住在北房。他家没有自用厕所。

门洞里很黑。好几家都把用不着的家具堆放在门洞两边，连顶棚上也挂得有谁家坐破了可还舍不得扔的旧藤椅，这就让小院的这个"咽喉地带"大有"一夫当关，万夫莫开"的味道。

张秀藻端着盛炸油饼和豆沙包的小竹筐笸，在门洞里迎面遇上了荀磊。荀磊不知为什么一手拿着斜放着小刷子的糨糊碗，另一手提着两张大纸，他是要张贴什么呢？

瞬间，张秀藻只觉得自己喉头发涩，心脏的跳动明显地失去了均匀。已经有好几个月了，她严厉地命令自己，倘若"狭路相逢"，见到荀磊，只能是微微扬起下巴，淡然地点一下头，然后不动声色地擦身而过。但因为她家住在里院最后面的北房中，而荀磊却住在过了这门洞的右首偏院中，再加上她平日在清华大学水利系上学，只有星期天才回来（有时连星期天也不回来），所以，她实践这种自我命令的机会，这几个月里也仅仅三次而已——现在自然可以增添一次；但正当她扬起了下巴，就要以全副的矜持向荀磊微微点头时，荀磊却笑吟吟地、热情地对她说："你能帮帮我吗？"

显然，荀磊是要她帮着去张贴那样东西。荀磊的这一句问话，使张秀藻积蓄已久的自尊和高傲顿然动摇。在相视沉默的两秒钟里，她清楚地看出了荀磊眼睛里充满着纯洁、真挚而又善良、聪慧的光芒——这眼光对她来说真是勾魂摄魄，令她心醉神迷；在她所处的生活环境里，像荀磊这种年龄的小伙子们，确实还没有哪一个具有这样两扇使她觉得格外可亲可爱的"心灵窗户"。难道她可以面对着这样的两扇窗户，冷淡地说出拒绝的话吗？

张秀藻的嘴唇抖动着，几乎就要吐出"好吧"两个字了，荀磊却快活地笑着道歉说："啊，对不起！瞧我……你还拿着早点呢！快给家里送去吧，我一个人也能贴……"

张秀藻简直伤心极了。她手里为什么要捧着那么个小筐笸呢？荀磊刚才为什么没看见它，而现在才一瞥之中注意到呢！难道她不能把小筐笸暂时放到大门边的石座上吗？那石座子上原来有一对小狮子，在1966年的夏天，被胡同里的"红卫兵"极其艰苦地用凿子凿掉了……是的，她或许就应当那么做，去帮助荀磊一起贴他手里拿的东西……可是荀磊现在却歉然地对她笑着，放弃了他原来的请求，并且斜过了身子，绅士风度十足地给她让路……

张秀藻克制住自己，微微扬起下巴，以再明显不过的冷淡姿态，朝荀磊轻轻一点头，斜趄着身子穿过了门洞……

如果她的心里绷着一百条弦，那么现在每一条弦都在颤动着，而且并非和谐的颤动……她想立刻寻找一个角落，坐下来，用双手捧住腮，一个人静静地安抚自己的心弦，使它们重归于和谐……

但她不能实现自己的愿望。刚进垂花门，那薛师傅家为办婚事所搭的苫布棚，便触目惊心地扑进她的眼睛。固然这苫布棚昨天她一回家便见到了，刚才出院去买早点时也经过了它的旁边，但那些时候它还没有生命。此刻就不一样了，薛师傅正弯着腰在苫布棚外生一个煤球炉——显然，今天他们需要不止一个火——苫布棚里正传出紧张的剁肉的声音，并且飘出了一种混杂的令她气闷的气味……

也不知怎么，薛大娘就站到她面前，满脸客气地问："秀藻呀，你爸今天一大早又要出门哇？"

张秀藻没有心思对薛大娘笑，但她父母从小就给予了她那样的教养——在任何情况下都不能使主动来搭话的人扫兴，她便强颜欢笑地对薛大娘说："是呀，吃完这早点，估计送他去飞机场的汽车也就该到了。薛大娘，您家大喜呀！有什么要我帮忙的事，您尽管说！"

薛大娘把一大把高级杂拌糖撒到了张秀藻手里的小笸箩中，诚心诚意地说："你爸你妈都有公事，我们纪跃就不去打搅他们啦。这点糖，意思意思吧……"

张秀藻赶紧说："谢谢啦！哟，这糖挺高级呀，您给得太多啦！"

薛大娘抿嘴一笑，大声地说："唉，过几年你还我们的时候，不得更高级呀！咱们先说在头里——到时候你就给这么点儿，我们还不干呢！"

张秀藻实在笑不出来了。薛大娘当然是百分之一百的善意，但她受不了，受不了！荀磊的面容身姿在她眼前浮动着。她办事的时候？她跟谁去办事呢？

"瞧您说的！"张秀藻勉强地应付着。

薛大娘没有看出她的心思，笑着转身朝别处去了。张秀藻赶紧朝家里走去。

她需要回到自己的床边，坐下来，一个人待着……

但是她回到家里，仍然不能实现她的愿望。

张秀藻家住着这个四合院尽里边的三间大北房。房外有相当宽阔的廊子，一部分也就改造成了她家的厨房。她父亲张奇林今年 55 岁，新中国成立前上大学时参加了地下党，1948 年从北平到了解放区；1949 年随着解放军进了城，后来被安排到国务院一个部里工作，先当副科长、科长，"文化大革命"前升到副处长；"文化大革命"中部长被打成"叛徒"，他算部长的"黑爪牙"，也受到冲击，下放到干校养了 6 年猪；粉碎"四人帮"后回到原机关，被任命为处长，前不久又被提升为一个局的正局长。1977 年他们全家从干校回北京时，因为原来的宿舍早已被别人占了，住了很长时间的招待所，直到 1979 年，机关行政处才把他家安排到了这个院里。据行政处处长老傅说，他费了老大的劲，绕了好几个弯儿，才用属于他们机关的四间较小的平房，从房管部门手里倒换出了这么三间大北房。他们刚住进去时，也真满意。张秀藻的一个哥哥一个姐姐都在外地工作，在北京的就只是张奇林夫妇和张秀藻三个人，三间合起来有五十多平方米的细灰顶、花砖地大北房，他们住着当然宽松舒适。回想起在干校时，先是三人分别编在不同连队住集体宿舍，十八个人一间屋子，开始几个月睡的还是地铺；后来虽然准许全家合住了，也只是一间很小的简易平房，跟今天的情况比较起来，那真是一个地下，一个天上了。

但住了一阵以后，便感觉到这住房有个极大的缺陷——没有自家专用的厕所。要上厕所，还得出院子去上斜对过的公厕。行政处及时地给他们家安装了电话，引进了自来水管，也一直打算给他们修个专用厕所，但勘察了一番以后，发现从他们屋里到廊子中的任何位置，都很难顺利地安装出一条通向胡同外暗沟的排粪管道，这事便搁置起来了。于是乎从去年起，张秀藻的妈妈向老傅提出了换住新居民区单元房的要求。老傅手里也确实掌握着一些统建分下来的这种住房，加以今年张奇林升为正局长，老傅来看望时，更明确表示：下一批统建统分房下来，一定马上给他们换上两套两间的单元——当然，格局层次都必定是最好的。

对这件事，张奇林的态度是无可无不可。张秀藻的妈妈于咏芝却越来越急迫。她是个医生，院里人都管她叫于大夫。她近来常向张奇林提起搬家的事。头天晚上，张秀藻从西郊回来，吃完晚饭，一家人坐在沙发上看电视新闻，当荧光屏上出现了新住宅区的景象时，于大夫忍不住又提起这事说："老傅也不知道说话算不算数。"

张奇林笑笑说："他对我说话一向算数。不过，依我想，我们换个三间的单元也就可以了。"

于大夫不以为然："局级干部配备四间，这是规定嘛。"

张奇林仍然笑笑说："土规定。"

于大夫争辩了："这规定不算过分嘛。你们局除了你，有几个局级干部没住上四间？"

张奇林并非争论，而是发表感想说："平房好啊。我们这平房比楼房住着舒服。"

于大夫点出主题："可厕所呢？天天上公共厕所，多不卫生！"

张奇林仍旧微笑着："院里的老住户，一向就这么上厕所，我看他们都比咱们结实啊！"

于大夫有点急了："那么说，你不搬了是不是？我可住不下去了，没有厕所不说，洗澡也不方便啊！"

张奇林全身松弛地倚在沙发上，眼睛望着电视屏幕，还是不紧不慢地说："干校的公共厕所多简陋，我们不是照样过了 6 年了吗？至于洗澡……"

于大夫不等他说完，便欠起身子来，急躁地说："话怎么能这么说呢？那是迫不得已啊……我知道你想说什么，洗澡，可以到洗澡堂去洗。可你知道吗？现在洗澡堂晚上都权充旅店，净是些跑单帮的买卖人在那儿过夜，他们有的有虱子，虱子掉在卧榻上，谁顾得上杀灭？他们刚走，澡堂就开始接待洗澡的人了！我们女部情况还好一点，据说男部简直不像样子！"

张奇林一边听着一边微微点头，表示并不反对她的议论。但忽然笑容变得更明显了，他想起了头年夏天的一个小镜头：晚上他去厕所小便，还没走进去就听见哗哗的水响，进去一看，原来薛家老大光着身子，从厕所的水龙头那儿接出根皮管子来，在给自己冲澡……看到这情景他感触很多，觉得自己真该更努力地工作，来更快地改善北京广大市民的生活条件——虽然他的工作只能间接地起到这一作用；此刻他眼前晃动着薛家老大那结实的身躯，以及那湿淋淋的快活的面容，忍不住笑了，便对爱人说："上公共厕所、公共澡堂，弊病再多，总还有一个好处，就是可以接触群众、接触社会。关起单元门来自己什么都解决了，好处再多，也总还有一个弊病，容易脱离群众、脱离社会。"

于大夫摇头说："你以为你住进单元房，电话铃响的次数就会减少吗？敲门的就会减少吗？而且到那儿找你也许更方便，你瞧着吧，甭说茶叶，光开水我们也供应不上的！"

张奇林点头，同意她的估计，但解释说："我说的接触群众、接触社会，主要不是指接触本单位的群众，处理本单位的事情，而是说接触像咱们院里的这些邻居，接触咱们钟鼓楼这一带的社会。这虽然同我们的工作没有直接关系，可接触一下和完全不接触，到底不一样啊。它至少可以丰富我们的见闻，丰富我们的思想，促使我们不是从一点上，也不是从一条线、一个平面上观察、考虑问题，而是立体地去观察、考虑问题……"

于大夫把脊背靠回到了沙发背上，这次是她微微点头了。张秀藻在一旁听到这儿，才插话说："爸，那要是明天傅叔叔来电话，让咱们搬到单元楼去，咱们该怎么办呢？"

张奇林笑笑说："那就搬过去吧。"

张秀藻忍不住问："咦，那您刚才说的接触群众、接触社会的问题，可怎么解决呀？"

张奇林坦然地说："关键毕竟还不是住在哪儿。关键是自己本身要有这个要求。搬走了，一是可以回这儿来串门，二是可以在那里结识新的邻居、建立新的社会关系嘛！"

全家的认识渐趋统一，大家心情都舒畅起来，只是于大夫还忍不住对张奇林说："你说是这么说，到时候你忙个手脚朝天，哪还有回这儿来串门的工夫？只怕你在那儿也结识不了几个新邻居！"

电视机前的这场谈话，很能代表张秀藻他们家的家庭气氛。这种家庭气氛的控制器掌握在爸爸张奇林的手中。他总是那么冷静、理智，却又不让人感到过分僵硬和缺乏人情。即使在"文化大革命"受冲击最厉害的时候，他至少在外部形态上没有露出一点惊慌失措。张秀藻记得很清楚，那时候她才7岁，不懂得世界上发生了什么事，她和妈妈，还有哥哥、姐姐，有一天都被"勒令"到一个广场上去参加批斗会，先是揪出部长和一些副部长、局长、副局长来，然后就揪"黑爪牙"，里面就有她爸爸。她被那场面吓坏了，因为每个"黑帮"都被剃了光头、挂上了大黑牌，并被"喷气式"地撅着。像她爸爸那样的"黑爪牙"，当晚还是许可回家的。妈妈见他回来，光流眼泪，不敢多说话。哥哥姐姐被迫表示"划清界限"，搬到学校住去了。这天晚上楼里发生了大骚动，有个被揪的"黑爪牙"想不开，自杀了。第二天爸爸去部里以前，全楼已经都知道了这自杀的事。妈妈望着爸爸，惊怕担忧得以至于哆嗦起来。爸爸却冷静地对妈妈宣布说:"我不会。"只有那么三个字——张秀藻至今回忆起来,那神态语音还清清楚楚。接着,他问张秀藻:"你还有多少块糖?"张秀藻那时有个糖罐,她便打开盖子,数了数说:"26块。"爸爸弯下腰,摸着她的头说:"这糖,都留给爸爸吃吧。一天一块。"张秀藻把糖罐捧得高高地说:"干吗一块?爸爸你吃吧,一天多少块都行。吃完了,咱们再买呀!"妈妈听着只是擦眼泪,爸爸却冷静到极点地说:"咱们家以后没钱买糖了。这糖给我留着。我需要,你要藏好,我回来了你喂我。一天一块都太浪费了。你今天要做一件事,把糖纸全剥了,扔了,把每块糖全用小刀切成两半。这样,我就能一个半月里全有糖吃了。"说完,他坦然地走了。他每天晚上回来,俯首让张秀藻欠起脚,喂他那半块糖吃……他没有自杀,没有神经错乱,没有沮丧,没有妥协。

等这一切都成为过去,当他们搬进这三间北房以后,当20英寸的日立牌彩色电视机运到的头一天,他们全家——不止三口,因为哥哥、嫂子正巧回来探亲——坐在电视机前的沙发上,当电视中恰好出现了糖果的画面时,张秀藻不由得引动爸爸去回忆:"爸,您还记得那时候,您白天挨斗,晚上回来,我喂您吃糖的情形吗?"妈妈一听这话眼睛就红了,哥哥嫂嫂都望着爸爸,只等他开口;爸爸却不动声色地呷了一口茶,问张秀藻:"你把今天的晚报给弄到哪儿去了?"……

张秀藻的爸爸张奇林就是这么样的一个人。说实在的,她不太理解他。他的内心里究竟都装着些什么?同样,张奇林也未必理解女儿,特别是今天的女儿。

5. 一个女大学生的单相思。那小伙子确实可爱。

话说张秀藻这天早晨捧着小竹笸箩,把买来的早点送进了家门,她因为在门洞里遇上了荀磊,弄得方寸已乱,满心满意想把早点往桌上一搁,推说自己在早点铺里吃过了,便到左边自己的屋里一坐,整理一下自己的思绪;谁知她刚进屋,妈妈就告诉她:"刚来了电话——今天飞往法兰克福的班机推迟到下午四点钟起飞,你爸上午不走了。"而爸爸则已经脱去了原来穿妥的出国服装,换上了家常打扮,坐在饭桌旁说:"秀藻呀,你一会儿没事吧?吃完早点,你来帮我整理一下书橱吧——两年没整理过了,今天上午倒是个意外的机会。"

张秀藻真想托辞拒绝,比如说自己不舒服,或者说学校里留的作业还没弄完，但多年来父母对她的教养，使她难以撒出哪怕是这样一种谎来。而她又绝不能说出她是被荀磊弄得心猿意马的真情。她默默地坐到了饭桌旁，接过妈妈递过的热粥，点了点头。

整理书橱！为什么偏偏是整理书橱？

……就是在爸爸那高大充实的书橱前，她头一回见到荀磊的。

那是今年夏天的一个傍晚，她从西郊回来，刚进屋，就听见爸爸在唤她。她走进爸爸妈妈的那间屋，头一眼就看见了一个清俊的小伙子，站在了爸爸的书橱前，手里捧着一本英文书，正翻着。

爸爸从旁介绍说："秀藻，这就是咱们院的传奇人物——荀磊啊！"

荀磊这时把眼睛从书上移开，抬起来径直望着张秀藻。张秀藻吃惊了——这双眼睛为什么这样熟悉，又这样新奇？

……是的，荀磊恐怕不仅在这个小院里算得上是个传奇人物，在钟鼓楼一带，乃至在整个北京市，也算得是传奇人物吧？

他比张秀藻大两岁，1960年生人。1960年是什么岁月？"大跃进"带来的恶果不仅使农村里饿死了人，也给城市里的居民带来了物质生活的大匮乏。那时候，荀磊的爸爸正是负担最重的时候：他奶奶还活着，要赡养；他妈妈所在的街道工厂紧缩了，又重新成了家庭妇女，而他的两个姐姐当时还小。荀磊的爸爸荀兴旺师傅一个人要养活五个人。那时候荀师傅只有三十多岁，正身强力壮，但他食量大，定量不够，因此上班干活时，当中总得停下几次，好把腰带多扣紧一个眼儿。当时全家都宠着荀磊，但毕竟营养不良，他都一岁半了，还不怎么会说话，而且头颅显得过大，囟门长久发软……

正像钟鼓楼下流行过的顺口溜所说的那样，荀磊那茬人是"生出来就挨饿，一上学就停课，出校门就插队，回了城没工作"。咱们党的几次失误和转折后的困难时期，恰好发生在他们个人命运的几个关键时刻，这一事实也毋庸讳言。与这样的命运抗争，克服客观因素带来的缺陷，发挥出主观因素的全部力量，自然并不是一桩容易的事。但荀师傅指导着他所有的孩子，特别是荀磊，这样去做了。

不管社会上如何乱，他要求他的孩子学文化、"懂人事"、"不许出去瞎起哄"。在小学里，荀磊成了乱哄哄的教室中少数能认真听讲的学生。当他下课后居然拿着课本，站到老师面前，眨着一双明亮的眼睛，有礼貌地提出几个没弄懂的问题，要老师解答时，老师心里一阵酸楚，一阵欣慰，把他悄悄引到自己的宿舍，不但回答了他的问题，还诚心诚意地给他补充了一些知识——那都是当时被从教学内容中粗暴删刈掉的。1973 年至 1976 年上初中时，学校里的文化课几起几落，不过总算设置了英语课，那英语教师据说有历史问题，饱受过一番冲击，让他重执教鞭不过是"控制使用"，所以他站到讲台上时真是如履薄冰、如临深渊。市民的子弟们有几个学得下英语的？教了半学期，默写 26 个字母竟还有一多半不及格。那英语课他最后简直是闭着眼睛教了——下头像茶馆一样，几个连本国语也不要学的学生爽性在教室后头打起扑克牌来……而就在这样的混乱当中，他发现总有一个声音跟着他念，那便是坐在第一排的荀磊，他从最贫瘠的知识土壤中，贪婪地吮吸着所能获得的每一点每一滴营养……

据薛大娘他们回忆，在那几年里，院里头好像就没有荀磊这么个孩子似的。他一下学便坐在他家所在的那个小偏院里念书，偶尔提个水桶到公共自来水管那儿接水，脸儿白白净净的，见人羞怯地笑着打招呼，懂礼得让人反倒觉得他古怪。

又据澹台智珠回忆，有一回她不知为什么事去找荀师傅的爱人荀大嫂——那时她沦落到纽扣厂，大约是家里炉火灭了去借块发火煤——进了他家小院，便看见荀磊坐在小板凳上聚精会神地读着什么，她俯身一细看，发现荀磊读的竟是一叠过了时的台历，她不免问他哪儿找来的这种东西。荀磊脸儿涨得通红，像希望能"坦白从宽"似的说："珠阿姨，是胡同里拣废纸的胡爷爷给我的——人家扔了不要的。"她从荀磊手里抽出几张来一看，原来那是头年用过的台历，每篇底下都有一点文字，或者引点语录、谚语，或者有点历史、地理知识，或者有点人物介绍，现在回忆起来，那些文字编得都很不精当，很粗糙，而且整体受着当时极"左"路线的制约，可荀磊在实在找不到书读时，他就连那用过的台历也视为珍宝，用心地揣摩……澹台智珠因而深深地感动，她内心里萌动着的重新喊嗓、练功的念头，被这偶然的接触激发起来……倘若连石缝中的小草也在这样顽强地伸展自己的身躯，那么，已经开过花的小树，难道就甘心在寒霜侵袭中凋敝吗？

如今常有人问荀师傅："您是怎么教育小磊子的？"他说不出来。真觉得没得说。也常有人问荀磊："你爸爸是怎么把你教育成这样的？"他也说不出来。真觉得无从说起。一切似乎都是无形的。当然也有令他难忘的一些情景，可那值得一说吗？比如，大约是 1969 年吧，爸爸带他到厂里的淋浴室洗澡。

当时，爸爸同车间的一位师傅，全身的汗毛都很重，他戏谑地用粗大的手指拧了一下荀磊的屁股，荀磊出于本能，声音尖锐地骂出了两句话："你妈×！砸烂你狗头！"那师傅尴尬地笑着，荀师傅却过来关掉了荀磊头上的喷头，绷着脸，训斥荀磊说："你说什么来着？你听着：任何时候也不准骂人！更不许学那些瞎胡闹的脏话！"并命令他，"给你大爷说'对不起'！"荀磊低着头，嘴唇紧抿着，成了一道线，半天不言语。那师傅忙把他那喷头也停了，笑着说："老荀，你也真是，这年头大姑娘都骂街，谁不说两句'砸烂''油炸''清蒸'？算了算了算了！"谁知荀师傅竟气得脸色铁青，厚厚的胸脯绷得像两块铸铁，瓮声瓮气地宣布："我不管它什么年头，我的儿子就得正正经经像个人样！"荀磊抬眼望着爸爸，那是全裸的爸爸，身上有解放石家庄时，作为一个最普通的士兵挂上的彩——锁骨边上一处，腰上一处，他小小的心灵忽然像被电击了一般战栗起来，于是他大声地向那师傅说："大爷，我不对，我错了！"那师傅听了他这话，看着他父子那情景，猛地转过身去，拧开了喷头，让喷泻的热水，掩盖住就要涌出的热泪……

1976 年荀磊升入了高中，他要求父亲给他买个袖珍半导体收音机，荀师傅毫不犹豫地给了他钱，让他去买。想到这孩子多年来从未跟家长要过买冰棍的钱，荀师傅心里不知怎的有点难过。荀磊每天用那收音机听英语广播。同学们都觉得他很滑稽："小磊子想吃天鹅肉呢！吃外语饭，进外事部门，头一条得有门子！就凭他那爹妈……哈！"这话后来竟至于当着荀磊的面说，荀磊只是安详地微笑着，他真的是向往什么外事部门吗？其实他连哪些部门算外事部门也不甚了了。他只不过是觉得在那种气氛下，唯有这英语广播讲座还听得下去，况且，他牢牢记住了爸爸有一天讲的话："技不压身。"

1978 年，高中毕业前夕，某外事部门在北京几个区的中学里招收培训人员，条件之一是必须具有优异的外语成绩。学校的那位英语教师竭力推荐荀磊应考。英语教师的"历史问题"那时已经澄清，他只不过是 1948 年去台湾中学教过半年书，绝不是什么坏人。他到哪儿都是教中学，教英语，说他以此谋生也好，说他以此服务于社会也好，总之对他完全可以放心。他让荀磊天天晚上都到他家，悉心地给荀磊辅导；当荀磊进了考场时，他在那大门外背着手焦躁地踱来踱去，以至于别人以为他得了精神病……

考完了，荀磊回忆出全部考题和自己的答法，老师拿笔的手颤抖着，给他预测得分——他能得 84 分。老师说，这即使不是最高分，也一定在录取线之上了。

但消息不断传来。许许多多的人——不仅考生本人，还有他们的家长及其亲友——利用各种从最原始到最现代化的手段，涌向这个部门的"后门"：请客送礼、以位易位（你给我安排一个，我给你安排一个）、热线要挟、秘书传话……乃至坐着小轿车来"御驾亲征"、拿着"尚方宝剑"（某大人物开的条子）来当场"宣谕"，如此等等，不一而足。部门中有人敢言，有人敢怒，但"后门"仍然堵不死，一个又一个考得相当差乃至根本没参加考试的人获得了"录取通知"。后来有人给报社写了信，信登在了"读者来信"栏，加上了很严厉的"编者按"。老师和荀磊捧读那张报纸时的心情，可想而知。

这场招考据说以"后门进入率74%"收场。总算不是百分之一百。完全没有后门，没有背景，父母只是最普通的劳动群众的考入者，据说只有荀磊一个人。他是第一名。他的英文考试得了87分，老师还给少算了3分。第二名是64分，他这个第一名同那第二名的差距居然多达23分！连参加招考工作的一位工作人员后来也说："如果我们连荀磊也不要，那可真是没有天理良心了！"

考入的这批青年人在国内培训了一年，后来便送到英国学习。荀磊一直保持着第一名的位置，并且总是把第二名甩开相当一段距离。连最嫉妒他的同伴也说他有一种"语言天才"，并且有人归结为"遗传基因"。"天才"？"基因"？在泰晤士河畔，听着威斯特敏斯特教堂的钟声，荀磊回想起9岁时淋浴室中的那一幕，泪水涌到了他的眼眶，又被他咽进了咽喉。他的灵魂颤动着，他感到从来没有这样强烈地爱过自己的祖国——那是具体已极的、实实在在的祖国，有尘土飞扬的小胡同，古老的、顶脊上长着枯草的钟鼓楼，四合院黑乎乎的门洞，门洞顶上挂着一对旧藤椅，锁骨下和腰上有着枪伤的爸爸，爱做鸡蛋炸酱面给大家吃的妈妈，善良的安心于服务工作的姐姐们，以及那些可爱的邻居，从珠阿姨家传出来的胡琴声和咿呀的西皮流水腔，还有英语老师那似乎总是吃惊的表情……那就是他"天才"的来源，就是他的"基因"。他一定要好好地为祖国做一个正正经经的、有切实贡献的人……

在英国的学业结束了。同伴们都迫不及待地要坐飞机回国，因为回去后将有另一场战斗——争取分配到一个可心的下属部门，从事可意的具体工作。荀磊却取得大使馆同意，乘火车回国。他渡过了英吉利海峡，穿越了整个欧洲，并且横切过整个苏联，经过了西伯利亚，历时半月，终于回到了北京，回到了钟鼓楼附近的这条胡同，这个古老的四合院……他发现这里一切似乎都没有变化，门洞里依旧挂着那一对旧藤椅，院中樗树（臭椿）上的蝉鸣还是那么一种声调，公共自来水管水击桶底的声音也还是那么琤琮有韵……可是毕竟也有比较显著的变化，原来里院北房换了一家姓张的来住，据说是位局长，有好几大橱的书，其中还有不少英文书。于是他便在等待分配具体工作的那段时间里，跑去借书看……

张秀藻在自家的书橱前，头一回见到荀磊后，不知为什么，第二天总忍不住同爸爸妈妈议论他。妈妈说："是个奇迹。他那么个家庭，又碰上这么个年月，居然能自学外语成才，说出去人家怕都不信……不过，他这事也许不适于宣传吧？牵扯我们的阴暗面太多了是不是？"

爸爸却另有见解："是牵扯不少阴暗面，而且是大阴暗面，'穷跃进'啦，'停课闹革命'啦，'知识越多越反动'啦，走'后门'啦，干部子弟特殊化啦……可小磊子成才的经历本身，也就说明我们这个社会还有足以战胜阴暗面的光明力量，这个力量有时也许是零散的、不起眼的、无形的……可它到底还是有胜利的时候……"

张秀藻对爸爸妈妈这种一本正经的议论并不怎么感兴趣，她发表感想说："多聪敏呀——不坐飞机，而是坐火车回来；火车车窗提供给他的，不知要比飞机舷窗能提供给他的，超过多少倍！何况他们去的时候，已经坐过了飞机……他说他记了一本《乘火车回国日记》，真想向他借来看看！"

爸爸妈妈都说："那你就去借吧！"

第二个星期日，她便去荀磊家借，荀磊爽快地借给了她。她当晚便读了。后来又带到学校，每晚偷偷重读一部分。她惊讶地发现，虽然他们以前并不认识，而且各自的生活经历也有那么多的差别，可他们对生活的看法，却有着那么多相通的地方……她把那本日记压在枕下，头一次体验到失眠的滋味，一颗少女的心，在胸腔里被爱慕和向往煎熬着……

又一个星期日，她去荀磊家还那本日记，发现荀磊的小屋里还有另一个人，那是一位同她年龄相仿的少女，高高的额头（北京叫"锛儿头"），深深的眼窝，油黑的大眼仁，鲜红的厚嘴唇，个子不高，体态轻盈，头上梳着时下已经不多见的短辫，穿着一件质地、样式一看就不同于国货的衬衫；头一眼望去，张秀藻心里本能的反应是：啊，华侨，要么外籍华人，他们搞外事活动的人，所以有这种人来往……可稍一冷静，她就看出那少女同荀磊的关系很不一般，同时心里也就清醒了：荀磊即使已经分了具体工作，也不会把工作对象引到家里来啊……

"我来给介绍一下，这位是我的朋友冯婉姝，这位是我的邻居张秀藻。"分明是荀磊的声音，响在了耳边。

张秀藻同冯婉姝的手握到了一起。当双方把手松开以后，张秀藻觉得脚下的地在往下陷，而头上的屋顶变成了一股烟。她知道一切都绝望了：她仅仅是邻居，而人家才是朋友！

张秀藻心海里波涛翻涌，张奇林竟然一点也没有发觉。他让她帮着整理书橱。

在这样一个清晨，当她走进右边屋里时，怎能不勾起她头一回见到荀磊的回忆，那是怎样清晰的一幅似乎可摸可触的图画啊：荀磊就站在那个位置，手里正翻着一本英文书，而窗外的阳光，正斜射进来，铺到了他的肩头……

"秀藻，你怎么了？不舒服吗？"妈妈看出来点苗头。但她仅仅是从生理的角度进行观察。

"不，没有。没。"张秀藻挺起胸脯，勇敢地走到了书橱前，镇静地问爸爸，"咱们从哪边开始？"

第二卷

辰（上午7时—9时）

6.一位令人厌烦的热心人。

"哟，你们这味儿可不对呀！"

随着声音，一个人走进了薛家的苫棚。

路喜纯正在弄凉菜，薛大娘正在火上炒米。薛大娘一听这话音，心里头就"咯噔"一下，老大的不自在。她头也不回，一边使劲用锅铲翻米，一边敷衍地招呼着："他詹姨起来啦？"

被叫作"他詹姨"的，是一位48岁的妇女，名叫詹丽颖，住在这个四合院里院的两间东屋里，她家恰好同薛家屋对屋。她其实是一个非常值得同情的人——在她的生活道路上，遭遇过那么多不公正的打击，乃至于一般人难以忍受的惩罚——可是，无论是过去还是现在，同情她的人总是不多。为什么呢？……

按说人家薛家办喜事，薛大娘又是个相当讲究吉利的老人，你到人家那边去，头一句话无论如何不该是"你们这味儿可不对"，可詹丽颖想不到这一点。她绝对是善意的，并且，愿意以一切方式来帮忙操弄，可她就那么个做派——这星期日的早晨她睡了个懒觉，刚刚起床，洗了脸，漱了口，拿把梳子正在梳头。也许因为心情特别好的缘故吧，她的嗅觉似乎比任何时候都灵敏——闻出对过的炒米似乎散发出了焦煳的气味，便立即跑过去，仍旧用梳子梳着头，甩着嗓门建议说："快往里头洒点醋！快呀！"

正拌凉菜的路喜纯，瞟了这位詹姨一眼，心想真是越外行越敢支嘴，不过他搞不清薛家同这位詹姨的关系，所以，一时便没有张嘴发话。

薛大娘被詹丽颖的几嗓子弄得慌了手脚。詹丽颖光咋呼还不算，还把头直伸到锅上来嗅，一边嗅还一边继续梳她的头发，薛大娘厌恶得恨不能用锅铲敲她两下——她那头屑不知掉进了锅里多少，有这么管闲事的吗？

詹丽颖却一点没有觉察出别人对她的厌恶——她一生就吃亏在总不能及时体察出这一点，而及时抑制自己的言行——她把梳子往头发上一插，自己抄起案上的醋瓶子，揪开瓶盖就要往锅里倒醋。

"别倒别倒，"路喜纯不得不站过来干预了，他从詹丽颖手里夺过醋瓶子，解释说，"倒醋可解不了这味儿。等一会儿进锅蒸的时候，拌一点儿辣椒末、洒一点儿酒，味儿自然就正了。"

他本以为把醋瓶子这么一夺，对方非生气不可，谁知那詹姨跟他脸对脸以后，却忽然瞪圆眼睛，嘻开嘴巴，满面笑容地惊呼起来："咦，你不是嵇志满教过的那个学生吗？"

路喜纯倒给她弄得一愣。冷静地一想，对了，在嵇老师宿舍里，见过这位妇女。原来她也住在这个院里。嵇老师那么个稳稳当当的人，怎么会有这么个咋咋呼呼的朋友呢？何况还是个女的！

薛大娘见詹姨同这位请来掌勺的小师傅拉上了近乎，心里更不受用。她有意用炒勺重重地敲打着锅边，提醒着詹丽颖不要碍别人的事。詹丽颖却浑然不觉，甩着嗓门同路喜纯问答了几句以后，才仿佛忽然想起什么来似的，径自跑回自家屋里去了。

"你们怎么认识的？"詹丽颖那边合上了门，薛大娘便问路喜纯。

"咳，就见过一回。您这街坊可真够各①的！"路喜纯可不觉得认识这位詹姨光彩。

"她呀，怎么说呢？真不招人喜欢，"薛大娘忍不住压低声音对路喜纯说，"她当过右派！"

在薛大娘心目当中，尽管新政策几乎已经给当年所有的"右派分子"都改正了，她还是觉得戴过"右派"帽子是桩丢人的事。路喜纯却一听"她当过右派"，反而对这位詹姨生出了几分敬重。近年来的小说、电影、电视剧等文艺作品当中所出现的"右派"形象，几乎都是些品质高尚、才学超群的人物，因此给了路喜纯这一茬人这样的感受——戴过"右派"帽子，实在是一桩光荣的事。这位詹姨，别看咋咋呼呼的，说不定倒是个女中豪杰呢！难怪嵇老师肯同她交朋友……

詹丽颖的确当过"右派"。她究竟是怎么个情况呢？是像1958年到1966年之间那些文艺作品所写的那样，曾经时刻企盼着台湾的蒋介石"反攻大陆"吗？是像"文化大革命"期间的那些文艺作品所写的那样，曾经同"走资派"勾结在一起，对抗过"革命造反派"对"反革命修正主义路线"的冲击吗？抑或是像1977年某些文艺作品所写的那样，曾经躲在阴暗的角落里，操纵着名为"革命造反派"实为"四人帮"的爪牙们，向被诬为"走资派"而实际上是革命的老干部夺权吗？要不，就像近年来那些文艺作品所写的那样，曾经为捍卫真理而遭受了沉重打击，但在人民群众的关怀和支持下经受住了二十多年的磨难，终于使那颗忠于革命、挚爱祖国的心得到了大家的承认和景仰吗？

她全然不是那么个情况。

"反右"期间，她已从大学毕业，分到了设计院当技术员。她的专业水平在设计院中至少属于中上之列，工作态度总的来说也无可挑剔，然而她这人的性格实在不讨人喜欢。

她哑嗓子、大嗓门，说话惊惊咋咋。这倒罢了，头一条她最爱夸张，什么事情经她嘴里一说，不夸张十倍以上绝不罢休。比如她就曾经在设计院的工休时间甩着嗓门大声宣布："嘿，知道吗？党委办公室新来了个副主任，是位部长夫人，个子那个矮啊——真叫'三寸丁谷树皮'，北京土话叫'地出溜'……"

---

① "各"，在这里读 gě，不像一般人那么正常，称为"各"。

即使真是这样，她这种谈吐也是不礼貌的表现，更何况当人们都看到这位副主任以后，发现人家只不过是个子稍矮而已，体态还是自成比例的，并且也并非部长夫人，而是一位副局长的夫人。你想，当同志们再听詹丽颖报道类似消息时，能不怀疑吗？当他们耳边一而再、再而三地出现詹丽颖的这种聒噪时，能不厌烦吗？

再一条她不懂得理解别人、体贴别人。固然她从未有意去伤害过别人，但她说出的话，总在无意之间让别人难以忍受。她会没心没肺地对一位为自己发胖而感到羞赧的女同事大声地宣布："哟，你又长膘啦？你爱人净弄什么好的给你吃，把你揣得这么肥啊？"这还不算什么，人家刚死去了丈夫，正在悲痛之中，她却把这档子事忘了，非拽人家去看电影，还是部外国喜剧片，人家说不想去，她便嘻嘻哈哈地揉着人家肩膀说："装什么假正经哟！谁不想开开心，乐一乐？你不去，我可要'拉娘配'啦！"弄得人家只好跟她撂下脸来；她恍然以后，也并不道歉，只是歪歪嘴，便又缠另一位去了。在这类小事中，她究竟得罪了多少人，连她自己也算不清。

最要命的一条是她不懂好歹。任性起来，不仅跟争吵的对象闹个天翻地覆，去从中劝和的人，包括那明明是站在她一边维护她的人，她也一概不认，有时反而把那本是向着她的人，激怒得成了她最主要的争吵者。比如有回在食堂打饭，她跟盛菜的一位女炊事员争吵了起来。她本是占理的——她指出菜里有条青虫，严词批评了食堂，要求给她另盛别的菜，而那位女炊事员只把她碗中的青虫挑出去完事，强词夺理地为食堂辩护——这时那位曾被她讥为"三寸丁谷树皮"的副主任，正好排队排在她后面，为了支持她对食堂的批评，便站拢售菜的窗口，对那位炊事员说："小詹的批评虽然态度急躁了一点，可你们食堂的工作确实——"话没说完，反倒被詹丽颖气呼呼地截断了："我态度急躁？我倒犯错误了？我就该心平气和地把那条虫子吞进肚子去吗？他们熬出一锅虫子你们也不管是不是？倒怪我急躁了？那条虫子要盛在你碗里，你要不比我急躁才怪！……"那位副主任开始还耐心地对她说："小詹同志，你冷静一点嘛。你对食堂的批评，我是支持的嘛……"可詹丽颖居然又截断了她的话，又气势汹汹地发泄了一通火气，弄得那位副主任也脸红气粗起来："詹丽颖同志，我们饭后再谈好不好？后面的同志还等着打菜呢！"詹丽颖竟把搪瓷碗里的菜往地上一泼，气冲冲地扭身跑出了食堂。

旁观者们对她是怎么个印象，她连想也没想。

"反右"运动起来了。她难免有些按当时的标准衡量算是错误的言论，这些言论属于可划"右派"可不划"右派"之列，在衡定她是否属于"右派分子"的天平上，如果根据她出身并不算坏和她工作中表现尚属努力，撤下一个砝码，她便偏到了"不划"一边，但最后却因为她上述的性格弱点在人们心目中形成的恶感，反给她加上了一个砝码，于是她便偏到了"应划"一边。当在设计室召开了她的批判会，并宣布她为"右派分子"时，她才头一回失去了大嗓门和任性的劲头，变得像个石头人一般。划"右"以后她当了一段时间的晒图员，后来便被送往农村劳动改造。临去农村的时候，那位办公室副主任找她个别谈话。她问："我该怎么改造呢？我究竟主要该改造什么呢？"副主任见她眼里噙着泪水，动了恻隐之心，见屋里没有别人，便诚恳地对她说："你怕主要是个修养问题。你太缺乏修养了。你吃的就是这个亏。"说完，便打开办公桌抽屉，拿出一本刘少奇同志的《论共产党员的修养》，递给了她。她惶恐地接了过来，心想，我是反动派了，人家还让我看共产党员该怎么修养，以前真不该对人家那样……心里一感动，她便放开嗓子痛哭起来，这一哭倒把那副主任吓坏了，忙过去把办公室门打开，好让从走廊上路过的人看见和听见自己是怎样在同詹丽颖谈话；当詹丽颖放纵完自己的感情，听到那副主任已经变换了诚恳的劝谕口气，而是冷冰冰地在训斥自己时，不由得纳闷，刚才不是还那样吗？怎么……

詹丽颖从此经受了二十多年的改造。她干过最粗笨的活，忍受过最粗鄙的侮辱，被人们当面无数次地训斥批判，也被人们背后无数次地戳脊梁骨；她写过铺开来大概能绕北京城一周的该写和不该写、真诚和半真诚乃至虚伪的检查；她对社会和人生都有了更接近于正确和更趋向于深刻的认识，然而她的性格却变化不大——这真是一件万分遗憾的事。后来接收她的各个单位，只要求她改造思想，而并不要求她改造性格。在她后来的生活道路上，竟再没有遇上过像那位矮个子的办公室副主任式的人物，现在回想起来，唯有那位副主任看透了她究竟吃的是什么亏。

更糟糕的是，倘若说过去的境遇多少总能使她对自己的性格弱点无形中有所抑制，那么，四年前她那"右派"问题的彻底平反，反倒使她固有的性格弱点更加放纵地显现出来。正像当年在设计院定她成为"右派"时，很少有人同情她一样，当她因落实政策而重新回到那所设计院时，也很少有人对她表现出抚慰和亲近。那唯一的一位比较能理解她和帮助她的副主任，不幸已在"文化大革命"中逝世。在她的生活历程中，再获得那样的一位上级或同事，并不是件容易的事。

对于人来说，最难以改造的确实莫过于性格。对于描写一个人来说，最难以表现充分的也莫过于性格。谁的性格只有一种成分，呈现出的只是一种状态呢？

詹丽颖性格中那些不良的因素，使她倒了大霉，然而她性格中的另一些因素——与没心没肺并存的豪爽，与出语粗俗并存的能够吃苦耐劳，与任性纵情并存的不记仇不报复，与咋咋呼呼并存的乐于助人……却也使得她获得了爱情。

在她1962年摘了"右派"帽子之后，经人介绍，她同在四川工作的一位搞冶金的技术员结婚了。那位技术员也是个"摘帽右派"。他们每年只能相聚一个月左右，因此双方来不及细察对方性格上的弱点，而只从对方表现出来的性格优势上获得一种甜蜜的满足。现在他们都被评为工程师，并有了结束两地分居状态的最大可能。詹丽颖听说北京市中学缺少外语师资，外地可胜任中学外语教学任务的大学毕业生，最容易调入北京，因此积极地展开了活动，去找当年大学同学嵇志满，也正是为了验证这方面的消息。

找嵇志满，本是为了解决她自己的问题，可是谈话之间，知道嵇志满这么多年竟然还没结婚，她又突然勃发出一种热情，不管人家嵇志满是怎么个想法，积极地为嵇志满介绍起对象来。

詹丽颖就是这么个人，她常以人家最不欢迎的方式去热情地帮助别人。此刻又一次如此——她兴冲冲地跑回自己家，找出来一塑料口袋的炒米粉，又兴冲冲地跑到薛家权作厨房的苫棚中，一把夺过薛大娘手里的擀面杖——其时薛大娘正在案板上把炒好的米粒碾碎——又一把将自己带去的炒米粉口袋撕开，把那炒米粉倒在案板上，大声地笑着说："甭费那份力气啦！瞧我这个，多黄多香！这是我们那口子秋天探亲时候，带回来的，够你们蒸一大锅米粉肉吧！"

她做派唐突，本来惹人讨厌，但当薛大娘用手捧起一些炒米粉，凑拢鼻际嗅了嗅以后，却又不禁感念她的善意，那真是地道的四川米粉啊！敢情人家四川人行事精细，连这蒸米粉肉的米粉也有现成的卖，早知如此，又何必现炒生米呢？

薛大娘脸上有了笑容，对詹丽颖说："你们那口子大老远带来的，不容易，你自己留着用吧……"詹丽颖满脸真诚、浑身热情,连连说:"哪的话,哪的话,我让他再捎一百袋一千袋不也是容易的事?他敢不给我捎来吗?今天是纪跃的好日子,我贡献点这个算得了什么呀?还有什么用得上我的地方,您可别客气,您发话就是!"

薛大娘爱听这样的话,她脸上的笑纹更多了,把那炒米粉指给路喜纯看,问:"就使她这个吧?"路喜纯看了,点点头说:"使上吧。您炒的那些个也使上,不用擀碎了,合弄到一块儿使,多蒸会儿就是。"

正在这时,薛大娘听见一声唤:"妈!"她朝苫棚外一看,原来是儿媳妇孟昭英牵着孙女小莲蓬来了。

7. 婆媳之间的矛盾,难道真是永恒的吗?帮厨的倒勾起了一桩心事。

薛大娘一见孟昭英,气便不打一处来。

"你怎么这时候才到?你要心里头搁不下我们,你有能耐别来!"

孟昭英估计到婆婆会埋怨自己,但一张嘴话便这么难听,却颇出乎她的意料。她尽可能忍住涌动在胸中的委屈,解释说:"一早起来小莲蓬就嚷嚷不舒服,给她试了试表,三十七度二,低烧。能让孩子烧着不管吗?我心里火急火燎的,早点没吃,就牵着她去厂桥门诊部,挂了个头一号,人家一开诊就给她瞧了,还算好,心肺正常,说是感冒初起……"

孟昭英说这些话的时候,薛大娘伸手摸了摸小莲蓬的额头,只觉得汗津津的,也未见得发热。小莲蓬叫着:"奶奶!我要吃鱼!"她看见了苫棚里钢种盆①中的黄花鱼,不禁有点馋,毕竟那季节鱼很不好买,她家已经好久没有吃到了。薛大娘听她嚷"吃鱼",便知她算不上有什么病,因为真要感冒起来,头一条就厌烦荤腥。

薛大娘心里头忖度着孙女儿身体状况的时候,发现孟昭英身后并没有跟进来大儿子薛纪徽,不禁大声地问:"徽子呢?他怎么没跟你们一块儿来?"

孟昭英便告诉她:"一早就加班去了,说跑完一趟就收车,收了车赶紧来咱们这儿。"

一早就加班去了!薛大娘听见这话,心里只是心疼儿子,不由得对孟昭英更加反感。她尽情地数落起来:"你也太贤惠了!大礼拜天的,你还让他加班去!你们就缺那么点子加班费吗?你不知道小跃子今儿个办事呀?你成心

---

① 北京人把铝称为"钢种"。"钢种盆"即铝盆。

让咱们家团不成圆是不？我一大早就到门口等你，左等右等不见影儿，敢情你打了这么多埋伏！……"

孟昭英哪容得婆婆这么数落！毕竟她是新一代的儿媳妇，经济上独立，人格上自主，她凭什么要咽下这口气？于是她把脸一绷，扬起声音，振振有词地辩解说："他自个儿要去，能怪着我吗？我跟他说了嘛，你要不一早赶到家去，妈准得埋怨。他说，埋怨就让她埋怨吧——这话要是我编出来的，我舌头今儿个就烂在嘴里。他说现在不比过去，干多干少都成，他们组得完成定额，组里的大老赵病了，他当组长不带头顶班，成吗？他顶上午一趟，小齐顶下午一趟，他说他昨儿个就安排了，不能再变。他非要去，我能拽住他不让他去吗？一大早起来小莲蓬就低烧，我跟他说了，他管吗？他光让我带着孩子去门诊部，自个儿甩手走人了。我头没梳，早点没吃，带孩子看完病就往这儿奔，我容易吗？……"

孟昭英是个伶俐人，她要讲起理来，一句跟一句，句句都站得住，薛大娘在媳妇的这种攻势面前，只觉得对方忤逆，话可是顶不上去了。在屋里待着的薛师傅，听见了婆媳二人的声息，知道又是一见面就闹矛盾，赶忙走出屋来，心里琢磨着该怎么打个圆场，让双方都有台阶可下。谁知他没来得及开口，一旁的詹丽颖却插了进去，以抱打不平的口吻对薛大娘说："大娘呀，您就消消气吧！这算不了什么！如今的年轻人，有几个能体谅老人心的！"

薛大娘正感到气瘀语塞，詹丽颖这话一出来，倒让她解气，她不由得长叹了一声，一时间换气不匀，她不禁又连续咳嗽起来。

孟昭英对詹丽颖一贯没有好感，见她这么多管闲事，便毫不客气地说："詹姨，您没有调查研究就没有发言权！我们怎么不体谅老人了？您换到我的位置上试试，要依着您那脾气，您能像我这么心平气和地解释吗？您早就翻儿^①了！"

薛师傅在一旁直着急，真怕那詹丽颖再撂下几句着三不着两的话来。谁知詹丽颖听了孟昭英的话，反倒呵呵地仰脖笑了起来，笑完大表赞同地说："可不，要我是你，我准跟大娘顶撞得七窍冒烟！嘿，我这个脾气哟！"说完，竟径自把小莲蓬一牵，宣布说，"小莲蓬，跟你詹奶奶吃糖去！"拉着小莲蓬

---

① "翻儿"，翻脸的意思。

回她家去了。

薛师傅借这个空当，赶紧走过来，若无其事地说："昭英来啦，屋里先喝茶去吧！"

孟昭英笑吟吟地叫了声"爸"，自动下台阶地说："我来晚啦，茶不忙喝，先洗洗手，帮助弄菜吧！"

孟昭英洗完了手，走进苫棚，薛大娘也便恢复了常态，向她交代完应当给路喜纯搭哪些下手，自己便离去了。薛大娘还是那么个习惯，只要媳妇一到，她就不再弄菜烧饭。孟昭英早就对她这种心理和做派有所腹诽。不过既然回到家中，孟昭英也总是主动进厨房操办。为了求得一种心理上的平衡，她一边在苫棚里忙着，一边扬声对屋里的婆婆说："妈呀，您得便去詹姨那儿招呼一声——小莲蓬衣兜里装着药呢，让詹姨按药袋子写的哄小莲蓬吃药，可别吃错了！"当她看见婆婆的身影向对过詹姨家移动时，不由得在心里说：对呀，我年轻，多干点活应该。可不能因为我是媳妇，你是婆婆，就什么都得我干，你在那儿享受着；谁跟谁都是平等的，家里的事，得大伙儿分担着干！

孟昭英一边干着活，一边跟喜纯聊了起来，开头不过是些应酬话，聊上一阵以后，她觉得这小伙子的一些想法，倒跟她挺合拍。

她说："我跟我们那口子结婚的时候，哪有这么个排场。瞧今儿个，请你们饭馆里的大师傅来帮忙不说，还非得倒腾出什么四四十六盘，不许重了样儿……等一会儿汽车还得到呢！原来说让我们那口子借辆小轿子①开，后来又说大伯子开车不合适，让他给走个后门，请个开小轿子的朋友给捧捧场。我们那口子不干。你不知道，他思想进步着呢，他不是请不来，再严的制度，开公车的司机也能插空儿跑几趟私活，可他愣不干。为这事我婆婆急得抹了好几回眼泪——她疼她大儿子，觉得他不孝顺，也不像对我似的呲儿②上一顿。她就光是抹眼泪，小叨唠，我们那口子让她给哭软了心，收起了那些个'勤俭办婚事'的套话，一拍大腿说：'您别这么哭天抹泪的了。依您的意思，咱们小跃子结婚也用小轿子接新娘——咱们租出租汽车去，我出钱！'这不，一会儿出租汽车就该到了，先奔咱们这儿，我们坐进去，到女家迎亲，再打

----

① 指小轿车。

② "呲儿"，训斥的意思。

那儿坐回来，这么三跑两跑的，得多少钱！……"

路喜纯说："是啊！得不老少。听说为了不让坐小轿车办婚事的风盛起来，叫这号车收的费，比一般用车要高出好些！"

孟昭英说："可不！反正我们两口子两个月的奖金，全得搭进去了！就这么着敲竹杠，想租你还不定租得上呢！头几个月就得去预约，我们那口子说是不走后门，其实也还是走了——不走后门去预约，起码得过春节时候见。多亏找人说了话，这才定在了今天！"

路喜纯说："不过，我觉得结婚毕竟是一辈子里头的大事儿，弄得像个样儿，也应该。人家天天坐，咱一辈子兴许就这么一回，还是自个儿花钱，坐坐小轿车，在家里摆几桌像样的菜，喝点吃点，热闹热闹，也不为过。只要量力而行，不为这个捅下窟窿就成。"

孟昭英笑了："其实我心里也是这么个意思。你当我就不羡慕他们吗？我要能跟我们那口子再结一次婚，这回我也得坐回小轿车，上王府井中国照相馆，来张 16 英寸的彩色礼服照，那大纱巾一披，大纱裙子一穿，手上套着白手套，再攥把鲜亮的花儿，够多来劲儿！"

路喜纯赞同地说："可不，我路过照相馆，就爱看橱窗里头摆的结婚照。就是丑人，把礼服那么一穿，姿势那么一摆，也有了个派头。新郎的手套不往手上戴，只把它叠着攥在手心，谁设计的这号做派？真够帅的！"

孟昭英便直截了当地问他："你照过啦？"

路喜纯脸红了，忙张罗着说："嫂子您歇着去吧，剩下的活儿我全包了，只不过肉片、菜码先过过油，只等头批客人到，咱们就下锅开炒。"

这时恰好薛大娘在屋里招呼孟昭英，显然是小轿车预定来到的时间逼近了，孟昭英便对路喜纯笑笑，出苫棚进屋去了。

路喜纯把米粉肉蒸到火上，暂且无事，他坐在了为他准备的椅子上，歇息一阵。

他发现一旁的凳子上有为他沏好的茶和准备着的一包烟。他呷了一口已经变凉的茶，搁下茶缸，想了想，便从那包牡丹牌香烟里，抽出一支来，点燃，徐徐地吸了一口。他平时并不抽烟，然而，不知为什么，刚才同这位素昧平生的嫂子聊了那么一通之后，他觉得自己神情多少有点恍惚，似乎只有抽一支烟，才能恢复平静。

他照过那种相了吗？他将会去照那种相吗？为什么对一个几乎是陌生的

人，他公布了自己爱在照相馆橱窗前停步的隐私？如果他有一天去照那种相，谁是他的伴侣呢？难道会是她吗——那个圆脸庞的、貌不出众的妇女？她就住在他们饭馆附近，几乎天天早上来买油饼，用一个缺了瓷的搪瓷钵子，每次都买四个，一次没有多过，一次也没少过。她来买油饼时似乎总没来得及梳头，头发蓬松甚至很乱，脸上总笼罩着一种梦幻般的神情。

路喜纯并没有马上注意到她。到这里来买油饼的常客很多。只是有一天，轮到她那里凑巧只有三个了，而新的一锅因为某种技术上的原因，需要等待比平日更长的时间才能炸出来，她便立在售货的窗口外，捧着那只搪瓷钵子，发呆。忽然间来了一个头发和胡子似乎都好久没理的壮汉，走拢她身前便粗声粗气地埋怨，她似乎辩解了几句，对方骂了一声，拽住她胳膊把她往外拉，搪瓷钵子不慎掉在了地下，发出一声锐响，又听得"啪"的一声，似乎是那男的打了女的，女的虽然哭着，抱怨着，却还是随着那男的去了。路喜纯冲出操作间，想追出去跟那个壮汉评理，被一位顾客拦住了。那顾客告诉他："人家是两口子。那男的是个浑球，女的是个受气包。他们家的事，谁也插不进去，由他们去吧！"

后来路喜纯听人说，他们俩原是在同一处农村插队的。有一回，插队的知青们到邻村看电影，那男的同几个男伙伴一起走。那女的不知为什么一个人也在往前走。他们都不怕路远，翻过一座虽不算高但也颇费脚力的小山，去看那部电影。那时候在那种地方，就是需要翻两座再高的山，他们也会去看那部电影。天渐渐黑了。几个男的嘴里不干不净地聊着。忽然间他们打起赌来，赌谁敢"拍婆子"①，他们实在不是天生的流氓，因为烦闷无聊，因为好胜心无处发泄，他们在那么个特定的环境中竟然赌上了这个！其中一个就说：我敢！你们看那边就有个"婆子"，我就去"拍"她！于是他们商定了赌注：一瓶当地产的白酒。那男的离开同伴，去追那女的去了。开始表示出骑士的风度，说要保护她，陪她去看那部电影；后来献殷勤，将自己家里寄来的，珍藏许久而仅剩不多的糖果，递到了她的手中；最后……当他们看完电影归来时，他在野地里便占有了她。不久她怀孕了，那位男子站出来承认了错误，并表示愿立即同她结婚。她便同他结婚了。他们有了一个儿子，后来他们一起搬回了城里，各自都分到了一个工作。那女的在新的生活中，复苏了她的自尊和理智，她提出了离婚的要求，甚至告到了法院，但法院说她丈夫即便

---

① 指找女流氓鬼混。

当年确有诱奸的罪行，现在也早已过了追究刑事责任的年限；而男方单位的领导和街道办事处，为维护家庭这个社会基本细胞的稳定计，又都采取了劝和的态度。这位女性陷入了深深的痛苦和迷惘。她的生活全貌究竟如何？不得其详，路喜纯只是看见她每天早晨捧着那只搪瓷钵子，若有所失地来买油饼。每当路喜纯帮助售货时，他总要用竹夹子翻来翻去，尽可能挑出四个炸得最鼓胀、最匀净、最金黄锃亮的油饼，搁到她那个搪瓷钵子里。他发现每当这时，她的一双眼睛便仿佛从梦中醒来，充满感激地盯着他。他真想对她说："你会离开厄运，得到幸福的，准的！"然而他始终没有机会对她说这样的话。

他甚至不知道她的名字，只推算出来，她比自己要大3至4岁。

有一天，他会同她到王府井中国照相馆去，照那样一张相吗？她穿着白纱裙，把下摆上的套环套到手腕上提着，而他穿着西服，手里攥着一双手套，站在她的身旁……这想法荒唐吗？构成犯罪意识了吧？就连最知心的嵇老师和何师傅，他也从未向他们吐露过。他向谁也不会吐露。而且每当这种隐秘的念头浮在心头，他便自己将它压制下去——"这是十足的胡思乱想"，他对自己说，"像抽烟一样有害。"

然而，在别人结婚他来帮厨的这一天，他却抽着烟，心头又一次浮上来这个幻想。

他被烟呛住了，不禁咳嗽起来。

8. 不但当了喇嘛可以结婚，结了婚的人也可以去当喇嘛。

出租汽车定在八点半到。眼下挂钟上已经是八点二十了。为了不误今天的每一个环节，薛大娘头晚有意把它拨快了十分钟，凡事赶早不赶晚。薛大娘耸起耳朵，捕捉着胡同里传来的每一种声音——尽管薛师傅早被打发到门口去看望，以防开车的司机找不到这个院门，她还是不放心，总觉得唯有她能最先听到汽车的喇叭声，并安排好迎亲的一切细节。

薛师傅老老实实地在大门口候着。按说他可以带马扎①去坐在那里，或者干脆坐到大门旁的石狮子座上，反正小轿车进了胡同站起来也来得及。可他不，他微微叉开腿，双手背在身后，挺着脖颈朝胡同口仁望着。这时候从他们那个院门口路过的人，大多是本胡同的居民，有的跟他打个招呼，道声

---

① X形折叠小凳。

喜，他便笑容满面地点头应着；有的不怎么熟识，人家并不跟他打招呼，只是互相压低声音议论着："瞧见了吗？老喇嘛给儿子娶媳妇呢！""嘻，敢情老喇嘛是个'花和尚'！"他耳朵一点不聋，听得真真切切，可脸上仍然保持着宽厚的微笑，心里也并不愠怒。

薛师傅是当过喇嘛。他不明白有的人，特别是一些年轻人，为什么把当喇嘛这件事看得那么神秘。他出生在哈德门（即崇文门）外虎背口胡同一个城市贫民家庭，起名薛永全，排行老五。父亲是拉排子车给人运货的，母亲是为绢花行剪花瓣的。对于他们那样一个家庭来说，凡能糊口的事由都是一种职业。他的大哥给人养马，那些马是专为了东便门外蟠桃宫赶会时租给人跑圈的；他的二哥自小便瞎了一只眼，是个"独眼龙"，后来成了乞丐，在乞丐帮的"杆头"①指派下每天敲着牛胯骨，沿街唱着数来宝："那边要了这边要，掌柜的吃饭我来到……唉，掌柜的，您别生气，早给一个早早地去！"他的两个姐姐，一个嫁给了靠耍"顶胳膊根儿"在庙会上混的人物；另一个嫁给了专往乡下收猪鬃然后再进城倒卖给刷子行的小捎客。这些兄长所做的事，在薛永全所生活的那个社会层次中，人们并不以为有多大的贵贱差别，包括二哥的乞讨，既然纳入了"杆头"的管辖之下，当然也算一种正经职业。因此，当薛永全学徒的那家绢花行在竞争中倒闭后，大姐夫给他走门子，使隆福寺的住持喇嘛奥金巴收容了他时，不仅全家为之庆贺，周围的邻居们也只有艳羡与嫉妒：在隆福寺这样的大寺庙中当喇嘛，该是多么好的一种职业啊！真没想到，几十年后，依然是那类家庭的后裔，却全然不能理解那时他们祖辈父辈的价值观念了。薛纪跃就一直不许父亲把当过喇嘛的事讲出去，包括即将娶进门来的这位新娘子，薛纪跃也一再叮嘱父亲不要同她提起这一段——然而，她并不是偶尔一来的客人，她将长期同公婆一起生活，纵使薛永全两口子和薛纪跃绝口不提，大儿子薛纪徽是并不避讳父亲这段历史的，孟昭英更难免在妯娌闲话中提及，又何况还有知根知底的邻居，更何况邻居中又有詹丽颖那号没心没肺而又出言无忌的人物。看起来，薛永全当过喇嘛这段历史，早晚有可能引出点家庭的风波哩！

---

① 传说清朝康熙皇帝曾赏给北京职业乞丐头领一根雕龙紫檀木杖，正名称"大梁"，俗名叫"杆头"，以树立头领的威信，约束众多乞丐，稳定社会秩序。故后来乞丐头领称为"杆头"，当职业乞丐叫"在杆儿上"。

回忆起当喇嘛时的往事，薛师傅并不感到屈辱，只是觉得悲凉。说实在的，隆福寺里的喇嘛，当年并不受到社会的歧视，只是像他那样的小喇嘛，生活实在清苦。新中国成立后，当他由一个喇嘛变为一个摊贩，最后又进而变为公私合营和国营商场的售货员后，有一回商场的领导找他谈话。那位领导全然不了解喇嘛是怎样生活的，提出的问题，似乎全是从一种简单化的猜想出发，使薛永全感到惊讶；而薛永全那老老实实的回答，反过来又引起了对方更强烈的惊奇。他们之间的谈话有一段是这样的："老喇嘛奥金巴是不是常常欺压你们小喇嘛？他打你打得厉害吗？"

　　"奥金巴从不打我们。他就是教我们念经，带着我们外出念经去。"

　　"念经的时候他是不是坐一边歇着，主要让你小喇嘛站着念去？"

　　"他跟我们一块儿念。那时候阔人家办丧事，一般都要请两三棚经。再阔点的请四棚，和尚一棚、喇嘛一棚、道士一棚、尼姑一棚。最阔的请五棚，和尚加一棚。念经全是坐着念。上午八点多钟一到就念，念一个来钟头，上午三遍，下午一点以后，再来两遍。"

　　"主家给的钱，你们小喇嘛能得着吗？都让那奥金巴独吞了吧？"

　　"我们能得着。奥金巴领着念，他叫'正座'，他多拿半份钱。比如我们得三块，他得四块五。"

　　"你不觉得那是剥削吗？他为什么拿那么多呢？"

　　"倒没觉得他剥削了咱。咱的经是他教的呀。《归一经》《白度母》《绿度母》《心经》他都给教会了。还有《供师经》，特长，他也给教会了。他还教会了我吹'刚咚'①。那是从西藏传来的喇叭，两米多长，只能发两个音，一个高音，一个低音。没点力气还吹不响哩！"

　　"听你这么一说，你们当年过得倒挺不错哩！"

　　"倒是不挨打受骂。可后来那票子不值钱，棒子面都一天涨好几回价，甭说我们是勒紧裤腰带过日子，奥金巴也不宽绰，所以他那大儿子跑出城去，参加了解放军……"

　　"这是真的吗？奥金巴倒也这么跟我们说过，可他那大儿子怎么不回来找他？也没封信来？"

　　"假不了。有人跟天津见过奥老大，穿着咱解放军的军装，听说还当了个

---

① "刚咚"应读为 gáng dòng。

排长哩！"

"你掏心里话，究竟是新中国成立前好呢还是现在好？"

"还用说吗？当然解放了好哇！最起码的，提着粮食口袋往粮店去，这心里踏实了不是？"

薛永全的这种认识，听起来是肤浅的，然而却是稳定而坚实的。在以后充任国家售货员的工作中，他认认真真，兢兢业业，心满意足，无所奢求。为了让薛纪跃"顶替"，他在两年前办了退休手续，后来便到一所仓库充任看守挣"补差"。

在那看守的岗位上，他依然保持着那样一种心境和工作态度，他觉得这样的日子应当知足。因此，即使在最易于沉入冥想的时间里，他意识的潜流中，也很少浮现出往昔喇嘛生涯中的那些斑驳陆离的画面，而更多的是为将来真正退休后的生活，做出多种色彩丰富的揣想，比如一大缸带斑马纹的热带"神仙鱼"在悠悠游动，一只开了嘴的画眉在装妥铜钩的圆笼中嘤嘤鸣啭，一对油褐饱满的核桃在手掌中咯咯打转，等等。

此刻薛师傅在门口等着那迎亲的小轿车来，心中毕竟不免小有感慨。坚持要小轿车的是老伴。他理解她的心情。直到这几年还总有人问他："嘿，喇嘛跟和尚不一样，许娶媳妇，对不？"他只是和蔼地点头肯定着，心里却觉得问话的人少见多怪，岂止当了喇嘛许娶媳妇，娶了媳妇的人也可以当喇嘛啊。他自己不就是这样吗？还没到隆福寺，正在那绢花行里当徒弟时，才17岁，他就娶媳妇了。

媳妇是父亲给说定的——岳父原是跟父亲一样拉排子车的，后来换了个好点的事由，在中南海里头给当官的推火车——这事说起来怕如今的人们都不信了：民国初年中南海里还保留着晚清修建的一箍节铁路，上头有火车车厢，但并无火车头，怎么让它开动呢？就靠人力来推。薛师傅的岳父当年就推过一段那火车，其待遇在一般城市贫民眼中简直是"得儿蜜"①了。娶进这样一位"火车司机"的女儿，自然不能草率从事。在家里头搭"喜棚"宴请"五服"固然做不到，烦"跑海的"到"冷庄子"②去订席也力不从心，最后还是

---

① 极为甜美幸福的意思。

② 旧社会帮着联络喜筵的人叫"跑海的"。"冷庄子"是只应红白喜事、不卖零市的饭庄。

决定就在屋里摆三桌自馔菜肴意思意思。婚宴可以从简，迎娶仪式却万不能马虎。于是薛家尽其所有，从轿行租了一套轿子。如今电影上演旧时北京娶媳妇，往往只有一顶轿子出现，其实一顶哪儿够！新娘子得有一顶八抬或四抬的红轿自不待说，娶亲太太（男方的姨、姑、嫂一类人物）和送亲太太（女方的姨、姑、嫂一类人物）还得有一顶四抬或二抬的绿轿。随轿而行的，还有各色执事：打伞的、打扇的各两人，打旗的四人，打锣的、打鼓的、吹唢呐的、吹号的若干人，哪一样不得花钱？一场婚事完毕，薛家捅了好大一个窟窿。薛永全母亲本来就有病，天天得煎一砂锅中药吃。为及早补上这个窟窿，她自从媳妇进门就断了药，结果薛永全进隆福寺不久，她便病逝了。

当媳妇的呢，每当看见别人娶亲的花轿和执事队伍喧嚣而过，却总要比出几项自己当年过门时的不足，如那打出的凤尾扇，别人用的是真孔雀毛的，所镶的小镜子闪闪发光，而自己当年所用的只是野雉毛的，所镶的小镜子则像长出"萝卜花"的眼睛珠，够多窝心！你也不能说她的叨唠都毫无道理，同样是活在世上的人，凭什么她所享受到的就该比别人少？本以为时过境迁，这种心理状态，薛大娘不该再有了。在"文化大革命"期间，当老大薛纪徽和孟昭英结婚时，小两口可真是做到了"移风易俗，勤俭办婚事"，什么小轿车，连想都没想过，散了一点喜糖完事。

那时候薛大娘也确乎心平气和，一句抱怨的话没有。可如今轮到薛纪跃办事，她内心里的那种意识，却又浓浓地浮到了上面来。可见把一个人的意识压抑下去并不困难，而要把它改造过来，却是相当困难，而且是很难考察清楚的一件事情。

薛大娘把小轿车的到来，当作这天婚事中的头一桩大事。她在屋里催促着孟昭英梳头整装，并亲自用一把崭新的棕丝炕笤帚，给孟昭英的棉袄掸土，其实孟昭英那织锦面的丝棉袄和外头的紫红提花纺绸罩衫都并无尘土可掸。薛大娘耸起耳朵捕捉着胡同里的汽车喇叭声，那声音始终没有出现，但她却忽然判断出："来了！"真不知她是怎么听出小轿车开拢院门的声音的。她撇下炕笤帚，一边催着孟昭英出门，一边扭头嘱咐薛纪跃："你再拾掇拾掇吧，一会儿人家可就真来啦！"

薛纪跃也不知是出于无聊还是出于惶惑，坐在一把闪闪发光的镀铬折椅上，手里拿着一盘新买的录音带，低头研究那封套上的曲目。他已经穿妥了新得扎眼的藏青色西装，打好艳红底子带金龙图案的领带，脚上是一双锃光发亮的三接头黑皮鞋。对于母亲的叮嘱，他不屑于作出反应，他还有什么好拾掇的？他盼着该经受的一切早一点结束，就像录音带在录音机里快速卷动一样——何必慢悠悠地走上一遍？

薛大娘和孟昭英一并出了屋。她让孟昭英快几步先到院门外去，她自己则要去澹台智珠家请澹台智珠出马。

这时薛师傅在大门口迎住了那辆停靠过来的出租汽车。他弯下腰朝里一看，大吃一惊：怎么车里坐满了人呢？

9. 京剧女演员只好从迎亲行列中退出。

从出租汽车里出来了三个神色仓皇的男人。他们一下车便直奔院内，对薛师傅和迎出门来的孟昭英连斜眼一瞥的兴趣也没有。薛师傅和孟昭英都不禁愕然。

薛师傅正想凑拢车窗问问司机这究竟是怎么回事，司机却开动车子，显然是要掉头离去。薛师傅一时间懵了，呆呆地站在了大门口，活像一尊石雕。孟昭英总算及时恍然，忙过去对公公说："爸，这不是咱们要的那辆车。"

那三人原来是澹台智珠的同事。为首的一个长着一张马脸，但皮肤白皙，头发墨黑（有经验的人一眼就能看出，那是用染发水染过的），鬓角留得很长，戴着一副金丝边的眼镜，穿着一件织有古钱图案的赭色绸面对襟皮袄，领口没有系拢，露出里面的一条绸子围巾，那绸子围巾是蓝底子的，上面似乎印满白色的书法作品。他便是将同澹台智珠合演《卓文君》的小生演员濮阳荪。另外两个，矮胖的一位是拉二胡的，干瘦的一位是弹阮的。他们急匆匆奔向澹台智珠的家门，恰巧澹台智珠穿好了衣服，正同薛大娘准备同到院门之外，双方劈面遇上。

澹台智珠一望见这三个人，便觉是不祥之兆。她请乐队的五位主力来吃饭，为何只来了两位？而且最主要的两位——拉京胡的老赵和打板鼓的老佟，竟然都没有来，弹琵琶的小秦也不见影儿。而她并没有邀请的濮阳荪，偏出乎意料地飘然而至，这不是乱了板眼吗？

濮阳荪一见澹台智珠，先耸眉惊叫起来："哟，智珠，你这是意欲何往呀？"

澹台智珠恨不能一下子把对方问个明白，但薛大娘就在自己身边，已允诺承担的迎亲任务怎好就此推托，便对三位来客笑笑说："真不巧，我得出去一趟，你们先进屋坐吧，我去去就回来！"

濮阳荪并不放过她，依然表情丰富地盯问："你究竟哪儿去呀？有什么事比咱们的事更火烧眉毛呀？"

澹台智珠只好望望身边的薛大娘，解释说："我帮邻居点忙，给迎迎新娘子去。"

濮阳荪连瞥薛大娘一眼的兴致也没有，只是双手一拍，又伸出右手食指一转一指，指定澹台智珠说："你呀，真是'商女不知亡国恨'！"

澹台智珠一惊，心情更加慌乱，不由得连问："究竟出什么事了？你们光瞎咋呼，能不能说个明白，到底是怎么啦？"

拉二胡的那位便在濮阳荪身后说："老赵、老佟另攀高枝啦！"

弹阮的那位也在濮阳荪一旁说："快想辙吧，要不咱们可就散摊啦！"

澹台智珠心里"咯噔"一下，仿佛有什么东西沉落并断裂在那里。啊，她曾有过的最坏估计，果然在今天成了现实！

薛大娘从三个陌生人一出现便感到不安，及至听见看见他们跟澹台智珠这么一说，澹台智珠那么一皱眉、一发愣，心里不由得比澹台智珠更其慌乱。迎亲的小汽车已经停在门口了，这可怎么是好？她巴不得澹台智珠撂下那头暂且不管，及时同昭英出发往女家去迎亲。可眼下的形势显然容不得澹台智珠跺脚走人。她只得赔出个笑脸对澹台智珠说："智珠呀，那你就先把这几位师傅让进家坐吧。我们在大门口等你一会儿。你安顿好赶紧来吧！"又对那三位陌生人说："让您三位师傅受屈啦，我们求智珠帮个忙，不一会儿就能回来。"

澹台智珠同那三位来客进了她家以后，薛大娘赶紧走出院外，使她大吃一惊的是院门口并没有停着小轿车，只有薛师傅和孟昭英翁媳二人呆立在那里，引颈朝胡同口外眺望。她眼前不由得一暗，心想今儿个是冲撞了谁呢？怎么就没有一档子事儿顺心？……

澹台智珠让三位客人落座以后，顾不得沏茶招待，忙让他们"细细道来"。

原来那拉京胡的老赵和打板鼓的老佟，今儿个一早就让一位资历、待遇、名气都比澹台智珠略胜一筹的演员接到家里去了。虽说详情不清，但那位澹台智珠得叫作"师姐"的角儿"鱼竿钓鱼"①，是再清楚不过了，而老赵和老佟的"不地道"，也由此暴露无遗。拉二胡的和弹阮的二位在"汇报"中一方面表白着自己对澹台智珠的"忠心"，鄙薄着那老赵、老佟两位的"不义"，一方面也并不隐讳他们的观点："虽说一块儿合作是为了事业，到底谁也不爱

---

① 戏剧界行话，把主演、场面挖走都叫"鱼竿钓鱼"。

喝见不着油星子的清汤。"是呀,澹台智珠理解他们的心情。给谁伴奏不是一样干活?跟着那位"师姐",时不时能到全聚德、丰泽园"聚餐",到家里对戏,也总有啤酒、汽水、冷切①、糕点、水果招待;"师姐"记性还特别好,知道你有个上幼儿园的儿子,就时不时往你手里塞块巧克力;知道你有个老母亲牙口不好,逢年过节兴许就提个西式寿糕去拜访;而且"师姐"香港、海外都有许多的关系,能说动那边请她去搞访问演出,出访时乐队自然都能跟着去开眼……跟着我澹台智珠呢?我倒有那个善待他们的心,可就凭我跟李铠这点工资,能给他们那么多好处吗?我老不能出国演出,乐队不等于总跟着我忌洋荤吗?澹台智珠想到这里,心里说不出是自卑还是愤慨,只觉得鼻子发酸。她想到老赵、老佟二位前一阵子在她面前起誓的情景,就更不能自持。当时他们都对她说:"咱们一块儿合作,为的是艺术。咱们一块儿创出新腔来,不比吃烤鸭子痛快?"可当他们的玩意儿经她点拨趋向成熟之际,他们就变心了!他们甘心被那"师姐"当作花木挖走!他们的良心给撂到哪个旮旯里去了?

濮阳荪看出澹台智珠的惶急愤怨,便把座椅朝她身前挪了挪,诚心诚意地出主意说:"智珠呀,'亡羊补牢,犹未为晚'。只要拿定了主意,今儿个晚上我去老赵、老佟家里,约他们明儿个晚上到八面槽'萃华楼'会齐,你我加上二胡、琵琶、大阮三个,对他们俩动之以情,晓之以理,毕竟你们合作了多年,我就不信他们能那么下作——见利忘义!"

澹台智珠心里也有跟那位"师姐"争个短长的想法,那边固然有比自己多的利,自己终究有比那边硬的理;再说前些时灌唱片拿到的一百块钱酬金还没有动,只要自己改进一下原先"抠门儿"②的做法,舍得在关键时刻"出血",老赵、老佟也不至于就无所顾眷——他们同自己合作已达到驾轻驭熟的程度,跟那位"师姐"去,且得"夹生"一段……不过,澹台智珠在心里也本能地掐算了一下,"萃华楼"可是甲级饭庄,要包桌的话,7个人一桌就得70元,酒水还在外;要是去了临时点菜,一是座位没有保证,二是被请的人会觉得自己小气,三是未必就能省钱……加上饭后叫出租汽车把他们分头送回去,那一百块灌片的酬金怕都不够使,少不得还要拿活期存折去银行里取

---

① 肉肠、火腿等不必加热的熟食。
② 吝啬的意思。

个三十五十的……啊呀，李铠会怎么说呢？他那买一架日本柯尼卡牌"傻瓜"照相机的计划，难道又得推迟吗？

濠台智珠想到这些，只觉得力不从心，不免心灰意懒起来。她蜷缩在沙发中，双手搓揉着那鹅黄拉毛围脖的穗子，恹恹地说："算了算了，人各有志，就由他们去吧！反正团里还得另给我找人，总不能让我上不了台吧！"

二胡和大阮一听这话，便连连摇头，争着说："不能让老赵、老佟走啊！""咱们得想法子拢住他们啊！"

濮阳苏扬起眉毛，拔高嗓门说："气可鼓不可泄！智珠呀，实跟你说吧，只要明儿个晚上他们到了'萃华楼'，你就看我的吧，我袖子里揣着个'撒手铜'哩——我把你那'师姐'的老底儿一抖落，老赵、老佟一准叽里咕噜地回到你身边，瞧着吧！"说着从丝棉袄的袖口里抽出一方雪白的手绢来，仿佛那便是足以制胜的"撒手铜"；他用那手绢往脸上轻轻地按了一通以后，强调地说："让老赵、老佟明儿个晚上跟咱们坐到一张桌子边上，是关键的关键！"

正说着，李铠打外头回来了。李铠起床以后，后悔头晚上对濠台智珠的粗暴，因此表现得格外温驯。濠台智珠把中午请客吃饭的事和上午为薛家迎亲的事告诉他以后，他主动表示可以立即去地安门菜市场等处跑一圈。此刻他便是从外面采购归来。他不但从地安门菜市场买到了上好的瘦肉和难得见到的蒜苗，还从后门桥自由市场买回了一只母鸡和两条鲤鱼；碰巧又在那里遇上了卖红肖梨的，他想起濠台智珠爱吃红肖梨甚过鸭梨和雪花梨，忙为她买了三斤，加上别的一些东西。他右手中的草编筐和左手中的网兜全部胀得滚圆欲破。

李铠进院门之前，自然看到了薛师傅、薛大娘和孟昭英，同他们打了招呼。薛大娘还嘱咐他："我们的车这就快来了，你让智珠早点出来吧。"他满嘴应承："没错儿！"

谁知他一进得屋门，呈现他眼里的，却是完全没有预料到的情景。

他首先没有料到乐队的人会提前到达。再说，怎么那个最见不得的濮阳苏竟昂然在座！不是并没有请他吗？他一听说濮阳苏即将同濠台智珠合排《卓文君》，便给智珠递过话："那个阴阳人你可别给招到家里头来！"智珠当时便发誓般地说："我让他来算我发疯！"只是还解释了几句，"他那个人台上犯酸台下也犯酸，是让人起腻，可如今小生难找，他跟俞振飞俞老板请教过，到底唱、做上还有点功底，人其实还不是歪人。你别乱说人家，什么阴阳人不阴阳人的，传出去影响不好！"

后来那濮阳荪也确实没来过他们家。怎么今天——偏偏是今天——却来了？来了还不算，看他坐的那位置、那做派！

当时澹台智珠坐在沙发中，隔着茶几，另一边的沙发中是二胡，大阮坐在饭桌边的一把椅子中，独有濮阳荪不伦不类地坐在饭桌和茶几之间，而且把他坐的那把折椅拉得贴近澹台智珠所坐的沙发。李铠进屋时，其余三个人都不由得把眼光偏向屋门望着李铠，唯有他依然盯着澹台智珠，眉飞色舞，比着手势，在那里高谈阔论。李铠面对着这样的现实，怎能不火？

李铠朝饭桌迈了几步，"咚"地把手里的菜筐和网兜往桌上一撂。这时濮阳荪才注意到他。濮阳荪扭头望了他一眼，竟没意识到他是澹台智珠的爱人，以为他大概是澹台智珠兄弟一类的家属，连微笑一下、点个头的注目礼也未行，便又朝着澹台智珠，自顾自地议论起来："你那'师姐'她呀——本是个银样枪头，你可用不着犯怵……"

澹台智珠打李铠一进屋，便意识到头上的阴云更加浓重，她该怎样向他解释？他能听进她的解释吗？

二胡、大阮本是熟人，他们在李铠走到饭桌前时都笑着同他打了招呼。李铠眼里并没有他们，他只恶狠狠地盯住了濮阳荪和澹台智珠。澹台智珠从李铠眼里看出了雷鸣前的电光，忙从沙发上站起来，打断濮阳荪的话头，尴尬万分地介绍说："濮阳荪，这位是我的爱人——李铠。"

濮阳荪听了这话，圆睁双眼，立刻站了起来，朝李铠拱手致意说："哟！敢情您就是智珠的那口子呀——小生这厢有礼了！"

李铠真恨不能啐他一口，强忍了几秒钟，才改为瓮声瓮气地说："你是谁呀？你到这儿干什么来了？"

濮阳荪一听这话，方知得罪了人，刚才的伶牙俐齿，顿时变成了张口结舌。他窘得满脸红紫，不知道该怎么应付这个场面。

李铠当然早就认得濮阳荪，濮阳荪在此以前确实并不认识李铠。濮阳荪其实是个善良而胆小的人，他已经50多岁了，出生在一个官僚家庭，受家里熏陶，从小酷爱京剧。新中国成立前夕他正在辅仁大学上学，学的专业是化学，醉心的却是票戏。

他一生不问政治，只要能过戏瘾，他便感到满足。21岁的时候，他花钱请了几位名艺人，为他在一个堂会上配戏。那是他精神生活所达到的一个高峰，至今回忆起来，还不禁心荡神驰。他最早学的是花旦，师法的是筱翠花的路子；后来又改攻青衣，《三堂会审》是他的拿手好戏；到新中国成立后他干脆下了海，因为剧团里缺小生，他便又转了小生，虽说一直是给二流旦角配戏，他倒也怡然自得。"文化大革命"中因为"京剧革命"革掉了小生小嗓这个行当，他便在"样板戏"中充当零碎杂角，演个村民甲或匪军丙什么的。粉碎"四人帮"以后，他又演上了小生，因为小生演员奇缺，他在团里的地位居然扶摇直上，近来竟有两三个挑大轴的旦角约他配戏。他忘掉了自己的年龄和经受过的烦恼，兴致勃勃地投入了频繁的排演和演出活动，产生出一种"恢复了艺术青春"的感觉。半年前，他还不惜自费去了趟上海，以"程门立雪"的虔诚，感动了高龄的俞振飞，得到接见晤谈 30 多分钟的殊荣。

回京后他一提及这位老前辈便称"俞师"，这回同澹台智珠排演《卓文君》，他便声称要在台上"重现俞师当年风貌"。对于澹台智珠，他评价颇高，认为是团里如今最有前途的旦角演员，"融四大名旦之长，文武昆乱不挡，大红大紫指日可待"。

他关心的确实只是如何把那出司马相如与卓文君同为主角的新戏码早日推出，而对澹台智珠绝无邪念。因此他在与澹台智珠接触时从未问过她的爱人是谁，直到刚才他急匆匆赶到澹台智珠家中时，他脑海里也没有与她的爱人相会的思想准备，所以一旦李铠以这种毫无掩饰的厌恶面目对待他时，他便大吃一惊，手足无措了。

澹台智珠见李铠一点面子也不给，张口便伤人，又是当着二胡和大阮，传出去岂不又成了团里的一桩"新闻"，不觉胸中也生出了一团火气，压了几秒钟，怎么也压不下去，便爽性也把一腔火发泄出来，绷着脸对李铠说："你吃了枪药还是怎么的？懂不懂得好歹？人家濮阳荪是赶着来给我报信的！我的事业受损失，对你有什么好处？对一家子有什么好处？"

濮阳荪听了这话，才找着跟李铠求和的话语，忙说："李铠同志，您误会了，我们来完全是好心好意。有人要挖澹台智珠的墙脚，您说我们能知情不报吗？"

二胡和大阮也忙着站起来，你一句我一句地向李铠解释。李铠听明白了以后，先生出一些后悔的情绪——毕竟人家并无恶意；但及至听到濮阳荪那个明儿个晚上在"萃华楼"请客的建议，却又恢复了厌恶与嫌怨——他们拿着我们家的钱不当回事儿，而且，那话里话外分明意味着并不需要我也去趟"萃华楼"，当这么个演员的丈夫，岂不是太窝囊了吗？于是，在一种复杂的感情中，他依旧铁青着脸，暴躁地说："甭跟我说这些了！我这儿不是你们团的排演场，有事没事甭往我这儿乱窜！"

这话一出来，就把二胡和大阮也得罪了。澹台智珠急得直打哆嗦。在西边屋待着的公公听到外边闹得不像话了，只好踱了出来，训斥李铠说："有你这么说话的吗？四十多岁的人了，一点涵养也没有！甭说人家是好心好意，就是找错门的生人，也不能像你这么说话！"说完忙对客人们赔笑，招呼说，"坐，都坐下吧！有话慢慢说。"又嘱咐智珠，"给客人沏水吧！我跟李铠到厨房拾掇东西去。"三位客人看在老人的面子上，又坐下了。澹台智珠转身去酒柜上找杯子、茶叶筒，借沏水的工夫平静一下情绪。李铠却仍旧站在饭桌前生气，他眼睛盯着饭桌上从网兜中滚出的两个红肖梨，思绪混乱而痛苦。

正在这时，薛大娘推门而进，她兴冲冲地招呼澹台智珠说："智珠呀，我们那车总算来啦！你跟昭英这就去吧！"

澹台智珠被这声音一惊，手里的一只玻璃杯不慎掉到了地上，"咣"一声，大家都不禁一颤。薛大娘愣了一下，忙打着哈哈排解说："不碍的，'碎碎（岁岁）平安'嘛！一会儿让新娘子赔您个新的！"可让她不解的是，澹台智珠转过身以后，满脸烦恼不说，眼里还潮乎乎的。难道她家出了什么事吗？

"薛大娘，真对不起，"澹台智珠果然面对她发话了，"我不能跟昭英迎亲去了，我遇上了一档子紧急的事……"

薛大娘听到这话，心里只觉"咯噔"一声，又是一个不顺利！今儿一定是冲磕着什么了，要不怎么竟没有一档子事顺当？惶急中她也不及细问，讪讪地说了句："那……我们就不麻烦您啦！"转身出了澹台智珠家，直奔大门外而去。

彼时大门外的小轿车旁，已然站满了人。除薛师傅和孟昭英而外，还有詹丽颖牵着小莲蓬，荀磊，澹台智珠家的小竹（他早就跑到胡同里抖空竹去了），以及邻居的一些大人孩子。小轿车前面横档上潦草地挂着一条红绸，当中扎着一个球，球上立着一个塑料制成的囍字，那颜色不知为什么是洋红的，看上去与大红的绸子很不协调。司机从前窗探出头来，催促着上车。

见薛大娘身后并未随来澹台智珠，薛师傅和孟昭英不禁忙问："怎么？她去不了吗？"

薛大娘心慌意乱地说："人家家里又有了急事，不去了……唉，谁让我爹妈当年就生了我一个闺女呢，小跃子连个亲姨都没有！让我临时抱哪只佛脚去！"

孟昭英倒没觉得这有什么了不起的，她拉开车门说："妈，那就我一个人去吧。一个人去也行呀！"

詹丽颖的心肠顿时又热了起来，她把小莲蓬送到薛大娘身边，自告奋勇地说："嗨，这您有什么犯难的？我还不就等于您的亲妹子吗？小徽子、小跃子我都是瞧着长大的嘛，他们打小就叫我詹姨，这詹姨难道就白叫了吗？智珠去不成，我去！"说完，她就要随着孟昭英往汽车里钻。

薛大娘没想到半道上杀出她这么个"程咬金"来。且不说詹丽颖脾性不佳，她父亲头年才在老家得肝癌去世，又至今都没解决夫妻两地分居的问题，原来没请她帮着迎亲并不是忽略了她，而是有意排斥的结果。她竟毫无自知之明，硬要往那迎亲的小轿车里头钻！薛大娘只觉得胸口发闷，她不顾体统地一把抓住詹丽颖胳膊，阻挠她进入汽车，连连地说："他詹姨，不麻烦您啦！不麻烦您啦！"

詹丽颖呢，却全然误解了薛大娘的心思。她以为薛大娘原来请了澹台智珠而没有请她，只不过是图澹台的名气和相貌，并不知道她同澹台智珠之间还有"全可人"和"缺陷人"的重大差别。她以为薛大娘之所以拉扯她真是出于过意不去，于是，她大声嬉笑着，挣脱了薛大娘，同孟昭英一起坐进了小汽车。司机见人已坐进，便毫不迟疑地开动了车子。不一会儿那车子便远去了，把心里忐忑不安的薛大娘抛了在院门口。在薛大娘身后，是心情各异的一群大人和孩子。

生活，在钟鼓楼附近的这所小院周围活泼地流动着。胡同里谁家养的一群鸽子飞上了冬日的晴空，传来一片鸽翅扇动的声音。

10. 一位修鞋师傅。他希望有个什么样的儿媳妇？

北京城中轴线所穿过的地方，由北而南，依次有：钟楼、鼓楼、后门桥、地安门（门已拆除不存）、景山、故宫、天安门广场、正阳门、前门外大街、珠市口、天桥、永定门（门亦拆除不存）。其中外地人所最不熟悉的，恐怕就是后门桥了。

该桥在鼓楼和地安门之间的街道中段，古时叫万宁桥，又名澄清闸。从什刹海前海流出的水，穿过此桥，拐向东南，经东步粮桥进入皇城东南，再汇入到通惠河——永定河的支流中去。现在此桥还存有汉白玉的桥栏，只是桥下已经无水，成为一座旱桥了。什刹海前海中的水如今不再往后门桥下流，而是经暗沟流入北海公园的北海，再经中海、南海，汇入天安门前的金水河，又经过一段暗沟，汇入到东便门的泡子河中，再泄入到通惠河里去。

后门桥当年的景色，据志书记载，颇富野趣。元朝有个张翥吟诗曰："立马金桥上，荷香出苑池。石桥秋雨后，瑶海夕阳时。深树栖鸦早，微波浴象迟。烦襟一笑爽，正喜好风吹。"如今的后门桥，却完全是闹市景象了。桥西有一家"合义斋"饭馆，除卖正餐炒菜外，附设小卖部，专营北京风味食品炒肝和灌肠。桥东则有一家食品店、一家牛肉面馆，新近还出现了一家青年人合资经营的"燕京书店"。这样，后门桥两侧可以说物质、精神两种食粮都不匮乏了。

苟磊的父亲苟兴旺师傅，就在后门桥西南的人行道上摆他的修鞋摊。整个摊子由两只油漆桶和几扇可以折叠的木板组成，收拢可以放到自行车后架上驮走，打开则有一两米长，上面陈列着备用的大小鞋钉、铁掌、皮料、人造革料、模压塑料块以及成型的鞋底、鞋跟等。摊子摆开后，苟师傅便将一幅印有"修理皮便鞋"字样并附有个体营业执照号码的白布，系在摊前。没有活时，他便端坐在摊后，戴着一顶帽子（冬天是栽绒帽，春秋是布便帽，夏天是短檐草帽），膝上搭着一块厚重的劳动布；修鞋时必不可少的"独角蛟"（铁制，下头有供脚踩着以便固定的横向底座，上头是竖向的一个厚铁脚掌，以便将待修的鞋套上去操作）倚在两腿之间，手里握着一只用麻栗疙瘩自制的大烟斗，悠闲地抽着叶子烟；来了活路时，他便将那大烟斗搁下，麻利地操作起来。

这天苟师傅八点多出摊，摆开摊就来了不少大活——有打前后掌带换跟的，有缝前帮带粘内垫的，送活的人还都挺急，巴不得立时就能修好上脚。苟师傅拿过活就做，和颜悦色地对他们说："过一个钟头来拿吧，我尽可能给整旧如新。"

人家走了，他戴个老花镜，两眼只瞧着"独角蛟"上的鞋，一双布满老茧的手忙个不停。

苟师傅做活的时候，不但看不见周围的一切，也听不见周围的声响。所以，当那辆里头坐着孟昭英和詹丽颖的迎亲汽车驶过后门桥时，他一点也没有发觉。

街上的另一个人却注意到了那辆汽车，而车里的人也看到了她，她们之间甚至还匆匆地打了个招呼。那便是骑着自行车由南而北的冯婉姝。

冯婉姝和荀磊在同一个单位工作。她刚从北京外语学院西语系毕业。他俩语种不一，工作内容有时却相通。他们俩真是一见钟情，热恋之中，他们只顾互相欣赏，虽然说了许许多多的话，却全然没有问及过对方的家庭。在向家庭公开关系之前，他们活动的地点，一不是电影院和剧场，二不是公园。他们专找那种不用买票、出入方便、易被人们忽略的"小风景"去缠绵。常去的地方有故宫后面的筒子河边、王府井大街斜对过的正义路林荫道、什刹海的银锭桥畔、中国美术馆东侧的绿地等。他们在荫蔽的角落里紧紧地拥抱，互相微闭着眼睛寻找对方火烫的嘴唇，心里弥漫着浓郁的诗意。等最热烈的感情迸发完以后，他们渐趋冷静，于是，不知是从哪天开始，荀磊向冯婉姝学起西班牙语来，而冯婉姝也便向荀磊请教起英语来。他们的学习方式是充满了戏谑的，比如荀磊问："西班牙人怎么称呼月亮和星星？"冯婉姝告诉他了，他熟记几遍后，冯婉姝便反问他："英国人怎么称呼枫树和红叶呢？"他答了，冯婉姝也熟记了几遍。于是双方开始造句。荀磊用西班牙语说："我爱月亮、星星，不爱你。"冯婉姝便紧接着用英语说："我爱枫树上的红叶，讨厌你。"双方语法上自然都有错误，于是互相激烈地指责，其间荀磊会用英语咕哝一句，冯婉姝便会追问他究竟何意；而冯婉姝也会用西班牙语娇嗔一句，荀磊也便忍不住逼问她究竟埋怨的是什么。这样，闹到最后，他们双方又都学会了不少单词和句式，于是一个伸展着腰肢，一个摇晃着披肩发，都说"累死了"，然后少不得便紧紧地依偎在一起，把西班牙语和英语混杂一起说："我爱你，爱得要死！"

他们当然谁也没有死。他们活得有滋有味。终于有一天，他们理智起来了，认识到爱情的归宿必然是一个由他们两人组成的家庭，而这个家庭又必然要同他们各自已有的家庭相联系，于是他们这才开始介绍自己和询问对方的家庭情况。

他们是不是太浪漫了一点呢？是不是太超凡脱俗了一点呢？也许，使他们这样处理个人感情的主要因素，是由于他们都读了太多的西方人文主义的文学作品吧？

荀磊告诉冯婉姝说："我父亲是个修鞋匠。"

冯婉姝笑嘻嘻地说："别臭吹了！你有什么资格自比安徒生？"丹麦童话大师安徒生是鞋匠的儿子。冯婉姝确确实实没有丝毫鄙弃修鞋匠的意识，无论是丹麦的还是中国的，修鞋匠在人格上与她，与所有的人，都是绝对平等的。但她过去完全没有这样的思想准备——她觉得就凭荀磊那地道的英国绅士风度，他父亲起码也得是个中学教师。

荀磊重复地说："我父亲真的是个修鞋匠。"

冯婉姝一看荀磊眼神，就明白他并不是开玩笑。于是她收敛了嬉笑，把靠在他肩膀上的脑袋调整得更舒适，闭上眼睛说："你爱他吗？把他的情况细说说吧！"

荀磊便抚着她一头柔软的长发，徐徐地对她说："我父亲叫荀兴旺。我们老家是河北博野。我爷爷早就去世了，奶奶带着我两个姑姑和我爸过日子，苦得不得了。爸爸后来就加入了八路军。那时候他才14岁，枪比他人还高半头。后来他是解放军里最普通的战士，参加过解放石家庄的战斗。你知道八一电影制片厂前些时候拍过一部故事片，就叫《解放石家庄》吗？你自然不知道。你照例不看这样的电影。我也一样。主要是这样的片子艺术上贫血贫得太厉害了，对吧？可电视上放这部电影的时候，我爸爸看得津津有味。他坐在我们家他自己打制的沙发上，手里攥着他那麻栗疙瘩旋成的大烟斗，脑袋前伸着，聚精会神地从头看到尾，一边看还一边评论着：'对！就是那样！……不对！瞎掰！当时哪是那样！'电视上好像不止播过一次，他次次都是这么个看法。说来也怪，跟他一块儿打仗的战友，牺牲了不知多少，他却连重伤也没落下。他还拼过刺刀哩。你不信吗？我信。因为我爸嘴笨，说实话都费劲，说瞎话那就非把他难死不行。他有一回跟我们讲他拼刺刀的事，就那么三两句话，听得我心里怦怦直跳。不是真拼过的人讲不出那话来。他说到那时候眼里只有敌人的肚子，那肚子东躲西闪，可他非把刺刀插进那肚子里不行，扎进去拽出一嘟噜肠子来，他就高兴了。他就那么出生入死地在第一线战斗。我奶奶和我两个姑姑，那一阵整天站在村口守着，一有担架队过来，她们就挨过去，一个一个掀开被子认，始终没有见着我爸爸。她们就哭了。人家问她们为什么哭，两个姑姑说：'高兴的。俺弟弟杀了敌人，可他没挂彩。'奶奶却说：'糟了。怕是牺牲在那儿，抬不回来了。'仗打完了，爸爸回到家里，奶奶和姑姑让他脱光了膀子，见他果然一点没残，高兴得了不得。爸爸左肩窝、右腰根、左腿肚子上各有一处弹片划出的伤痕，左腿肚子削去的肉最多，可那毕竟算不了什么。爸爸要是留在部队，继续南下，说不定就当上南下干部了。那就不知道会娶个什么样的老婆，养出些什么样的孩子来，反正没有我了。可土改以后家里没有劳力，他就解甲归田了。种了几年地，我两个姑姑先后出阁了，城里招工，我爸就进城当了工人，后来把奶奶也接进了城。我爸先学木工，后学钳工，他这人手巧，想做什么能成什么，后来一直升到了七级。八级工到头，他只差一级。他们厂也没有八级的，他算技术最高的了。

"你一定觉得奇怪，我爸爸成分、经历这么好，可他怎么会不是党员？他不是。据说他出师的时候，厂里党委书记挺动感情地对他们车间党支部书记说，苟兴旺你们不发展，你们究竟想发展谁？可车间支部书记为难。我爸是个出名的孝子，奶奶爱吃豆面糕，近处没有，歇礼拜那天我爸就骑车跑遍全城，不买到豆面糕绝不罢休。这当然不会成为问题。可后来奶奶去世了，当时北京市已经大力提倡火葬，党团员都要带头，家里死了人要送去火葬，可我爸无论别人怎么劝，也不忍心把奶奶火葬，到底他还是买了棺材，想法子把奶奶送回老家土葬了。党支部书记觉得这事很难辩解，确实是落后的表现，所以不同意发展我爸入党。再有我爸原来是个文盲，进厂后进扫盲班，费了老大力气，认字也不多。后来补文化课，补到初小程度就再提不高了。他不爱看书，只爱鼓捣东西，比如打个家具、安装个管道、编个渔网、修理个自行车、修个鞋、旋个烟斗什么的，弄出来样样让行家佩服，可一叫他看书他就头疼。他一生只精读过两本书，一本是《苦儿流浪记》，这本书我听他讲过，不是法国那个马洛写的那本，好像是解放初印的一种诉苦材料；另一本是《鲁班学艺》，据他说他得到的那本书页已被撕破，他是一页页拼拢一起，一字一字读下来的。他一生最佩服的是两个人，一个古人一个今人。古人就是鲁班，今人就是彭德怀。因为我爸文化始终提不高，党支部认为是学习不够努力造成的，所以后来也就一直没有发展他入党。我爸这个人人缘特好，但人人又都认为他绝不是入党、做官的材料。'文化大革命'起来了，他哪派都不是，哪派也都不积极找他。往外派工宣队，没他的事儿。'支农小分队'他也没参加过。

"他就是在车间干活。车间停产了，他也去，甚至只剩他一个人了，他也在那儿待着，擦擦这儿，扫扫那儿。他就是那么个木头人似的模样。其实他心里很有主见。他平生最喜欢看的一出戏就是《白毛女》。他说还在部队里的那阵，参加土改，他天天在文工团演《白毛女》的时候站在台上'压台'，只要一演到逼死杨白劳那场，他就忍不住流眼泪。有一回有坏人捣乱，在场子里喊反动口号，我爸从台上一个雄鹰展翅扑下去，追了半里路，抓住了那个坏人，要不是别的人起来劝阻，我爸当场就会把他毙了。'文化大革命'开始以后，有人告诉他，说江青说了，歌剧《白毛女》是毒草，他连惊讶和愤慨都没有，因为他根本不信。后来知道真把歌剧《白毛女》否定了，他也并不激动，他认定那不过是一时的说法，他坚信歌剧《白毛女》是好的。后来组织大家看芭蕾舞剧《白毛女》，看到喜儿被抢，他照样感动，他跟人家说：'《白毛女》还是好的吧？我就知道打不倒它。'人家便跟他解释：这个《白毛女》同那个《白毛女》有质的不同，那个反动，这个革命，比如那里头的杨白劳软弱无能，这里头的杨白劳英勇不屈，等等。他却全然听不进去，人家费老大劲说完了，他却表态说：'我看差不离，就是这里不用那脚尖子跳，兴许更顺眼。'你说拿他有什么办法！粉碎'四人帮'以后，重演歌剧《白毛女》，他在电视里看了，照样流眼泪。我跟他说：'如今芭蕾舞跳的那种不能演了。'他不以为然，对我说：'干吗不演了？我看也挺好。就是少用脚尖子走路，兴许更好。'你看，他什么时候都保持他个人的看法。我爱我爸，就是因为他有这么一个稳定的、厚实的、淳朴的人格。他用他的这种人格力量，启示了我，使我的灵魂善良、纯净。

　　"那么，你要问我了，他不是七级钳工吗？怎么又当了修鞋匠呢？那是前年的事。他才54岁，可他提前退休了，为的是让我二姐进厂去顶替。这就要说到我家里别的人了。先说我母亲。她就是咱们北京郊区顺义县的人，是我爸的师傅把她介绍给我爸的。他们也是一见钟情，认识不久便结婚了。后来我妈妈也进厂当了工人。我们家开头就住在工厂一间十多平方米的平房中。一排一排的那种简易平房，一间屋子住一家人。我家人口最多的时候是六口人，我奶奶，我爸我妈，两个姐姐，还有一个哥哥——那哥哥7岁的时候得病死了。全家挤着睡，连个收音机都没有。过春节的时候买张年画贴到墙上，一年里头把画上的每个细节都看熟，那大概便是我家的文化生活了。后来奶奶去世，姐姐们长大，三年困难时期，我妈生下了我。说起来要多亏一场意外的火灾，不知哪家生炉子不小心，把屋子引着了，结果牵三连四，救火车又一时开不过来，把厂里那片宿舍区烧光了。作为善后的结果，我们家和另一家被安排进了如今住的这个小偏院。头年厂里盖了新楼，我们两家都属住房困难，我爸把进楼的权利让给了那家，我们留在了小偏院中，那家的那间屋归了我们，我们现在总算有两间屋了。我妈渐渐从一个农村妇女变成了一个典型的北京市民。她现在显得比我爸年轻很多（其实她比爸爸只小3岁），每天回到家头一件事是大洗大涮，用立体梳子梳她那烫过的头发，抹银耳珍珠霜。她有两身西装，一身是专门到王府井蓝天服装店做的，逢到休息的那天，她便穿得整整齐齐，有时候手上还戴个粉红的假宝石戒指，沏茶喝水以前要把杯子洗涮得很仔细。尽管她这样，你一眼看上去，还是有股天然的土气。我也爱我的妈妈。我觉得她过了那么多年苦日子，把我们姐弟三个拉扯大不容易，现在喘过气来了，讲究一点，是一种自我意识复苏的表现，是可喜的。别看她有这种似乎俗气的一面，干起家务事来，她还是那么能吃苦，那么麻利。你一看见她干活，便能感觉到她天性便是热爱劳动，并且渴望通过劳动来达到她的理想境界的。她把屋子总整理得特别利索，一尘不染。床单、被褥、窗帘、沙发上铺的浴巾等并不见脏，她便把它们取下来，泡进洗衣盆，挽起袖子，露出两条比我还粗壮的胳膊，愉快地洗涤起来，望着那些溢出盆外的肥皂泡，她仿佛格外感到幸福。据大姐回忆，当年我们家是乱作一团的，妈妈也顾不得收拾，如今有两间屋子可以供她细心拾掇了，难怪她那么心满意足。她的审美观当然是受她成长的环境和所具有的文化水平制约的。你到我家一看就能明白。每一样东西都是她精心挑选来的。其实我们家附近的百货商场什么都能买到，但她为了买一块窗帘布，却宁愿跑到西单、大栅栏去，细细地比较、挑拣，然后汗淋淋地回来。现在挂在我们家外屋窗户上的窗帘就是她的作品：布料是浅蓝底子的，上头有深蓝的松树和褐色的白鹤图案，下头用爱丽纱细心地镶上了花边。而沙发上铺的浴巾呢？棕红色的底子上是两个鲜红的散花的仙女。还有盖在酒柜和饭桌上的塑料布……你一看就会感到'怯'①，但我以为你应当和我一样尊重我妈的审美趣味，看久了，你甚至会体验到一种质朴的以浓烈的色块和明快的配搭取胜的民俗美。现在里屋是我的世界。我那些从英国带回来的东西，我妈看不惯，就像我看不惯她选择的窗帘布一样，可她也尊重我。我把一只绘有抽象派图画的挂盘挂在床头上，每回妈妈收拾屋子的时候都要发笑：'天哪，这能叫画儿吗？'但她并没取下它，而是用鸡毛掸子小心地拂去上面的灰尘。我妈便是这样的一个人。她也快退休了。她说她退休以后，要好好养一点花。我想那时候，我们家小院一定能变成了美丽的花园。

　　"我两个姐姐的情况几句话就能说清楚。大姐插队回来当了售货员，大姐

---

　　① 土里土气的意思。

夫也是售货员。二姐从兵团回来待了一阵业，后来当临时工，顶替我爸进厂以后，在14层的宿舍楼里开电梯，去年她也结了婚，我二姐夫是厂里的电工。

"怎么样，你都听进去了吗？听腻了吗？"

冯婉姝把脑袋从荀磊肩上挪开，两手梳理着披肩长发，感叹地说："听得津津有味。一个完整的世界。一个我过去所不了解的世界。一个我即将踏进去的神秘的世界。"

不久，她的确迈步进入了这个世界。

那天，她比约定的时间提前半小时，骑车前往荀磊家。路过后门桥时，她看到了鞋摊，看到了荀师傅本人。那头一眼的印象，便使她对这位未来的公公无比敬爱。

一般的人，看到冯婉姝的打扮做派，总会把她划入所谓"现代派"青年一流，似乎她所欣赏的，只能是洋味儿的人物，比如电影演员，一定只欣赏法国的阿兰·德隆和日本的山船敏郎，其实不尽然。冯婉姝自小在心目中，就崇敬、爱戴两个银幕形象，一个是《平原游击队》里郭振清扮演的李向阳，一个是《上甘岭》里高宝成扮演的张连长，除去别的因素之外，她觉得那两个人物从外形上看也是最美的。当她长大并且当了翻译以后，她仍然保持着那样一种看法，并且对自己经久不息的鉴赏激情上升到了理性——那两个银幕形象凝聚着一种和中华民族古老历史以及苍茫大地相联系的，经过世世代代的劳动者审美意识筛选的男性美。有一回她同一位来自拉丁美洲的褐发女郎交谈，惊讶地发现，那位偶然看过中国影片《平原游击队》的女郎，竟然也坦率地承认："李向阳真可爱！我爱这样的男人！你要见到那位扮演李向阳的演员，请你转告他，我是多么崇拜他！我要热烈地吻他！"她一点也不觉得这种热情可鄙可笑。美的事物，人们总是欣赏的。

当她骑着小轱辘的自行车接近那鞋摊时，呈现在她眼里的荀师傅，便兼有着李向阳和《上甘岭》中张连长的神韵。那荀师傅脸上皮肤因为长久露天作业，近乎酱黑色，但轮廓线极刚劲，眉毛浓黑，印堂宽阔，眼睛极其有神，鼻子高矮适中，人中长而明确，嘴唇厚实，下巴上还有个浅浅的窝儿。满街有多少明眸皓齿、衣衫华丽的俊俏男子，可谁注意到这后门桥一隅的鞋摊主人，远比他们都更富有阳刚的魅力呢？冯婉姝从荀师傅身上，认出了荀磊那之所以使她一见倾心的素质——别看荀磊细皮白肉，宛如出生在另一种家庭的翩翩少年，他那结实的骨架，那眉宇间透出的自尊感，那下颚和下巴线条体现出的阳刚之气，分明都来自他父亲的遗传基因啊！

冯婉姝不觉在鞋摊前停下了车子。当时荀师傅正给一位中年妇女补好了一只鞋，冯婉姝听见那妇女问："多少钱？"

荀师傅用一把小刷子，挤了一丁点黑鞋油在上头，用小刷子把补好的一只鞋跟刷黑——这其实是完全可以免去的一环，他这样做只是为了让自己心理上得到满足：他做的每一样活都是漂漂亮亮的——刷完了，他边递过那只鞋边说："你给两毛钱吧！"

"哟，这么贵呀！"那中年妇女拿过鞋子，用挑剔的目光检验着，唠叨起来，"这么块小料就值两毛钱吗？现在什么都涨价！钉这么块鞋跟也得掏两毛钱！"

荀师傅一边往他那大烟斗里装烟，一边说："那你就拿走吧，拿走吧。"

这倒出乎那中年妇女的意料。她迟疑了一下，掏出一毛钱递过去，说："哪能不给钱呢？给你一毛吧！"

荀师傅没有接。他点燃烟斗，吸了一口说："你拿走吧。这块料一毛钱也不值呢。"

那中年妇女想了想，便又掏出个五分的钢镚儿[①]，扔到鞋摊上，说："那就给五分吧！"

荀师傅立刻把那五分钢镚儿拾起来，投入中年妇女臂中挽的菜篮里，心平气和地对她说："你拿走吧。我一分钱也不收你的。"

那中年妇女虽然讪讪的，却终于并不付钱，转身走了。

冯婉姝把这一幕看在眼里。她更喜欢这位未来的公公了。她理解他的心情：他希望人们尊重他的劳动。他并不需要施舍。他收的不是料钱而是手工钱。

荀师傅一抬眼，发现了她："姑娘，你鞋怎么了？"

冯婉姝对他微笑着。她脚上是一双坡跟凉鞋。她真希望那鞋有什么毛病，然而那双鞋偏新得令人遗憾。可是她又有什么必要非得装扮成修鞋人，来接近这位长辈呢？难道她不可以开诚布公地同他对话吗？

她索性把车子支在摊旁，坐到摊边的一个马扎上，开门见山地对荀师傅说："您是荀师傅吧？我叫冯婉姝，我是荀磊的对象。"

荀师傅一下子被她弄懵了。李向阳如果遇到这个情况，一定不会像他那样慌乱。他颧骨泛红了，把烟斗放下，又拿起来，戴上老花镜，又把它取下，

---

① 金属分币。

憋了半天，才说出一句话来："小磊子的对象是你啊，你叫什么名儿？"

冯婉姝又说了一遍自己的名字，并且把每个字的写法和发音都告诉了他，但显然他只记得住她姓冯，而弄不清她名字那两个字究竟是什么。

"小磊子昨儿个晚上才给我们打招呼，说他对象今儿个来家。原来是你啊。"

荀师傅克服了最初的慌乱，恢复了尊严感，盯住冯婉姝端详着，慈祥地说："你还没去家里吧？你先家去吧，多玩会儿。小磊子他妈给大伙包饺子吃。我今天也早点收摊回去，吃饺子。你南方人吧？爱吃饺子吗？茴香馅的吃得惯吗？"

冯婉姝点着头。其实她最怕茴香了。芹菜、香菜和茴香她家从来不吃。她发现荀师傅那鞋摊上有许多铁罐头盒，里头都搁着一块吸铁石，把一堆钉子吸在一起，活像是蜷缩的刺猬。"多有意思啊！"她拿起一个"刺猬"来瞧，活泼地笑了。

荀师傅见她那身打扮，本以为她会瞧不起修鞋匠，她这么一个动作，使荀师傅心里轻松了许多。他们今后真要成为翁媳吗？他们能和睦相处吗？

从那以后，半年多过去了。冯婉姝常到荀家，路过后门桥时，只要荀师傅在摆摊，她也总要停车坐坐。她对荀师傅愈加敬爱，因为她不断从他身上发现出闪光的东西，这闪光的东西又不断照亮着荀磊的形象。然而荀师傅对她始终仅只是容纳而已——她显然并不符合荀师傅心目中所渴望的儿媳妇形象。她渐渐也意识到了这一点。

这天，和煦的冬阳照耀着后门桥，使人们感觉这个冬天真是出奇的温暖。冯婉姝同那迎亲的小轿车相遇以后，便推车来到了荀师傅的摊前。荀师傅发现了她，点着下巴示意让她坐下，手里继续着修补工作，和蔼地问她："吃过早点啦？"

冯婉姝坐到马扎上，笑着说："都什么时候了，还能没吃！薛家接亲的小汽车都开过去了。"

荀师傅眼里望着"引路猴"（缝鞋的锥针），仿佛是无意地说："今儿个家里可有好吃的！"

冯婉姝猜测："又是螃蟹吗？冰冻的海螃蟹？昨天我们甘家口商场也卖来着。"

"不是那个。"荀师傅不知为什么让"引路猴"扎了一下手，这在他来说是万次不遇的事儿，他哆嗦了一下，恢复勾线，有点犹豫地宣布，"是我们的家乡菜。你去了就知道了。今天……咱们家有'郄'^①来。"

"谁呀?"冯婉姝猜测着,"大姑从老家来啦?二姑从唐山来啦?"她虽然还不好意思称荀师傅夫妇为爸爸、妈妈,但荀磊的两个姑妈她早就叫上了大姑、二姑。

"都不是。是你没听说过、更没见过的人。打我们老家那边来的!"

冯婉姝漫不经心地应着:"是吗?那是得好好招待招待啊!"

来了两个修鞋的,冯婉姝把马扎让给修鞋的坐。她对荀师傅说:"我先去啦。您有什么话要我捎回去吗?"

荀师傅想了想,欲说又止,摆摆手,让她骑车去了。

荀师傅在以后的一段时间里,修鞋不像往日那么麻利。他心里搁着一桩心事。

今天要来的是他当年战友的女儿。那战友也是冀中人,名叫郭墩子,他们前后脚参的军,一块儿在枪林弹雨中出生入死,一块儿奇迹般地活了下来,后来又一块儿进城当了工人。1960 年,他们两人的妻子都怀了孕,正是困难时期,工厂缩减,郭墩子决定全家迁回农村,他认为领下一笔退职金,回去以后继承祖屋,开辟一个新的局面,也许会比在城里生活得好些。临走前,荀师傅给他饯行,把全家所有的肉票,在那一顿全用上了。干了两杯二锅头,他俩回忆起当年战场上的情谊来。有一回荀师傅被炮弹震晕了,是郭墩子把他背回到安全地带,用尿把他浇醒的。

这类事只有身受的人才能体验到其不可计算的价值。他们都不知该如何向对方表达出自己内心的情谊,于是在谈到双方妻子都有着身孕一事时,几乎是不约而同地说:"要是一个小子,一个闺女,长大了就让他们成亲!"这件事过去二十多年了,他们再没机会见面,只通过几封简单的信。纷纭的世事冲淡了他们酒桌上的誓言,然而并没减弱他们双方内心里的情分。他们果然是一个生了小子,一个生了闺女。

转眼一对男女都二十多岁了。前两天荀师傅忽然接到一封信,正是那郭墩子的闺女写的。看来她的文化水平也就同荀师傅相平。她称荀师傅为大爷,短短的几行文字里,报告了他好几件事:一是她父亲不幸已在十多年前去世了,二是她母亲最近身体还好,三是她母亲让她进京找她荀大爷来。她还说了动身的日期。那么,恰是今天到达。头晚上荀师傅又把这封信从胸兜

---

① 河北一些地方把"客"读成"郄"(qiè)。

里掏出来一句句看了半天。这闺女为什么不写清楚呢？她父亲是得什么病过去的？为什么那么多年里都不告诉这边一声？她母亲身体究竟如何？是不是怕这边担心，有了病也不说？她这回来究竟是怎么打算？是来看看大爷，请求一点经济上的帮助，还是另有什么深意？夜晚枕畔，荀师傅把自己揣想到的都跟老伴说了。老伴——其实还不算老——只嫌他怎么躺下了还抽那烟斗，呛人！对于即将来临的这个农村姑娘，却充满了最浓厚的同情和善意。她说："咱们就把她留下，当闺女待。现在咱们家也不困难了，有咱们的就有她的。大伙都活动活动，给她找个临时工干干，要不帮她找个心善的人家，当保姆，让她攒下一笔钱再回去，说不定还能在我们厂里给她找个对象。让我把厂里光棍们挨个儿想一想……"荀师傅说："也不知她妈在她后头又有几个孩子，她走了她妈有没有人照顾。她妈兴许跟她说了我们哥儿俩当年的誓言，是让她把咱们这儿当婆家来奔的。"老伴并没有他那种心理压力，轻松地说："嗨，就算那样也没啥。如今农村的人也懂得婚姻自由的理儿。她一见咱们磊子有了对象，自然断了那个念头。只要咱们善待她，她回去了她妈准高兴。"荀师傅却嗞滋地抽了半天烟斗，心里头嘀咕着："她是个乡下姑娘，就算磊子能善待她，小冯能吗？小冯要露出些个轻视她的意思，她心里能好受！那我不是对不起郭墩子了吗？再说……"他没有按逻辑再往下想，在他潜意识的深处，他是觉得应当把这个农村姑娘按誓言娶给荀磊的，并且，他想象中的这位媳妇的模样、做派，处处都比冯婉姝更合他的心意……

后门桥一带热闹起来。阳光斜照到鼓楼庞大的身躯上，巍巍鼓楼俯视着芸芸众生，它在沉思着什么？

第三卷

巳（上午 9 时—11 时）

11. 新郎并不一定感到幸福。

"好好的，你怎么又给'招'了？"薛大娘实在忍不住，责备薛纪跃，"你留神别把录音机鼓捣哑了！"

"妈，坏不了！"薛纪跃没心思向母亲解释。他坐在崭新的电镀架折椅上，神经质地摆弄着录音机。

录音机是新的，录音带也是新的。这盘新带子是朱逢博的独唱曲，带电子琴的小乐队伴奏。薛纪跃自己也说不清，他为什么此刻不能耐心地把每一首歌听完。他已经好几次中途把停止键按下，又按快进键让带子转到下首歌，可是当那首歌从某一音符突然响起时，他又不能容忍开头的不完整，于是便又按停止键，又进行短暂的快退，往往退又退得多了，使他更加烦躁……朱逢博被他折腾得总那么颠三倒四地忽而尖啸而出，忽而戛然而止，难怪本打算在这一天里容忍薛纪跃一切的薛大娘，也禁不住当面抱怨起来。

终于，薛纪跃似乎把兴趣稳定在一首充满了气声和颤音的歌曲上。薛大娘怜惜地望了他一眼，吁出一口气，继续忙她的一摊子事去了。

薛纪跃呆呆地坐在那里，心里很乱。此刻他没有逻辑清晰的理智思维，他的头脑里淤塞着一大堆互相纠结、冲撞的散乱思绪。

他知道那终于不可避免的局面即将来临，那似乎是他盼望已久的，可也确凿是他忧惧以待的……

……没有电脑选曲的功能，就是差劲！虽说是四喇叭的，但牌子不硬；牌子硬的如今并不难买，自己工作的那个商场交电组就有，可实在太贵！交电组的许师傅劝过自己："干吗要四喇叭？买个俩喇叭的'三洋'，听着比你要的这个不差，既经听，又省钱……"自己确实动摇了，可潘秀娅坚定不移："就得四喇叭！"

薛纪跃朝屋子四面望望，他感到潘秀娅的这种"四喇叭精神"无处不在。

不过，潘秀娅——这位一会儿便要坐着出租小轿车来的新娘子，绝不是那种不知天高地厚、贪心不足的人。她从她那个家庭里摔打出来，她首先知道地有多厚。她爹她妈一共生了六个孩子，仨小子仨闺女，她是老五，底下还有一个待业的弟弟。她爹是一家洗染店的工人，她妈一年有三季推着小木车到十字路口卖冰棍。论经济情况，她家比薛家穷得更多、更透，从来一分钱都恨不能掰成两半儿使。就拿吃菜来说，黄瓜从来是单等到拉秧以后一毛钱一大堆了，才舍得买来吃，那些又短又弯、肚子又胖粒儿又大的黄瓜，她家吃了该有多少？拌着吃、熬着吃、擦成丝儿拌馅吃……所以，她倒不是那种手里有了钱就当水泼的人。她自打到照相馆当营业员以后，也就知道了天有多高。她们那个照相馆有时候包揽外出照团体照的生意，她给摄影师傅打下手，去过大机关，见过大场面。去得早了，有时候人家客气，还拉到茶话会乃至宴席上入座，见着过好多的名人、阔主儿，那号场面上再贵重的东西也不足为奇……可她知道，自己够不着人家那个生活标准，痴心妄想没有用，白坑害了自己。她就是这么个不仅知道天有多高地有多厚，并且量着天和地的尺寸办事情的人。

看吧，现在这间新房里的东西，除了人家赠送的，全是依着她那满打满量的尺寸置备的。她自己拿出二百块钱来，父母再给她三百，哥哥姐姐们包下了全部床上用品和锅碗瓢盆，不再拿钱；薛纪跃没有私房，挣工资以后钱都交给他妈，用的时候再问他妈要，但他爹妈有一个专为他立的存折，拿出来办事的时候是七百八十几元，刨去留着摆席、散糖的三百元，置家当的钱不到五百元；这统共一千来元置家费到了潘秀娅手里，她使用起来就好比吹一只彩色的气球，她要把那气球吹胀到最大的限度，但又决不让它爆掉。她所购置的东西说出去都得是最中听的，而且要尽量实惠。双人床一定要弹簧软垫、两边上人的那种，即便够不上正经八百的"席梦思"，总也不能要她哥哥姐姐家里还在耐心使用的那号光板床；大立柜一定要三开的；沙发一定得葛丝沙发布"全包"的（真皮的不敢问津，但人造革的决不能要）；写字台一定得"两头沉"；五斗橱一定得是带靠背镜的；折叠桌一定得是能方变圆、圆变方的（但不必买电镀架的，因为搭上塑料桌布以后，谁去看那支架？烤漆的就行）；折叠椅却一定得是带电镀架的；酒柜一定得是一头高一头矮、双拉门上不是粘着拉手而是电磨凹槽的……就是脸盆架，也一定得是带高挑毛巾架和双皂筐的。这就难怪她同薛纪跃去买录音机时，宁愿牌子软一点，也非得要四喇叭的不可了。

薛纪跃也曾同她争论过："我宁愿要俩喇叭的名牌货，也不要四喇叭的杂巴凑！"她呢，针锋相对地掀着嘴唇说："我宁要小羊头，不要大牛尾！"

好嘛！眼下这屋里倒是塞满了"小羊头"——大面上听去全是擦着天的高档货，其实，双人床是薛纪跃跟她几乎跑遍了城里所有的家具店，把腿都跑细了一半，才终于在永定门附近买下的，好处就是那里卖的是处理品，褥面上有点污损，比别处便宜十块钱。"床单一铺就看不见了不是？"潘秀娅这么对薛纪跃说，倒好像她中了什么彩似的。三开大立柜和全包沙发是在天坛墙根那儿的农贸市场，打一位满嘴黄板牙的农民手里买下的。其他不是托人情买的并无疵点的所谓"次品"，便是挑了又挑、比了又比、犹豫来又犹豫去、最后仅仅为了便宜个块儿八毛的，才大老远买下，又麻烦薛纪徽他们给运回来的……

薛师傅和薛大娘对潘秀娅的这份精打细算倒是看在眼里、喜在心里。岂止是喜在心里，他们不仅当着薛纪跃、当着潘秀娅本人，而且当着薛纪徽和孟昭英两口子，夸赞了不止一次。有回薛大娘夸过了头，显出有点横着比的意思，还惹得孟昭英圆方脸变成了长方脸。又岂止是拿话夸呢？他们还舍得拿出三百来块钱，单给潘秀娅买了块瑞士雷达牌镀金小坤表！这事直到此刻还瞒着薛纪徽两口子……

当然，买表这事的来龙去脉薛纪跃一个人最清楚。就潘秀娅那一头来说，你也很难说她如同农村姑娘那样公开地要了彩礼。同许许多多搞对象的人一样，在双方基本相中了对方以后，他们便双双在公园遛弯儿，一遛二遛，渐渐地坐在一起的时候比走在一起的时候多了，又渐渐地不光是说话，而进入到身体接触的阶段——那最最初级的阶段，便是互相抓着手腕子看对方的手表，当然不是看几点几分，而是边看边问：什么牌的？值多少钱？谁给买的？走得准不准？……潘秀娅很快便掌握了关于薛纪跃那块表的信息：港装石英电子表，头两年又稀罕又时髦，大概是小一百块买下的，现在一点没旧，却顶多只值四五十块了；是他上班头一天，薛师傅亲自带他到商场钟表部，郑重其事地给他买的；可见他都那么大了，父母还把他当心肝宝贝儿；这也难怪，他们家统共才俩儿子嘛，他又是小的，守在身边的时间最多……潘秀娅手腕上的那块呢？薛纪跃研究了半天也没弄明白，潘秀娅诈唬地说："我这可是瑞士雷达表！"他认不出那表盘上的拉丁字母是什么意思，他不懂汉语拼音，当然更不懂外文，所以他就当真了。他哼出电视上播放雷达表广告时的那种曲调，末了说："嘀，你可真够帅的，雷达表！"潘秀娅把手腕子从他手中猛地抽出，心里一阵酸楚、一阵悸动，她告诉他："什么雷达！外地杂牌货！二嫂走后门买来的，说是内部试销的新产品，六十块钱。她刚给我的时候我还美滋滋的，对她千恩万谢，给了她六张十块的新票子，谁知道不到仨月这表就自由散漫得不行，快起来一天能快上半拉钟头，慢起来一天能慢十多分钟。我拿去修理，人家说你这号表不管修，杂牌货，有的零件精密度不过关。你说可气不可气！更可气的还在后头呢。我听人家说，这表后门'试销'的时候，一块才卖五十块钱，敢情我那二嫂还赚了我十块钱！我跟她吵了一架，打那以后只要我在家，她就不敢来……你瞧我的命多苦，我爹我妈才不管给买表哩，我要想戴好表，就得自个儿拼着命去挣！就是真跟你'那个'了，你能给我买块好表？……"这时候薛纪跃就挺起了胸脯："给你买！买块雷达的！"潘秀娅竟闻声扑到了他怀里，倒把他吓了一跳。可潘秀娅随即也就抽回了身子，冷静地问："你有那么多钱吗？"薛纪跃红着脸说："反正想买就能有。"于是他们下一次会面的主要活动内容，就成了去王府井大街上的雷达表经销修理部……后来，当他们准备结婚的时候，薛纪跃便告诉她："我爹我妈要给你买一块瑞士雷达小金表，可得在咱们结婚那天才能给你戴——为的是求个吉利。这是他们老人的讲究，咱们就随了他们吧。不过，你事前可别跟他们问起这件事，一来显得你不好，二来要让昭英嫂子知道了，非添乱不成……"从那天起，一只闪闪发光的瑞士小金表，便不断在潘秀娅的想象中和梦境中出现。

从薛师傅薛大娘这头来说，他们原本并无给新媳妇买金表当见面礼的宏愿，可经不住薛纪跃一次又一次的动员。当他们同意给新媳妇买表，但只打算买一百多块钱的国产表时，薛纪跃便暗示他们，这有可能让他跟潘秀娅的关系拉吹："不是人家贪财，是我们丢份儿！"最后，老两口细细地合计一番，觉得从长远看，给小儿媳妇买块金表也值当。他们拿出薛纪跃名下的那个活期存折以后，手头没什么活动钱了，只有一个每月存入十元、为期五年的"零存整取"折子。这折子不早不晚，恰在昨天终于到期。老两口结伴去储蓄所取出了那笔款子，去的时候心境倒还平静，往家返的时候薛大娘不禁百感交集。她说心口发紧，身子发沉，薛师傅只好挽着她，小步小步挪回家中。其实她生理上并无病变，而是心理上失去了平衡。她觉得自己的手腕子那里突然格外地空虚。当年她临上轿子的时候，才戴上了一对银镯子，可那是对什么的镯子啊，说是银的，其实起码掺了三成锡！后来徽子和跃子他们那死去的大姐得了急病，把那对镯子褪下来送进当铺，连服药钱都换不来！新中国成立后好多年了，直到小徽子上中学的时候，老薛换了块上海牌全钢表，才把新中国成立初置的一块苏联半钢表给了她，她的手腕子才算跟手表这玩意结了缘。那表越走越慢，后来干脆死活不走了，修理去不值当，扔了又觉着可惜，她便搁在了大衣柜的小抽屉里，和一些掉了珠花的铜簪子、已经一半发黑的银耳挖勺什么的为伍……她以往是怎么熬过来的啊，如今的新媳妇可真大不一样了，进了婆家门就有块三百来块钱的小金表等着她！她戴上那表，能孝顺公婆吗？能善待小跃子吗？认出几点几分不难，称出人心好歹不易啊！……尽管回到家里以后，薛大娘心里头还不是滋味，但她脸上、嘴上却没含糊——她庄重地数出了足够的一沓十元钞票，嘎嘣脆地交到了薛纪跃手中，催薛纪跃快去快回。薛纪跃立即骑车去王府井，买回了一块瑞士雷达牌镀金小坤表。

此刻，薛大娘暂且忘记了小金表的事，她且到屋外苦棚里张罗饭菜，并让薛师傅赶紧到马凯餐厅去取事先订好的啤酒。

薛纪跃却在一种不能自已的心绪中，忽然离开了录音机，走到了那带靠背镜的五斗橱边，近乎本能地拉开了右边第二个抽斗。那抽斗里露出两样东西：一个织锦面的大照相册——是同院荀磊送来的礼物；还有，便是配好镀金绞丝表带的那块雷达牌镀金小坤表。这块表的外形是潘秀娅亲自相中的那一种——想当日他俩在王府井那家表店里，埋头在那些钢化玻璃罩前，从罩下亮闪闪的样品中挑选、评比了好久，直到薛纪跃的兴致已经消耗得点滴不剩了，潘秀娅才终于宣布："我要戴上这一块！"

现在那一块便放在了这个抽斗中。荀磊送来的那照相册原本有一个硬纸壳的封套，但薛纪跃故意把照相册从封套中取了出来，把这块金表搁在了亮蓝底子带银亭子、红牡丹、绿芭蕉、紫山石图案的织锦封面上，衬托得金表更加豪华光艳。

薛纪跃在观看那只小金表时，眼睛不觉瞥到了搁在抽斗后部的一本小册子——中国青年出版社出版的"青年修养通讯"之一《什么样的爱情最美好》，那是商场团委书记杨及光送给他的。他和潘秀娅置办的家具里没有书架，实际上他们也简直没有什么书值得有个书架来存放，所以这本小册子便在这只抽斗里栖了身——这并非有意的安排，只不过是薛纪跃一个漫不经心的动作所形成的结果。

薛纪跃想把那本书取出来另放一个地方，可终于又懒得那样做。他关上了抽屉，灿烂的金表和红色的书名在他的视觉储留中重叠在了一起，弄得他心绪更其不安。

一扬头，薛纪跃从五斗橱上的靠背镜中看到了自己。他对自己的面容吃了一惊。难道这个人便是今天的新郎吗？在新郎的背后显现出一张罩着粉红色床罩的双人床，难道……那神秘莫测的时刻，真是一分一秒地逼近了吗？

那本《什么样的爱情最美好》薛纪跃翻过一遍，他希图在某一页上能看到一段文字，恰好回答着他心底的疑虑，然而……没有；不但这本书上没有，他翻过好多本书，都没有；他也曾试图去请教那些有可能为他提供答案的人，可末了不是碰了钉子，便是他自己话到了唇边又吐不出来……

薛纪跃这一茬人，顶着初中毕业文化水平的名儿，实际上连小学也没有上完；他们刚上到小学三年级便遇上了"文化大革命"，在小学里混到1970年，然后到中学里转悠了一圈，便打起行李卷上山下乡了。原来薛纪跃是分配去插队，薛师傅费了好大劲，走后门把他换成了去内蒙古生产建设兵团，图的是兵团管得严，免得薛纪跃学坏。

薛纪跃所去的那个连队，确实管得严。薛纪跃被分配在大食堂干活，现在回忆起来，那好几年的日子怎么就像一整天似的——漫长而单调的一天。后来有一个跟他一个团但不在一个连队的战友，跟薛纪跃同届的，近两年成了一个挺走红的诗人。薛纪跃偶然看到了他在杂志上登出的组诗，不禁惊讶这位战友怎么能从那段生活中发现那么多的诗情画意，而且组诗的最后一首叫作《我要归去》，以激昂的感情倾诉着对曾是兵团的那块土地的思念，并表示要立即回到那里去——"让我的灵魂成为你的音符，溶化于新时代的豪迈旋律！"那当然完全是一种真诚的精神升华，不过，写出这种诗句的诗人也当然绝没有真的把户口转回去——薛纪跃在商场遇见了他，他拿到了一笔可观的稿费，正打算买一架星海牌中型钢琴。

薛纪跃一点也不羡慕这位兵团战友。他觉得他们从来就不是一种人，因而用不着去同他相比。兵团里还出了另外一些人才，有后来考上研究生的，有成了著名演员的，有写出整本书来的……但薛纪跃知道，那些战友的父母几乎都是知识分子，有党内的知识分子（还担任着一定的领导职务），有党外的知识分子，学校停课了，人家家里没有停课；薛纪跃这号的市民子弟带到兵团的木箱里只装着薛师傅、薛大娘这种市民家长为他准备的换洗衣物和日用杂品，而那些兵团战友带到兵团的行李中有整箱、整捆的书。当年在兵团搞宣传、写材料、参加文艺宣传队的编写演出的，其中有一些是他们；前几年在报上、刊物上发表作品对那段生活进行无情揭露、深刻反思的也多半是他们；而近来迸发出强烈的回归情思的，又有一些是他们……他们有着一种精神上的优势，在兵团的几年生活对他们来说是一种宝贵的体验，他们从而有了取之不尽、用之不竭的精神资本。但他们毕竟是少数中的少数。绝大多数的还是薛纪跃这类的青年，几年的兵团生活对他们来说是一种精神上的荒芜，使他们本来就不丰腴的灵魂变得更加贫瘠。

几年单调、枯燥的兵团生活中，有两件身外事给薛纪跃留下的印象最深。

一件，是在伙房里收拾鲜鱼时，视觉上所受到的强烈刺激。他们连队附近有一个水泡子，水泡子里有一种鱼，能长到一尺来长，有点像胖头鱼，可没那么肥实。

　　当地的农民都不吃那种鱼，据说他们有一种迷信心理，认为吃了那鱼不吉利。连队后来实在没有荤菜吃，连长就发动兵团战士们破除迷信，撒网打那鱼吃。网上的鱼送到了伙房，薛纪跃负责收拾那鱼，剖开第一条以后，他看见那鱼从嘴巴到肠子根里，寄生着一种白乎乎的绦虫，让他禁不住一阵恶心；他以为那不过是碰巧了，谁知剖开第二条、第三条……每一条鱼肚子里全寄生着那样的绦虫；他拒绝再剖下去，并建议不要给大家吃那些鱼，谁知连长却满不在乎地说："怕什么？鱼肠扔了就是，鱼肉照样吃！"

　　薛纪跃回到北京以后，直到现在还怕吃鱼肉，他一见到鱼，就不免立即联想到那些绦虫，有时他在噩梦里，还会被蠕动的绦虫吓得叫喊起来。

　　另一件，是连队里的一对老兵团战士结婚。连长主持了他们的婚礼，大家胡吃海塞了一顿，喝了整整一打白酒。第二天一早，那新娘子找到连长告状，告她的爱人，什么罪名呢？她气愤地对连长说："连长！他……他昨晚上要跟我耍流氓！"连长先是愣住，随后便忍不住仰脖大笑起来……这事半小时内便传遍了连队，薛纪跃也随着大伙哄笑了一阵，但笑完了他心里也怦怦乱跳。说实在的，对这男女之间的事情，他的无知程度与那位新娘子其实相差无几……

　　在许多年里，我们对青年人实际上是进行着一种清教徒式的教育，"文化大革命"当中这种教育方式达到了巅峰状态，社会学、伦理学、心理学等一大批社会科学学科固然早经取消，到后来连对青年人进行必要的生理知识传授也没有了，这就导致了三种结果：一种是反而造成了一部分青年人因为性放纵而堕落；另一种是造就了一小部分真诚的性封闭、性冷感的无知、畸形青年，那位认为丈夫的爱抚是"耍流氓"的兵团新娘，便是一个活生生的例子；第三种是绝大多数，他们只好靠着本能、靠着揣测、靠着长辈及过来人的暗示，从混混沌沌逐渐朝明白处摸索。当然，许许多多的人最后都无师自通，从必然王国进入自由王国了，不过也有一些人在摸索中受挫，形成心理障碍，又找不到办法排除，于是便会陷于深深的苦闷与惶惑。

　　此刻的薛纪跃，恰属于第三种人中的后一类。

　　……那是粉碎"四人帮"以后，兵团已经土崩瓦解，薛纪跃也已办妥了回城手续，在一个风雪之夜，纯粹是出于女性方面的主动，薛纪跃陷入了那种事里，但他没有成功。这次惨痛的失败在他心里留下了一个难以愈合的伤口……

那件事，当然纯属他和她个人生活中最最隐秘的部分。至今他不怨她，相信她也不会怨他。当然他愿今生今世再不与她相逢，相信她也抱着同样的愿望。他将永不说出她来，她也将永不说出他去。

然而这件事却给薛纪跃带来了永无休止的自疑、自卑以及随之而来的心理反馈——强作自信与强摆男子汉气派。

粉碎"四人帮"以后，爱情恢复了它在社会生活中和思想言论中的正常位置，《什么样的爱情最美好》这类小册子应运而生，大受欢迎，也解决了不少青年人的不少问题；然而对薛纪跃这种心态的青年人进行心理治疗的紧迫性，似乎尚未被普遍地认识，或者感觉到了，而又迫于一种世代相传的习俗不能有所行动——据说，清朝的小皇帝大婚前还要到喇嘛庙里看"合喜"金刚，以接受这方面的启蒙教育，我们什么时候才能为薛纪跃这样的社会成员，提供方便而可靠的咨询方式呢？

此刻站在新房的五斗橱边的新郎薛纪跃，只觉得心里头往外涌着一种异样的滋味，那似乎本是这个日子里所不该有的……

他抬眼望着挂在五斗橱上方墙壁的 16 英寸着色结婚照，那是在潘秀娅他们照相馆，动用了最好的人力和最充分的物力，经过反复布置、摆弄才拍成的。披白纱着长裙、怀抱花束的潘秀娅，满脸洋溢着真正的幸福感，而西服革履、油头粉面的自己呢？现在望去，那份自豪和自足的劲头却透着虚伪……

其实他才 25 岁，何必那么着急？潘秀娅也 25 岁，她那个 25 可比不了自己的 25，她着急，她抓住了"牌子不硬，可好赖是四喇叭"的货色就不撒手；自己多半是在一种古怪的心理状态下才顺势走到今天这一步的：要向各方面，向自己，证明薛纪跃是一个货真价实的男子汉……

"嘿，哥儿们，发哪门子呆哪！"忽然响起一个粗鲁的声音，薛纪跃转回身去，他看见一个粗短的身躯，一张粗俗的面孔，不禁一惊。

来的那个人是卢宝桑。

12. 一位农村姑娘带着厚礼走来。

郭杏儿手腕上有表，可她还没养成伸腕看表的习惯。再说她双手都拿着东西，想看也费力。她习惯性地凭天光估量着：几点啦？她望着高耸在眼前的鼓楼，心里盘算着：这时候也不知人家在不在家？闯进去合适不合适？

冬日温柔的阳光，亲吻着郭杏儿汗津津、红彤彤的脸庞。

郭杏儿一大早就抵达了北京站。光是出站通过的那条镶着瓷砖的长长地道，就给了她一种新奇而神秘的感觉。那条地道的尽头处装有日本精工表的灯光告示箱，上面有一行四方四正的黑字："欢迎您到北京来！"这个告示箱据说是日本商人"免费赠予"的，其实是让人家不花钱而做了大广告，并伤害了中国旅客的民族感情，难怪许多人忍不住给有关部门写信，给报纸写文章，强烈要求撤换那份广告，后来那份广告也果然被撤换了；不过，郭杏儿路过那份广告时，却并没有产生类似的义愤，她只朦胧地感到那种灯光广告发散着一种她以前未曾体验过的城市气氛（用她的语言说就是"城里味儿"），而这种气氛是她梦寐以求的。

　　郭杏儿落生以后直到如今，不光是头一回进北京，而且是头一回进城。当然，如果把到过只有一条"大十字"街的县城也算作进城的话，那么勉强可以算是第二回。其实村里跟她那么大的姑娘，没进过城的多矣，本没什么好惭愧的，问题在于郭杏儿的父亲郭墩子是1960年打城里返回村里去的，而且，严格来说，郭杏儿是她娘在城里就怀下的，她得算是城里的姑娘落生在了乡村。自打她懂事以后，她就不断听父亲讲起城里的事——而且不是一般的城里，是首都北京！父亲经常这样开口讲话："这事要是到了北京呀……""这东西要搁到北京去呀……""干部要跟北京的干部比呀……""这个理要拿到北京去论呀……"使得郭杏儿在意识里不仅觉得北京的人和物非同一般，就是道理，好像也另有一个，更神圣，更伟大。

　　但是郭杏儿命苦。她娘生下她以后，就一直是病病歪歪，隔一年生下她弟弟枣儿以后，更是整整有一年卧病不起，虽有她爹拼命地挣工分，生产队对他们也算相当照顾，但是整个村的生产始终上不去，连没灾没病的人家都受紧，他们那日子穷窘得就更没法提了。好容易她娘缓过劲来了，她爹那茁壮的身子，有一天却突然垮了下来——他全身浮肿，一直肿到连眼睛也睁不开，终于在杏儿9岁、弟弟枣儿7岁的时候合了眼。那正是"文化大革命"闹得如火如荼的时候，他们那个村里也闹腾了一番什么"夺权""反夺权"，把生产队的干部也挂牌子斗了一通；高音喇叭就安在杏儿她家墙外的电线杆上，整天哇啦哇啦吵个不停……后来杏儿、枣儿大了，她娘告诉他们说："你们爹生是让那高音喇叭气死的！"娘又叹息说，"亏得你们爹脾气倔，回村以后指派也好、选举也好，让他当那队干部他死活不干，要不，病成那样说不定也得揪出去斗……"

有人来劝杏儿、枣儿娘改嫁，她给人家沏上茶，还留人家吃饭，可任凭人家千言万语，她只是一句话："俺一个人能把杏儿、枣儿拉扯大。"杏儿早熟。她12岁就不再去学校上学，天天坚持下地干活。她很快成了枣儿的另一个家长，而且往往比娘还更显得强而有力。

杏儿争强好胜。当她只能拿"娃娃分"（即队里给未成年的劳力定的低值工分）时，她去找队长争辩："俺干的一点不比大嫂大姐们少，干吗少给俺工分？"可是当她14岁上终于拿到"妇女分"（即队里给妇女壮劳力定的低于男劳力的工分）时，她又去找队长争辩："俺干的比哪个大小爷儿们差？干吗不给俺满分？"所以"批林批孔"那阵，公社把她树成了"争取男女同工同酬"的典型。结果却使得队里干部对她极度反感，于是专派她去干那最脏最苦最累，而且往往是妇女不适于干的活。当然也不能只派她一个去，每次总要搭配上几个其他的女劳力，这样又弄得那几个女劳力对她不满："让杏儿一个人去'典型'吧，俺们不要这路同工同酬！"

事实证明，"大锅饭"形式的"同工同酬"除了具有理论上的某种瑰丽色彩而外，并不能真正调动起农村妇女的劳动积极性。有一天杏儿也不干了，她跑去找公社书记说："俺要求同酬，可不能完全同工！"书记大吃一惊，忙问："怎么啦？"杏儿瞪圆了眼睛说："没什么，就因为俺是个女的！"她这个"典型"因而崩溃。

杏儿想多挣工分，早点让家里富裕起来，确实并不是为她自己，她是为了枣儿，为了枣儿也就是为了娘。她知道娘的心思，娘再疼她，也跟疼枣儿有区别。

她早晚是要离开家的，而枣儿却必须永远留在娘的身边。她和娘供枣儿上完小学，又供他上中学。她和娘为枣儿攒着一笔钱，从一块钱起头，慢慢地往上增添……

村里有的姑娘，七竿子八棒槌攀上了城里的亲，还并没能嫁到那里去，只不过去逛了一趟，回到村里那劲头啊，就像当过了西太后似的。有一回下地当中打歇儿，一个叫红桃的姑娘——她不久前刚到石家庄去过一趟——掏出一张照片让大家伙传看，那可是在城里照的！背景是座高楼，有人数了数，足足有六层。再高的楼他们也从电影上见过，问题是红桃就站在那高楼前头，并且说她在石家庄的那几天就住在那楼里，这就不一样了；据红桃说，楼里人不睡炕，睡床，那床软得不行，她睡不惯，人家就拿来个大铁算子似的东西，只有半人高，说让她睡那个，那咋睡得下呢？她正疑惑呢，人家就把那"铁算子"打开了，敢情那叫"折叠床"，连支子都是现成的，睡着不那么软了，可也不踏实，她到第三夜才习惯下来……她还形容了半天无轨电车。有个人问她："咋叫无轨呢？"她眨了眨眼，笑着说："破除迷信呗，没有鬼，不闹鬼呗！"在一旁早就见不得她那张狂劲的杏儿忍不住开口了："你懂啥呀？无轨就是没有轨道！"可有人问："啥叫轨道呢？"轮到杏儿眨眼了，她只觉得心里头有那么个意思，可嘴上就是讲不出来，憋了个大红脸。这样，不但红桃扬着声音嘲笑她，在场的人也都哄笑起来。杏儿急了，便大声嚷："俺爹还去过北京呢，你们忘了俺家有他的相片啦？"她家躺柜上头的镜框里，正当中的两张就是她爹在北京天安门广场上照的。一张背景是天安门，单是她爹一个人，另一张是她爹和苟大爷，两人表情过分严肃地站在那里，毫无必要地采取了严格的立正姿势……凡到过她家的乡亲们自然都见过那两张照片，可这毕竟不同于杏儿自己去过北京，因此他们还是都捧着红桃而鄙夷杏儿。红桃更火上浇油地讥讽说："杏儿你别在姐姐前头夸见识，你连咱们县上还没去过吧？有鬼没鬼还用不着劳动你来给大家伙嚼舌头！"

杏儿打那天起就下决心一定要进城。1977年麦秋以后，听说县里设了自由市场，杏儿就挽上一筐鸡蛋，要去县城。娘不让她去，说就在五里外的公社镇上卖了算了，可她偏要去二十多里外的县城。她果然一步一步地走着去了，并且在县城边上的自由市场很快卖完了她的一筐鸡蛋。她原不是为卖蛋而来的，所以卖完蛋她就赶紧进城去逛——县城让她失望，因为那县城除了一处叫作"大十字"的街道以外，其余的地方并不比公社所在的镇子强。那"大十字"不过是以四座三层楼房为标志的一个十字路口，各自向东西南北延伸出几十米的商业区，便消融在农村式的房屋中了。杏儿进了东北角的"百货大楼"，倒是有不少让她眼儿发亮、心儿发痒、拳儿发紧的新鲜商品，特别是那薄得透明，或红或绿之中还闪着金丝银丝光芒的纱巾，红桃脖子上常示威性地绾着一条——是她从石家庄带回来的。杏儿真想买下一条呀，红桃那条是浅粉的，自己要买就买上一条碧绿的，跟她斗斗，看谁的俏、谁的艳——杏儿手里卖蛋得来的钱有二十来块呢，买下一条那样的纱巾不成问题；可想到家里的情况，想到枣儿下学期的书本费，想到枣儿嘴唇上滋出来的小胡子，特别是想到为枣儿盖房子攒下的钱还不够买砖瓦的数儿，杏儿便强咽着唾沫，离开了那挂着一溜纱巾的柜台……杏儿不知不觉地登上了三楼，忽然有人大声地叱责她："你怎么上这儿来啦？下去！"杏儿这才发觉三楼原来是办公的地方，而且在二楼通往三楼的楼梯那儿立着个木牌子："顾客止步"。她脸红耳热地赶紧转身返回二楼，让她不堪忍受的一声呵斥从她背后传来："真不懂事！瞎胡窜！"

杏儿的头一回入城经历给她心灵上带来的不是慰藉而是屈辱。她一边往家走一边重整她的自尊心。如果说她爹给予了她一笔可贵的遗产，那么这遗产就是一种高度的自尊，而同自尊相联系的便是一种甘愿为比自己弱小的人提供援助的豪爽。她想那粗暴斥责她误上三楼的人才是真正的不懂事——她爹跟她讲过，她印象很深，北京有条大街叫王府井，王府井当中有座百货大楼，百货大楼从一层到三层都卖货；准是那关于北京百货大楼的印象使得她朝三楼走去，只怪这县里的"百货大楼"没气派，也是暴露出这县里的人没见识——在北京王府井的百货大楼，人人自然都一直要逛到三楼的！

当她路过城边的自由市场时，只见围了一大群人，她本能地挤过去看，只见当中是一个比娘还老的妇人，在那儿向围着的人哭诉——她好不容易卖出了两只活鸡，得了四块钱，为的是给老伴买药，却不想一出市场，那四块钱就让人给掏了……杏儿没有诉诸理智，她只是被老妇人那只皱缩得像鸡爪子似的手，以及那只手所擦拭的翻着红眼睑的一双混浊的眼睛所打动，便一下子挤到了最前面，从怀里取出包钱的手绢包，打开手绢，从自己的那一叠里，取出两块钱来，递到了老妇人手中。她只简单地说："大娘，俺给您补上一半。再多俺也不能了。俺娘还等俺送钱回去呢。"旁边的人嗡嗡地议论起来，杏儿一边挤出人群一边高声地说，"不要脸的贼儿，良心让狗给叼了！瞅见了吗？俺这儿还有钱呢，有种的到俺这儿试试——咱们今儿个算个总账！"

她扬长而去。人们在背后望着她，以为她会武术；那老妇人手里攥着那两块钱，比丢了钱时还发懵，竟忘了追上去向她道谢。

可杏儿走迷了路。越迷她越慌张，毕竟她是头一回出那么远的门。当太阳渐渐睡进远山，田原的色彩变得暗淡时，她急得流出了眼泪。

终于，绕了好大一个弯子，她才认准了回村的路。天眼看就要黑下来了，杏儿的心像吊桶一般上上下下。她突然感到她18年所生活的村落是那么渺小，离开城市竟有那么遥远。她从未有过的那么一种孤独感、空虚感袭上了心头。她被什么东西绊了一下，一个趔趄没立住，摔倒在地，筐子滚得老远。她爬起来，就势坐在一个土埂上，爽性哭出了声来。

就在这时，有一个声音传入她的耳中："郭——杏——！""杏儿——姐！"

这亲切的声音给了她无限的温暖，无限的力量，她一下子跳起来，迎着那声音跑了过去……

当杏儿终于和枣儿会合到一起时，她见到的是枣儿一张惶急烦怨的脸。当她和枣儿进到家门时，娘二话没说，伸手就给了她脸上一巴掌。这是多少年来娘头一回动怒打她，可她觉得这一巴掌是那么甜蜜，蕴涵着那么多深切的关怀和难以形容的挚爱。她迫不及待地扑进了母亲的怀抱，尖着嗓子大叫了一声："娘！"

第二天娘原谅了她的一切，包括那舍出两块钱的慷慨行为。

1980年麦秋后，他们村实行了包产到户的责任制，20岁的杏儿成了家里名副其实的顶梁柱。枣儿高中毕业，试着考了大学，没考上——原也没指望考上，但杏儿一定要枣儿去试试，结果那回他们那个区没有一个人考上，所以大家都心平气和。杏儿和枣儿不让娘再下地干活，杏儿把地里的活儿包了，由她做主，让枣儿在家里养上了鹌鹑。枣儿有文化，买了养鹌鹑的书，能看懂，能照办，还能针对当时当地的情况灵活掌握，结果成了村里的小专家，带动起五六户一块儿养起鹌鹑来。县里的食品公司跟他们订了合同，他们不但提供鹌鹑蛋，还提供种鹌鹑和肉鹌鹑。娘在家里专管做饭，还喂了一口猪、十来只鸡，那猪喂着为了过年时宰来自家吃，那鸡喂着为了自家吃蛋。杏儿家眼见着富裕起来，到杏儿进京之前，她家原有的三间房整修了不算，还给枣儿盖齐了三间带廊子的新瓦房。枣儿成了村里最拔尖的几个姑娘的争夺对象，只要他自己下定决心，挑准了人儿，娘和杏儿立时就能给他风风光光地办妥喜事。

是秋收后一个天高气爽的日子，娘、杏儿和枣儿坐在院里柳树下吃饭，杏儿问起枣儿："你究竟想把谁娶到娘身边来啊？要是红玉，俺可别扭。"红玉是红桃的妹子，随红桃到石家庄去给干部当过保姆，杏儿觉得她们姐俩都太张狂，过去一心想嫁个城里人，如今红桃嫁了村里腰包最鼓的张木匠，红玉一天恨不能往枣儿的鹌鹑窝边来三趟。

枣儿红着脸，笑着说："姐你放心，她是剃头匠的挑子……"说到这儿，朝杏儿望望，脸更红了，终于，把憋在肚子里多少天不好意思说出来，可又不能不说的话吐出了口，"姐，不办完你的事儿，俺的事儿说啥也不能办。"

娘也望着杏儿，叹出了一口气来。

杏儿心里热烘烘的。娘早私下跟她盘算过。娘也曾提出来，先把她风风光光地送出去，再把枣儿的媳妇风风光光地接进来。杏儿跟娘表白过："俺不是还没恋上哪个人儿吗？再说，不把枣儿的事从头到尾操持完了，您说俺能先走吗？俺走了就是人家家的人了，回来操持碍手碍脚的，哪能像现在这样甩得开？"娘听了点头。就在那种情况下，娘开始提到了荀大爷，提到了荀大爷生下的跟杏儿同年的磊子哥，提到了杏儿她爹跟荀大爷的非同一般的关系，自然也就提到了当年两个口盟兄弟的"指腹为婚"。在以往生活贫窘的情况下，娘没心思提起这些事，偶尔提及，也只作为一种单调生活中的玩笑式的点缀；然而当家里生活富裕起来以后，娘便觉得原有的差距大大地缩短了，因而那梦幻般的设想，也似乎有了一定的可能性。近来娘嘴里常忽然间冒出这类的话来："你们荀大爷不知道是不是还住在钟鼓楼那边？""你们磊子哥不知找上个什么工作？""荀大嫂不知娶进了儿媳妇没有？"……

杏儿越来越成为一家之主，她早用不着在娘和枣儿面前害臊，这天枣儿既然当着姐姐面提起了姐姐的婚事，她便爽性给他们一个明确的回答，并提出了自己的计划："枣儿的事俺操持，俺的事说实在的也不宜再拖。俺虚岁都上24了，咱们村有几个俺这么大还没出阁的？两个巴掌都凑不齐了。可你们也知俺眼皮沉，心气高。俺要找就得找个可心可意的。俺这辈子还有个心愿，就是进趟北京城。所以俺打算大秋以后去趟北京，一来看望看望荀大爷荀大妈，二来为枣儿置办点鲜亮的家当，三来呢……也撞撞俺的大运。"

娘和枣儿听她说一句点一下头。就这样，杏儿进京了。她提了老大一个旅行袋，旅行袋里有十盒鹌鹑蛋。按说她出了火车站该直奔钟鼓楼那边去，可是走到公共汽车站一看，站牌上写着的站名里净是让她心荡神驰的站名：王府井、天安门、中山公园……她不由得自己不直奔天安门。她在天安门前排队照了两张相，一张天安门作背景，另一张用人民大会堂作背景。照后一张时，她下意识地想："这张该是两个人并排站着照啊……"她提着个大旅行袋逛了中山公园，又拐进了故宫，糊里糊涂地从东华门钻了出来，正懊悔自己不该瞎胡窜时，偶然听到身旁的人谈话，才知道王府井就在前面不远的地方，于是她兴致勃勃地走到了王府井，无限激动地走进了百货大楼，她一口气登上了三楼，还下意识地在三楼那儿跺了跺光亮如镜的水磨石地板，内心里得到了一种极大的满足。她从三楼往一楼逛，她想起了娘告诉她的话："你荀大爷喜欢喝酒，你荀大妈最喜欢吃甜的。"于是她在一楼买了四瓶最贵的白酒，想方设法把它们塞在了旅行袋的边上，又去买了三个装在漂亮的盒子里的花蛋糕。这样尽管当她走出百货大楼成了一副怪样子——一手里直提着个鼓鼓囊囊的旅行袋，一手弯臂提着三盒捆扎在一起的花蛋糕，行走格外累赘，她心里却美不可言。她想她这样走进荀大爷家门时，该可以完全问心无愧了。

她在热心的人们指引下，来到了8路汽车站，并且恰好遇上了一辆不算太挤的车，又顺利地坐到了鼓楼跟前。剩下的事，就是找那条胡同和那个院门了。

啊，这就是鼓楼。鼓楼比她想象的还大，这让她高兴。在鼓楼后身她发现了一口大铁钟。那一定是打钟楼上取下来的。大铁钟也没个亭子存身，就那么暴露着，让她觉着可惜。她看见了钟楼。她觉得钟楼真秀气。不知为什么，她觉得可以把钟鼓楼比作一对夫妻，鼓楼是夫，钟楼就是妻。他们永远那么紧挨着，不分离。

她经过了一个叫"一品香"的小烟酒店，问了好几次路，拐了好几个弯，才终于找到了荀大爷住的那条胡同。

当她走进那条胡同时，她不禁有些惊讶，原来北京不尽是那么宏伟壮丽，也有这种狭窄、灰暗的地方……她找到了那个院门，院门口站着一群人，其中不少是小孩子，有个孩子用一根竹竿挑着一挂鞭炮，仿佛随时准备燃放。她很快便看见了大门两边贴出的红字。不知怎么搞的，她的心下意识地一紧，一路上她都没觉得手里的东西沉重，刹那间却顿感胳膊疼痛……怎么这么巧，今天磊子哥他——"你是贺喜来的吧？"挑着鞭炮的小竹主动跟她搭话，"快进去吧，新娘子这就快到啦！"

这时薛纪跃的大姑一家早已到达，并站在了等候迎亲小轿车的人群中。那大姑看出来这位姑娘不像城里人，而且薛家亲朋中并无这样一个角色，便走拢前去问她："姑娘，你找谁呀？"

杏儿回过神来，对她说："俺找荀家，荀兴旺是俺大爷……"

"啊，你是荀师傅的侄女呀？对对对，是这个院，你进门往右边拐，你大爷就住右边那个小偏院。"

杏儿便进院去了。她仍未从误会中解脱出来，但她已经恢复了自尊。她想她一定不能透露出半丝不自然的神情，她一定要大大方方、诚心诚意地给磊子哥贺喜，并且她决心给磊子哥补上一份厚礼。

在那古老的门洞里，两只毫无用处但又舍不得毅然扔掉的藤椅吊在上方，在那个位置上，今天早晨里院北屋纤秀的大学生张秀藻曾经有过短暂的停留，并产生过剧烈的感情波动；此刻却又是另一个姑娘——从几百公里外的乡村来到的粗壮的郭杏儿，右手提着沉甸甸的旅行袋，左手拎着三盒捆在一起的花蛋糕，止步凝神，心头掀动着风风雨雨……

噼噼啪啪，门外猛地响起鞭炮声。迎亲的小轿车到了。

13. 婚宴上来了一位不寻常的食客。你知道当年北京的"丐帮"吗？

北京市民的嫁娶风俗，到了1982年，还是薛纪跃潘秀娅式的居多。"旅行结婚"主要还是流行于干部和知识分子子女之中，"集体婚礼"虽经报上一再宣传提倡，参加者在嫁娶的总人数中所占比例究竟寥寥。当然，正像每棵柳树都不仅不同于杨树、桑树、榆树……它们与别的柳树又有所不同，薛纪跃潘秀娅式的嫁娶一般都分下列步骤：一、小轿车迎亲。车到男方门口要放鞭炮、撒五彩纸屑。门口自然要贴红字。二、在男家成亲。主要招待男方的亲友，其中主要的亲友要留下吃饭。女方家如离得远，一般只有女方的送亲人员（一般是嫂子、姑姑、姨之类人物）到场，女方的父母及其他亲友该天一般并不到场。三、当天或第二天男方随女方"回门"，"回门"一般就不坐小轿车而改为骑自行车或乘公共电汽车了。女方家里招待女方的亲友，其中主要的亲友一般也要留下吃饭，但排场花费一般都逊于男方家中。四、一般在一周后，两对亲家和一对新人，加上最直系的亲属，在一起聚餐——自然以在男方家中居多，但也有汇聚到女方家中的。到此，嫁娶活动也便"曲终奏雅"了。

在这同一流派中自然又有对各个环节的不同处理方式：有的迎亲时绝不满足于一辆小轿车而要搞成一个"车队"——那自然都不是租的出租汽车而是动用公车，一般是一至二辆小轿车，外加二至三辆"小面包"或小吉普；有的不是在男方家里摆宴而是到饭馆包席，以这种办法行事时，一般男女双方的家长和双方的至亲好友都同时到场，"回门"的环节依然保留，但一般也就不再宴请来客，而只以茶水糖果招待——采取这种方式时，在饭馆包饭的花费双方家长都要负担，当然，一般男方要出大头。

薛纪跃成亲这天，不算担负迎亲任务的嫂子孟昭英，头一个到达的亲友竟是卢宝桑，这实在是一种不祥之兆。

薛纪跃看见卢宝桑不仅扫兴，而且厌恶，但他无可奈何，只好强颜欢笑，从五斗橱边走开，招呼卢宝桑说："你呀！坐吧！吃糖！"

卢宝桑不仅穿得邋邋遢遢，而且胡子拉碴，毫不掩饰他对主人尊严的漠视，一屁股歪坐在新沙发上，望望茶几上的糖果碟，甩着嗓门说："谁他妈吃你这破糖！送我包烟是正经。"

薛纪跃扔给他一包过滤嘴的"礼花"，他接到手里一看，撇撇嘴，把那整包烟往茶几上一摞，伸直脖子抗议："就他妈给我抽这个？去去去，把你那三五牌的掏出来，我知道你小子有，你他妈不给我抽留着给谁抽？"

薛纪跃确实有几包三五牌的英国烟，是潘秀娅的娘家人倒腾外汇兑换券买来的，可他实在不愿意拿出来招待卢宝桑，便沉下脸说："你别嘴里不干不净的好不好？就这个，不爱抽你别抽！"

卢宝桑瞪了薛纪跃一眼，"扑哧"一声乐了，歪头又从茶几上抓过那包"礼花"烟来，打开取出一支，从兜里掏出个打火机来，"吧嗒"打出老高的火苗儿，点燃了那支烟，遂舒舒服服地仰脖靠在沙发上，小孩喂奶般地抽了起来。薛纪跃注意到他手里玩弄着的那只打火机，是只外国造、超薄型的，也不知镀了种什么合金，表面光滑锃亮。这只高级打火机和他那身邋遢的衣装，在薛纪跃眼里不但并不显得矛盾，而且，薛纪跃感到两者配在一起，倒恰恰最能体现出卢宝桑之为卢宝桑。

卢宝桑那么大模大样、心安理得地坐在沙发上，带着最佳竞技状态的食欲和一副功能健全的肠胃，准备在婚宴上大吃一顿，在他自己来说，也实在是具有最最充分的资格。

卢宝桑的父亲叫卢胜七，卢胜七的妹妹嫁给了薛纪跃大姑妈的小叔子，所以卢宝桑也管薛纪跃的大姑妈叫姑妈。依此类推，他管薛纪跃的父亲叫大爷，管薛纪跃的母亲叫大妈，他跟薛纪徽和薛纪跃也就是平辈的兄弟了。自家兄弟今儿个结婚，他难道不该来吗？

还不光是这么一层关系，如今他跟薛纪徽、孟昭英在一个单位，所以他又是薛纪跃兄嫂的同事——还不光是一般的同事，薛纪跃、潘秀娅置办家具时，他这个搬运工可尽了大力，往这屋里搬那三开大立柜时，摆放时，都是他吆喝着指挥的。难道他还不够哥儿们吗？

卢宝桑今年已经 29 了，还打着光棍。在他身上，家庭或者说家族的那种潜移默化的影响，是很明显的。

似乎还没有哪个社会学研究者，来研究过北京的市民。这里说的市民不是广义的市民——从广义上说，凡居住在北京城的人都是北京市民；这里说的市民是指那些"土著"，就是起码在三代以上就定居在北京，而且构成了北京"下层社会"的那些最普通的居民——这"下层社会"自然是一个借用的语汇。在新中国成立以后，北京城的任何一个居民，人格上都是平等的，并且已不存在剥削者和被剥削者、压迫者和被压迫者的层次区分，因此，要准确一点地表述，就应当这样概括他们的特点：一、就政治地位来说，不属于干部范畴；二、就经济地位来说，属于低薪范畴；三、就总体文化水平来说，属于低文化范畴；四、就总体职业特征来说，大多属于城市服务性行业，或工业中技术性较差、体力劳动成分较重的范畴；五、就居住区域来说，大多还集中在北京城内那些还未及改造的大小胡同和大小杂院之中；六、就生活方式来说，相对而言还保留着较多的传统色彩；七、就其总体状况的稳定性而言，超过北京城的其他居民——因为不在"官场"，所以没有"宦海浮沉"的戏剧性变化，因为不涉"文坛"一类的"名利场"，所以也没有多少荣辱明灭的敏锐感觉，他们离政治较远，既没有被当作过打击、批判的重点，也没有被当作过平反起复、落实政策的对象，文学艺术也很少把他们当作描写重点。有的人干脆鄙夷地称他们为"小市民"，或一言以蔽之曰：芸芸众生。

但他们的存在及其素质，实在是强有力地影响着北京城的总体社会生态景观，所以倘全面致力于北京城物质文明和精神文明的提高，就不能不研究他们、体察他们，从而引导他们、开化他们。请每一个自我感觉是外在于"小市民"的"大市民"考虑一下：你的生活离得开"小市民"吗？你不可避免地要在商店里遇见他，在公共电汽车上遇见他，在人行道上遇见他，在公园里和影剧院里遇见他，在饭馆里和冷饮部里遇见他……一句话，你其实是离不了他。你之所以能保持一种"大市民"的优越感，恰恰是由于有许许多多的"小市民"在社会上为你以及你引以为同类的人，填补着你以及你引以为同类的人所不甘、不屑去填补的社会空隙——并且绝非小而无碍的空隙。

人们总是一再抱怨：服务行业的一些服务人员，服务态度怎么总是不好？工厂的一些青工，"小市民"子弟，怎么总是那么粗野、颟顸、放纵？通过思想教育、批评表扬、奖励惩罚乃至于"严肃处理"等手段，当然也解决了不少问题，然而，人们似乎还需要从他们当中大多数人的社会属性和特殊文化、心智、心理、教育结构上，去进行细致的研究，从而摸索出一套与之相适应的教化手段来，恐怕才能更有效地解决问题。

当然，他们当中的情况又人各有异。

卢宝桑是怎么个情况呢？

卢宝桑的父亲和母亲，都属于北京城内世代的城市贫民。

到晚清时候，北京城内最下层的贫民大体上分布在两个区域：一个区域是内城的钟鼓楼一带，所谓丐帮（乞丐集团），大体上就麇集于此，每天白天由此向东、西、南三个方向推进，四处求乞，晚上再返回钟鼓楼附近的"营盘"（门洞、街檐、穿堂、窝棚）；另一个区域就是外城的天桥一带，天桥虽然也有乞丐，但其主体却是各色耍把式的人物，他们不大流动，一般就居住在龙须沟、储子营一线往南的杂院破屋中。

卢宝桑还记得他的爷爷，他爷爷1957年才得病死去。他记得最清楚的一点，就是爷爷晚上有穿着鞋睡觉的习惯——等他长大了他才知道，那是因为当年一到冬天，乞丐们难以生存，晚上便聚集到"火房子"中去过夜。所谓"火房子"，就是摇摇欲坠的颓败官房（当年可能是官府巡街的"执金吾"们碰头的地方），房中已片物无存。乞丐们在房中挖一个坑，拾一些树棍点燃一堆火，围烤之后，便不分男女老幼地胡乱躺下一睡。因为有鞋的乞丐怕无鞋的乞丐将自己的破鞋穿走，所以一概穿着鞋睡觉。据说当时丐帮的帮规是：凡别的乞丐到了手、上了身的东西，其他乞丐如果强夺、偷拿，便要处死；但凡别的乞丐脱了手、离了身的东西，当面捡走、取走却都名正言顺。

卢宝桑的爷爷一度当过"杆头"，即"花子杆儿"。如今有出京剧《豆汁记》还经常演出，戏里面那金玉奴的父亲金松，便是个"杆头"，而且是个好人。所以卢宝桑由《豆汁记》而对京剧好感，又由《豆汁记》而对跟薛大爷他们同院的澹台智珠好感，并由此又使他那粗粝的灵魂中增添了一点朦胧的温柔——这且不去说它。

卢宝桑爷爷那一辈的乞丐，是把求乞当作一种职业的，同当年钟鼓楼的当铺以苛酷著名一样，当年钟鼓楼的乞丐也有"刁民难惹"的声威。逢到官商富民有婚嫁寿喜的红事，丐头便率先跑去"祝贺"，门房、账房倘若不予理睬，甚而驱赶叱骂，那么过不了多久，在丐头指挥下，众乞丐便会轮番跑去骚扰，花样迭出，直到门外来宾与门内主人不堪忍受，命令门房、账房散钱施舍，他们方会渐次收兵。

当年的乞丐有"软乞""硬乞""花乞""惨乞"诸种不同的求乞方式，大有京剧分生、旦、净、末、丑不同行当的意味，而同一行当中则又分化出不同的门类，如京剧旦行中又有正旦、青衣、花旦、闺门旦、泼辣旦、玩笑旦、武旦、刀马旦等，各种行乞行当中又分出许多种不同的求乞花样。所谓"软乞"，多为老弱妇女乞丐，以哀求哭喊达到目的，针对不同的对象，口中数来宝式地吐出诸如此类的话语："太太给我两个钱，太太长寿万万年。""乌龟上门来，老板大发财。""老爷大施恩，抱子又抱孙。"……"软乞"中又分"坐乞"和"叫街"两种，"叫街"在游动中有时也收起哭腔露出凶相，喊出诸如"不给财，我不来，你剩下残钱买棺材！""你不给，我不乞，看你子死急不急！"一类的怪话，但毕竟还属于软磨的范畴，与"硬乞"不同。"硬乞"的多为青壮年男子，嘴上不一定有那么多功夫，主要靠动作、行为取得效果，一般又把他们的求乞方法称为"做街"，如手执两把长刀或两块整砖，不断拍击裸露的胸部，使胸部红肿见血；又如口衔数枚长钉，手持砖头一块，当众把长钉插入头部一个肉疙瘩中，以砖头击砸，钉缝中鲜血迸流，凄厉可怖；再如用一条带铁钩的铁链，将铁钩剜入锁骨之中，拖着铁链行走，铁链尾端往往还缀着一个铁球，击地当当有声……"花乞"者是借用一些最原始的杂技手段，如舞"莲花落"（手执一竹竿，每节挖几个眼孔，眼孔内贯几个制钱，边舞边乞）；打"玉鼓"（手持一个竹筒，一边绷着猪尿脬，以手指弹拍出变化的节奏）；"点风头"（在印堂中插一根粗针，针尖顶住一只粗碗，一面摆动一边求乞）；耍青蛇；拿大顶；等等。"惨乞"则是指残废乞丐的求乞，如"看照壁"（下肢残缺，以烂布系着膝盖、护着臂部，坐在地上移动）；"翻太岁"（手足全残，在烂泥中翻滚）；"解粮草"（残废乞丐倒卧小木车中，两乞丐伴前挽后）；"驮石头"（男丐背负残废女丐过市）；等等。

　　同薛家同院的荀兴旺师傅，小时候也跟着母亲要过饭，但那是农村荒年穷苦农民临时性的谋生方式，与北京城内当年丐帮的职业性乞讨的生活方式，有着质的不同。实际上这两种人不仅心态不同，所呈现出的外在相貌往往也有很大的区别。

　　卢宝桑的父亲卢胜七，成年以后大体上属于"硬乞"的行当；北京解放的时候他已经 36 岁，还没成亲，直到 1950 年被政府救济安置，当了蹬平板三轮车的工人，才算有了个真正能有益于社会的固定职业；1952 年他奔 40 岁去的时候，才娶上了卢宝桑的娘，而她当时也已经 35 岁了。这一对晚婚的夫妻在婚后第二年有了卢宝桑这么个独生子。

　　曾经在北京市内的货运事业中起过重大作用、并至今仍起着一定作用的平板三轮运输业，长期以来属于合作社即集体所有制性质，细细考察起来，其中的三轮车工人，经历纯洁的城市贫民固然占一定比重，但也不乏两股旧社会的沉淀物：一种即是卢胜七式的贫民，贫则贫矣，而又并无劳动资历，大都是过去的乞丐、混混、破落户的败家子弟等号人物；另一种则是新中国成立前下层军官、警察、帮闲中罪行较轻、民愤不大的那伙人，经过一段审查、教育，或宣布为管制分子，或免予法律处分，因他们与上一类人物一样，并无一技之长，所以其中一部分也安置到了平板三轮运输工人的队伍之中。这两种人有着若干共同点：缺乏劳动习惯，精于抽烟喝酒；缺乏自尊自爱，惯于谈男说女；贪小利却又讲义气，善挥霍却又能吃苦……当然，绝非人人都是这样，而随着中华人民共和国对他们的消化、改造，他们中的多数人也确在不断地发生着弃糟粕、增精华的可喜蜕变。

但是，把他们完全消化、改造为新人绝非易事，须知改造溥仪、改造战犯也有他较易入手的一面——他们有文化，可以作哲理性的思考，政治立场一旦转变，倏忽可成可爱可敬之人；改造社会沉淀物却有极其艰难的一面——他们没有文化，却有着一肚子垃圾，即使他们政治上没有问题了，他们也还可能散发出可厌可鄙的气息。

有一回在鼓楼边烟袋斜街里的鑫园浴池，卢胜七、薛永全、荀兴旺仨人恰好遇到了一块。仨人在最烫的池子里泡够了身子以后，就都到外头卧榻上躺着歇息。

这时候如果有人注意观察他们，就会发现他们尽管一眼望去都不属于干部、知识分子，而属于劳动群众范畴，但各自在体貌、气质上，又有着明显的差异。

荀兴旺师傅皮肤黧黑、粗糙，但肌肉饱满、匀实、紧凑，整个体态给人一种粗犷而充实的美感。这主要不是因为他比他们要小上几岁，而是因为他是一个从小从事正常体力劳动的生产者和战斗员，开头是种地，后来是当解放军，最后当产业工人。

薛永全师傅皮肤白中透黄，体态略偏肥胖，但又处处显露出艰辛生活所留下的痕迹——他把两块雪白的大浴巾那么一围、一披，再往卧榻上那么一躺，你就是不知道他当过喇嘛，也能不由自主地联想到寺院中的卧佛，那形象很难说美，却也绝不丑陋，也就是说，望去还是顺眼的。

卢胜七的皮肤是一种很难形容的土褐色，脑门上有个畸形的肉疙瘩，那是当年搞"硬乞"时，有意培植起来以供铁钉插入的；右胸上有个怪模怪样的伤疤，则是当年在"硬乞"中钩以铁钩的所在……和他的许多蹬平板三轮的同行一样，他们从三四十岁才开始从事正常的体力劳动，因此，一方面他们不可能再根本改变早已完成发育的体型，另一方面他们的骨骼、肌肉系统又不得不拼命尽力为适应新的负荷而变形、增生，因此他们的体型大都变得格外古怪。卢胜七就是如此：胸肌并不发达，而腹肌紧凑，上膊精瘦而下膊粗大，腿部青筋暴凸，整体形象令人不禁联想起一只螳螂或蜘蛛来。

他们的气质就更加不同。荀兴旺要了壶茶，就用浴池的茶叶，服务员来冲水时，他亲切而自然地同服务员搭话；从他的表情上可以明白无误地看出，他觉得服务员同自己是阶级兄弟，现在人家为他服务，另一场合他也许就为人家服务。薛永全也要了壶茶，也买的浴池的茶叶，但他只将袋茶的封口撕开三分之一，倒入壶中一半茶叶，然后将纸袋折好，将另一半茶叶留下，以备带回家中；当服务员冲水时，他欠身连道"劳驾您哪"，礼数极为周到，但多少显得有点世故。卢胜七可大不一样了。他是自带的茶叶，用小扁铁筒装着——待人家的茶都沏好了以后，他才取出那茶叶筒，连连对人家说："用我这沏吧，用我这沏吧，我这是一块二一两的正庄货……"人家自然辞谢，他便把人家的茶壶端过来，掀开盖儿看不算，还把鼻子凑拢去闻，龇牙咧嘴地说："不灵不灵，这五毛钱一两的色儿不正，味儿不纯，喝了拉嗓子眼儿。"评论完了把自己的茶叶筒盖子打开，硬凑到人家鼻子底下让人闻，"闻闻我这是什么味儿！"他高声吆喝着催叫服务员，让人家来给他冲茶，人家端来了茶壶，他拉过来从壶盖检查到壶嘴，挑出了一大串毛病……当人家往壶里冲水时，他斜倚着，微闭着眼，分明是在享受着一种伺候……

卢宝桑的父亲卢胜七跟薛永全、荀兴旺就这么着大不相同。

卢胜七1982年已经69岁了。他早已退休。他养了一只画眉、一只蜡嘴，为它们置备了精致而昂贵的鸟笼、食罐、罩幔等器物，前者养着为听鸣唱，后者养着为观衔球。卢宝桑总成不了家，跟父母合住，便把他那间屋的整堵墙排满了自焊的方形鱼缸，养的都是热带鱼，有神仙、吻嘴、蓝曼龙、虎皮、斑马、玻璃帆船、五彩金凤等许多品种，鱼缸里还栽培着玉簪、皇冠、如莲、香蕉、牛舌、菊花等各类水草。由此可见他们父子二人的物质、精神生活，毕竟与祖辈已有了很大的不同，但从丐头爷爷身上所渗透下来的一种乞丐心态，以及从父亲卢胜七身上散发出来的"硬乞"精神，却还是不难从卢宝桑身上寻到烙印。

而卢宝桑之所以成为卢宝桑，却还不仅受熏陶于父系，也受熏陶于母系。

他母亲卢黄氏，出身于天桥——即与钟鼓楼遥相对应的南城贫民集团。据说从敌伪时期到新中国成立前夕，天桥有所谓"八大怪"，他们当中有："大金牙"（拉洋片儿的，徒弟叫"小金牙"）；"云里飞"（唱小戏的，穿戴的是纸糊的行头）；"蹭油儿"（卖一种去油污的东西，边唱边卖）；"管儿张"（用小竹笛放入鼻子里吹，能奏出各种曲调来）；"王半仙"（同闺女一起变戏法，主要的节目是舞白纸条，纸条能在他们父女手里里外蹦、上下套）；"宝三"（表演中幡、摔跤的）；孙洪亮（卖虫子药，边卖边唱，后来居然成为一霸，购置了铺面，欺压百姓，新中国成立后被镇压）；"大兵黄"（曾在军阀军队中当过下级军官，身板特奘①，他每天在天桥摆一圈凳子，卖点跌打损伤药，但他既不表演杂耍，也不表演武艺，而是坐在那里，甩开嗓门大骂，骂时局，骂贪官，骂污吏，因为他骂得有理，骂得痛快，所以天天有人坐成一圈听他叫骂，他穿一身陈旧的灰军装，山东德州口音，撂着辈儿骂脏话，竟因此得名）。卢宝桑的母亲，传说就是"大兵黄"的女儿，不过人们也只是私下窃议，除了派出所的户籍警，似乎也没有人敢去当面问她，而户籍警对此好像也从未产生过多余的兴趣。不管这传闻确否，从卢宝桑母系那儿，他确实又熏出了一种敢说敢骂、敢打抱不平的气概。

且说在薛纪跃办喜事那天，卢宝桑作为首先到达的亲友，一进门就给薛家带来了诸多不快。他来的最直接的目的是为了大吃大喝一番，他也并不掩饰这一点，所以他迈进了新房，见到薛纪跃并无什么贺喜的例话，先问薛纪跃索要三五牌香烟；未能遂愿后，他只好降格地权抽"礼花"；在沙发上坐了一会儿，他便站起来在屋里转悠，最后转到五斗橱前，踮着脚尖研究着墙上的结婚照。忽然他"嗤"地乐出了声来，那是一种阴阳怪气的闷笑；笑完他挨近薛纪跃身边，凑拢薛纪跃耳朵问："怎么着！没先玩玩？我看她够你招呼一气的！"

薛纪跃脸唰地红了，气急败坏地把他一推："去你的！胡！"

卢宝桑宽容地冲薛纪跃挤了挤眼，便叼着烟卷出了新房。他麻利地拐进了充当临时厨房的苫棚。

---

① 北京人把特别健壮称为"奘"，音 zhuǎng。

薛大娘见了他，不得不敷衍："哟，宝桑来啦！你爹你妈怎么没一块儿来呀？"

卢宝桑嬉皮笑脸地说："薛大妈，给您道喜啦！我爹我妈倒想来呀——可您跟大爷不是没请他们吗？"

薛大娘扬着嗓门应付："哟，咱们两家还用得着虚礼儿吗？还用下帖子呀。知道了信儿，自然就该来呀——你们不也没'随份子'吗？我就不挑这个礼儿，咱们谁跟谁呀，光你帮着搬家具，那股子牛劲，就顶别人俩仨'份子'哩！"所谓"随份子"，就是亲友们给喜家的小额现金，一般少则两元多则 20 元。薛大娘点到这个问题，让卢宝桑脸上有点挂不住，他忙假装参观厨房中的种种景象，结果自然就同正铺摆大冷盘的路喜纯对上了眼。

路喜纯早从声音听出是他，四目相遇后，路喜纯便微笑着对他说："你又到这儿足撮①来啦？"

"哥儿们！"卢宝桑没想到今天薛家请来的大师傅竟是路喜纯，他不由"惊呼热中肠"，一巴掌拍到路喜纯的肩膀说，"是你呀！你可得好好地露一手啊。这是我大爷大娘家，我二兄弟办喜事，看在我面子上，你也不能含糊呀！"

薛大娘不由问："你们什么时候认识的呀？"

卢宝桑抢着回答："他爹原先跟我爹在一块儿蹬平板三轮。他妈我也见过，两人前后脚都'嗝儿屁'②了。他跟我一样，还是条光棍儿！"

这话一出来，薛大娘心里又添了点不自在。经过三个多小时的考察，她本已对路喜纯的手艺和做派产生了信任和好感；可卢宝桑一揭"底儿"，原来这路喜纯偏是个父母双亡的光棍汉，真不巧！他那晦气，该不会通过饭菜，传到咱薛家来吧？

路喜纯微微地摇头，心里连连叹气。他太了解卢宝桑了，他们俩小学时候还是同学。卢宝桑原来比他高两个年级，后来蹲班蹲到他在的那个班。他最见不得卢宝桑那既不尊重别人也不自尊的丑态。他们在小学四年级的时候赶上了"文化大革命"，小学高年级学生也学着中学、大学生的"造反派"揪斗校长、老师，卢宝桑那时候比一般六年级的学生大一岁，个头已经基本长

① 放开胃口吃别人请叫"足撮（cuō）"。

② "嗝儿屁"，死的鄙称。又说成"嗝屁潮凉"；旧时代北京小市民认为人死时先要打一个嗝，再放一个屁，然后七窍流水（潮），最后全身冰凉。

足，显得身粗力大，开头，他也戴个大红袖章，以"红五类"自居，那时他似乎确有这个本钱。据说他爸爸卢胜七，在新中国成立后镇压钟鼓楼一带的恶霸时，帮着行刑的解放军捆绑恶霸，拖着恶霸拉向法场，表现得非常革命，非常勇敢。所以，在揪斗校长、老师的批斗会上，他总扮演那揪着人家"坐飞机"的角色。他除了撅人家胳膊、按人家脑袋，还要想出其他各种各样恶毒而刁钻的办法来侮辱人，如猛踩人家脚背啦，揪耳朵让人家偏仰着脸"示众"啦，拿墨水瓶往人家衣领里灌墨水啦……他干这些事时还爱一边朝台下的"革命师生"扮鬼脸儿。后来，他更把这种虐待狂的劲头施加到同学身上，他让那些"黑五类"家庭出身的同学用脑门顶着墙上的钉子罚站，用别针把他们的"认罪书"别到他们的胸脯肉上。可是，过了没多久，不知怎么的，卢宝桑的爸爸卢胜七在单位里被揪出来了。路喜纯去看过大字报，当时看不懂，后来才弄明白，原来有人揭发他，新中国成立前夕北京的大学生进行"反饥饿、反内战"、抗议国民党反动政策的示威大游行时，国民党的军警收买了一批流氓打手，让他们放手冲撞游行队伍，打跑一个学生给一个馒头，被收买的打手中就有卢胜七，他一次就挣了18个馒头！这事被揭露出来以后，卢宝桑顿时由"红五类"变为了"黑五类"。让路喜纯感到奇怪的是，卢宝桑并没流露出什么悲苦忧伤，这倒还罢了——在学校后来那些批批斗斗的荒诞场面中，卢宝桑竟往往不等别人揪他，便自动站到被批斗的位置上，高高地撅起屁股，双臂向后高抬，有一回他还自己当众打自己的耳光……回忆起来，最最令路喜纯不能容忍的，是正当他在台下默默地同情着卢宝桑时，一瞥之中，卢宝桑却斜着脸儿朝他吐舌头出怪相！

　　长大以后，路喜纯常把卢宝桑当作一面镜子，来检验自己的灵魂。他可以原谅卢宝桑以往的愚昧，他也可以容忍卢宝桑现在未能涤尽的恶习，但他自己却无论如何要引以为戒，他要永远尊重别人的人格，更要尊重自己的人格。

　　路喜纯真不乐意卢宝桑出现在这家的婚宴上，他所精心烹制的这些菜肴，肯定要遭到卢宝桑的荼毒！比如这个铺放美观精巧的尺二冷盘，当中是土豆泥垫出的两颗套在一起的心，上面用金糕条镶嵌出了一个鲜红闪亮的囍字，周围用火腿、虾片、蛋卷丝、猪头肉、黄瓜盅、西红柿花、松花蛋瓣等组成了彩色的对称图案。

　　这冷盘上了桌子，是应当"一看""二品"之后才"三报销"的，但你怎能保定卢宝桑不一筷子就把它搅个稀巴烂呢？唉！

卢宝桑却全然不能体察路喜纯的心情，他在路喜纯面前油然生出一种优越感来——此刻路喜纯是伺候人的，而他自己恰是被路喜纯所伺候的宾客之一。他油腔滑调地命令着："你小子可不许在这儿留一手啊！你'丫挺的'①把你的本事全给咱倒腾出来！"

这时，薛纪跃的大姑一家来了，卢宝桑闻声出去同薛大娘一起招呼着——原不是生人，且不说薛永全和大姑他们那死去的二弟当年也是乞丐帮的，当年在隆福寺混的大姑父，跟卢宝桑母亲家，不也是有过来往的吗？卢宝桑心里浮出这七穿八达的亲友关系，更觉得他今天在这儿吃香喝辣是名正言顺了。

忽然薛永全师傅汗涔涔地提着个鼓鼓囊囊的草包回得家来，大家乱哄哄地互相招呼着。薛师傅不无焦急地对薛大娘说："你看这事儿——'马凯餐厅'说今儿个运啤酒的车不来了，昨儿个他们剩得不多，一会儿有两桌华侨包饭，全得上。咱们的啤酒可就全黄了！"

薛大娘不由唠叨起来："你看！我就知道你没一样事能办成！昨儿个我说早点把它买回来搁着，你不干，说什么搁屋里头酒要坏，搁屋外头瓶子要裂，还是搁人家餐厅冰箱里最好——你看今儿个怎么样？人家不认账了吧？……"

薛师傅遂说："我从'马凯餐厅'那儿一路找到地安门，今儿个都没啤酒，我只好在地安门商场买了十瓶'麦精露'……"

"那玩意儿哪行呀！"卢宝桑激昂地插进去说，"没有啤酒还办什么事儿！小跃子他们两口子往后能顺顺溜溜过日子吗？"

薛大娘心里像塞了团烂泥。又是一档子不吉利！北京市民的这种婚礼，三种酒缺一不可也是一种风俗——白酒如果实在弄不到八大名酒之一，至少也得有"龙凤酒"，这代表富贵；葡萄酒也不可缺，但必须是三块五以上一瓶的"北京红葡萄酒"，这代表兴旺发达；啤酒必须充分供应，这代表和顺美满。现在却居然出现了"三缺一"的严重危机！

正当薛大娘一筹莫展时，卢宝桑宣布说："我就不信'马凯'他们那儿真的没货！准是他们见大爷面善，就他妈的糊弄大爷。你们等着，我去一趟，我就不信端不来一箱！大爷，给我钱，给我装酒的家伙，我这就去！"

薛大娘心乱如麻。她跺着脚说："秀娅怕这就要到了——门口也不知都有

---

① "丫头生的"的快读，即私生子之意，骂人话。

谁守着，放鞭炮、撒花纸的孩子别偏这时候没影儿了。"

大姑便赶紧带着薛纪跃的表姐、表倻等人往大门外去。

这时薛师傅把 20 块钱和两个大网兜给了卢宝桑，卢宝桑便一溜烟地出征"马凯餐厅"去了。

薛大娘和薛师傅暂且进到他们自己的房中，薛大娘拿起炕笤帚，先把自己的衣服掸扫干净，然后又给薛师傅掸扫……

没过一会儿，门口传来了响亮的鞭炮声。薛大娘拢拢衣裳角，庄重地走出自己的住房，又走进新房之中。薛师傅跟在她的后面。

14. 新娘子终于被迎到了新房中。有的售货员为什么故意冷落顾客？

迎亲小轿车的司机很不高兴。干这类差事他可不是头一回，也遇上过不少"格涩"①的顾客，但今天这趟可真把他折腾得够呛。

潘秀娅家住在一条挂有"此巷不通行"标志的小胡同中。那胡同相当狭窄，小轿车开到胡同口，自然也就停住了。孟昭英和詹丽颖便下车走进去迎新娘子。

潘秀娅家满屋子都是人，也来不及细认，但很快孟昭英和詹丽颖也就看出来，这一群人的主心骨是那位潘秀娅叫她"七姑"的干巴老太太。

七姑是特意从广安门外赶来，充当女家的"送亲姑妈"的。潘秀娅的两个姐姐出嫁时，都是她充任这个极其重要的角色，这回潘秀娅出阁，她不仅当仁不让，而且大有戏曲舞台上的名角儿出演"封箱戏"的气派。除了新娘子潘秀娅，人群里就数她穿戴打扮得整齐。她人过 60，脸上的皱纹是无法掩饰的，但她把尽管日渐稀疏、却还不露头皮的短发细心染过，又施以不知多少的头油，并从上到下弄出一点似有若无的波纹，这样一来，便顿收奇效——离远点看，你会以为她不过刚到 50。孟昭英和詹丽颖到达时，她正给新娘子检查装束。新娘子潘秀娅这天穿着一身近似苹果绿的带隐条的西式女服，是在王府井雷蒙服装店定做的，上身翻开的斜领里，露出水红色、大尖领的化纤衬衫，斜领下端插着朱红的绢花，绢花下缀着烫有"新娘"字样的燕尾签。七姑认为那绢花的花瓣张开度不够，正在细心地一瓣瓣调整。

孟昭英和詹丽颖进屋后，大家闹嚷嚷地见礼完毕，詹丽颖便大声感叹说："新娘子好漂亮呀！我要是小伙子，都巴不得要娶你！"

----

① 形容人脾气古怪，不好相处。

七姑闻声盯了她一眼。心想薛家怎么找这么个人来迎亲？张嘴就没个分寸！不过，她暂不动声色，只是问："'小轿子'在门口了吗？"

詹丽颖满不在乎地说："嗨，你们这条死胡同！汽车开不进来，车在胡同口外面等着。就走出去上车吧——新娘子，我们可要把你拐跑！"说着便伸手去挽潘秀娅胳膊。

七姑把詹丽颖伸出的手给挡了回去。她意识到自己今天的责任格外重大。这位"詹姨"竟如此无礼！什么"死胡同""拐跑"——多不吉利的言辞！再说，迎亲的"小轿子"不开到门口，那怎么能行？于是，她脸上现出极其严肃的表情，语气坚决地说："得让'小轿子'开到门口来，这胡同够宽的，能开进来。"

人们七嘴八舌地议论着。孟昭英说："开倒能开进来，可胡同里没法子掉头呀！"

七姑坚定不移地说："就得开进来！能开进来就能开出去！告诉你们说吧，就是拆几座房子，也得让它开到门口来！"她嘱咐潘秀娅，"秀丫，你坐下候着。我去给张罗去！我就不信他开不进来！"说完便气度轩昂地朝屋外走去。孟昭英、詹丽颖及潘家的一些人不由得随她到了胡同口。

司机本来不肯把车开进胡同，但七姑一张利嘴，把理、利、情熔为一炉，不由司机不照办："我说师傅，你甭强调客观，你们那章程，当我不知道吗？你就该开车到户，要不我找你们领导反映去……你多开几步对你有啥坏处？不还能多收点钱吗？你服务到家了，我们给你写封表扬信寄去，你这月奖金不就稳拿了？……我说小伙子，你怕自个儿还没办过事吧？人一辈子就办这么一回事儿，到你办事的时候，你愿意含糊吗？帮衬帮衬我们，赶明儿你办事的时候，准能逢凶化吉，遇阴转晴……"当然，在七姑说这番话时，潘家的人也就给司机递过去了整包的好烟，司机虽然没接，但他们把那烟扔到司机座椅边上的"小斗"中时，司机也便默受了。

最后，司机不但把车开进了胡同，而且完全采取了七姑的方案：不是开进去倒出来，而是倒进去再开出来。七姑的苦心大家一琢磨也都恍然，不由不对她肃然起敬。唯独詹丽颖只觉得好玩，还不能同七姑的情绪取得完全的共鸣。

小轿车在潘家和潘家邻居们的一片欢喧声中开出了胡同。车上，詹丽颖坐在司机旁的前座上，后面当中是新娘，新娘左边是七姑，右边是孟昭英。

新娘潘秀娅的心情不能用"激动"这个词来形容，她处在一种平静的满足感中。

孟昭英虽说握住新娘子一只手，微笑着，心里想的却是自己的女儿小莲蓬——也不知她现在怎么样了？七姑盘算着一会儿该怎么样为女家争得最充分的脸面——只有在这样的精神活动中，她才能体验到人生的真正乐趣。

詹丽颖从前座上扭过身子，望着新娘子，照例毫无顾忌地评头论足："哎呀，你这身西服剪裁得可真不错，可就是颜色嘛——跟你里头的衬衫太不协调！干吗非这么桃红柳绿地搭配？该有点中间过渡色的东西点缀点缀，平衡一下才好……"

她这人总是想到什么就干什么，车子开到一处地方，她招呼司机说："师傅师傅，边上停停，我得办件急事！"司机以为她要下车方便，只好朝边上靠去，七姑大吃一惊："这是怎么个碴儿？不能停！不能停！"

司机不能不心烦。你们究竟有没有准主意？究竟听谁的才对？他车子既然已经靠近马路边了，那里又正好是准停车处，也就不顾七姑的抗议，停了下来。詹丽颖麻利地开门跳了出去，笑嘻嘻地对司机说："三分钟！保准回来！"便在人群中消失了。

七姑大声抱怨起来："这是怎么着说的？迎亲的'小轿子'怎么能中间随便停下？这可有个不好的讲头，可要不得！"她质问孟昭英，"你婆婆是怎么搞的？找了这么个着三不着两的人物来迎亲？他们院里就再没有合适的'全可人'了？"

孟昭英解释说："原先请的是澹台智珠，您听说过吧？唱京剧的名角儿，可不像她这么风风火火地没个稳重劲儿……要不，咱们走吧，甭等她了——她指不定又要兴出个什么怪来呢……"

七姑只是咬着牙叹气，心想扔下她也不是个事儿——迎亲的半路上撇了个迎亲的主儿，那讲头可更不吉利……

三分钟过去了，詹丽颖没有回来。五分钟过去了，还是没有影儿。不光司机抱怨，七姑愠怒，孟昭英着急，新娘子潘秀娅也沉不住气了……到第八分钟的时候，詹丽颖飘然归来。她拉开门坐进车中，呼哧带喘，正当七姑就要冲她发作时，她却笑吟吟地把一样东西递给七姑，解释说："我上下班总路过这家百货商店，早留下了印象——他们卖的这号别针不俗，我看今天新娘子的这身打扮上，还就缺这么个别针……七姑您有眼力，您给瞧瞧这花样、手工怎么样？您这就给她戴上吧，您能戴得恰到好处……"

司机继续开车向前，七姑接过了一个漂亮的织锦面小首饰盒，打开一看，里头是一个亮闪闪的领针，银丝弯成的变形叶片上，缀着些琥珀色和蓝紫色的假宝石，确实精巧雅致，遂转怒为喜，赞叹地说："哟，敢情您买这个去啦？真不赖呀……"

七姑便把那领针给新娘子别上，孟昭英也夸赞说："詹姨说得真对，秀娅别上这个，西服跟衬衫就不那么显得扎眼了。这别针就是'中间过渡色'吧？单看着似乎不那么艳丽，往领口这儿一别，嗬，电影明星似的！"

潘秀娅便由衷地致谢说："詹姨，这少说也得好几块吧？您不是早就送过礼了吗？又买这个——真让人过意不去！"

詹丽颖爽朗地大笑着："那有什么！快别说这个！小跃子是我眼瞧着长大的，他跟你办事，我当姨的有什么舍不得？我要早想到这个，还能从从容容地给你挑个更好看的哩……"

小轿车里的气氛，顿时达到一个喜幸、融洽的高峰。

但是詹丽颖这人既能在一个举动里让人对她敬爱有加，也能在一句话上使人对她生烦生厌。

小轿车加速向钟鼓楼而去。詹丽颖想到刚才的即兴采买，发议论说："算我这回运气好，进门走拢柜台就买上了……可真是千载难逢——以前我去商店买东西，不是遇上售货员在柜台里头光顾互相说话，你喊也不搭理你，就是遇上他在那儿来回来去数一沓钞票、单据，硬不抬头……真讨厌死了！"

潘秀娅低下了头。不是害臊，而是不快——这詹姨是怎么回事儿？她难道忘了，我潘秀娅也是站柜台的嘛！

潘秀娅在照相馆里属于营业组。她并不会照相，也不懂暗房技术，她们营业组就是在柜台里头接待顾客，或给要照相的顾客开票，或收验底片、开出冲洗加印的票据，或根据顾客递上的票据交付洗印好的成品……同时也兼卖一点照相器材和胶卷、相册什么的，也兼办出租相机的手续。比起一般商店，他们每天接待的顾客，人次不算太多，工作不算太紧张，可潘秀娅和几个年龄差不多的营业员，恰好有詹丽颖所指出的两个习惯——潘秀娅就常常是顾客站拢柜台外面，已经开始向她发话，她也明明瞧见了，却偏要扭过头去，跟同事用一种在家里聊天式的语气，接着刚才的一个什么话茬儿，当着顾客的面絮絮地说上那么一会儿，比如议论他们馆里刚散发完的电影票：

"……你瞧多缺德！他们暗房组又把好票全拿去了，给咱们的全是后排的边座儿！我这张更倒霉了，我就知道这座儿紧挨着厕所，味儿着呢！我要跟大老王换，你猜怎么着，他冲我学猫叫——恶心劲儿的，那么大岁数了，也不怕寒碜……"顾客这时候必然不耐烦了，或以假咳嗽提醒，或放大嗓门叫唤，有的更干脆指责起来："嘿，你们这叫什么服务态度？怎么不理人哪？"她这才转过脸来，懒懒地问："你要什么呀？"……点款、点单据，说起来确也有相当的必要性，特别是百货商场一类地方，每个营业组一天要定时向银行交一次款，但潘秀娅身在其中，深知可以用点款、点单据大大地怠慢一番顾客——她点款点单据时就专爱站在柜台边上、最接近顾客的地方，顾客来了必然要同她搭话，希望她停下来予以接待。她呢，则越发沉得起劲，故意连眼皮也不抬一下。有的顾客不免就要嚷嚷起来，追究她的服务态度，先是她，后来又必然有其他同事凑拢来，向那顾客理直气壮地申明："这是我们的业务，你懂吗？不清行吗？清点的时候就没必要理你！"有的顾客或者还要质问："你们既然清点的时候不接待顾客，那干吗不到后头清点去？"她和同事们照例是反击曰："我们爱在哪儿清点就在哪儿清点，你管得着吗？"……

起码在北京，柜台服务人员的这两种表现构成了服务态度当中的常见病、多发病和顽症，不知有没有人从这类表现入手，探察过潘秀娅他们之所以出现这类表现的特殊心态？（这两种表现又主要集中体现在青年柜台服务人员身上。）倘若有人盯着潘秀娅问："你怎么会有这两种表现呢？"她怕只能回答说："我也不知道。"再问："那你们哪儿学来的呢？"她怕也只能回答说："没有人专门教给我，是我看来的——在我没工作之前，我还在柜台外边当顾客的时候，人家就那么对待我的。"倘再紧钉着问下去："那时你不会觉得好受吧？为什么一旦你站到柜台里头去了，你就跟着学起这套做派来了呢？"她一定答不出来了，真的答不出来。因为她没有深入思考一件事的习惯。换句话说，像她这样的青年，不太具备进行哲理性思维的能力，对于所面临的这个世界和流逝着的人生，她只有一种高于本能而低于哲理的"浅思维"。

这就又不能不追溯到她的出生教养，以及她本身的生活经历，还有对她施以有形、无形影响的具体社会环境。

她同薛纪跃一样，也是出生在一个典型的小市民家庭。而且这曾经是一个经济上更为拮据的小市民家庭。她的父亲早年是在庙会中做小买卖的摊贩，他所经营的那些商品现在已经绝迹。如他曾吹制发卖过"吓吓噔"——这是一种劣质玻璃做的儿童玩具，呈喇叭形或葫芦形，儿童把类似瓶口的一头含入嘴中，一呼一吸地吹气，因那容器的底部很薄，所以能随气流的冲击"吓吓"作声；当然，这种玩具很容易吹破，对儿童的呼吸道有弊无利，弄不好还会割破儿童的手，所以早已被淘汰。又如他曾磨制发卖过"香面子"——就是采集各种有香味的植物，焙干后研磨成细末儿，装入碎绸缝的荷包，卖给人拴在身上以除汗味、臭味，卖的时候照例吹嘘说拌入了麝香，其实除了挂在摊头以充样品的荷包中确有一点麝香外，其余的都全部只是植物香料。这东西后来也被时代所淘汰。他也还卖过其他一些类似的小东西，直到新中国成立后庙会活动结束。后来他才到洗染店当了店员，去年退了休。潘秀娅的母亲说起来还是下嫁给她父亲的。母亲家虽说也是在庙会上摆摊卖货的，但那摊、那货，都要气派得多。潘秀娅的姥爷是经营假发的，每年冬天庙会萧条期，他就肩上扛个褡裢，到关外去——一直走到图们江边，收购妇女发辫。据说当年以"鲜族"（即朝鲜族）妇女的头发最好，因为他们当时的风俗是妇女不到结婚不剪发——所以潘秀娅姥爷要跑那儿收购去。开春后，姥爷回来了，便加工收购来的头发，制成各种辫儿、髻儿、纂儿……然后拿到庙会上发卖。据说那头发要以黑中透黄的才算上品，乌黑的反卖不出价儿，因为头发越黑则越脆，不坚牢。这样一种经营当然是卖"吓吓噔"和"香面子"者所不能比拟的，因此，潘秀娅母亲嫁过来以后，很长时间都有一种优越感。直到潘秀娅姥爷去世以后，母亲除了季节性地卖一阵冰棍，基本上只是个无职业的家庭妇女，家里主要指靠潘秀娅父亲挣工资过日子，这才渐渐消了锐气。

　　这样的一种家庭，文化水平既不高，经济上又长期不宽裕，家里人的言谈话语中，自然不会有什么哲理的意味；而且，这样的小市民在新中国成立前生活虽然动荡、艰辛，对旧社会一般却又并无深仇大恨。到了新社会，他们生活安定、温饱有靠，所以对共产党、对社会主义，是感激的、满意的；不过相对来说，他们又居于城市居民中物质、精神两方面都较匮乏的层次，所以他们一般也绝无昂奋、敏锐的政治情绪。即使在"文化大革命"的狂热气氛中，他们最关心的，主要还是粮店的粮食会不会涨价、购货本上所规定的一两芝麻酱的供应能不能兑现？只要这类生活中最基本的实际利益不被动摇，那么，无论报纸上在批判谁，或在给谁平反，他们都无所谓。由此可见，"浅思维"是他们这一群体的基本素质，并成之有因。

这批小市民的子女，大多数同他们的父母辈一样，或沉淀在北京城庞大的服务性行业之中，或成为工交系统中体力劳动成分较重的那部分工作的承担者。当然，其中也有受惠于我们社会所提供的可能性、得力于自身的发奋努力而成为干部和知识分子的，但那实在只是少数。一些干部和知识分子的子女，虽在"文化大革命"中成批地加入了工、农、兵的行列，其中一部分还加入了服务性行业，但随着1977年以后的社会生活变化，他们又大批地涌进、调入了大学、行政机关、科研机构、文化部门……留在服务性行业中的尤其罕见；即使留下，也大都或进入科室，或从事有关的科研，比如潘秀娅他们那个照相馆，唯一留下的一位知识分子子弟，是报上发表过表扬性文章的（表扬其父母支持孩子在服务性行业坚持工作），在照相馆中也是从事着修版技术（特别是"开眼技术"——即在被摄者眼睛闭合的底片上，为被摄者"开眼"，这是在团体照中常出现的问题，因无法请被摄者重摄，所以必须在底片上施"开眼术"），而绝非像潘秀娅一样站柜台边"伺候人"。

把握住了这样一种总体背景，我们就不难理解潘秀娅式的售货员为何会经常互相交谈冷落顾客（或干脆扎堆聊天），以及为何会经常在柜台上清理货款、单据而俨然自得了。

这种精神状态，实际上是他们"浅思维"中的一种心理反抗方式。如果我们用"深思维"透视一下的话，便会理解到，他们可以从相互交谈不理顾客（或边热烈交谈，边冷淡而迟慢地应付顾客）之中，取得一种心理平衡，显示出他们一群的独立价值，使顾客意会到不是他们有求于顾客，而是顾客有求于他们，即不是他们该伺候人，而是顾客该为获得某项服务付出一定的人格代价。同样的，当着顾客的面来回来去地清点款项与单据，则可以显示出他们工作的庄重性、严肃性以及特别容易被顾客忽略的技术性，从而获得一种心理补偿（谁说我们的工作光是取取拿拿？）……

在社会主义服务性行业中，的确有那样一些全心全意为顾客服务的先进人物。他们之所以先进，归根结底是他们对自身、对社会，能作一种进入哲理状态的深入思考，他们把站柜台当作献身一项伟大事业的光荣手段，所以他们绝不会有潘秀娅式的表现。而潘秀娅他们所以总不能由"浅思维"进入"深思维"，说到底还是因为文化水平低下。比如说，潘秀娅就没有三维空间的概念；她也全然不清楚中国的近代发展史（且不论近代以前的历史知识）；看一部电影《巴黎圣母院》她觉得有趣，但故事究竟发生在哪一国的什么时代，她弄不清楚；她虽然在照相馆工作，但照相术究竟是怎么一回事，感光材料究竟为什么有成像的能力，她至今还是稀里糊涂……看来要让她这样的市民青年形成社会主义觉悟，树立共产主义理想，甚至需要从普及天文知识、生物发展史和简要中国历史知识入手，因为归根结底，社会主义——共产主义，是一门科学，也就是说，是一种文化，并且是一种高级的文化。

在1982年12月12日那一天，我们这个星球上的文明正在继续向前推进。

在一些科技、生产发达的国家，电脑已经开始走向普及；在我们祖国，许多现代化的重点工程已进入紧张的全面施工阶段；北京城也在分秒不停地跑步前进，二环路上的立体交叉桥已经全部竣工，一座座新的建筑像春笋般拔地而起……但是，潘秀娅，这北京城里最平凡的一个社会成员，却以仍不能进行哲理性思考的灵魂，迈进了她人生中的一个新的阶段。

经过1966年到1976年的思想禁锢，1978年才有人公开呼吁在社会生活中给爱情以位置，但1979年便有人对爱情提出了很高的哲理性标准："爱，是不能忘记的。"1980年，报刊上、银幕上出现了一股爱情热，以至于人们不是担心爱情找不到它的位置，而是抱怨爱情过多地占有了位置；1981年以后，更出现了五花八门的关于爱情的见解和表现，一些勇敢者甚而开始研讨起婚外爱情和爱情的"合理可变性"这类问题来；不少时髦青年在这愈演愈烈的时代潮流中，根据自己的理解选择着自己信服的理论，并大胆地付诸实践……

但这一切对于潘秀娅这类的青年市民来说，却影响甚微。无论作家们的精心结撰还是评论家们的揄扬贬斥，潘秀娅都全然不知，因为她除了电影杂志，不看别类杂志，而看电影杂志时又主要是看图片；照相馆订得有报纸，她也看，但主要是看电影广告和漫画。

对于她来说，自从过了22岁，"男大当婚，女大当嫁"的"浅意识"就支配着她积极地行动起来。对于她来说，这件事的意义很简单：她要在够得着的范围内，找一个尽可能好一点的对象。她缺少想象力，更谈不到有什么罗曼蒂克的情绪，她绝不具备那种看了《水晶鞋和玫瑰花》这部英国影片，就在入睡时把自己幻化为"灰姑娘"的气质。她是非常实际的。22岁到23岁这两年里，她觉得自己应当向知识分子这个领域冲击。尽管就知识分子这方面来说，那时候还呼吁着给他们"落实政策"，但潘秀娅这样的姑娘不但早在心目中给他们落实了政策，而且一直企盼着能成为他们圈子中的一员。她曾在照相馆的那位专攻"开眼术"的小伙子身上下过功夫，勇敢到在他卧病在床时，提着水果去他家探望；但她不光从那小伙子的态度上看出来，更从小伙子父母的眼神里看出来，她那个打算是根本不可能实现的。她及时地知难而退。她明白了她的两个姐姐为什么到头来都嫁给了工人。进了24岁范畴以后，她频繁地通过介绍人同国营工厂的小伙子见面，有见过一面、两面、三面……至五六面的，她看上别人而别人看不上她的不多，大半是别人愿意同她搞下去而她及时地刹了车——那几个小伙子不是个子太矮，便是家里负担太重；要么就是刚进公园便想动手动脚，让她讨厌……接近25岁时，她才把选择范围降至与她平齐的行业中。她大嫂是百货公司开"蹦蹦车"①的驾驶员，经常往商场运送化妆品一类的小百货，因此熟悉了商场卖香皂牙膏的售货员们，薛纪跃便是其中之一。他总是自觉地帮着卸货，显得格外憨厚、质朴。潘秀娅的大嫂再细一打听，这小伙子父母都是正派人，都拿着退休金，一个哥哥早独立了，家里没有别的杂人，又有房子可供他结婚，家庭条件可算相当不错；小伙子比潘秀娅大七个月，身高一米七五，脸庞长得相当水灵，跟生人说话时还有点爱脸红，显见脾气也不错——于是乎她便给小姑子牵上了线。潘秀娅在同薛纪跃逛了三次公园、到薛家去过两次以后，就明确地表了态：她乐意。

爱情！潘秀娅甚至没用这个词汇进行过思维，在她的思维中只有"对象"这个概念；"我爱你"这个简单的句子，在她同薛纪跃搞对象的过程中，双方也都没有使用过，他们只说过："我乐意。"

她要结婚。她要成家。成家过日子。她的对象既要"拿得出去"，又不至于在外头瞎胡闹、在家里跟她犯别扭。这样的对象她找着了。就像四喇叭的录音机她置备了一样，虽然牌子软点，但毕竟属于四喇叭一档的。

今天她正式结婚了。什么"生活翻开了新的一页""爱情的花儿将结出爱情的果实""生活的航船啊，从今你有了两个并肩的舵手"……这一类的哲理思考和诗意情绪，潘秀娅一点也没有。

可是坐在小轿车里，她心里还是高兴的。詹丽颖的某些不恰当的话语固然令她不快，但那浮上来的不快，很容易被迎面而来的喜庆之风吹走。这不是已经开进胡同了吗？噼噼啪啪的鞭炮声，及时地响了起来。七姑小声地叨

---

① 三轮摩托卡车。

唠着："怎么就挑着一挂炮？该在大门两边一边一挂才对头哟！"潘秀娅既感激七姑对她的维护，也满意婆家的安排。放了鞭炮就好。"牌子软点，可总是四喇叭的呀！"

第四卷

午（中午 11 时—1 时）

15. 北京人这样结婚。

新娘子到了，亲友们也差不多到齐了，于是新房中的那张折叠桌便被抬至了中央，并且张开了翅膀（从方变圆），准备着承载第一次光荣的负荷。

当然，光是新房这样一个空间，一张圆桌，是不能解决问题的。薛永全老两口的住房，自然也辟为了接待室，并且把那张陈旧的八仙桌，也同时抬到了房间中央。

这并不意味着，薛家这次的婚宴仅仅是两桌的水平——因为这只是第一轮，所请的，大都是至亲好友，或不可缺少的人物；下午两三点至六七点，还将有更多的亲友来贺，其中除执意不吃者外，两边大约总得再各摆两桌，算上当中入席、加菜的人数和盘数，总计要达八桌左右。

参加第一轮婚宴的宾客，在新娘子到来前后已陆续光临。他们当中有：新娘子的"送亲姑妈"七姑；薛纪跃已故大爷的大儿子薛纪奎（即薛纪徽和薛纪跃的亲堂兄）；薛纪跃的大姑妈，大姑妈的二闺女和女婿（即薛纪跃的表姐和表姐夫）以及他们的两个孩子；薛纪跃二姑妈的大儿子（即薛纪跃的表哥，二姑一家现在只有他在北京工作）；薛纪跃他们售货组的组长佟师傅（一位四十多岁的瘦弱男子，薛永全认为他对促成这门亲事发挥了作用，特意请来参加吃头轮婚宴）；介绍人吴淑英（潘秀娅的大嫂，她这天并不休息，上午送完货，把"小蹦蹦"暂停在薛家院门口，中午吃完婚宴，下午她还要继续上班）；薛大娘原单位的王经理（一位五十多岁的胖汉子，因薛大娘娘家无人，特请他来代表薛大娘方面的亲友捧场助兴）；薛永全当年的结拜兄弟殷大爷（他比薛永全大五岁，但看上去还相当硬朗），他还带来个十来岁的孙子；当然，还有头一个莅临婚宴现场的那位卢宝桑。

薛大娘只觉得眼睛、耳朵、嘴巴、腿脚都不够使唤。招呼着这个，又迎接着那个；心里纳闷着大儿子薛纪徽为何还不到来，嘴里却大声呼唤着不肯来就席的对门"詹姨";刚对王经理的到场满脸堆笑,一瞥之中见到了卢宝桑又禁不住笑纹顿消……

她真想清点一下究竟到了多少宾客,却怎么也算不准数儿,心里头真是又甜又涩、又喜又急。张罗中劈面遇到了孟昭英,遂发泄地说:"你看看,你看看,就耍我一个人哩,你们倒挺自在——都一边待着看热闹!"孟昭英知道她这话三分埋怨的老伴,七分埋怨的媳妇,其实全是冤枉。公公何尝不在那里竭诚待客,自己更是手脚不停地忙碌,但在这么个场合也不好同她争辩,便淡然一笑,继续去尽自己为嫂的义务。

七姑以一双锐利的眼睛,衡量着眼前的一切。来宾中有富态的领导干部(王经理),有文质彬彬的知识分子(薛纪跃的表姐夫),有相貌温厚的老实人(薛纪跃的堂兄),这她比较满意,但那"愣头青"①(卢宝桑)是怎么回事儿?那糟老头(殷大爷)又是哪门子亲戚……她心中不免为侄女抱屈——头轮喜酒,怎么就来了这号人物?新房中摆桌子时,她执意要"全桌全椅",就是不能让桌子一边挨着床铺、以床当座儿,结果孟昭英不得不再临时去向邻居们借凳子。关于是铺着桌布摆席好,还是撤下桌布摆席好,她本来并无定见,但当薛大娘说了声:"撤下那桌布吧,那塑料玩意儿怕烫!"她便立时假笑着,扬声纠正说:"不能撤!瞧那桌布上的大朵红花多喜幸,铺着摆席吧!"她这天原是扮演站在女家立场"挑眼"的角色,这是北京市民婚嫁风俗中照例不可少的一个重要角色。她想到潘秀娅嫁了以后,她那个家族已无女可嫁,因此对正在扮演的这个角色格外珍视,就如一位向观众进行告别演出的著名演员,她既有驾轻就熟之感,也有"美人迟暮"之慨。"哟——"她又发现了男家一项本不应有的疏忽,立即向薛永全提了出来,"这俩果盘倒挺是样儿的,可那果子能这么摆吗?"薛永全一听就明白她的意思,立即调整五斗橱上的两个果盘——原来每个盘里都各有梨和苹果,无意之中竟隐含着"离分"(梨分)的凶兆;调整为一盘梨一盘苹果以后,似乎便合情合理了。七姑心里也暗暗计算着究竟到了多少人,可人们处于流动状态,她也总得不出个准数儿来。

倒是帮着弄菜的路喜纯,冷眼旁观中统计出了第一轮两桌婚宴的总人数,计:主方6人(应为7人,不过薛纪徽仍未到来),客方13人;总共19人中,成人15人,儿童4人。

---

① 粗鲁的人。

薛纪跃在这乱哄哄的场面中，只觉得眼花缭乱，头脑发胀，活像一个不会游泳的人掉在了水塘里，心慌意乱，六神无主。他尽量透过一片聒噪的人声去捕捉录音机中传出的歌声，仿佛那是一根稻草，抓住它多少是个慰藉；但听来听去，不知为什么只有一句"幸福不是毛毛雨"黏在了心上，怎么也摆脱不开……幸福不是毛毛雨，那是什么呢？是瓢泼大雨？他倒宁愿是毛毛雨……唉，这时候要能一个人跑到什刹海去，静静地往湖边的栅栏上一靠，该有多好哇！

潘秀娅却怡然自得。她的利益，自有七姑予以保障。这就好比一个向保险公司缴纳了款项的人，自然不会惧怕火灾。面对着眼前人影交错、欢声喧腾的局面，她仿佛是一只飞入花丛的蝴蝶，她将在不动脑筋的情况下尽情享受这良辰美景……特别是她想到了那只即将戴到腕上的瑞士雷达镀金小坤表，便不仅对丈夫，而且对公公、婆婆充满了前所未有的亲切感，因此对丈夫此刻的局促，公公一时的疏忽，婆婆的过分忙乱，也就都一概予以宽容。

诸位来客的心情各异。有诚心诚意来贺喜，并将全始全终地待上一天的，如薛纪跃的大姑妈；有本身并无感情可言，但主人盛情难却，所以也就抱"不吃白不吃"宗旨而来的，如王经理；有虽来真情祝贺，但患有胃溃疡症，对宴席望而生畏的，如佟师傅；有主要是冲着长辈而来，对薛纪跃其实非常隔膜的，如殷大爷；有一到场便感到腻烦，恨不能道完喜、撂下礼物就告辞，却又碍于情面，不得不坐下与宴的，如那位戴眼镜的表姐夫——他是薛氏姻亲中唯一的一位知识分子，"文化大革命"前的大学毕业生，现在某设计院的助理工程师；当然，也有完全是为了足撮一顿、摆好了架势要大吃大喝到底的卢宝桑……

冷盘摆上来了。新房中的一桌，当中是有红字的大拼盘，然后是四个中冷盘、四个小冷盘；薛永全老两口屋里的一桌则只有四个中冷盘。七姑对新房中的冷盘目验了一番，觉得大拼盘确实既喜幸，又漂亮，量也足；四个中冷盘是一盘肠子（买的现成货，有蒜肠、茶肠、蛋清肠，切得均匀，摆得也讲究），一盘拌粉丝（看得出里头拌有黄瓜丝和火腿丝），一盘煎花生米（颗粒大，显见原是留种用的，煎得火候恰到好处），一盘卸好的德州脱骨扒鸡（买的现成货，但看来鸡个头不小，颜色也正）；小冷盘是炸带鱼、炸素虾、松花蛋和黄瓜西红柿。七姑大体上是满意的，只是指出黄瓜西红柿量少了点，不过想到时令所在，这两样蔬菜的价格已远远超过肉类，便也不多挑剔。

经过一番骚乱，其中包括固请、谦让、挪移、调整……两屋的座次终于排定。

　　新房中的一桌，除新郎新娘面南而坐外，靠着新郎的是薛永全，靠着新娘的是七姑，其次是：王经理、佟师傅、吴淑英、表姐夫、殷大爷、薛宝奎、薛大娘（座位虚设，因她还得到苫棚中张罗）和本来不应在座而偏在座的卢宝桑。隔壁房中的那桌，由大姑主持，而孟昭英虚设座位，奔走于苫棚和两屋之间。

　　酒瓶子盖陆续被打开。有白、红、啤三样都喝的，有只喝两样的，有只喝啤酒的，有申明什么酒都不能沾唇的……但最后每人跟前还是至少都有两个斟满不同酒的酒杯。啤酒是卢宝桑从什刹海银锭桥畔的"烤肉季"弄来的，尽管只有五瓶，但他能马到擒来，确也很不简单——他一边给大家往玻璃杯里倒着啤酒，一边夸耀着自己刚才的"战功"，内心里洋溢着一种该他敞开肠胃吃喝的自豪感。

　　北京市民的家宴式婚礼，在新中国成立前，不消说有着极其繁琐的仪式：女方一下轿，便要立即拜堂，早先都是先对着"天地码儿"（神像）拜，后来有的改为先对着大红字拜；此外还有拜高堂、拜姑嫜、夫妻对拜等无数的拜（所谓拜，严格来说，是要跪下磕头的）；此后是入洞房、揭盖头、坐床、更衣……还要"吃饺子"（这是一种仪式，司仪喂一个饺子，问："生不生？"要答："生。"），吃"长寿面"（一小碗，但面条极长，有只以一根煮成的）……待所有仪式过完，新郎新娘大都已经筋疲力尽，但真正的婚宴，到那时方才开始——新郎新娘少不得还要打起精神，应酬与宴的亲友。新中国成立后，北京市民的婚礼受到才入城干部们的影响，轿子、盖头、"天地码儿"之类的讲究不消说迅速消亡了，但婚宴上的仪式也并不简单，大体上分以下几个环节：一、鞠躬：对领袖像三鞠躬、对家长三鞠躬、对主婚人三鞠躬、对来宾三鞠躬、相互三鞠躬，最后司仪者还要得意地说："给我三鞠躬！"这样一来，共计总要鞠十八个以上的躬；二、主婚人（一般是单位领导）致贺词；三、家长讲话；四、来宾致贺；五、请新郎新娘"坦白"恋爱经过；六、闹堂。其中第五项，曾很使一些新郎新娘难堪，但对比于新中国成立前的婚仪，最具革命性、新颖感、人情味的，恰是这个环节。新郎新娘闯过了这一环节，那么，下边的闹堂——如让他们共咬一块糖果啦，共争一只苹果啦（由一未婚小青年站在椅子上，用细线拴一只苹果，不断引逗，新郎新娘应欠脚、跳跃争夺苹果），等等，就都不至于怯场了。这一格局大体上维系到"文化大革命"之前。"文化大革命"中，不少人采取"静悄悄"的方式结婚，就是除了父母、兄弟姊妹等最直系的亲属，旁系亲属和朋友一概都不惊动，关起门来吃一餐后，也不过分头向有关的人散一点糖果而已，所以人们往往发出这样的惊叹："怎么，他们已经结婚了么？""你都办完事了？怎么事前连个招呼也不打？"当然，也有举行正式婚礼的，则一般包括下列几项仪式：一、对领袖像挥动"小红书"，"敬祝万寿无疆！"凡三次；1971 年以前，则还要依样"敬祝永远健康！"三次；二、请"革委会"（或"工宣队""军宣队"）领导讲话（一般都鼓励新婚夫妇"在无产阶级专政下继续革命"）；三、由"革委会"（或"工宣队""军宣队"）赠送礼品——一般都是用红丝带扎结的"红宝书"，这可能已是新婚夫妇所得到的第四套、第五套；四、新婚夫妇表态（一般本着"三忠于""四无限"的精神，表示要"千万不忘……""活学活用……"）；五、余兴，或背诵"老三篇"，或演唱"革命样板戏"。这种婚礼当然是不设宴席的，一般只有糖果、茶水，更有只以"一杯清茶"而体现其"破四旧，立四新"的彻底性的。"文化大革命"之后，北京市民的结婚方式趋向多样化，或旅行结婚，或集体婚礼，或餐馆包席，或家中摆宴，或登记后不搞任何活动，或先参加集体婚礼再家中摆宴而后外出旅行……但有一个动向是值得注意的，便是无论取何种方式办喜事，都大大精简或干脆免去了具体的仪式，便是集体婚礼，有的也并不搞太多的鞠躬行礼，像这天薛纪跃在家中办喜事，就连七姑也不要求新郎新娘鞠躬行礼，只要开始喝酒后，小两口懂得按次序一一敬酒，大家便都心满意足。

正当薛纪跃在父亲的指示下，站起来给七姑斟酒时，詹丽颖忽然风风火火地跑了进来；刚才薛大娘一再邀她来同席共饮，她笑着摆手谢绝，现在却又忽然兴之所至，不请自来；她端来了一盘四川泡菜，乐呵呵地往桌上一放，宣布说："今天你们油水大，给你们端盘这个来，去去油、爽爽口！我自己泡的，比绒线胡同四川饭店的强，不信你们都试试！"

七姑不免吃惊——这个"孙二娘"，迎亲当中就给添了不少乱，现在又来搅和！

泡菜也能往喜宴上端吗？而且原来桌上的冷盘恰恰是九份，九九归一，是个吉利的数儿，你这么胡乱端来一盘，破了"九"，岂不坏事？

薛永全和薛大娘忙招呼詹丽颖坐下，薛大娘更站起身来，把她往自己的座位上按，詹丽颖却并不入座，只是笑得两眼眯成缝儿，命令薛纪跃和潘秀娅说："快快快，新人双双敬我詹姨一杯，你们以后过日子，用得着我詹姨的时候多哩！"

薛纪跃没来得及给七姑把酒斟满，便遇上这么个局面，他不由斜举着酒瓶发愣；薛大娘赶紧把自己的酒杯递往薛纪跃那边，潘秀娅乖巧地接了过去，放在薛纪跃手中的瓶口边，薛纪跃这才明白，立刻往里斟酒，结果没控制好，酒溢了出来，詹丽颖哈哈大笑："满出来好！满出来好！"潘秀娅把酒杯敬上去，她接过来，仰脖而尽，放下酒杯，抹抹嘴唇，说了声："祝你们白头到老！我也有客，不奉陪了！"便像来时一样，风风火火而去。

七姑心里很不痛快。她想这节骨眼上，非给薛家指明礼数不可——直接责怪他们亲热"詹姨"不利，她放眼一望，恰有一个老大的题目好做文章，于是便嗽嗽嗓子，故作惊疑地扬声说："哟——秀娅连对门的邻居都敬过了，怎么还不给大伯子敬上一杯呀？"薛永全老两口一听这话，脸就红了——大儿子薛纪徽也真是现眼，亲兄弟办喜事，怎么这时候还不见影儿呢？

潘秀娅一时没明白七姑的意思，便站起来给薛纪奎斟酒点烟，薛纪奎连连谦让着。七姑鼻子里哼了几声，见孟昭英正好端来热菜，便爽性直截了当地问她："我说大嫂子呀，难为你忙前忙后的——你们那口子哪儿去啦？也不来帮上一手。"孟昭英只好苦笑："他帮我？什么时候钟鼓楼又敲起钟打起鼓来，许差不离！"

但因为第一轮的四盘热菜端上了桌，大家的注意力自然被吸引到了菜盘上，七姑发动的攻势便未能取得更强烈的效果。

路喜纯为他们提供的第一轮热菜是：炒木樨肉，茄汁肉片，葱爆羊肉，海米菜花。彼时卢宝桑已经独喝了两瓶啤酒、两杯白酒，早已觉得冷盘下酒不够滋味，所以四盘热菜刚放定，他便一筷子戳进首先相中的茄汁肉片，因用力过猛，竟把那油腻的番茄汁弄得溅起老远，有一滴不偏不倚，恰落在表姐夫的袖口上。那表姐夫在席上本已烦腻不堪，面前的小盘中堆满了主人夹送的食物，他吃得很少，酒更是一滴不沾，只想着何时才能退席，求得在另一屋中与宴的爱人谅解，早点归家；他偏又是个极讲究穿戴的人，这天穿的一件"麦尔登"呢料上装，是才从服装店取出不久的新衣，他落座后主人几次劝他脱下这外套，但他考虑到里面穿的是件282全毛高级粗线织就的素白毛衣，更不经脏，所以屡次申明"不热，不热"，没有脱；他吃菜时拈夹、运送和咀嚼都十分小心，除了维持一定的风度外，保证不弄脏外套也是原因之一；没想到旁边的卢宝桑一筷子插进菜中，偏把带油的番茄汁溅到了他衣袖之上——他不免"啊呀！"一声，满桌的人不由得都把眼光集中到了他那儿。七姑首先响亮地表示同情："哟——这是怎么说的，好好的上等毛料，怪可惜了①的！"表姐夫想发作，究竟碍于情面，一时没有发作出来，只是抻着弄污的衣袖，皱眉发愣。这时候卢宝桑千不该万不该地掏出了他自己那块又皱又脏的手绢，猛地伸到表姐夫的衣袖前，"迅雷不及掩耳"地把那污渍一擦，并且嬉皮笑脸地说："对不起您啦！您宰相肚皮里能撑船，甭跟我一般见识！"七姑当即尖叫了起来："哟——这不把那油全渍进去了吗？更难洗净啦！"表姐夫满脸紫胀，不由得瞪了卢宝桑一眼，但究竟不好为这件事当众发怒，少不得强忍一时，转过脸对主人说："算了吧，算了吧……"薛纪跃这时忍不住对卢宝桑说："宝桑你也别太那个了——菜还多着呢，你急个什么呀！"薛永全也微笑说："宝桑兄弟留着点胃口吧，好菜还在后头哩！"卢宝桑不光两片嘴唇闪着油光，连脸上、额头上也油晃晃的——原来他已经吃得出汗，他满不在乎地又夹了一筷子茄汁肉片，边咀嚼着边说："你们有多少菜我也吃得下，谁让爹妈给了我一副好下水哩！"说完又扭身缠着王经理，让人家跟他划拳。王经理只觉得他活像马戏团的小丑，不过主客双方都已举杯互敬几巡，似乎也没有再多的话好说，喝闷酒到底无聊，于是便点头应允。别人尚未反应过来，他二人便"三仙寿呀，四喜财呀，六六顺呀，八匹马呀——"大呼大叫地拇战起来。表姐夫觉得场面实难忍受，推说去看看两个孩子，离了席；七姑正待向薛永全甩出新的"闲话"，孟昭英等端来了第二轮热菜：宫保肉丁，清炖狮子头，赛螃蟹，蘑菇油菜（按"蘑菇菜心"的菜谱做的，因没那么多菜心，所以大菜叶也用上不少）。这四样菜的色彩配搭得更加巧妙：酱红、粉白、嫩黄、碧绿。七姑本想再挑点眼儿，一看，一尝，便也不由得打听："这掌勺儿的是哪个灶上的？"薛大娘忙答："虽是个年轻的，可跟'同和居'的红案学过，手艺还过得去——这还都是肉菜，一会儿上鸡、鸭、鱼，您再看看怎么样。"薛永全补充说——也兼道歉："今儿个没上海味，如今好的淡菜太贵，次的买来又不值当，不如把鸡、鸭、鱼、肉侍弄好了实惠。"七姑倒也通情达理："山珍海味咱们玩不起，能把鸡、鸭、鱼、肉侍弄好就不赖。"

---

① "了"在这里要重读，并儿化——"了儿"。

潘秀娅趁满桌的人都没往他们这儿看,贴拢薛纪跃耳边,小声问:"表呢?"

薛纪跃朝五斗橱瞅了一眼,屋子毕竟小,生上火炉,摆下宴席就更显拥挤。

卢宝桑坐的那把椅子,几乎就紧挨着五斗橱,于是他便也向潘秀娅耳语:"你急什么?能飞了吗?"说时孟昭英恰好进来,他便朝这位嫂子努了一下嘴,潘秀娅会意,便低下头去吃菜。

薛大娘忙活了半天,终于坐下来正经吃上了菜,她正好瞅见了小两口耳语的情景,心中不禁开出了朵花儿。对她来说,一生的艰辛,仅这一瞥中所见,便已报答了许多。

16. 一位不爱搭理人的技术情报站站长。

中国的社会习俗,起码直到1982年年底,还并不把未经预约地到家里拜访,视为缺乏礼貌。拜访者既往往不以为失当,被拜访者也常常不以为奇怪。当然,这是仅就社会心理的平均状态而言。细加考察,则似乎又与文化水平的高低有关。

在农村,农民之间互相串门,是连敲门一类的程序都无须有的,拿脚就可以往门里迈,进屋不用让,不但可以就座,还可上炕。在工人之间,倘是近邻,敲门一类的讲究也可以免去,但一声呼唤却不可少,倘是远造,则势必敲门,但可以敲得"梆梆梆"山响,不必那么文质彬彬地轻叩。一到干部,特别是知识分子,敲门这一环节便不能含糊了,敲得急了、重了,主人会感到不快,敲得小了、轻了,里面没有反应时,下一步如何敲,客人不由得要加以节制——一般是由轻渐重、由短而渐长(1983年后,门铃开始渐次出现,到1984年,电子音乐门铃渐趋流行,不过按门铃的心情,与敲门无异)。主方听见了敲门声或门铃声,开门前往往还要问:"谁呀?""哪一位呀?"(1982年以前,门镜——即可由里望外而不能由外望里的"窥视镜"——尚未普及,装上的,多为外国货——或自己有出国机会时,从海外带回,或托亲友从海外购来;1983年初始有从日本进口的门镜,约10元一只;有了门镜后,问话自然可以取消。)开门时,也往往先开一缝,看清楚了,才让进来,倘来客是找这家的另一个人,而另一人并不在,则往往申明完"出去了"或"不知什么时候回来",便将门关闭——偶或也客气一句:"不进来坐坐吗?"但客人一看那眼神、表情便都知趣,必答曰:"不啦,不啦。"

随着北京四合院的逐步消亡、居民楼的大量涌现,表面上看,人们的居住空间挨得紧密了，但人们的自然联系也随之淡化，邻居之间大有"老死不相往来"的趋势。客人来造访时，那一扇紧闭的单元门，便缺乏杂居的四合院院门的那种随和感，而显得冰冷无情。

且说正当薛家婚宴达到觥筹交错的高潮时，他们那个院的院门前，来了个中年男子。他眼看就要往门里迈步了，却又抽回了脚去，接着，他便在院门外徘徊起来。看见有人骑车过来了，他生怕别人看出他的窘态，遂装作不过是偶然路过那里的样子，徐徐朝胡同另一边走去，但走了一段，却又折了回来……

此人五短身材，其貌不扬，但衣衫整洁，戴一顶蓝呢鸭舌帽，一望而知，是个知识分子。

他叫庞其杉，是院里张奇林所领导的那个局所属技术情报站的新任站长。为了确定庞其杉是否适宜担任这个职务，前些时张奇林他们局党组有过一次很激烈的争论。

庞其杉1963年毕业于中国科技大学，今年42岁。他一毕业就分配到这个系统从事技术情报工作。他专业外语水平颇高，工作也一贯认真负责，又正当精力最充沛的壮年期，提拔他为技术情报站站长，本没有什么好犹豫的。但他这人有个致命的缺点，就是单位里有一种普遍的反映，说他不爱搭理人。比如，人家在楼道里、甬路上跟他"狭路相逢"，他老远就把眼皮顺下去，及至临近了，不管人家跟他打没打招呼，他竟含含糊糊地低着头跟人家错肩而去；又比如，局里召开某种会议，他去得略早，坐在了那里，别人后去了，坐在他旁边，会议还没开始，按说可以随便聊聊，他却绝不主动同人搭话，别人和他谈话，他只是有问必答而已，显得非常冷淡。因此，他在单位里毫无人望可言，甚至传达室的工友也讨厌他——他在取信时总是默默而进，取完信又默默而出，难得露出一点笑容。因为他不爱搭理人，有人判定他狂妄自大，有人认为他清高过头，总之是思想意识方面存在问题。他早在1963年就向党支部递交过入党申请书，自然党支部从未考虑过发展他的问题。没想到到了1982年，新调整好的局领导班子作出的首批决定之一，便是提拔庞其杉为情报站站长。情报站一共11个人，只有3个党员——一位是体弱多病的秦大姐，解放初期的大学毕业生，只懂俄语；另外两位都还不到30岁，一个是当"工农兵学员"时入的党，一个是参军时入的党，他们的外语水平都比较差，老实说，干这个技术情报工作原比较勉强——总不能单因为他们是党员，就提拔他们当站长吧？由于情报站党员一贯少，所以向来是同其他科室的党员合组一个支部，新的局党委酝酿技术情报站新站长人选时，支部里争论也很激烈，有的支委提出这样的问题："提庞其杉当站长，是不是意味着我们不久也得把他发展进来呢？他够条件吗？"秦大姐倒总为他辩护："庞其杉多年来一直还是有入党要求的，过去我们帮助他不够，今后可以改进我们的工作嘛——就算他还不够入党的条件，他担任情报站站长还是合适的。我50出头了，身体又不好，又只懂得俄文，局限性比较大。庞其杉不仅英文很好，法文、德文方面的资料也能处理，他这些年看的原版书很多，对我们这个领域的发展状况和趋向有鸟瞰能力。所以，我认为我们还是应当把他推到站长的岗位上去。"当局党组听到不少尖锐的反对意见，张奇林也犹豫不决时，他找秦大姐长谈了一次。两人冷静地分析庞其杉的问题，他究竟是怎么回事儿？秦大姐沉吟地说："情报站的人员调进调出，流动性大，自组建后一直没挪动的，仔细想来也就是我和庞其杉两人。据我多年的观察，庞其杉的这种性格，的确有他那知识分子家庭给他打下的烙印——反正我凭知识吃饭，用不着为什么人折腰，所以清高、孤傲；此外，也有他个人生活道路上一些遭遇的因素，比如，我恍惚听说他在大学时有过一次失恋，痛苦得险些自杀。这些人生的变故可能也促使他的性格变得更加内向、冷化。可是，有一个情况我必须向您指出：庞其杉一旦同你相熟了，他也会变得非常活泼健谈，而且使你出乎意料地感到他非常坦率、非常热心……打个比方说，他好比是一块硬糖，扔到一个水杯里以后，他不会马上溶化，他在很长一段时间里，只能向最靠近他的一些地方，飘散出他的甜味……这个比方不那么准确，但很能说明问题：他的可溶性未必很小，但他的溶解过程却只能是缓慢的、渐进的。除了这种理智的分析，我有时对他的性格还有一种朴素的感性的认识——那很简单，就是我觉得他之所以不爱搭理人，特别是不爱搭理刚刚调进我们情报站的人，不爱搭理外科室的人，不爱搭理不相熟的人，只不过是他感到特别不好意思罢了……从心理学角度上看，是不是有那么一种人——他们未必有多么深刻的道德品质上的原因，而仅仅是出于一种无法排遣的羞涩，从而不能同周围的人融洽相处？"张奇林后来把秦大姐这番话介绍给了党组的其他同志，反应是摇头、哂笑和漠然。弄得张奇林也疑惑起来：能像秦大姐那么去分析一个干部吗？……

张奇林的女儿张秀藻，有时会在全家看电视剧时，忽然问张奇林："爸爸，在你们党委里头，你是改革派还是保守派呢？"——提出这样的问题并不奇怪，因为在反映当代社会生活的电视剧里，几乎照例总有那么两三种类型化的干部——除了"改革派"和"保守派"，往往还少不了"糊涂派"（或叫"和稀泥派"）。张奇林遇到这类问题，往往总是微微一笑，所答非所问地说："没那么简单啊。"是的，生活本身并不像某些电视剧表现得那么简单。不过张奇林并不想批评任何一部电视剧，他也几乎从未完整地看过一部电视剧。他倒想看，但他没有那个时间——即使回到了家中，难得暂时地坐到电视机前，也难免不是电话便是人来，把他又引回到繁忙的工作中去。

关于庞其杉是否适宜提拔为技术情报站站长的争论，新党委的成员们恰恰是出于改革心切，才决定加倍重视技术情报站的工作，才为站长人选的问题展开了那么激烈的争论。这场争论直到 10 月份才宣告结束，庞其杉的任命终于被确定下来。

任命宣布以后，出现了微妙的情况：情报站内部的反映——无论持赞同还是持保留态度——倒都并不强烈，而局里的其他部门，又尤其是一些党员同志，却普遍认为这是局里的新领导班子择人不善，他们甚至在机关食堂里吃饭时也议论这件事说："看吧，情报站这下非乱套不行！"可是一个来月过去了，情报站却不但没有出现混乱，反而比以往更能发挥作用。在一次全局大会上，由情报站向大家介绍国外科技发展最新趋向，庞其杉作为一个"穿针引线"的主持者，先致开场白，又在每一位情报站同志介绍情况前后作引入性与过渡性的发言，最后再作总结发言，使一些颇为深奥、新奇的信息，舒舒服服、清清楚楚地输入到大家的脑中。散场后，一些原来对庞其杉持有不良印象的人，开始发出这样的感叹："原来他也不是总那么死眉瞪眼……"

可庞其杉在走廊上遇见了人，仍旧不能主动打招呼。就在前几天，在走廊上远远看见了张奇林，张奇林刚想主动招呼他，他呢，却突然拐进厕所里去了——显然，他不但改不了不爱搭理人的毛病，而且，也依然害怕别人仅仅出于礼貌来搭理他。

现在，他出现在了张奇林所住的院子门外。他自己也觉得自己古怪。他已这么大个人了，为什么还不能战胜那连他自己也憎恶的、莫名其妙的羞涩感？正是为了跟自己这种根深蒂固的羞涩感搏斗，这天早上他才故意从家里骑车到机关去，故意钻进传达室里去取信，并且满心满意想用一个微笑、一句随和的话，使传达室的祁大爷多少改变一点对他的固有印象。但祁大爷受够了他的冷淡，怎知他今天内心里的省悟？见他进去了，连眼皮也不眹他一下，管自去干别的，他只好仍旧默默地把自己的信取走，又默默地出得屋去……在他上楼去情报站时（他也确实需要到情报站取一本外文小册子），在楼梯上迎面遇上了行政处处长老傅。

老傅主动同他打了个招呼，他先是习惯性地把眼光一挪，随即，他痛恨自己的劣根性难移，又拼足力气将眼光运回到老傅身上，老傅这时已同他错肩，内心里已经浮起了"这个庞其杉呀，真是没治……"的想法，庞其杉却终于从口中讷出了"老傅！"的招呼，并且更直望着老傅的脸说："您、您星期天还来、来……"老傅倒被庞其杉的这种"反常"状态弄得吃了一惊，略一定神，遂对他说："我有事呀！今天张局长不是出国吗？我要送他去机场。原来今天一早就出发的，现在改成下午两点到他家去接他了。我再落实一下小车和司机的事。你怎么也来啦？"庞其杉心头这才松弛一点，涨红了脸说："我、我来取本书。"要不是老傅知道他性格古怪，见了他那表情，非以为是遇上了贼不可。庞其杉为了进一步同自己的羞涩搏斗，便有意又同老傅攀谈了几句。他才知道张奇林这回要去一个月左右，第一站先到西德，然后到法国，再到美国，最后经香港回到北京。

庞其杉从办公室里取出了那本小册子，慢慢往楼下走的时候，心中忽然跳出了一个念头，觉得自己应当赶快去找一趟张奇林——趁他还没有前往机场的时候。他自己也说不清，那必要性究竟是在于他将提出的一项请求，还是在于他对自己性格弱点进行一次强攻。

庞其杉骑车到了鼓楼附近，把车存在了鼓楼前路西的百货商场门口。他进到商场，一顿瞎转，为的是稳定自己的情绪，鼓足去拜访张奇林的决心。他偶然从商场的一面镜子里看到了自己——不禁愧疚、自卑得无以复加。他想：如果我是一个女性，或者是一个瘦弱、纤秀型的男子，那么，我的这种羞涩症也许还能让别人理解，并且自己内心也不至于这样痛苦；可是，我却有着这样一个躯壳：粗矮的身材，微凸的肚子，脸上——怎么说呢？按最冷静、最客观的描述，也只能称为"块块横肉饱胀"，是的，一点也不错，尤其眼下的那两块，甚至可以取下来，当作文学家笔下的"横肉"标本，而存入"文学博物馆"一类的地方；谁能理解，谁能相信呢？——这么一个粗笨的躯壳中，竟依附着如此羞赧的一个灵魂！……

他在一阵战栗中离开了那面镜子，只觉得身上阵阵发冷。他想到就在前两天，当他在走廊上远远看到张奇林时，还身不由己地一下子拐进了厕所，可是在厕所里他又劈面遇上了另一位同志，人家已往外走，似乎向他点了点头，他呢，惶惑中照例把头一低，擦身而过，往里而去了……

"这是一种病态。"他对自己下判断说，"这就是病。"可是至少在他们局的合同医院里，并没有治疗他这病症的部门。他曾从外文书刊中查找过有关的资料，用以同自己对比衡量，但那除了增添烦恼，并无什么好处——心理症状这个东西，似乎最难以自疗，而必须求助于真正有水平的心理医师的耐心排解，方能消除。

说来也怪，他这种病态的羞赧心理，一到家中，一迈进门槛之内，便不复发作，同爱人，同孩子，同来访的至亲好友，他有说有笑，甚至还很有几分幽默；但一走出家门，特别是一来到半生不熟的人们中间，总不免"故态复萌"……

当秦大姐先有意透露给他、随即张奇林在机关找他当面说明，他将被任命为技术情报站站长时，他主要是什么心情呢？谁也猜不透——大吃一惊？受宠若惊？无动于衷？惶惑不安？都不是！他在心里对自己说："的的确确，我最合适。我知道该怎么部署下一阶段的工作。该给我这种支配权。我能使我们这个情报站以最快的速度获取世界上有关的最新信息，并且及时地加以分析整理，提供给上面用以决策。我能。"他的确能。当他在站里布置任务、指导年轻同志、检查大家工作、组织资料分析、审阅情报资料清样时，他并不羞涩；然而一离开具体的业务，进入到一般的人与人交往活动中，他便手足无措了。人们对此并不能予以谅解，因此反过来影响着他对站内同志的业务领导，以及同局里其他部门的协调；他感受到了，所以他决心矫正自己性格上的畸态，然而，难。

他出了百货商场，在存车处旁边发了一会儿愣，决定就把自行车存在那里，徒步走到张奇林家去。他是担任站长以后，才知道张奇林家庭住址的。他给张奇林往家里发过一封信，提出关于增加情报站编制的问题，张奇林曾大感惊异——不是他那封信的内容，而是他写信的举动。因为，情报站和张奇林的办公室就在同一座楼中，他完全可以去找张奇林面谈，并且，无论是办公室还是家中，张奇林都有电话，他也无妨打个电话，可是他不，他写信。庞其杉就是这么个人，他宁愿写信，而尽量避免面谈，甚至避免打电话——他那大学时期的爱情悲剧，至少从表面现象上看，便是由他这种令人难以理喻的古怪行为造成的。

但是今天庞其杉决定同自己的病态心理搏斗。他知难而进。他终于走到了张奇林家的院门前。那院门旁停着一辆三轮摩托车。这算什么心理反应？仅仅那么一辆并无生命的三轮摩托车，便使他突然又羞涩起来——他想，这里面毕竟有着与自己完全陌生的生活，他能进去而不显得古怪吗？而且，他闻到了一股浓烈的烹调气息——他下意识地看看手表，啊，已经十一点多，既未经预约，又临近午饭时间，他这样闯到张奇林面前，岂不是太突兀、太失礼吗？

他都要迈进门去了，又退了出来；他在门口、在胡同中，徘徊了一阵。他看见一个健壮的汉子，从那院门里突然走了出来，不知为什么，显得怒气冲冲，步子踏得很重，双腿倒换得很快地从他身边掠了过去。那是院里澹台智珠的丈夫李铠。庞其杉自然不认识他。可是李铠的出现和远去，却使庞其杉一下子松弛了下来。显然，人们到处生活，到处的人们在生活中都有自己独特的喜、怒、哀、乐，心理上处于不平衡状态的又何尝是自己一人呢？原不必那样自怨自艾。他这才又鼓起勇气朝院门走去。他这才发现院门两边贴着囍字，而且院门前地下布满鞭炮的纸屑。迈进大门以后，他的心一下子沉静无比——他想：我来找老张原是有重要的事啊，的的确确，那件事是重要的，非常重要。

17. 局长接待了不速之客，并接到一封告发信。

"于大夫！有人找你们老张！"

于大夫听见这惊心动魄的一嚷，心里好不自在。

甩着嗓门嚷的是詹丽颖。庞其杉进得院子以后，判定张奇林不会住在外院，走进里院，发现闹嚷嚷的，有一家人正在办喜事，一时也搞不清这里院都有些什么人家，张奇林究竟是居于其中，还是还有第三进院落……他便向恰好在院中穿行的詹丽颖打听，詹丽颖指给他屋门的同时，就那么嚷了起来。

于大夫巴不得快些搬进楼房，原因之一，便是可以避免这种让人"一找一个准儿"的搅扰。她已经叮嘱了张奇林，一定从国外带回电子门铃和窥视镜来，一旦搬进楼房中的新居，他们的第一件事，便是装上那两样必不可少的东西。那时候，自然也不会有詹丽颖式的吆唤传入耳中了。

尽管于大夫隔着门玻璃已经看见了走拢的庞其杉，她还是没有主动把门打开；直到庞其杉停在门前用手指弯敲了敲门玻璃，她才把门拉开，上下打量着这位初访者问："你找谁？"

庞其杉脸红了，但他背光站着，于大夫并没有发觉，也没有听出他的声音很不自然："我找张奇林同志……老张……我们张局长……"

于大夫用尽可能和婉的语气说："真不巧，他马上就要出发，参加一个代表团，到国外去……"

"我知道，我知道。"庞其杉语气变得急促起来，于大夫听了不大高兴，觉得这人未免浮躁。其实庞其杉是在拼命地鼓舞自己——无论如何，这回要坦然自若，要达到目的……他甚而一下子提高了声调："我知道他下午就飞走。我找他……是有件要紧的事。真的，很要紧……"

于大夫冷笑了。来找老张的人，每一个照例都说自己有要紧的事，她见得多了，其实，有的不过是为了一些鸡毛蒜皮的事情，还有的来谈什么"第三者介入"问题、离婚问题……往往把老张弄得精疲力竭而毫无收益。眼前的这位为何而来？看样子，所谓"很要紧"的事情，无非是职称问题、工资问题、调动问题……于是她淡然地说："老张一会儿就出发了。你有什么要紧的事，跟别的局领导去说吧。"

于大夫简直就要把门关上了，老张却从屋里走了出来，并一直走到了门前。他从于大夫肩膀上望过去，认出果真是庞其杉后，不禁惊喜交加地说："啊，是其杉啊！我听声音像你，果然是你！请进请进！"

于大夫这才让开，并且把客人交给张奇林，自己拐进了厨房中。女儿张秀藻正在厨房中下面条，问母亲："谁呀？"于大夫叹口气说："谁晓得？你看，有人消息就那么灵通，飞机晚飞半天，也不放过你爸爸，还往我们这儿找。"张秀藻问："这时候来，留他吃饭吗？"于大夫叹出更重的一口气："唉，我们两个先吃吧。留不留，看一会儿的形势。"

形势是明朗的——朝着必然留饭的方向稳步发展。

张奇林非常想知道，这个素来不能主动搭理人、宁愿写信也不愿打电话和面谈，并且前几天还在迎面相逢时拐入厕所的知识分子，怎么这时候突然找到了自己家中？对于局里来的人，张奇林一贯总是单刀直入地问："怎么啦？有什么事吗？"但面对着庞其杉，他却压抑住了直接询问他"你有什么事？"的冲动，只是主动给他泡茶，并且先同他闲扯："你注意到了吧？我们院子今天格外热闹——有人办喜事。新郎官和新娘子都穿着西装，打扮得很漂亮的……"

庞其杉本等着"你有什么事？"这句问话，没想到落座之后，张奇林仿佛并不以他的突然造访为怪，反把他当作常客似的，扯上了闲篇。庞其杉最不善于应付的，就是这种场面。他在沙发上挺直着脊背，双掌紧贴，插入并紧的双腿之中，望着对面的张奇林，一时竟不知该说句什么才好。

张奇林继续以随随便便的语气同他闲聊，以解除他那不必要的局促："外面不算冷吧？北京今年怕又有一个暖冬……我这屋安的是所谓'土暖气'，我爱人、女儿她们张罗着弄的，好像效果还好。你要觉得热，就把短大衣脱掉吧……"

"还好，不热……"庞其杉内心里仿佛有两个"我"。一个"我"指着另一个"我"，嘲笑说："你有什么不好意思的呢？难道你是一个小偷，遇上了警察吗？"另一个"我"双手抱肩，仿佛衣衫单薄，不胜寒冷，蜷缩在一处墙角，为自己辩护说："我确实是无辜的，我自己也不知道为什么……"

张奇林望着庞其杉，在心里不禁感叹道：理解一个人，该有多么难哪！要有一把什么样的钥匙，才能打开庞其杉那性格之锁呢？说实在的，多半就是由于这位庞其杉的刺激，他才到局图书资料室去借了两本书：一本心理学方面的，一本介绍国外"行为科学"的；可是直到现在，他还都只翻过一下前言和目录而已——实在是没有时间……啊，对了，张奇林在心里对自己说："对庞其杉这样的人，还是应该直截了当地同他谈论他的专业，在那个天地里，他的心理状态才会是最明澈、通畅的……"于是，他便主动跟庞其杉说："你们最近一期《情报资料》上，关于国外 S.P. 方面研制动向的材料，我感到非常有意思。今天下午我随部里一个团飞法兰克福，我们在西德小作停留，然后经巴黎去美国，到了美国，我一定争取去见识一下你们材料里介绍的那种最新系列……"

果然，一听这话，庞其杉眼睛陡地亮了，他立即接过话茬说："其实，根据阿尔温·托夫勒在《第三次浪潮》那本书里的分析，我们这份材料里所介绍的 S.P. 系列，依然属于人类'第二次文明浪潮'范畴中的东西——固然，它可能是 S.P. 在这个范畴中所达到的一个巅峰；但所谓人类文明的'第三次浪潮'，将改变一切大规模、标准化的系列生产，而导致部分定制或完全定制的'短期'性生产……"

"我注意到了这一点。"张奇林不由高兴地说，"你来得正好，我正想向你这样的内行请教。最近我刚看了两份部里提供的文摘，一份是美国学者米多斯等人执笔写成的、罗马俱乐部的研究报告《增长的极限》，一份就是托夫勒的《第三次浪潮》。我的直感是，米多斯他们所敲的警钟我们不能充耳不闻，但他们的悲观主义是站不住脚的；托夫勒的论述具有雄辩性，很有吸引力，很值得我们参考，但是，他有些论述未免武断，尤其是谈到第三世界发展的部分……听秦大姐说，这两本书你都读过原文版，你能不能把托夫勒对西方出现的所谓'小企业爆炸'的评价，先扼要地给我介绍一下？因为我读的那份文摘，这部分恰恰过于简单……"

庞其杉手也从腿缝中抽出来了，背也靠到沙发上了。他无拘无束地侃侃而谈起来："我很难冷静地介绍他的观点，因为，我认为他对西方'小企业爆炸'的论述，是再偏颇不过的。首先他的前提就不那么站得住脚——最近我看到一个关于美国企业状况的资料，不错，1950 年，美国的新企业才有 93,000 个，而 1980 年却有 60 万个；不过，这些小企业在爆炸性产生的同时，也在不断地成批倒闭，一般来说，一年内就要倒闭 30%，两年内要倒闭 50%，五年内倒闭率竟高达 80%……所以，我认为西方'小企业'的生灭是一个相当复杂的经济现象，很难轻率地作出评价……啊，我这样讲不符合您的要求了。好吧，我先来客观地介绍一下托夫勒有关的观点……"

他们就这样，越谈越投机、越谈越融洽了。当张秀藻把煮好的面条端上饭桌、于大夫走过去招呼他们吃面时，他们双方竟都已达到所谓"谈笑风生"的精神状态。

可是一旦从那样的交谈领域里退出，并且面临着被邀与主人同桌吃饭这样的处境，庞其杉立刻又变得惶惑无措了。他从沙发上站起来，笨拙地辞谢着："不用不用，我不饿、不饿……"

张奇林力劝他吃面，甚而至于去牵他的胳膊，他却死活不吃。但他这时却突然意识到，他之所以来这里的那最重要的目的，竟仍未能落实。是必须落实的时候了！于是他凭借着刚才交谈中形成的、尚未大量消退的心理顺势，大声地对张奇林说："张局长，我来找您，实在是为了这么件事——我从外文期刊的广告上看到，今年美国新出版了一本比托夫勒《第三次浪潮》更轰动的书，我问过了几个图书馆，他们都还没有进这本书。您这回去美国，最好先弄到一本——这本书是美国社会预测学家约翰·奈斯比特写的，书名的中文含义是《大趋势——改变我们生活的十个新方向》……"说到这儿，他便从口袋中取出钢笔和一个小本，俯身在饭桌上，把那著者和书名的英文原文写了出来；写完了，撕下那张纸递给张奇林，便边告辞边往外走。张奇林怎么也留不住他，只好把他送出去，送到院中时，张奇林还不住地说："你看你，吃了面再走嘛，有什么关系呢？局里常有同志来，赶上什么就随便吃点什么……"可是庞其杉竟一径走到院门外了，张奇林只好同他握手告别，"我一定想办法弄到奈斯比特的书。欢迎你以后常来。回国后见！"

庞其杉同张奇林握别后，头也不回地快步朝胡同外走去，心里忽然非常轻松，又非常充实……

张奇林转身回屋时，恰好遇上从偏院里出来的荀磊。荀磊一见他就笑了："真巧！张叔叔，我正要去您家——"张奇林忙说："去吧去吧，今天秀藻在家，你们年轻人正好一块儿谈谈。"

荀磊却说："我们家来客了。要不是有客来，我早给您送去了——"说着，递给张奇林一封信。

给张奇林的信件，一般总是寄到机关；给于大夫的一般也总是寄到医院；张秀藻现在也从学校那里收信。所以，这边的邮递员难得给他家送信——因为院里并没有信箱，邮递员来了，循例在门洞里大喊一声："信——"（或者"报纸——"）于是要么是荀家，要么是澹台家，便出来个人，先接过去，然后义务地送往各家。

张奇林接过那封信，心里不禁有些纳闷，谁来的呢？除了前不久曾收到过一封刚送走的那位庞其杉的来信，他不记得近年来有谁往这个院里给他写过信。

张奇林回到家中，拆开那封信，一边吃肉末挂面，一边看信，只见信上写着：

张局长：

　　知道您很忙，但不得不打搅您。您局行政处处长傅善读，在分配统建房屋的过程中，用巧妙的"倒空"手段，卡掉了您局中年知识分子的居住面积，为并非您局的所谓"名画家"洛玑山提供了一套住房，此事不知是得您默许，还是他真的把您蒙在了鼓中？不过，有一点我们是很清楚的，就是您家的客厅中，现在也挂着洛玑山请您"雅正"的"杰作"——所画山水人物固然很美，但同样的构图，这位洛玑山起码已重复过十次；而该人用他的"名画"行贿所得的住房，据我们所知已有三处之多。恳盼您能以爱党之心，克服藏画之癖——自己洗手洗澡，并明察傅善读的所作所为。我们除向部纪律检查委员会揭露此事外，特再专门写信给您，希望您能以党性自律！出于某种您能够理解的原因，我们在给部纪律检查委员会的信中，列举了具体证据，并署上了真实姓名，而给您的这封信，有关部分却暂付阙如。请相信我们的善意，并请海涵。

　　致

敬礼！

两个外单位群众

1982 年 12 月 11 日

　　看完一遍，张奇林又看一遍。面条吃不下去了，他不由得朝壁上所挂的那幅画望去——那幅装裱得颇为精致的国画，画的是晚唐诗人于渍《山村晓思》的诗意，上面有画家草书的原诗："开门省禾黍，邻翁水头住。今朝南涧波，昨夜西川雨。牧童披短蓑，腰笛期烟渚。"后面是措辞亲昵的题款："壬戌晚春为奇林兄却乏走笔玑山抱惭敬请雅正"，并在题款后和右下角"计白当黑"处各钤下一方形阴文章和一葫芦形阳文章。这幅画挂上的半年多来，张奇林确从有意无意的凝视中，收到过"却乏"的效果；不错，这幅画是老傅携来的，当时自己竟未能深想，展看之后，欣然地收下了。洛玑山是在宾馆中认识的，很自然地认识的——张奇林在宾馆中参加一个涉外会议，而洛玑山正应邀为宾馆作画——他俩的住房恰好挨在一起，在餐厅进餐时也常常同桌……当然，张奇林并未主动向他求过画，倒不是有什么顾忌，实在是心里并没产生过那样的想法，自己的客厅里挂不挂画本是无所谓的一件事；但老傅把画送来了，也就收下了，也就挂上了，也就时而看看……没想到这里面竟打着埋伏！

　　"咦，你怎么啦？怎么不吃面，在那儿发愣呀？"于大夫发现张奇林神色不对头，忙过去问，"都是刚才那个庞什么把你搅的吧？怎么又冒出来一封信？面条味道太淡了吧？要不要我给你加一点味精酱油？……"

　　"啊，不用。"张奇林赶忙把面条几下吃完，把信折起来，放进衣袋中。他镇静下来，换坐到沙发上，抽上一支烟，仰靠着沙发背，微合着眼皮。

"你干脆到床上靠靠。老傅不是两点钟来接你吗？我一点半叫你好了。"于大夫一边收拾碗筷一边说："反正行李都收拾好了，也就是到时候换换衣服。"

"啊，不用。"张奇林睁开眼睛，振作起来，他和颜悦色地对爱人说，"到了飞机上，有的是时间养神。现在我不如抓紧读一点书。"他站起来，朝里屋走去，走到门边，扭回身来嘱咐说，"我走了以后，你让秀藻把那张画取下来吧，卷起来，暂且搁到柜子里。"

于大夫微微有点吃惊："为什么？挂在那儿不是很好吗？你怕挂坏了？是听说洛玑山的画儿越来越值钱？可我们又不拿他这幅画儿当存款，挂旧了就挂旧了吧，怕什么？"

张奇林笑笑说："他这画儿有什么价值！同样的构图，人家说他至少画过十回。你们就取下来吧，我自有道理。"说完，踱进里屋看书去了。

当然，他的心情并不能平静。他打开那本心理学著作，很难读下去。除了内在的原因，外在的环境也使他不能安心读书——院子里，办喜事的薛家那边，传来了一阵更为刺耳的喧哗声。

18. 农村姑娘和城里姑娘为什么谈不拢？

"吃饸饹！"

这顿午饭，在荀家引起了每个人不同的心理反应。反应虽然不同，其强烈的程度却是相差无几的。

郭杏儿到达荀家时，只有荀大妈一人在家。呈现在她眼前的一切，使她吃惊，使她惶惑。原来她朦胧地觉得，城里人一切方面都该比乡下人强；可是踏进荀大爷家门，定睛一看，他们住的房子竟如此狭小，不仅比为枣儿新盖的房子小，就是跟自己家的旧房子比，把里外两间搭上厨房全算上，也远顶不上它们一半大。小还不算，房子的走向也差劲。她不明白荀大爷他们为什么不把房门和窗户开在南墙上，直接通向胡同，使这房子变成北房。置身在城里大爷家的小屋子里，她感觉好多东西跟屋子的比例都不相称，这使她从心底浮上来一种由衷的自豪——所以跟荀大妈说说上十来句话，她就一个劲儿地邀请大爷跟大妈"到俺们家住一阵去"。但落座没有多久，当她观察得更加仔细时，她却又逐渐自卑起来了，因为这屋子虽小，里头的家具摆设，却似乎样样都比她以前所见过的同类东西精致美观。比如她所坐的那张长沙发，就功能、形状来说，对她固然算不上什么稀奇事，镇子上的农贸市场，如今就有人摆出这号"沙发折叠床"在那儿卖；可荀大爷家的这张沙发腿底下有比生核桃还大的电镀球，能毫不费力地拉过来推过去，这可就不一般了；再说沙发面的颜色就跟核桃仁外头那层膜儿似的，透着油亮，手摸着又软和又细腻，上头就跟钉着钉子似的，形成一个一个的窝儿，看着比平绷的面子新奇多了，四边、拐角的地方，全都那么匀称自然，一点不露缝缝钉钉的痕迹……枣儿结婚，闹着也要置沙发，看起来，要置就该置个这样的！其余的家具，像大立柜、小衣柜、酒柜……也全都比杏儿以往看见过的做工细、模样俊；就连荀大妈用来给自己沏茶倒水的茶具，端过来、揭开盖让自己吃糖的糖盒……也都显得瓷儿细，画儿精，形状俏，色彩美。

"吃点这个糖吧——这叫酒心巧克力！"

接过荀大妈递到手里的糖，低下眼睛一看，分明是条金鱼儿；剥去那支棱着"鱼尾"的糖纸，没想到里头竟是酱黑的——杏儿只知道牛奶糖是最好的糖，好糖都是白色的，越白越好；酱黑就酱黑吧，大妈给的，要痛痛快快地吃——杏儿咬了一口，没想到舌尖上又甜又苦又辣，还滋出了一包子水来，洒在了她的衣服上。

荀大妈笑了："那外头是巧克力，里头是酒，洒出来点不要紧，酒不脏衣！"

杏儿觉得那糖不好吃。她问多少钱一斤，荀大妈告诉她："四块八一斤。贵吧？你荀大爷跟我也嫌又贵又不中吃，还不又是你那磊子哥买的。你坐的这沙发也是他挑来的，比一般的贵好几十块哩——他如今除了工资，不也还有些个'外快'吗。他搞点子翻译，就是把那外国人写的东西，变成咱们中国字儿，他时不时能得着三十五十的，叫作'稿费'。他每月整份工资都交给我，稿费我就不要他的了；他可是有点大手大脚，自己花钱泼洒不算，家里要置东西，他总让置最好的。他说：贵出来的那部分由他补。他也真那么做了。你不看看他的窝儿么？"

荀大妈便带她去参观磊子哥的房间。推门一进去，杏儿就傻眼了。如果说外间屋给她的感觉，还只不过是比她自己家精致美观，这里间屋可就连比也不好比了，她由惊奇而不快，由陌生而鄙薄。屋子顶棚的犄角上，挂着两个黑匣子，说是什么"音箱"，任凭什么箱也不该那么怪里怪气地悬着呀，何况黢黑黢黑的，多丧气！墙上挂个盘子，已经让人觉着半疯，那盘子上画的也不知道是人是狗、是云是树，东一笔色儿，西一团线线，十足的胡闹！书橱占了一面墙，嗬，那么多书，中国书，洋书。书是好东西，看不懂也知道它们比金银珠宝还珍贵，可那些点缀在书橱里的摆设，可真让人皱眉发愣：

一箍节树根，在俺们村只配捅到灶里烧火，磊子哥却把它摆在亮闪闪的玻璃门里，神码子似的供着；一些个石头子儿，俺们村东河滩上一捧一堆，磊子哥却也宝贝似的摆在那儿；还有几件瓷器，方脑袋的牛，怪模样的鹿，瞅上去还只不过是扎眼，那瓷夜猫子怎么能也搁书橱里呢？多不吉利、多不喜幸呀！……

"你猜咱们一会儿吃什么？"杏儿不知不觉之中，又随荀大妈来到了厨房。这厨房盖得倒挺大，而且从里外两间屋都有门通进去，厨房里不但有煤气罐、煤气灶以及做饭的全套家什，也还有地漏以及洗脸池子和洗衣机，并且当中支开了铺着白塑料桌布的圆饭桌，做得了饭可以就在那里吃。杏儿的眼光把整个厨房打量了一圈之后，最后随着荀大妈的声音落在了煤气灶一侧的小柜上——"咱们今儿个中午吃专为你来才做的，是你大爷的主意！"

啊，在那小柜上，的确有一架饸饹床子——杏儿走过去一看，心里不由得惊疑慌乱起来。大爷为什么要让俺吃饸饹呢？说实在的，这几年日子越来越好，细米白面早不觉得金贵，棒子面窝头、贴饼子连吃上几顿，枣儿就要嚷嚷起来，娘便赶紧张罗着给他包韭菜鸡蛋馅饺子吃，谁还光吃那荞麦面、白薯面、红高粱面搅和着压出来的饸饹呢？杏儿家的饸饹床子早就撂在仓房旮旯里，几乎被人遗忘了，那铁皮打孔做成的漏子，怕已经生锈了吧？可眼巴巴地找到北京城，进了荀大爷家，他们给自己准备的头一顿饭，却是饸饹！

"你大爷他这是念旧。我跟磊子哥乍一听觉得可乐，细一想就明白了他的心思。他不光是要跟你一块儿吃饸饹，他也要你磊子哥……跟着吃。你琢磨他那个心劲儿吧……这饸饹床子，是他头几天现做的，你大爷别的优点没有，就有那么两条：心实，手巧……"说着，荀大妈便搁上一团酱色的面，压了起来，并且笑着对杏儿解释说："不像，是吧？因为找不着白薯面、高粱面，就单用的荞麦面——粮店里买的，如今我们这儿的粮店也卖点杂粮，给居民们倒换口味。一会儿吃的时候，咱们不光拌上葱、醋、蒜……咱们还拌烤羊肉呢，哈……咱们吃荤饸饹！"

杏儿听完这番话，觉得自己一下子完全明白了荀大爷的心思，说到底，这不就是对待如同亲闺女般的儿媳妇的做派吗？疑云飘散，心里大畅，杏儿卷起袖子，挨过去说："大妈，让俺来吧，俺压得比您好哩！"

荀大妈并不客气，她乐呵呵地说："杏儿你压得准比我强，你先洗洗手，你就压吧，我再张罗别的去。"

杏儿正压着饸饹，荀师傅回来了。他今天本不想出摊，出了摊也心神不宁，早想收摊回家，可是头天有个顾客修的一双皮鞋，本来说好头天傍晚去取的，荀师傅等他等到天黑，他也没去；荀师傅心想今天是个星期日，人家肯定会去取的，自己要是不去，不把人家涮了吗？宁让别人对自己失约，自己可得对人守信，这是荀师傅做人的准则。于是他早上照常出摊了，十点来钟，那顾客果然来了——顾客喜出望外，并且对荀师傅的手艺连连赞美。他是中央民族乐团的器乐演员，他今晚便要随团外出演出，这双皮鞋他是打算穿到外地去的，现在整旧如新、交件及时，让他如何不高兴！他走了，荀师傅准备收摊，可是又来了一位女顾客，高跟皮鞋的跟扭掉了，能眼看着她一拐一拐地往北边另找修鞋的地方吗？荀师傅便又替她细心地修复加固了那只高跟……

　　杏儿听见了荀师傅推车进院的声音，她从厨房的玻璃窗往外一望，立即认出了那向往已久的荀大爷。她虽然仅仅从家里的旧相片上见过他，而且是二十几年前的他，可是如今呈现在她眼前的这位长辈，不但那通体的形象，就是一举手一投足，竟也同她在梦中、想象中见到的丝毫不差！她停止了压饸饹的动作，僵立在那里，她心里觉着应当飞跑出去，像叫亲爹那样地迎上去叫一声"大爷"，可两条腿却如同灌了铅似的，挪动不开……

　　荀师傅一进屋，老伴就大声地向他报告说："杏儿早到啦！你看，她心多实——听她娘说你爱喝酒，好酒一买就是四大瓶；听说我爱吃甜的，奶油蛋糕一买就是仨！还给咱们带来十盒鹌鹑蛋——是杏儿她弟弟枣儿养的鹌鹑下的……你怎么才收摊？快洗洗去吧！杏儿在厨房里压饸饹呢……杏儿呀，你大爷家来啦！"

　　杏儿这才从厨房里出来，站到了荀师傅面前。她满心满意要表达出最强烈最真切的感情来，事到临头却只是低着头，红着脸，怯怯地叫了声："大爷！"

　　她荀大爷呢，本也满心满意要表达出最强烈最真切的感情来，待杏儿真的站在眼前了，却也只是憨憨地说了声："好呀，杏儿你来啦！"便挪脚走进厨房，洗手洗脸去了。

　　荀大妈赶紧让杏儿再到沙发上坐下，让她喝茶、吃糖，自己走进了厨房，来到正洗涮着的荀大爷身边。她就知道他会问，果然，老伴发话了："磊子呢？磊子怎么不在家待着？"

　　荀大妈便压低声音告诉他："出去啦。跟小冯一块儿出去啦。"

　　荀大爷知道小冯是什么时候来的。他没想到小冯一到便把磊子勾出去了。

他有点生气。他不主张把真相瞒着杏儿，他觉得磊子和小冯应当大大方方地在家里等着接待杏儿。躲避杏儿，便也是看不起他，他容不得。

荀大妈从他脸上看出了他的心思，忙又低声解释说："是我让他们先出去转转的，是我的主意——我让他们到'烤肉季'买点烤羊肉来，拌饸饹吃。我想着，还是咱们先把磊子有了对象的事，先跟杏儿说了，再让他们见面的好。要是杏儿一迈进咱们家门槛，就瞅见小冯跟磊子在一块儿，没个思想准备，该受刺激了……"

荀大爷便闷声不响，只管用毛巾重重地擦着脸。

当荀大爷在沙发对面的一把藤椅上坐定，点燃了烟袋锅，便同杏儿对谈起来。他们不善言辞，甚至也不善运用表情，倘若这时有一个不知底里的人在场旁听，甚至会纳闷：他们的一问一答何以会那么平淡无味，声调和节奏何以会那样平缓迟慢。然而他们双方的心都像熟透了的豆荚儿，一碰便无保留地裂开，迸出来的都是实实在在的奉献。

听到郭墩子在混乱的世事中病逝的情景，荀大爷的眼睛并未潮湿，只是嘬那烟嘴的时间明显地延长了，而发出一种异样的吧唧声，喷出的烟也似乎更稠更浓……杏儿觉得这比泪水和话语都更让她动心。听到如今杏儿一家的兴旺发达，荀大爷的笑容也仅是浅浅地浮在颜面的皱纹中，他先细细地询问枣儿的婚事到了怎么个眉目，然后，他嘬了好一阵烟嘴，终于下定决心对杏儿明说："杏儿，好孩子，我对不起你爹，没照应你们。你来晚了点。你磊子哥他如今有了对象了。一会儿你能亲眼见着，你别在意。你就如同我跟你大妈的亲闺女，这儿就是你的家，什么都有你一份，你随便怎么着都成……"他说到这儿说不下去了，便光是吧唧吧唧地嘬烟，眼睛也不看着杏儿，而是望着墙上的年画《娃娃牵桃》。

杏儿的心里一下子沉重起来。她早有猜测，早有预感，并且当她进院时，她简直以为磊子哥今天正好结亲了，可是当她进到屋里，得到荀大妈的热诚欢迎时，当她向荀大妈问到"磊子哥不在家吗？"荀大妈乐呵呵地告诉她"刚出去，一会儿就回来"时，她也确实又浮现了一些幻想，一些希望。现在，真情实况终于显现出来了，她的心确实有点装载不下。可是，难道她能眼见着面前的亲人，为她而感到罪过吗？她杏儿难道是红桃那样的小人，专算计着往高枝儿上飞吗？

杏儿迅速地镇定下来。她调动起全部的自尊、温情和理智，忽然语气活泼地对荀大爷说:"大爷,您说哪去了。过去俺们两家断了联系,那不是一因为穷二因为乱吗?这回娘让俺来北京,一是为了看望大爷大妈,姐姐哥哥们,二是为了给枣儿置办点鲜亮的家当。俺要不把您这儿当成个儿家,俺早住店去了,能一下车就奔这儿来吗?磊子哥有了对象,太好了。不是说笑话,要搁在前几年,听见磊子哥成亲,俺们可啥也送不起;如今磊子哥要是办事儿呀,俺们可送得起重礼哩!就是不会挑样子,怕的是不合他的意……磊子哥啥时候办?俺把礼钱撂在这儿,让哥哥嫂子自己去买可心可意的东西吧!……"

杏儿的这种表现,倒让荀大爷吃了一惊。他这才把眼光投向杏儿,杏儿确实坦然地向他微笑着。不知怎么的,杏儿这一刹那的形象,映进他的心中,竟使他格外地感到遗憾——他的儿媳妇,本应当就是这样的相貌,这样的脾性,这般的厚道啊!

就在这时候,荀磊和冯婉姝双双回家来了。

冯婉姝一进屋,立即改变了荀家的气氛。不用别人介绍,她一见到杏儿,便爽朗地走过去,伸出右手说:"你就是郭杏儿吧?我是冯婉姝,见着你真高兴!"

杏儿赶紧从沙发上站起来,尽可能地表现得大方自然——可她毕竟不习惯握手,到头来还是冯婉姝主动抓过她的手去,紧紧地握住,摇了几摇。

冯婉姝十分放松而声音响亮地叫过了"大爷"和"大妈",便活泼地跑进了厨房,嘻嘻哈哈地从荀大妈手里接过了饸饹床子的压柄,快活地压了起来,一边尖声叫着:"吃饸饹!吃饸饹!"

荀大爷微微地皱着眉,嘬着烟嘴。杏儿坐回沙发上,一时不知该干什么。冯婉姝的声音在他们听来,显然都觉着刺耳。突然,荀磊的屋子里传来了一种洪亮的音乐声,那是荀大爷所不喜欢、杏儿所不习惯的西洋管弦乐——俄罗斯作曲家鲍罗丁的名曲《弦乐队夜曲》。那是荀磊和冯婉姝出去前,冯婉姝利用录音机的电脑设备搞的定时选曲,此刻到时应验了,所以乐声大作。那录音机是荀磊从英国带回来的,所以具有那样的功能。乐曲刚一放送,便听到了冯婉姝拍掌欢呼的声音:"怎么样?我说咱们准能赶回来吧?"

忽然冯婉姝又跑进了外屋,主妇般地招呼着:"快去入座吧,今天中午可有好吃的!"没等荀大爷和杏儿站起来,她发现了酒柜上杏儿带来的东西,便走过去一一鉴赏。当她见到鹌鹑蛋时,高兴地欢呼起来:"呀!蛋中之王——营养第一!真好看,跟工艺品似的!"当她见到那三盒花蛋糕时,她不禁先倒吸了一口气，然后便一泻无余地高声评论说，"杏儿，杏儿，你的心真实在——城里人哪有这么送蛋糕的啊！这儿没冰箱，今天吃不完，搁着都要搁坏的！"

冯婉姝这时并没觉察到，她的这些言谈举动都让荀大爷不满、郭杏儿难堪。

大家围坐到厨房的圆桌四周了。荀大妈准备了几样下酒菜，可是荀大爷说："晚上再喝吧。今天中午就吃饸饹好。"大家便都不喝酒，都吃刚从锅里捞出来的饸饹。

荀磊要往父亲的碗里拨从"烤肉季"买来的烤羊肉，荀大爷把碗躲开，说："我不要。我就这么吃，你给杏儿多拨点吧。"荀磊便给杏儿拨。杏儿不看荀磊，只是连说："够了，够了，俺吃不多。"荀大妈问大家："怎么样？像不像？好不好吃？"冯婉姝头一个回答，她用热烈的语气赞叹着："好吃！真好吃！我真没想到会这么好吃！"

这时候那《弦乐队夜曲》才停了下来。荀大爷心里头不那么闹腾了，他只望着低头吃饸饹的杏儿，问她："你们如今还兴吃棉花籽攥疙瘩①吗？"杏儿抬起头来，点了点下巴。冯婉姝好奇地问："什么什么？棉花籽也能吃？"杏儿便告诉她："咋不能吃？把棉花籽和玉米面和着，在锅里煮，煮的时候趁水还没热，用手把它们攥成一疙瘩一疙瘩的，这样煮得就有干有稀了，这就叫棉花籽攥疙瘩。头些年俺们总吃，如今粮食多了，没什么人吃它了。"冯婉姝又问："好吃吗？"杏儿说："咋不好吃？吃着挺香的。"冯婉姝还问："吃着挺香，那干吗不吃了呢？"杏儿低头不答。冯婉姝又问了一遍，荀大妈忍不住了，便对冯婉姝说："乡下人说香，是饿了找食儿，能进嘴填满肚子就算香。那棉花籽攥疙瘩我也吃过，吃的时候倒真不难吃，可吃了它呀，拉不出屎来！"荀磊说："妈，正吃饭呢，您偏提这个。"荀大妈笑笑说："小冯偏打破砂锅问到底呗！"冯婉姝咯咯地笑出了声来。

荀大爷的心思却全在杏儿和杏儿她爹她娘身上。他问杏儿："如今还有人攒树叶吃吗？"冯婉姝忍不住又插话："树叶也能吃？"杏儿告诉大家："也还有人攒树叶吃，可那样的人不多了。要吃就吃柳树叶，把柳树叶在缸里泡几个过儿，换它十来次水，去掉苦味儿，捞出来晒干了，存起来吃。吃的时候和在玉米面、白薯面里头，贴饼子、蒸窝窝头吃。粮食不够的时候，树叶

---

① 在这里"攥"要读成 zuǎn。

也能顶点事儿。如今粮食不紧了，吃的人也少了。有人还吃，只是习惯问题，俭省惯了，苦惯了，舍不得吃净粮食。俺爹在的时候，俺们家就常吃。俺爹要还在，他准还得让俺们多少吃点……"

荀大爷听到这儿，周围的议论都进不去耳朵了。他眼前仿佛又站着当年的战友郭墩子。郭墩子打仗勇敢，可学习上实在迟笨。在识字班里他成绩最差，唱歌也五音不全。可是记得在土改一开始的时候，郭墩子默写那首《翻身歌》，却得了 78 分，错的字比哪回都少；而且，当他粗声粗气地唱着《翻身歌》时，尽管调门不准，听着你是不能不动心的：

> 边区的天是蓝蓝的天，
> 以后的生产大改变。
> 有了房子有了地，
> 吃的穿的不困难，
> 嘿！吃穿不困难！
> 人穷不是天行的穷，
> 清算总账挖穷根，
> 封建剥削铲除尽。
> 不要忘了共产党，
> 不要忘了救星毛泽东！

可是挖去了穷根并没能马上富裕起来。大家都经历了一番周折。荀师傅回想起 1950 年，他和郭墩子在天安门东边劳动人民文化宫门口重逢的情景。他们都是因为家里劳力不够，又遇上旱灾，收成不好，才跑到北京来找工作的。那时候不少自流进京的农民在天安门广场等着人招雇，他和郭墩子都被在文化宫里举办的一个展览会招为了临时工，白天在文化宫里干活，晚上就睡在文化宫东门外不远的马噶喇庙里。那庙原是清朝的一座王府，后来改为佛寺，正名叫普庆寺。解放初，许多农村来的临时工，晚上就聚在那里住宿，大家你帮我，我帮你。荀兴旺和郭墩子没带被褥，每晚可都没冻着过，总有人主动让他们合睡在褥子上，合盖着棉被窝……后来，大量的农民被北京的工厂和建筑部门招为了正式工人，他们的生活有了一个很大的变化，但富裕的过程依旧还是缓慢的，反复难料的……他们所在的单位，时而扩展、合并、膨胀、跃进；时而收缩、精简、停滞、撤销……

荀师傅不禁又回忆起 1960 年，郭墩子在单位号召工人回乡的情况下，决定退职还乡以后，聚在他家喝酒的情景。那一晚下酒用的是伊拉克蜜枣，吃的是打卤面——那在当时算是盛宴了。关于磊子和杏儿的婚约，就是在那一晚议定的。郭墩子和他都很认真，他们觉得除了这样做，无法表达出他们互相间的兄弟情谊……

没想到，自那一别之后，他们竟再也无法聚到一桌喝酒了，而生活在不知不觉之中，竟发生了那么多意想不到的变化……不管怎么说，如今两家人同千千万万家一样，总算也都富裕起来了……唉，郭墩子不该去啊，他要能看见今天的富裕日子，看见杏儿、枣儿如今出落得一表人才，该有多好！哥儿俩再聚在一块儿喝酒，桌上的酒菜，心里的话语，该比以往的滋味香，比以往的滋味酽！……

荀大妈发现老伴神色有点不对头，不由得问："你怎么啦？"

荀大爷回过神来，淡淡地说："胸口有点发闷。我歇歇去，你们慢慢吃吧。"

他站起身来，特别嘱咐杏儿说："家来了，你别外道。跟你磊子哥，还有小冯，你们年轻人，说说笑笑的多好。"

杏儿有点着急："大爷您怎么了？碍事不碍事？"

荀大妈便对她说："不要紧的。老毛病儿。头十来年前搞'战备劳动'的时候落下的。你大爷这人就是那么个实性子人。当时到火车站卸水泥，打车皮上往下卸的就两个人。在底下扛的倒有十好几个，人家那位卸的悠着劲干，你大爷可心急，他不歇气地一顿猛卸，不到最后一口袋不停手。他们 45 分钟卸了一整车皮的水泥，恰好是 45 吨，合算一分钟就卸了一吨。这么干了个把月，他就犯了胸痛，后来到医院去查，说是肌肉拉伤，治来治去，到今儿也不断根，时不时地发闷，一阵阵地抽搐着疼。他歇歇也就好点儿。"

大家吃完收拾好厨房里的一切，荀大妈便去外屋照顾荀大爷，荀磊遂把杏儿请到他屋里坐。杏儿随荀磊和冯婉姝进了里屋。荀磊请她和冯婉姝坐到单人沙发上，自己坐在一张折椅上。荀磊打开了电视机，为不影响隔壁屋的父亲歇息，他把音量调得很低。那一天的午间电视，正播放卫星传送的第三届世界俱乐部杯（即丰田杯）足球决赛：英格兰的阿斯顿·维拉队对乌拉圭的佩纳罗尔队。荀磊打开电视时，球赛已近尾声，场面显得极其激烈，不时展现的观众席，更像一锅煮沸的粥。

电视对杏儿已不是什么新奇的东西。枣儿早已经买了一台上海金星牌的10英寸黑白电视机，天天晚上娘和杏儿都到他屋里去看。村里也已经有一家置备了14英寸的彩色电视机——就是红桃嫁过去的那家。不过，坐在这20英寸的大彩电面前，仔细地观看清晰艳丽的图像，对杏儿来说毕竟还是头一回——可惜那节目一点不合她的口味。她不理解，冯婉姝那么个姑娘，怎么会跟小伙子似的，迷什么足球比赛。瞧她那模样：随着球场上的争夺，她瞪圆了眼睛，双手捏在胸前，嘻开嘴巴，不时发出惊呼和叹息……磊子哥喜欢她，难道就是因为她能跟小伙子似的欣赏足球比赛吗？

节目不好，电视机显见不错。杏儿不由得问："磊子哥，你这机子真好，是打百货大楼买的吗？"

荀磊便告诉她："是我从英国带回来的。我工作以前，到英国学习了两年。"

杏儿恍然大悟：怪不得磊子哥这屋的东西，都有那么股子洋味儿。英国……杏儿努力地回忆着学过的地理知识，却怎么也想不出英国究竟在中国的哪边，是个什么样的形状，她单知道英国离中国很远很远。哎呀，磊子哥是出过洋的人了，自己更般配不上，别说人家有了这位对象，就是没有，自己也该收拾起那些个胡思乱想……杏儿生怕自己脸上露出了什么不对头的神色，她定定神，便说："磊子哥，这英国机子不赖啊，瞅着又真又艳哩！"

冯婉姝插进来告诉她："这不是英国货，这是'索尼'牌，日本货。"不待她反应过来，冯婉姝又议论道，"日本这个'经济动物'可真厉害！如今他们小汽车赛过了美国，手表赛过了瑞士，音响设备赛过了荷兰，光学器材赛过了西德……你看，到了英国，想买物美价廉的电视机，挑来挑去也还是东洋货！"说到这儿停顿一下，不待荀磊开口，却又指着电视屏幕继续议论说，"看，丰田汽车公司为了扩大他们的影响，舍得花大把的钱搞这么个'丰田杯足球赛'。从电视上看球赛，要是事先没听见解说，你很难判断出这球赛究竟是在哪国举行——因为球场周围的广告，不外总是什么丰田汽车、日立电器、佳能相机、富士胶片……他们的广告真是无孔不入！"

杏儿听了这番议论，不能消化。忽然冯婉姝关掉了电视，顺着刚才的议论说："赛完啦！底下发奖，没看头——我才不给丰田汽车公司捧场呢！"说着站起来，对荀磊说，"听点好听的吧，声音放低点，别影响了你爸。"自己到厨房去了。

荀磊便开动录音机，用低音量放出了德彪西的曲子《海的素描》。杏儿这才体会到那吊在两个屋角的音箱的功能。不过她觉得这曲子要多难听有多难听。这一切，从录音机到音箱到曲子，肯定也是磊子哥从英国带回来的啦。她觉得磊子哥离自己更远了，因而心里反倒更加安定。

冯婉姝端来了两杯热腾腾的咖啡，她递给荀磊和杏儿各一杯。杏儿也不知那是什么喝的，只是客气着："您喝吧！"冯婉姝朝厨房摆摆头说："我也有。你接着吧。"

杏儿接过了咖啡，她不知那是什么东西。荀磊对她说："这是咖啡，速溶咖啡。给你加好糖了，趁热喝吧。"

杏儿呷了一口。她皱起了眉头。同绝大多数头一回喝咖啡的中国人一样，她觉得不仅难喝，简直恶心。人干吗要喝这号苦水儿？

冯婉姝端来了自己的咖啡，并且端来了三牙切好的花蛋糕，她把装蛋糕的盘子送到杏儿面前，笑嘻嘻地说："这是你请我们的客。正好用咖啡下着吃。"

杏儿拾起一牙花蛋糕，咬了一口，啊，真好吃！这花蛋糕她也是头一回吃，没想到竟如此好吃。她心里头不由发笑：洋人们也真叫逗，做出的糕点这么好，沏出的"茶"这么糟，怎么偏把这两样东西就合着吃呢！

冯婉姝并不知道荀磊和杏儿"指腹为婚"的事，荀磊打算杏儿走了以后再把这个"秘密"告诉她。冯婉姝因此只把杏儿当成荀家的一位乡下亲戚。一边喝着咖啡，冯婉姝一边建议说："杏儿杏儿，你给我们讲讲你们村里的事吧。"她确实想通过杏儿知道一些农村里的情况。

杏儿不是不愿意讲，可她实在不会讲。打哪儿讲起呢？讲什么呢？她把咖啡搁在茶几上，红着脸，在腿缝上搓着一双粗大的手，仿佛一个没准备好功课的学生，遇到老师抽查的情景儿。

荀磊便引出话题："农村实行责任制以后，情况究竟怎么样？"

杏儿一时也答不出来。她很不善于概括。

冯婉姝便快嘴快舌地说："农民不愁吃穿了，一部分农民富起来，这我们都亲眼看见了——杏儿你们家就是个例子嘛。这方面一会儿再说。你给我们说说问题的一面吧……"

杏儿想了想，便说："问题有呀。刚把责任田分下来的时候，俺们村就闹了矛盾嘛。有一户他分的地挨着井，他的地老得浇，庄稼长得壮，别人就嫉妒，后来，就有那赌气的人，半夜里跑去，把那口井给填了……"

冯婉姝惊讶得眉毛飞动起来，笑出了声："啊，有这种事！那后来怎么办呢？井填了，不是大家都浇不成地了吗？"

杏儿告诉她："是呀。大家伙就再想别的法子呗。这井如今也还没有淘出来。如今大家伙手里钱多了，耍钱的也就多了……"

"耍钱？"冯婉姝不懂。

"就是赌博。"荀磊帮杏儿解释，"迷信，赌博，这在农村都是难免的。农民手里越有钱，就越难避免——除非不仅让他们有钱，还让他们有文化……"

"对了，杏儿，我问你——"冯婉姝便认真地问，"我从报纸上，获得了两种不同的信息，一种是通讯报道，告诉我农村如今富裕了，农民渴求文化知识的愿望也增强了，他们纷纷把退了学的孩子又送回到了学校去；另一种是'读者来信'，农村小学教师写的，他说如今又出现了农民让孩子退学，去抓现钱的动向，感到很着急……杏儿你们村究竟是怎么个情况呢？你给我们输送点第一手信息吧！"

杏儿听不大懂她的问题，她反问："啥叫'信息'？"

"信息就是传播出来的知识，消息，信号……如今我们人类已经进入了信息社会——"冯婉姝热心地、滔滔不绝地向杏儿讲解起来。杏儿分明并不感兴趣，只是低头，搓手，勉强地听着。

荀磊从一旁看着这两位同代的少女，心里不禁感慨起来。一个小时以前，他只感觉到她们外在的差异：都可以算是浓眉大眼，但杏儿在顾盼间的神情，总让你联想到农村那艳红的窗花；而冯婉姝的一颦一笑，却让你联想到贺绿汀的钢琴曲《牧童短笛》的旋律。她们的皮肤都偏黑，但杏儿的皮肤是黄中带黑，毛孔粗大，让人一见便意识到那是同农村的光照、沃土、劳作分不开的；冯婉姝的皮肤则是红中泛黑，细腻光润，让人一见便意识到那是得之于水上运动、野足登山……她们的衣着当然更展宽了她们气质上的差异。别的不用说了，就拿她们的毛线衣来说吧，杏儿的是洋红小开领的细线腈纶衫，胸口上有着黄线和绿线绣出的花儿叶儿；冯婉姝的却是紫罗兰掺麻灰、青黛的杂色拉毛高领衫，那高领又大又软，卷在她脖子下面，显得十分潇洒……半个小时以前，荀磊开始明确地意识到她们心理上的差异；而此刻，荀磊又观察出了她们在更深刻意义上的差别。这种差别，也许会酿成尖锐的矛盾……也许最终有一天会正面冲突起来？当然，那不仅是她和她，她们和她们……说到底，那也许是两种文化之间的矛盾和冲突？

的确是这样。冯婉姝尽管属于城市青年知识分子中最能接近低文化劳动群众的人，尽管她因热爱荀氏家庭而"爱屋及乌"地对杏儿充满了最大限度的善意，在眼下输出知识的尝试中却也不由得烦躁起来。她因为杏儿的摇头、咬嘴唇、发愣，而不得不一再地把自己所企图传播的知识范畴加以收缩、简化、浅退……然而，无论是"信息工具"还是"电子技术"这一类词汇，也无论是"比如这电视机就是一部信息接收器"，还是"你们农村烧饭的柴火便是一种能源"这类推衍，杏儿都全然不知究竟何意。冯婉姝的心理状态滑到了这样一种边缘：她究竟还值不值得尊重跟前的这位同代人？她对我们这个民族的未来究竟还该不该持有一种乐观的展望？杏儿呢？尽管杏儿已属于农村青年中最富自尊感和进取心的人，尽管她因热爱荀大爷荀大妈而兼及荀磊并惠及这位冯婉姝，在眼下冯婉姝那没完没了的灌输和时不时插入的"你明白了吗？""懂吗？""能理解吗？"这类逼问面前，她心底里却泛起了一种古老的、难以抑制的对占有知识优势的城里人的一种厌恶……乃至于仇恨。

　　当冯婉姝用急促的语气又一次提到"电脑"时，杏儿终于按捺不住了。她扬起头，突然截断冯婉姝说："啥'电脑''猴脑'的！俺就吃过猪脑、羊脑。俺知道那'电脑'有啥用？俺就知道村外野地里还有叫涝稆的野菜，你吃过吗？赶明儿你吃吃去。告诉你吧，吃了涝稆肿脸！"

　　冯婉姝愕然。

　　在一旁静观的荀磊虽然有些思想准备，也没想到杏儿突然暴露出了一种村野式的蛮横无礼。

　　幸好这时候荀大妈走了进来，她招呼杏儿说："杏儿呀，你累了吧？走，跟大妈那屋歇歇去。我都给你预备好啦！"

　　杏儿便随荀大妈到了外屋。原来荀大妈已经在屋当中拉了个挺像样的布帘儿，把屋子隔成了两间，那长沙发正好隔在外间，长沙发已被打开成了一张宽大的床，并且已经铺好了单子，搁上了枕头和被褥。荀大妈把杏儿引到沙发跟前，对她说："杏儿，你睡一觉吧。睡醒了，咱们晚上包饺子吃——你大爷现在胸不疼了，正养神呢，他说晚上吃饺子，咱们今天吃一整天的家乡饭！"

　　杏儿躺下了。沙发床太软，她觉得不舒坦。荀大妈在枕巾上洒了花露水，她闻着也不习惯。她自己也说不出是为什么，进京的兴奋感突然消失了。她发痴地想念起娘和枣儿来。娘这时候在干啥呢？枣儿的鹌鹑没犯病吧？枣儿啊，你可别忘了给娘沏蜂蜜水儿喝，你可得提防红玉的纠缠……

第五卷

未（下午 1 时—3 时）

19. 本书的一个大主角——四合院。

北京还有多少个大体完整的四合院？不知道哪个部门掌握着精确的数字。现在人们开始认识到保护野生动物的重要性，1980 年玉渊潭栖落过几只白天鹅，其中一只被路过的青年工人用汽枪击毙，曾引起过公众的广泛激愤。其实，国内野生天鹅的数量，大大高于明清以来建成的四合院的数量，但直到目前，对于粗暴地对待四合院的行为——毫不吝惜地加以阉割、毁损乃至拆除，除了少数研究古代建筑史的专家外，人们似乎大都心平气和。四合院，尤其北京市内的四合院，又尤其是明清建成的典型四合院，是中国封建文化烂熟阶段的产物，具有很高的文物价值。从某种意义上说，它是研究封建社会晚期市民社会的家庭结构、生活方式、审美意识、建筑艺术、民俗演变、心理沉淀、人际关系以及时代氛围的绝好资料。从改造北京城的总体趋向上看，拆毁改建一部分四合院是必不可免的，但一定要有意识地保留下一批尚属完整的四合院，有的四合院甚至还应当尽可能恢复其原来的面貌。如果能选择一些居民区，不仅保护好其中的四合院，而且能保护好相应的街道、胡同，使其成为依稀可辨当年北京风貌的"保留区"，则我们那文化素养很高的后人，一定会无限感激我们这一代北京人的。

公元 1982 年 12 月 12 日，其中薛家正举行婚礼的这个位于北京钟鼓楼附近的小院，便是一个虽经一定程度毁损，有所变形，然而仍堪称典型的一个四合院。

所谓四合院，顾名思义，就是由四组房屋以方形组合而成的院落。没有到过北京四合院的人，顾名思义之余往往会产生这样的想法：这样的院落有什么稀奇呢？岂不单调、寡味？

其实不然。它在方正之中又颇富于变化，在严谨寡淡之中又蕴涵着丰富多彩。

即以我们已经迈入并且初步熟悉了的这个院落为例。它是坐北朝南的。这是四合院最理想、最正规的方位。当然，在东西走向的街道胡同中，胡同南面的四合院，不得不采取与它相反而对称的格局，为了使院内最深处的正房成为冬暖夏凉的北房，南墙上往往要开出一排南窗，因而正房后面必有一个窄长的小院；如果办不到这点，或只好以南房为正房，或将挨着院门的一溜北房作为正房，而改变进门以后的院落格局。总之，在东西走向的胡同中，路北的四合院一般总显得比路南的四合院优越。据说当年路北和路南的四合院之间的差价，有时会相当惊人。如果是在南北走向的街道胡同中，或走向不正的斜街中——如离钟鼓楼不远的大、小石碑胡同，白米斜街一类地方，则往往采取这样的盖造法：顺着街道胡同的走向设一个大门，进门以后，并不是四合院本身，等于留出一块"转身"的地方，然后再按东西走向街道胡同的格局，盖出院门朝南的四合院来，这样，里面的房屋便不至于也呈南北走向或斜向了；当然，也有按街道胡同走向盖的，这种四合院的价值，在当年不消说要等而下之了。

我们已经迈入其中的这个四合院不仅方位最为典型，其格局、布置也堪称楷模。如果说整个院落是一个正方形或准正方形，那么，四合院的院门绝不会开在正面的当中，它一般都开在其东南角（如果是与其相反而对称的那种四合院，则开在其西北角）。这院门的位置体现出封建社会中的标准家庭（一般是三世同堂）对内的严谨和对外的封闭。院门一般都是悬山式的高顶，顶脊两边翘出不加雕饰的鸱吻。地基一般都打得较高，从街面到院门，一般都设置三至五级的石阶，石阶终端是有着尺把高厚门槛的大门，双开厚木门的密合度极高，想透过门缝窥视里面，几乎是不可能的。当年门上都镌刻、漆饰着"忠厚传家久，诗书继世长"一类的门联。门上有门钹（类似民族乐器中的钹，故名。钹钮上挂着叶形的金属片，供来客叩击叫门）。门边往往有一对小石座，或下方上狮，或整个雕为圆鼓形。

明清之际的四合院，一般并不是贵族公卿的正式住宅；看过《红楼梦》就知道，贵族的府邸无论其规模、建制、格局都与一般单纯的四合院有极大的差别；只有当贾琏那样的贵公子要私纳尤二姐时，才会在花枝胡同（此胡同今天还在，距钟鼓楼不过数里）去找一个四合院暂住。一般说来，四合院是没有贵族身份的中层官吏、内务府当差的头面人物、商人、士绅、业主、名流，以及从平民中涌现的暴发户和从贵族社会中离析出来的破落户这类人物居住的地方。有时电影、戏剧和图画中把四合院的院门表现为顶上砌有琉璃瓦、门板上装有"铜钉"（即铜铸圆碗形门饰）、门上装的不是门钹而是狴犴含环，显然都是一种毫无根据的臆想。

封建社会等级之森严，也反映在建筑格局的严格规定上，即使是贵族府邸，也不能乱用琉璃瓦和乱用门饰。以清朝为例，它的贵族有亲王、郡王、贝勒、贝子和公五等，而公又分为镇国公和辅国公，辅国公又分为"入八分辅国公"和"不入八分辅国公"。什么是"八分"呢？就是八种特殊的标志：一、朱轮（所乘骡马车车轮可漆成红色）；二、紫缰（所骑马匹可用紫色缰绳）；三、宝石顶（官帽上可饰以宝石）；四、双眼花翎（官帽上可饰此种花翎）；五、牛角灯（可用此种灯照明）；六、茶搭子（盛热水的器物，略同今日之暖瓶，可享用此物）；七、马坐褥（乘马时可用此物）；八、门钉（府门上可饰以"铜钉"，而钉数又有细致的规定）。由此可见，并非贵族住宅（至少不是贵族正式住宅）的四合院，其院门上是绝不能饰以铜钉的。

推开四合院的院门以后，是一个门洞，门洞前方，是一道不可或缺的影壁，影壁既起着遮蔽视线的作用，又调剂着因门洞之幽暗、单调所形成的过于低沉、郁闷的气氛。影壁一般以浅色水磨青砖建成，承接着日光，显得明净雅致。影壁上方一定都仿照房屋加以硬山式长顶，顶脊两端也有向上翘起的鸱吻。影壁当中一般都有精致的砖雕，或松鹤延年，或和合万福（雕出两对蝙蝠张翅飞舞），或花开富贵，或刘海戏金蟾……有的不雕图像而雕题字，简单的就雕个"福"字，复杂点的一般也不超过四个字，而以两个字的居多，如"吉祥""如意""福禄"之类。除了壁心有砖雕，有的四角、底座还有细琐的雕饰，或回纹草，或莲花盏，与中心图案题字相呼应。有的还在影壁右侧种上藤萝或树木，春夏秋三季，或紫藤花开，或绿荫如盖，或秋叶殷红，使人一进院门便眼目为之一爽。

我们所迈进的这个四合院，如今门洞中堆着若干杂物，门洞顶上还吊着一对破旧的藤椅——这对藤椅前面已多次提到，下面还要提及它的主人；门洞前面的影壁，中心的砖雕已被毁损，不过影壁右侧的一株榫树还在，而且已经有水桶般粗、三层楼那般高。

在门洞和影壁的东边，有一道墙，墙上有很大一部分是门；那四扇屏门虽是对开的，但每扇又可折叠为对等的两半，关闭时，便呈现出四块门板的形象；可以辨认出来，当年门板漆的是豆绿色，而每块门板上方，各有一个红油"斗方"（即呈菱形状态的正方形），每个"斗方"上显然各有一字，四个字构成一个完整的意思——如今已无从稽考。从这道门进去，是一个附属性的小偏院，现在为荀兴旺师傅一家所住，南边是两间不大的屋子，北边是里院东屋的南墙，东边则是与别院界开的院墙。当年这个小偏院是供仆役居住的。标准的四合院，一般都少不了这样一个附属性的小院。而小院的院门，不知为什么，绝大多数都采取这样一种轻而薄且一分为四的样式——也许，是以此显示出它在全院中地位的低微，并便于仆役应主人召唤而随时奔出。

从影壁往西，是一个狭长的前院。南边有一溜房屋，一共是五间，但分成了两组，靠东的三间里边相通，现在为京剧演员濮台智珠一家居住，靠西的两间，现在住着另外一家——我们下面还要讲到他们——值得注意的是，有一道南北向的墙，又把那两间房屋及前面的空地隔成了另一个小院，与现在荀兴旺师傅家的小院遥相对应。不过，那墙上的门换了一种样式，现在我们看到的是月洞门（即正圆形的院门；有的四合院则是瓶形门、葫芦门）。这个小院，当年是为来访的亲友准备的，那两间南屋，一般都作为客房。而院内的厕所，当年也设在那个小院之中，一般是设在小院的西北角上。小院的北面是里院西屋的南墙，西面则是与邻院隔开的界墙。

外院濮台智珠所住的三间南屋，过去是作为外客厅和外书房使用的。民国以后，又常把最东头的一间隔出来，把门开在门洞中，并在靠近院门处开一个窗户，由男仆居住，构成门房（即传达室）。

里院外院之间，自然有墙界开，而当中的院门，则是所谓垂花门。它的样式，一反总院门的呆板严肃，而活泼俏丽到轻佻的地步——它的特点，是在悬山式的瓦顶之下，饰以倒垂式的雕花木罩，木罩左右两端的突伸处，精心雕出花瓣倒置的荷花或西番莲；整个木罩的雕刻、镶嵌极为精致，而又在不同部分饰以各种明艳暖嫩的油彩，并在可供绘画处精心绘制出各种花鸟虫鱼、亭台楼阁、瓶炉三事、人物典故……四合院中工艺水平最高、最富文物价值的部分，往往就是这座垂花门。可惜保护完好的高水平垂花门如今所存已经不多，而且仍在不断沦丧。我们所进到的这个四合院，垂花门尽管彩绘无存、油漆剥落，但大体上还是完好的，在相当大的程度上尚能传达出昔日的风韵。

垂花门所在的那堵界墙，原来下半截是灰色的水磨砖，上半截是雪白的粉墙，墙脊上还有精致的瓦饰；现在已经面目全非，不仅墙脊上的瓦饰早被人们拆去当作修造小厨房的材料，整堵墙比当年也矮了一尺还多——70 年代初搞"深挖洞"时，砌防空洞的砖头不够，居委会下命令让各院都拆去了一些这类界墙以作补充。讲究的四合院，这里外院的界墙上，往往还嵌着一些透景的变形窗，或扇面形，或仙桃形，或双菱连环，或石榴朝天……我们讲到的这个四合院，当年也还没有那么高级。

垂花门的门板早已无存——据说当年的垂花门一般也不上门板；垂花门两侧原来也有一对石座，今亦无存；垂花门里侧当年有四块木板构成的影壁（可装可卸），也早已不知踪影；进垂花门后原有抄手游廊，即由垂花门里面门洞通向东西厢房并最终合抱于北面正房的门廊——到过颐和园的乐寿堂两厢，便不难想象其面貌，当然，它绝不会有那般轩昂华丽——现在除了北面正房部分的门廊尚属完整外，其余部分仅留残迹，而南面垂花门两边部分连痕迹俱无——"深挖洞"时因烧砖缺乏木料，那部分走廊的木质部分已全部捐躯于砖窑的灶孔之中。

当年四合院的里院，才是封建家庭成员的正式住宅。现在张奇林一家所住的高大宽敞的三间北房，是当年封建家长的住处，当中一间是家长接受晚辈晨夕问安的地方，也是接待重要或亲密客人的内客厅，往往又兼全家共同进膳的餐厅；两边则是卧室。北房一般绝不止三间，我们所进入的这个四合院就有五间北房；不过另外两间一在东头一在西头，不仅比当中的三间较为低矮凹缩，而且由于已被东西厢房部分遮挡，所以采光也较差劲，这两间较小较暗的房屋叫耳房；有的四合院耳房还向后面呈 L 形延伸过去，当年一般是作为封建家长的内书房、清赏室（从摩挲古玩到吸食鸦片都可使用）的；讲究一点的四合院，两边耳房外侧又有短垣与外面断开，墙上嵌月洞门或瓶形门，门上并有砖雕横匾，对应地题为"长乐未央，益寿延年"或"西园翰墨，东壁图书"。现在，东西耳房当然都与张奇林家隔断，并且居住着互有联系的一老一少——我们下面也要描述到他们那独特的存在。

一般四合院，也就到此为止了。需要补充的，不过是东西耳房一侧，往往还设置厨房和储藏室。有的较气派的四合院，正房和耳房后面尚有小小的花园，最后面不是以界墙与邻院隔断，而是有一排罩房代替界墙的作用。我们进入的这个四合院，并没有罩房，而且与邻院隔开的界墙，仅与正房相距二尺而已。

当年四合院的东西厢房，是供偏房，即姨太太或子女孙辈居住的。当儿孙辈绵绵挚生，一个四合院已居住不下时，则只好另置新院移出一房或几房儿孙，不然，只能把外院的南屋也统统辟为居室，将就着住了。四合院的所谓"合"，实际上是院内东西南三面的晚辈，都服从侍奉于北面的家长这样的一种含义。它的格局处处体现出一种特定的秩序，安适的情调，排外的意识与封闭性的静态美。当年里院有大方砖砌出的十字形甬路，甬路切割出的四块土地上，有四株朱砂海棠——如今仅存一株，而且已大受损伤；不过，后来补种了一株枣树，现在倒长得有暖瓶般粗。在正房的阶沿下，当年在石座上有两只巨大的陶盆，里面种着荷花。沿着抄手游廊，点缀着些盆花，吊着些鸟笼。如今这类画面也都消逝殆尽了。

我们已经知道，如今西屋靠北头的两间，住着正在为小儿子办喜事的薛家，南头那一间呢？门时常锁着，那位女主人并不每天回来，她另有住处。而东屋北头的两间，住着那位说话永远聒噪夸张的詹丽颖。南头那间住着一对年轻的夫妇，他们都是工厂的工人，这天上早班去了，所以暂且锁着屋门。

为了获得一个对今日这个四合院更准确的印象，我得提醒读者，几乎每家都在原有房屋的前面，盖出了高低、大小、质量不同的小厨房；而所谓"小厨房"，则不过是 70 年代以来，北京市民对自盖小屋的一种约定俗成的称谓；它的功用，越到后来，便越超过了厨房的性能，而且有的家庭不断对其翻盖和扩展，有的小屋已全然并非厨房，面积竟超过了原有的正屋，但提及时仍说是"小厨房"；因为从规定上说，市民们至今并无在房管部门出租的杂院中自由建造正式住房的权利，但在房管部门无力解决市民住房紧张的情势下，对于北京市民自 60 年代末、70 年代初掀起的这股建造"小厨房"，并在 70 年代末已基本使各个院落达到饱和程度的风潮，也只能是从睁一只眼闭一只眼到心平气和地默许。"小厨房"在北京各类合居院落（即"杂院"，包括由大王府、旧官邸改成的多达几进的"大杂院"和由四合院构成的一般"杂院"）雨后春笋般地出现，大大改变了北京旧式院落的社会生态景观。这是我们在想象今天北京的四合院面貌时，万万不能忽略的。

我们所进入的这个四合院，目前除了张奇林家通了自用的自来水管外，其余各家都还共用一个自来水管，它的位置，在垂花门外面的西侧。进入冬季以后，为了防止水管冻住，每次放水前，要先把水管附近的表井（安装水表的旱井）盖子打开，然后用一个长叉形的扳子，拧开下面的阀门，然后再放水；接完水后，如果天气尚暖，可暂不管，以便别家相继接水；到了傍晚，或天气甚为寒冷时，则必须"回水"——先用嘴含住放水管管口，用力吹气，把从管口到井下阀门之间的淤水，统统吹尽（使淤水泄入到旱井中），然后，再关上井下闸门，盖上井盖，这样，任凭天气再冷，水管也不会上冻了。对于当今这样用水的成千上万的北京杂院居民来说，这里所讲述的未免多余而琐屑，但是，几十年后的新一代北京居民们呢？如果我们不把今天人们如何生活的真实细节告知他们，他们能够自然而然地知道吗？即如仅仅是60年前的北京，我们可以估计出来当时许多居民是买水吃的，但那卖水的情景究竟如何呢？可以方便查阅到的文字资料实在很少，我们往往需要通过老前辈的口传，才得以知晓其细节的。当年在北京卖水的大都是山东人，聚居于前门肉市街一带（那里的水井多且水质好），除了用小驴拉木质大水车往远处卖水外，还有用小木推车在近处卖水的。小推车两边各挂一只木桶，前面还有一副对联："一轮明似月，两腿快如风"。最有趣的是横批："借光二哥"。为什么不写"借光大哥"呢？因为都是山东人，忌讳"武大郎"。了解了这些细节，当年北京市民的生活图景，便凸现在我们眼前。我们从中所体味到的，绝不仅仅是当年人们的生活方式，而是一种特定的文化发展阶段的剖面观——是的，我们对"文化"这个词汇的理解应当超出狭义的规范，实际上，一定的生活方式，它所具有的所有细节，便构成一种特定的文化，不仅包括人们的文字著述、艺术创作，而且包括人们的衣、食、住、行乃至社会存在的各个方面。

现在我们走进了钟鼓楼附近的这个四合院，我们实际上就是面对着20世纪80年代初北京市民社会的特定文化景观。对于这个院落中的这些不同的人们的喜怒哀乐、生死歌哭，以及他们之间的矛盾差异、相激相荡，我们或许一时还不能洞察阐释、预测导引，然而在尽可能如实而细微的反映中，我们也许能有所领悟，并且至少可以为明天的北京人多多少少留下一点不拘一格的斑驳资料。

生活，在这个小院中毫无间断地流动着。1982年12月12日这一天已经进入了下午。我们已经认识的那些人物远未展示出他们的全部面目，而新的人物仍将陆续进入我们的视野。世界·生活·人。有待于我们了解和理解的真多啊！

20. 一位女士的罗曼史。她为什么向一位邮迷要走了一枚"小型张"？

詹丽颖怀着一种沾沾自喜的情绪，离开了她的住房。对面薛家又来了许多贺喜的人，屋里已经装不下，有的只能簇拥在门口，门内传出阵阵哄笑的声音。詹丽颖轻快地走出了院门，院门外，三轮摩托车已经开走，但又架满了一溜自行车。

詹丽颖朝胡同外走去，她往位于鼓楼前大街东侧的"春茗茶庄"而去，那茶庄在方砖胡同和帽儿胡同之间的街面上，紧挨着大华玻璃商店。詹丽颖说是去买茶叶，其实，那不过只是一个脱身的借口——她是有意让嵇志满和慕樱两个人单独在一起聊聊。

詹丽颖自摘掉"右派"帽子之后，早就时不时地自充"红娘"，揽管这一类的闲事。有管成的例子，有先管成后闹散而管不起的例子。不管哪一例，在詹丽颖来说，都能从中获得一种心理上的满足——她不把自己那过热的心肠和过剩的精力投入到这类无私地为别人牵线或调解的活动之中，便简直活不下去。这也许是她的一种天性。

给嵇志满介绍对象，对她来说可绝非"管闲事"的性质。嵇志满是她大学时的同学，虽然不是一个系的，但在周末舞会上一起跳过舞，颇为熟识。嵇志满毕业后分配工作不佳——到中学当了一名数学教员。后来他们各有各的命运，双方近乎相互忘却。这两年他们才又挂上了钩——詹丽颖找他，原是为爱人调动的事，找他打听一下北京中学里是否确实缺乏外语师资；嵇志满对詹丽颖的出现淡然处之，詹丽颖却对嵇志满仍旧独身无家的境况大为惋叹，于是她不管嵇志满主观上是否有那种要求，热情得有如"东来顺"里涮羊肉的特号火锅，积极地给他介绍起对象来。她很快便发现，前些时换房换到这院西屋的那位慕樱女士，便是最值得与嵇志满撮合的理想伴侣——尽管慕樱离过婚，但她并无老人、孩子的牵挂，本人也是受过高等教育的知识分子，目前在一个国家机关的医务室当大夫；看上去那形象颇有点像当年的电影明星王丹凤，穿着极为雅洁脱俗，稍加接触，便觉得她性格也温柔可爱；她因现在独身一人，不愿为生火做饭浪费光阴精力，所以时常就在单位食堂就餐，在医务室中就宿，她在这院里的那间西屋，经常是"铁将军"把门；她既是新近迁来，又不常回家，所以院里的人们对她几乎都不熟识，唯独号称"见面熟"的詹丽颖，不仅当人家回家时毫不客气地跑去串门，更几次把人家生拉硬拽到自己家中做客，结果在詹丽颖的主观意识上，她与慕樱已堪称"一见如故"。

当她兴冲冲地找到嵇志满，不歇气地一连鼓吹了半个小时的慕樱，终于因口干舌燥而停下喝茶时，嵇志满不由得一边握着圆形梳子梳理着稀疏的头发，一边提出了一系列问题。他提问的语气和节奏是平缓迟慢的，詹丽颖的驳辩却激昂急促——

"你说她那个姓，不是穆桂英的穆，而是羡慕的慕，怎么姓得这么怪？她要姓慕容，叫慕容樱，倒还可以理解，《百家姓》上有慕容这么个复姓……"

"哎呀，姓名不过就是个符号嘛。坐标系的横轴为什么非叫 XX′，竖轴非叫 YY′ 呢？"

"她为什么同她那丈夫离婚呢？她原来那丈夫，是干什么的？"

"据她自己说，确实是因为双方性格不合——那是个狂躁型，打过她的。明白了吗？打人的！她那原来的丈夫在一个街道医院的药房里管发药。他俩是好说好散的，孩子她让给了男方。"

"这位慕樱女士一定是位眼光很高的人物。我不过是个穷酸的中学教师，怕很难进入她的视野。"

"你干什么妄自菲薄？你现在已经是名牌中学的三级教师，怎么还说穷酸？而且，财经学院不是还要调你去吗？你去了，只要开课，把课时上满，评个副教授还不是易如反掌？"

"你知道这件事上我自己兴趣并不大，我在中学待惯了。这间宿舍也住惯了。而且，说到底，我一个人过，也过惯了。"

"可你将来老了怎么办？就退休在这间屋里？！你该找个伴儿了，慕樱是个多么理想的伴侣啊！"

"听你的形容，她漂亮得就跟王丹凤似的……这屋里有镜子，我常照，我知道我自己什么模样……"

"嘿呀！你还不知道我这个人吗？我形容起什么事来，总是夸张的嘛！她哪里真有王丹凤那个水平呢？她只不过是会打扮，头发做得好，另外，眼睛比较大，嘴唇比较富于表情，有那么点神韵罢了！其实就她的个头来说，还有点偏矮呢！再说，你哪里懂得我们女人家看男人的眼光，那种油头粉面的'奶油小生'，没有几个女人喜欢！像你这样，个头一米八〇，肩膀宽宽的，脸上有棱有角，男子汉气概十足，就算有点谢顶，才不难看哩！我就知道慕樱她心目中所渴求的，恰恰是你这样的富有成熟感的男子汉……"

"啊呀，你这不又夸张了吗？要是我真那么可爱，你不先要来追求我了吗？你爱人在四川知道了，不得跑来找我决斗吗？"

"你这个人呀，急死人！我不跟你废话了。你说吧，见不见？"

"我想，还是不见的好。"

詹丽颖听到这儿，真的生了气，一摔门走了。

但这只是她头一回去动员的情景。她这个人其实是最不记仇的——何况对于嵇志满也无仇可记。嵇志满不仅于她无仇，而且于她有恩——她爱人调动的事，由于有嵇志满从中活动，越来越有眉目，嵇志满所在的那所中学，数学教员有余而英语教员紧缺，因此同意上面教育部门将嵇志满调到财经学院而接收詹丽颖爱人……原有的热心加上报答的情绪，詹丽颖一而再、再而三地去动员嵇志满，最后嵇志满总算答应下来——这个星期日中午到她家，与慕樱见上一见。

其实，推动嵇志满去见上一见的"原动力"，是詹丽颖偶然提及的一个情况：慕樱也是个集邮爱好者。在嵇志满的精神生活中，集邮已经成了极其重要的一块美妙园地。不懂得集邮的人，是很难理解这一点的。

因此，按事先的约定，他到詹丽颖家时，是带着两本集邮册去的——那当然只占他全部收藏的十分之一。那是两本"机动册"——即专门用来与别的爱好者交流的。一册插着挑出来供鉴赏的邮票，另一册插着专供与别人交换的邮票。

詹丽颖为组织这次会见，头一天便去西单绒线胡同的"四川饭店"装回了一只樟茶鸭子，储了冰箱，并制成了一大钵火腿沙拉。她为这天的午餐，拟订了一个"中西合璧"的食谱：先上一道奶油番茄汤，她冰箱中有奶油粉和番茄酱，到时候一调一烹即成；随后上火腿沙拉，大家喝"味美思"酒；然后上热好的樟茶鸭子，用盘子上米饭，叉筷并用；最后，她还每人供应一份自制的水果冰激凌。因为这一餐菜肴大都早已是成品和半成品，所以她早上得以"懒起画蛾眉，弄妆梳洗迟"，并且还有参与薛家迎亲事宜的闲心。当嵇志满和慕樱两人先后悄悄来到她家以后，她手脚麻利地几下就开出这顿别具风味的午餐——当中她还点缀以泡菜，并且更以多余的热情和精力，端出一盘跑到对门婚宴上去增添了一点花絮。

席间嵇志满和慕樱都由衷地赞美詹丽颖对这一餐的精心设计。慕樱由樟茶鸭子说到饮食疗法，提及前些时在崇文门大街"蜀乡餐厅"新添的滋补膳食，所谓"食借药力，药助食威"；她极为内行地闲闲道及了诸如白果排骨、杜仲腰花、枸杞雪花鸡、香砂牛肉丝等的滋补对症；嵇志满则由广东人入席也先喝汤后吃菜、与西餐程序相靠，说到近代史上西方生活方式——实质上也就是西方文明——的逐步渗入，由此又论及所谓"西学东渐"所遇到的"合理反抗"和"无形消融",以及通过大胆、主动吸收西方文明的精华,在强健、发展我们民族固有文明的基础之上,出现一种崭新的中华文明的可能性……詹丽颖看着、听着、张罗着,心想:"这不是最最理想的一对么?真是天作之合!"及至餐后喝咖啡时,不用她引导,稽志满便与慕樱坐拢一处共同鉴赏议论邮票的情景一出现,她便借口家中没有茶叶了,需要立即外出采购,飘然引去。

其实詹丽颖所获得的印象,全是错觉。她这人一生不能知己,更不能知人。

她对慕樱的了解,严格来说,几乎等于零。

慕樱是怎样一个人呢?

凡知道慕樱底里的人,大率分成尖锐对立的两派,一派视慕樱为时代潮流的峰尖人物,觉得她的头上几乎有着一个灿烂的光环;另一派则视慕樱为不齿于人类的狗屎堆,一提及她的事情,便怒不可遏。

慕樱的出现,以及知情者围绕她所产生的激烈争论,的确是北京当代社会生态景观中万万不可忽视的一隅。

也许将来的北京人,对她这样的人物不会觉得有什么新意,并且丧失了争论的兴致和必要;但是,他们至少应当知道,这一切究竟是怎么曾经从波层下面,涌升到浪尖之上的。

慕樱原来不叫这个名字。她出生在南方一个僻远的小镇上。1958年春天,正当她即将中学毕业的时候,她在报上读到一篇几乎占据一整版的通讯。通讯介绍了一位那个时代的英雄人物——抗美援朝战争中的残疾军人,拿出自己的全部复员费,白手起家,在北京一条胡同中办起了一个街道工厂。他领导着一群原来的家庭妇女,和一些街道上的残疾人,生产出了极其有价值的产品,放了"卫星"。

慕樱永远记得她头一回读到这篇通讯的情景,那是午休的时候,在校园中的一株老桑树下,熟透了的桑葚偶尔落到报纸上,留下一些殷紫的印迹。通讯写得好极了,用了散文诗般的语言。配合通讯,登出了那位英雄的照片。慕樱久久地望着那张照片,她毫不犹豫地生出热烈恋慕之心。她是校广播站的广播员。下午两节课后的"听广播时间"里,她向全校师生朗读了那篇通讯,朗读中她的眼泪几次落到报纸上,与那桑葚的印迹混在一起。她那天的声音特别富于感情,通过她的声音,这篇通讯使不少师生双眼潮湿,深受感染。

那是一个真诚的时代。至今回忆往事,慕樱仍旧寻觅不出自己内心中哪怕是一丝一毫的虚伪。她当晚就给北京的英雄写了一封长信。她先打一遍草稿，修改后又工楷誊抄，临到落款的时候，她署上了"慕英"两个字。第二天早晨上学的路上，她郑重地把这封信投入了供销社门口悬挂的绿色邮箱中。她记得很清楚，因为她那封信太厚了，以致往里投放时不那么顺畅。细细考究起来，她那封信其实是超重的，她没有贴足邮票——然而邮局并未退还给她……她一生的命运，竟从此出现了一个巨大的转折。

十天后她收到了英雄的来信。信很短，但内容非常扎实。体现出了英雄的谦逊热诚以及对中学生们的关怀鼓励。因为她去信时在信封上写下了自己家庭的住址，所以这封寄给"慕英同学"的回信准确无误地到达了她的手中。她立即把信拿到了学校——她记得，跑向学校的中途，她因为过于激动，竟摔了一跤。英雄的回信当天便被公布在了黑板报上，构成她家乡那所中学历史上最为轰动的一件事。

由此她同北京的英雄保持了通信联系。不久，报纸上登出了关于那位英雄的第二篇通讯。还是原来那位记者写的。依旧是散文诗般的语言，但更细腻也更动人——大约因为英雄的主要业绩上次已经写完，这回主要是写他如何克服个人生活上的困难。尽管通讯也写到周围人们对他的关怀照顾，但给慕樱印象最深的，却是他晚上回到家里，自己给自己缝补衣衫的细节——因为他左眼残废，右眼视力也不佳，引线穿针常常要重复几十次上百次才能成功……仅仅这一个细节，就足令慕樱时时在眼前幻化出英雄那既令人崇拜又令人怜惜的形象，她自然而然地在下一封信中向英雄表示：她愿飞向他的身边，照顾他的生活，并贡献出她的一切。

她没有想到英雄会很快地给了她那样一封回信——约她到北京见面。她吃了一惊，因为她本以为自己不配。绝对不配。然而她去了。家里人和母校的代表把她一直送到了百里以外的火车站，在一种腾云驾雾般的感觉里，她抵达了北京前门火车站，在站台上等着她的是报社的编辑和那位写通讯的记者。她最早的一封信本是寄给报社，由报社转给英雄的。现在英雄把接待她的事宜也委托给了报社。

她觉得自己在幸福的海洋中游泳。绚丽的印象纷至沓来。住招待所，瞻仰天安门，参观那家出名的街道工厂，出席"城市人民公社"的一个赛诗会……对她来说都是崭新的人生体验。当然，最高潮的是与英雄的会见。英雄对她一见钟情。尽管她刚刚18岁，尽管她户口还在外地，尽管英雄比她大了整整 12 岁……英雄向她正式求婚，她毫不犹豫地应允。于是，一路绿灯——房管所立即给英雄换了最好的房子，她的户口顺利地转到了北京，报社和工厂联合为他们举办了隆重而光彩的婚礼；而婚礼后的第八天，报纸上便登出了那位记者所写的第三篇通讯，散文诗般的语言传达出更能撩人心弦的魅力，这回配发的照片上，是她正在英雄身边为英雄缝补衣衫。

她死心塌地地跟英雄过。她感到满足。开头，一些单位请英雄作报告，她陪着他去。她分享着他的荣誉。后来，英雄身上未除净的弹片引起了胸膜炎，住院治疗，她在陪住照料之余，只身应邀到幼儿园、小学校一类单位，代替英雄作报告，她简直是独享了他的荣誉。英雄得到了最好的治疗，康复回家了。英雄虽然一目失明、身有残存弹片，并且一条腿稍跛，但体质仍然相当健壮。不久他们有了儿子。国家进入了三年困难时期，相对来说，他们并不怎么困难。他们享受着一定的特殊照顾。生活好像永远会那么幸福而平静地流淌过去。

但是，她逐渐产生了继续学习的想法。英雄真诚地支持她。孩子送进了街道托儿所，破格地提前享受了全托。她被保送到了医学院。然而，万没有想到，在医学院里，她的生活由渐变到突变，又有了一个惊人的转折。

回首往事，她感慨万端。最初，她是学校里最老实、最用功也最受尊敬的学生。她本不是正式考入的，底子薄，理解力一时跟不上，学习非常吃力。在学校里，除了课堂、试验室、图书馆、宿舍，她几乎哪儿也不去。一到星期六下午，她便回家。星期日她准时返校上晚自习。一板一眼，丝毫不乱。

但她终于有了变化。从哪一天、从什么事情上变起的？说不清。或许一切都是从那件紫罗兰色的布拉吉引起的？同宿舍的金鹂鸣，是个上海人，聪敏伶俐，精力过剩。有一天她自己缝制成了一件紫罗兰色的布拉吉，请慕樱替她试穿一下，她好从旁观察，以便进一步加以改进。她俩身高、体态相差不多。慕樱手里拿着讲义，温驯地穿上了，继续背讲义，而金鹂鸣把她转来扭去，不时用别针别住这里、那里。突然，金鹂鸣走远几步，双手在胸前一握，惊叫起来："慕英——天哪！"

慕樱吓了一跳，讲义掉到了地下。莫名其妙之中，金鹂鸣已经把她拉出了屋子，一直拉到楼门口的大镜子面前，激动地朝镜子里指去——慕樱永生永世难忘那关键的一瞥：那是一次震撼、一次启蒙、一次"创世记"、一次"失乐园"——她第一回发现了一个原来隐蔽着的自己！她原来竟可以显得那么婀娜多姿，那么光彩照人！偏巧一些路过的同学好奇地围了过来。金鹂鸣爽性进一步为慕樱调整了短发的样式，并且当场让另一位同学脱下了半高跟皮鞋，让慕樱换上——周围的同学们不约而同地爆发出了一阵欢呼和惊叹……

对于金鹂鸣她们来说，这个晚上一过，这件事便也撂到脑后了。慕樱呢？她似乎也撂在了脑后。她依旧穿她的短衫、长裤，她的带扣襻的布鞋。但她心上却仿佛蹿出了一片春草，那是原来所没有的。回到家里，当她意识到自己在大衣柜的穿衣镜面前有较长的停留时，她脸红了。

隔了很久她才穿上了第一件自己的布拉吉。英雄毫无反应——既没有赞赏也没有皱眉。金鹂鸣为她的那件布拉吉进行了细致的加工。慕樱像小偷一样，跑到楼门口的大镜子面前，左觑右望，证实无人，这才匆匆然而又死死地照了一会儿镜子。

她依然非常用功。同学们也依然把她视为一位特别值得尊敬的同学。

又是一个星期六，金鹂鸣拉她去看一个画展，她犹豫了一下，跟着去了。在美术馆里她和金鹂鸣走散了。她竟颇为惶惑。结果遇上了葛尊志。她当然认识他——他是系团总支书记，经常在系里的团员大会上作鼓动性的发言。他自然也认识她，并且首先表现出对她的尊敬和关怀——他发现她似乎对造型艺术非常隔膜，便陪着她从一个厅到另一个厅细细地参观，结合着对一些重点画幅的讲解，巧妙地向她灌输了一整套的美术知识。出了美术馆，他耐心地把她送到了电车站，并一直看着她上了车，这才离去。

她一幅画也没有记住，却记住了他那天的言谈风貌。

从外人看来，一切都变化得很快。从她自己来说，一切变化都是极其缓慢的、不知不觉的。她有一天在家里，惊讶地发觉，她头一回受不了英雄嘴里的蒜味，而他从来都是每餐必吃生蒜的呀。她劝他不仅每天早晨要刷牙，每天临睡时也要刷牙。不知为什么她的语气反常地强硬起来，而他头一回同她有了争吵。有一个星期六她没有回家。金鹂鸣劝她参加学校里的周末舞会——其实以前金鹂鸣也劝过，而这一回只不过是重复以前的话语，并没有采取什么特殊的"勾引"手段，慕樱竟破例地穿着布拉吉去了。她本来对自己说：我坐坐、看看就走。可是她一坐便坐了很久。她为自己以前从不参加这种活动而感到惊奇。当她看到葛尊志彬彬有礼地邀请别的女同学当舞伴，并同那女同学游云般地飘动在舞池中时，她心上生出了一种过去没有体味到的心理。后来她才知道，那就是嫉妒。外系的男同学走过来邀她跳舞，她生硬地加以拒绝，同时感到羞愧。

又一次期考过去，她成绩中平。金鹂鸣塞给她一本美国小说《红字》，劝她"松弛一下"。她一口气读完，不禁格外紧张。她开始自己到图书馆借阅小说。读了《青春之歌》，她再看见葛尊志，总觉得他就是卢嘉川。

回到家里，她感到气闷。她讲的，他不感觉兴趣。他讲的，她也不感觉兴趣。

那位记者当年所写的三篇通讯，早已被广大读者忘怀。新的英雄层出不穷。而她丈夫所领导的那家街道工厂，因为产品已无销路，又逢精减潮流，并入了另一家街道工厂，丈夫担任了那个厂子的副厂长，刚一去，就与正厂长闹上了矛盾。

正当她的视野迅猛扩展时，他的光彩却急剧暗淡下来。不是他们自己，而首先是邻居们，开始提出了这样的问题：他们是否般配？他们是否能够长久？

后来爆发了第一次伤感情的争吵。导火线是一桩琐屑而无聊的事。

她故意连续两个星期六都没有回家。她开始觉得往昔的荒唐。她竟愚昧到不能区分崇拜和恋爱，献身精神和满足情欲，阶级情谊和夫妇之乐。她可以让一个思想品质高尚的英雄支配她的精神，她凭什么非得让一个独眼跛腿的粗笨男子占有她的身体？

她在大食堂里勇敢地凑到了葛尊志身边，并且以必被羞辱而不悔的气概，请他陪自己参观一个新的美术展览会。对方既非受宠若惊，也未怫然拒绝，而是近乎漫不经心地应允了。

她同葛尊志来往渐渐频密。她实实在在地爱上了他。

有一天傍晚，她从图书馆出来，突然看见葛尊志同另一位女同学颇为亲密地走在一起，并且顺着甬路朝小树林那边缓缓而去。她的心仿佛被揪了一下。她本能地转到一株大树后面，佯装在那里默诵外语，其实是监视着葛尊志和那位女同学的行动。葛尊志倒背着手，那位女同学手里摆弄着一枚树叶，在小树林边上走过去绕过来。似乎谈得十分惬意，那景象在她心中煽起越冒越高的火苗。夜色苍茫中，葛尊志同那女同学终于顺着甬路走了回来，并且在一个小岔道上分了手。

她不记得自己是怎样走到了葛尊志的面前，发出了怎样的质问，并且也不记得葛尊志是如何向她解释的——单记得葛尊志脸上那惊诧莫名的表情，那表情犹如一面雪亮的镜子，照出了她非破釜沉舟不可的处境……她也不记得是怎样把葛尊志引回了小树林，走入了小树林深处，单记得他们两个面对面愣愣地站定后，葛尊志问她："慕英同志，你怎么了？"她竟陡地扑上去搂定了他，歇斯底里地说："我要你爱我！我要我要我要……"葛尊志先像化石般僵住，随后便把她的胳膊解开，让她站回去，声音颤抖地说："那怎么行！那怎么行！"可是，当他们四目电光般交击后，葛尊志却又陡然扑过去搂住了她，吻着她的额头，喃喃地说："行行行行……"

事情败露了。葛尊志被开除出党，自然不仅革除了团总支书记职务，而且从此中止了他那原本颇为辉煌的前程。甚至还株连到金鹂鸣——她受到团内警告的处分。系里乃至院里的领导轮番找慕英谈话，指出她是受到了腐蚀，她应当立即从迷误中醒悟过来，并使她同英雄的感情"恢复到历史上最高水平"。

这时候已面临毕业分配。突然出现了校方未预料到的局面，英雄主动提出来同慕英离婚——这恰恰是她提出过而校方根本不予支持的请求。英雄毕竟是英雄。

至今慕樱还感念他这一点。她不爱他，但她永远尊敬他。是他给了她一个进入更广阔的天地的机会。他们好说好散，孩子给了英雄，她不要。她什么也不要。

葛尊志分了一个最坏的工作——到一家街道医院药房管配药和发药。她分的也好不了多少——到另一家街道医院看门诊。

他们在一片舆论谴责中结合了。她改名为慕樱。他们只有一间小小的住房，经济上相当拮据。但在她来说，失去的毋宁说是沉重的包袱，获得的分明是情爱的满足。不久便开始了"文化大革命"。他们这只小小的爱情航船，客观上不在漩涡的中心，主观上又格外小心地回避，得以较为平稳地向前浮动。他们有了一个女儿。虽说是"贫贱夫妻百事哀"，倒也还能不断地"柳暗花明又一村"。葛尊志自己动手，盖起了"小厨房"，又打出了满堂的家具。他的那些美术知识，点点滴滴地溶解在了建设小家庭的事业中。邻居们谁也想象不到，他当年曾是大学一个系里的团总支书记，能够坐在麦克风前面，用江河奔腾般的话语，把一年级新生的双眼逼湿。邻居们都说他是"家庭妇男"——连饭也基本上由他来做。慕樱得以有大量的时间读书——都是从熟识的患者那里借来的，当时违禁的西洋古典小说。当葛尊志在院子里为新打成的酒柜上漆时，她也许正坐在躺椅上读没有封皮的《简·爱》；当葛尊志正在厨房中照着菜谱炒鱼香肉丝时，她也许正仰靠在沙发上，手里捏着一本刚读完的《娜娜》，闭目冥思……她确实非常满足，而且是一种开化的满足——包括性生活的满足。慕樱再回想起同英雄度过的那些夜晚，不禁毛骨悚然。谢天谢地，她斩断了应当斩断的，拴系了应当拴系的。

记得是 1975 年初冬的一天上午，慕樱懒洋洋地应付着门诊，当她叫到齐壮思这个名字以后，从门外走进来一个人——她第一眼看到他，便不由眼睛一亮。她过眼的人多矣，而像齐壮思这样的人，还是头一回置身于她视野的最前方。

这是一位六十来岁的男子汉。身材魁梧，五官充满阳刚之气，这倒也还不算什么，最让慕樱一下子产生类似触电那种反应的，是他体态、气度中所体现出的一种尊贵的威严。那是无论那位独眼的英雄，还是葛尊志，以及她所接触过的其他男人，都不具备的。她本能地感觉到，这是一位有着特殊身份的人物——他按说是不应当到这湫隘简陋的街道医院来就诊的……

慕樱早就习惯于那样工作：连头也不抬地问一声："你怎么啦？"患者还没说完，她便不耐烦地命令："把衣服解开！"给患者前胸后背潦草地听诊了不足一分钟，不容患者把向她提出的问题说出口，便从消毒杯中取出压舌板，命令患者："把嘴张开！"然后把压舌板惩罚式地往患者舌头上一压，潦草地用手电筒照照、望望；然后，不管患者是继续自述病情也好，向她询问自己的病究竟是怎么回事也好，求她开出某几种想要的药也好……她一概不听不管，刷刷刷地开上了处方，并且签上了可以猜测为任何符号的名字，"刺啦"一声撕下来，递给患者；然后无情地对门外呼唤："54 号——×××！"

面对着齐壮思，她不由得自觉自愿地改变了既往的作风。她详尽地询问、仔细地听诊，还让他躺到高脚床上——再叩按他的肝脾……并且给他开了各个项目的化验单。

临末了她对齐壮思说："眼下看来您只是上呼吸道感染……"

齐壮思抬起一双浓眉，问："还没有转成肺炎吗？"

她肯定地说："没有。不要紧的。您来得及时。再拖一拖就难说了。"

齐壮思沉稳地向她道谢，出去了……

中午吃饭的时候，她打听出来，齐壮思没有做任何一项化验，他只是取了处方上的药，便离开了医院，而且，他没有公费医疗的"三联单"，他是自费来看病的。

她朦胧地期望着他再来看病，他却一直没有再来。然而她终于打探到了他的身份——他是一个经历多次批斗的"走资派"，现在还"挂着"，目前住在附近他大女儿家中，因为已不能享受医疗上的特殊照顾，也不愿到公费医疗关系的医院露面，所以有了病便扛，扛不过便自己到药房买药吃，实在觉得有可能转成大症了，这才跑到街道医院来自费门诊……

既然他就住在街道医院附近，总该能够遇上他的……在有意与无意之间，一个晴和的冬日里，她果然在一处街角的人行道上与他迎面相遇。齐壮思穿着一件旧损了的黑呢子大衣，脖子上围了一条又厚又长的灰蓝色毛线围巾，仿佛正在无目的地散步……慕樱主动叫住了他，他先是一愣，然后认出了她来。她询问了他的身体状况，劝他还是去进行各项化验，并且关心到他的饮食起居……末了她问他住在哪里，表示自己可以义务地到他家里为他定期进行检查。他蔼然地婉谢了——没有告诉她他的住处，他们便分手了。他们其实什么正经话也没说，但不知为什么，这次邂逅给慕樱留下了不可磨灭的印象。后来回味起来，她竟觉得他们似乎谈了很多很多……

几个月后，出现了"天安门事件"。起初，仅仅是出于好奇，她同葛尊志去天安门观览了那壮丽的场面——他们头一回去时，看到的还仅仅是各种各样的花圈挽幛，还没有出现单纯的诗词。他们的感情与广场上的气氛相共鸣。后来，慕樱自己去了两次。开始出现诗词了，头一批诗词紧扣悼念周总理这个题目，文句上推敲得也比较仔细，看见别人拿着小本抄，慕樱自己也忍不住掏出纸笔，抄录了几首读来最能动情的。她回到家里，把抄来的诗词读给葛尊志听，葛尊志说好。

但广场的诗词在那几天里不仅以几何级数增加着，而且迅速溢出了单纯悼念周总理的范畴，开始有越来越露骨地抨击江青、张春桥之流的文字——有的出于激愤难遏，已完全谈不到是诗词，而成为赤裸裸的诅咒。按系统下达了上面的指示——不要再到天安门广场去。葛尊志是出于怯懦？出于麻木？他不再去。慕樱是出于勇敢？出于激愤？她照常去。在这场人民悼念周总理的活动被镇压的前两天，慕樱在天安门广场的人丛中遇到了齐壮思。她点头招呼了他。他便也点头招呼了她。他们不即不离地在广场上转了一周。后来，齐壮思顺着东单方向走去，慕樱尾随着他。当齐壮思拐进正义路街心绿地时，慕樱快步撵上了他。齐壮思微笑地望着慕樱，两眼闪着锐利的光，仿佛要穿透她的心肺。

慕樱把自己抄录的一整册天安门诗词递到他的手中，对他说："我知道您怕有人专门盯着您，您活动不像我这么方便——您没抄，我差不多好的全抄了，您拿回家看去吧！"

齐壮思接过了她的那个红皮笔记本，坐到旁边的石凳上，从怀里取出老花镜戴上，立即展读起来。她听见他喃喃地赞叹说："人民！人民！"

可是齐壮思没有读完，便把那个本子还给了她，对她说："谢谢你——你留着吧。我儿孙们也抄了，也会给我看的。"

齐壮思摘下眼镜，收进怀里，沉思着。

慕樱问他："可是他们眼里根本没有人民——人民又能怎么样呢？"

齐壮思站起来，依旧沉默着。后来她才理解，正义路边上就是公安部。

齐壮思继续朝东单走去，她随他朝前走，齐壮思终于打开了话匣子。他给她讲哲学，讲历史唯物主义。他的话言简意赅，鞭辟入里，虽然没有实指，却句句都有最具体的针对性。末了他对她说："不管出现多少艰难曲折，归根到底，决定历史发展趋向的，还是人心的向背。春天到了，花总要开的。"

她怀着昂奋的心情回到家里，葛尊志正在擦他的皮鞋，满屋子弥漫着一股浓烈的鞋油气味。那双皮鞋是他们结婚时购置的，全牛皮，三接头，葛尊志几乎每个星期总要细心地擦拭一番——不管是穿了，还是没穿。明明已经擦得很光很亮，葛尊志却还要一再地用一块不知从哪儿找来的麂皮，细细地一分一分地挪动着揉擦。这情景往日慕樱都能忍受，这天却突然觉得触目惊心，她不由得一进门就责备他："你怎么搞的？你就没有别的事可干吗？——你知道天安门广场那儿有多少人在忧国忧民，在勇敢抗争吗？你怎么这么麻木，这么庸俗！"葛尊志仍旧耐心地擦拭着，淡然地说："我怎么不知道。可那又有什么用呢？不是已经通知不让去了吗？你也少去惹麻烦吧！"慕樱激动得一把从他手中抢过了皮鞋，猛地朝屋角拽去……

但是他们没有就那么破裂。个人生活在接踵而来的大起大落、大转大折的社会变化中匆匆流逝……

回顾这以后的那段生活，慕樱越发觉得自己问心无愧。同许多人抨击她道德上堕落相反，她觉得她自己在感情上已完全成熟。

如今她不相信简单的直线式的因果论。一个人是不可能事先拟定好一个既定目标，然后沿着一条直线达到目标的。人们所达到的目标，往往并非他的初衷。决定一个人命运走向的，往往是一批复杂的矩阵因素。混乱中产生出秩序，不自觉中升华出悟性。

粉碎"四人帮"以后,一个炎热的夏日,她匆匆地到王府井大街"中央普兰德"洗染店去取一套衣服。隔着玻璃门,她忽然在人丛中看见了那位英雄,以及他和她的已经长大的儿子,还有一位肥硕的妇女——从三个人一同前行的姿态上,不难判断出她是何人——慕樱心里一阵悸动。多少往事涌回了心头。她热爱过那位英雄,那位独眼、跛腿的英雄。现在他戴着一副墨镜,似乎干缩、伛偻了,走路也更加吃力。她回想起那张使她认识他的报纸,那个历史性的中午,以及那棵大桑树和桑葚在报纸上染出的股紫的印迹。他们两个谁捉弄了谁呢?……

她更久久地注视着她的儿子,我的天,马上就要高中毕业了吧?她竟会有那么大的一个儿子!……都说她心狠,她自己也承认:她似乎缺乏妇女应有的天性——母爱,然而缺乏并不等于没有。她望着那五官酷似英雄的儿子,眼里涌出了泪水。

又有一天,已经入秋了,那时候盒式录音带刚刚流行,街上常有年轻人提着录音机,哇啦哇啦地一路响过来。邓丽君的流行歌曲,"阿波罗"的电子乐,气声演唱法,电子震荡形成的蛙音……构成了那一阶段的特定气氛。就在那样一种气氛中,慕樱在前门外新大北照相馆门口遇上了多年不见的金鹂鸣。金鹂鸣首先尖叫起来,然后搂住她在人行道上转了一圈。她心里一阵内疚,金鹂鸣为她受过处分,而且影响到后来的分配——可是她还没有开口说出致歉的话,金鹂鸣却已经挽住她的胳膊滔滔不绝地同她叙起了旧来。金鹂鸣把她拉到了"老正兴饭馆",登上二楼,点了两个上海风味的名菜,同她边吃边聊。原来金鹂鸣现在根本不认为当年出现的事态是灾难与不幸——她笑嘻嘻地说:"对于我来说,他们是把鱼儿扔进了水里!"金鹂鸣毕业后被分到了一个部里的医务室当大夫,这虽然断绝了她医学事业上的前程,却使她获得了相对的清闲与舒适。现在她就要调回上海,与她的爱人和孩子团聚——而且,她父亲,一位上海知名的工商业者,政策得到了落实,她家将重新享有一栋花园洋房,并且已经领到了一大笔"退赔"……她对现实心满意足。她邀请慕樱到上海去玩,全家都去,就住到她们家中,她将在著名的"红房子西餐馆",请慕樱全家吃番茄葡国鸡与法式烤大虾。她们快活地回忆起大学生活中那些有趣的细节,回忆到那件紫罗兰色的布拉吉,以及金鹂鸣拉着她跑到楼门口去照大镜子的场面……唉,生活啊生活,倘若当年没有那一些偶然的、琐屑的事件,慕樱的性格、心理、情思、向往……是不是会朝着另外的方向发展、变化呢？谁能说清！谁能？

　　这次重逢的结果，是金鹂鸣帮慕樱调到了那个部里的医务室，由她取代了金鹂鸣的角色。慕樱去报到不久，齐壮思便被任命为那个部的负责人之一。

　　现在指责慕樱的人，把她形容为一个阴谋家，硬说她之所以"混"入部医务室，是勾引齐壮思的计策之一。实际上确实不是那么回事。然而，慕樱却也认为，就算她确实是冲着齐壮思而去的，又怎么样呢？

　　一天，晚饭后，女儿到胡同里跟小朋友跳"猴皮筋"去了，慕樱本着上述原则，冷静地招呼葛尊志说："你坐下，我要好好地跟你谈一谈。"

　　葛尊志正在收拾碗筷，不经意地说："谈什么？再说吧——我先把碗洗了。"

　　"你搁下，一会儿我来洗。"慕樱的表情声调令葛尊志吃了一惊，"你坐下，我觉得不能不直截了当地跟你谈谈了……"

　　葛尊志坐到她对面，事到临头竟然还懵懵懂懂。

　　慕樱觉得她自己心里充满了最圣洁最高尚的悟性。她平静而庄重地对葛尊志说："我不爱你了。我曾经爱过你，我感谢你承受过我也许是过分热烈的爱，而且我永远不会忘记你为我作出的重大牺牲。可是，我现在不爱你了，一点爱情也没有了——"

　　葛尊志瞪圆了眼睛。这突如其来的打击令他目眩神昏。

　　"我知道你听见了我这些话，心里一定会很痛苦。可是我要是向你隐瞒这一切，那我就是不道德的……"

　　葛尊志嚷了起来："你怎么回事？我怎么你啦？"

　　慕樱冷静到残酷的地步，继续往下说："我们都应该冷静地面对现实。现实就是这样：我不爱你了，我爱上了另一个人，非常、非常热烈地爱上了另一个人……"

　　"你怎么可以？！"葛尊志仿佛被她当胸刺进了一刀，"你怎么干得出来？！你——"

　　"现在不是可以不可以的问题，而是面对着这个事实，我们应该怎么办？……"

　　葛尊志粗暴地大吼一声："婊子！"他的脸先涨得通红，然后变得煞白煞白，他激动地拍着桌子问，"他是谁？什么人？"

　　她便冷静地告诉他，是齐壮思。她扼要地把从几年前初次接触起，她对齐壮思的爱情的萌生、发展和达到炽烈的过程，讲了一遍。

　　葛尊志不能接受这个事实。他像发疟疾般浑身打战。这几年他感觉到了她对他的情意的衰退，包括她在他怀抱中的性冷感，但是他万没有想到她是在另外爱着一位部长级干部！

"你跟他……上过床啦？"葛尊志瞪视着慕樱，喘着粗气问。

慕樱却从容不迫地回答说："还没有。我甚至还没有正式向他表示。可是我相信他会爱我。你不要那么激动。你要懂得，我对他的爱，主要是一种精神上的爱，超出了一般的情欲，超出了生儿育女，安家过日子……"

葛尊志不等她说完，便伸出手去，重重地打了她一记耳光，并且咬牙切齿地咒骂她："不要脸！贱货！"

她高姿态地冷笑着，立即站起来收拾手提箱。葛尊志突然扑在桌上痛哭失声。

邻居们闻声赶来，乱哄哄地询问着、劝说着。慕樱觉得这些芸芸众生何足道哉，只是坐着冷笑。葛尊志被人扶着靠到沙发上，只是一阵阵咬牙，羞于如实讲出刚才所发生的事。女儿突然回到家里，看到这意外的景象，"哇"的一声哭了起来。

慕樱把女儿揽过去。当她抚摸着女儿头发时，心忽然软了下来——多亏了女儿这根线的维系，她当天没有出走。当晚她支开折叠床，睡在了厨房。第二天她委托同院的一位大妈多多看顾女儿，提着手提箱进驻了部里的医务室。

她在生活中又一次破釜沉舟。这一次她更坚决、更果敢也更无畏。当晚她敲响了齐壮思的家门。齐壮思新搬进那一套住房不久。他十年前就逝去了妻子。他的大女儿一家同他合住。保姆来开的门，慕樱被直接引进了齐壮思的房间，其余的人都没有注意她——几乎每天晚上都有这样或那样的人来找齐壮思，他们无法也无必要一一加以注意。

齐壮思对于她的到来，略略有些吃惊。但他心里还是欢迎的。齐壮思一上任就发现慕樱调到了部机关的医务室工作，他去取过药，随便地坐着聊过十分钟、一刻钟——主要是了解她本人以及她所听到的关于部党组工作的反映，也兼及一些临时想到的话题，如窗台上的蟹爪莲为什么开得不旺？慕樱家里都养了些什么花？等等。有一回部里在外地召开一个大型的会议，他点名让慕樱带着医疗箱也去了。慕樱几乎每天都要到他住房中为他量一次血压——当然也为别的老同志量，但给他量完后，慕樱总要多坐上一会儿，他也喜欢她多坐上一会儿。他觉得她提出的一些意见、建议颇有见地；她欢欣地捕捉着他言谈话语中那些闪光的哲理……她已经如痴如醉地爱上了他。他呢？他在搞改革，他的精神承载着太重的负荷，他没有时间和精力恋爱……因此也就没有察觉出她那蘑菇云般升腾膨胀的爱情。

然而齐壮思是一个七情六欲都很健全的人，他是一员"儒将"。他的文化修养很高。那晚慕樱走进他的屋子时，他正坐在案前鉴赏邮票！

慕樱难忘那晚陡然闪进她眼帘的镜头：微俯的头颅、浓密的灰发、宽阔的前额、斜柄长方形的放大镜、闪光的镊子、摊开的集邮册……

他请她坐，很自然地请她看他的藏票——她才知道，他早在解放区时就集邮，直到1966年上半年以前，大体上没有中断过。但"文化大革命"中抄家时把他的集邮册也一起抄走了，粉碎了"四人帮"后他已将此事淡忘，前些天却突然辗转归还了他的四大本集邮册，这天晚上他还是第一次忙中偷闲地"重温旧梦"。

"小慕你运气真好。你一来就赶上了眼福，"齐壮思慈蔼地对她说，"我这里有的收藏，海内外的集邮迷们都是巴不得坐飞机来望上一眼的……"

慕樱本已觉得齐壮思代表着一个更广阔、更深邃、更丰富、更诱人的世界，在这集邮册面前，她更坚定了这样的信念：她必须进入这个世界、享用这个世界……

她本聪慧，又有爱情作为海绵，短短的一个多小时里，问答谈话之中，她便吸收了大量的集邮知识。

她明白了什么叫盖销票、大全张、小本票、四联票、对开票、小型张、首日封、实际封……

齐壮思原来藏有数张光绪四年中国第一次发行的邮票——"大龙票"，现在集邮册里没有了。显然，是检查者认为"反动"抽出销毁了……她很快理解了齐壮思为什么会频频叹息。

她翻过一通以后，便懂得了什么叫专题集邮——齐壮思所列的专题真有意思，首先，有"艰辛的历程"，用一张张各个解放区的邮票，配合以新中国成立后发行的涉及革命历程和革命圣地的邮票，展示了从太平天国起义到中华人民共和国成立的全过程；其次，有"壮丽山河""艺术瑰宝""体育之光""五彩缤纷"……

她一页页翻着，一枚枚赏着，竟忘了所为何来。

电话铃响了。齐壮思拿起电话，他几分钟后便回到了改革的潮峰之中，搁下电话，他问慕樱："你来，有什么事吗？"

"我要离婚了——"慕樱对他说。

齐壮思不解地望着她。他进入不了情况。部里的工作人员离婚的事他不管。他只是本能地问："为什么？"

慕樱便直望着他，干脆地说："因为我不爱我丈夫了。我爱你。随你把我怎么样，反正我爱你。"

齐壮思明显地一惊，但那只是一种受到意外干扰的反应。他依然不失其固有的沉稳与威严。慕樱爱的就是这种气魄和风度。她恨不得立即把她的嘴唇贴到他的手背——其时齐壮思那只汗毛颇重的、肥实厚重的右手正搁在案子上；他用那只手的手指敲了敲案子，冷静地望着慕樱说："原来是这样。你回去吧。我没有时间和精力卷入这类的事情。请你务必克制一下，不要打扰我。"

慕樱从齐壮思家里出来以后，没有坐车，顶风一直走回了部里。她感激齐壮思的坦率。她理解他的处境。她并不企望他马上作出反应。她跟所爱的和所不爱的都说清楚了，她沉浸在一种自我道德完善的快感中。

几天后部机关里便传开了慕樱闹离婚的事，人们到医务室来看病取药时，表情大都十分不自然。有的女同志竟不但背后戳她的脊梁骨，还当面给她冷面白眼，她却安之若素，服务态度比往常更好。

最后她终于又一次离成了婚。她表示什么也不要。葛尊志倒主动去换房站，用他们那两间房（其中一间是葛尊志找人帮着盖起来的），换成了两处单间的房屋，她选择了现在这个四合院的那间西屋。她觉得自己又一次获得了解放，赢得了自由。

针对单位里许多人对她的訾议，她爽性利用一家刊物组织问题讨论的机会，寄去了一篇系统地阐述她的观点的文章。她坚定地认为：婚外爱情是合理的，爱情的多变性是由爱情这种东西的本质决定的；如果爱情消失了，那么再维系婚姻关系便是虚伪，是真正的不道德；要求爱情专一，是要求"从一而终"的封建礼教的陈腐观念；最严肃、最纯真、最道德的爱情，便是敢于爱自己真爱的，敢于对曾经爱过现在不爱的坦率地说出"不爱"，乐于迅速及时地脱离已经没有爱的关系；只要不是强迫性的感情关系，都是合理的，因而也都是道德的；离婚率与再婚率的上升，同居关系的公开化，不但不是"世风日下"的表现，恰恰是文明程度的提高……那篇文章被删去了一半，并显然是作为一种非正确意见"聊备一格"地刊登了出来；她因此收到了上百封读者来信，有一小半是骂她的，其余的都是声援与赞扬。

她在那篇文章里说："责备爱情的多变，就如同责备世界本身丰富多彩一样。一个关在屋子里不出去的人，他自然只能从狭小的天地去发现可爱的对象；一旦他走出了屋子，来到了田野，他必定会发现更加可爱的东西；而一旦他从平原登上了山冈，视野进一步得到拓展，他又必定会发现更高一级的美……随着视野的扩大、选择机会的增多，人们不断升华着自己的爱情，这是再自然不过的事。问题不在爱情的多变，而在对所爱的对象是否采取了胁迫的获取方式，对所不爱的妻子或丈夫是否能在尊重人格的基础上妥善地解除法律关系……"

慕樱离婚以后，她既不回避齐壮思，也不干扰齐壮思。她知道，过不了多久，齐壮思便会离休退居第二线。经历过对独眼英雄的盲目热爱，对葛尊志的世俗情爱，她升华到了对齐壮思的超凡的精神恋爱。她等着他。她觉得，他其实也在等着她。

她以积极认真的工作，蔼然可亲的态度，不计诟骂的大度，又渐渐中和了一部分人对她的厌恶。她觉得自己是一只凤凰，正在圣洁的爱情之火中涅槃。

她开始集邮。她特别注意搜集"文革票"和新票。对"文化大革命"前的旧票她采取慎重的态度。曾有人想以18张一套的特S44"菊花"票，换取她搞到的一张W2"毛主席万岁"票，被她拒绝了。对方很是吃惊，因为W2票并不是什么不得了的奇货，而凑齐一套S44"菊花"票谈何容易！她不收"菊花"票的道理其实很简单，因为她记得很清楚——他有。

尽管她很少回到小院那间西屋去住，并且尽量少同院里邻居们接触，结果还是逃不过詹丽颖的纠缠。既然詹丽颖并没有读过她发表的那篇文章，也不知道她的历史，更不真正了解她的现状，她好像也不必把自己的一切向詹丽颖公开——兼之詹丽颖跟她说，嵇志满这个人是个集邮迷，他们两人至少可以有集邮方面的共同语言，谈不成对象还可以交换邮票嘛，她才勉强答应了同嵇志满见一见的安排。说实在的，她不能同詹丽颖搞得太僵，毕竟他们现在是门对门的邻居。

詹丽颖买茶叶去了。慕樱相当内行地鉴赏着嵇志满带来的邮票，她对嵇志满带来的一套特S15"首都名胜票"大加赞赏，特别是嵇志满有一张异版天安门票，与一般的天安门票明显不同——它的画面上，天际有被晨光穿透的霞云。慕樱用嵇志满带来的放大镜对着那张异版天安门票看了半天。她微笑着对嵇志满说："去年这张票的国际价格已经达到了2500美元。"嵇志满吃了一惊："是呀，这一套的各张，包括一般的天安门票，始终都只是 6 美元一张。你也有国外出的邮票目录？你都有哪几种？"慕樱有，是她求金鹂鸣给她弄来的，金鹂鸣的弟弟已经去了美国，继承他们叔父的遗产。她微笑着告诉嵇志满："英国特威尔和铁尔雷尔编的世界邮票目录，美国斯克托编的中国邮票目录，港版杨乃强编的中华人民共和国邮票图鉴，我都有，所以知道一点。"嵇志满不由得油然生羡，他只有日本出版的一本，而且版本旧了一点。

慕樱姿态优雅地继续欣赏着嵇志满的藏票，轻声曼语地议论说："我们这样的人，集邮自然不是为了谋利；但是知道一下邮票市场的动态，倒也可以增加一点对政治经济学的领悟……"忽然她翻到了一整套 C94"梅兰芳的舞台艺术"，不禁怦然心动。这一套包括面值 4 分的梅兰芳便装照，面值 8 分的《战金山》和《游园惊梦》，面值 10 分的《霸王别姬》，面值 20 分的《穆桂英挂帅》，面值 22 分的《天女散花》，面值 30 分的《生死恨》，面值 50 分的《宇宙锋》，以及一枚面值 3 元的小型张《贵妃醉酒》。慕樱清清楚楚地记得，齐壮思偏偏没有那枚小型张，并且跟她叹息过："当年不知怎么搞得漏收了，将来离休后，一定要想方设法寻访出一枚来，哪怕忍痛用全套 15 张的'牡丹'去换……"后来慕樱查过国外出的邮票目录，前两年这枚小型张在国际市场上已升值到 500 美元，而全套"牡丹"也不过才 100 多美元；价高还在其次，你根本就难得见到，没想到这位嵇志满却有保护得极完好的一枚……

慕樱禁不住用放大镜对着那枚小型张出神。嵇志满从旁望去，颇有巧遇知音之感——詹丽颖也翻过他的集邮册，就全无此种内行眼光；他渐渐对慕樱生出更多的好感来，看来她这人确实不俗，知识颇为丰富，鉴赏力颇高，说话得体，举止娴雅……他开始有了进一步了解她的欲望，便问道："您的姓氏比较少见，您祖上就姓这个慕么？"

慕樱回过神来，敷衍地答道："啊，不，这名字是我上大学的时候乱取的……一时的兴致……"

嵇志满问："您能不能把您藏品中的精华，也让我饱饱眼福呢？"

慕樱笑了："光您这么一小点藏品，就把我那所有的全给扫荡了；我其实刚开始集邮不久，主要是新票，一点稀奇的没有……不过，冒昧地问一句，如果您愿出让这枚《贵妃醉酒》小型张，别人得拿什么样的票给您，您才肯呢？"

嵇志满应声答道："这一张我是无论如何不肯割爱的！"

慕樱那两根细长黑亮的眉毛往上一弓，活泼地说："如果我非要呢？"

稐志满望着她，愣住了。他没有想到她会有这种要求、这种态度、这种表情、这种声调……啊呀，据詹丽颖说，慕樱已经年过 40，可从她的外貌上看，顶多不过 30 岁，而从她这种娇憨、妩媚的做派上看，她就活像刚刚二十几岁的女大学生！稐志满的心乱了。难道他今天会以柳下惠的气概而来，以罗密欧的柔肠而归了么？

慕樱两眼亮星似的，闪闪望定他，重复地以半天真半挑逗的语气问："是呀，如果我非要呢？"

稐志满的心更乱了。刚才她说："别人得拿什么样的票给您……"现在她重复地说："如果我非要……"是呀，她要，性质似乎就不同了；不过，哎呀，要好好想想，如果她真的愿意跟自己好下去，那么，他们有什么必要互相交换、馈赠邮票呢？他们的藏票，归根结底不是会集中到一起的么？……那么，她这是索取信物的表示？她的感情，发展得岂不又太快？当然，更大的可能，她这只不过是开个玩笑罢了，一个爱开点文雅的玩笑的女人！但在生活中，遇上如此有趣的女性的概率并不高啊……稐志满曾自认为具有"历史的眼光"，可在这小小的现实面前，他的眼光却缺乏足够的穿透力！

"啊，既然你那么喜欢，那，我就让给你吧——"稐志满挺起胸，赴汤蹈火般地说。他有意没有再称她为"您"，而称了"你"。

"真的吗？太感谢您了！"慕樱当真用镊子取出了那张《贵妃醉酒》，并且激动得声音微微打战地说，"我当然不能白白拿走……您说吧，我是给您一套文革盖销'语录'票，还是给您一张 1949 年的纪 C3A——东北地区贴用的'世界工联亚洲澳洲工会会议纪念'票？或者，您都拿走……"

当詹丽颖拿着茶叶回来，未进家门，先隔窗窥望时，她觉得她所看到的情景，已经充分地说明——"啊哟，太好啦，一见钟情！"

21. 不需要排演《铸钟记》，而需要立即干点别的……

午后的鼓楼前大街，显得格外热闹。

这条大街，如今的正式名称是"地安门外大街"。因为地安门早在新中国成立初便已拆除，不成其为一个标志，而巍峨的鼓楼至今仍屹立在这条街北边，并且今后一定会当作珍贵的文物保留下去，所以，这条街其实不如还是叫"鼓楼前大街"的好。地安门的拆除是不足惜的。不熟悉旧日北京的人，也许会产生一种误会，以为地安门也是一座像天安门或者前门箭楼那样的建筑。不是的。它是一座单层的三拱门庑殿顶式的建筑，无甚特色。现在在北京的各个"坛"——如天坛、地坛、日坛、月坛……还都保留着这种样式的门，当年的地安门只不过是比它们体积更大罢了。

大约下午一点多钟的时候，澹台智珠出现在这条大街的最北头——也就是钟鼓楼脚下。她两眼充满一种怨怒、焦急、惶乱、迷惘交织的神情。

昨晚丈夫李铠同她的厮闹，本已使她筋疲力尽，谁想到一大早又得到了给她操京胡的老赵和司板鼓的老佟双双"叛变"的消息；她本是要在中午请包括老赵、老佟在内的整个伴奏乐队在家里吃"团结餐"的，结果这一顿午饭却成了地地道道的"分裂餐"！

濮阳荪当然是个致乱的因素。尽管这人品质不一定坏，而且今天来找她的确是出于一片好心，可也难怪李铠眼皮也不睬下他。

……经过一番混乱，误会本已消除，十一点左右，大家围桌坐定，边吃边议：如何方能战胜澹台智珠的那位"师姐"，让老赵和老佟"幡然悔悟"？连李铠似乎也已经"进入情况"，理解了明晚在"萃华楼""出血"的必要性和迫切性；谁知濮阳荪几杯汾酒下肚，竟渐渐胡言乱语起来！……

……一开始，濮阳荪还只不过是语句酸腐，他想出的那个点子，倒也无妨存以备用："咱们拉回了佟、赵二位，大家更要鼓舞起来。《木兰从军》的成绩当更巩固，《卓文君》一炮打红自不待言，此外还可再接再厉，另排新戏。今天路过钟楼，倒勾起我一段回忆。鄙人当年在辅仁大学就读，辅大校址，离此不远——就在什刹海前海西边的定阜大街。什刹海前海北沿，昔日有'会贤楼'饭庄，我少不得常去随意便酌。在那饭桌之上，听得一段'铸钟娘娘'的故事，煞是动人。话说乾隆年间，重修钟楼之际，铸钟匠姓邓名金寿，有女杏花，年方二八，窈窕聪慧，侠骨香风。金寿连铸数钟，皆不理想，眼看期限将近，一筹莫展。杏花怕父亲误期获罪，奋身投炉，遂得精铜，铸出一钟，声洪音清。投炉时其父阻拦未成，只捉得绣花鞋一只。乾隆得知此事，敕封杏花为'金炉圣母'，民众遂在铸钟厂前建庙，叫她为'铸钟娘娘'。传说昔日每晚鸣钟时，阖城母亲尽对小儿女说：'睡吧睡吧，钟楼敲钟啦，铸钟娘娘要她那只绣花鞋啦……'智珠，你看拿这故事，编上一出《铸钟记》，你饰杏花，岂不妙哉？……"

当时拉二胡的和弹阮的二位，不禁哄然叫好。连澹台智珠的公公也说："确有这么一个传说。现在鼓楼西大街上，不还有铸钟胡同吗？鼓楼后身，还有钟库胡同。现在鼓楼后墙根下，还放着一口废弃的大铁钟，更可见那好钟非一次铸成。对了，鼓楼前大街上，后门桥往南，路东天汇大院和拐棒胡同当间，现在不还有条小小的死胡同，叫杏花天胡同吗？莫不是那杏花归天以后，存灵彼处？"

澹台智珠听了，虽然觉得不无可供考虑的余地，但兴致毕竟不高。她淡淡地说："说起来容易，编排起来可就不那么简单了。比如'杏花投炉'一场，唱腔身段谁给设计？"

濮阳荪却兴致勃勃，他手舞足蹈地说："唱腔你自创嘛！身段包在我的身上。这'投炉'一场，你要边唱边舞，边舞边唱，幽咽婉转，满台扑跌。啊，清朝故事，水袖难用——我倒心生一计，何不学吾师筱翠花于老板，踩跷出场？想我当年，仿吾师筱翠花于老板出演《海慧寺》，过足了踩跷之瘾，博得了满堂彩声……如今我虽人老珠黄，少不得重做冯妇——智珠，我来教你跷功，你只要拜我为师，我是毫无保留，把手传技，包你一月速成！……"

濮阳荪说到这儿，李铠已经明显愠怒，一个人仰脖干了一杯白酒，布着血丝的双眼瞪着濮阳荪，仿佛随时都要爆发。别人都只望濮阳荪，没有发觉这个"险情"，唯有澹台智珠仅用双眼余光一瞥，便已亮然于心。她便正色对濮阳荪说："算了，别瞎扯了。这戏我是演不了的。你自己去演那杏花吧。"

濮阳荪毫不知趣，仍旧滔滔不绝："退回20年去，我怕真还当仁不让。如今我甘拜下风，权作绿叶。你既饰那邓杏花，我便饰一穷书生，两人自然青梅竹马，两小无猜，早订姻缘，只待花烛……谁知杏花决意投炉，书生劝阻无效——呀，那'投炉'一场，可效'梁祝化蝶'，来个双人舞蹈，岂不令观众神迷心醉？……"

李铠忽然站起来，一下子走出了房门。澹台智珠忍不住想大声唤住他——但又不能断定：他是不是仅仅出去方便一下？何况李铠这一回的动作，竟毫无声响，饭桌边的其他人，因为都被濮阳荪的高谈阔论吸引住了，暂时谁也没有发觉……

澹台智珠咽回了对李铠的呼唤，冷冷地截断了濮阳荪的谈话，劝大家多喝一点鸡汤……

李铠竟一去不返。连濮阳荪也觉察出气氛不对。二胡和大阮知趣地站起来道谢，濮阳荪方知自己酒后失态。他们草草地告辞而去。临出门前，濮阳荪提醒澹台智珠："明儿个下午，一准'萃华楼'会齐，不见不散啊！"

客人们走后，澹台智珠瘫在沙发上，仿佛不仅骨头散了架，灵魂也散了架。

公公耐心地收拾残局，又让小竹到胡同里去找他爸爸，却并不惊动澹台智珠——既不劝她回屋靠靠，也不对她说几句宽慰的话。他知道眼前最好是让媳妇自便。澹台智珠仰靠在沙发上，微闭双目，似睡非睡，就那样待了好久……

当公公洗刷完全部碗筷，蹑手蹑脚地回到自己那间屋里，倚在床上歇息时，澹台智珠却忽然站了起来，她几下围好那条鹅黄色的拉毛加长大围巾，急促地走出了屋门，跑出了院子……

她倚靠在沙发上的那段时间，大脑非但没有休息，反而好像一张同时放映着几部影片的银幕，往事今景，杂沓相叠；又如同公园中越转越快的大型电动"登月火箭"游戏机，幻化出许多"救急解危"的场面，轮番比较，莫衷一是……

她不能坐待凋敝，她必须采取行动！

冲到了胡同里，她忽然又闹不清自己究竟是要采取什么行动。

李铠何在？薄幸郎！难道现在要做的事情，是去找他？真是冤家对头，管他作甚！……那么，自己刚才想到的顶顶要紧的，究竟是干什么呢？啊，对了，打电话！事不宜迟，这就去打……

澹台智珠朝胡同里的公用电话快步走去。公用电话在一个副食代销店里，她推门进去，只见一个小伙子正打着，一个大姑娘和一个半老头正等着，便站也没站，转身出来。她走出胡同，另觅公用电话，于是不知不觉地来到了鼓楼脚下。鼓楼斜对面，鼓楼西大街路南把口的地方，立着好大好高一幅宣传画，下面写着一行脸盆那么大的字："为了幸福的今天和美好的明天……"澹台智珠虽然常从那里经过，以往却从未注意过这幅宣传画，现在猛地扑入她的眼帘，使她陡然一惊……"幸福的今天和美好的明天"？这对她不啻是一个辛辣的讽刺！她再定一定神，才发现那幅宣传画的主题不过是"一对夫妇只生一个好"。她苦笑了。

"哟，这不是智珠吗？你这是到哪儿去呀！"她听见一个声音呼唤着她，偏过身一看，原来是同院的邻居海老太太。海老太太住在院内北边的西耳房中，她过继的一个孙子海西宾住院内北边的东耳房中，祖孙二人相依为命。海老太太彼时正坐着自带的小马扎，在鼓楼墙根下晒太阳。那里每到晴和的冬日午后，便有住在附近的一些老人聚在一起晒太阳。老头子居多，老太太较少，他们一般都自带坐具。有的还带着鸟笼，没有地方悬挂，便托在手中，累了，便站起来，垂下鸟笼前后晃动，原地"遛鸟"。也有带象棋来的，棋盘往地下一铺，便俯首鏖战起来，不仅交战双方聚精会神，就是观战的，也完全忘却了身后大街上的车水马龙。更多的自然是有一搭没一搭地扯闲篇，也有兴致高起来，或扬声侃侃而谈，或执意抬杠不止的。在北京的许多街道上，都有这种老人聚会的角落，类似西方的"老人俱乐部"，或"老人公寓"中的"公共起坐间"。他们构成了一个个相对独立、也相对稳定的"社会生态岛"。没有进入他们行列的壮年、青年、少年、儿童，虽然时常从他们的"岛屿"边缘驶过自己的"生命之船"，对他们却大都视而不见、听而不闻。比如澹台智珠，就始终没有意识到这个鼓楼根下，有着这样一个定时浮现的"人海孤岛"。

"老人岛"上的老人，一般是不主动招惹周围人海中的过客的，即便是路经的邻居；偶尔招呼，他们也并不改变原有的姿势，因为被招呼者大都比他们辈分小。

但这天海老太太却不但热情地招呼着澹台智珠，更破格地从马扎上站了起来。

澹台智珠只得打叠起精神，勉强微笑着应答说："海奶奶，您在这儿歇歇？"

海老太太先不跟她对话，而是招呼一旁的一位干瘦老头说："老胡，这不就是澹台智珠吗？"

那老头在海老太太招呼澹台智珠时已然从小凳上站了起来，听了这话，忙凑拢澹台智珠身前，激动地说："咱们就住一条胡同，可难得见着你呀——又上什么新戏码呢？昨儿个我还跟'匣子里'听您的《木兰从军》来着，嗓音真脆！真有点子当年尚小云的味道！"

海老太太对澹台智珠说："这老爷子是咱们胡同7号大院里的老胡，孩子们都管他叫胡爷爷……刚才我们扯闲篇还提到你呢……老胡当年不光听过尚老板的戏，还听过绿牡丹、芙蓉草的戏哩！都是在烟袋斜街口外头那儿听的。当年那地方叫'北城游艺园'，早先光有单弦、大鼓、相声什么的，曹宝禄、魏喜奎、王佩臣……都跟那儿唱过。王佩臣的'醋熘大鼓'，听着真跟吃'八达杏'似的……后来才有戏班子偶尔来露露。对了，于连泉老板——筱翠花，当年也跟这儿露过；也有次一路的，像梁小鸾、黄玉华……哎呀，瞧我，一扯就扯个老远，成了'十八扯'了！"海老太太说话一贯虚虚实实，没准谱儿，这澹台智珠是知道的，她只"嗯""哈"地敷衍着。谁知海老太太意犹未尽，又冲着胡爷爷自豪地说："智珠在我们院最仁义了，别看是个名角儿，一点儿也不拿大①；你以后想看智珠的什么戏，甭客气，给我递个话，我去找智珠，她一准儿不驳我的面子，准有你的票！……"说到这儿又转过头来向澹台智珠："智珠，是不是呀？"

澹台智珠便对胡爷爷说："您别客气，您想看就让海奶奶带话儿……您看了多给提意见！"

胡爷爷感激几至于涕零："哟，那可——让我怎么说好呢？算我福气，遇上好人了呗！"

海老太太还要叨唠什么，澹台智珠忙对他们说："我得赶着办点事儿去，改日再聊吧！您二位歇着，歇着！"

两位老人频频向她哈腰点头："你忙吧，忙吧！慢走，慢走！"

澹台智珠便横穿过马路，朝前走去。她估计那二位老人一定还望着她的背影，便加快了脚步。

这场遭遇，冲淡了澹台智珠原来的烦恼。她边走边想：自己有一天，不也会老的吗？你看海老太太如今一张脸就像核桃壳儿，瘪着个嘴说话，实在难看；可是她也一定有过二八青春，也想必有过引以为自豪的年月……但今天这一切都成了过去，她只能倚仗着回忆，倚仗着从我澹台智珠身上"借光"，才能使自己和别人确定她的价值……人生都有个从盛到衰的过程，谁能永远处在峰尖上？自己已经年过40，还能蹦几天？何必把眼前的事情看得那么了不起？……她又想：人老了，退出竞争了，倒也是件好事。那胡爷爷，不就是经常在胡同里翻垃圾桶、捡废纸的那个老头吗？他捡了好多年了，听说他就靠卖那捡来的废纸为生——对了，听同院詹丽颖说过，他有儿子，但儿子儿媳妇对他都不好，让他一个人住在一间只有4平方米大的小屋里；儿子屋里有电视，却不欢迎他去看，嫌他身上有味儿，只给了他一个早该淘汰的小半导体收音机，电池还得他自己掏钱买，怪不得他只听过我的唱，而没从电视上看见过我的演出呢……詹丽颖这人真活跃，其实她搬到这儿比我还晚几年，怎么就知道胡同里那么多的事儿！……不过，胡爷爷一到那鼓楼根下，到了老人堆中，看来也就同别的老人平起平坐。对了，刚才一瞥之中，不是看到吴局长了吗？他正跟人杀象棋呢。吴局长现在不是局长了，他离休了，就住在隔壁院里；他还当着区商业局局长时，不还来找过我，请我到他们局

---

① 摆架子叫"拿大"，"不拿大"就是没架子。

长篇小说

169

的先进工作者发奖会上清唱吗？后来我把整个剧组都带去了，给他们演了出《柜中缘》，那时候他主持大会，好神气啊！可现在他也加入了这个"老头会"，跟卖过菜的、蹬过三轮的、糊过顶棚的……乃至于还捡着烂纸的胡爷爷一起晒太阳、聊天、下棋！……人生也真有意思，没长大的时候，大家都差不多，一块儿玩，一块儿闹；越往大长，差别就越显，人跟人就竞争上了；可到老了的时候，瞧，就又能差不多了，又一块儿玩，一块儿聊……

澹台智珠这么胡思乱想着，走过了"马凯餐厅"，走过了烟袋斜街街口，走过了百货商场，一直走到义溜胡同边上了，才猛地清醒过来——啊，我是来找公用电话的啊，怎么竟把自己火烧眉毛的事情撂一边去了！

义溜胡同旁边，是地安门邮局的报纸杂志门市部，也兼卖供应集邮爱好者的成套邮票。澹台智珠发现自己陷在了一群青少年居多的"邮迷"中。她早听说这二年兴起了"集邮热"，几乎每发行一套新票，人们都要抢购一通。老实人天不亮就到邮票发售处排长队，刁钻鬼想出许多办法"捷足先登"，竟有一买就买几十元上百元的，据说有的十几岁的中学生，也一买就至少是一个"大全张"；跟邮局里的营业员熟识时，买零票能得着"边票"（带印张边缘部分的邮票），"边票"当中又有什么"色谱边票""署名边票""编号边票"……也不知道都图的是什么。难道真是为了欣赏吗？为了艺术吗？看来不少人是把邮票当成了"不会贬值的信用券""利息最高的储蓄单"，有的人简直就是为了倒买倒卖，从中渔利。一张刚从门里面买下的新票，一出门就能八分的卖一毛五，一毛的卖三毛——因为外面总有懒得排队而获票心切的"邮迷"。真不像话！听詹丽颖说，同院那位不常回家的慕大夫，也是个"邮迷"呢，难道她也会拿着个集邮本儿，站到这种人群当中，从事"现场交易"吗？想来不至于吧？她那么一个文文静静的女同志，搞医务的，怎么也迷上了邮票呢？世界上的事情，就总这么新鲜！……

一个把头发烫得全是波浪的小伙子，凑到澹台智珠面前，眼眼眼问："您有'猴票'吗？出不出？……"

澹台智珠慌忙躲开了："我可不集邮，我是过路的！"

她想：真讨厌！想办件事就这么难——总有人打岔！她本能地横穿过马路，来到大街东面，啊，邮局！正好——她推门走了进去。太好了！玻璃隔音间里的公用电话正好闲着，总算是吉人自有天相！

走进隔音间，她从衣兜里掏出小小的通讯录，立即查到了她们团长家里的电话号码。

其实她早该来打这个电话。尽管团长一贯宠着"师姐",毕竟他得秉公办事；倘若容忍"师姐"这种"挖墙脚"的卑劣行为，看吧，不要多久，团里肯定大乱！

她怕占线。团长家电话十打九占，咦，这回倒一打就通了。她听见那边问："哪一位呀？"

她仿佛不是在打电话，而是面对着团长本人，晃着脑袋，娇嗔地说："我呀！您连我的嗓音都听不出来了吗？我还没'塌中'哪！"

也许是那边电话线出了毛病，团长竟一个劲儿地问："谁？我听不真——哪一位？"

"哟！"澹台智珠嗲声嗲气地说，"您真听不出来吗？奴家澹台智珠是也！"

"啊啊——"对方告诉她，"你找你们团长吧？他不在呀，他出去了——我是他家里人。你晚上再来电话吧！"

对方"咔嗒"把电话挂断了。澹台智珠不觉一愣。细一想，那声音也确乎不是团长。自己竟没弄清接电话的是谁就撒上了娇！她回忆到自己刚才的声音，想象出自己刚才的贱相，蓦地脸红了。

她曾经反省过她们——不仅她一个，包括几乎所有戏校毕业出来的女孩子们——在领导面前的这种娇态。当她们刚毕业的时候，才十九二十岁。当她们初放光华的时候，也不过二十出头，那时候在领导面前说话嗲气一点，做派佻㒓一点，似乎还情有可原——年纪既轻，且又是唱戏的职业……可是，很奇怪，当她们已经三十几四十岁以后，不少人却还时时不自觉地延续着这种在领导面前的撒娇做派，她本以为自己算其中较为清醒的，没曾想临到打这个电话，却把劣根性暴露无遗！呸！贱相，真是何苦！真是丢人！

……团长不在家，怎么办呢？……干脆，直接给那"师姐"打个电话，她家楼下就有公用电话，自己的通讯录上有她的电话号码，直截了当地向她发出质问，看她怎么回答！

一不做，二不休，打！她拨通了电话，让传呼者去叫"师姐"。传呼者非要她说出她这里的电话号码，让她先挂上，等"师姐"来了再打给她，她只好照办。

她站在电话隔音间里，等"师姐"给她回电话。时间过得真慢。她既盼那电话快点打来，又怕电话铃过早地响起来——即将要"短兵相接"了，她的战略战术却还没有确定！

她听见一阵响声。偏头一看，原来是隔音间外面有人等着打电话，嫌她站在里头发呆，敲那玻璃门催她要打快打。

她心里更加烦乱起来。她忽然悟出——"师姐"是不会给她回电话的，"师姐"哪会那么愚蠢呢？她刚才要不挂断电话，拿着话筒让传呼的人去把"师姐"叫下来，那倒还可能让"师姐"上当……现在怎么办呢？

她盲目地翻动着通讯录，忽然，她心头一动——她立即拿起电话，拨了一个号码。当她在家里仰靠在沙发上时，她也闪过这个念头：给一位著名的评论家打电话。这位评论家曾经写过关于京剧旦角表演艺术的评论，对她也有所提及，并且他们在戏曲界的一些座谈会、茶话会上多次聚谈过，对她很是关怀，很有鼓励……她想，也许到头来这位有着相当权威性的评论家，在这关键时刻能给予她宝贵的帮助？……

电话一打就通了。评论家的女儿接的电话，说她父亲刚刚开始午睡。

澹台智珠顾不得许多了，她恳求地说："如果他还没睡着，劳驾你给请一下……我实实在在是有急事！"

那女儿叫去了。评论家真是个好人，他很快便来同澹台智珠通话。

澹台智珠激动地把整个情况讲了一遍，倾诉出了自己的全部苦恼和困惑："……我该怎么办呢？是认倒霉，听凭团里随便再给我拨个京胡和小鼓来，凑合着演呢？还是跟那没良心的冤家争夺到底，把那老赵和老佟拢住？还是干脆撂挑子，吹灯拔蜡？……跟您说实在的吧，出现这号情况，我认为不是偶然的。我的思想全乱了，也不知道该怎么认识！您看，我把难题出给您了，我知道您本来是只管就戏论戏，不管搭班子这些个机构问题……可我实在是没辙了，万般无奈，求您给我捋捋思路，想想辙……"

评论家坦率地在那边说："哎呀，这倒真是个原来没有接触过的新问题呢。现在改革之风吹遍了各个角落，你们团的这种动向，我看也是无风不起浪啊！究竟该怎么组织艺术生产？怎么既鼓励志同道合的艺术追求，又防止相互拆台？怎么既打破平均主义的'大锅饭'，又保证年轻的艺术家有一定的经济上的竞争能力？怎么确定合理竞争的起跑线？……确确实实都很需要仔仔细细地研究讨论！不过，澹台智珠同志，我以为你倒也不必这么苦恼，这么慌乱，更不必悲观。我以为波动一下是好事，听说你们团这些年年年亏损——"

"可不是，"澹台智珠证实说，"年年月月要国家补贴！"

"所以说，不搞体制改革不得了啊！"评论家对她说，"你应当站得高一点，看得远一点，想得深一点。'挖墙脚'当然是不对的。'不辞而别，另上别船'确实也让人恼火。可是这种波动也恰恰说明，原来的体制是脆弱的，经不起风吹雨打的……当然，我一下子也还想不清楚，或者，我们当面细谈谈？"

澹台智珠高兴而且感激，她说她巴不得现在就去拜访，评论家表示欢迎。打完电话出来，澹台智珠几乎忘记交费。

可是，当她走出邮局，来到喧阗的街头时，她的心情又灰暗下来了。评论家的那些话语，当时听着，颇有顿开茅塞的感觉，但此刻一想到"师姐"那傲慢的嘴脸，心里又堵上了石头。改革团里的弊端，让"波动"朝着健康的方向发展，谈何容易！

评论家住得离鼓楼很远，需要乘坐公共汽车，澹台智珠朝汽车站走去。蓦地，她想到了李铠。李铠回家了吗？如果他仍旧没有回家，会在哪里？在干什么？天哪，他会不会干出荒唐事来？小竹呢？怎么刚才跑出家来的时候，没看看小竹在不在他爷爷屋里；小竹该不会找不到爸爸，倒把自己弄丢了吧？唉，事业，生活，你们可真太沉重了，让我怎么经受得起！

一阵风迎面吹来。澹台智珠把围巾围得更紧。她走到了车站。

22. 一位编辑遇上了一个文学青年。

1982年12月12日那天的《北京日报》第四版广告栏中，有这样一则广告：

寻人

苏德佑，男，36岁，身高1.60米左右，辽宁鞍山人。身穿青布棉袄，劳动布工作裤，脚穿黑胶靴，挎黄帆布包，精神不正常，于11月14日离家赴京并带大量自写诗稿，至今无音讯。如有见到者请通知鞍山大孤山矿选矿厂苏德华。

当天《北京日报》的读者中，大约很少有注意到这则广告的，读到而产生出一种惶恐感的，更绝无仅有——那仅有的一位，便住在我们已经相当熟悉的那个钟鼓楼附近的小四合院中。

前面我们介绍这个四合院时，提到在前院的西边，有个用带月洞门的短墙另隔出来的小院。那小院里住着一对中年夫妇，男的叫韩一潭，是个有着30年经验的诗歌编辑，女的叫葛萍，是个有着27年教龄的小学教师。他们的独生女儿韩向红已经30岁出头，早已结婚另过，外孙子都快满五周岁了。

由于韩一潭夫妇那住房的位置，位于这个四合院的"死角"，且又有一道短墙将他们的居住区与其余部分隔开，加上他们生性不喜交际，所以尽管他们一结婚就住进了这个小院，却始终未与院里其他住户打成一片。1982年年初，住里院北屋的张奇林晚饭后翻阅《光明日报》时，看到一篇揄扬优秀编辑的文章。那篇文章里介绍到"辛勤的淘金者韩一潭"，说韩一潭每天要审阅近千首自发投诗，大都味同嚼蜡，毫无新意，但他坚持一首首认真地读下去，偶尔发现一首闪光的好诗，他便高兴得情不自禁，立即报送主编，予以扶持……有一回他刚读完一首只有十二行的好诗，便被叫走开会去了，开完会回来，他发现办公桌被好心的同事整理了一番——因为窗外的风把他满桌散乱的纸张刮到了地下，人家便为他拾起垛齐；他从那垛齐的稿堆中再寻那首好诗，怎么也找不着了，非常懊丧，有人劝他不要找了，因为来稿者不过是无名小卒，其诗文只有十二行，按编辑部规定是可以不予回音、不予退稿的；他却不能忘怀，他费时一下午，翻遍桌上、抽屉中所有的纸片，去寻觅那首小诗，竟毫无踪影……第二天，他下了更大的决心，甚至趴到地上，搜寻柜橱下面，终于从柜橱下蛛网密布的角落里，找到了那首小诗。最后那首小诗被发表了出来，给作者极大的鼓舞，在首次成功的激励下，那作者的创作热情一发不可收拾，后来又陆续发出了许多短诗、组诗，目前竟俨然成为所在省份的一颗文学新星。当记者问到韩一潭从这桩事中总结出什么经验时，韩一潭风趣地说："我的经验教训是——必须去买一方镇纸，压住我桌上的每一篇稿纸，不让它们被风刮跑。"他那办公桌上，后来果真出现了一方铜制镇纸……

张奇林读完有关韩一潭的报道，不禁感叹地说："各行各业都需要韩一潭这种伯乐啊，我们局里要多几个韩一潭，事情就好办多了嘛！"当时他的女儿张秀藻在一旁咯咯咯地笑了："爸，您知道吗？韩一潭就住在咱们院里！"张奇林吃了一惊："邻居？"张秀藻笑得更凶了："爸，您的官僚主义真够可以的！韩一潭就住咱们前边西小院里，您到现在才知道！"

那篇报道的功效，首先是编辑部每天的诗稿暴增，而且来稿要么在信封上就写明是寄"韩一潭同志亲收"，要么就在里面附上给韩一潭的信；其实报道见报前，韩一潭已经不看自发来稿了，编辑部新分来了两个"工农兵学员"，自发来稿后来由他们处理——他们却聪敏地把所有附有写给"敬爱的韩老师"信件的诗稿，看也不看地都送到韩一潭的案头，用那镇纸镇住；而当韩一潭把径寄他而实在无暇过目的诗稿转给他们时，他们又总是任其积压，因为编辑部早就对作者声明了嘛——"来稿勿寄私人，以免延误"。这话换个角度说，就是"凡寄私人，延误勿赦"。

这种情况，自然是成百上千淳朴的自发投稿者们想象不到的。

那篇报道的功效还不止于此。报道发表后的半个月，一天傍晚，韩一潭同葛萍正在吃晚饭，忽然澹台智珠的公公把一个年轻人带到他们那里，对他们说："韩编辑，葛老师，你们的亲戚打东北来啦！"

他俩朝那年轻人望去，大吃一惊——他们并无那样一位亲戚。后来他们弄清楚了，那年轻人并未自称是他们的亲戚，只是说他要找"韩伯伯"，澹台智珠的公公看那年轻人带着行李，说话带东北口音，遂误以为他是他们家从东北来的亲戚。

韩一潭忙撂下饭碗，迎上去问那年轻人："你找我吗？"

年轻人反问："您是韩一潭韩伯伯吗？"

韩一潭点头："对，我就是。"

年轻人把手里提的旅行包一撂，伸出两只手来，抓住韩一潭的右手，紧紧握住，眼里竟涌出了泪花："韩伯伯，我可找着您了！"

韩一潭有所憬悟，他忙问："你从哪来？你找我有什么事？"

就是一般的亲戚，见着韩一潭也不会那般亲热，年轻人弯腰拉开旅行包的拉锁，取出了一个大塑料包来，透过包装，可以看出里头全是又大又整的干蘑菇。他把那一大口袋干蘑菇搁到饭桌上，就毕恭毕敬地招呼葛萍说："您是师母吧？师母您受累啦！"

葛萍还没明白这是怎么回事，她只是发愣。

韩一潭心里说不出来是高兴还是恼怒，他对这事态还缺乏足够的思想准备。他不由得再一连串地问："你是文学青年吧？你是怎么找到我这来的？你从哪儿得着我家地址的？你是不是想请我给你看稿子？……"

不一会儿也便全都弄清。他是东北一个县里的文学青年。他酷爱诗歌。他自然早就尝试着给报刊投稿，从《诗刊》和《人民日报》的副刊，到他们地区的刊物和报纸副刊，全都投过，但一首也未被刊登，并且几乎一律石沉大海……关于韩一潭的那篇报道自然给予了他极大的鼓舞，他说他读时流出了热泪——看来绝不是说谎,他感到他在"黑暗王国"中看到了"一线光明",所以毅然投奔韩一潭来了。下了火车,他先找到编辑部,传达室告诉他编辑部的人这天都外出听报告去了——这也是事实;他便要求传达室的人告诉他韩一潭的家庭地址,传达室的人犹豫了好久,经不住他一再恳求,最后告诉了他,所以他现在才好不容易地找了来……

葛萍出于一种女性的同情心,问他:"你还没吃晚饭吧?"

他坦率地说:"找不着韩伯伯,我什么也吃不下呀。"

葛萍便请他吃饭,菜不够了,便下厨房为他去现炒了一大碟鸡蛋。

韩一潭请他坐到茶几边的沙发上,问他:"你带了些作品来吧?"

那年轻人便拖过他那沉甸甸的旅行袋来,"哧溜"一声拉开整个拉锁,从里面取出了一叠又一叠的诗稿来,一边往茶几上放,一边介绍他的创作说:"这是我的《抒情诗一百首》,这是我的组诗《泥土的爱》,这是我的抒情长诗《天空颂》,这是我的叙事诗《草原上的普罗米修斯》的第一部,这是我的诗剧《爱琴海的波涛》……"

全部取出以后,他那诗稿足有一尺来高。

韩一潭望着那一尺来高的诗稿,仿佛自己被宣判了重刑,惊惶得说不出话来。

"韩伯伯,您一定要给我审阅,给我发表!您一定要指导我,扶植我!"年轻人恳挚地呼吁着。

葛萍端来了炒好的鸡蛋,请年轻人坐到饭桌那里去吃晚饭。年轻人并不推辞,坐过去吃了,他显然非常之饿,吃得狼吞虎咽。

葛萍对那一尺来高的诗稿,一时倒没大注意,她对年轻人说:"你慢慢吃。不够还可以来点方便面。"又趁便问,"你北京都有什么亲戚呀?"

年轻人边吃边答:"除了韩伯伯和您,我在北京没亲戚啊。"

韩一潭心往下一沉,葛萍还没大明白,她又问:"那你这回是干什么来呀?出差办事吗?你住哪个招待所呢?"

年轻人反倒露出吃惊的神色,他宣布说:"我就是找韩伯伯来的呀。我打算先在这儿住一个月,然后……"

葛萍这才感到事态严重,她慌忙再问:"你有工作吗?你哪个单位的?"

年轻人若无其事地说:"有哇。我是县农机局修建队的。我们那单位的领导全是些个'土老帽儿',懂个啥呀?他们不支持我搞文学创作,还打击我——"

　　韩一潭忍不住跟上去问："你来北京，跟单位里请假了吗？"

　　年轻人把嘴一撇："请假？我根本不'勒'（理）他们！"

　　葛萍着起急来："你这怎么行呢？你这不成了'盲流'了吗？"

　　年轻人吃完最后一口饭，用手背抹抹嘴唇说："我不发表出作品来，绝不回去！"

　　韩一潭心里长毛，一时不知该怎么把这位闯入者打发出去。

　　葛萍又问："你家里知道你来北京的事吗？"

　　年轻人说："咋不知道。我吵了一架才出来的。"

　　葛萍责备他说："你怎么能这样？你爸你妈现在该多着急啊！"

　　年轻人笑了："我爸我妈？我爸我妈早就没啦！"

　　葛萍愕然："那你跟家里什么人吵？"

　　年轻人忽然激动起来："跟谁？跟我老婆！她是个庸俗不堪的小市民！对诗歌简直一窍不通！诗盲！典型的诗盲！我跟她现在完完全全没有一丝一毫的共同语言！我早就提出来跟她离婚，她死不答应，简直是我的一副镣铐！韩伯伯，您想想，带着镣铐跳舞，该有多难？我写出这些诗来，容易吗？每一行，每一字，都是我红玛瑙般的血、白铱金般的汗啊！现在我算痛快了，让她在那发散着酸白菜气息的小窝里哭泣吧！'仰天大笑出门去，我辈岂是蓬蒿人！'……"

　　葛萍连连摇头："啧啧啧……你怎么能这样！你们有了孩子啦吧？"

　　年轻人昂起下巴："孩子？谁是我的孩子？"说着朝茶几上一尺来高的诗稿一指，"这才是我的孩子！她也给我生了一个女儿，那是肉，我要的是灵——是诗！我后悔当年不该结婚，不该要所谓的孩子。从文学史上看，多少诗人因为结婚形成悲剧，普希金、陆游……我一定要砸烂那世俗的镣铐，做一个插翅飞翔的自由自在的缪斯！……"

　　韩一潭、葛萍面面相觑。这一对老老实实、本本分分的知识分子，在家中还没遇上过如此棘手的局面。

　　韩一潭只好冒着惹怒对方、招来不测的风险，严肃到紧张地步地说："年轻人，你这种不跟单位请假就擅离职守的行为，我们不能支持。你应当赶快回去。我们屋子很小，而且我们也不留人住宿，所以，你今晚还是另找地方去住吧——我们附近有个鑫园浴池，晚上接待过夜的旅客，你如果钱不够，我们可以负担。你最好明天一早就坐火车回去——"

那年轻人简直不能相信自己的耳朵，不能相信自己的处境，他瞪圆了眼睛，气冲冲地问韩一潭："你是韩一潭？！"

韩一潭愣了一愣："怎么了？"

"你原来是这么个人！"年轻人气愤地说，"报上把你吹成一朵花！原来你这么粪①！什么伯乐！什么'沙里淘金不惮烦'！骗人！伪君子！"他确实感到上当受骗了，这个世界，怎么充满了如此多的陷阱！他激动地拍着桌子说，"这是怎么搞的？如果你们根本不想发现千里马，那干什么登那狗屁文章骗人？！"

葛萍吓坏了。她觉得家里来了个精神病患者。她家从来是安谧、宁静的。她家从无逸出常轨的事。今天怎么竟出现了这种局面！

韩一潭很狼狈，他简直不知道该怎么跟眼前这位年轻人从 ABC 说起。他一时竟口吃起来："你你你怎么这样不冷静！你冷冷冷静一点！你应该懂得，文学创作并不像你想象的那么简单……无论如何，你不应擅离职守，抛弃家室，这么样地跑到北京来……而且，就算你有的作品达到发表水平，也不可能马上给你刊登出来。你知道吗，一般的文学刊物，周期都是很长的，拿月刊来说，现在是 3 月，这一期 1 月里就把稿子发到工厂去了；这一期印出来的时候，4 月那一期已经看校样了，5 月的那一期稿子已经发去排字了，6 月的大体上已经编好了，7 月的已经开始着手编了……你的稿子以最快的速度录用，编进 6 月那一期的可能性也不大，恐怕最早也要 7 月那一期才能刊用了；你看，即使能用，最快也还要等三四个月，你难道真的就在北京那么等着吗？如果要印成诗集，出单本的长诗，那至少要等一年以上才能见书……这还说的是马上录用，如果你达不到水平，那就等多久也没用……你还是回去吧！"

年轻人万万没想到他所面临的世界是这般冷酷，他陷入了深深的痛苦之中，但他丝毫不减自信，他宣誓般地说："我选择的这条道路，我走定了！三四个月怕什么？一年两年怕什么？我就是不发出作品不罢休！我向诗坛宣战！不登上诗坛，我死不瞑目！"

韩一潭目瞪口呆，不由问："那你怎么生活呢？在北京你住哪儿呢？钱花完了你拿什么吃饭呢？何况北京市也不允许'盲流'的人在这里待着不

---

① 假货，不中用的意思。

走……"

"怎么生活？"年轻人突然爆发出一阵轻蔑的笑声，"我来找'辛勤的淘金者'，我以为他关心的是金子，闹半天他满脑子庸俗的垃圾——'怎么生活？'对于诗人来说，除了作诗，还有什么生活可言呢？我宁愿流浪街头，拣香烟盒子当纸，拣火柴棍当笔，也要写诗。我是绝不再回那个让我想起来就作呕的单位，再不进那个充满酸白菜气味的小窝了！啊啊啊——你别再问我，我告诉你吧，我能在北京生活下去，我知道你所说的那个生活的意思——你的意思不就是挣钱吗？在你们看来，挣钱、吃饭就是生活；那么，好，我告诉你，我会理发，我可以买一套理发的工具——那点钱我还有，我每天到自由市场去，给那些摆摊的农民理发，我不但能挣出吃饭的钱来，我还能挣出买稿纸的钱来的。韩编辑！你别那么看着我，我不会向你借钱的！告诉你吧，没有你，我照样能发表作品，能出名，咱们走着瞧吧！"

局面僵在了那里。韩一潭毕竟心软，他望望那一尺来高的诗稿，叹口气说："你既然找到我这里来了，我就挑着看看吧——其实我并没有什么水平，而且，文学这个东西，又尤其是诗，究竟怎么算好，怎么算坏，其实是很难说的……另外，希望你一定谅解我，你拿来这么多诗，我实在是无法一一拜读的。我每天都要上班，编辑部里做不完的事，常常还要带回家里，用业余时间做……"

年轻人看韩一潭拿起了他的诗稿，打算看，气平了一点，便说："行行行，您忙，我谅解。您挑着看看吧！"

韩一潭摘下眼镜，凑拢年轻人的稿子，仔细一看，心里不禁一动。那叠稿子装订得极其工美，光封面上的美术字标题就一定耗费了不少精力，里面的诗一行行全用印刷体书写，一点涂改也没有。的的确确，那诗稿凝聚着年轻人"红玛瑙般的血"和"白铱金般的汗"。但是他首先读到的那个诗剧《爱琴海的波涛》，"序诗"的一开头四行就让他莫名其妙：

> 当巴黎圣母院的钟声，
> 把凯撒大将从睡梦中惊醒，
> 当飘忽、氤氲、暧昧的狂飙，
> 把爱琴海从摇篮中震惊……

韩一潭不禁皱眉对年轻人说："你怎么可以这样写呢？罗马大将凯撒，是纪元前的人物，而巴黎圣母院好像是纪元后 12 世纪才有的，前后差了一千多年，那钟声怎么可能听见？更何况一个在西欧，一个在南欧……既然'飘忽'，怎么可能是'狂飙'？而且，'氤氲''云蔼逮'这些词太生僻，更不必堆砌……"

年轻人不以为然："我写的是诗，又不是历史，又不是中学的作文考卷，我怎么不能这样抒发我的感情？"

韩一潭放下这一叠，取出另一叠，一边说："写诗，也要从你熟悉的生活出发，你长期生活在中国的一个县城，何必非去写希腊、罗马呢？"

年轻人忙指着他手里的那一叠说："这就是写我熟悉的生活嘛，我在内蒙插过队！"

韩一潭一看，这回是叙事长诗《草原上的普罗米修斯》。前面是长诗的目录，第一章是"月夜的维纳斯"，第二章是"山谷中的阿波罗"，第三章是"毡房中的安娜·卡列尼娜"，而第四章竟是"马背上的阿童木"！他没敢把目录看完，更不敢往里翻——他过目的荒唐之作多矣，但这位年轻人的大作，真可谓"更向荒唐演大荒"！

"韩伯伯，"年轻人对他恢复了尊称，期望地盯住他，恳求地说，"您给提出不足之处吧，意见越尖锐越好！"

韩一潭真不知该说什么才好。他只好搁回这一叠，再抽出那最底下的一叠来，这回的这一叠是《抒情诗一百首》，他随便翻到一页，阿弥陀佛，这回总算摆脱了洋神洋人的纠缠，诗句颇为晓顺流畅……但是，啊呀，怎么似曾相识？头两句好像是李瑛的，中间几句好像是艾青的，末尾两句又好像是舒婷的……

正当韩一潭一筹莫展时，葛萍和詹丽颖进屋来了。葛萍感到事情不对头以后，便盘算着怎么才能打发走这个半疯的文学青年。去报告派出所，似乎还不值当，找居委会，恐怕一时又说不清，想来想去，还是只得求邻居协助；但全院除了收房租水电费而来他们家串过门的，似乎仅有詹丽颖一人。于是，当年轻人还在发泄他的不满时，葛萍便溜出了屋子，去找詹丽颖，求她来想法子把那年轻人打发掉。

詹丽颖一听葛萍的描述，立即甩着大嗓门说："这还得了？一分钟也不能让他在你们那里待下去！你们太善良了，你们准知道他就是个写诗的吗？现在什么怪事没有！搞不好他是个诈骗犯、抢劫犯、流窜犯！你们一对书生，他要真的下手作案，你们手无缚鸡之力，岂不遭殃！走！我去帮你们轰走他！"说着便站起来随同葛萍直奔他们家。

詹丽颖一进屋，还没把那年轻人打量清楚，便粗声大气地说："嘿！小伙子，你哪来的？这么晚了，原来根本不认识，你怎么能总在这儿待着？你知道这是哪儿吗？这是首都北京，治安是抓得最紧的。行啦，你快走吧，要不，等派出所民警来了，那你可就想走也走不了啦！"

年轻人被詹丽颖的气派震慑住了。他也搞不清她是什么人，见她那阵势，只感到恐慌。于是他便主动把所有诗稿都放回他那只旅行包，拉上拉锁，气急败坏地说："我走我走。我现在总算知道北京，知道诗坛，知道所谓的'淘金者'是什么玩意了！"他一跺脚，很快地出了屋，并且出了院。

韩一潭、葛萍还没回过劲来时，詹丽颖却自得其乐地拊掌哈哈大笑起来。

从这以后，韩一潭回到家中，一听见脚步声朝他家那个小偏院走来，便如同惊弓之鸟。他嘱告单位传达室的同志，务必不要再把他家的地址，随便告诉来访的人。甚至每接到一个陌生人打来的电话，他也变得敏感而紧张，常常通话好一阵了，确证对方的身份并非文学青年，这才承认自己就是韩一潭。

再过一阵，他开始接到骂他的信。来信的文学青年质问他为什么不但不给回信，而且还"贪污"了他们的诗稿？其实他一开始是尽量回信的，但后来回不胜回，即使他每天24小时不吃不睡不做任何别的事，他也回不完每天接到的雪片般的来信。开头凡寄给他个人的诗稿，他都自费给作者寄回，后来形势发展到他实在无力负担，如果一律自费退回，那他每月的伙食费全部用上也还不够。后来他把寄给他私人的诗稿也混在编辑部的退稿中，由公家"邮资总付"，尽管编辑部里并没有人发出微词，他自己却总觉得不好意思；再以后，他才任寄给他个人的信稿积压起来，结果就招来了怨恨和辱骂。

记者又一次来找他，说要专为他写篇"淘金者续篇"，把他吓坏了。他哀求那位记者万万不要再给他增添烦恼和恐惧。

到了秋天以后，寄到编辑部让他"亲收"的稿件和附有写给"敬爱的韩老师"信件的稿件，才渐渐少了起来。

有一个星期天，女儿女婿带了外孙子来，大家聚餐，葛萍烧出的一盘菜很受欢迎，女儿夹起菜里的大蘑菇问："妈，这蘑菇哪儿买的？真好！"葛萍说："咳，春天那会儿，一个年轻的诗歌作者硬搁在咱们家的……"

韩一潭一听，只觉得嗓子眼里发噎，他埋怨道："原来你让我们吃的是这个——我怎么能收他的东西！"

葛萍辩解说："谁愿意要他的东西呀！那天他走的时候，咱们不是都忘了把这包蘑菇退还给他了吗？他走了以后，我把这包蘑菇往碗柜里一扔，后来简直忘得一干二净，前几天收拾碗柜，才又发现。我倒也想过，该给他退回去，可他地址呢？你记得吗？我总不能把它扔了吧，上好的蘑菇，扔了让邻居发现，不得说咱们家抽风？再说，确实是他自愿送的，你毕竟也还给他看了几首诗，提了点意见嘛……"

韩一潭摇头说："你当教师的人，怎么说出这么没原则的话来？看过人家的诗，提过意见，就该受礼吗？何况他那个人根本不正常，无论如何你不该让我们吃他这蘑菇的……"

葛萍心想自己操劳半天，好容易烧出这么个菜来，却遭此批评，实在扫兴，便赌气地说："你坚持原则，你别吃！"

女儿便插话说："爸，你行了！你坚持原则，我见识过！你就一辈子那么坚持原则吧！"说完夹了一个蘑菇，喂到儿子嘴中，"来，吃蘑菇！蘑菇好吃！"

女儿的脸色很难看。韩一潭低下头，心里发堵。他的脸不由得变成了猪肝般颜色。

"你坚持原则，我见识过！"女儿这话，像锥子一样刺伤了他的灵魂。

……那是 1968 年。女儿 17 岁，临高中毕业，赶上了"文化大革命"。

在那"红色风暴"之中，他们一家三口全都迷迷瞪瞪。韩一潭诚惶诚恐，唯求自保。葛萍庆幸自己教的只是一、二年级的学生，免受五、六年级学生的胡闹式"冲击"。女儿不是"红卫兵"，却也还算不上"黑崽子"，又不敢当"逍遥派"，每天到学校里去参加运动，完全是随波逐流。但毕竟年轻幼稚，"近朱者则言赤，近墨者则道黑"……有一天中午，女儿回到家中，大家围桌吃饭时，忽然散布了一些听来的关于江青的传闻和坏话。韩一潭和葛萍都吓坏了，两人异口同声，严厉地斥责了女儿一番，弄得三个人全都没吃饭就丧失了食欲。葛萍那天要参加一个区里的批斗会，提前走了，剩下韩一潭和女儿两人。韩一潭不知怎么的，心里越想越发毛。那时候他家隔壁住的还不是澹台智珠一家，而是一个工厂里的"造反派"头头，韩一潭总觉得女儿的"恶攻"一定已被隔壁听去。况且他心里也确实感到女儿的"恶攻"罪孽深重，万万不能容忍。他想出路只有一条——争取"坦白从宽"。于是乎……他竟带着哭哭啼啼的女儿，去到派出所"自首"！

现在连他回想起来，也觉得简直不像人世间能有的事！倘若这事发生在别人身上，如今写成小说，写成叙事诗，写成回忆录，把稿子交给他看，他一定会提出意见："请不要胡编乱造！你这情节缺乏合理性！"

然而，那竟的的确确是真的！

而且，还有更加令人难以相信的细节——他是骑着自行车，把女儿驮在车后，带到派出所的。他骑着车，女儿坐在后头！他为什么要骑车去？为的是快一点到达派出所？快一点葬送女儿？女儿当时怎么不逃走？怎么竟顺从地坐到了车架子上？怎么虽然呜呜咽咽感到万分委屈，却又跟他一起到了那派出所？

1968年。记住那一年。确确实实出现了那么一件极其怪诞、极其荒谬的事。他，和他亲生的、唯一的女儿。那一年他已经39岁，而女儿才刚刚17岁。

那时候的派出所是什么状况？一百个派出所可能出现一百种状况。"砸烂公检法"嘛。原有的政策可以完全抛到一边。他的女儿进入派出所以后，会是什么命运？从逮捕法办到交给革命群众"游斗"，从被活活打死到被迫自尽，全都可能！当然，韩一潭把女儿主动送去，心里想的确实是哀求"从宽"，能不能训斥一顿便罢？能不能开一两次批判会便放她"过关"？能不能只是"文斗"而不要"武斗"？……

真像做梦一样。偏他们去的那个派出所里净是好人。当时派出所似乎军管了。在一间接待室里，有两个穿军装的人。他们不动声色地听完满头流汗的父亲那语无伦次的"自首"，不动声色地望着抖成一团的犯有"恶攻"罪的女儿，最后竟连一句训斥也没有，只是互相对望了一眼以后，一前一后地说："行啦行啦，回去吧，回去吧，以后注意就行啦！""去吧去吧，别来啦，别来啦！"

事情出乎韩一潭意料，就那么了结了。他再用自行车把女儿驮回了家中。他望着与邻居相隔的那一堵墙壁，心里踏实了许多。女儿却哭得喘不过气来，她到这时才体会到刚才所发生的一切所包含着的凶险。她之所以得以逢凶化吉，完完全全是出于一种不近当时情理的偶然。

从此女儿对韩一潭失却了敬爱。而且这种感情与年龄的增长恰成正比。早在"四人帮"倒台前韩一潭就恳求过女儿的宽恕，女儿在一定程度上也确实宽宥了他，但要想使女儿像对母亲那样地对他微笑、注目、说话、扶持……却不再可能了。甚至当他50岁那年因病住院，女儿来医院探望时，也只是例行公事般地问问他："好点吗？吃什么药？打什么针？伙食还好吗？"全无一点亲热感，就仿佛她是受什么人委托，而不得不来应付差事的一个原本毫不相干的人。

大悲哀。这种大悲哀只有他自己才能真正体味到。这是由他的生活道路所决定的。

他1929年出生在一个破落的官僚家庭。他父亲是个沉浸在往昔的"故都春梦"之中，而实际上却"劫后桃花"般凋敝沉沦的小职员；祖父一死，大家庭分崩离析，父亲更是潦倒——因此他高中未及毕业，便去当了一名文书。新中国成立后，他报考了华北革命大学，那实际上是个短训班性质的学校。当时各行各业急需干部，"革大"及时地把各种各样的干部输送到有关的部门，韩一潭被分配来当了一名编辑。他一当便是30年，编辑部的头头换了好几茬儿，他却在历次的"改朝换代"中都被留用了下来。

他成了编辑部里资历最深的编辑，主要的原因，在于温驯。听命于领导，一丝不苟地照办，开头似乎还不过是出于他的天性；后来，经过目睹一个个"带刺儿的""搞独创"的同事在政治运动中被打下去，他的驯顺无争更大程度是基于人生经验的宝贵积累。领导要发配合"三反""五反"的诗，他便去挑这方面的诗；领导急需补发几首配合"肃反"的诗，他便连夜去组稿，并且不仅组来了诗，还组来了相应的漫画；领导说可以根据上面的精神，显示一下他们"鸣放"的姿态，他便挑出几首颇具"大鸣大放"气派的来稿，请领导审处；领导说现在要"吹响'反右'的号角了"，他便很快组来了"反右"的"阶梯诗"；领导说该赶快出一个"大跃进民歌专辑"，他便一口气读了6000首，精选出30首；后来到了"三年困难时期"，领导说现在大家生活艰苦，诗歌无妨轻松一点，他便组编了《夏夜圆舞曲》《欢快的溪流》《红叶，红叶，你真美》《山村闻笛》等一批颇让读者眼目一新的短诗、组诗，有的还被作曲家谱曲，广泛流布；再后来领导说"不能任修正主义文艺思潮泛滥了"，他便退回上述诗歌作者的无数来稿，写信恳劝他们"跟上时代的步伐"，于是他又发现了一批更新的作者，发表了他们一系列的"革命化"作品；一直到1966年7月，整个编辑部彻底垮台前夕，他还编发了一首工人业余作者所写的《铁帚横扫"三家村"》。经过两年左右的"斗、批、改"，3年左右的"干校"生活，1973年编辑部一恢复，新领导首批调回的老编辑里，便有他在内。为什么？除了知道他好使用外，也看重他对情况的熟悉——某个作者是怎么个来历，过去曾出现过哪些作品，引起过何种反应，编辑部遇到某种情况过去是怎么处理的……诸如此类的问题，领导只要提出，他便可以立即答复，犹如一具活的资料库。从那以后到1978年，他编的诗歌从内容上看，可以说几乎在不断地拐直角：抒发"同党内走资派斗争到底"的"战斗豪情"；颂扬工人民兵在"四五"事件中"打得好"；讴歌"无产阶级文化大革命就是好来就是好"；鼓吹"亿万人民奋起反击'右倾翻案风'"；欢呼"大快人心事，粉碎'四人帮'"；"缅怀革命老前辈，丰功伟绩永不忘"；在"四五精神"的召唤下，展望光辉灿烂的未来；为"十来个大庆"而"百灵般欢唱"；宣布"'凡是'，这不是唯物论者的语言"；欢唱"喜迎'老包'到垄头"；隆重推出《爱富歌》……

主编更迭，人事沧桑，有的撤职流放，有的抱惭而退，有的去而不返，有的转一圈却又回来……周围的同事也常常来来去去，然而总有那么几个老编辑"江流石不转"，长满青苔般地锈在那里，韩一潭便是其中之一。

除了听话、驯服，可充"活资料库"，他业务上内行、熟稔，也是公认的。

说句公道话，他是颇具艺术眼光的。同一内容的诗歌，他总能精筛细选，严格地淘汰掉那些缺乏艺术气息的，辛苦地淘沥出那些艺术性较高的；并且极善于加工，有时让他缩一句、换一字，便立奏点铁成金的奇效，作者佩服，主编满意，他自己也引以为自豪。

但是他自己却从不写诗。他甘当一个实实在在的编辑。对于那些当着编辑，却醉心于写诗，想把编辑这个岗位当块跳板，伺机跳入专业诗人圈子的同事，他内心里是很不以为然的。他可以容忍猫头鹰，容忍豚鼠，却不能容忍蝙蝠。

不知不觉之中，他已两鬓苍苍。"敢将十指夸针巧，不把双眉斗画长。"他已经习惯了一种恬淡平和、有所遵循的生活。过去他自然也有过惶恐，有过游移，有过失落感，但那都只是暂时的。比如"文化大革命"风暴袭来的头两个月，忽而"造反派""揭竿而起"，昔日的领导威风扫地，令他不知该皈依"叛军"还是该奋起"保皇"；忽而又进驻了"工作队"使他庆幸自己未随"游鱼"也未近"走资派"；忽而"工作队"又被押上了批斗台而"造反派"又"一分为二"，你砸我打，惊心动魄……但好在这一切都不过有如疾风过境，很快形势也就明朗："中央文革"是最高权威，紧跟"两报一刊社论"便无差池，他觉得自己又有所遵循了，便兢兢业业地当起"顺民"来。那一时期他所订阅的《红旗》杂志上，画满了他悉心捧读留下的一道道红线……

不知怎么搞的，这几年他内心里却又浮起了惶恐和失落感，冷静想来，实在是因为这几年涌现在他眼前的斑驳世态，撞击着他心扉的汹涌思潮，令他实在应接不暇，难以消化，而又无所遵循……

一个年龄既轻、资历既浅的作者，居然可以出版《×××选集》，而且在扉页上登出照片、手迹，这是"文化大革命"前所不可想象的，当年知名如秦牧、杨沫、郭小川、杜鹏程……谁能这样出书呢？哪里印过他们的照片呢？并且，这种年、资两匮的作者，居然还被各地请来请去，坐飞机，住宾馆，发表演说，游山逛水，甚而派往国外，扬名他洲……入情吗？合理吗？

录音机，流行曲；李谷一，苏小明，喇叭裤，登山楼；男高跟，披肩发；铁臂阿童木，银耳珍珠霜；白兰牌洗衣机，雪花牌电冰箱；"我是日立宝宝"，"领导世界新潮流"；"胡风同志作了书面发言"，《西方现代派文学作品选》；落地式定时16英寸电风扇，梅花形淡红色镶花大吊灯；大型明星"美人头"挂历，精印法国印象派画家画集；"万元户"买汽车，"个体户"雇工人；梅花鹤翔桩，海灯二指禅；"深圳最新豪华住宅——高嘉花园——即日开始发售……可迁移内地亲属入住……"，"屋奇应丸——主要成分：人参、牛黄、麝香、熊胆——功效卓著，群众信赖……香港付款，内地取货……"唉，真是"信息大爆炸"，可让韩一潭如何经受得起！什么对？什么错？什么好？什么坏？什么只能一时？什么能够长久？什么沾而无碍？什么务必远离？

天下从此多事。韩一潭从此多忧。而对这种世态，夜深人静时，辗转反侧中，他心头竟时时泛起一种酽酽的怀旧情绪……

可是生活毕竟还是安定的，而且他家同别的家庭一样，近一二年也开始走向了"电气化"。1982年12月12日那天下午，当他坐在沙发上翻阅当天的《北京日报》时，他的爱人葛萍便在厨房中开动洗衣机洗衣服。洗衣机开动后的声响固然大了一点，但听来也还是愉快的。葛萍开了洗衣机，回到屋中，坐到案前批改学生的作文，心情也颇为怡悦。

韩一潭读报读到了广告栏中的那一则"寻人启事"，不由惶惑起来——又是一个东北青年，"离家赴京并带大量自写诗稿"，奔谁而来？真令人不寒而栗。

他不禁呼唤爱人："葛萍，糟糕，咱们一定得注意——"葛萍只顾批改作文，并不搭理他。

韩一潭便大声地读出那"寻人启事"来，把其中最富威胁性的句子，重复了两遍。

葛萍这下紧张了："是么？怎么好呢？这回，咱们无论如何不能让他进到屋里！"

"是呀，是呀，"韩一潭说，"他要再拿出蘑菇什么的，咱们一定要马上退还他，坚决不能让他往咱们桌子上搁！往窗台上搁也不行！"

两个人议论了一阵，有备无患，以逸待劳，总算渐渐松弛了下来。

葛萍改出了三四本作文，韩一潭连当晚东铁匠营俱乐部由中国评剧院一团戴月琴、李德琪主演《狐仙小翠》的广告也浏览到了，厨房中的洗衣机也停了下来。

这时，忽然有人用手指敲着他们屋门上的玻璃。

两口子不由得惊悚地朝门外望去，依稀是个男子汉的身影，心里便一起发出悲鸣："糟糕！果然来了！"

可怎么办呢？

23.一个小流氓朝钟鼓楼下走来。凶多吉少。

"无产阶级文化大革命"，对于许多成年人来说，仿佛不过是昨天的事。由于这场长达10年的动乱扭转、切断了大量过去正在发展中的事态，所以，当动乱过去，人们在"拨乱反正"的过程中接续以往的线索时，往往不得不把这10年暂时当作一个空白，就仿佛时间到了1966年夏天突然冻结，而到了1976年秋天，才又复苏似的。前几年报纸上时常把实际早已超过35岁、乃至逼近50岁的作家称作"青年作家"，便是一例。因为人们——包括他们自己——都觉得他们的实际生命，需要从实际年龄中扣除掉一个"10"。

可是在"文化大革命"爆发的那一年出生的人，到1982年却已经整整16岁，并且经历了他个人生活史中的幼年、童年、少年等阶段，而开始向青年时代演进。他们静悄悄地生长着。

现在那其中的一个，便在鼓楼前的大街上从南朝北走。

他的名字叫姚向东。和他同龄的人之中，有许许多多的向东，卫东，立东，颂东（还有卫彪、学青之类，不过都迅即改掉了）……在他们上幼儿园的时候，阿姨教给他们"打倒叛徒内奸大工贼"的歌谣；在他们小学快毕业的时候，老师又给他们讲刘少奇爷爷的丰功伟绩，在"开门办学"的日子里，他们参加"迈社会主义步，堵资本主义路"的活动，老师为提高他们的觉悟，组织他们看电影《青松岭》，回来开会批判电影中那个搞"自搂"的钱广；而在初中毕业的前夕，"分数挂帅"的浪潮汹涌澎湃，老师为了让他们尽可能考上"重点高中"，锻炼作文的能力，又组织他们看了电影《柳暗花明》，回来写观后感，批判极"左"路线对农民合理愿望的粗暴践踏……原来社会向他们灌输"爱情"和"金钱"是羞耻的观念；如今社会上充斥着无处不见的"爱情"，并且通过对"万元户"的宣传，使他们懂得了钱越多越光荣的道理……小小的年龄，贫乏的经验，尚未发育完全的中枢神经系统，承受如此巨大的、频密的、戏剧性的大转折，他们会产生一些什么问题，出现一些什么心态，导致一些什么后果？似乎我们的教育学家、社会学家、心理学家……一时都还来不及进行细致的专题研究。在我们的社会生态群落中，不管你对他们这一茬人忽视还是重视，反正他们无止息地生长着、活动着。

话说姚向东穿着一件米黄色的羽绒登山服，双手插在登山服的斜兜里，咽着唾沫，百无聊赖地从南往北走。

他是被从家里轰出来的。起因，便是他穿在身上的那件登山服。

姚向东的父亲，20世纪60年代末从部队转业到区级机关当保卫干部，对姚向东一向是管束得很严的。在姚向东四五岁的时候，父亲就向他灌输着"长大参军当兵"的意识；母亲是机关的打字员，自然也盼着姚向东快快长大，快快入伍，她为姚向东缝制了仿国防绿的小军装，衣领上还缀以红布仿制的领章，自然还有小小的军帽，帽子上别着真正的红五星帽徽——是姚向东父亲从老战友那里，特意为儿子要来的。一直到十来岁左右，姚向东内心里充盈着这样的优越感、自豪感和自信心——"我爸当过解放军，我长大了也要当解放军！我爸有的是老战友，只要我长大，我爸一句话，我就能当上兵！"

姚向东刚上小学的时候，放学的路上，遇见过小流氓抢帽子的场面——一个戴着国防绿军帽的中学生在人行道上走着，突然一个小伙子骑着车飞快地窜来，经过那中学生身边的一瞬间，伸手抓走了他头上的绿军帽；中学生叫喊时，骑车的人已然拐进了前面的街巷中，不见踪影。这惊心动魄的场面，即使姚向东隐隐觉得抢帽子的人真"盖"①，又使他进一步意识到一切与"国防绿"有关的东西的珍贵。

可是姚向东上到小学四年级以后，周围的社会生活发生了很大的变化。小流氓们不再抢国防绿军帽了，并且中学生们也都渐渐不以穿绿军制服、戴绿军帽为时髦。少年儿童们不知从什么时候起又流行穿一身蓝——蓝制服、蓝裤子，配一双雪白的球鞋，仿佛那便是"帅"字的体现。冬天，开始时兴

---

① "盖""盖了""盖帽""盖了帽啦"，都是了不起的意思。

戴栽绒帽子，穿皮夹克——没有真皮的，人造革的也凑合。小流氓们又抢开了栽绒帽子。又一个冬天，栽绒帽子过时了，剪羊绒帽子方兴未艾，小流氓们的抢劫目标又一次转换。到1982年的这个冬天，登山服开始流行。似乎再没有人盼望着参军当兵。功课上有点希望的，盼望着考上大学。像姚向东这号小学毕业后没能考上重点中学，初中毕业后又没能考上重点高中，而功课又越来越差的少年，既不再艳羡入伍当兵，考大学又明摆着毫无希望，毕业后更势必要待业家中，心中便不免茫茫然，没着没落。

对于儿子的管教，姚向东父母倒也一直没有放松。尤其是父亲，见到儿子不争气的表现，除了一顿急风暴雨般训斥，气急之时，甚至脱下鞋子，用鞋底乱抽乱打——往往要做母亲的一边遮拦，一边哭喊，方才罢休。教子无效，方法不妥固然是一个因素，而本身对迅速变化的社会生活的不理解不适应，牢骚满腹，苦闷难遣，当着儿子讲怪话，却又不许儿子说怪话；儿子提出问题，回答不了，便拿儿子撒气；对儿子讲的道理越来越抽象、干瘪……是令儿子不服管教的更主要的因素。儿子在父母的面前，渐渐变得虚伪。

姚向东所在的那个学校，是所"非重点"中学，老师们——尤其是班主任——工作还是相当努力的。一方面，他们花大力气把一部分尚有学习积极性的学生调动起来，让这些学生在题海中苦航，争取能爆出冷门——考上大学，既为学生们自己争气，也为学校争光，倘若这样的学生逐年增多，那么，他们这所中学便有希望进入"重点"的行列；另一方面，他们也想尽各种办法把姚向东这号的"后进生"管束起来，让他们在校内不至于吵闹，在校外不至于被派出所拘留。不过，由于教育从来不是万能的，而他们对姚向东这号学生的管教又未免失之于粗糙，姚向东在老师们面前，也渐渐变得虚伪。

这天中午，临到吃饭的时候，姚向东母亲才发现，儿子身上穿的那件登山服，并不是她给他买的那件腈纶棉的，而俨然是羽绒的——尽管颜色很相近，衣兜和风帽的样式也相差不多。她不禁问道："怎么回事？你这衣服哪儿来的？"

姚向东满不在乎地说："跟同学换着穿的。"

母亲训斥说："哪有换着穿的道理？人家这件是羽绒的，比你那个贵上一半，你给人家穿坏了，咱们怎么个赔法？你那件腈纶棉的穿着不是一样暖和？干吗非追求时髦？"

偏这时候姚向东父亲从里屋走了出来，一听，一看，不禁怒火中烧。姚向东原有一件棉袄，是用父亲过去的军棉袄拆洗改做的，姚向东套着蓝制服穿了几天，便吵着要换件登山服，说什么："现在谁穿这样的破棉袄？我们同学个个都有登山服！"当时虽然生气，倒也没有发作。确实，如今中小学生穿登山服的很多，家长们似乎都挺有钱，有的更给孩子买真正的皮夹克穿。比起来，自己和姚向东他妈大概是家长中最穷酸的——两人都在事业单位，干拿工资，没有一点外快，负担又重——双方都得按月给老人寄钱，姚向东的姐姐刚从幼儿师范毕业，分到幼儿园工作，还没转正，仅能自给自足；这么个经济情况，姚向东吵闹着要买登山服，他母亲自然只能是给他去买件腈纶棉的，没想到这小子现在越来越不知足，竟把同学的羽绒登山服弄来穿在自己身上，这简直是贪得无厌！

姚向东父亲一见姚向东穿着别人登山服的那副赖相，便忍不住大喝一声："不要脸！你给我脱了！"

母亲忙上去拦住他，劝慰说："你的血压！你先别急，慢慢给他讲道理！"又扭头冲着姚向东说，"还不快跟你爸认错！吃完饭，你就去跟人家换去。听见了吗？"

姚向东觉得母亲是在护着自己，有恃无恐地坐到饭桌前，嘟嚷着说："什么不得了的！我们净换着穿。"说着便拿起了筷子……

父亲一见，越发怒不可遏，使劲一顿脚，宣布说："你别吃饭！我这个家不养你这号少爷！你滚！"

姚向东便站起来，耸耸肩膀，转身走出了家门，对于背后传来的父亲和母亲那纠缠在一起的喊叫声，几乎是完全无动于衷。

姚向东一通儿瞎转悠。在什刹海前海小花园里，他挤到亭子边听了听戏——那里常有一些市民聚集清唱京剧，姚向东感兴趣的自然不是京剧本身，而是那些拉琴、唱戏的人那种逗哏的模样；又到什刹海前海的冰面上，霸道地"借"一个同龄人的冰鞋，溜了一阵野冰；忽然感觉饿得难受，便下意识地来到了鼓楼前的大街上。

鼓楼前的大街，即地安门外大街，从南到北分布着不少的饭馆。从历史上看，北京著名的饭馆，大都分布在南城，又尤其是前门外一带，除所谓"四大兴"——"福兴居""万兴居""同兴居""东兴居"——而外，如煤市街的"致美斋"，大栅栏的"厚德福"，陕西巷的"醉琼林"，韩家潭的"杏花春"，等等，也都颇为著名；当然西城、东城也有一些数得上的饭馆，西单一带曾有包括"大陆春""新陆春""同春园""淮阳春""庆林春""鹿鸣春""四如春""方壶春"在内的所谓"八大春";西四南有"同和居",西华门外有"万福楼",东城隆福寺街有"福全馆",东四北有"同和楼";北城一带,据说清末民初烟袋斜街内的"庆云楼",白米斜街内的"庆和堂",什刹海畔的"会贤楼",都曾盛极一时。到了1982年年末,南城、西城、东城的饭馆虽有不少变化,一流的大饭馆仍保留了不少,而北城,又特别是钟鼓楼一带,除鼓楼边上的"马凯餐厅"和银锭桥头的"烤肉季"较为著名而外,大都沦为一般。不过,虽然如此,那鼓楼前大街上饭馆的种类却颇为齐全。过去有人把20世纪初的北京饭馆分成几类:只卖包子、饺子、馄饨、馅饼、米粥之类的切面铺;只卖猪肉、羊肉菜肴的"二荤铺";标榜"应时小卖,随意便酌,四时佳肴,南北名点"的小馆子;供应小型宴饮的中等饭店;饭店、酒楼、会堂合为一体的大饭庄;经营西餐的"番菜馆";总计七种。除后两种暂付阙如外,前五种在如今的鼓楼前大街上都还存在,并且每种之内又还有所变化。

16岁的姚向东自然绝不会知道,也不会探究鼓楼前大街上饭馆的盛衰增减,但是,由于他感到饿了,所以,当他无目的地从街南朝街北走去时,他的嗅觉却有意识地捕捉着从那些饭馆中逸出的气息。

在这条大街最南头,马路东边十字路口拐角处,有一家门面颇大,品种颇全的国营小吃店,还有一家门面极小、专卖"褡裢火烧"的个体小吃店。按说姚向东既然肚子饿了,搜索出他衣裤兜里的所有"钢镚儿"来,还是能从那两家买到足以果腹的食品的,但姚向东此刻却没注意到它们——他走在大街西边,西边十字路口拐角处是新开张不久的"天津狗不理包子铺",大约刚有一屉三鲜馅包子出笼,从那包子铺里飘散出好一股诱人的暖烘烘的香气。姚向东不由得登上包子铺面前的台阶,隔着门玻璃朝里面望去。嗬,怎么那么多的人,坐着的还没吃上,背后已经站着等座儿的人,饭桌上堆满盘子、筷子,也没人及时地收拾。从饭堂深处飘出一阵阵像雾一样的白气,好闻真是好闻,可谁有耐心进去排队买票、等座儿?何况把兜里的钱全掏出来,说不定还买不下二两——姚向东想到这儿,叹了口气,跳下台阶,继续朝前走。

往前,过了"光明药店"和"长青轻纺服务部",有个"露明园馄饨馆",里头人倒不多,姚向东却吹着口哨管自走了过去。他可不稀罕馄饨。他想吃正经的炒菜。怎么才能弄到一张"钢铁"①呢？如果能弄到一张"团结"②，那就更"盖帽儿了"。不知不觉他已经走过了白米斜街，走过了"虹光服装店"和"北京文物商店收购部"，并且走过了后门桥，来到了"合义斋"饭馆门前。正当他朝饭馆大门走去时，忽然传来了一声尖脆的呼唤："小拽子！"③那自然是叫他。姚向东扭过头去一看，原来是同班同学，外号叫"阿臭"的，骑着辆亮闪闪的二六小女车，捏闸停在了马路边。

姚向东便走拢去同阿臭搭话。

阿臭是个圆脑袋、圆身子的胖小子，戴着一顶剪绒帽子，穿着一件式样新颖的皮夹克。他咧开大嘴，依旧尖脆地问："小拽子！你他妈的跟这儿蹩摸什么啦？"

"小拽子"即姚向东，一把抢过阿臭的剪绒帽子扣到自己头上，喜出望外地说："你丫挺的，管他妈什么闲事！你这他妈是到哪儿'拍婆子'去？"

阿臭伸手去够小拽子头上的帽子，小拽子躲闪着。阿臭不满地说："你他妈的骗了'小羊子'的这身衣服还不够，又他妈的跟我犯贱来了，还我！我他妈的还有事呢！"

小拽子便趁机要挟说："我他妈的还没吃饭呢，你丫挺的管我饭钱，我就还你帽子！"

两人的对话实在不雅，略作记录，以存资料，兹不再赘。总之，在一种既粗野又亲昵、既蛮横又义气的交谈授受之中，小拽子终于归还了阿臭的帽子，而阿臭也终于借给了小拽子一元钱。

阿臭这绰号的来历，是因为其人爱放屁。小拽子呢？所谓"拽子"，是北京新俚语中，对一手一足萎缩的小儿麻痹后遗症患者的称谓。早在小学时，姚向东因为曾跟在一位这样的残疾人身后，把那人走动的姿势模仿得惟妙惟肖，故而在一群男同学的哄笑声中，获得了小拽子的绰号，后来竟一直沿用到高中。

对于当代青少年中污言鄙语的消除清扫问题，人们很少作过专题研究。大都采取了两种简单的办法，一是对污秽鄙下的语言实行回避和禁止，一是

---

① "钢铁"，指印有钢铁工人形象的五元人民币。
② "团结"，指印有各民族大团结图画的十元人民币。
③ 在这里"拽"要读 zuāi；"子"读如英文字母"Z"。

灌输以规范化的文明语言。这当然也能取得一些表面效果，但究竟不是治本之方。

姚向东上小学的时候，原是很听老师和家长的话，不骂人，不说脏话的。但儿童在成长期中，对于语言本身，也有一种游戏的兴趣。姚向东记得，他上一年级时，同学之间私下里就流行着这样一首"歌谣"：

> 结巴磕子赶大车，
> 一赶赶到核特哥，
> 核特哥，是你哥，
> 你哥是我大拇哥！

"结巴磕子"是"口吃者"的意思，"结巴磕子赶大车"这一句还勉强有讲，其余几句完全没有意义，不过是追求一种节奏和音韵上的快感。本来，儿童文学工作者，以及老师和家长，是应当抓住儿童们的这个特点，因势利导，编出内容优美生动而又朗朗上口的歌谣，以满足孩子们的这种快感的；不幸的是，姚向东上小学的时候，老师净教他们一些政治性极强而念起来索然无味的"革命儿歌"，其结果是，孩子们因厌弃课堂上强灌的，便在课下"反其道而行之"，自编自诵起越来越多的"地下儿歌"。开始，这类"地下儿歌"还只不过是单纯的音节和韵脚游戏，如：

> biā ji biā ji biā,
> 摔个大马趴 ① !
> 马趴没摔好，
> 摔个仰巴脚 ② !
> 医生来看病，
> 真是不高兴，
> 打了 biā ji 针，
> 吃了 biā ji 药——

----

① "马趴"是脸朝下摔倒。
② "仰巴脚"是屁股着地摔倒。

看你以后还闹不闹!

后来,由于社会上庸俗因素的渗入,这类"地下儿歌"便渐渐糟糕起来,而老师、家长们往往满足于儿童和少年表面的听话、驯服,对于存在着另一个儿童和少年们独自相处的世界,以及在那一世界中存在着另一套语言和另一套做派,长期予以漠视。结果,当少年人肩膀渐渐展宽,嗓音渐渐变粗,胆量也渐渐变大,开始公然当着大人们"撒野"时,老师和家长才慌了神儿,可是到那时候再来扭转,分明已属"亡羊补牢"。

语言不美的另一个心理根源,便是自尊心的匮乏。姚向东从小就看惯了戴高帽子游街一类的"揪斗"场面,被"揪斗"者的尊严自然扫地委尘,那些气势汹汹的斗人者在他眼中也并无尊严可言——龇牙咧嘴,声嘶力竭,粗暴蛮横,不顾体统……姚向东那颗小小的心不禁暗暗自问:我长大了,是当被斗的,还是当斗人的呢?当然要当那斗人的!为实践这个愿望,在小学三年级时,就曾在一次"批斗大会"的游戏中,让同伴们"把三反分子阿臭押上来";然后他便将袖伸拳,模仿着斗人的"造反派"头头那架势,把"阿臭"一顿乱斗,最后横眉立目地宣布:"……现行反革命,帽子拿在群众手中!"1976年以后,家长、老师本应在重建孩子的自尊心方面花大力气,但在时代的大转折中,姚向东的父亲尚不能使自己的心理保持平衡,又哪能去顾及孩子的心理卫生?而对孩子的点滴咎错也暴跳如雷,乃至连骂带打,只能是使姚向东原已十分脆弱的自尊堤防,全然崩塌。老师在考试制度的重大变化面前,不得不把分数和升学率当作一个最实际的追求目标,逢到姚向东这号学生的粗言秽语和调皮捣蛋,便也只是简单地予以弹压,而在情急之中,又难免施以讽刺——"瞧你那副小流氓样儿!"焉知这样一来,姚向东的自尊不但更荡然无存,还增添了一种"心理反馈"——"小流氓就小流氓,真当给你们看看,怎么着?!"

结识小流氓,原是容易的事。公共厕所、溜冰场、游泳池、邮局门口倒换邮票的人群,足球场入口外等候退票的人丛……都是小流氓们经常麇集出没的所在。

姚向东的堕落,便开始于厕所中递来的一支烟、溜冰场上的一次蓄意冲撞、游泳池畔的借用"鸭蹼"……而他最初的不法行为,也便是跟着"哥儿们"

到邮局门口和足球场外，用"花纸头"①和废球票骗取了一块钱以内的"赚头"，然后一气吃了五个冰激凌，闹了两天肚子。

就在这1982年的夏天，他曾混进一个小院，捧出一盆碧绿青翠、两尺来高的山影，一溜烟地跑到什刹海后海边上，将那盆山影"咕咚"一声抛入了水中。他并不需要那盆山影，他毁灭一个美好的事物，仅仅是为了赢得"哥儿们"的喝彩。

……此刻他拿着"阿臭"给他的一元钱，晃着肩膀进到了"合义斋"。照例是客满，不过等座的还不算多。他一眼望到了最近那张桌子当中的一个热气腾腾的砂锅，浮面上漂着一簇簇油星，露出一些豆腐块的棱角。他想自己就该买那样一个砂锅来吃。但随即他也就发现，围在那桌旁吃饭的，不是别人，竟是班主任王老师一家！没错，那年纪大的娘儿们准是王老师的老婆，那两个学生模样的一男一女，准是王老师的儿子女儿。他们倒都挺美的，正用瓷勺儿舀那砂锅里的热汤喝……

他的眼光同王老师的眼光接触上了。王老师比他还要尴尬。老师最怕学生看见自己吃、喝、拉、撒、睡。而姚向东对老师的神圣感的第一次幻灭，便是二年级时他的班主任老师有一天突然当众到痰盂边呕吐——原来老师也会肚子疼，也会生病，也会呕吐，也会出丑……

"王老师！"姚向东富于挑逗性地率先招呼了老师。

王老师仍旧尴尬，脸涨得通红，仿佛一个当众被人抓住的小偷。姚向东觉得很吃惊，也觉得很有趣。在他呼唤了王老师以后，王老师的老婆孩子全都扭过脖子来望着他，目光里全带出老大的不愉快。王老师迟疑了几秒钟，才点点头呼应说："姚向东啊！你……来吃饭哪？"

"不，"姚向东乖巧地回答，"我家来了客啦，我妈让我来买点下酒菜回去……"

"啊，那好，你买吧，买吧，买吧……"王老师满脸笑容，格外亲热地说。

其实在这个地方，姚向东买什么本用不着他的批准，可是不知怎么搞的，姚向东格外谦恭起来。他对王老师连连点头，这才朝买酒菜的柜台走去。

王老师的爱人一边咀嚼着，一边对王老师夸赞说："你这学生还很懂礼貌嘛！"

———————————

① 假邮票。

王老师伸手去夹菜，自得地说："其实，这还是个后进的哩……"

姚向东并没听见这两句话，可他总觉得王老师在扭头望着自己。他本不需要什么酒菜，可是他还是花八毛钱买了一个小拼盘，申明"带走"，让服务员给他包了起来。

出得饭馆，姚向东才感到后悔。他需要的是砂锅豆腐，而不是什么干巴巴的下酒菜！他信步穿过了马路，在后门桥东南侧，有一家没写字号的饭馆，他推门走了进去，那里正卖牛肉汤面。姚向东肚子里咕咕直叫，顾不得再加挑拣，他搜索出衣袋里的全部零钱，买了一碗牛肉汤面，然后把那包"下酒菜"一股脑儿全扣在了面条上；其实那"下酒菜"也不过是些牛肉片儿，还有一撮煮花生。他呼噜呼噜吃得飞快。因为碗里堆的东西太多，面汤溢了出来，顺着塑料桌布流下了一道小小的瀑布，待他发觉，已经为时过晚——牛肉汤把他身上那件羽绒登山服下摆污染了一大片。姚向东于惊讶痛惜中骂出声来。

这件羽绒登山服，是班上的班主席杨强强的。说来也怪，姚向东这么个后进生，偏跟杨强强那么个共青团员混得不错。杨强强父母都是中央试验话剧院的演员。杨强强初中时功课本来不错，谁想考高中时作文跑了题，没能考上重点学校，倒成了姚向东之流的同学。王老师把杨强强跟姚向东安排到一个座位，原是让杨强强帮助姚向东，可姚向东并没感觉到杨强强对他有什么帮助。杨强强只是劝他看一些课外书。姚向东看不下去。杨强强借他的那本《卓娅和舒拉的故事》，他还没看到卫国战争爆发，就再也看不动了。杨强强借他《三国演义》，他看着吃力，坦率地说："看这字书，不如看小人书。"杨强强便对他说："我有全套《三国演义》小人书，48 本。"姚向东要看，杨强强说："不外借。要看，跟我到家坐着看。"

姚向东跟着去了杨强强家，杨强强端出个纸匣子来，果然是全套"三国"小人书，那还是杨强强的父母"文化大革命"前给他哥哥买的，一直珍藏到如今。姚向东每次去看两三本，看得津津有味。杨强强是唯一几乎不叫姚向东外号的男生。跟姚向东他们一块儿聊天时，杨强强自己不带脏字，但对姚向东他们嘴里的"他妈的""丫挺的"，却也从不指摘。老师管束姚向东时，总说："不许你这样！""不准你那样！"老师让杨强强帮助姚向东，杨强强总从正面说："你干吗这样呢？""你那样不好吗？"比如在杨强强家看小人书看得入迷了，杨强强便会说："你歇会儿不好吗？""你干吗不做几道几何题呢？"姚向东非要抄杨强强的作业，杨强强也就让他抄，只是说："你至少弄懂一道，不也好吗？"便不多不少只给姚向东讲上一道。杨强强真随和，真不让人讨厌。班上选班主席的时候，王老师看上的本是一位女生，结果姚向东突然积极为杨强强竞选，全部男生都投了杨强强的票，加上一部分女生也拥护杨强强，杨强强便当上了班主席。

姚向东的父母或许会以为，今天姚向东穿在身上的这件羽绒登山服，是姚向东诈骗来的。真的不是。昨天放学后去杨强强家，姚向东跟他杀了一盘军棋，玩得挺痛快；临走的时候，姚向东实在觉得杨强强这件登山服比自己那件帅，心里痒痒，便提出来："咱们换着穿一天吧！"杨强强也就点头答应了。就这么穿回了家。有什么大惊小怪的？

可是这件登山服让"丫挺的"牛肉汤给染了。真熬淘①！要是别人的，也就管他去，可杨强强对自个儿真不错，起码，那48本的"三国"小人书，别人舍得拿出来让你看个够吗？

姚向东出了清真面馆，心情要多坏有多坏。真想跟迎面走来的人吵上一架。吵架有的是理由，"你他妈干吗照②我？"这就可以纠缠到底。可迎面来的是个解放军，四个衣兜的。团级？师级？红帽徽，红领章，那曾是姚向东小小心灵朝夕向往的。现在当军官得先上军官学校，又得凭"分"。"分儿，分儿，学生的命根儿。"姚向东没这个命根儿，他真倒霉！

清真面馆旁边是个信托商店——"益民信托商店"。它如今在北京市越来越有名气，快跟东华门大街的"中昌信托商店"齐名了。姚向东盲目地钻了进去。

这里卖各种家具，堆着好多弹簧床和双人折叠沙发床。新来了一批电镀衣架，衣架顶上可以安灯泡，兼当落地灯。姚向东对这些东西自然毫无兴趣。啊，也卖衣物——登山服！羽绒的！衣袖上还有带拉链的小兜！真帅！那兜是装什么玩意的？还有黑底金字的标签，都是英文字母，也不知啥意思，也许杨强强认得出来，他英文行……哎呀，45块钱一件！够贵的！要是能有那么一笔钱，把它买下来，那就好了，可以拿着去找杨强强，"哥儿们！我把你

---

① "熬淘"，读作 āo tāo，败兴、倒霉的意思。

② "照"，就是拿眼睛看（带有挑衅）的意思。

的登山服弄脏了，咱们好汉做事好汉当！瞜兮瞜兮^①——赔你的！比你那还帅！怎么着？'官盖了'^②吧？"

姚向东在一种难以譬喻的惆怅心情中出了信托商店，继续朝北走去。啊，帽儿胡同。杨强强就住在帽儿胡同里——那里有一片文化部盖的宿舍楼，中央试验话剧院的人分了不少单元。去找杨强强吗？就这么着去？那多丢人现眼！姚向东边想边横穿过了马路。先离帽儿胡同越远越好！就这样，他懵懵懂懂地走拢了位于这条街尽西北角的"马凯餐厅"。餐厅里窜出一股奇特的香味。姚向东痛感自己并没有吃饱，他下意识地推门走了进去。楼下只卖快餐，楼上有雅座卖炒菜。

他在楼梯口看了下菜牌，那些菜肴尽管他几乎都没尝过，但光看名目就足令他流涎三尺：

去骨东安鸡　油焖大虾

炸黄雀肉片　松鼠鱼

红烧海参　红烧狗肉

酸辣鱿鱼片　熘嫩鳝丝

……

他更感到——如果兜里有张"钢铁"或"团结"该有多好。但他现在已经几乎一文不名。他拖着脚步走出了"马凯餐厅"，一口接一口地咽着唾沫。

他朝钟鼓楼跟前走去。他也不知道自己目的何在。他脑中浮现出了那盆碧绿的山影。

24. 婚宴上也会有惊险场面。信不信由你。

第三轮热菜端上来了。

一盘桃仁鸡丁，是按"仿膳"的规格烹制的——路喜纯怕薛家一时找不到核桃，自己特意用塑料袋装来了三两核桃仁——搁到桌上时，热油还在嗞嗞地响；一盘香酥鸭，在鸭嘴里，路喜纯还插上了一朵用胡萝卜刻出的玫瑰

---

① 瞧一瞧。这其实是外来语。民国初年，一些北京市民模仿英美人说 look，后又由"瞜客瞜客"转音"瞜兮瞜兮"。

② "官盖了"是"盖了帽儿"的最高形容格。

花，并且陪衬上了几片芹菜叶；一盘松鼠鱼，鱼虽然不算太大，但鱼背上的刀口和浇汁都足以证明制作的"地道"；一盘栗子白菜，栗子大而黄，白菜肥而青，与前三样相配，虽素净而照样引人流涎。

这四盘一定，本是专门来挑眼的七姑反倒头一个发出了由衷的赞叹："哟——多气派，多喜幸，我们秀丫一进门就遇上这么个'红案'，真是福气不浅哪！"

薛师傅听了这话，心里高兴。他望着那条色、香、味俱佳的松鼠鱼，更是感慨万千。他想起小的时候，家里过年，桌子当中也有一条鱼，也浇着热腾腾的汁液——不过那鱼本身只是一条不能吃的木头鱼！家里穷哇，买不起鱼，却又不愿失去"年年有余"的吉兆，所以就用了那么个法子。当时周围的穷邻居们，几乎家家都那么"吃鱼"，据说是从江浙一带传来的习俗。木鱼当年"吃"过后，洗刷干净，挂起来，第二年春节时还用。薛师傅当年"吃"过的那一条，在他出生之前便已存在，直到他进隆福寺当了喇嘛，才不再"吃"它。后来那木鱼不知被家里哪位兄姊弟妹继承了，想必不会保留至今……薛师傅忽然想问问薛纪跃的大姑妈，大姑妈不在眼前——她仍在隔壁屋中主持那边的婚宴；而薛纪跃大姑妈的二闺女和女婿，已然带着两个孩子告辞而去，虽经薛师傅和薛大娘一再挽留，由于那女婿态度格外坚决，到底还是先走了，连这难得的松鼠鱼也没来得及尝上一尝……薛师傅只听得耳边新媳妇甜甜地召唤："爸，您吃这鱼！"他夹起一块腮边肉，郑重地搁进嘴里，细细地咀嚼中，品味出了人生那最微妙的滋味……

潘秀娅在这闹嚷嚷的婚宴上尽管感到头脑有点发闷，心里倒一直满溢着幸福与自豪。特别是她所在的那个照相馆的同事们曾一度到场致贺——他们强调刚吃过饭，肚子里再装不下东西，虽经主人一再劝让，只是每人喝了一盅喜酒，或坐或立地嬉闹了一阵，便告辞而去——那位如今以"开眼技术"高超而在照相业当中小有名气的教授之子，也随同到场。潘秀娅想起自己对他曾经存在过的想法，想起他和他那知识分子家庭对自己的客气的拒绝，想到他的婚事至今似乎仍然没有着落……不知怎的，竟当着众人，端起一杯白酒，扬着嗓子对他说："来，咱俩干上一杯！"他慌了，失去了平时的气派，连连摆手讨饶："白酒可不行，我一点儿也不行……我喝葡萄酒吧！"周围的人一齐起哄，哪容他弃白就红？到底逼得他紧眨眼、慢皱鼻地同潘秀娅对干了一杯白酒。潘秀娅从中得到了一种极大的满足，她差一点把心里的这个想法说出来——"你是该开开眼喽……"

第三轮热菜消耗得也很快。卢宝桑刚嚼完一大块香酥鸭腿,又集中全力向松鼠鱼进攻。潘秀娅发现身边的薛纪跃吃得很少,而且根本不往鱼盘子伸筷子,以为他是觉着鱼少,善意地留给别人吃,便主动给他夹了一大块鱼肉,放入他面前的盘中,劝他说:"你也吃点,味儿真叫不错!"这镜头落入卢宝桑眼中,卢宝桑赶紧用胳膊肘一捅汗淋淋的王经理,冲王经理挤挤眼,用当年庙会上"拉洋片儿"的腔调唱着说:"你往那边瞧来往那边看,那边的小两口真不善——"薛纪跃在那盘松鼠鱼端上桌时,便禁不住从胃中泛出一阵阵恶心。那松鼠鱼的头被炸得焦褐油亮,鱼眼暴突,鱼嘴微张,使他蓦地联想到当年在兵团中当炊事员时,为那水泡子中捞起的鱼剖肚的情景——那些鱼从口腔到肛门,贯穿整个鱼肠,全长着整条的寄生虫……他真希望那盘松鼠鱼快一点让大家收拾干净,眼光尽量不去同它接触。谁知潘秀娅竟偏偏把他回避不及的东西,巴巴地夹进了他鼻下的盘中。他本能地一惊,身子往后一仰,胃里头翻江倒海,恶浪直往食管里涌,耳边再听见卢宝桑那浪声浪气的聒噪,加以已然半醉的王经理随之发出的嘎哑粗鲁的笑声,便顿失控制,"哇"的一声呕吐起来……

这一吐,破坏了整个婚宴的气氛,引起了一场可想而知的混乱。最感到刺心的是薛大娘。她从潘秀娅惊诧的表情,七姑责难的眼光,以及与宴诸亲友扫兴的反应中,感受到一种奇耻大辱。她一面慌忙让大侄子薛纪奎把薛纪跃扶出去刷衣、漱口,一面朝每一个人急促地解释着:"我们跃子原没这个毛病,他可是万年没往外吐过东西,他兴许是稍微有点儿醉了。往常喝酒他可从没出过这号事儿,这可真是一时的岔子……"虽然她一再地解释,七姑却耸起眉毛,当着众人质问起潘秀娅来:"他以前跟你说过,他那胃有毛病吗?你们登记之前,检查过身体吗?他那胃怕得照个片子,检查一下吧?你原来真是一点儿也不清楚他那胃有毛病?"这串问题一出来,薛师傅和薛大娘忙在一旁作答:"跃子胃蒂根①没有毛病啊!他这可真是一时吃岔了……"婚宴上的气氛,竟突然紧张起来。

潘秀娅倒没把薛纪跃的突然呕吐看得那么严重,她不认为他的胃一定有什么毛病。她低头检查着自己西服上装的下摆,她觉得薛纪跃呕吐时把秽物

---

① 蒂根,与"压根"一样都是根本的意思。

溅到了自己衣裳上，这是此刻最令她不快的一个因素——啊，还好，衣服、裤子上似乎都没沾上秽物。可是，啊呀！高跟鞋上，却分明有着令人恶心的斑点！她立即试图弯下腰去擦拭，但手头又无任何可供擦拭的东西。她的脸涨得通红，嘴不知不觉中噘起老高，在婚宴中头一回显得不快与烦躁。

孟昭英在极度疲惫中，强打精神来收拾残局。她内心里尽管腻烦透顶，表情上倒还保持着浅浅的微笑，嘴里一边不断地安慰着大家："没事儿，没事儿，跃子弟喝几口热茶解解酒准好……瞧，这不几下就拾掇好了吗？大家伙接茬儿吃香喝辣吧……"她手脚也确实麻利，几下便擦净了桌子，扫净了地面，并且及时地将卫生纸递给了潘秀娅，让她得以擦拭溅在高跟鞋上的污点……

薛纪奎扶着薛纪跃回到了屋里。薛纪跃坦率地对大家说："我没啥！我没喝醉，我的胃也没毛病，我就是讨厌那鱼——我不吃鱼，也不乐意见着鱼……"

"好——您不喜欢，咱来包圆儿①，让您眼不见为净……"卢宝桑闻声站起，将整盘鱼端到自己面前，顿时就着盘子大嚼起来。连身旁的王经理也觉得他未免失礼，推着他膀子劝他："我说兄弟，你消停点行不？"

七姑却觉得这件事不能就此了结。不吃鱼，忌讳鱼，这还了得？"鱼"就是"余"啊！没有富余，难道受穷？她立即问潘秀娅："你们搞对象的时候，他说过这一条吗？这可是大毛病，不该瞒人哪！"

潘秀娅不及回答，席面上顿时又发生了变化——又来了许多贺喜的人，有与薛家有关系的，也有原先想不到竟会露面的，有的确实是专程而来，大多数看得出不过是顺脚兼顾——他们或是逛完北海公园而来，还带着半大不小的孩子；或是将去百货公司采购物品，手里拎着空的提兜……有的来客薛家认识而潘秀娅全然陌生，也有的来客只有潘秀娅认识而其余全然不知其身份；甚至有的薛家也仅有一人认识，而其余成员并不熟悉。因为是错杂而入，所以有的也来不及向大家介绍。屋子小，坐不下，有的便只是站一站，喝上一杯递到手中的酒，有的随便尝一两口菜，有的仅只是接过一块由新郎或新娘剥去包装的喜糖……真是乱哄哄、闹嚷嚷，令人眼花缭乱，应接不暇。

在这混乱的场面中，出现了姚向东。

姚向东本是偶然走进这条胡同的。他进胡同不久便发现了这家婚事——

---

① 把剩下的东西全包下叫"包圆儿"。

院门口贴着大红字，院门旁支着许多辆自行车，地面上布满鞭炮残屑，院门里飘出诱人的气味——其时路喜纯正为蒸好的米粉肉揭锅，香味甚浓……

恰好来了一群贺喜的人，嘻嘻哈哈地朝院里涌去。姚向东当机立断，混入其中，很快便达到了婚宴的最前沿。

开头，姚向东还有点紧张，他恐怕有什么人突然攥住他的胳膊问："你是谁？你干什么来了？"进了屋子，他缩在屋角，心里怦怦跳得好响。但几分钟后，他便看出，人们之间仿佛并不全都认识，而且也没有谁会来盘问自己，心里渐渐踏实。

卢宝桑这时候已经有六分醉意。他突然想再喝一点啤酒，伸手去取身后的啤酒瓶，发现啤酒早已喝光，不禁顿感扫兴。正当主人与众多的贺喜者应酬时，他突然大喊一声："他妈的啤酒还有没有？！"王经理忙拉住他，劝他说："算啦算啦，咱俩凑合着喝麦精露吧。"说着给他和自己各斟了一杯"麦精露"，卢宝桑端起来喝了一口，脸上五官皱成一团，他一边骂着："他妈的，什么破玩意儿！是人喝的吗？"一边顺势揪过恰好站到身边的姚向东，站起身来，不由分说地把那杯子凑拢姚向东唇边，硬往姚向东嘴里灌起"麦精露"来。姚向东原以为是自己引起了怀疑，魂儿差点飞出了躯壳。喝了几口"麦精露"后，才知道是对方半醉，而自己被认定为客人中的一员，不觉暗喜。他两眼朝卢宝桑身后的五斗橱望去，那最上头的两只抽屉，关得不那么严实，把他的心搔得痒痒难熬，那里头会有什么东西？他想起有一回在厕所里蹲坑聊天，一位"小佛爷"①所公布的"经验"——在举行婚礼的人家，那新五斗橱上边的抽屉里，往往搁着来贺喜的客人所赠的"份子钱"，不消说大都是"钢铁"和"团结"；今天他倘若随手捞上几张，便足够他买下信托商店里的那件登山服来……

卢宝桑强灌完姚向东，脚下跟跟跄跄没站稳，他转过身来，敲敲桌子，用更大的声量吼了一声："啤酒！"因为屋里声浪嘈杂，他这一吼竟然仍无反应，使他内心更感空虚；他便朝屋外走去，王经理站起来拦他，无效；他几步便挤出了屋门，钻入了苦棚，直逼到路喜纯面前。唯有在路喜纯面前，他内心里才感到充实——因为他今天明明白白是被伺候的，而路喜纯明明白白是伺候人的。

_____

① "佛爷"，即扒手。

路喜纯满头大汗，累得两眼发黏，可心情却处于最怡悦的状态。他为自己的手艺受到主客一致称赞而感到自豪。他特别注意七姑的反应。他知道，倘若连七姑都不得不发出赞叹，那么他今天的劳动便的的确确是创造了一种美。三轮热菜上过，美的高潮已经过去，他为婚宴所准备的第四轮热菜不再以华美取胜，而是三样实惠的下饭菜肴：米粉肉、红炖牛肉、蒜苗肉丝，以及"曲终奏雅"的拔丝苹果。

　　在第三轮热菜和第四轮热菜之间，他该把一大钵精心烹制的"四喜汤"亲自端上去——按北京民间喜宴惯例，他把那汤往桌心一放，主人便应立即奉献红纸包裹的"汤封"（里面一般是偶数张的贰元钞票，少者两张，多者至八张、十张），而送亲的七姑之类人物，便应在这时起立告退。他想：自己实在不是为了"汤封"而来，是否当场辞掉"汤封"呢？但倘若执意不收"汤封"，主人也许反倒会不愉快起来，看来还是只好收下……或者，这"四喜汤"是否在四轮热菜全上过之后再往外端呢？因为他很愿意让七姑见识见识他的拔丝苹果。他所提供的拔丝苹果将不仅保证能拔出长长的、透亮的糖丝，而且，每一块炸出的苹果都将闪烁着金子般的光泽……那时，七姑又将发出怎样的惊叹呢？

　　正当路喜纯在那里盘算着这些时，卢宝桑突然出现在他的眼前。路喜纯一见他便问："宝桑，你怎么这就醉了？我还有四菜一汤没上呢！"

　　卢宝桑抱怨地说："他妈的连一口啤酒也没有了！真他妈的差劲儿！啤酒都不给预备足了，'抠门大仙儿'①。"路喜纯提醒他说："啤酒不还是你给买来的吗？不是人家'抠门儿'，是买不着嘛。"

　　卢宝桑这才恍然。不过，他心里郁着一股闷气，非发泄不可，他一巴掌拍到路喜纯脖子后头，吆喝着："你丫挺的，好好伺候咱们！"又伸手抓起汤钵中的大汤勺，舀起一勺汤就往嘴边送。路喜纯抢过汤勺，勺里的汤一半泼在了地上；路喜纯把另一半倒回汤钵，搁稳勺子，端起汤钵的两只耳朵，躲开身子，好言好语地劝慰卢宝桑说："你八成是醉了！宝桑，你来足撮一顿我没意见，你也难得有这么个口福。可你也别太没个模样了，要让人家看得起自个儿，先得自尊自重——回屋吧，你前头走，我后头进去上汤。这汤够多的，你到席面上再盛到你那碗里，慢慢地喝！"

---

　　① "抠门大仙儿"形容人吝啬得出了奇。

卢宝桑悻悻地瞪着路喜纯，不挪脚，路喜纯犹豫着。这时孟昭英来了，她对路喜纯说："大拨客人走了，光剩下坐席的几个，我看你就把汤送上去吧。你能歇歇，我也能松口气儿。"

路喜纯便端着汤钵朝宴席而去。

这时薛师傅和薛大娘正把大拨的客人送至院门，席面上突然冷清起来——只剩下新郎新娘、七姑、薛纪奎、王经理、殷大爷几个；薛纪跃二姑妈的大儿子，以及他们售货组的组长佟师傅，当时也随大拨客人告辞离去。人稀了，新房中的物件"水落石出"般凸现出来，只见各处都搁着杂乱而花哨的礼品，其中不少是廉价而无实用价值的"样子货"，如粗糙的仕女形塑料花瓶，描金涂银、然而杯口欠圆的处理陶瓷盖杯，图案奇突的"外转内"亚麻枕巾（其实是擦餐具的抹布），等等。自然都是成双成对的，有的歪搁在五斗橱、床头柜上，有的摊放在床铺和茶几上，倒也五彩斑斓，蔚为奇观。路喜纯端着那一钵汤迈进门槛以后，眼中所见，便是这么个情景。

薛师傅和薛大娘送完客回来，见路喜纯正要上汤，慌忙回到座位。他们都很重视宴席中的这一环节，这意味着婚宴从饮酒到吃饭的转折，而女家送亲人员，将到此告退，儿媳妇从此便正式成为了这个家庭中的一个稳定的成员。

路喜纯待二位老人坐定，这才郑重地把汤钵放到桌心。他搓着手，诚恳地说："今儿个我是尽了最大的力了，我弄得的这些个玩意儿哪一样不地道，不可口，诸位多多包涵。这汤是'四喜汤'，怎么个四喜？夫妻恩爱这是一喜，上下和睦又是一喜，邻里友爱也是一喜，还有咱们祖国早日实现四个现代化，这更是最最要紧的一喜。希望大家伙趁热多喝，喜上加喜！"

路喜纯一番话说得满席喝彩赞叹。薛大娘后悔包好的"汤封"里只放了12块钱，真是薛家命里该着有福，遇上了这么个好"红案"！她想跟薛师傅临时商议一下，是不是再给这小伙子往红包里添上四张贰元的？七姑本来把厨师上汤视为最大的恨事，及至听了路喜纯那么一番话，竟也欢笑起来。新郎新娘对视了一眼，心里漾起蜜般的波纹……唯独只有一个人并不领情，那便是从苦棚踅回宴席的卢宝桑。他见满屋的人都以感激、赞赏的眼光望着路喜纯，心里好生嫉妒，便借着酒劲，斜着眼睛，哑着嗓子命令路喜纯说："给我盛汤！"

路喜纯没理卢宝桑，他只是劝薛师傅、薛大娘和七姑先尝他烹的这钵"四喜汤"，新娘便给公婆盛，而新郎随即便给七姑盛。当三位老人呷了一口汤，齐声赞"鲜"时，其余的人方开始用自己的瓷勺去舀汤。这时卢宝桑用五个指头盖住自己的碗，一捏一提一顿，搁到了路喜纯面前，青筋暴突地又一次命令他："给我盛汤！"

路喜纯仍然没理卢宝桑。这时新郎新娘开始给路喜纯敬酒，感谢他今天的辛劳，其余的人都随声呼应；薛纪跃将斟满白酒的酒杯，朝路喜纯递去；路喜纯刚要接过那酒杯，卢宝桑突然气不忿地伸手将薛纪跃手中的酒杯一打，酒杯"乒"地掉在了桌上，洒了一桌子酒。卢宝桑身边的王经理正待劝阻他"不要胡来"，卢宝桑却已经冲着路喜纯大声喊了出来："你他妈的跟这儿卖什么好儿？你的老底儿我最清楚！你爹是'大茶壶'！你他妈的是'小茶壶'！"

薛纪跃和潘秀娅听不懂这话，但一见路喜纯的脸色，也便慌了神儿——路喜纯竟仿佛被人重重地朝胸口打了一拳，脸上的血猛地飞散了，变得煞白煞白，嘴唇哆嗦着，脖子上的筋暴起老高……

几位上了年纪的人，却一下子听明白了卢宝桑的话。旧社会下等妓院里的杂工，俗称"大茶壶"，是社会最底层最让人瞧不起的下等角色——他不但要伺候嫖客，还要伺候妓女，除了为他们收拾房间床铺，跑腿买烟卷零食，还经常要提着个裹有棉花套的大茶壶，去给各屋续水，"大茶壶"的称谓便由此而来。几位上了年纪的人原不必相信卢宝桑的话，但路喜纯在卢宝桑嚷出那话后的反应，却又使他们不得不作出这样的判断：这个能烹出如此鲜美可口的"四喜汤"的小伙子，竟果真是个"大茶壶"出身！薛师傅心中只是遗憾，薛大娘除了遗憾还有一种迅速膨胀的不快，七姑顿时把对路喜纯的好感驱赶走了一大半，她心里嘀咕着："好呀，你们薛家真够大意的，你们找了个什么人来掌勺啊！菜做得好又怎么样呢？'大茶壶'的儿子可万万不能让他接近这婚嫁酒宴呀！"想到这儿，她竟至于立即感到反胃。

路喜纯此刻全身的每一根神经都在痛苦地痉挛。他是在父母去世之后，才知道他们的真实身世的。新中国成立前父亲是天津一家下等妓院里的杂工，而母亲当年竟是一个卖入娼门的妓女！那卢宝桑的父亲卢胜七，恰是提供有关情况的一个关键人物。那是在他母亲去世不久，他彻底成为一个孤儿时，卢胜七作为他父母的老相识，并且作为他父亲生前的同事，来他家看望他，一边喝着他沏的茶，一边慢慢地讲给他听的。卢胜七那回来看他确实出于好意，给他提来了一捆富强粉挂面，临走还给他留下了五块钱。正是从那次谈话中，路喜纯知道了"大茶壶"意味着什么。他想起小时候有一回在外头淘气，汗淋淋地跑回家中，渴得不行，尖着嗓子问父亲要凉白开喝，他伸手指着桌上的茶壶，没嚷"凉白开"，而是嚷着："茶壶！大茶壶！"正在喝酒的父亲竟不但没递给他那茶壶，还突然伸手重重地打了他一巴掌，使他小小的心灵深受刺激——他很长时间都困惑不解，父亲虽是个粗人，脾气不好，对他却一贯是怜爱依顺的，他那回并未犯什么错误，为什么父亲竟动手打得他脸蛋肿起老高？更奇怪的是，母亲一贯是护持他的，有回父亲不小心把他绊倒在地，母亲为此叨唠了父亲足足有一个钟头；可是当父亲这一巴掌甩在他脸上以后，母亲却并未如他所期待的那样，把他搂进怀中，数落父亲，反倒配合父亲似的，暴躁地把他臭骂了一顿，说他一天到晚就知道瞎跑胡玩，"人嫌狗厌"……待父母双亡之后，卢胜七来过，他才恍然。啊，"大茶壶"——这三个字里包含着父母多少血泪与屈辱！怪不得班主任请父亲去学校"忆苦思甜"，父亲不是一般地拒绝，而是闷声闷气地说："甭拿我开心！"他的那些遭遇，可怎么讲得出口哇？他的苦，只能就着烧酒，咽进心底，深埋起来！啊，父亲！你这曾提着大茶壶在社会的最底层挣扎的父亲，我爱你！我也爱我那同样被知根知底的人所瞧不起的母亲！母亲啊！你脸上的那些皱褶，你额头、太阳穴、脖子上所掐出的那些"紫红的花瓣"，你那粗哑的嗓子里冒出的那些鄙俗的语汇，都掩不住你心底的善良与温厚；你同父亲在新中国成立后才结合，你们好不容易生下我来，在对往事的缄默中含辛茹苦地抚养我成长，这恩情，这心意，我该怎样地报答？啊，亲爱的双亲，你们的所谓"不名誉"，是那个远去的社会强加给你们的，我不承认！谁敢污辱你们，我一定不把他轻饶！……

心里翻腾着钢水般的愤懑，路喜纯用全身心恨着卢宝桑，他的拳头捏得咯咯作响，指甲简直就要嵌入掌心，看样子他就要挥出那钢浇铁铸般的拳头，直奔卢宝桑的下巴了。卢宝桑面对着这样一个路喜纯，酒醒了一大半，背上沁出了一片冷汗，可是为了防备对方那狂暴的一击，他本能地用双手撑住了餐桌的桌沿，倘若路喜纯那一拳飞将过来，他便下决心把整个桌面掀起朝路喜纯扣过去……这形势使在座的每一个人一瞬间都洞若观火，哑然中都感到心脏堵到了嗓子眼儿……

路喜纯的拳头就要挥起来了。在这千钧一发的当口，他的眼睛的余光扫到了新郎和新娘——薛纪跃缩起了脖子，潘秀娅依偎到了丈夫的胳膊上，两人的眼里充满了恐怖与绝望……

路喜纯忽然转身消失于屋门之外。事后追忆起来，包括卢宝桑在内，谁都说不清他是怎么突然一下子就跑开了的。

足足几秒钟过去，屋里的人才回过神来。薛师傅不由得颤声斥责卢宝桑说："宝桑，你真不像话！"薛大娘揉着胸口呼应说："宝桑，你瞎闹什么？"薛纪跃一反这以前的懦弱萎缩，激动地指着卢宝桑说："你足撮一气还不够，还在这儿胡说八道，你走人！"七姑"各打五十大板"地尖声评论说："这是怎么回子事哟？瞧你们请来的这些个人！"……

卢宝桑见路喜纯消失了，忽然又蛮横起来。他想我反正左右不是人儿了，干脆闹它个天翻地覆，我的双手既然没有离开桌沿，趁势将饭桌掀它一掀，岂不痛快？想到这儿，他便龇牙咧嘴地吼了一声："走人就走人！"随着这一声吼，他的双手眼看就要完成那掀桌子的动作，桌边的人全都站了起来，几乎同时发出了惊呼；可是说时迟、那时快，只见一个人抢上一步来到他跟前，伸出右手两根手指头朝他身上点了一点，他便突然翻着眼睛，面条般瘫了下去；王经理忙顺势扶住他，让他瘫靠在了五斗橱上。

那走拢卢宝桑身前，伸出两根指头对他"点穴"的，便是薛师傅的结拜兄弟殷大爷。在此之前，他在宴席上一声不吭，几乎被同桌的人们忽略。他的这一点，使与宴的人们又受到一次刺激。潘秀娅一时间以为卢宝桑被他点死了，吓得紧偎在薛纪跃怀里，干哭起来。

殷大爷却两手互相掸掸说："不碍的，他一会儿就能回过来。回过来他准就老实了。"又不慌不忙地回到座位上，招呼大家说，"喝汤吧。再喝几口汤，我看就盛上饭吃饭吧。"

七姑吁出一口气来，她扯平衣襟，准备告辞，可一看潘秀娅那余悸未消的可怜相，又犹豫起来，她能就这么着撇下秀丫走开吗？……

在屋外苫棚里，路喜纯坐在小板凳上，双手抱头，把头埋向大腿，闷声闷气地哭泣着。孟昭英在他身旁弯下腰，搜索着心里所能想出的最温存的话语，劝慰着他。可孟昭英怎知道此刻路喜纯心里所翻腾着的思绪？路喜纯本是条硬汉子，他很少哭泣，他本来是完全可以通过狠狠地揍卢宝桑一顿，以泄他心中的愤懑的，可是他在拳头就要飞出之际，忽然意识到他今天对更多的人所承担的义务。他所为何来？不为"汤封"，不为赞誉，为的是创造美，并将这美无私地奉献给这个举行婚礼的家庭，以及他们的亲友……不错，他出身低贱，他的父亲，当年的确曾是"大茶壶"，他的母亲，当年的确曾是"窑姐儿"，即使在新中国成立后，翻了身，过上了人的生活，这样的身世经历也不便于公开地"忆苦思甜"。这是多么大的悲哀！那远去的社会不仅将屈辱刻在了他父母心中，更波及了他这一代！可是他要强，越是从这种屈辱中诞生，他越是要自尊自重。他不堕落！他不消沉！他要在自己那平凡的岗位上，正正派派地为这个社会贡献出自己的汗水；他要在这种施展自己技艺的义务劳动中，认认真真地为普通的群众奉献出自己精心创造出的美来……可是他竟遭到了这般残酷的污辱！为了使这举行婚宴的一家不至于陷入丑恶混乱的漩涡，他只得强咽苦果，抽身回到这里，可是他必须痛痛快快地排泄出胸中淤积的悲苦和愤懑。啊，他，一条硬铮铮的汉子，竟闷声闷气地抱头痛哭起来！他哭，不是怨恨父母给他留下的屈辱，而是更加痛惜父母的早逝，他也为自己长期不理解父母而感到愧疚……

孟昭英回到屋里，报告大家说："人家路师傅为了成全咱们，躲一边去忍气吞声，小伙子够有多好！"并提醒薛大娘说，"妈，还不快给人家送上'汤封'，安慰安慰人家！"

薛大娘便让薛纪跃拉开五斗橱抽屉，取出"汤封"来——她在开宴前用红纸包好，搁在了薛纪跃放瑞士雷达牌小金表的那只抽屉里。薛纪跃过去开抽屉时，她趁便征求薛师傅意见："再给他添上八块吧，我看他怪不容易的！"

薛师傅没来得及回答，便听见薛纪跃一声异样的惊呼："哎呀！金表跟'汤封'全都没啦！"

满屋的人——瘫在五斗橱下的卢宝桑除外——全都又一次陷于惊诧之中。

25. 行政处处长对别人的告发哑然失笑。

眼看就到两点半了，接张奇林去机场的小汽车居然还没有到，于大夫又一次打电话到机关，值班员说傅善读确实已乘车出发来接，那为什么这个时候还没抵达？真让人着急！

张奇林已经穿妥了西装、皮鞋和大衣，双手背在身后，在客厅里踱过来踱过去。

飞机四点钟起飞，现在离起飞仅仅只有一个半钟头了。就算小汽车立即到达，立即坐上出发，路上总得半个来钟头，进到机场，办出境手续，托运行李，接受检查，穿过隔离区，到达候机厅，进入飞机舱，最快也总还要四十多分钟，所以现在真是一分一秒地接近了误机的临界值。一贯遇事沉着镇静的张奇林，此刻在踱步中也明显地流露出焦躁与烦怨。

傅善读今天是怎么一回事呢？自从张奇林主管这个局以来，同傅善读接触中，一直感到他这人办事妥帖精细，很可信用。难道傅善读今天的反常，同中午接到的那封告发信有一定关系？想到这里，张奇林不由得往墙上一瞥——那幅洛玑山为他"却乏走笔"的山水画已经按照他的吩咐，由女儿张秀藻取下收起，现在墙上只留下一块长条的白痕。傅善读为洛玑山搞房子，图的是什么呢？就为图他那同一构思多次复制的"作品"吗？洛玑山贪得无厌地弄房子，又图的是什么呢？他除了画画儿，还想当"二房东"吗？张奇林感到困惑。他深感世界上的事物之间是一个复杂的网络结构，只盯住一个"网结"是不足以知人论事的，必须把握住一组矩阵网络，才能作出近似判断……然而那封告发信所揭发的实际仅仅只是一个"网结"，有关"网络"的真相究竟如何呢？……傅善读会不会是故意晚来，以回避我的询问？可不管他怎样晚来，从这里开往机场的一路上，我在汽车中总还是要问到他的；即使我问完还不足以作出判断，问一问心理上总能平衡一点……

　　张秀藻被于大夫派往院门外瞭望——尽管这实际上起不了什么作用，于大夫还是让她去，她也驯顺地去了。当她走到外院时，她的眼光不由得朝东边小偏院瞥去——那四扇屏门半开半掩，似乎透露出无限的神秘。冯婉姝一定来了吧？她同荀磊此刻在做什么？一起听音乐，还是一起看书？张秀藻并不嫉妒，但感到一阵阵酸辛的怅惘。她想，世界上还有什么事比这个更令人痛苦——你爱他，他却不爱你。她觉得那种原来爱过、后来不爱了的情况，究竟还比这种境遇好些，因为心中总还有可供细细咀嚼的甜蜜的回忆……要不是身后突然来了一个莽撞的少年，急匆匆地撞了她一下，从她身边头也不回地大步朝院外走去，她也许还会伫立在那里，继续任自己的感情涨潮……那少年穿着一件米黄色的登山服，双手插在斜兜中，仿佛喝醉了酒的模样，不消说，又是薛家婚宴上的食客。薛家怎么净是这种大叫大嚷、粗鲁无礼的亲友呢？撞了人家，头也不回，连声道歉也不会，径自晃着肩膀大步流星地走了，真不害臊！……张秀藻还未挪步，又听得身后人声嘈杂！原来是薛师傅和薛大娘在送一群客人，她赶忙快步走出了院门，闪到了一边。到了院门外她想起她那瞭望的职责，便把手搭在眼上，朝胡同口望去，胡同口那边冷清清的，并没有什么小汽车的影子……

　　于大夫一看腕上的表已指示着两点半，便对张奇林建议说："干脆叫辆出租汽车吧。这个老傅，办的什么事！出国任务他都敢给你耽误，还说给安排房子哩！这种人！"说着抓起了电话。可就在她拨出租汽车总站的电话号码时，傅善读气咻咻地到了。

于大夫还未来得及开口埋怨傅善读，傅善读却先一迭声地谢罪："怪我，怪我，怪我……不该让小王从美术馆那边过来，谁想得到今天那儿偏出了车祸呢？到了地安门，偏又遇上个大红灯……"说着便主动去提旅行箱，又问张奇林，"你还有几件行李？咱们这就开路！"

张奇林见傅善读来了，心里安定下来。一个半小时里，足能办完登机的一切事宜。由于整个身心的陡然松弛，他忽然感到要小解一次。于是他对傅善读说："你来了就好。少安毋躁，我方便一下再走。"

傅善读劝止说："到机场再方便吧。机场厕所干净。"

于大夫也说："看把你裤子溅脏了——鞋底更不用说。唉，我们这个厕所啊！"

张奇林却憋不住。他想了想，便沉着地脱下大衣，又进到里屋，套上一条平时穿的裤子，换上一双平时穿的鞋，走了出来，笑着说："瞧，我这样就保险了。"说完竟出门而去。

傅善读被张奇林这举动惊住了。一位马上就要上飞机出国访问的局长，如此费劲地去上胡同里的公共厕所！于大夫也感到今天的事态真是触目惊心，她抓紧机会对傅善读说："你瞧瞧，老傅！什么事儿！还把我们窝在这儿，这么着上厕所！上这种厕所！你亏心不亏心啊！"

傅善读赌咒发誓地说："于大夫，我确确实实给你们预备好两个单元了。要不，送完老张回来，咱们先坐车去看看房子？看着老张上个厕所都这么艰苦，你以为我心里好受？"

张秀藻本来心不在焉，随傅善读进屋以后，她本能地提起爸爸的一个小手提箱，只等着一齐再往院外走。她的脑海里，鲜明地浮现着的，仍是东外院的四扇屏门——可是当张奇林上厕所的举动呈现在眼前以后，她的心仿佛被敲击了一下，脑海里的四扇屏门倏地淡化开去。虽然爸爸身影消失了，但那上身穿着笔挺的西装，下身却套着一条旧裤子，脚上临时又换成一双旧鞋的古怪形象，却仿佛牢牢地粘在了她脑中……啊，爸爸！她忽然觉得自己的爸爸非常可爱，一个能这样坦然无怨、心平气和地去胡同里简陋的公厕方便的爸爸，该是一个多好的爸爸！

爸爸在她眼前有过许许多多的举动，也许，今天的这个貌似微不足道，甚至有些滑稽的举动，恰恰最能在她的心目中树起牢固的威信——作为共产党员和革命干部的威信。

张奇林却完完全全仅是为了解决一个生理上的需求。他从胡同公厕回来，动作紧凑地洗了手，脱掉了旧裤子，换上了皮鞋，又穿上大衣，然后便操起桌上的公文包，说了声："走吧！"大家便一齐朝院外走去。出了垂花门，穿过狭隘的大门洞，来到街上，把行李放进了汽车后箱，张奇林和于大夫都坐进去以后，傅善读招呼张秀藻说："上车吧！"张秀藻笑笑说："我不去机场了。"张奇林和于大夫也都在车里说："她早说好不去了。孩子大了，她有她的事了。"于是傅善读麻利地钻进了前座，把门一撞，车子便开动起来。张秀藻朝车子挥了挥手，车子开远了，她看看手腕上的表——两点三十八分。

张秀藻返身走进了院门，来到四扇屏门旁边。她忽然觉得听到了荀磊和冯婉姝的笑声，还有朦朦胧胧的、似有若无的音乐作为陪衬，她的心仿佛被紧紧地捏了一把。在一种惘然若失的精神状态中，她恹恹地朝里院走去。刚到垂花门边上，忽然从垂花门里走出了詹丽颖和一位有点谢顶的、戴眼镜的中年男子，张秀藻同詹丽颖对笑了一下，便错肩而过。詹丽颖那粗大的嗓门正甩着这样的话语："……好哇！演过了'贵妃醉酒'，下头就该演'凤还巢'了嘛！……"张秀藻也无心去听詹丽颖在说着什么，只是觉得她这人未免有点聒噪……再往里走，路过薛家苦棚时，她感觉到似乎有男人的哭声——那是一种闷住的低沉而浑厚的悲声，使她非常惊异。谁呢？怎么能在办喜事时哭呢？她并无细加探究的欲望，但她感受到了生活本身的复杂性和多样性。她想，在这立体推进、交叉互感的生活中，她还是应当理智，应当坚强，而不能让心中那隐秘的爱湖冲决堤坝，淹没掉她的事业心……于是，当她回到家中以后，她洗了个脸，轻轻地哼着歌儿，毅然地坐到了书桌旁，打开了专业英语课本和笔记……

张奇林乘坐的小汽车开过了鼓楼，从鼓楼东大街直奔东直门。张奇林和于大夫坐在后座上，傅善读坐在前座上。当张奇林沉吟着考虑如何就那封信的内容询问傅善读时，于大夫已经就即将搬去的新居向傅善读提出了一连串问题，从卫生间澡盆的规格一直问到了窗外是否已经植上了树、植的什么树。傅善读扭过身子，双手扶住座椅靠背，热情地一一作答……

小汽车眼看出了东直门，开上了通往天竺机场的公路，时间不多了，张奇林便打断于大夫和傅善读的交谈，郑重其事地说："老傅，我要正式地同你谈谈。"

傅善读显然并无思想准备，他显得有些吃惊："正式？"

张奇林望定扭过身来的傅善读。这是一位典型的"老总务"，不知为什么，张奇林觉得到处管行政事务的干部都有着同样的风度、同样的表情——尽管他们外貌上往往差异很大。老傅身材瘦小紧凑，两眼却炯炯有神，不说话时，薄薄的嘴唇闭得很紧，一开口说话，嘴唇果断地掀动着，腮上的一个伤疤，仿佛也在一动一动，说出的每句话似乎都有着足够的统计数字作为后盾，不容辩驳。

张奇林决定开门见山。他说："今天中午我接到了一封群众来信，检举了你，而且也牵扯到我……"于是他几乎是把那封信逐字重述了一遍。

于大夫原不知有这回事，听了大吃一惊。她才明白张奇林为什么让把家里挂的那幅画取下。这是张奇林他们单位的事，她当然不好插嘴。不过在这么个小汽车里，时间又这么紧迫，张奇林一下子把问题端到傅善读面前，会不会弄成个尴尬的局面？她心情紧张地望着傅善读，既怕他怫然色变，也怕他无地自容……她心里不免埋怨张奇林：这问题就不能搁到回国后再往外端吗？

出乎张奇林和于大夫意料，傅善读听完那封告发信的内容，竟是哑然失笑的样子。他极其轻松——甚而还夹带着几分愉快地说："信上说的完完全全都是事实。只不过没把事实说全就是了——我这回'卡'出来的住房不是一套而是两套，嘿嘿，我还想再'卡'出第三套来呢！"

张奇林愕然。傅善读见张奇林现出那么个难看的表情，便以一种安慰的语调说："你从来没直接管过分房子的事，没深入过这个领域，难怪你听见风就是雨。其实，对于我们做实际工作的人来说，那信上说的事儿，不过是我们这一行的日常生活……"

张奇林不得不承认，傅善读所驰骋的那个领域，对他来说，只是一堆抽象的模糊的概念。局里的"分房委员会"不由他抓。固然局党组要讨论通过住房上给予特殊照顾的中年知识分子名单，但他们所讨论的只是人而不是房——他们只作出应当优先给谁分配住房的决定，至于实际安排，那就是傅善读他们的事了。

张奇林问："你是怎么卡掉中年知识分子住房的？这关系到落实党的知识分子政策，你怎么敢这么干？"

傅善读笑嘻嘻地反问："咱们局哪一位该给房的中年知识分子没得着房？"

张奇林一想，也确实没有来告这种状的。似乎每一位分房名单上有名的人都分到了住房。他想起那封告发信上的措辞，也并不是说傅善读卡掉了谁应得的整套住房，而只是说他"卡掉了您局中年知识分子的居住面积"。

傅善读见张奇林发愣，便进一步说明："咱们局的住房来源，一是接受统建房的分配，一是自盖自分。先说第一种，统建房有不同的规格，都号称三间一套，有 50 平方米的，也有 30 平方米的；都号称两间一套，有 30 平方米的，也有 23 平方米的；有全是南窗的，也有全是北窗的，自然也有各种两面开窗的；有的大而粗，有的小而精；有的房子好地段差，有的房子差地段好；有愿把三间一套换成一个两间一套、一个独间一套的；有愿把楼房换成平房的……我们管这摊事的，说实话，确有以权谋私的角色；不过，也是实话——我们搞所谓的倒换，主要还是为本单位着想。比如说，这回一共分给了咱们统建房 28 个单元、1132 平方米，除去可以倒的旧房不算，按说可以安排 28 户入住；可是我不能就这么着死板地安排，比如说，给你们家，我就不能安排成一个三大间的单元，而要安排成两个两大间的单元，这样，我手里的房子就不够分了。也不光是你家，这类需要变通的例子还有，比如有的该分房子的人家，婆媳实在不合，我要尽心为他们服务，就该把一个两大间的单元，尽量换成两个独间的单元，于是乎我就要同别的单位的同行联系——我不去联络他们也会主动找上门来，我们之间——往往也不是双边，而是三边、四边，半公开地进行倒换；倒换的结果，比如这回我手里的状况，就挺让人满意，凡该安排住房的我全安排了，还多出两套来——怎么多出来的？自然是因为我卡掉了一些住户的米数，不过那米数极其有限，也就一二平方米，三四平方米而已，但我积少成多的结果，便多出了两个单元来；少了米数的住户也许还得到了另外的好处，比如阳台大，层次好，采光足……你说我坑害了谁呢？我完完全全是一片好心！……"

张奇林怀疑地问："你这个好心我还不完全明白，那洛玑山跟咱们单位毫无关系，你怎么能让他住进一套呢？这总是违反原则的吧？"

傅善读起劲地掀动着嘴唇，振振有词地说："那洛玑山不过是借住，我并没有给他住房证，算不上违反了什么原则。咱们给他提供方便，他给咱们帮忙，这实际上是一种协作嘛……"

张奇林大惑不解："协作？一个单位和一个私人协作？"

傅善读只觉得张奇林迂腐无知，他不禁调侃地说："你这个官僚主义者！

'不知有汉，无论魏晋'！刚才说了，咱们局的住房，一靠统建统分，一靠自盖自分。盖房子你当跟搭积木那么容易？地皮问题，设计问题，材料问题，施工力量问题……头疼的事多了！你以为那洛玑山不过是有几管毛笔的等闲人物？咱们局这回盖宿舍楼的水暖设备，要没洛玑山帮忙，能那么顺当地到手吗？"

张奇林觉得傅善读越说越像"天方夜谭"，不禁问道："他还兼营水暖设备公司？"

傅善读笑了："你真能开玩笑！他自然只会画那么两笔画儿！可现在哪个宾馆、招待所不想要他的画儿？都抢着请他去画，房子没盖起来，要多大的画儿，挂在什么部位，早都跟他订好了……所以他能替咱们说情，从宾馆工地匀出点过剩的水暖设备来。咱们欠了人家的情，借套富余的单元给他用用，还不应该吗？……"见张奇林仍然瞪着眼睛，傅善读又补充说，"你放心，这里其实并没有什么不干不净的事情。那水暖设备都是按官价转让、接收的，手续完备，洛玑山从中没拿一分钱的'回扣'。"

张奇林仍对洛玑山反感："他自得一套住房，还不算拿'回扣'吗？而且人家说他像这样的住房已经弄到了三套，也太贪得无厌了！"

傅善读却不以为然："他的情况我太清楚了。别看他名声在外，他那个单位可根本不拿他当回事儿，说他年轻，资历浅，还不够照顾的份儿，分给他的住房，就是那么个又小又窄的单元。他上有老，下有小，家里根本摆不开画案，他也是逼得没有办法，才这么弄了三个单元——你以为是什么大三间的单元？三处我都去过，一处在塔式楼的第15层，是个独间的，他当了画室，他说他不能总是到宾馆里去画订货，他想静下心来搞一点真正的创作，所以得有个自己的画室；再一处是个半地下室，他安排他老母和女儿住，以减少自家的拥挤；第三处就是我借给他的，也不过是个两间的单元，他布置出来会会客，藏一点书和美术资料，如此而已。说实在的，以他现在的这个水平，如果到国外去，他能混得蛮不错嘛！买一栋楼住住，搞它一座带花园的别墅，怕都不是什么难事，可人家并没有那么个想法，能忍心说他贪得无厌吗？……"

张奇林听了傅善读一番话，暂且无言。他心里思忖着：即便傅善读所说的全是真情实况，看来这里面也还是有一定的问题。什么样的问题呢？恐怕是住房修建、分配体制本身的问题。人们合理的物质需求，社会上人们之间互通有无的交换关系，看来采取压抑的办法、遏制的办法，终究只能是造成更多的矛盾和不必要的人力物力消耗。10 年前，按规定农民不许贩卖花生米，但城市居民们还是几乎家家都有花生米——一个地下的花生米供求网顽强地存在着。现在爽性允许农民贩卖花生米，让花生米供求网公开化、合法化了，供求双方的身心都得以免除多余的耗损，生活不是变得更明朗更轻松了吗？什么时候城市住房问题也能摆脱人为的脚枷，把解决的步子迈得更清爽、更迅捷呢？……

傅善读见张奇林的表情渐渐由严峻而温和，便主动地说："老张，你还没问我：你那另一套卡出来的单元，派了什么用场呢？告诉你吧——分给了你们新任命的技术情报站站长庞其杉。原来'分房委员会'认为他的'分数'不够，他还得再等上一阵子才行，可是我手头多出这么一套以后，马上就把他安排了——他一上任就住进了新房，工作能不安心吗？你看，那封告状信其实倒是封表扬信——我欢迎部纪律检查委员会赶快来检查，越检查，我越心安理得哩！"

张奇林笑笑说："你这只是一面之词。我看纪委会一定会来检查的。我想检查的结果，也许不会仅限于简单地确定一下是非……"他忽然想到他出发前让家里人取下了洛玑山的那幅山水条幅，想到条幅取下后墙上留下的一长溜白痕，忍不住又说，"不过，那个洛玑山把一个构思画来画去地重复，毕竟不高明……"

傅善读仍旧为洛玑山辩护："中外古今，画家重复一个题材的例子多的是，不信，你看看齐白石留下的画儿，有多少虾米，多少菊花？……"

于大夫见他俩的谈话越来越轻松，也便不再紧张。她朝车窗外望望，提醒他们："行啦行啦，等老张回国以后你们再抬杠吧。看，到天竺机场啦！"

小汽车拐进了机场专用车道，不一会儿，又飞快地旋上了候机楼前的回旋坡道……

第六卷

申（下午 3 时—5 时）

26. 钟鼓楼下的"老人俱乐部"。

一过下午三点，照射到鼓楼东墙根的阳光，便显得格外宝贵，因为至多

还有半个来小时，这冬日的阳光便不再具有暖意了。

在鼓楼东墙根下"负暄"①的老人们，一到这时辰，心情便不免沉郁起来。

他们留恋带有暖意的阳光，不那么愿意，甚或很不愿意回到那属于晚辈统治的家里。即便在家里得到尊重和孝敬的老人，一想到又要同谈得投机、玩得默契的女伴分手，心里也怅怅的。

胡爷爷自然是最怕"老爷儿"②偏西的一位，因为"老爷儿"一偏西，便是"老人会"的散场，他拖着疲惫的脚步回家之后，见到的将是儿子那张冷漠的脸，儿媳妇那对白果一般的眼球，以及在饭桌上的这类遭遇：孙子将一块肉夹起来，对他说："爷爷，给！"而儿媳妇将那块肉接过去，喂进孙子口中，假笑着说："爷爷好吃素，爷爷要你吃！"他呢，便连自己夹一块肉吃的勇气也没了……

胡爷爷同海老太太坐在一起，犹如小孩子嘴里含着一块几乎化成了薄片儿的糖果，舍不得让它消失一般，你一言我一语地竞相咂摸着这钟鼓楼边的往事，仿佛在这样一种炽烈的怀旧中，他们便能够让时间停住似的。

咂摸得最久并且百提不厌的，自然是那关于一百多年前的"豆汁姑娘"的传说。论起来，胡爷爷和海老太太还是那传说中有关人物亲友的后裔呢。

胡爷爷的祖上，原是银锭桥畔那经营豆汁铺的老夫妇的近邻，老夫妇的独生女儿被恶贝子抢走的情景，胡爷爷祖上是亲见的，因此多年来讲起这段事，胡爷爷总用着权威的口吻。据胡爷爷说，那贝子自从被神秘地剜去双目后，惧怕连性命也失去，便放还了那被抢的姑娘。姑娘的父母，后来果然给她招进了一名白衣女婿，是个瓦工。庚子年间，那年老的夫妇都已去世，这对夫妇连同他们的五个子女，都成了"义和团"的团民。每当有人说那昔日被抢过的妇人，入"义和团"后当了"红灯照"时，胡爷爷总要予以纠正："不是红灯照，是蓝灯照。我爷爷当年跟他家熟得不能再熟，他家的豆汁我家随便喝，我家的芸豆窝头蒸得好，他家也随便拿；所以究竟是怎么个情景儿，得听我爷爷的——我爷爷说，义和团的女团民，只有那年轻没出阁的，才叫红灯照，结了婚的妇人就叫蓝灯照，还有寡妇们，叫青灯照。"后来呢？据胡爷爷说，"义和团"失败后，那瓦工被捕去杀了头，英勇牺牲了，那妇人便带

---

① 晒太阳。
② "老爷儿"，即太阳。

着子女逃往了外地。究竟逃到了哪儿？他就说不清了，因为他爷爷没告诉他。不过，至今胡爷爷仍能到银锭桥畔，指认当年那家豆汁铺和他家祖上居室的位置——自然早已成为了别姓的住屋。

海老太太呢，却是与那传说中的反面角色有亲缘关系。据说那恶贝子的一个庶出的妹妹，便是海老太太的姥姥。这样论起来，那被义士剜去双目的贝子，海老太太还该叫他舅姥爷呢。这种关系倒并未使海老太太在参与讲述那传说时有什么羞愧之感。因为据她说，那舅姥爷岂止是欺压府外的良民，就是府内，他也不仅是虐待奴婢，对海老太太的姥姥——他庶出的妹子，也是想骂就骂，说打就打的。因此，每当讲到她那舅姥爷在那个月黑夜里，门窗未动而双目被剜的情节时，她甚至比胡爷爷等人更觉解气，还每每要发一通"恶有恶报"的议论。再说，与海老太太有亲缘关系的满清贵族及其后裔还很多，有的支持过辛亥革命，有的新中国成立后成为政协委员，还有那论起来得叫她舅妈、表婶的，人家都成了共产党员了。

因此，海老太太的亲戚关系里是既有坏蛋也有好人——这也是社会上绝大多数人都有的状况，不足为怪的。人们自然常向海老太太打听她那舅姥爷的下场，她总是凿凿有据地说："出了那档子事没多久，他就得疯病死了。临死的时候，他直嚷：'烫！烫！'问他：'炕烫？火盆烫？'他说：'豆汁烫！豆汁烫！'敢情他总觉得有人端着热豆汁往他身上泼……"对这类描述，人们自然只是姑妄听之。

那传说中笼罩着神秘色彩的侠义少年，他究竟从何方而来？又往何方而去？他何以能够不动门窗而潜入恶贝子寝室，从容地将其双目剜去？这些问题，胡爷爷和海老太太便只能同大家一样，凭着想象去猜测了——他们都失去了权威性。

但几种传说的"版本"中，都有这个细节：在恶贝子双眼被剜的那天傍晚，那骑马的美少年，曾光顾过鼓楼大街上的"北豫丰"烟庄。"北豫丰"烟庄的位置究竟在哪儿呢？这个问题，海老太太和胡爷爷以前就争鸣过，这天不知怎么搞的，聊着聊着，他俩又抬起杠来。

海老太太说："那'北豫丰'烟庄，就在如今'炊事用具供应部'那儿，门脸正对着烟袋斜街。买妥烟料的主儿，一迈出'北豫丰'的门槛，抬头就能望见烟袋斜街把口的'双盛泰'烟袋铺，那门口挂着好大的烟袋幌子——您忘啦？足有四五尺长，底下坠着红布……"

胡爷爷说："那咋不记得？幌子上还箍着铜箍儿，小风过来不带晃摇的……可'北豫丰'蒂根就不在这鼓楼南大街上，它是在鼓楼东大街，如今'民康回民小吃部'斜对过……瞧您那点子记性！"

海老太太便扬起嗓子说："我记性差？凡我经过的事儿，拾起来全能全枝全叶的……我倒试试您吧——当年烟袋斜街里的'忠和当'，门脸在哪块儿？"

胡爷爷脖子都直了："街中间，庙对门，门脸朝北——我能忘了它？早年可没少跟它打交道！"他忽然回忆起，民国十三年夏天，紫禁城里建福宫遭回禄，从钟鼓楼一带都能望见宫里的红光，后来内务府派了几十个库丁去收拾废墟。他当年不到 20 岁，也是其中的一个。以往在库里干活，出库房时，不但要脱光衣衫，还要双脚蹦过一条尺把高的长板凳，同时还得立即将双手一拍，叫喊一声，守候在那里的主管点了头，才让穿上衣衫回家。这是为了防止库丁将库中财宝藏在口中、手中、胯下、肛门和腋窝盗出。但到建福宫收拾火灾现场，一来露天作业，监督不便；二来人手不够，还另雇了一些力伕来应急，难于管理；三来当时皇室已然衰败凋敝，威风早已不似当年；故而库丁和力伕们都有了可乘之机。

在干活的过程中，他同别的库丁、力伕一样，也趁便拾了一些熔成团块的金银，偷偷藏在裤裆里，混出神武门以后，便赶紧到"忠和当"去当当——后来才知道是吃了大亏，原该拿到钱庄去的，可他只跟当铺打过交道，钱庄的门槛从来没有迈过……想到这里，他不由得考问海老太太："您记性好，您该记得早先故宫里头着大火的事儿吧？……"

海老太太不等他问完便用劲地说："敢情①！那一年春上我出的阁，那场大火，记得是阴历五月十四晚半晌着起来的。第二天我跟我们掌柜的逛'荷花市场'，一进大堤，满耳朵听见的全是那大火的事……"

海老太太一提起"荷花市场"，胡爷爷便把那建福宫大火的事撂一边了。"荷花市场"！这四个字勾起了他多少既辛酸又甜蜜的回忆。他不由得又同海老太太一问一答地议论起当年的"荷花市场"来。海老太太在这话题中，同样也既回味到青春的乐趣，又反刍出人生的苦涩。

所谓"荷花市场"，是民国初年到 20 世纪 30 年代末那二十几年里，在这

---

① "敢情"与别的词语构成句子时，相等于"原来是""真叫是""可不是"……一类意思，单用时是一种表示充分肯定的语气词。

钟鼓楼西南的什刹海出现的一种临时市场，每年从阴历五月初五开市，至阴历七月十五收摊。当时的什刹海前海遍植荷花，海西是一条颇宽的土堤，堤东是一片稻田，"荷花市场"的中心区便在这土堤之上，所谓"东边荷花西边稻，棚架半在水中泡"——市场的商棚，大都用杉篙木板扎搭，一半搭在岸上，一半搭在水中，上面或罩以席顶，或铺着可展可收的苇帘，当然也有因陋就简——覆以旧布缝缀的伞篷的。胡爷爷当年也曾一度在著名的"德利兴"棚铺中学徒，到那"荷花市场"中给人搭过棚架；而海老太太的掌柜的，得意时却是"荷花市场"中携眷游逛的人物，潦倒以后，一度又在"荷花市场"中摆摊给人测字相面……

胡爷爷和海老太太兴高采烈地回忆了一番"荷花市场"的盛时景象……那"八宝莲子粥"，用糯米和上好粳米煮成，煮得腻笃笃的，盛在小碗里，中间混着鲜莲子、鲜藕、鲜鸡头米，上面再堆上雪花绵白糖、青丝红丝……小碗又搁在冰桶里，用那从窖中取出的天然冰块偎着，取出来的时候，凉飕飕的，称作"冰盏儿"，你说该有多么爽口！还有"苏造肉火烧"，是拿花生油、鲜鸡蛋和细罗面烤成的，皮儿一层又一层，层层不乱，薄薄的皮儿下，露出里头的萝卜丝瘦肉末馅儿，一两算你两个，真勾人的"哈喇子"①！……吃的如是丰富多彩，那些耍货②更让人眼花缭乱！上头泥塑、下头猪鬃扎脚的"鬃人儿"，搁在铜盘子里，一敲盘边，它们就连转带舞，别提有多么逗哏；还有各式各样的风筝，"黑锅底""沙燕""蜻蜓""蜈蚣""孙悟空""美人"……都不稀奇，最有趣的是"蝴蝶送饭"——它附在大风筝之上，大风筝放起老高以后，把它挂在风筝线上，能眼见着自动升上去，上去老高了，拴着线香头的小爆竹一响，绷线震断，它那翅膀便能一合，"刺溜"滑将下来——你说巧也不巧？……

他们又回忆到当年"荷花市场"上售卖的几种灯："荷花灯"，并不真用荷花制作，而是用高粱秸破篾，圈成一个小西瓜大的圆圈，上面贴一圈用粉纸剪好压凹的花瓣，下面再贴一圈用绿纸剪成的六七寸长的流苏，中间点上一支小蜡烛，孩子们入夜后用一根小棍挑着，边玩边唱："荷花灯，荷花灯，今儿个点了明儿个扔……"他们小时都点过，也都扔过的；"荷叶灯"，用真

---

① 口涎。
② 玩具。

荷叶一张，当中插蜡烛，点上举过头玩；"河灯"，用一小块厚厚的圆木头，周围糊一圈纸，中间放一个泥捏的小油灯盏，点上后，搁进什刹海，任其漂流；最令人难忘的是"蒿子灯"，拔一棵青蒿，把许多点燃的线香头一一系在青蒿的枝叶间，手举根部，摇来摇去，在昔日昏暗的庭院里、胡同中，点点红星晃动着，袅袅香烟飘散着，引出正当青春年少的他们多少非分的幻想！……

"啊，二位说的，不就是当年'雨来散'里的玩意儿吗？"一位一手提着鸟笼，一手揉着核桃、身板比他们硬朗的主儿，听他俩聊得起劲，凑过来搭话。

"雨来散"？对！当年的"荷花市场"逢上下雨，自然散摊，所以确有"雨来散"的俗称。海老太太和胡爷爷一听见"雨来散"这仨字儿，心中顿时充满了无限的怅惘。"荷花市场"逢雨便散，人生呢？缘分呢？……唉唉，往事真不堪回首！

那过来插话的，便是卢宝桑的父亲卢胜七。他比胡爷爷和海老太太要小十来岁，对于他来说，"荷花市场"实在没给他留下什么好印象。他记得那时候他还不到20岁，在轿行里等着当随行的执事——他们丐帮中的小伙子常去干这个，当然轮不到他们打伞、打扇，只能是在执事行列的尾部打打旗。旗有几种：青龙旗、白虎旗、朱雀旗、玄武旗；他受雇时只能是打那绣着龟身蛇尾的"玄武神"的玄武旗，走在最后。那年夏天他天天去轿行等候，天天落空，也不知怎么搞的，那年夏天阔主儿们都不娶媳妇！于是他头一回跟着父辈去"荷花市场"搞"硬乞"。

他把一个大铁钩子钩进锁骨，拖着个坠铁球的铁链，从堤南走到堤北，竟然只有人指点观看，而并无人施舍一枚铜板！从那以后他就恨上了什刹海，每从湖边过，他总忍不住要往湖里啐一口痰！现在他听见胡爷爷和海老太太坐在那儿你一句我一句地赞美"荷花市场"，心中好不以为然，点出那"荷花市场"不过是"雨来散"之后，他又把右掌心的核桃揉得哗啦哗啦乱响，大声地说："当年那什刹海有什么好的！别看海心里有那么点荷花装样子，海边上堆着多大一圈垃圾杂物？那住海边的人家，有的还见天地往里倒屎尿盆子，那股子味儿！打那里头窜出来的蝇子蚊子就别提有多少了！你们二位岁数都比我大，该比我早看见过'鼓楼冒烟儿'？……"

胡爷爷和海老太太一听，一齐点头呼应："可不是，有一回这鼓楼顶上蹿起一丈多高的'黑烟'，街面上的人都当是里头着火了，嚷的嚷，跑的跑……""是有那么档子事儿！后来不是把那消防队都叫来了吗？消防队的人爬上去一细看，咳，闹了半天，哪是什么'黑烟'，是成团的蚊子搅成了那么个'通天柱'！"

"瞧，那时候咱们这块儿有多埋汰①！说那路面是'无风香炉灰，有雨墨盒子'，真是一点也不假！"卢胜七突然焕发出一种忆苦思甜的热情，指着斜对面街上的店铺说，"要是当年，甭说别的字号了，就那'泰麟菜蔬商店'，那'和成楼生熟肉铺'，咱们敢进去吗？"

海老太太接上去说："敢情！自打日本人来了以后，那物价就光见涨不见落！我还记得日本人来了以后印的那票子，一边有个孔夫子像，一边有条龙，瞅着就跟豆纸②似的，'毛'得厉害！……"胡爷爷抢着说："可不！那是'华北准备银行'的票子，外号'小被窝'嘛。当年大伙不都这么说吗：'孔子拜天坛，十块当一元！'……再后来那国民党的'法币'，就更不能提了，日本投降以后，'光复'的头一年，一百块'法币'还能买俩鸡子儿，过了没两年，一百块'法币'合算只能买上一个煤球儿！那是些什么日子啊！……"

说到这儿，恰好一辆长车身的8路公共汽车从他们面前的街道上驶过，海老太太便见景生情地接着进行新旧对比："那时候打咱们这块儿出门有多难！都到民国多少年了，这街上才有了当当车③，那司机一边开车一边踩铃儿，当当地响，真吵人！……"胡爷爷跟上去说："可不，我记得司机踩出的那调调是：当当当，当当当当，当，当当……没错吧？那当当车的车票倒不算贵，可左等右等，等得你脑门流油儿了，它才开过来；这也不怪它，铺的是单轨嘛，每到一站，这边的车先开到拐出的'耳朵'④上去候着，等那边的车开过来，错过去了，才能再从'耳朵'上拐出来，接荏儿朝前开……那车厢后头，时不时还总吊着几个蹭车的，瞅着真悬乎！那时候有话嘛——'人力车，坐不起；当当车，等不起。'哪像今天这样，公共汽车、无轨电车好几路，车又大，来得又勤，想去西单、王府井、天安门、动物园……上车走人，多省事儿！……"说到这儿，胡爷爷脸朝着卢胜七，兴奋地问："你说是不？"

卢胜七却忽然沉默。因为胡爷爷关于当当车的话语，勾起了他最不愉快

---

① 脏、丑。

② 手纸。

③ 当当（音 dāng）车：当年北京人对有轨电车的称呼。

④ 一小段复轨。

的思绪——远不仅仅是不愉快，说实在的，那是他最大的耻辱，也是他最大的困惑，并且还是他最大的恐惧……36年前，他曾被国民党特务所收买，就在这鼓楼的前头，去追打那些进行"反饥饿、反内战"游行的青年学生，而所获得的代价，不过是每打一个学生得到一个馒头……当游行队伍被冲散以后，有一个留长发的大学生跳到正在行驶的当当车后踏板上，一手扛着车门，一手散发传单。卢胜七在打红了眼的情况下，竟疯狂地冲向当当车，伸手去拉拽那大学生，企图把他拉下车来；没想到那大学生竟伸腿踢他，拼死抵抗，他便上去抱住那大学生的腿，生把那大学生从车上扯了下来；两人滚倒在地，扭作了一团，在几秒钟里，他俩的脸离得那么样地近，两人的眼珠几乎都要从眼眶里蹦出来——显然，他俩从此谁也忘不了谁了……可是后来也不知怎么一来，那大学生被人救走，卢胜七倒挨了几脚，疼得钻心——救护大学生的，好像倒并非是参加游行示威的人，而是几个路过的壮工。卢胜七站起身来骂了一阵，啐了一阵唾沫，便晃着肩膀领馒头去了。

新中国成立后，卢胜七隐瞒了他这段丑恶的历史，直到"文化大革命"当中，才被揭发出来。他确实是知罪认罪，他明白了，那当年散发传单的共产党人，不怕流血牺牲地同国民党英勇斗争，正是为了使他那样的乞丐不再过那不像人样的生活……可是他很快又陷于惊诧与困惑。有一天大街上开过某国家机关游斗"走资派"的大卡车，那最后一辆卡车上有个挂黑牌的"黑爪牙"，那模样，似乎分明便是当年同他滚作一团的那个共产党大学生！这是怎么回事呢？当年国民党特务花一个馒头代价让他去打的人，怎么今天反倒被共产党自己"打倒在地，还踏上一万只脚"了呢？……

又过了几年，"四人帮"倒台了，卢胜七偶然去亲戚薛永全家串门，在垂花门那儿，他恰巧同住北房的张奇林打了个照面，张奇林倒没什么反应，他心里可怦怦乱跳——他觉得那人恰恰就是当年扛着当当车车门散传单的那位，也就是前几年让人给挂着黑牌子当"黑爪牙"游街的那位……他假作无意地问了一下薛永全，薛永全告诉他，人家眼下是国务院的正局级干部，说不定过两天就升副部长、部长！卢胜七那天没敢喝酒，背上直冒冷汗，出了薛家的屋，低着头一溜烟地快步蹿出了院子，从此再不敢去那院串门……可他回家后几次细细回忆，又觉得跟薛永全住同院的那位张局长，似乎并不是当年那个同自己扭成一团的大学生，因为那大学生眉心有个如同黄豆般大的黑痦子，而张局长眉心却分明平平整整、干干净净……

卢胜七的突然沉默，使胡爷爷和海老太太的谈兴受挫。吹来一阵小风，带来阵阵寒意。卢胜七晃着鸟笼，揉着核桃，踱了开去。胡爷爷和海老太太朝下棋的那一群望去，那一群倒还丝毫没有散摊的意思。当天的《北京晚报》已经开始发卖，他们有人已经买到了《北京晚报》，并且已经根据晚报第四版上的"星期棋局"《步步为营，稳健入杀》，摆上了林宏敏对邬正伟的残局，一步步地进行着复验……

而那位前区商业局的吴局长，则正同身边的一位白髯老人同猜晚报第三版上的"口字谜"。他很快便猜出"一字四个口，五谷样样有"是"田"字，但让"奇形怪状一个口，口字隐约藏里头"给难住了……

既然人家都没有走，海老太太也舍不得这就回家。太阳眼瞅着失去了那最后的火力，寒意一秒一秒地扩散着，她望着眼前的大街，只见依然是车水马龙、人头攒动，不禁想起早年的一首《京华竹枝词》：

> 暮鼓晨钟不断敲，
> 苦心婆口总徒劳。
> 满城人竞功名热，
> 犹向迷津乱渡桥。

她既然熟记这首《竹枝词》，想必是已"看破红尘"，达到"顿悟"境界了吧？其实不然……

胡爷爷尤其不愿回家，他是能在这鼓楼根多捱一会儿便要多捱一会儿。见海老太太吁出一口气来，他怕她这就要起身离去，便立刻找出个话茬来搭讪："您那个院儿，许快给落实政策了吧？"

海老太太叫他这么一问，心里得到很大满足，遂庄重地点头说："可不。中央有精神嘛。中央圣明啊！如今的中央，事事讲个'理'字，能不拥护吗？……"

其实，海老太太并非那个四合院的房主。胡爷爷不清楚这一点，仅仅根据前些时海老太太的某种口气，以及她那特殊的气派，便作出了这样的估计。他已经几次把她当作那四合院的房主同她对话，她竟默认了，并且渐渐地形成一种心理状态，就仿佛她真是那四合院的房主似的。

海老太太父系祖上，据说属满族正白旗中赫舍里氏一支，当年也确是一个既富且贵的大家族。但自从她十来岁以后，她那个大家庭便处于迅速地分崩离析、潦倒没落之中。她出阁以后，夫家原是蒙军旗，公公和丈夫都在蒙藏院里挂职，倒还过了两三年小康生活；但因为后来公公去世，丈夫随即被蒙藏院裁员，去参与一桩投机生意又蚀了本，家道便一天天衰落下去；后来丈夫仅凭着家传的一本《麻衣相术》，在什刹海、后门桥一带摆摊给人测字相面，勉强维持生计；不想日占时期丈夫又一命呜呼，她未曾生育，成了一个无依无靠的寡妇。她只好自谋生路——先到辅仁大学附属女子中学的女生宿舍当了几年传达，又到一个私立托儿所当了几年保育员。新中国成立后那私立托儿所一直存在到1952年，才被政府接管。后来，她又转到另一个托儿所干了几年，才从那托儿所退休。她的一生基本上是清寒的，哪里来的房产呢？她现在所住的四合院，不过是当年她娘家堂兄弟一度拥有过的房产罢了。但新中国成立后没几年，那堂兄弟也就将那所院子卖给了房管局，因为她同原来的房主有那么一种亲戚关系，又因为她是该院中居住历史最长的住户，长期形成由她代收代缴全院房租水电费的习惯，房管局有什么事也总是先找她联系，院里有什么事需同房管局打交道也总是由她出面；因而久而久之，人们总模模糊糊地觉得她似乎便是这所四合院的房主，逢到这几年北京市开始着手落实私房政策，不仅外院的胡爷爷，就是同院的某些住户，也以为海老太太属于应得到落实政策的房主之一。

海老太太很喜欢人们这样看待她。比如此刻胡爷爷那样发问，她回答时，心里便充满一种自豪和喜悦。不过，她避免使用直接肯定的词句，因为她曾经捅过娄子，险些触犯法律。她不想越过"雷池"，去重蹈覆辙……

那是1952年，正当她所在的那个托儿所由私立转为公立的前夕，有一天她按着报纸上登的文章，向孩子们讲志愿军的英雄故事，讲着讲着，讲到一位英雄的牺牲，她因为确实感动，哭了起来。几个大孩子跟着哭了，有一个伶俐的小姑娘便走拢她膝前问她："海阿姨，您干吗哭了？"她便说："我想着那当妈的，知道她儿子牺牲了，心里该多难过啊！"这话被那小姑娘传给了家长，传走了样："我们海阿姨的儿子牺牲了，她心里难过！"家长觉得这事不能没有表示，送孩子时，便找到托儿所所长说："你们这儿海阿姨的儿子，是个最可爱的人，最近不幸牺牲了，我们知道了心里非常难过，我们要当面向海阿姨表示我们的慰问！"托儿所所长是位民主人士，一位善良的老太太，她开头有点疑惑："海阿姨不是无儿无女吗？"可后来一想，海阿姨来所后工作任劳任怨，人是很本分的，可能旧社会里她有过私生子，怕说出来找不着工作，所以以前隐瞒了；如今新社会了，这不但不能算什么问题，反倒说明海阿姨的身世格外令人同情；更何况她还将唯一的儿子，贡献给了伟大的抗美援朝事业……于是所长立即领着那家长去慰问海阿姨，别的一些家长闻知也纷纷拥了上去。开头，海阿姨支吾否认，所长认为她是出于羞涩和谦逊，越发慰问得动情而恳挚，后来，海阿姨半推半就地接受了这慰问……

事情滚雪球般越滚越大。家长们纷纷送来慰问信、慰问品乃至于成束的鲜花。附近的小学校闻讯来请海阿姨去作报告，"哪怕讲一点海叔叔小时候的最小最小的小故事也成"。海阿姨在这样一种情况下，竟在自己心中迅速地塑造出了一个烈士儿子来。他随自己姓，叫海京生，他从小热爱劳动，是非分明，有一年冬天他路过什刹海，见一个小朋友掉进了冰窟窿，他便毫不犹豫地跑去救出了那小朋友来……开头，海阿姨的讲述还仅仅像冬天的枯树，并且她上台后总是显得非常紧张；后来，她的讲述变得枝繁叶茂，并且"台风"也越来越轻松自如，她常常率先被自己的讲述所感动，泣不成声……结果，连她自己也坚信确有过海京生这么一个嫡亲的儿子。

报社来了位记者，采访了她。随即关于英雄母亲和英雄儿子的报道见了报，还配发了她的照片。报道发表一周以后，便飞来了上千封信，无数的中小学生争先恐后地向她表示："海妈妈，您失去了一个海京生，您却能得到千万个海京生！我们都是您的儿子！向英雄的妈妈致敬！"她在信堆面前既感到幸福，也感到恐惧……

于是有关的部门里爆发了一场争论。有人拿着报纸，发出了疑问：这位英雄所在的部队，究竟是什么番号？为什么竟至今不将英雄牺牲的通知，寄给我们这个有关的部门？难道他们只注意通知家属，而忽略了向我们上报吗？也有人作出判断：肯定是我们工作中出现了疏忽和差错，弄丢了有关的通知单和材料，我们应当立即给海阿姨补发"烈士家属证明书"，并向她赔礼道歉……有人主张立即去找海阿姨当面问个清楚，有人认为那样做会导致侮辱烈属的后果，触犯众怒……

足足过了三个月，经过有关部门的仔细调查，才作出了最后的判断：并无海京生烈士其人，这位海阿姨是个骗子。怎么办呢？诉诸法律，以示警戒，还是批评教育，以观后效？研究的结果，是认为这位海阿姨除了满足自身的虚荣心，似乎并无其他企图，而且她的种种表现，也并未造成什么不良后果——倒是倘若当众揭发出她来，反会使群众（特别是中小学生）思想混乱，所以，最后便决定将此事"静悄悄地解决"。

有关部门正式找海阿姨谈话。头一个来钟头里，她怎么也绕不过弯儿来，看样子她确实不是"负隅顽抗"，她是被自己心造的幻影控制住了。她一会儿哭一会儿笑，倾诉着对她那"海京生"的母爱与悼念……后来她才渐渐回到现实。当她终于弄明白她确实并没有什么"海京生"以后，她突然既不哭也不笑了，而是痴痴地发呆。

她被严厉地训斥了一顿，并从那个托儿所调到了远在另一城区的另一托儿所。她在那一托儿所中渐渐恢复了往昔的正常面目，并渐渐地被人们所忘怀，那"海京生"在她心目中也渐渐淡化成一股轻烟。

她再不敢那样大胆妄为地自娱了。但在一定的限度内，她仍然渴求着人们对她产生一种高于她本人实际情况的估计，她仍然时时坠入令她聊以自满的种种想象中。

在北京的胡同杂院里，具有海老太太这种心态的人物，为数不算太少。

海老太太退休以后，一个人生活十分寂寞，于是从娘家最小的亲弟弟那里，过继了海西宾为孙。海西宾4岁来到海老太太身边，如今已经24岁。海老太太打小对他溺爱，他从中学毕业，分到园林局当工人以后，虽说至今月月一发下工资，必及时送到海老太太手中，对海老太太不可谓不孝顺，但能够当面点出海老太太吹牛撒谎的，也就是海西宾一人。海老太太有时想起西宾的不留情面，未免暗自伤心。比如头几年海老太太的一对旧藤椅坏了，修理吧太费钱，扔了吧她又舍不得，便让海西宾把它吊到院门的门洞上方，海西宾对奶奶的支使，一般总是服从，奶奶让吊，他便搭个人字梯去吊。他在梯子上干活，奶奶在梯子下张望，这时住东偏院的苟大嫂路过，不由得问："嗨，这椅子要不能使了，处理了算啦！您吊在这儿存着它干吗呀？"海老太太便郑重其事地说："这椅子哪能随意处理呀？您知道谁来坐过吗？康大姐坐过！"苟大嫂因为常看电视里的《新闻联播》，一听这话不免惊奇："哟！康大姐来过咱们院呀？什么时候来的？我们家怎么一点信儿也没有？"苟大嫂自然是把康大姐理解为全国妇联主席康克清同志，海老太太要的也是这个效果——其实，来过她家，坐过这藤椅的康大姐，只不过是海西宾他们单位的工会主席。当时海西宾忙着干活，没注意这个话茬，谁知几天以后，院里便传开了——尤其是詹丽颖，她到水管子那儿接水，逢人便议论说："康克清康大姐来过咱们院，看望过海奶奶，看起来，海奶奶这个人不简单呢！"并且直接询问过海西宾："你奶奶当年是不是参加过革命？后来一定挨了错误路线的棒子吧？原来跟我一个命啊——现在也彻底平反了吧？康大姐打算怎么安排她呢？"海西宾又急又气，脸涨得通红，声明说："'哪里哪里！根本没那么回事儿！'"回到家里，他便批评海老太太说："奶，您瞎造些个什么舆论啊！一个人往脸上贴金，能好看么？我看咱们实实在在地过日子，比什么都强！您要再胡编这号瞎话，我可就跟您分开过了——我害不起这份臊！"海老太太吓得缩起肩膀，脸色发白，哆哆嗦嗦地说："我也没说啥啊，是他们在那儿猜度……西宾呀，你可不能跟我这么说话，我把你拉扯大，容易吗？"说着便掏手绢，抹眼泪，海西宾不得不又安慰她："您别再瞎吹就行。您想您这么一大把年纪了，我能离开您吗？就是个邻居，我也该照顾您呀……"

这天正当海老太太和胡爷爷在鼓楼根下舍不得离开时，海西宾从外头骑车回家，路过那块儿，他刹住车踩着马路牙子，招呼二位老人说："奶！胡爷爷！太阳没劲了，还不家里歇着去！"海老太太说："这就家去！"胡爷爷也笑着点头："就家去，就家去。"

海西宾骑车走了，胡爷爷望着他那肩宽腰细的背影，艳羡地对海老太太说："您真有福呀！西宾这孩子多懂礼！连我也沾上了他的孝心……"他想到自己的儿子儿媳妇，他们也曾带着孩子，逛完公园或是商场，打这鼓楼根附近走过，可他们要么根本就不拿眼皮儿映他；要么看见了也装作没看见，根本不搭理；孙子倘若想叫他，儿子儿媳妇便会赶紧把孙子拉走，显然是怕周围的人们发觉，他这个糟老头子同他们那油光水滑的一家有着那么个关系。唉，如今这样的儿孙也不算稀奇，倒是海西宾那样的难得！可海西宾要跟上一辈的人物比，那孝心也还是淡多了……胡爷爷想到这里，禁不住对海老太太说："要说孝子，你们院的荀兴旺，那可真是个大孝子。他没搬到你们院的时候，我就见过他。那是解放初，我在他们工厂门口的小饭铺烧火。每月荀兴旺他们厂里开支那天的晌午，他老娘总站在我们饭铺门口，等荀兴旺出来；荀兴旺拿着工资出来以后，立时就把他老娘领进饭铺，给他老娘叫上几个肉菜，再要上两个雪白的大花卷儿，坐在一边，瞅着他老娘吃——他自己不吃，他在工厂食堂吃窝头咸菜；老娘吃完了，他给完了钱，再留下自个儿抽叶子烟的钱，就把那剩下的所有的钱，都交给他老娘；他老娘把那钱用土帕子包起来，揣在怀里，稍歇一会儿，他就搀着他老娘，往家里去……我问过他：'你干吗月月让你娘到我们这儿来吃上一顿？'他说：'你不知道，小时候娘牵着我讨口的时候，我就立下了这个誓，如今我月月能见着娘吃上一顿好的，心里头舒服！'……您瞧瞧！像荀兴旺这号孝子，如今好找么？"

海老太太听罢也赞叹道："跟那戏台上演的，也差不离儿啊！"说着站起身来，提起了马扎，用"知足常乐"的口气说，"如今不指望荀兴旺那样的啦，能像我们西宾对我，也就凑合！"

胡爷爷也站起身来，拾起小板凳，恋恋不舍地望着昏黄的夕阳，企图多少再延缓一下归去的速度，喃喃地续接着海西宾这个话题叨唠着："敢情！你们西宾可有出息。有出息哇！中学一毕业就有了个好工作不是？一工作就见上了'中央首长'不是？……"

海老太太听到这话，未免不快。不错，海西宾 1975 年中学一毕业就到了园林局，没工作几个月他就见着过一次江青，那时候海老太太确实跟胡爷爷显摆过……

可如今胡爷爷干吗提起这档子事呢？真是哪壶不开提溜哪壶！海老太太便道了声"明儿个见！"管自转身朝家里走去……

27."哪里哪里"。江青也是本书中的一个角色。

在单位里，大伙都管海西宾叫"哪里哪里"。

这外号的来历，便同他与江青的一次接触有关。

海西宾那一茬的孩子，中学是在"文化大革命"中上的。当时强调"教育要革命，学制要缩短"，所以初中、高中都压缩成了两年，统共四年的中学生活里，因为"不但要学文，还要学工、学农、学军，批判资产阶级"，所以正经在课堂里上课的时间，归里包堆也就半年。当时实行春季入学、春季毕业。1975 年春节前，海西宾糊里糊涂地就高中毕业了，因为他算独生子女，所以没有上山下乡，而且很快地分到了工作——他被分配到园林局系统，一开头，是在某公园里当花工。

那所公园那时虽然久已不对一般群众开放，但某些获有特权的人物，却可以随时进入游览，因此公园内的花木设施，保养维护得倒比以往更加精心。就是小卖部，也时时货源充足，天天窗明几净。

那年 5 月中旬一天的下午，公园领导接到电话通知，说"中央首长"过一会儿便要莅临公园游览，让他们赶紧准备一下。电话里虽然没说那"中央首长"是谁，公园领导却只当是江青要来——因为倘若能让江青满意，那么其他任何"中央首长"都不至于皱眉了——他立即进行了紧急动员，人们随即手忙脚乱地进行准备……公园里顿时充满了一种紧张而惶恐的气氛。

海西宾原是花木组的，可是小卖部那天当班的售货员脸上正发"青春痘"，公园领导便临时把五官端正、白净斯文的海西宾换到了柜台里头——领导估计江青至多不过是从小卖部门前过一过，不会去买东西，所以觉得柜台里头安排个俊俏的小伙子就行；对于海西宾并无售货经验这一点，他当时完全忽略。

来的果然是江青。

不知为什么，那一天江青的心情似乎特别愉快。她当天的日程里，本来并无到这公园游览一项，只是因为在她下午的两个活动项目之间，尚有一些富余的时间，并且在从头一个活动地点奔赴后一个活动地点的途中，恰好要路过这个公园，所以她兴之所至，嘱咐下面为她安排好这样一次小小的随喜。

那一天气候宜人，杨柳依依，芍药灿灿，蝴蝶知趣地上下飞舞，小鸟活泼地唧喳鸣唱。江青在公园领导陪同下闲庭信步，面带微笑，言谈蔼然。转过芍药圃，穿过紫藤架，前面有株小叶枫，公园领导一见，心里"咯噔"一声，额上顿时冒汗——那树上有一大杈全然枯萎，还缀着些头年秋天的枯叶，花木组的人竟没有将它及时锯去，现在赫然映入了江青眼中，是可忍，孰不可忍？

江青果然止步凝视，脸上的笑纹渐次消止。公园领导觉得全身血液变为了沥青，脚底下仿佛是个吸人的泥潭……偏这时一只小鸟落在了附近，啼叫得格外婉转清脆！

江青微偏着头，凝视着那小叶枫的树冠，足足有两秒钟之久……最后，公园领导听见江青这样说："满树翠绿，衬着一杈枯叶，倒显得分外别致。"

公园领导如获大赦，激动得喉头抽动，晕晕乎乎地过了好一阵，才发觉自己已经随着江青折回。路过小卖部，江青忽然兴致勃勃地走进去，一直走到柜台前面。柜台里放着各式各样的点心，江青低头望望——谁也解释不清，可那分明是真的——她忽然高兴地说："这些点心很可爱！多少钱一斤？"

海西宾当时不满 17 岁，他倒不像公园领导那么"怵上"。他站在那里原不过是摆样子的，点心他一次也没卖过，所以江青这么问他，他便老老实实地回答说："多少钱一斤，标签上都写着呢。"

海西宾这话一出口，公园领导几乎立即晕死。江青听了这么一句回答，果然生气，她训斥海西宾说："你们怎么能这么对待顾客呢？亏得今天来的是我，还认得字。要是农村来的贫下中农呢？你让人家看标签，行吗？"

海西宾脸红了，像面对着老师，他惭愧地点头。江青看到他那腼腆幼稚的模样，忽而又微笑了，这时尾随在江青身后的人们都听见江青对海西宾说："小伙子，改了就好。这些点心，你一样给我称一点吧！"

公园领导站在一旁，只觉得自己是死而复生。他心里暗暗祷告："海西宾呀，你底下可别再惹出祸来呀……"

海西宾拿起秤盘，拿起夹子，就要弯腰夹点心了，却忽然憨憨地问："一点……一点是多少呢？"

江青先是双眉一立，而后又突然拊掌发笑……公园领导在这紧急当口以最快的速度进入了柜台，把海西宾推到了一边，自己亲自为江青称起点心来。他每样往秤盘里夹进两块，把秤盘放到台秤上以后，他哆哆嗦嗦地移动着码子，等秤标升起以后，他胡乱地报了一个斤数，又胡乱地报了一个钱数……江青自然早已抽身走开，由随员付了钱，收了包好的点心。事毕，公园领导立即奔出小卖部，去继续陪同江青——他惊叹那天的运气，江青竟并未因小卖部中的事故申斥追究他，而是心旷神怡地问："听说你们这儿夏天有郁金香？"他忙趋身回答："有，有，欢迎首长开花的时候来参观。"江青叹口气说："想来啊，只是哪有那么多的时间……"

公园领导一时来不及处置海西宾。海西宾被推开以后，知道自己犯了错误，便走出了小卖部，可又不知该到哪儿去待着，于是懵懵懂懂地站在了一株松树下，下垂的两手勾在一起，凝固在了一个稍息的姿势上。

江青又散了散步，便转身朝红旗轿车走去，偏偏海西宾又进入了她的视野。

公园领导见海西宾如此不知趣——竟然呆立在江青上车的必经之路上，真恨得牙痒，他的精、气、神本已几乎耗尽，当他眼瞅着江青停下脚步，朝海西宾招手时，更感到大限已到，简直马上要瘫作一堆黄泥了……

海西宾见江青朝他招手，本能地走拢过去。江青那天那时的心情真是格外的好，她拍拍海西宾的肩膀，脸上的表情简直只有"慈祥"二字方才般配，语气更是谆谆然好不动听："小伙子，你的服务态度不行呀，业务上也不熟悉，你这样子怎么能为人民服务呢？要好好改进呀……"

海西宾自然连连点头。

江青又问他："多大啦？"

他答："17 了。"

江青感叹地说："哎呀！这么年轻！真是初升的太阳呀，希望都在你们身上啦！"

海西宾低着头，不知该说什么才好。又一次还阳的公园领导，这时真想替海西宾说几句感激"中央首长"勉励的话，可实在不便于代庖……

江青意犹未尽，她又问："初中毕业啦？"

海西宾说："我都高中毕业啦。"

江青笑了起来，大发感慨："啊呀，看不出你都高中毕业了，真了不起呀！你的文化水平，比我还高呢！我就没上过高中！高中毕业生，那要算小知识分子啦！你才 17 岁，已经是个知识分子啦！"

就在这时候，海西宾说出了那句传诵至今的话："哪里哪里……"

事情过去 7 年了。回想起来，像做梦一样。事情发生的当天，海西宾的表现便被汇报到了上一级机关。一周后，有关机关专为该公园小卖部的"事故"发过一个通报，通报最后强调，除应对公园中的青年职工加强"政治思想教育"外，还应"及时地将不适宜在首长、外宾常到的地方工作的人员调开，以避免类似的事故再次出现"。通报发出的第二天，海西宾被调出了公园，分配到一个管行道树的绿化大队，他所在的那个绿化小队管理的街道，除非特殊情况，是与首长和外宾都无缘的。后来海西宾又调动过几次，但无论他调到哪里，有关他与江青接触的传闻，都先他而至，并且年轻的伙伴们都不叫他的名字，只叫他"哪里哪里"。

海西宾虽然被调离了公园，那公园领导却常以江青同海西宾的交谈为例，来说明"中央首长对青年园林工人的关怀与教育"，所以传到海老太太耳中后，便不免引以为荣，向胡爷爷等"老人会"的成员炫耀，便是那时期的常课。

但很快便发生了翻天覆地的变化。江青倒台了。1977 年，掀起了揭发批判"四人帮"的高潮，当年公园中所发生的那一幕，理所当然地被判定为"江青大搞特权的一例"。并且还有一位剧作家，由同院的韩一潭陪着，找到海西宾家中，说是打算创作一个有江青登场的剧本，请他提供素材。海西宾把他经过的那桩事从头到尾说了一遍，剧作家很是失望，并且表示怀疑："那正是江青一伙变本加厉迫害知识分子的时候，江青能用赞叹的口气提到知识分子吗？"海西宾不会撒谎，不会虚构，也不会隐瞒，他只能陈述事实，剧作家提出的质疑，他无法作答——当然他也知道江青一伙绝对是以压抑迫害知识分子为其特点的，院里詹姨的遭遇，便是活生生的一例，不过那天江青在他面前，确实是那样说的，他也确实答曰："哪里哪里。"

那位剧作家后来果然写了一出揭露"四人帮"的戏，里面有个角色虽然换了名字，分明就是表现江青。她在台上不时发出狞笑，每句话都仿佛从牙缝里挤出来似的，让观众恨得切齿。韩一潭、葛萍、詹丽颖，还有海老太太和海西宾，同被邀去观看了首场演出，他们都觉得那出戏不错，十分佩服剧作家的才能。海西宾看完骑车回家，一路上回味着戏里的场面，他感到戏里还缺少一点东西。究竟缺个什么？他想不透，更说不出。

现在海西宾长大成人，渐渐能作比较深入的思考。他觉得剧作家真不该轻视、摒弃他所提供的素材。当然不一定把公园里的那档子事直接搬进作品。但是，江青一伙的作恶，从那档子事也可以反证出来——除了他们个人品质上的问题以外，也还有一些更深刻、更微妙的因素在起作用。从中其实可以引出更值得警戒的教训。

有一天他便把这想法，同韩叔叔说了。韩一潭鼓励他说："你想得这么深入，何不自己动手来写呢？现在像你这样的青年作家很多，你也二十出头了吧？既然遇上了这么清明的政治气候，你应当抓紧机会，立一番事业。现在成名成家不但不是罪恶，还受到鼓励。你看咱们院的年轻人，除了薛纪跃可能受家里条件限制，发展不大以外，荀磊和他那对象小冯，都奔着翻译家的目标去呢；张秀藻过几年准是个博士，最后一定当总工程师……就是人到中年的澹台智珠和詹丽颖，一个奔着表演艺术家的目标而去，一个起码也要争取评上个高级工程师，谁也不甘落寞……西宾呀，不要再'哪里哪里'啦，早一点确立好你的志向吧！"

海西宾却微微一笑，淡然处之。上面要把他调回公园，说也算是对他落实政策，他谢绝了。搞街道绿化也很好嘛。绿化队里的工作也有技术高低之分，许多年轻人都抢技术高的工种，海西宾却主动提出来负责用大皮管子浇水这项又苦又累的非技术工作。连海老太太也说他"冒傻气"，他却平静地说："奶，不能个个都去成名成家，都拣高枝儿站。我知道我这块料能有多大出息，我觉着我干现在这个就挺好。"

有人断言：20 世纪 80 年代的中国青年，其最突出的特点便是富于进取心和竞争性。这话不知其统计学方面的依据是否充分，海西宾显然应被摒除在这一概括之外。不过，难道海西宾的那种对名利的超然态度，以及那种自得其乐的生活方式，其中不也沉淀着某种 20 世纪 80 年代新一代才会出现的心态吗？

海西宾的业余爱好是武术。

海西宾打小就属于瘦弱型。到他工作以后，也还是属于书生型。他是直到 1979 年，才突然焕发出一种对武术的热情，开始练起来的。不明就里的人，或许会以为他是受《少林寺》一类影片的影响，或被李连杰那种武术明星所吸引，才迷恋此道的。其实不然。

在当代北京城中，实际上存在着两个武坛。一个是体委主持的，运动员们常被选派参加各种正式的比赛，获奖者享有公开的荣誉，常常在电视屏幕上出现，有的更被请去拍电影，以某种武艺高超的银幕形象为人所津津乐道。另一个是民间自为的，每天清晨活跃于各公园、绿地，其中的佼佼者尽管几乎从不为宣传机构所知，但在北京市的武术迷心目中，往往比前一个武坛的明星，还有着更崇高更神圣的威望。当然，这两个武坛相互之间并无冲突，而且也不乏交叉重叠的例子。

海西宾的习武，主要是受后一武坛的吸引。

海西宾每天上班，必骑车经过月坛公园。有一天他路过得早，见一位老人正在树林中的一块平地上练"地躺拳"，身段意态实在优美夺人，不禁刹车叫好，后来更爽性进到树林，饱览那老人练武。当天二人只淡淡交谈了几句，算不上真正相识。从那第二天起，海西宾天天起个大早，赶到月坛与那老人相会，渐渐相熟，又渐渐由旁观到求教，后来竟爽性拜那老人为师，习起武来。

那老人名段雁勤，虽已年近 80，看上去却只有 60 开外。

段雁勤在民间武坛享有极高荣誉，他让海西宾先向晚他一辈的民间武术家学基本功，介绍海西宾认识了越来越多的师傅。基本功过了关，海西宾便一门又一门地学习起来。在月坛公园由雷慕尼教会了"陈氏太极"，马长青教会了弹腿功；又到宣武公园拜"花斑豹"富宝为师，学了几套"形意拳"；再到礼士路小花园拜许增繁为师，学会了原地转圈的"八卦拳"；后来又到历史博物馆东侧，向打磨厂食堂做切糕的厨师杨起顺杨师傅，学了一套"白猿通臂拳"……几年下来，最后经过段爷爷指点，海西宾已然把所谓"内家"的"太极""形意""八卦"和"外家"的"查""洪""炮""花"等"长拳"都练到了相当的水平。

海老太太叨唠他："西宾呀，你练那玩意图啥呀？你可别练完了跟人家打架去，给我惹事儿！"

海西宾一笑。他给奶奶惹过事儿吗？

单位领导在大会上表扬他："海西宾练就了一身硬功夫，同盗窃国家苗木的坏人面对面斗争，保护了国家财产，擒拿了犯罪的歹徒，他的思想行为，值得全局青年职工们学习……"

海西宾喃喃自语："哪里哪里……"北京市能有多少胆大妄为地趁着夜深人静，潜入苗圃偷窃苗木的歹徒呢？海西宾又能有多少次在值夜班时遇上他们的机会呢？而对付那些外强中干的歹徒，又何用把武术练到这种程度呢？就算海西宾勇斗歹徒的精神值得局里的青年职工们学习，他那武术水平，一般人又怎么能、而且何必要向他去看齐呢？

"'哪里哪里'是想上电影呢！那《武林志》的导演是谁？怎么没把咱们的'哪里哪里'找去？他还拍不拍功夫片？咱们把'哪里哪里'献出去！"同伴们常这样拍肩推背地调侃他。

他跟大伙一块儿嘿嘿嘿地笑。他上电影？天下还有比这更滑稽的事吗？拍成了，电影院门口准得排长队——退票！

"'哪里哪里'是为姑娘们练哩！哪个姑娘不喜欢武艺高强的硬汉！何况咱们的'哪里哪里'并非五大三粗，而是'儒将风范'！"队里的技术员汪大哥甚至于当着姑娘们也这么打哈哈。

对此海西宾保持沉默。他当然并无那样的动机，但确实收到了那样的效果。他常常接到偷偷递来的情书。有一次一个姑娘竟大胆地把情书通过邮局寄到他家。海老太太接到了信，因为老眼昏花，便请詹丽颖代读。詹丽颖打开信一看，没开读便笑得前仰后合……

从此海老太太少不了对海西宾的盘问。海西宾总这么跟她说："奶，您放心，准给您娶个跟我一般孝顺的。"

目前海西宾已经有了一个意中人，正处于热恋之中。1982年12月12日这天，他一大早便骑车出去同她相会，下午四点来钟才转回家来——要不是为了赶着回家看四点零五分开播的电视节目"足球赛选播"，他也许还要同她多缠绵一会儿。她目前尚未向严厉的父母公开她的爱情，所以他们晚上还不能从容相会，而海西宾也没还作出把她带来见奶奶的决定。

海西宾推车进了院子，刚把车抬过垂花门，便看见一个醉醺醺的汉子连哭带嚷地从薛家新房中冲出来，冲出几步后，又扭过头去骂："你们他妈的诬赖好人。你们他妈的一窝子喇嘛才是贼！老喇嘛！小喇嘛！你们他妈的留点神，我他妈的跟你们没完！我非找人来把你们这喇嘛庙砸了不成！咱们走着瞧！"

那醉汉是卢宝桑。随着他冲出薛家新房大吵大闹，院里一时淤满了人。薛家的两间屋子里自然涌出人来，詹丽颖和张秀藻也不禁出屋观望，海西宾身边又站过来了外院那澹台智珠的公公和苟大嫂。大家尽管心情各异，但有一个感慨却是共同的：好好的一桩喜事，怎么弄成了这样！

新郎薛纪跃，处在一种极度亢奋的情绪中，尽管旁边的人拼命拉住他，他还是挣扎着要扑过去。他头发散乱，西装不整，喜花摇摇欲坠，声嘶力竭地嚷着："卢宝桑，你甭走！你把雷达表交出来！要不咱们一块儿去派出所！……"

卢宝桑却朝他欠着脚、耸着身子，大声地嚷："谁他妈偷了表谁是三孙子！去派出所！去不着！不让走？姥姥①！"嚷完，扇着肩膀，从海西宾身边一晃而过。

海西宾当时产生了一种揪住他的冲动，却又抑制住了——毕竟情况不明、是非难辨。就在卢宝桑走出去的一瞬间，海西宾看到了站在人群中的殷大爷。啊，今儿个殷大爷也来薛家做客了……

薛纪跃到底被人们连劝带拉地送回新房中去了。詹丽颖自然早已走过去向薛大娘细究根源。苟大嫂也过去同薛师傅说话——她倒先不打听来龙去脉，而是立即劝薛师傅往开了想："凡有喜酒必有醉人，小小不言的事儿，过去了就当它仨葱俩蒜……底下咱们接茬热闹。走，我去帮你们张罗……"张秀藻退回了屋去，心思不能马上回到功课上，她不仅感到烦恼，而且为自己同这些人之间的相互不能理解，产生出一种淡淡的哀愁。她不久将搬到另一种环境中去，远离那粗鄙庸俗的一群，那是她的福气吗？可苟磊却是过去、现在以及相当长的一段将来，都始终处于这样一种氛围之中，苟磊是怎么忍受下这一切的呢？……澹台智珠的公公目睹了邻居家的纠纷，联想到自家的内乱，心里发紧。他退回家中，在堂屋里踱来踱去，李铠和智珠怎么都一去不返呢？就连小竹，也好久不见踪影，他是该去寻觅他们，还是该淘米准备晚饭呢？……

海西宾看见殷大爷的时候，殷大爷也同时看见了他。卢宝桑走后，他二人自然凑到了一起。殷大爷是段雁勤最得意的高徒，海西宾跟他学过一段"大

---

① 姥姥：北京俚语，意谓根本不可能，表示藐视。

成拳"。据说殷大爷五十来岁的时候，他的"大成拳"居全城民间武坛首位，有"隔山打老牛"的功夫。如今殷大爷家住南城龙潭湖一带，在那里挂牌正骨，声誉极高。

殷大爷挨近海西宾以后，简单扼要地对他说："出去的那位叫卢宝桑。现在弄不清他偷没偷薛家的雷达表。他现在又醉又浑。你要得便，出去远远地跟着他，盯着他点，看他都往哪儿去，干了什么。你只远远跟着就行，可不许惊了他，更不能动他。他要进了住家院子，你就回来。我等你的信儿。"

海西宾跟殷大爷本有师徒之谊，再说薛家的事情也该管管，听了这话，便把车头掉转，又朝院外而去。那"足球赛选播"的电视节目，他自然已经弃诸脑后了。

28. 新郎的哥哥终于露面。关于"装车"和"卸车"。院内的"水管风波"。

北京现在还有多少酒馆？

卖饭兼卖酒的地方不能算酒馆。必得是以卖酒为主，附带卖酒菜的地方，才能算酒馆。据老人们说，当年北京城酒馆颇多，而地安门外、鼓楼之前那二里长的街面上，不但酒馆的数量可观，其种类也相当齐全。

北京市民现在不怎么喝黄酒了，而当年京师酒肆之中，"南酒店"却占相当的比例；店中出售"女贞""花雕""封缸""状元红"等不同流派的黄酒，同时也把"竹叶青"当作一种陪衬，附带出售；与黄酒相适应的酒菜则备有火腿、糟鱼、醉蟹、蜜糕、松花蛋等物。另一种"京酒店"，早期只供应雪酒、冬酒、涞酒、木瓜酒、干榨酒、良乡酒……后来渐渐加添上声名鹊起的汾酒、西凤酒、泸州大曲、贵州茅台……虽已名不副实，但老年人叫惯了，仍叫"京酒店"；再后来因为又变化为主要出售北京郊区自产的"二锅头"，以"价廉物美"来维系住一批常客，所以倒也终于"返璞归真"。这"京酒店"供应的酒菜，早年多是咸栗肉、干落花生、核桃、榛仁、蜜枣、山楂……夏季添加莲子、鲜藕、菱角、杏仁……似乎是以素食为主；后来渐渐素食减少，而变为咸鸭蛋、酥鱼、兔脯、驴肉……到了如今，则以"小肚"①、猪蹄、各类肉肠和粉肠为主了。当年还有一种"药酒店"，现在北京市民常把黄酒叫"料酒"或"药酒"，但早年的"药酒店"，所卖的酒并非黄酒而是各种露酒，如玫瑰露、茵陈露、苹果露、山楂露……另外，如莲花白酒、绿豆烧酒、"五加皮"

---

① 猪膀胱裹肉、粉。"肚"在这里读 dǔ。

一类的烧酒，也多在这种酒店中出售。这种酒店往往并不准备酒菜，沽酒者大都也是购回再饮。如今北京市民一般是不怎么喝露酒的，他们把黄酒、白酒、啤酒以外的带酒精饮料统称为"色儿酒"，"色儿酒"中只有红葡萄酒一种受到欢迎。至于专门出售威士忌、白兰地一类洋酒的"酒吧"，除了某些一般市民不能随意入内的大饭店中设置过外，市面上似乎始终阙如。

当年的鼓楼前大街，义溜胡同附近有一家规模不小的酒肆。"义溜"其实是"一绺儿"的谐音，因为那胡同狭窄得两个人迎面相遇，必得侧身谦让才能通过，所以人称"一绺儿"。"一绺儿"在号称"大胡同三千六，小胡同赛牛毛"的北京城内，似乎本不值一提，但因为当年它附近有名的酒肆饭馆颇为不少，酒徒食客为抄近路常斜肩而过，故而名声颇著。从鼓楼前大街穿过"一绺儿"胡同，便可直抵那酒肆门前，门上挂着黑地金字大匾："天香楼"。进了大门，迎面立柱上是一副对联："四座了无尘事在，八窗都为酒人开。"当时有首《竹枝词》曰：

> 地安门外赏荷时，
> 数里红莲映碧池；
> 好是天香楼上坐，
> 酒阑人醉雨丝丝。

这说的是夏天，其实冬季生意更好，又尤其是元宵节前后。"一绺儿"胡同南侧，挨着后门桥，有座火神庙，现在遗痕犹在。20世纪20年代以前，每逢元宵灯节，据说庙中都要烧"火判"，即将中空的泥塑神像，填以薪炭，燔火燃烧，不但使其体腹红透，而且还要"鼻头出火耳生风"。这自然要吸引无数的市民去观看，其中一部分在观览之余，便不免要到"天香楼"中痛酌一番。如今年过70的北城市民，忆起当年景象，往往还能形容个淋漓尽致。海老太太和胡爷爷在鼓楼根下一边晒太阳一边聊天时，就不知把这话题炒过多少遍"回锅肉"。

然而随着时代的变迁，北京饭馆的数量一度大大减少，酒馆一度濒于绝迹。到粉碎"四人帮"之后，饭馆的数量和种类才有所增添，酒馆也略有恢复。当然，旧时代里酒馆的繁多乃是一种畸形的社会生态，那一"传统"本不值得大力继承，但适当地向市民提供一点"随意便酌"的场所，开设一些管理得当的专卖酒类和酒菜、备有座席的酒馆，看来也还是必要的。1982年年末的钟鼓楼一带，这样的酒馆出现了一家。它位于鼓楼后面、钟楼前方的钟楼湾胡同之中，是一所平房，叫"一品香烟酒店"。里面设有四五张方桌、十多张方凳，除了供应各种烟酒而外，还供应煮花生米、拌海蜇皮、"小肚"、粉肠、茶肠、蒜肠、蛋香肠、午餐肠、茶叶蛋、猪头肉、拌粉丝……一类下酒菜。因为它的位置处于僻静的小胡同之中，所以光顾的酒客很少有偶然路过的生人，多是附近的居民或在附近上班的职工，售货员与酒客大半相熟，酒客之间也大半相熟，于是乎酒馆中常常充满了一种活泼而融洽的气氛。

且说 1982 年 12 月 12 日那天下午四点多钟，海西宾骑着自行车，遵殷大爷之嘱追寻卢宝桑的行踪，结果是发现卢宝桑摇摇晃晃地钻进了"一品香"。海西宾在"一品香"门前下了车，把车支好、锁好，隔着玻璃窗朝里面望去。原来同院澹台智珠的爱人李铠早在里面，卢宝桑进去后立即看到了李铠，显然是大声地吆喝着，一溜歪斜地走了过去；李铠站起来扶住了他，显然是在颇为惊讶地询问……

海西宾正犹豫着：要不要进到"一品香"去？忽然有人在叫他："西宾！"

海西宾转过头一看，是薛纪跃的哥哥薛纪徽，骑着辆自行车迎面而来。

薛纪徽本不打算下车，他那声召唤不过是一种礼貌的表示，但海西宾打个手势，让他下了车。海西宾问他："你怎么这时候才来？"

薛纪徽明显地疲惫不堪，简单地解释说："加班。"

海西宾便对他说："今天是什么日子，你还加班？你们家乱套了！宴席上吵了起来，说是有人偷了你们家的雷达表……"说着用下巴指指"一品香"里头，"跃子怀疑是他干的，可现在也没掌握什么证据……反正我也闹不清，你快去吧！你去了，能顶大用。"

薛纪徽莫名其妙，他朝"一品香"里望去，只看到了李铠，他心想：这怎么可能？一定是误会！不过，海西宾的表情语气，都使他感受到一种不祥，他便说了声："好，我赶紧去！"说时抬腿上车，恨不能立刻到达。

海西宾望着薛纪徽那宽厚敦实的脊背迅速远去，心中涌出了一股酽酽的同情。他蓦地回忆起前年夏天，胡同里一群小伙子都到什刹海边乘凉，不知怎么的大家伙哄着让他跟薛纪徽摔跤。当时他刚学会一点武术，总想找个机会比试比试，便也拿话挑逗，激得薛纪徽站起身来，向他应战。薛纪徽说："咱们也甭摔。我站在这儿，你就想法子把我撂倒吧。我要倒了，就算你赢。"说罢双腿微张，双手叉腰，挺起了厚笃笃的胸脯。海西宾使出了多种手段，又是掌推臂扳，又是腿勾腰顶，活像一条白龙缠磨一座铁塔，竟始终不能把薛纪徽撂倒。周围的小伙子们又叫又嚷，看得好不高兴。最后海西宾只好抱拳称服："徽子哥，您说吧——我该输给您点什么？"薛纪徽笑笑说："'哪里哪里'，你给我跟大伙练套拳看看吧！"海西宾便练了套刚串下来的"陈氏太极"。练到"收式"，薛纪徽便带头鼓掌，大伙哄然叫好之后，薛纪徽说："还是'哪里哪里'有功夫。我其实一点功夫没有。我的本钱不过就是敦实。"海西宾从此记住了这句话，他觉得，他需要向薛纪徽学习的，正是那可贵的"敦实"；而敦实绝不仅仅体现在那一身铁疙瘩般的腱子肉上，敦实，这主要是一种严肃认真地做人的态度……

　　从名字上就可以看出，薛纪徽是随中华人民共和国的国徽出世的。1950年9月20日，毛泽东主席发布命令，公布中华人民共和国国徽的那天傍晚，薛纪徽诞生在隆福寺的一间配殿中。来给薛大娘接生的是协和医院的一位助产士——要搁在新中国成立前，薛永全是不敢到隆福寺东边的孙家坑胡同去请他的；当他知道把薛大娘送往医院已为时甚晚后，便提着医药箱赶到了薛大娘床前，顺利地接下了薛纪徽。他拒绝收费，并且说："您以前来找我，我也会来的。在医院外头为产妇服务，我概不收费。"他是个基督徒，他说的是真心话。但薛永全仍然把这一切看作共产党解放了北京所带来的福气。他跟薛大娘不满20岁就结了婚，在生薛纪徽之前生过三个男孩一个女孩，都是请庙会上的喜婆给接的生。三个男孩有两个都是生下来还活着，可让脐带绕住了脖子，喜婆硬是解不下那脐带来，生瞅着给憋死了；有一个难产死在腹中；女孩子倒是顺产，却生下来刚仨月，就由隆福寺街上"修绠堂"书铺的掌柜牵线，送给了一个没有女儿的官宦人家，后来音讯全无。

　　父母感念共产党，感念中华人民共和国的成立，所以给这唯一成活的男孩取名为薛纪徽。生下薛纪徽以后，薛大娘身体垮了下来，不久查出有肺结核，但是随着隆福寺大庙在新中国成立后逐渐成为一所正式的大型商场，薛永全由一个喇嘛成了商场中的正式职工，他家的经济状况空前好转，薛大娘到北池子"防痨协会"定期诊治，几年后终于痊愈。薛大娘身体康复以后，又生下了薛纪跃。三十多年过去，两个儿子都健壮地长大成人，并且如今都安家立业。薛永全夫妇按说该彻底地扬眉吐气。

　　但是任何社会、任何家庭都不可能凝固在一种状态中。在流逝的时间里，社会生活中总是充满了矛盾冲突，作为个人，他在自己的命运发展中，总是既会有喜乐，也会有哀愁。

薛纪徽 16 岁时赶上了"文化大革命"，那时他刚上到初中三年级。他是学校中最早的"红卫兵"战士之一，他狂热地信仰过"无产阶级专政下继续革命的理论"，他在"大串联"中极大地开阔了视野，他厌恶"打、砸、抢"，他为坚持"要文斗，不要武斗"而同其他"红卫兵"战士爆发过激烈的争论，他同情那他认为仅仅是犯了错误而并非"顽固不化的走资派"的校长和党支部书记，他对"中央文革"越来越极端的过激言论感到困惑……然而这所有的一切，在他心灵上所刻下的印迹，对他人生观形成所产生的影响，都不如那期间他所目睹的"装车""卸车"的场面更富于刺激性和震撼力。

什么叫"装车"和"卸车"？

装卸的并非货物，车子也并非是载重卡车。

在薛纪徽他们住的那条胡同附近，还有一条更整齐的胡同，胡同里有个保护得很完整的四合院，四合院里住着一位有身份的人物。当时该人不但已经年逾古稀，而且大脑已然软化；他身躯肥胖，腿脚极为不便，说实在的，早该谢绝一切邀请，不再外出活动。然而，在"文化大革命"打倒一大片的狂潮之中，不知怎么的，他偏幸存，并在五一、十一一类的盛典中，仍能接到上天安门城楼的通知。每到那一天，天安门城楼上的活动正式开始前 40 分钟，便有一辆小轿车来接他，而附近的一些居民，便会默默地围成一个半径颇大的圆圈，来看有关人员和他的家属，如何将他装进车去。薛纪徽便是那围观者中的一员。

小轿车的车门口径，于那臃肿的老人本已不适，加以他神情恍惚、屈身不便，因而每回有关人员和他的家属，不得不如同装载一件笨重而易脆的珍贵物品般大费周折。先是一个年轻人从那边车门进到车里，伸臂准备接应，然后再由三个人将那老人扶到这边车门，有的帮助他屈身，有的轻轻按下他的头颅，有的几乎是搂住他，将他往车门里运送。老人通过那车门，终于被塞进车里，往往要费去十几分钟，而这时在围观者的一片沉寂之中，老人所发出的生理性呻吟："啊——啊啊——啊啊啊——"（他一定被挤压得极其痛苦），以及据说是那老人女儿的镇定而威严的指挥声："慢点！慌什么！好，用劲！怕什么？甭怕他叫唤，用劲往里推！你那边用劲往里拉！别瞎拽他胳膊！托住他身子！爸，您叫唤什么？！这不就快坐进去了吗？……"那情景真是惊心动魄。

小轿车开走了，围观的人们并不全都散去，有一部分留在那胡同口上，窃窃私议着。他们都摸准了规律，在"装车"这个节目结束的半个多小时以后，必定便会接演"卸车"这个节目。

那位老人到了天安门城楼，还有一次快速卸装。他上了城楼，陪同他的人让在场的新华社记者在一份事先打印好的名单上，用铅笔在他的名字后面划上一个对钩，于是等他气息略平，便不等那活动结束，又把他装车运回家中。车子到了他家口，有关人员和他的家属，便又在他那位已经五十多岁的女儿指挥下，对他实行最后的"卸车"。"卸车"按说要比装车困难得多，但速度却总比"装车"要快，指挥者的声调也变得急促僵硬："别怕！拽你的！从里头推呀！爸，您嚷什么？这不马上就下来了吗？好，快点架进去！快！……"

那位老人自己对这样被人"装卸"是否心甘情愿，不得而知。他的女儿对此事的想法，却表述得明明白白——有一次"装车"时特别不顺，大约是老人的一个孙子忍不住说："我看去不了就别去了吧！"担任现场指挥的那位女儿立时焦躁地驳斥说："别去了？！晚上《新闻联播》里没了他的名字，他又明明没死，人家不得说他给打倒啦？告诉你说吧，只要有一回没上去，咱们留在北京的还好说，那外地的几窝子，立时就得让人欺侮个臭死！……"说着亲自猛力地将老人往车门里推，使老人发出了一声空前的惨叫。你也不能说那当女儿的手狠心冷，她声音打战地叫着："爸！"还当着众人流下了眼泪……这些话语传入薛纪徽耳中，这些情景映入薛纪徽眼里，他觉得生活给他上了极其丰富、极其深刻、也极其令他痛心的一课。

每次"装车""卸车"的演出结束以后，过不了几个小时，附近一些单位架设的高音喇叭里，便会传来电台广播员那圆润洪亮的宣布名单的声音，当终于宣布到那位老人的名字的时候，薛纪徽常常紧紧地咬着他的牙关，心弦辛酸地颤动。

他没有上山下乡。他那一届的学生，赶上了一次市内的分配，他分配到了现在的单位，先当搬运工，后来学会了开车，当了130卡车的司机。

早在"四人帮"垮台之前，他就在心中否定了"文化大革命"，并不是他对"文化大革命"的"理论"和政治实质有什么透彻、准确的认识，他只是从切身的感受中总结出了一点：这场"革命"不实在。那"装车""卸车"的场面，尤其给了他这样一个启示。

他给自己立下了一个信条：他得实在。他痛恨虚伪甚于谬误。他对事物最严厉的批评是："甭装孙子！"

现在薛纪徽骑车赶赴弟弟薛纪跃的婚宴，他以极其疲惫的身心，面临着难以应付的局面。

最能体谅他的，是父亲；其次也许是弟弟。但新娘子是否能体谅他呢？他今天为什么非得去加班呢？这对她来说，岂不是一种轻视吗？在她的一生中，这也许是她唯一一次担任主角的时刻，可是他这个大伯子却似乎偏偏觉得不必凑趣……还有母亲，没有比母亲更讲究吉利、更在乎面子的人了，纵使她对自己一贯是挚爱和引以为荣的，今天自己的表现，怎样耐心地解释恐怕也获得不了她的理解！她会问："就算非加班不成，得晚来一会儿，那怎么一晚就晚到这个份儿上？"可以告诉她：半路上，让人把车给截住了——那也是北京市跑运输的车，司机急得头上冒汗，那地方前不着村后不着店，可他那车就是开不动了。他截住薛纪徽的车，苦苦地向他求援："我截到你这儿，已经是19辆了，要么根本不停，要么停下听两耳朵就冲我摆手……大哥，我可全仗着您了！"薛纪徽说服了车组的搬运工，下车去帮他检查，完了又躺到车子底盘下面帮他修理，费了老鼻子劲，才帮他修好……母亲听了这些会怎么说呢？一定会说："你不能告诉他，你今儿个家里还有事吗？你不管，他就再遇不上帮忙的人吗？他说截了十几辆也不灵，你就信他的？他为了让你心软，总得往苦里说噢，你就那么心实！……"是的，他心实，他不能看着别人犯愁不管；他听不得那些撇下有难的人不管、自顾自地跑车的无情行径；他不能容忍自己因为要赶早回来参加跃子婚宴，便见义而不勇为……他图个什么？感激？表扬？私下的报答？公开的奖赏？都不是，他图的是问心无愧——他感到眼前的政治、经济、文化和社会生活的各个方面都越来越少虚伪，越来越更实在，在这样一个扎扎实实地实现四个现代化的时代里，他更必须敦敦实实地对待国家，对待他人，对待自己……

同海西宾的相遇，使他的精神负荷更其沉重。倘若婚宴一帆风顺，他的迟到不过是一般的缺陷；然而怎么会乱了套？什么雷达表？谁的？什么人偷了它？老李怎么会跟这种事沾边？……想到父亲的懦弱，母亲的迷信，弟弟的幼稚，他心里一阵酸痛——他们是多么需要他在场控制住局面啊！而在关键时刻，他却迟迟不到……

快！快去！驱赶走每块肌肉、每根神经中的疲惫，重新抖擞起全身心的精、气、神，去实实在在地做一个称职的儿子、兄长和大伯子……

薛纪徽到了新房门外，紧张的心弦稍有放松——一切似乎都还正常嘛。新房中的宴请仍在进行，虽说不上笑语喧哗，倒也还算热闹。苫棚中传出炒菜的声音，飘散出蒜苗肉丝的味道。而且女儿小莲蓬带着油嘴圈儿，恰巧从新房中跳了出来，一见他便高兴地大喊："爸！"又扭过身去通知里面，"奶奶！我爸来啦！"

薛纪徽赶紧进屋，劈面便见着了母亲。

此刻薛大娘心里真是酸苦辣咸俱全，唯独少去了甜味。雷达表丢失后的一场风波，引得原先的客人纷纷告辞而去，只剩下殷大爷还在。王经理等人告辞时尽管说了不少劝慰的话，到底让薛大娘脸面上无光。七姑是愤愤然、恨恨然而去的，而且临去时当着薛家人向潘秀娅撂下了这样的话："我今儿个不回自个儿家了，我这就找你爹妈去；明儿个你们回门的时候，要还没把事情弄明白了，秀娅呀，你就甭回这儿，你先跟娘家住着！"……薛大娘真是哭不得嚷不得争不得辩不得，而正在这时，偏又来了一茬新的客人，薛大娘要脸，她不愿让家丑外扬，少不得强颜欢笑，布置孟昭英赶紧收拾前茬婚宴的残局，重摆新宴——菜肴自然相对从简，端上来的不过只是木樨肉、摊黄菜、芹菜肉丝、蒜苗肉丝、红烧小黄鱼、菠菜炒粉丝……薛师傅讪讪地向新来的客人解释着：新娘子累了，暂时在那屋歇着，待一会儿准来给大家点烟敬酒；薛纪跃是真的醉了，他傻笑着，胡乱地应答着人们的祝贺与调侃……他们商场的团干部杨及光，完全是出于好心，即席为薛纪跃朗诵了宋朝秦观的一首《鹊桥仙》词："……柔情似水，佳期如梦，忍顾鹊桥归路！两情若是久长时，又岂在朝朝暮暮！"但在那样一种场合和气氛中，有谁听得懂他嘴里吟出的句子呢？他试图把最后两句展开议论一下，可是谁又能有听他讲解的耐心呢？在一阵乱哄哄的碰杯劝酒声中，他也只好作罢……

薛纪徽和母亲面对面站住。薛纪徽等待着母亲的质问、申斥、唠叨、埋怨……然而母亲并没有一句话，只是痴痴地望着他，那眼里充盈着无尽丰富的哀愁、烦怨、渴求、期待……薛纪徽的心针刺般发疼了。

新房中的宴客们并不清楚薛纪徽是才刚到来，薛大娘和薛师傅出于面子也并不当众盘问薛纪徽为何姗姗来迟；薛纪跃在酒醉后失去了逻辑思维，见到哥哥只是拿起酒杯嚷着："哥！咱俩干一杯！"……所以薛纪徽竟顺利地渡过了第一道难关，迅速地在新房中同大家达到了协调；他自己稍觉难为情的，只是他的衣衫对比于其他的人，未免显得寒碜——他实在来不及再回趟自己的家，换上一身鲜亮的礼服。

在席面上应酬了一会儿，他便出屋进到苫棚，打算了解一下所谓雷达表被窃究竟是怎么回事儿——孟昭英果如他所料，正在苫棚中帮厨。薛纪徽原来作好了被母亲、弟弟乃至于父亲埋怨的思想准备，对孟昭英却完全放心，难道她还会责难他吗？他万没想到，偏偏是孟昭英，一见到他便毫无保留地发泄出了全部怨气。她不顾路喜纯在场，先是顿着脚埋怨："你还知道来哩！你干脆别来不更痛快！小莲蓬病死了你也不管是不是？我累死了你才痛快是不是？我是你们家的苦力！童养媳也比我强！我还活着干吗？干脆一头撞死拉倒！"说着她竟激动地抽泣起来。

薛纪徽慌神了。他不知该怎么安慰她。他忽然洞察了她的贤淑辛勤和她在见到他以前的拼命克制。他的良心在一阵阵地抽搐。他为那么多人都考虑到了，偏忽略了她！这心地善良的、用全身心爱他的妻子！

他也顾不得那对他来说全然陌生的路喜纯在场，走过去从后面抱住了孟昭英那抖动的肩膀，沙哑地说："是我不好！你回家再骂我吧……我知道你实在不容易，难为你上上下下忙活了一天……"孟昭英用手绢堵住鼻子，抽噎得更加厉害，他只得疼爱地抚摩着她那浑圆的肩膀，劝慰地说，"行了行了行了……我都明白。生活就是这样，谁也不容易……都得互相谅解才成……我以后再不会撇下你一个人了，重担子咱们一块儿挑……"

路喜纯别过头去，给煮好的鹌鹑蛋剥皮。鹌鹑蛋是荀大嫂送过来的，她建议先给新娘子吃上几个，压压惊。

薛纪徽见孟昭英稍趋平静，便抓紧询问："那雷达表是怎么回事儿？我在胡同里遇上了西宾，他说咱们这儿刚才闹了一场……"

孟昭英突然又激动起来，把肩膀一晃，甩脱开薛纪徽的双手，既委屈又鄙夷地说："鬼知道是怎么一回事儿！敢情早先一直保密，瞒着我——哼，谁稀罕哩！我算什么？听使唤就行了呗！人家可是金枝玉叶，腕子上有了不锈钢的，还嫌不够派头，给预备着雷达镀金小坤表哩！要不是我跟这儿碍事，早拿出来给戴上了！……说是跟那五斗橱抽屉里搁着，人家路师傅给上'四喜汤'，说那'汤封'也在抽屉里头，拉开一看，'汤封'跟表都没影儿了！这就闹腾了起来！……说是宝桑挨着那抽屉坐，准是他偷了，要搜人家。宝桑能让搜吗？闹得个天翻地覆！……宝桑也不是东西，满嘴胡嗫，把路师傅也给伤了……新娘子这会儿还跟你妈那屋哭呢，我这眼泪值几个钱？你快去吧，可别让你弟妹委屈大发①了！……"

薛纪徽本想这就去见见新娘子，想法子调解一下。听了孟昭英后几句话，却又不能立时挪脚离去，只得拉过孟昭英一只手来握住，揉搓着说："别这样，别……凡事想开点，都能闹清楚的……一家子人，还是要谅解着点，要团结……"

在新房隔壁，薛师傅和薛大娘的住室中，亲友们都已回避，摆宴的桌子上杯盘狼藉，也不及收拾；潘秀娅坐在床边，心里比孟昭英更委屈、更烦怨，她眼泪汪汪，撇着嘴角，随着低头揉搓衣角，原来落在头发上的五彩纸屑，不断地飘到膝上……

薛纪跃的大姑和詹丽颖一左一右地坐在她身边，劝慰着她。大姑笨嘴拙腮，詹丽颖粗声大气，都不得要领。

潘秀娅只觉得自己是受了骗。什么雷达表？真有吗？真为我买了，怎么不早让我戴上？怎么那么巧，一拿"汤封"，就连雷达表也飞跑了？更可气的是，敢情薛纪跃他爹当年是个喇嘛庙里的喇嘛！喇嘛不就是和尚吗？和尚不是不许结婚吗？不是不许吃荤吗？……这下可好，自个儿嫁到了个喇嘛家！传到单位里去，人家非拿我开心不可！光凭这一条，就得白踩咕②我一顿！大嫂也是，你给介绍的时候，怎么不把这一点弄个清楚？薛纪跃就更不像话，你干吗隐瞒？还有，你不能吃鱼，见鱼就吐，究竟是个什么毛病？……怪不得你没见上我几次就说你"愿意"！……七姑走了，生是给逼走的——十六道菜刚上到十二道，就把汤端上来了，准是事先跟那大师傅串通好的！那是个什么大师傅啊！"大茶壶"的儿子！恶心！还有那个什么宝桑，真现眼！没准确实给我买了块雷达表，没准真让他给偷走了。你说我怎么就那么倒霉！薛家净是这号亲戚！将来还得了吗？动不动就来足撮一顿！谁供得起？还顺手牵羊！那个什么殷大爷也够呛，阴阳怪气的，会点穴！说是薛纪跃他爹当年的把兄弟，我看准也是个喇嘛！我真嫁到个喇嘛庙里来了！妈呀！这可怎么得了啊……

想到这里，潘秀娅爽性捂脸痛哭起来。

---

① 这里"发"读作 fa。"大发"，过了限度的意思。
② 又说成"踩祸"，糟蹋的意思。

詹丽颖搂住她，摇晃着她，劝慰她说："咳！你遇上的这些个事算得了什么？一点小小的误会！一点小小的损失！你们这些年轻人，身在福中不知福！我像你这么大的时候才惨呢！打成了'右'！那什么滋味？下放！劳改！批斗！检查！……你这点挫折算得了什么！快别流'自来水儿'了，听你詹姨的话，洗洗脸，整整头，抻抻衣服，喷喷香水，高高兴兴，活活泼泼，重上喜宴！……"

詹丽颖的话语并不能解释潘秀娅心中的疑虑，但她的一片热心肠毕竟还是能给人温暖的，潘秀娅在她的臂弯中稍趋平静……

这时小竹突然跑了进来："詹姥姥，您在这儿！我爷爷替您盖了戳子——您的电报！"说着递给她一个薄薄的封套。

詹丽颖双眉一耸，接过来顾不上道谢，立即拆开看那电文，只见有六个字：

兄病速来惠娟

惠娟是她爱人的亲妹妹。詹丽颖这一惊非同小可。她立即置新娘于不顾，也不跟那大姑解释一声，捏着电报便头也不回地奔回了自己家中。她坐到自家床上，又把电文看了两遍，发了半分钟愣，便猛地倒在床上，把枕巾扯过来，下意识地把枕巾一角塞进嘴里嚼着。

"兄病速来"！什么病？难道……她忽然想到年初爱人来探亲，她煮好元宵给他吃，他曾说过："咽起来觉得自己是只北京填鸭……"他的食管是不是那时候就有了问题？而且他明显地日渐消瘦！……太可怕了！她整天都干了些什么啊！为别人的事瞎忙！却偏偏对自己的爱人掉以了轻心！她还觉得别人都是悲剧性人物哩——嵇志满可怜，慕樱孤单，薛家失窃，新娘子委屈，韩一潭优柔寡断，澹台智珠力不从心……可闹了半天最大的悲剧是在自己身上！偏偏在这政治上得到彻底解放、事业上出现发展前景、家庭即将团圆的时刻，袭来了阴森森的病魔！这袭击一定急促而猛烈，否则不会由惠娟署名来电——啊！会不会已经……人们在那种情况下，总还要仅仅说"病"而不说……的！

詹丽颖猛地坐了起来，她把那封电报紧紧地攥在手心里，心乱如麻。她该怎么办？啊，她必须立即行动，刻不容缓！

对了，她得立刻去打电话——往四川打长途，找惠娟，找爱人单位的领导……她还得立刻给本单位领导打电话请假。她不能等到明天，她今天就该搭晚车走；要么，她就该立即去弄到一张明天或后天的飞机票……

她急匆匆地跑出了屋子，刚往垂花门冲了几步，又突然扭回身，朝张奇林家奔去；奔到门前她就使劲地用手指头弯敲门上的玻璃，还一边叫着："于大夫！我用用您家的电话！"她突然发现了门上的锁——原来唯一留在家中的张秀藻刚刚出去——她急恼之中不禁把那门锁用力地拨弄了一下。她又转身大步朝院外走去。

刚出垂花门，一个瘦小的男人迎着她说："詹姨，您瞧这是什么事儿——打了水不管回水，水管子冻上了，我们可怎么办？"她一反常态，听也不要听，绕过对方身子，一径冲出了院门。出了院门，扑面一阵冷风，她才意识到忘记了戴围脖，并且没有锁屋门，但她并不转去，而是义无反顾地奔向了公用电话……

在詹丽颖离开了新娘子以后，薛纪徽才进那屋去，同新娘子见了面。他诚恳地说："让你受委屈了！我们确实有不周到的地方，尤其是我，不该现在才来……可是，小潘，时间长了你就明白，我们一家子都是实诚人，不会亏待你的……咱们团结起来，实实在在地过日子，不好吗？表丢了，咱们可以再买一块；得罪了谁，咱们可以赔礼道歉……遇事干吗往窄处想呢？生活的路，宽得很嘛！小潘，世上没有十全十美的人和事，没有现成的幸福，全靠想得开，靠相互谅解，靠争取，靠奋斗……唉，我也说不好，反正，你心领就是了！……"

潘秀娅毕竟是个本性淳朴的人，她对生活，对人和事，本无过分的苛求，听了大伯子这番恳挚的话语，她停止了抽噎。

孟昭英端了一碟鹌鹑蛋进来，连筷子一起递到潘秀娅手中，对她说："吃吧。外院荀大婶送给咱们家的。特为你煮的。吃了补精神。要嫌淡，我给你拿盐去！"

薛纪徽和潘秀娅都抬眼望着孟昭英，两个人心里都挺感动。薛纪徽更觉得孟昭英心地仁厚。她仅仅是冲自己最贴心的丈夫发泄心中郁结的浊气，在其他人面前，她还是竭诚地尽她的义务。难道他今后不该加倍地怜爱她么？……

小院中的生活一波未平一波又起。住在同詹丽颖一墙之隔的那间东屋的小两口回来了。两个人都是街道工厂的工人，身材都瘦小单薄。在这个四合院里，他们的收入最少，负担却最重——他们每月得分别给双方的老人五块钱，此外，他们的儿子才三岁多，平时搁在姥姥那儿，因此还得多给姥姥三十块钱。他们像许多类似的北京市民一样，过着一种把每一分钱都算计得极其精细的生活。他们屋里只安了一个六瓦的小日光灯，而且尽量做到能不开就不开。他们绝对不吃零食，从未见过他家来过客人，更不消说从未请人来他家吃过哪怕是一碗炸酱面。

每月他家的电表顶多只走一个字，逢到海西宾来收水电费，他们一听说因为总电表中有多出的度数，需得各家均摊补齐，便会一遍又一遍地诅咒"偷电的耗子"；因为除了张奇林家，其余各家都合用一个水龙头，由一个水表显示总用量，他们在用水上倒不那么节约；但是倘若别的人家洗衣服用水量大了，或者冬天放完水不及时回水，使水管上冻，不得不在烧热管子的过程中浪费掉一部分自来水，因而使得各家水费均摊额上升时，他们也总要久久地生气、抗议、痛心……

这天他们上完早班，拿着工会发的电影票到圆恩寺电影院看完《真没有想到》和《心灵的呼声》两部短片，回到家里，便分头张罗家务——男的叫梁福民，他提着水桶去水管那儿接水；女的叫郝玉兰，她坐在小厨房里，把入冬前买来的储存白菜，耐心地一棵棵倒腾着重新码过。他们小厨房里有一口水缸，能盛四桶水，为怕万一上冻把缸撑破，每天他们只往里面盛两桶水；他们储存了100斤一级菜、200斤二级菜，为了保证能吃一冬，他们逢到晴和的日子，便耐心地把一棵棵白菜都拿到院里晾晒，并且每隔三两天，郝玉兰都要把它们重码一遍，不但绝不允许那白菜"烧心"，就是菜帮子，也尽量不让它坏掉……他们生活上的节俭，主要集中在吃上，同许许多多的北京市民一样，他们具有所谓"从牙缝里省出来的精神"；他们穿得并不坏，屋里的家具和床上用品也并不比别家逊色，而且也购置了12英寸黑白电视机——尽管一般情况下他们并不使用它，只在有特别好的节目和把儿子接回来时，开上那么一阵；平日晚上他们宁愿骑车去厂里看俱乐部的彩色电视——至于对他们的儿子，他们花钱却相当大方，让儿子穿戴得漂漂亮亮自不必说，偶尔还买回昂贵的广柑和巴拿马香蕉，让孩子得意地站在院心里美滋滋地享受……两个月前他们有过一次壮举：带孩子去香山看了一次红叶，据郝玉兰对詹丽颖说，他们光吃冷饮就花了八毛钱！回来时他们一家三口全都红光满面，对生活感到十二万分的满足。

但是这天他们却陷入了烦恼。梁福民在水管子那儿提水，水管子竟冻住了！显然，这是因为薛家这天用水量极大，一大早便将水井下的阀门打开，因为要随接随用，又仗恃着中午比较暖和，便一直没有关掉阀门回水，谁想下午四点钟一过，气温一分一秒地迅速往零度下降，待梁福民来接水时，便出了问题！

梁福民跑回厨房，对郝玉兰说："水管子上冻了。我可没精神去烧开它。凑合着用缸里的剩水吧！"郝玉兰生气地说："缸里只剩个底儿，烧了开水就焖不了米饭，哪能凑合？都是薛家自私，光顾他们方便！今儿个他们也不知用了几吨水，下月咱们还得为他们掏水钱！甭跟他们客气，找他们家去！让他们把水管子给烧开！"

梁福民抹不开面子，光是怄气，并不动窝。他叹口气说："今儿个也不知是怎么的了，水管子上了冻，我跟詹姨说，她那么个热心人，忽然比那水管子还冷，根本不搭理我，扭头走人了……"郝玉兰便停止码白菜，站起身来，气恼地说："敢情他们各家刚才家里都有人，都把水提足了，所以不着急……你这个'杵窝子'①，你不敢去找，我去！"说着拍拍围裙，甩着手走出小厨房。刚迈出去，恰可好薛大娘从新房出来，郝玉兰气呼呼地冲着薛大娘说："嘿！你们家得负责啊！你们光顾自个儿得用，打开水管子不给回水，这会儿冻得邦邦硬，让我们到哪儿接水去？"

薛大娘这天遇上的窝心事本已一大笸箩，新房中所接待的第三茬客人酒饭都已消耗到一半，可新娘子还没露面，客人们不免七嘴八舌，纷纷要求新娘子"下凡"一见。薛大娘脸上堆笑，心中叫苦，正出得新房，要去那边屋里撞撞大运——看新娘子是否已经回心转意，能够重返新房把局面应付下来，不曾想刚迈出门槛，斜刺里却杀出了个郝玉兰！

薛大娘一愣。闯入她眼帘的郝玉兰，瘦小干枯，小鼻子小眼，本不标致，再加上怒容满面，双手叉腰，出言不逊，顿使她从胃里泛出一股秽气。薛大娘在这天里本是立誓任凭什么海鬼夜叉来捣乱，也一律要好言好语相待的，在郝玉兰这突然袭击面前，却一时失去了控制。特别是她想到院里别家对跃子的喜事都送了像样的礼品：张局长和于大夫他们是一个自动压水的热水瓶，海老太太和海西宾他们是一个带哨嘴的搪瓷"叫壶"，詹丽颖和慕樱合送的是一套香港出的化妆用品，澹台智珠家送的是一个白瓷观音，韩编辑和葛老师送的是一听上海金鸡饼干，荀师傅家送的不止一样，最值钱的是一盏有机玻

---

① 在家里气壮，出了家门在社会上懦弱无能的人。

璃座子的台灯……唯独梁福民和郝玉兰，只拿了一卷1983年的电影挂历来敷衍——薛大娘知道，那挂历是他们厂子里发给他们的……

薛大娘一口气堵在喉咙口，不能不吐出来。她用训斥晚辈的口吻对郝玉兰说："有你这么说话的吗？没瞅见我们家正在办红喜吗？什么事儿不能好好地商量？干吗那么横鼻子竖眼的？"

郝玉兰却觉得是薛大娘亏待了她家。她不知道，她跟梁福民清晨五点半骑车去上班以后，薛大娘也曾捧着喜糖来找过他们，见门锁着，只得退回，还曾跟孟昭英说："小梁小郝他们有小小子，得多给他们点喜糖，下午他们回来，我要忘了你给我补上！"……郝玉兰此刻面对着愠怒的薛大娘，心想你们家办红喜有什么了不起！抠门儿大仙！得了我们一份崭新的挂历，连张糖纸也没让我们见着！稀罕你呢！咱们"人穷志不短"，喜糖不要你的，上了冻的水管子可得给咱们乖乖地烧开！

两个邻居便在那么个心理背景下，你一嗓子我一嗓子地争吵起来。

海老太太闻声赶来劝架。她站到薛大娘和郝玉兰当中，倚老卖老地说："都给我少说两句吧！再往下你一嘴我一嘴的，跟当年护国寺庙会里头'年儿'耍把式、'仓儿'说相声差不离啦！当年'天元堂'的'黑驴张'卖眼药，也没像你们这么吆喝过！成啦成啦，薛大妹子你该忙活什么快忙活去吧！小玉兰你这嘴也真太不饶人，什么不得了的事儿，值当你脸上这么白一块红一块的！不就是要打水吗？走，我带你去于大夫家，先跟她那儿打两桶……啊，锁门了，那也用不着犯难，让福民到我那儿先舀一桶去使，不就结啦！……"

薛纪徽和孟昭英闻声出了屋，薛大娘转身劈面见着孟昭英，一腔怒气和幽怨又冲着媳妇发泄起来："啊，我跟这当院让人踩咕，你倒一边躲着受用去了！你把那水管子一打开就撒手走人，连眼皮儿也不往那边夹一下，眼下水管子冻上了，你算痛快了吧？什么时候公鸡下蛋，石头开花，你许才能生出个良心来！"

薛大娘气头上把话撂得这么重，薛纪徽心都蹦到了嗓子眼儿，他想孟昭英这下还不得跟婆婆锅铲对汤瓢地大干一场。连海老太太和郝玉兰也惊呆了。几个人都禁不住把目光集中到孟昭英身上……

孟昭英本也一股气顶到了脑门上，可她看到婆婆那满脸抖动的皱纹，看到婆婆耳边那在寒风中抖动的几根白发，心中忽然闪电般划过一个念头：二三十年后，我也不就这样了吗？谁也不容易啊！可怜婆婆一大早起来就跑出跑进，可遇上的净是窝心的事！……想到这儿，出乎所有人的意料，她不但并不针锋相对地还击，反而跨上一步去，挽住薛大娘说："妈，您别生气，是我不好，我这就烧水管子去……妈，您保重，您可千万别气出病来……"

薛大娘在惊讶中清醒过来，她望着媳妇，只见媳妇两个眼圈塌陷着，灰黑灰黑！婆媳二人的手接触到了一起，像阴阳极般突然紧紧地攥住，两个人鼻子都酸了，薛大娘的老眼里涌出了泪花……还有什么说的！在这个世界上，还有谁比她们更该将心比心？还有谁比她们更该相依相靠？

郝玉兰在薛家婆媳的这种表现中突然感到难堪。她扭身走回自家厨房，只见梁福民在那里捧着一个纸包发愣。梁福民见她回来，便说："回来得好！你也太错怪人了！瞧，小莲蓬送来的，她说是她妈嘱咐她的，一瞅见咱们回来，就给咱们送来……还说她奶奶说了，咱们家有小小子，所以要多给点！"郝玉兰接过那纸包，摊在案板上一看，是包喜糖，真不少，净是带金银纸的，光"酒心巧克力"，就有六七块之多！她心里一阵阵往上蹿着惭愧……

薛纪徽立即去取劈柴，好把冻住的水管子烧通，路喜纯对他说："大哥，您让我去。我能让它通得快点。"薛纪徽这才注意到他。他感到惊奇，因为一般来帮厨的"红案"都不会有这样的热心肠。他见路喜纯有着一张善良而质朴的面容，不知那双眼睛是让油烟熏着了，还是落入了烟灰被使劲揉擦过，显得异样地红肿……他感动地对路喜纯说："咱俩一块儿去吧，你有什么巧法子，教给我点，以后再冻住了，我也好依法行事儿。"

路喜纯下到水井里操作，薛纪徽蹲在水井边上给他打下手，两人合作得很顺当……

正当梁福民和郝玉兰在小厨房里越来越感到尴尬时，海西宾给他们提来了一桶水，对他们说："我奶让我给你们送的，用吧！"

29. 老编辑被一位"文坛新人"气得发抖。

去敲韩一潭家门的人，并不是当天《北京日报》"寻人"广告里的那个"诗疯子"。

葛萍开了门，一看见那人，便不禁笑着说："嗬，稀客稀客，今天刮了什么风，把你给吹来了。"

来人四十岁出头，头上戴着花格呢鸭舌帽，身上穿着烤花人字呢大衣，大衣里露出银灰色的纯羊毛围巾，脚下是一双美国乃基公司出品的"蛋饼纹"厚坡底运动鞋，打扮得既考究而又潇洒。

韩一潭一见他进来，便有一种说不出的别扭。但也只得站起来招呼他。

来人却大有"宾至如归"的气派。他笑嘻嘻地说："是西北风把我刮来的，六七级。"说着把帽子、大衣、围巾脱下，转了转身子，没找到衣架，便把那三样东西小心翼翼地放到了空着的沙发上，自己要往饭桌边的折叠椅上坐。葛萍忙过去把他那三件衣装捧起来，请他坐进沙发，对他说："你这些高级服装，我先给你搁里屋大床上吧！"

来人便坐进沙发，见韩一潭还站着，反朝他打了个"请"的手势，韩一潭也便坐进茶几另一边的沙发。

韩一潭问他："怎么样？最近忙着弄什么呢？"

来人却只顾打量韩家的房间，指点着说："老韩，该革新一下啦——进门的地方置个衣架嘛！窗户底下，添个长沙发……里外屋之间，如果不挡屏风，至少应该挂个门帘，不要让客人看见你们的床铺……"

韩一潭说："我哪能那么讲究？不像你，有那么多稿费！"

来人一个劲摇头："哪里哪里，我到手的也有限，最近推上去的那个电视剧，我们是三个人署名嘛，三一三十一，你想能有多少？"

葛萍给他端来一杯热茶，搁到茶几上。他勾着脖子看看，问："花茶？绿茶？红茶？乌龙？"

葛萍说："就是一般的花茶。"

来人笑着说："你该多准备几种。国外主人招待客人，总是发问：Coffee or tea？ Which do you prefer？①客人点了什么，才给什么……"

葛萍一拍巴掌："嗬！咱们中国人可没那么多讲究！"

来人继续对他们说："如果来的客人不止一个，有人要了咖啡，有人要了茶，有人说什么也不要；你该给咖啡的给了咖啡，该给茶的给了茶，那什么也不要的人，按中国待客的规矩，总也得给他杯咖啡或茶，可要是你给端过去了，人家就会不高兴——"

葛萍惊奇地问："那为什么呀？"

来人耸起眉毛说："你不尊重人家嘛。人家说不要就不要。有那中国人，到了外国人家里，人家问他喝什么，他说不渴，不喝，其实是客气话，他心里是想喝的，等着人家给他倒——因为在中国你说不渴不喝人家也总是要给你倒

---

① 英语：咖啡还是茶？你喜欢哪一样？

水的。结果，人家就只给要的人倒，不给他倒，他只好干渴着，忍着……人家就是尊重你的个人意志嘛！主人问客人：'味道好不好？'你说：'哎呀，不好！真不好！'主人会很高兴，因为你说了实话，坦率；如果你说客气话：'好，真好！'可喝了几口就不喝了，人家又会生气，因为你不真诚……"

葛萍不免问他："你是刚出国回来还是怎么着？知道得这么清楚！"

来人端起茶来，呷了一口，叹声气说："我？哪就轮着我了呢？我还不是听×××说的，昨晚上我刚在他家喝了'人头马柯涅克'，那酒名气不小，其实不如'峨塔白兰地'！"

韩一潭就知道他的"包袱"要在这时候抖落，他与其说是炫耀关于西方社会的社交习俗，不如说是宣告他目前深入文坛所达到的程度。他所说到的×××，是文坛上眼下极红的作家之一，刚从国外访问归来，韩一潭虽然早就跟×××认识——那时候这位来客还不知道跟哪儿窝着呢——但始终没有达到与其促膝共饮什么"人头马柯涅克"的地步。现在的文坛就是这样让你眼花缭乱——闪光的金子和如同金子般闪光的碎玻璃片，比"文化大革命"前的17年都有呈几何级数的增长。

葛萍毕竟单纯一些，她坐到折叠椅上，面对着来客，同他对谈起来。来客既然提到×××，她便很自然地问及他对×××一篇新作的评价，对方欣然作答——不过，先引用了若干著名评论家的意见，有的还并不是公开发表的文章和言论，而是："上星期我到他家，他正好刚看完×××的那一篇，他也是先问我印象如何……"以及，"……他让我别给他传出去，他呵呵地笑着说：'传出去，人家又该说我定调子了！'……"葛萍竟坐在那里，如聆佛音。

韩一潭皱着眉，只觉得耳膜刺痛，闷闷地抽烟。

这位来客有一个响亮的笔名，叫龙点睛。算起来，韩一潭跟他认识也有六七年了。他头一回来韩一潭家，是1975年年底，戴着个栽绒双耳帽，穿一身朴素的中山装。韩一潭一听他是从工厂来的，又说是刚开完支部会，便自然而然地对他肃然起敬。他拿出一卷诗来，毕恭毕敬地说："请韩老师给我改改！"韩一潭当时就看了他那十几首诗，主题都是"捍卫革命样板戏"，以当时的标准而论，写得相当"有激情"，而且也比较生动、形象，只是不够洗练。韩一潭看完，便在灯下一首一首地给他讲自己的印象，肯定他的优点，提出修改的建议……送走他后，第三天便接到了他的来信和改好的诗，信中说："因为参加'支农小分队'，马上要奔赴农业第一线，来不及当面倾诉我的感激之情了……几首诗请您全权修改并予以处理……您现在、将来、永远都是我的老师，我将永远在您的亲切指导下，为繁荣无产阶级革命文艺事业，贡献出我的一切力量！"

这以后他们常来常往。尽管韩一潭几次把他的诗推荐出去，几次都未能发表出来，他却毫无怨言，每次见到韩一潭总是说："您千万别对我失去信心！我就算是块顽石，有您的耐心辅导，也总能琢成个砚台的——哪怕是只配给小学生描红模用的砚台！"

1977 年，他一首十二行的短诗终于经韩一潭力争在刊物上发表了出来。第一回见到自己的作品印成了铅字，那激动的心情真难以形容，他那灵感的闸门，在油墨的香味启动下猛地打开了，于是乎诗情如黄果树大瀑布般地奔泻不停，到 1979 年，他发表的短诗已达 27 首。进入 1980 年后，他及时地意识到：凭着写诗闯入文坛远比凭着写小说闯入文坛费力而迟慢，于是他"试着写起小说来"，而在这一年里，他也就发表出了他的第一个短篇小说。

他认识的编辑自然不止韩一潭一个了。他出入于若干编辑部。他出席了某些文学方面的座谈会。因此他不那么经常去韩一潭家了。这也都不足为奇。

但是他变了。对于韩一潭来说，他的变化不是渐变而是突变。1980 年深秋，有一天龙点睛来到了韩一潭他们单位，韩一潭恰好在一进楼的走廊头上遇上了他。

龙点睛戴着个米黄色的鸭舌帽，穿着件上海"大地牌"的新风雨衣。尽管韩一潭颇有一段时间没见着他了，但那天劈面遇上还是很高兴的。韩一潭刚想问他怎么这时候跑来了，并想领他到自己所在的那间办公室坐坐，没想到龙点睛却只是淡然对韩一潭点了个头，连第二句话都没有，只是直截了当地问："你们主编在哪间屋？"

韩一潭一愣，但也本能地将主编的办公室指给了他。他便绕过韩一潭，径直地朝主编办公室走去了。

没有"伏笔"，没有"铺垫"，弄得韩一潭毫无思想准备，尴尬不堪。回到自己办公室，韩一潭心神不定，他想：或许龙点睛同主编谈完，还是会到自己办公室来的，哪怕仅仅是敷衍一下。然而龙点睛却并没有来。

不用韩一潭说他的坏话，龙点睛在文艺界很快成了一个名声不雅的人物——当然主要是在文艺界的"下层"，即一般的编辑和一般的作者心目之中。大家都说他是一分才能九分钻营，两分写作八分活动，三分成绩七分吹嘘。但由他署名或有他署名的作品却源源不断地发表出来，品种由诗歌小说而散文评论，而电影和电视剧本。还有人说他是"客厅作家"——即他几乎每晚都要涉足于一个客厅，当然不是韩一潭家里这种没有衣架和长沙发的客厅，而是文艺界领导或权威，主编或副主编，导演或副导演，文坛明星或新秀……的客厅，他从那里获得最新精神、最新消息、最新题材、最新技巧、最新动向和最新行情，难怪他能保持那么丰盈的灵感和那么丰盛的创作，也难怪有那么多人主动来找他合作或请他"联合署名"……

到了1982年的春天，他已由工厂调到了一个文艺单位，挂着工作人员的名，享受着准专业作家的待遇，并且在一次文艺界的大型茶话会上，穿着一身极其合体的棕色西服，走拢了韩一潭所在的那张圆桌；韩一潭别过脸去，不想主动理他，韩一潭他们那刊物的主编却主动伸出手去，同龙点睛握手，没想到龙点睛只把手同主编碰了一碰，连第二句话都没有，只是直截了当地问："×××同志在哪桌呢？"

×××同志是当时在场的身份最高的人物。主编心里一定很不痛快，可是不得不指给他："在那边头一桌。"而龙点睛便头也不点一下地径直朝"那边头一桌"昂然而去了……

没想到这天龙点睛却出乎意料地飘然而至，并且脱去大衣以后，显露出一身外国年轻小伙子打扮的衣装——上身是粗花呢的猎服，下身是有意做旧的牛仔裤——仪态万方地坐在沙发上，就仿佛他昨天才来过一样，轻松自如，谈笑自若。

葛萍这两年里虽然也听韩一潭以贬斥的语气议论过龙点睛，但她毕竟并无切肤之痛，而且总觉得韩一潭对人未免求之过苛，加上龙点睛光临后似乎仍同以往一样亲热随和，便傻乎乎地同龙点睛热烈交谈。

龙点睛在交谈中信口举例："……比如苏联电影《湖畔奏鸣曲》，就标志着道德题材在全世界范围内的勃兴……"

葛萍便不免问："什么？什么奏鸣曲？"

龙点睛于是挑逗性地反问道："《湖畔奏鸣曲》都没看吗？《白比姆黑耳朵》呢？《秋天马拉松》呢？电影资料馆经常放嘛！老韩怎么就不把你带去看看呢？"

葛萍便埋怨地说："他呀！什么时候能想着我呢！再说他自己好像也不那么容易看上。他们那个编辑部呀，一点儿油水没有！"

龙点睛又说："其实苏联电影值得一看的也并不多。倒是像美国迈克尔·西米诺导演的《猎鹿人》、意大利索菲亚·罗兰主演的《意大利式婚礼》……真不应当错过！昨天我见着影协的头头们，还跟他们呼吁来着……"

　　韩一潭实在听不下去了，便把烟头往烟缸里一捻，截断龙点睛的高谈阔论，开门见山地问他："你今天找我，有什么事吗？"

　　龙点睛也便开门见山地回答："无事不登三宝殿。我是来把我的稿子拿走。"

　　韩一潭一愣："你的稿子？我这儿现在没有你的稿子呀！"

　　龙点睛点头："对。我现在没稿子搁你这儿。我说的是七年前的那几首诗，写在一摞信纸上的，我自己用'骑马钉'钉在一块的……"

　　韩一潭更加吃惊："你要那个干什么？那是歌颂'革命样板戏'的吧？难道现在还有用？"

　　龙点睛坦率地说："不光是歌颂'革命样板戏'，还批判了'右倾翻案风'。现在对我当然没用，可丢在外头终究是块心病。"

　　韩一潭心里一震。他说："其实那不算什么问题。那时候不止你一个人写了那种东西，我们刊物上就发过不少，有的相当知名的诗人也写过，我还编过哩。那时候有那时候的具体情况嘛。你何必把这事放在心上？何况你的还不过是手稿，并没有发表出来。"

　　龙点睛越发坦率："如果发表出来了，那倒也就算了。不过既然没发表出来，我何必还让它飘在外头呢？你给我找一找吧，我要收回。"

　　韩一潭望着龙点睛，心里打战。他费好大劲才抑制住了心里的厌恶感。他嗓音发涩地说："七年了。我也不知道把你那稿子搁在哪儿了，还有没有……"

　　葛萍在他们说前几句话时，去厨房提开水壶去了，这时走回来给他们的茶杯添水，她觉得韩一潭不该怕麻烦，便发话说："稿子？这十来年咱们什么时候扔过稿子？你那书架底下的柜橱里，不全是稿子吗？小龙当年的那稿子，准就在那里头……"

　　龙点睛忙高兴地说："嫂夫人真是治家能手，色色精细！老韩，就劳驾你给我找一找吧！"

　　韩一潭心里要多别扭有多别扭。他坐着不动，问龙点睛："对你来说，要回那稿子就那么重要？"

　　龙点睛以一种推心置腹的口气说："老韩，我瞒你干什么？我现在到了这个份儿上，还不得为自己争取一个最好的前景？看起来我这人才能有限，出点小名，挣大把的稿费，不算难；可要想独立创作，写出名篇，得奖走红，恐怕没多大希望。我的发展前途，说到头，还是当个文艺官僚的可能性最大。别看我比你资历浅，可是跟你比，我有三方面的优势：有党票——这是政治优势！虽说我是'文化大革命'中入的党，可经得起调查；我不是'造反派'头头，没参加过'打、砸、抢'，像我这样在'文化大革命'中入党的人多了，能都不算数？我还有作品——这是业务优势，'内行领导内行'，我够不上后头那个'内行'，总够得上头里那个'内行'吧！我今年才40出头——这是年龄优势！总起来说，我符合革命化、知识化、年轻化的提干条件，我看我没有道理错过这个机会！"

韩一潭脸色发白，哆嗦着给他补充："你还有更大的优势——能走上层路线……"

龙点睛欣然赞同："对。我需要他们，他们也需要我——我可以迅速及时地反映情况、汇报动向、提供建议、跑腿张罗……老韩呀，你其实早就在他们眼皮底下、鼻子跟前工作，可你这人，吃亏就吃亏在死性上，一点儿也不活泛……"

韩一潭冷笑着说："既然你有这么多的优势，又何必在乎几首没有发表出来的诗稿呢？就是你当年发表出来了，你这么多的优势，也足以把它抵消得干干净净嘛！"

龙点睛爽性把话说到底："当然！当年发了也就发了。可既然没有发出去，我也就没有必要让它再存留在这个世界上。我现在既然有这么多的优势，那我就爽性让自己更完美一点——我要一点渣儿也不留！"

韩一潭瞪着他说："我要是不给你呢？我要是找出来，给上面送去呢？"

龙点睛满面不屑的笑容："那对你有什么好处？而且那对我来说也只不过是一点小小的麻烦，不难排除的！你拦不住我上去，我上去了，即使不报复你，你能安心过日子吗？……咳，说到底，我对你算是摸透了，你根本就做不出那样的事来，要那么做，你韩一潭就不是韩一潭了……"

在一旁的葛萍直到此刻，才意识到她的爱人正被人极其残酷地侮辱和蹂躏，但她的醒悟为时已晚。

韩一潭突然跳起来，冲进里屋，扑到书架前，跪在地上，使劲拽开两扇橱门，把里头的一沓沓稿件疯狂地往外抛撒，一边狂乱地叫喊着："你拿走吧拿走吧拿走吧！……"

葛萍吓得心惊肉跳，她赶紧过去惶急地劝阻他："一潭！你别这样！你干吗？别激动！……"

可是龙点睛极其冷静，他走过去，弯腰细心地辨认着，他竟很快认出了他那一摞手稿，并且立刻抓到了手中。他把手稿塞进裤兜，从床铺上抓起他的大衣、围巾和鸭舌帽，从容地微笑着说："老韩！嫂夫人！别生气嘛！我不过是开开玩笑……我这么块料，能当什么文艺官僚？就算在我们那个破单位当上了主任什么的，又怎么能管到老韩这儿来？我不过是想把这几首破诗，拿回去当个纪念罢了……快别激动！小心身体！我先回避，改日再来负荆请罪！"

说完，他竟抱着大衣，拿着围巾和鸭舌帽，径自飘然而去……

可怜的韩一潭！他当了一辈子老黄牛般的编辑，30年来提出了无数次的入党申请，兢兢业业，本本分分，却遭此一劫，心力交瘁！

葛萍费了好大力气，才把韩一潭扶到床铺上和衣而卧，使他在假寐中平静下来；望着扔满一地的稿件，以及龙点睛在散乱的稿纸上所留下的"蛋饼纹"脚印，她不禁眼泪夺眶而出……

居然又有人来敲她家的屋门！葛萍简直要晕倒过去。她走到外屋门边，烦躁地问："谁呀？"她决定不管谁来，一律要严拒门外。

"姓荀的住在这儿吗？我找荀磊同志！"她听见门外的人这样说。

"错了错了！"她近乎粗暴地回答说，"荀家住在东边那个小院！你跑我们这儿来干什么？"事后回想起来，她感到愧疚，她干吗对这位无辜的陌生人发泄她的满腔怒气呢？

30. 以往一帆风顺的人也终于遇上了顶头风。

杏儿在厨房里拌饺子馅。荀兴旺坐在厨房里的一把藤椅上，抽着叶子烟，同她说话。

饺子馅是茴香鸡蛋的。杏儿一边搅和着一边往里撒精盐，她说："爹说过，他跟您都口重，别人觉着咸的东西，爹跟您吃着正可好。"

荀兴旺微微点头。他咬着烟斗，喷出的烟雾罩着他那张棱角分明的脸庞。不知为什么，杏儿受不了枣儿抽烟卷的气味，可荀大爷抽烟斗的这气味，她一点也不讨厌。

杏儿请求说："大爷，您再讲点您跟俺爹的事，俺听不够呢！"

荀兴旺想了想，才慢慢地说："你爹水性比我好。那时候还没你磊子哥，没你，我跟你爹刚进厂不久，逢到礼拜天，就骑车到远处玩去。那高碑店水闸跟前，水深四丈七，闸上有个人，不小心把手表掉底下了，我跟你爹潜下去，帮人家捞。我下去没多大工夫就眼睛发酸、耳朵发紧，只见着底下净是打上游冲下来的水泥构件，露着钢筋钩子，挺让人发怵……我没找着表就浮上来了。你爹可是过了好一阵才从水里钻出来。嘿，他那胸脯可不像我那么大起大落，光咧着嘴乐，手里举着人家那块表……你说他能耐不能耐？"

杏儿浇着馅里冒出的水儿，听得出神。她觉得能听荀大爷给她讲爹的这些事儿，是她这回进城最大的快乐。

荀兴旺在这种零碎的回忆中，心灵也感受到一种特殊的慰藉。他又想出一段，沉静地说："我们哥俩进了厂，开头都当木工。你爹可比我手笨。我头一天就打出了个四脚八叉的长板凳，扛着去办公室给厂长看；他忙活了一天，还对不上榫儿，急得满头冒出豌豆大的汗珠子……可他有股子犟劲儿，晚上他不睡觉，偷偷地又跑去干，第二天他那板凳也对出来了……"

杏儿听得咯咯地笑，一双眼睛成了弯弯的月牙儿。

荀兴旺又说："我们哥儿俩都喜欢鲜亮好看的摆设。记得我们哥儿俩都娶了媳妇以后，从工棚里的临时住房往排房的宿舍里搬，两人一人一条扁担，一头是被窝卷衣服什么的，一头是个玻璃大盆景——是打东便门外头的白桥小市上买的，半米见方，里头是玻璃烧的菊花，买下的时候才花了两块来钱——你娘跟你磊子哥他妈，跟在我们哥儿俩的挑子后头走。那时候你娘怀里抱着个包袱，你大妈手里抱着个娃娃——还不是你磊子哥，是你莲大姐……"

杏儿不禁问道："那盆景咋都不见了呢？"

荀兴旺感慨地说："咳，还不是你们小孩子们淘气，给打坏了……你们倒都忘了，我还记得真着哩！……"

杏儿和荀大爷在厨房里这么聊着，荀磊和冯婉姝却在荀磊屋里谈论着完完全全不同的话语。

冯婉姝手里拿着本翻开的杂志，她刚看完那上面慕樱的文章，不由得问荀磊："她就住你们里院？你见过她？"

荀磊说："照过面，点过头，可没说过话。她看上去文文静静的，没想到却有这么激进的观点。她的观点你接受吗？"

冯婉姝思考着说："她这文章写得挺漂亮，富于雄辩。可她这'屋子里''田野上''山顶上'的比喻，其实是站不住的。爱情，这是一个人和另一个人之间的关系问题，而不是一个人和景物之间的关系问题。对于风景，对于物品，我们可以这样做——比如看腻了小桥流水，我便去欣赏高山大河；用腻了这只茶杯，我可以干脆把它砸碎了事……总之，有了更好的，自然可以立即舍弃旧的取用新的；可是，怎么能这样来对待另一个人呢？爱人，或者说爱过的人，不是一件穿旧了的衬衫，可以像脱衣服那样一脱一扔了事。人家也是一个活生生的人，一条活鲜鲜的命，有着一个具有同样价值的灵魂；既然爱过，相互享受过，那么，即便现在不爱了，不想维系原有的关系了，也必须承担道义上的责任，尽应尽的义务……"

"按你这么说，夫妻任何一方单方面提出离婚，都是不道德的了？即便一方爱情已经消失，也应当继续尽夫妻间的义务？……"荀磊争辩说。

"我当然不是那么个意思。"冯婉姝打着手势，寻找着最恰当的表述方式，"一件衬衫，甚至不脏不破你也可以弃之不顾，可是一个活人，尤其又是爱过的人，缔结过法律关系的人，即使你觉得他脏了破了，你也必须慎重……啊，这样说不合适，不是对方脏了破了，而是双方的关系上有了裂痕，痛苦的裂痕……那么，我认为，适当地克制自己的反方向感情，更多地为对方着想，做出恢复原有情感的努力……便都是应当遵循的道德标准，或者说，都应当是自己对自己作为一个人的最起码的人格要求……"

"可是倘若克制不住、恢复不了呢？那么到头来不是还得离异？而拖拖拉拉的离异，会给双方——尤其是被动的一方，造成更大的痛苦啊！"荀磊显然是同意冯婉姝的见解的，不过，他觉得要使这见解成立并胜过慕樱的观点，还必须从多方面对其进行锤炼……

荀大嫂这时候从薛家回到了自己家中。自从听到那边吵闹起来，跑去劝解，她已经几去几回，这次她送去了鹌鹑蛋，回来对荀师傅说："薛师傅老两口真可怜！新娘子闹别扭离了席，再也不回新房，闹不好没准还赌气回娘家——这可怎么了啊！没有比他们老两口更重脸面的了，要是闹大发了呀，薛师傅倒好说，薛大娘指不定会怎么着呢！我看她这就快晕死过去了……"

荀师傅从嘴里取出烟斗，认真地说："那新娘子究竟是闹个什么？要是一心想着那块小坤表，以为是老薛他们诓了她，那——干脆咱们先拿出钱来，让磊子这就给他们再买块来，让她先戴上，不就结啦？"

荀大嫂一愣。可她立刻也就从老伴脸上，看出了他的心思。他准在想：如今的这号新媳妇，真够呛！你究竟嫁的是人，还是嫁的表？……可他也准在想：老薛老两口不容易！当年老薛在隆福寺里当喇嘛，逢上阔人家有丧事去念经，一大早去，上午三遍，下午两遍，天黑才散，他管吹那两米来长的"刚咚"，你当是轻松的事儿？也分不着多少的钱，还不是吃了上顿没下顿，拆了东墙补西墙，挨过一天算一天！……好不容易熬到解放，又撑过了那乱哄哄的"文化大革命"，正经八百地给跃子办喜事儿，偏遇上了这么糟心的事儿！咱们能眼见着撩开不管么？……

荀大嫂便说："你这主意不错。可咱们今儿个手头有那么多活动钱么？头几天不才把你这仨月挣的存了死期？"

荀师傅说："把活期折子里的全提出来，不够，干脆就破了那死期……"

荀大嫂说："银行也得干哪！人家准得说你们这不是瞎折腾吗？刚存上死期，没三天又后悔！……说不定还得让单位开证明，才让破……"

杏儿这时便说："大爷！大妈！不就是一块坤表吗？多少钱？五百够不够？俺先搁上，有了再还俺就是！"

荀大嫂说："哟！哪有让你掏钱的理儿！你大爷这本是管闲事！我们管下来不成问题，就是今儿个银行快关门了，折腾证明什么的来不及……"

荀大爷却说："就先用上杏儿的，明儿个我给杏儿补上。你去悄悄把老薛请来，我让他给磊子形容一下，那表究竟什么模样儿，好让磊子依着葫芦画个瓢——我的意思，是先让老薛一人知底，先甭让薛大嫂知道，跟他们家别的人就说，那表让咱们给找着了。"

荀大嫂一拍巴掌："对，就说是我打门洞里拣着的——显见是那顺手牵羊的临出门害了怕，给扔在那旮旯里了！"

荀大嫂便去请薛师傅，杏儿去取出了 300 块钱，荀师傅叫出了荀磊和冯婉姝。

偏这时候，那错找到韩一潭家的人，被葛萍指点到了荀家，敲着他家的门。

荀磊去开了门。门外是一个年纪比他大不了太多的年轻人。瘦高个儿，瘦长脸儿，皮肤黑黑的。

来人一见荀磊便说："你就是荀磊吧？找着你真不容易！你在家，这太好了！"

荀磊把他让进自己屋，请他坐定，问："您是——"来人忙对他自我介绍："我姓赵，我是出版社的编辑。你不是给我们寄了一部译稿吗？"

"对。"荀磊自信地望着他，心想，总算有结果了——大概是来通知我已被录用；或者已由他们送专家审阅过，有些地方还要请我再加修订……

冯婉姝闻声进了屋。她也确信这编辑是来报喜的。荀磊翻译那本书的全过程她都清楚，并且是他们两人一块儿到邮局寄出的——他们确信：不走后门，不拉关系，不靠取巧，不凭侥幸，而全以荀磊敏锐而适时的选题、通达而流畅的译笔、必要而准确的注释，便能使这部译稿被出版社欣然采用。

但那编辑带来的却是噩耗——他从提包里取出了那本墨绿色布面精装的原著，和荀磊那一大摞抄录得整整齐齐的译稿，以同情的口吻宣布说："我们编辑部主任，让我写封信，通过邮局退给你；可是我觉得还是应当自己亲自来一趟……"

荀磊两颊的血色顿时消失了。他自从考上这个部门，各方面都一帆风顺，他自己没有清醒地认识到，从某种意义上说，这几年他颇有点"娇生惯养"，包括院里邻居们对他的赞誉和钦慕，实际上是促使他的自信心和自尊心如同玻璃般晶莹坚硬——然而同时也蕴涵着可怕的脆弱。

他不禁颤声地问道："难道是这个选题不合适吗？"

冯婉姝抢上去说："说实在的，这个选题再好不过。目前国外这种'非小说'的纪实性作品，不仅进入了'畅销书'行列，专家们往往也予以很高评价。这本书对国内几个方面的人员都有很高的参考价值，我要是你们出版社，我一定抓住不放……"

那位赵编辑一望而知，这位姑娘是荀磊的对象，她跟荀磊是"两位一体"，便对她说："你们事先不同出版社打招呼，也不了解一下各有关出版社的选题计划，自己认准了就开译，译完了就寄出去——这气魄和勇气我很佩服——可这其实是很冒险的。因为像这类翻译书，我们一般是早在去年前年就订好了今年的约稿、编发、出版计划，外稿是很难挤进来的……不过即便这样，你们的选题也还是命中了靶心——这本书属于无论如何应当及时翻译介绍过来的，哪怕是挤掉原来计划里的选题，也该把它安排进去……"

"既然如此，你们为什么不用呢？"荀磊觉得胸膛里像梗着一根筷子。他很久没有这么烦躁过了。

"难道是嫌译笔不行？你们可以找专家鉴定嘛！"冯婉姝激动地说，"你们找不到，我可以帮你们找！"

赵编辑说明了真相："我们主任并没看译稿，他不敢说这部稿子译得不好；那他凭什么行使了否决权呢？说穿了吧，他是看了我提供的关于译者的材料——他说：'22 岁？不行，太年轻了嘛！'——他仅仅是凭着一种思维习惯，就枪毙了这部稿子。就这么简单。他不相信 22 岁的人能翻译好这本书。或者说，即使你翻译得不错，他也觉得还轮不到由你来翻译这本书。这样的书他不能让你这种名不见经传的毛头小伙子来署上译者名字。就是这么回事儿。这原是编辑部内部的事儿，似乎不该跟你们说。可咱们是一代人。我觉得不能不明不白地把稿子退给你，我想我还是该来一趟，在退稿的同时把我个人的态度亮清楚——我认为我们主任的那种根深蒂固的论资排辈的思想，是不对的，是扼杀翻译人才的，也是对'四化'不利的……可我眼下无能为力。我跟他争也没用，因为我在他眼里也是轻若鸿毛的——我也还不到 30 岁，而且，并非持有正式文凭的大学毕业生，我不过是个'工农兵学员'而已。"

赵编辑一番坦率的表白，使荀磊心里淤积着越来越多的愤慨。年轻竟成了他成功的障碍！这怪诞的打击让他如何承受？他一时哑口无言。

冯婉姝不平则鸣，她高声说："你们主任叫什么名字？我去找他当面辩论！再不然，我就到出版局去告他！哪有这么压制年轻人的！再说，难道仅仅因为译者年轻，这个选题也就弃之不顾吗？"

赵编辑苦笑着说："选题他倒不想放弃。对了，他还让我在写退稿信时跟你撒谎呢——说我们早已将此书列入选题，已经联系好译者，所以不得已将你的译稿'璧还'。其实他是在命令我给你退稿的同时，才布置我去找×××约稿，请他来翻译这本书的。这位×××先生你们当然知道，资历辈分都是过硬的——""可他未必能翻译好这本书！"冯婉姝截断他的话说，"我太了解他了。我父亲在大学里当党委副书记的时候，他是系里的副主任——学问不用说是有的，人也很好，可他自从三十多年前从国外回来，几乎再没有出去过。他所熟悉的，是古典的英语，或者说是 50 年代以前的英语，对于这本书里所反映的生活、情绪，以及这本书所使用的当代英语，他肯定不如荀磊熟悉！"

"他自己也这样说。"赵编辑证实，"主任不让我告诉他，已经有人拿出了译稿。所以我只拿了原书去。他说他看过这本书了，他不喜欢，而且他最近身体不好，如果动手来译，起码要译上一年，我们再印上一年，等书出来，已经是 1985 年了，而这本书的参考价值，到那时恐怕起码得打七折……你们看，主任迷信他，他却并不领情！"

荀磊和冯婉姝不禁冷笑着摇头、叹气。

赵编辑便给他们打气："不过，好在现在出版社很多，'东方不亮西方亮'，你们不妨再拿到别的地方试试，像我们主任那样的人物固然到处都有，可毕竟也有开明的领导，敢于起用、支持新人。碰巧了，也许他就从此把你荀磊推上译坛，使你成为新时期的傅雷！"

荀磊正想把胸中淤积的情绪倾吐一下，忽然听见父亲从厨房中高声呼唤自己："磊子！"

他便只好朝赵编辑道声"对不起"，赶紧去厨房。

厨房里不仅坐着父亲和杏儿，还有薛师傅。

父亲的脸色不知为什么很难看，荀磊还没进入情况，便听父亲闷声闷气地质问自己："怎么叫唤你几次，你都不出来？"

杏儿一旁为他解释："磊子哥不是来了客（读 qie）吗？您叫的时候，他们正聊着，没听清楚也不为怪……"

父亲嘴里咬着烟斗，并不谅解他，"噗噗噗"地喷了几口烟，依旧闷声闷气地对荀磊说："你架子就那么大？见了你薛大爷，叫唤一声都不会？"

薛师傅忙说："磊子一进来就冲我点头……"说时荀磊已经叫了一声"薛大爷！"他便笑着说："这不，院里的孩子们就数磊子懂礼，您可别冤屈了他！"

偏这时候冯婉姝探进个头来招呼着："荀磊！你来！"

荀师傅威严地咳嗽一声，命令荀磊说："你给我站住！"

冯婉姝吃了一惊，她一吐舌头，头缩回去了。

薛师傅便亲热地招呼荀磊说："磊子过来，坐我身边！你大爷有话给你说——是这么回事儿，你爹你妈真是如来的心肠，见我们家为着一块外国坤表闹炸了窝儿，给我们想了个救急的法子，还得让你劳动一趟……"

薛师傅向荀磊形容那丢失的瑞士雷达镀金小坤表的款式时，冯婉姝把赵编辑送出了院门。当她回到荀家，进入厨房时，她发现荀师傅脸色仍旧阴沉，便过去解释说："大爷，刚才来的是出版社的编辑，关系着荀磊的事业，所以我们多说了一会儿……"

荀师傅冷冷地说："事业！你们那事业就那么了不得？……我当过兵，我当兵的时候，就从来没想过要当总司令。能那么想吗？……"

荀磊赶紧给冯婉姝递眼色，冯婉姝便不再说什么。

薛师傅道谢着辞去了，他还要赶回婚宴，去把替他临时张罗的荀大嫂换下来。

荀磊说了声："爸，我去买啦！"也便出屋。冯婉姝赶紧过去跟杏儿说："咱俩这就开始包吧！"杏儿心里忽然非常可怜冯婉姝，便亲热地说："来，俺擀皮儿，你包。俺俩合包的准好吃——不让有一个下锅散馅的！"

荀师傅噙着烟斗，走出了厨房，到自己屋里，坐到沙发上，靠着，想心事。他想起前些日子，磊子和小冯在他跟老伴面前，叽叽喳喳地议论着什么"事业"。

小冯说起外国从前有个大人物——对了，说的是法国的名叫拿破仑的那么个皇帝——说过那么一句话："一个不想当元帅的士兵，就不是个好士兵！"磊子跟小冯对那话简直崇拜得不行。老伴觉着新奇，跟他们打听，磊子跟小冯就你一句我一句地掰开了揉碎了解释给她听。老伴听了光是乐："哟，要是当兵的都成了总司令，那谁还能指挥谁呢？"荀师傅听了心里却老大的别扭。他当年为什么去当兵？不当兵，不投共产党，他就得饿死！他当年为什么去打仗？不打败那国民党反动派，穷人就翻不了身！他从来没想过他要有什么个人的事业！他想过当总司令吗？他连争取当连长的想法也没有过。当他进入工厂以后，时常有师弟问他："你怎么打完仗就回家了呢？你要留在部队，现在说小了不也得闹个正团级？"那倒不假，当年一块儿参军，后来留在部队的，如今都有当上正师级的主儿呢；不过他荀兴旺没有什么可后悔的。他在战场上是个普通的士兵，在工厂里是个普通的工人，如今他在后门桥那块儿是个普通的修鞋匠；他的血和汗流得正当，他为国家和群众出了力，他自己的生活也越来越好，他从来没为亏心事睡不着过觉，他自己看重自己，也得到了周围人们看重。像他这样生活，有什么不好呢？……

可磊子和小冯他们，分明是不满足了。他们一天到晚踅摸着什么"事业"，总想拔尖儿，出人头地……当然他们倒也不是光为个人打算，听他们议论的那些个"事业"，倒也都是国家需要的；他们也不是想使奸耍滑，去坑蒙拐骗，他们好学习，好钻研，肯下苦功夫，敢干大事情……难说谁是谁非；但他们跟自己，分明已经是两套心思！唉，看起来，倒是杏儿那样的孩子，心思更跟自己贴近……

荀兴旺的估计并不准确。在厨房里，两个姑娘一边包着饺子，一边聊天，当冯婉姝把荀磊惨遭不公正的退稿一事告诉给杏儿以后，杏儿竟比冯婉姝还要激动，她诚心诚意地说："印那么一本书，得要多少钱？他们不给印，把稿子给我，俺跟枣儿给磊子哥印！……"

不是结尾　申酉之交

（下午 5 时整）

0. 怎样认识时间？它是一个圆圈？一支飞箭？一条奔向大海的河流？一只骰子？一架不断加速的宇宙飞船？它真的可以卷折、弯曲？……时间流逝着，而钟鼓楼将永存。

钟鼓楼高高地屹立在京城北面。

鼓楼在前，红墙灰瓦。

钟楼在后，灰墙青瓦。

鼓楼在元代时名齐政楼，到明代永乐十八年（1420），它才被改建于现在的位置。如今的鼓楼西边，还有一条"旧鼓楼大街"，所以要知道元代齐政楼的位置，并不困难。清朝接用了明朝的全部宫室坛庙，嘉庆五年（1800）对鼓楼进行过一次大修，再次肯定了它镇守于全市中轴线北端的位置。据说当年鼓楼上面安置着二十四面更鼓，每面直径都有一米半左右，都是用整张的牛皮蒙制的。1900 年"八国联军"入侵时，鼓楼亦被劫掠，如今二十四面更鼓仅余一面，而且鼓面上还留下了侵略者的刀痕。

钟楼在元代时是万宁寺的中心阁，明代未动，清乾隆十二年（1745）重建后，才呈现出今天的面貌。

直到 1924 年以前，钟鼓楼都履行着向全城居民报告时辰的职责。

用什么来计算时间？

最早，在鼓楼上置有铜铸刻漏，据说是宋朝传下来的国宝。所谓刻漏，就是利用水在不同大小的铜壶中均匀滴漏，而度量出时间来的装置。据说当年的铜漏壶一共有四个，从上到下依次的名称是：天池、平水、万分、收水。漏壶之间安有铙神，设有机械，能按时击铙发声，每次击铙八声，颇为准确。铜壶中自然需经常添水，冬天为了防冻，则注入温水。可惜如今的鼓楼上仅有漏壶室，铜刻漏已荡然无存了。到了清朝，改用更香来计算时间，从精确度上说，似乎不但没有进步，反而是一种倒退。

钟鼓楼怎样报时？

白天，正午时分钟楼要鸣钟。

夜晚，鼓楼要报出五个更次。第一更约在晚上八点，报这一更叫"定更"。

然后每一更次击鼓一通,每次击十三下。二更约在夜里十点,三更约在午夜零点,四更约在深夜两点,五更约在凌晨四点。当年的文武百官听到三更鼓后便要准备起床,四更鼓后便要赶到午门外集合,五更鼓后便要鱼贯入朝,跪在太和殿前的称为"海墁"的地上"听旨"。

"定更"时不仅要击鼓,还要相应地撞钟。到四更报"子正"时,又要再相应地撞钟,这一次报时活动有个专门的称谓,叫"亮鼓"。

在"定更"与"亮鼓"之间,每隔半个时辰(今天的一小时),钟楼还要独自撞钟一次。

"定更"与"亮鼓"的击鼓、撞钟法,是这样的:两名更夫到时候分别在钟鼓楼上,手提"孔明灯",遥相对照,作为信号(当年人们称之为"对灯儿"),然后分别进入楼内击鼓、撞钟。击、撞都采取"紧十八、慢十八,不紧不慢又十八"的节奏,并重复两遍,共计一百零八下。击鼓在前,撞钟在后,悠悠然要持续好长一段时间。

钟鼓楼沉默58年了,但在这1982年12月12日下午五点来临时,它们却雄姿依旧,仿佛随时都可以发出新的讯号……

岁月悠悠。时间毫不间歇地流逝着。人们落生在这个世界上,最早意识到的是包围着自己的空间。这空间有着长度、宽度和高度,其中充满了各异的形态、色彩与音响……而后人们便意识到还有着一种与空间并存的东西,那便是摸不着、握不牢、拦不住的时间。在所存在的空间里度过着不断流逝的时间,这便构成了我们的生活,于是乎喜、怒、哀、乐,于是乎生、死、歌、哭……

但每一个人都不可能是单独地存在着。他必与许许多多的人共存于一个空间之中,这便构成了社会。而在同一个社会中,人们的阶级意识不同,政治方向不同,经济利益不同,人生态度不同,道德品质不同,文化教养不同,性格旨趣不同,生理机制不同,竞争能力不同,机遇遭际不同……于是乎便相争相斗,相激相荡,相斥相离,相轻相嫉……同时也必定伴随着相依相靠,相汇相融,相亲相慕,相尊相许……而这种人类社会的流动变化,从整体角度来说,便构成了历史;从个体角度来说,便构成了命运。

在匆匆流逝的时间里,已经和即将有多少人,意识到了一种神圣的历史感和庄重的命运感呢?

但是,不同的人对时间的感受是各异的。

薛永全师傅从荀家回到自己家，还没进到新房中，便突然感到一种晕眩。他扶住苫棚的撑架，喘起粗气。正好路过的海西宾看见这情景，忙过去扶住他，对他说："薛大爷，您先到我屋里歇歇吧！"

海西宾一个人住在里院北边的东耳房中，薛师傅想了想，也只有到他那儿歇歇合适，便由他扶着去了。

海西宾让薛师傅靠在床上，自己去悄悄叫过了殷大爷来。

殷大爷行医虽挂的是正骨的牌子，但对其他一般内外科病症，也能诊断施治。他给薛师傅号了号脉，便说："不碍的。高血压上来了，加上你那个哮喘的根子没断，所以头晕、胸闷。我给你推拿推拿，不一会儿准能松快。"说着，便解开薛师傅领扣，先给他按揉喉下的天突穴。

海西宾已对殷大爷汇报过卢宝桑的动向，殷大爷判断说："他进了'一品香'？那他八成是让咱们给冤屈了。要身上真揶着雷达表，拽他进那儿他也不会去。"

海西宾对殷大爷更加佩服。这会儿殷大爷给薛师傅推拿，他在旁边毕恭毕敬地瞧着，他想，不该光学打拳，也该跟殷大爷学学推拿正骨……

薛永全合着眼，随着结拜兄弟的按揉推拿，心中浮出了一阵阵一片片时而朦胧时而清晰的思绪……

在薛永全当喇嘛时，他一度相信时间是一个很大很大的圆圈。也就是说，时间是循环不已的。他从师傅奥金巴所教授的佛经中得知，那循环不已的时间是按"劫"划分为阶段的。每一次从开始到毁灭构成一"劫"，一"劫"中又包括"成""住""坏""室"四个小阶段，称为"四劫"，每到"坏劫"时，便有"水""火""风"三灾出现，于是乎世界归于毁灭。人只有皈依佛门，潜心养性，求得解脱，才能超出这种时间的轮回。倘不能解脱，便要无休止地在天、人、阿修罗、地狱、饿鬼、畜生这"六道"中如车轮般旋转不停地生死相续。

现在的年轻人到佛寺去游玩，看到寺门外山墙上写着"法轮常转"的字样，往往不知何意，因而毫无联想。当年的薛永全看见它，却必有一种惊心动魄的感觉。

既然时间是一个循环不已的大圆圈，那么，一圈转完之后，必有另一圈，因此存在着一个来世。当年的死囚被押赴菜市口行刑时，常常大声地嚷着："二十年后又是一条好汉！"嚷者有这种自信，围观的人群中如薛永全者，也认为事乃必然。

他虔诚地相信过"因果报应"。今世行善积德,来世必有好报。今世为非作歹,来世必为饿鬼、畜生。

他的这种圆圈式的时间观念,为中华人民共和国的成立所动摇。他眼见着庙会中的恶霸得到了"现世报",他自己同千千万万北京市的底层市民一样,充分地得到了人民政府的恩泽,温饱迅速而稳定地得到了保证,生活日趋富裕纯净,而眼前的北京城,随着时间的推移不断地发生着显著的变化:长安街和天安门广场的展拓,"十大建筑"的同时出现,公共汽车、无轨电车的急速发展,水井的废除和自来水的普及,"老爷""太太"一类称呼的消失和"同志""师傅"这种称呼的兴起……都不断地把他那圆圈式的时间观念扳成为直线式的时间观念。

在商场的夜校中,他学了简明中国史,他才知道这直线式的时间那过去的一端是"从猿到人",而未来的一端是"共产主义"。据大儿子薛纪徽有一次告诉他,实际上时间是既无头也无尾的,"从猿到人"以前还有"从虫到猿",并且还有"从无生命到有生命""从无地球到有地球",等等;而"共产主义"以后也还会有矛盾冲突,人类社会还会有发展变化,并且到最后地球还可能毁灭,而那时候的人类可能已经安全迁往宇宙中别的地方了,等等。他对薛纪徽所说的抱怀疑态度,不过,时间自"从猿到人"而奔向"共产主义",是个并非封闭的圆圈而是一条向前发展的直线,这个观念毕竟在他的头脑中扎下了根来。

对于国家来说,在眼下直线式奔流的时间里,是搞社会主义建设。"四海晏清,八荒率职。""天下兴亡,匹夫有责。"薛永全心中有这样一种责任感。他自己在看守仓库的平凡工作中恪于职守,同时对于两个儿子,也时常嘱咐和督促他们为国家认真工作。对于他自己和他的家庭来说,在眼下直线式流逝的时间里,是"男大当婚",但求有个"妻贤夫祸少,子孝父心安"的局面。薛纪徽两口子既已生下一女,但愿薛纪跃两口子再生下一男……

没想到薛纪跃的这场婚事,竟闹出了如此风波。眼看又有一些重要的亲友要来贺喜,该铺排最后一茬酒宴了,新娘子却依旧待在公婆屋中,不肯回到新房,而且更随时可能赌气跑回娘家!

在眼前事态的刺激下,薛永全那旧有的时间观念,竟有所复萌。殷大爷给他按揉推拿着膻中穴时,他迷迷糊糊地想:难道是我以往作的孽,报应在了今天？……他想起了当年把出生不久的亲女儿，经"修绠堂"书铺掌柜，送给那官宦人家的往事。这是他一生中所作出的最大的亏心事。是呀，那是"鬼子"撤退、国民党"接收"不久，隆福寺庙会虽说看上去热闹，可人们手里的钱"毛"得厉害，连庙会上原来最牛气的"金象为记"的卖梳篦的"金象张"，在奥金巴提着黄布口袋去收摊租时，也叫苦不迭，要求赊租。薛永全当时靠跟着奥金巴外出念经已然不能维持生活，便在每逢阴历一、二、九、十隆福寺有庙会的日子里，去哈德门外东晓市帮大摊主拉排子车运货，挣一点外快。可就在薛大娘生下那闺女不久，有一回他拉着排子车路过哈德门，被一辆美国兵开的吉普车撞得人仰车翻；那吉普车显见是故意把他那排子车撞翻的，当排子车上的货物滚了一地，薛永全摔得腰伤肘碎之时，吉普车上爆发出一阵开心的大笑……薛永全一要赔偿货主损失，二要看病吃药，实在养不活那闺女，才忍痛将她送给了别人。那由中间人隐去了真实姓名的官宦人家，原要送他一笔钱财，他同薛大娘都严词拒绝了。他们岂是出卖亲生骨肉的禽兽？他们实在是百般无奈，才让女儿去寻一条温饱有靠的生路！那官宦人家也严词拒绝了他们隔年与女儿相会一次的要求。

自从女儿被抱走以后，三十多年来音信全无，新中国成立后薛永全也曾试图打探出那家人的去向，因为中间人"修绠堂"的掌柜早已去世，竟毫无线索可寻。现在，在薛纪跃的婚宴出现风波时，不知怎的，薛永全忽然想到了那不知所终的亲闺女。她让人抱走时，还穿着一双薛大娘用旧袼褙布缝出来的虎头鞋！难道今天的事真是……报应？

窗外传来一阵欢笑声。分明是从婚宴上传来的。其间突出着荀大嫂扬声逗趣的嗓音。啊，婚宴仍在喜幸的气氛中往下进行。这么说，也还够不上是遭了什么报应。荀磊不一会儿把那表买回来，新娘子一回心转意，一切又都能恢复正常……既如此，又何必胡思乱想呢？

"怎么样？好受点了吗？往开了想吧，过一会儿，就什么都好了……"殷大爷又开始用双拳给他按揉背俞。因为他现在是虚披着棉袄，海西宾怕他冻着，便把屋里的炉火捅得旺旺的。

他确实感觉好受多了，同时，不仅承受着旺盛的炉火的热力，也承受着友情的温暖。他那几乎要弯成圆圈的时间观念，又反弹成了直线。他微微一笑，点点头……殷大哥原是在庙会中用三根木棍捆起架子，从架子顶上挂下两根皮条，靠脱光膀子练皮条把式口为生的。他俩相交以后，无话不谈，引为知己，遂结拜为兄弟，他们之间，是可以托妻付子而完全放心的。是的，殷大哥说得对："过一会儿，就什么都好了……"岂止殷大哥维护着自己，这小小年纪的海西宾，不也知道帮助人吗？更有那荀师傅一家，说起来非亲非故，不过是共用一个自来水管的里外院邻居，可他们对自个儿多有情义！这难道都是前世积德的善报吗？那么着解释太虚无缥缈！人家荀兴旺早年是个八路军，后来又一直是大厂子里的工人，人家真有那无产阶级的思想觉悟，真能做到同志之间互相关心、互相爱护、互相帮助啊……

所以，寻思到头，身外的时间也好，世道也好，自身的寿数也好，命运也好，恐怕也还不是轮回往复那么个情况……

"事在人为"，而且"众人拾柴火焰高"。当殷大爷给薛永全拿着虎口时，他觉得自己身心都已恢复到健康状态。他微笑着说："不碍的了。我该回去接茬张罗了。一切都能好起来的……"

钟鼓楼原是一种公共报时器。它是以音响来报时的。

如今钟鼓楼休息了，它们仅仅作为一种古迹而存在。至 1982 年年底，北京市的公共报时器共有两处，一处是北京火车站，它有两个对称的钟楼；一处是西长安街的"电报大楼"，它高耸着一个钟楼。它们不仅能发出报时的音响，而且还朝东、西、南、北四个方向，以带"刻度"的钟面和长短指针随时显示着时间，精确度在五分钟以内。

显然，作为一个社会活动频密繁忙的大都会，北京市可供行人仰望校时的公共报时器是太少了。应当再增添一些不同高度、不同种类、不同样式的露天公共报时器。尤其应当多多设置一些既比机械钟价廉而又能使精确度达到一秒之内的石英电子数码显示钟。

公共报时器的稀少，精确度方面的粗放，从一个侧面说明了我们还不是那么善于珍惜时间。在不少机关里，"研究研究""考虑考虑""讨论讨论"……以及"别急，等一等""忙什么？候一候"……乃至于"那就下午再说吧""那就明天再办吧"之类的"口头禅"，仍在继续流行，便是明显的例证。

必须改变这种陋习。改革，首先要改革关于时间的观念。

张奇林便是一个从这一点改起的改革家。

现在是 1982 年 12 月 12 日的……什么时间？

张奇林坐在波音 747 班机上，伸腕看着他的手表。那是一块上海钻石牌手表。当时指针指着十七点整。他很清楚，腕上的手表所显示的，仅仅是格林尼治国际标准时间所规定的北京时间。现在飞机大体上是由东朝西飞，而地球正同时由西向东转。因此，现在究竟是几点钟，不能笼统地回答。

那一刻，印度新德里正当下午十四点三十分，而苏联莫斯科却恰好是中午十二点。张奇林所要去往的西德法兰克福是上午十一点，法国巴黎是上午十点，而英国伦敦仅处于早上九点钟。至于飞机尾部所越离越远的一面，东京是十八点，夏威夷是二十三点，旧金山已是午夜一点，而纽约已到了凌晨四点钟。

令张奇林痛心的是，尽管他所领导的那个局里的绝大部分干部，都持有大专的文凭，但真正具有科学的时间观念的人，却所占比例不大。

什么是时间？

从严格的科学定义上说，时间是"物质存在的一种客观形式，由过去、现在、将来构成的连绵不断的系统。是物质的运动、变化的持续性表现"。

我们平时心中所想、口中所说的"时间"，实际上是指对上述的物质运动、变化的持续性表现的一种计量。这种计量，从人类社会初成之时，便以日月星辰的变化为依据，而渐趋细密精确。到了近代社会，世界各国都接受了"格林尼治平时"的规定——即以英国伦敦格林尼治天文台本初子午线为标准的地方平太阳时，为"世界时"。当然，让每一个人都弄懂什么叫"真太阳时""平太阳时"，都弄清世界时区的划分以及"标准时"和"地方时"的区别，那是很困难的事。

但张奇林觉得，他手下的干部们至少应当知道，当代社会关于时间计量的精确度，已达到了怎样的一种水平，因而所谓"一寸光阴一寸金"的古语，在当代的价值观念面前，已经是如何的粗疏而失当！我们在日常生活中，把"一秒"当作最小的计时单位。究竟多久是"一秒"？有人说"嘀嗒"一声是一秒；有人说手表上的秒针移动一小格便是一秒；聪明点的人会说，一年、一月、一日、一小时的多少分之一是一秒。其实，由于地球的自转和公转都不是均匀的，因而以它们为基准建立的计量时间系统——"平太阳时""历书时"也不是均匀的。所以，要确定何谓一秒，必须另找更稳定的参数，于是近代的科学家们发现原子内部能级跃迁所发射或吸收的电磁波频率极为稳定，便据此为基准，建立了很均匀的计量时间系统，称为"原子时"。"原子时"的一秒的长度，规定为铯原子跃迁频率 9，192，631，770 周所经历的时间。这便是当前全世界公用的秒长，也即是人们计量时间所应用的基本单位。至于当今世界上的计时器，钟鼓楼般的报时，日晷般的显示，早已成为陈迹；机械元件的钟表也渐渐只存在于人们的日常生活之中，而且越来越成为一种装饰性为主的物件；凡需求得精确的活动，都越来越依赖于石英钟，目前人类已制造出了每天误差不超过万分之一秒、频率稳定度高于 10^{-9} 的石英钟。即如当今世界百米赛跑的纪录，已精确到百分之一秒以上，倘若你能比世界冠军快上百分之一秒，那么你便是新的世界纪录的创造者；对于你来说，岂止是"一寸光阴一寸金"，那仅仅百分之一秒的价值，显然远在一寸金子的价值之上！

一个国家机关，一个社会生产的指挥机构，如果不建立符合于当代社会发展的时间观念，怎么可能发挥它的指挥和协调作用？

所以，张奇林一上任，他的头一个措施，便是在当天上午十点钟，进行了一次预先布置好的大抽查，抽查结果如下：当中央人民广播电台响起十点整的蜂鸣音时，机关办公楼门厅的电钟指着十点零三分，所抽查的几间办公室的壁钟分别是十点零一分、九点五十六分、十点零八分和十点十三分！而当时食堂的闹钟指着九点四十九分，司机班的值班室的座钟指着十点零六分。被抽查的个人计时器，与电台报时吻合的倒不少，但错前错后的也不乏其例，如行政处的傅善读，他腕上的名牌手表便足足慢了十分钟——经查实，不是表本身的质量问题，而是他在一次停走上弦时，根本就没把时间拨准。

张奇林在十一点钟召开了全局紧急大会，宣布了抽查结果，并发表了慷慨激昂的演说。他宣布在中午十二点时，由广播室再播出一次中央台的报时音，同时要求全局所有的钟表在那报时的蜂鸣音中都要校准时刻。他大声地呼吁："让我们从今天中午十二点起，以新的时间观念来抓紧工作！我们要时刻想到，全世界的科学技术、经济生活都在一秒复一秒地向前推进，我们在科学技术和生产建设的许多方面既然已经落在了别人后面，我们便应当有一种紧迫感，焕发出一种奋发突进的革命热情……从今天中午十二点起，我们要把'研究研究''考虑考虑''讨论讨论''等等看''慢慢来'……这一类官僚主义的作风和语汇扔进垃圾箱！该研究的要立即研究！不该犹豫的要断然作出决策！该讨论要抓紧讨论，不要言不及义、推托扯皮！既然是该办的事就不要等！就不能慢！上午该办的事不要留到下午，今天该办的事不要拖到明天！如果是不需要办的事，不该办的事，那么就必须停办、拒办！……"

他努力的结果，究竟怎么样呢？没有什么具体的"对立面"——如某些电视剧里所出现的尖嘴猴腮或脑满肠肥的"保守派"——来反对他，但是他遇到了更难对付的对手——那就是存在于很多人身上，乃至于他自己身上也不能说完全没有的那种东西，即习惯的惰力。

他常常感到力不从心。而且，从工作实践当中，他极为震惊地发现，就整个世界范围而言，严格地来说，"时间就是金钱"，或"时间就是生命"这一类的概念也已经开始过时。因为许多事的成败，恰恰并不在于抓紧时间去一环环地做，而在于是否掌握住了有关的最新信息。为解决一个代号为 G.S 的最佳方案问题，局里专门成立了一个临时小组，由他亲自挂帅，真可以说是争分夺秒地进行了讨论、起草、修改、敲定——他们"仅仅"用去了十天时间，便形成了一个可交付实践的方案，效率不可谓不高。但随即就有技术情报组的庞其杉，主动递来一份材料，原来国外早有这种方案公开发表在杂志上，并且细节拟定得比他们的最后方案更加详尽、合理！他们仅仅是没有养成掌握和利用信息的习惯！倘若他们有这个习惯，不用开十天会，仅仅依靠一个灵便的情报系统，便能够在一天之内，或者几小时乃至十分钟之内，迅速地解决问题。这件事发生之后，他才下决心将原来"聊备一格"的技术情报组，升格为技术情报站，并且力排众议，把庞其杉这个人推到了站长的"宝座"上。他还计划迅速地用最先进的电脑设备，把这个至关重要的技术情报站武装起来。

他真可谓是雄心勃勃。

但是他从各方面都不断地遇到麻烦。今天中午接到的"告发信"，便是一例。固然傅善读把信上所揭发的问题，解释得"天衣无缝"，但要弄清整个情况，抓住事情的实质，显然既不能只相信那"两名外单位群众"，也不能光听信傅善读的"一面之词"。要处理好这个问题，时间似乎也并不是最关键的因素，重要的也还是信息——他所掌握的有关信息实在是极其有限，因此即便他在这飞机之上，乃至在出国的整个行程之中，不断地"抓紧"时间去分析、判断，也是无济于事的。

既然如此，他也便决定干脆把这桩事"冷藏"起来。何况部里的纪律检查委员会自会抓紧时间调查处理，也许等他回国之时，事情便已然得到了较为圆满的解决。

"空中小姐"将银闪闪的小推车推到了他那排座位旁，他要了一杯纯净透明的矿泉水，同时揿了一下座椅上的按钮，使那盏光区只限于他那个座位的顶灯发出光亮。于是他一边啜着矿泉水，一边读起一份当天的《CHINA DAILY》(《中国日报》)来。

空间是时间的载体，而时间又是空间的存在形式。一个空间，一个时间，谁也离不了。然而对于不同的人来说，有的对空间的关注超过了时间，有的对时间的重视又超过了空间。

这天下午三点半以前，于大夫已经由傅善读陪同，乘小汽车从机场直接来到了团结湖居民区。张奇林一到机场，便到海关办手续，办完手续便进入了隔离区，因此于大夫在机场一共不过停留了十来分钟，张奇林所乘飞机尚未起飞，她却已经开始了对即将迁入的新居的考察。在离开机场时，她给家里挂了个电话，她让张秀藻火速赶到团结湖去，一同和她检验傅善读即将安排给他们家的新居，看是否满意，以便作出是待秀藻爸爸回来再说，还是不待他回来便搬入的决定。

傅善读向管理员要来了钥匙，亲自带着于大夫去检验那两套相邻的单元。

于大夫沉浸在对那居住空间详加检验的乐趣之中。

三楼，这是最好层次。她很满意。

两个相邻的单元，一个在右首门，有两间开窗能形成对流的房间，尽管小间面积略觉小了一些，但另有一个凹进去的小厅，除摆上饭桌吃饭，再铺排一张折叠床，安顿保姆，当不成问题。另一个在中门。一进门的门厅不算小，但所有窗户一律朝南，冬天固然温暖，夏天空气无法对流，却是一个不可忽视的缺点。两间的厨房都不够大，不过煤气灶的位置和高度倒还适宜；厕所一边是坐桶一边是蹲坑，这倒无所谓，只是多出来的地方并不富余，倘若安放了洗衣机，便无法安放浴盆。壁橱尚可，阳台还嫌略小……看来搬入以前至少得先做两件事：请人用油漆漆出半截"墙裙"；把大屋顶上那简陋的碗形塑料罩的裸灯，改装为美观大方的全遮蔽型的吊灯……但两套住房如何分住呢？是在秀藻结婚之前，全家的卧室和餐厅都设在右首门中，把中门那套完全用来给老张充当书房和会客室呢，还是一开始就让秀藻独占一套？……盘算来，盘算去，于大夫忽然又觉得这样的两套还是不解决问题，如果能把其中一套换成三间一套的，就更好了……

张秀藻很快地便来到了现场。她随着母亲在两个单元里转来转去，不过她心不在焉。真的很快就要搬到这里来了吗？那么，她将失去某种很重要的东西。是的，他不爱她，而且甚至于不知道她的单相思。她每次从学校里回到那个小院，甚至也不一定遇得上他，遇上他也往往只能有极其短暂而尴尬的那么一点点接触——就像今天早晨，她捧着装有油饼的小笸箩，而他拿着红字和糨糊，相逢在那吊着旧藤椅的门洞里一般……可是她仍舍不得切断同那个小院的联系。她知道，固然从理论上推导，她即便搬到了团结湖，也还可以回那个院子串门；但从实践上看，她是没有那种勇气的，并且那些原来的邻居们，一定会惊讶她何以会对他们恋恋不舍……

"你看，都快四点半了！老傅和司机小王在下头一定等得不耐烦了。"于大夫催促着张秀藻，"你倒是满意不满意呀？表个态呀！"

"妈，您满意就成，我是无所谓的……"张秀藻随口应答着。

"这两扇门开得真不合理，瞧，冰箱如果能放在这儿多好，可偏这边这扇门碍事儿……"于大夫还在细加检验。

张秀藻甚至搞不清妈妈说的是哪扇门。她走到阳台上，望着由高高低低的楼房构成的天际轮廓线。不知怎么搞的，她心头涌出了前些天抄在日记本上的维克多·雨果的诗句：

> 难道恋爱能自主？两人相悦为什么？
> 你询问流水吧，
> 询问风儿的吹拂，
> 夜扑灯火的飞蛾，
> 熟透的葡萄上阳光的照射，
> 询问一切在歌唱、呼唤、期待、絮语的造物！
> 询问四月里欢闹的深鸟窝！
> 狂热的心叫道："我自己怎么知道呢，我？"

她觉得这首诗几乎每句都敲击得她心弦剧烈地颤动。她几乎吟出了声音来。

可是想到她的情况并不符合"两人相悦为什么？"这起始的问句，一阵酸辛袭上心头。她眼里涌出了泪花。

"秀藻！你怎么又跑阳台上去了？快下楼吧！老傅怕都着急了！"于大夫大声地呼唤着……

但傅善读彼时却并不希望她们马上下楼来。他正在楼下自行车存车处那儿的公用电话旁给洛玑山打电话。他为什么急着给他打电话？他们交谈着什么？除了他们双方，谁也弄不清。

同一时间里，詹丽颖也在打电话。

她也是跑到地安门邮局，才打上了公用电话。就是那个隔音间，就是那架电话，两个钟头以前，澹台智珠也利用过。

她费了很大劲，才挂通了她爱人那个单位的长途。时逢星期日，单位里只有值班员，而值班员并不知道她爱人患病的事，但詹丽颖却一通上话便不管三七二十一地倾泻起她的愤慨与不满来："你们怎么搞的？领导都跑哪里去了？怎么不管我爱人的死活？中央的知识分子政策，你们落实得也太差了！什么？不知道？凭什么不知道？！怎么可以不知道？！跟你们说吧，你们的心思我全明白——就因为我爱人要调走，你们就如此冷漠无情！哼，我要向中央反映！你们等着瞧吧！什么？……查一查？问一问？还查问个什么？我都接着电报了！等一等？等多久？你找领导去？好，我等！你去先告诉他们，我詹丽颖不是好欺负的！我到了就跟他们算账！不，一会儿就跟他们算账！你告诉他们，我爱人有个三长两短，他们要负法律责任！"

她气鼓鼓地挂了电话，等对方再打过来。

隔音间外有人敲着玻璃门，催她快点。她爽性推开门，伸出头来，对那人说："你别处打去吧！我有急事，这电话我包了！"

那人是个头发花白的中年人，当即跟她争辩起来："公用电话大家用，你一个人怎么能包下呢？何况你现在又不打……"

"我等长途。"詹丽颖理直气壮地说，"我不能让别人插进来。我的长途说不定马上就过来。"说完"砰"地关上了玻璃门。

那人很不以为然。见她只是双臂合抱胸前，并无电话可接，便拉开玻璃门，探进了头去，商议地说："我就几句话，你让我先打吧。反正误不了你的长途。"

詹丽颖粗暴地说："你别在这儿捣乱！"

"你这人怎么这么说话？"那人被激怒了，同她隔着张开的门缝争吵起来，"你霸着公用电话不让别人使，你才是捣乱！"

詹丽颖毫不思索地"还击"，对方欲罢不能，便继续同她争吵，最后不但周围的顾客过来劝解，营业员也走出柜台来干预……

四川的长途接过来了，那边刚说了一句："领导没有找到……"詹丽颖便劈着嗓子叫喊起来："岂有此理！简直是草菅人命！都干什么去了？搞特权去了！谋私利去了！享清福去了！……"

结果，弄得那边接电话的人对她印象极为恶劣，甚而心里掠过了这样的念头："这样的人！要是再有运动，非得整整她不可！"这边的顾客和营业员听她那么一顿乱叫乱嚷，也都认定她"人头太次"。

唉，詹丽颖啊詹丽颖，你本是一个最善良最热情的人，即如今天这一整天，你为他人贡献出了多少无私的关怀、照拂、慰藉与援助！这不仅体现在精神上，也体现在物质上。然而你还是被你那糟糕的性格所误！俗话说："水滴石穿，绳锯木断"，但悠悠的岁月，怎么就磨不掉你性格中那多余的"毛刺"？……

其实，詹丽颖的爱人是在他妹妹家发病的，妹妹、妹夫将他送进医院急诊后，妹妹便跑出医院给詹丽颖拍出了电报，并且给哥哥单位的领导打了电话，领导搁下电话马上就到医院去了；医生很快作了确诊：急性胆囊炎，并立即采取了应急措施……在医院办公室，詹丽颖爱人单位的领导及时地给詹丽颖所在的单位打了电话，让值班室作了电话记录——"因为詹丽颖的爱人急性胆囊炎发作，可能需要动手术，建议允准詹丽颖及时赴川……"——并嘱托值班人员明天一早便向他们领导汇报；这之后，又给詹丽颖住地所在的胡同的公用电话打了长途，但未得詹丽颖的回电——对方不知道詹丽颖正在地安门邮局，而詹丽颖也没想到对方已在医院……

当然，出现这种事态，其中一个重要的原因，是我国电信事业的落后，即使是北京这样一座位居首位的城市，到1982年年末，电话也远未普及，不仅拥有电话的家庭所占比例极小，公用电话的数量也远不能满足市民要求。这说的还是用金属导线传递信息的电话。而就在那个时候，世界上一些国家已经研制成功了以光导纤维传递信息的电话，有的并开始投入了实际使用。这意味着一种体系性的变化。包括詹丽颖在内的中华民族啊，你将怎样追赶上去？……

澹台智珠走出电梯时，劈面遇上了慕樱。

两个新邻居互相点了点头。

慕樱当时心情很好。她从院里出来以后，先去了部里医务室。其实医务室的小套间，才是她现在真正的家。她在那里仔仔细细地又梳洗打扮了一番。"女为悦己者容"，真是一点不错。中午去见嵇志满时，她一心所想的并不是怎样取悦于对方，而是如何体现出自己的尊严和教养，因此她把发式弄得比较服帖，裹了一条本色白的毛线围巾，外面穿了一件掐腰的薄黑呢大衣；脱去大衣，上身是玫瑰紫的西装外套，露出里面乳灰色的鸡心领毛衣，以及毛衣里面的浅褐色尖领衬衫；下身是深蓝色的弹力呢筒裤，脚上蹬一双与西装外套相呼应的玫瑰紫高跟鞋。

　　现在她是来见齐壮思，因而从头到脚都予以改造，她力求显得年轻、潇洒而又不露雕琢痕迹。头发她使其蓬松开来，在双耳后形成一种抛物线的飘逸效果。围巾和大衣都为她所淘汰。她头上似乎是随便地扣着一顶浅蓝色的毛线便帽，上身只穿一件款式新颖的深蓝色"登山褛"，那"登山褛"上这里、那里缝缀着一些白色和灰色的装饰性条纹，并不对称，但显得既波俏又和谐。"登山褛"左边的袖子上有个带拉链的暗兜，正好可以放进一个硬封皮的"通讯录"，她用那"通讯录"将那张"梅兰芳舞台艺术"的"小型张"夹住，搁进了那暗兜之中。脱掉"登山褛"，里面是一件草绿色的粗线高领毛衣，不点缀任何装饰品，而以一种春草般的淳朴夺人心魄。下面是一条屁股包得相当紧的准牛仔裤——她自己设计、自己缝制的，表面上看，似乎是一条普通的劳动布工作裤，没有牛仔裤的那种宽镶边和外露的大裤兜，并且裤腿也不那么紧绷在身上，但实际上却深得牛仔裤之三昧，把她的身材衬托得格外袅娜、灵动。脚上，她故意穿了一双半旧的黑皮高跟靴。她没有带提包，手上只戴着一双与头上帽子相呼应的浅蓝色毛线手套。

　　自从齐壮思向她提出："请你不要打扰我。"那以后她也确实没有去打扰过他。甚至在部里办公大楼的走廊上迎面相遇，前后左右又没有什么别的人，她也仅只是对他坦然地笑笑，便各自走开。不过，她总觉得从齐壮思那双依旧饱蓄着雄狮般精力的眼睛里，朝她放射出了某种类似电流的光——毋庸理智地分析，凭直觉，她便深信他其实还是喜欢她的，他不让她打扰他，是因为他肩上承载着重要的事业，他有着一种高度的革命责任感，而并不是因为她的打扰使他感到厌烦。因此，她觉得自己实际上享受着一种主动权。只要她并不过分，在某种情况下闯进他的生活打扰他一下，他甚至是会感到高兴的。当然，她必得量好尺寸，及时抽身，而绝不能急躁冒进。来日方长嘛！

当她在地铁的站台和列车上，以及当她从大街走进这幢大楼并来到电梯之前，她感到周围不时有人朝她投来不那么友善的目光。她微微地昂着高傲的头颅。她知道那些人多半是在这样评价她：嗬，真时髦！

当她在电梯门前，按亮了上行的揿钮后，她心中飘过了这样的思绪：是呀，我承认我时髦。可时髦有什么罪过呢？难道我落生在这个世界上，就该永远困守在老家那个灰色的小镇？就该永远把那种一圈大红、一圈大绿、一圈土黄、一圈宝蓝的袜子，认作是天下最美丽的袜子？……

对于慕樱来说，时间是一支射出去的箭。原来，她在箭尾上，现在，由于她自身的努力，她已附着在箭头。在"时间运行"的过程中，箭头永远优于箭尾。

在我们日常生活里，与时间紧密相联系的语汇究竟有多少？"时机""时尚""时宜""时势""时兴"……包括"时髦"，这都是"箭头"上的观念，慕樱以与这些观念合拍为荣。

慕樱很早便把契诃夫名剧《万尼亚舅舅》里的这句台词，当作自己的座右铭："人的一切都应当是美的：心灵，思想，面貌，衣裳。"但美的观念是因人而异的。

在同一"时间之箭"上，"箭头"的观念往往与"箭尾"的观念截然不同。慕樱现在遵从"箭头"上的观念。即如爱情问题，她以为只要是真诚的爱，并排除了强迫手段，便无论施之于何人，都是合理而道德的。又如衣着打扮，她以为必须打破男穿男、女穿女，少穿少、老穿老之类的框框，而应悉听尊便，只要自己和爱人满意，便无所谓合适与否。

听到了电梯下落的声音，慕樱全身漾开激动的波纹。她事先没有给齐壮思打电话，但她坚信能够见到他，并被单独接待。她将使他大吃一惊——她不跟他说别的，而仅仅是谈论邮票。她将以一个纯粹的"邮友"身份出现在他的面前，这将是多么有趣的事！并且，她将并不白白奉送他那张"梅兰芳舞台艺术"的"小型张"，而是同他进行协商、交换！最后，她将率先申明她还有事要办，不等他作出反应，便立即飘然引去……

电梯门打开了。在走出来的几个人里，有一个是同院的澹台智珠。慕樱本能地朝澹台智珠点了个头。慕樱没看过澹台智珠的戏。但她从詹丽颖那里得知了关于澹台智珠的各方面情况。她不能理解澹台智珠怎么能同一个工人生活了这样久。也许，是因为澹台智珠总演那种宣扬封建道德的戏，中毒太深了吧?……

慕樱乘电梯升上去的时候,澹台智珠已经走出了楼门。在同慕樱相对一点头之后,澹台智珠心头也不由自主地浮出了一些对慕樱的想法。澹台智珠从詹丽颖那里知道,慕樱不仅和原是大学同学的丈夫离了婚,而且还放弃了孩子。仅这一点澹台智珠便不能理解。在澹台智珠的观念中,凡是因父母之命、媒妁之言,或因仗势霸占、坑蒙拐骗而造成的婚姻关系,都应予以破除;但倘若是自由恋爱而缔结的姻缘,便不能儿戏般地随意加以变化。王宝钏的苦守寒窑、白娘子的断桥责夫、赵艳容的金殿装疯……之所以具有永恒的感人力量,正在于爱情的忠贞和专一,这似乎也是世界上其他民族大多数人的恒定观念——否则,你就不好解释为什么罗密欧与朱丽叶的悲剧至今仍在催人泪下,而尽管奥赛罗残暴地掐死了苔丝特蒙娜,观众仍对他充满了同情与痛惜……据说慕樱甩掉她丈夫的理由,是“没有共同语言”和对方的“庸俗浅薄”。这是一个说不清的问题。谁都可以用这两条理由来掩盖自己喜新厌旧、趋炎附势的卑鄙心理。《豆汁记》里的莫稽,不也可以用这条理由来为他抛弃金玉奴辩解吗?而李甲把杜十娘“转让”给孙富,也可以用这条理由来作为堂皇的依据;杜十娘的“怒沉百宝箱”,便不但不值得同情,反近于“无理取闹”了!……

澹台智珠和慕樱这两个同龄的中年妇女,其爱情观和道德观就是这般大相径庭。

不过当她们在那电梯前短暂地相遇之后,她们各自对对方的“腹诽”,也就仅仅是一两分钟,她们有着各自的生活轨迹,有着各自的心绪与期望……

原来澹台智珠还想同那位评论家继续交谈下去,但一下子又来了许多她所不熟悉的客人,因此她便告辞出来了。评论家一直把她送到电梯跟前。

“你不要慌乱。剧团肯定是要改革的,但不会是退回到旧社会的戏班子状态。”临分手时,评论家亲切地对她说,“你反映的情况,我一定帮你捅上去。至于明天晚上的宴请嘛,咱们一言为定——就按刚才商量好的方案办……”

澹台智珠心里热乎乎的,真不知该怎样感谢这位评论家——他为人古道热肠,艺术见解却绝不墨守成规,他一贯鼓励澹台智珠在继承流派的过程中刻意求新,闯出新的独特的风格。

电梯门开了,澹台智珠走了进去,评论家向她挥手致意,并且说:“代我问李铠好!你跟他说:明天他要不去,我会生气的!”

澹台智珠心里更加感动。

……当她一小时前来到评论家家里，向评论家倾诉出一切以后，评论家诚恳地对她说："这样吧，明天你那个'萃华楼'的宴请，改成到我家附近的那个'燕云斋'吃涮羊肉吧。由我出资。你通知他们的时候就说，我看了你们前些时候演的《木兰从军》，想跟你们大家交换交换意见，热闹热闹——这也确实是我早有的打算，只是因为这一阵太忙，所以一直没有主动同你联系——我想'板鼓'和'京胡'都会来的吧？说实在的，你们本是个合作得很不错的艺术集体，我要为你们继续合作、攀登艺术高峰打气！当然，我也有相当尖锐的意见——从你们的创腔，到'板鼓'的节奏处理，到你贴片子的方式……我都要坦率地直陈我的看法；同时，我还要带头慰劳李铠，没有他作为后盾，你也难在舞台上焕发出光彩！……就这么定下来吧——那'燕云斋'虽说名不见经传，是个'知青'办的小饭馆，可涮羊肉的质量和服务态度，都保证能让咱们满意；他们那个小经理，又恰巧是个京剧迷，现在年轻人里京剧迷不多呀，你看，明天晚上，大家不都能很快活的吗？"

澹台智珠当时也曾提出："哪有评论家破费请我们的呢？从来都是搞创作的请评论家，好贿赂出好话来啊！明天的钱一定还是由我来付……"

评论家笑了，笑得很开心，笑完了他说："你无意中说出了一句很有趣的话——好话都是贿赂出来的！那么，因为明天我主要是提意见，'说坏话'，所以我得反过来付罚款，这不就顺理成章了吗？"说得澹台智珠也笑了。

……澹台智珠朝地铁入口走去。她恢复了镇定与自信。她看了看腕上的手表，恰好是五点整。她忽然急迫地想把同评论家会见的情况告诉李铠。啊，李铠，亲爱的人！在这个万花筒般的世界上，说来说去，唯有你是最贴心的人！不仅是在我陷入绝望的境况下，你携住我无力的手，带我浮向了希望，就是在我重新赢得事业上的成就后，也唯有你，是真诚地爱着我的全体——从灵到肉，从作为一个妻子到作为一个演员——还记得那个例子吗？一位崇拜者到了后台，他本来大概不惜跪倒我的脚下，但当他发现卸了装的我竟有着一张浮肿的脸庞，而且我腿部的静脉曲张，竟到了每次演完必须立即按摩的地步……他不由得倒退了两步，双眼里明显地流露出惊诧与失望！原来他爱的只是台上的那个澹台智珠……又怎么能忘记那一回呢？为了开拓戏路，我试演了尚派名剧《失子惊疯》，一个"屁股座子"没有摔好使我身心都受到损伤，观众席中不仅发出一片惋叹，还有个别人喊了倒好；回到后台，几个同行也只是问："你怎么搞的？""平时练得不是不错吗？"唯有你，冲进后台的第一句话是："你摔坏了吗？"那一晚，你坚持不让我坐在自行车后座上回家，而去为我叫来了出租汽车，当总务科居然拒绝报销那笔车费后，你毅然放弃了当月购买一双新皮鞋的计划……啊，李铠，你那宽厚的胸膛，是供我将养的田原；你那茁实的爱情，是滋润我心灵的甘泉！我不能失去你，犹如你不能失去我一般！亲爱的人儿，你现在在什么地方？我要立刻找到你，告诉你一切——咱们别怵"大师姐"，咱们有人支持，咱们能够渡过危机，咱们要试着搞真正的改革！……

对于澹台智珠来说，时间仿佛是小溪奔向河流，河流奔向大海；而她便是一条从小溪出发，游向大海的鱼儿，现在她已经游入了河流。她知道，哪条鱼儿也不能凭借侥幸便顺流而下，因为还有险滩，有涡流，有钓钩，有网罟……通向大海的通路是公共用的，但只有那永远清醒、永远奋进的鱼儿，才有可能终于达到理想的境界……

时代进步了，人们不再依赖钟鼓楼报时，即便公共计时器遍布每一个路口，人们也还是要拥有自己独享的计时器。几乎每一个家庭都有钟，几乎每一个成人都有表，而且有的家庭不止有一座钟，有的成人不止有一块表——随着普及型的廉价电子表上市，儿童们也开始拥有表了。

荀磊没有按父亲的指示到王府井去，他到了地安门百货商场便到存车处存下了自行车。因为他估计薛大爷所说的那种雷达小坤表，地安门百货商场里就有货，更何况商场斜对过，辛安里胡同边上，还有一家专售钟表的钟表服务部；能就近解决问题，使那新娘子快些转嗔为喜，岂不是事半功倍吗？

荀磊走进商场，寻找着售钟表的柜台。就在这时，他心中浮出了关于人与计时器关系的种种思绪。

他知道，同院西耳房的海奶奶屋里，有一架紫檀木外壳的老式挂钟，上方雕着类似蚌壳、卷涡的装饰性图案，下方挡住钟摆的小门上，嵌着一块椭圆形的珐琅，上面绘有一枝嫩黄南洋玫瑰。那挂钟的外壳早已失去了光泽，有的接榫处明显松动，珐琅画的白底子已然变黄，那枝洋玫瑰的形态更显得格外古怪——令人想起一百年前的西欧情态，如枝型蜡台、鲸鱼骨撑起的长裙、带尖塔和吊桥的古堡等。

那挂钟除了"文化大革命"里的"破四旧"阶段一度摘下藏起，避了一阵难外，几十年里一直陪伴着海奶奶，忠实地与她共度着日日夜夜……但那挂钟早就停摆不走了，有一回海西宾把荀磊找去，向他请教："你不是修过薛家的座钟吗？你给看看我奶奶这个，还能不能修好？你要没工夫，只要你说声能修，我就抱到地安门修理部去……"荀磊一看吃了一惊："这是个古董啊！"海西宾问："外国来的吗？""不，晚清时候，咱们中国自己造的。"荀磊告诉他，"你别抱去，你要抱去，他们该动员你出售了——他们收购去倒也不为收藏，因为咱们中国历史太悠久了，不是明朝以前的东西简直算不上什么文物……他们将拿去卖外国人，卖高价，给国家挣外汇……可是我觉得没必要让外国人得着咱们那么多古董，即便是民国初年的东西……你留着吧！"他俩正说着，海奶奶回来了，顿时动了气，她叨唠说："西宾，谁让你把它给取下来的？谁说我打算修它来着？都是你多事儿！甭修！就那么挂着挺好！不用它打点儿，我也能知道到了什么时辰！"看，这就是海奶奶同计时器的关系——她的余年已用不着计时器作精确度量，她所需要的，仅是那计时器所唤起的无尽的回忆！

但就在海奶奶隔壁，张叔叔家里，却格外重视计时器的准确性，他家人人有手表自不必说，钟也不止一座——一进门的堂屋中高悬着个方形的棕色干电池电子走针钟；张叔叔的书房里，书桌是带日历、温度计的国产闹钟，书架里是日本八音电子音乐钟……另一边的卧室里，肯定还有别的钟，而且，他家所有的钟表几乎永远同中央人民广播电台的报时保持一致……

人们对计时器的选择，反映出人们不同的需求、性格与情趣。詹阿姨家的座钟是通红的外壳，红得比鲜血加上火焰还更耀眼！澹台阿姨家的"鸟巢挂钟"大概是从信托行买回来的，每当报时的当口，一只布谷鸟便会转出木雕葡萄叶遮掩着的鸟巢，出来鸣叫。有一回给慕樱阿姨送信，她难得地在家，记得她那小衣柜上，是一架日本产的仿古钟——一个古希腊形态的女神，背上长着肉翅、手里举着一个天球，天球里嵌着一个钟面……看上去似乎是西欧的古董，其实那钟体不过是成本低廉的集成电路……又何必去举别人家为例呢？父亲前些时还为他们屋买了一台新的座钟——是烟台产的老式木壳座钟，最上方有一匹扬着前蹄的金马，两边是顶端尖圆的长柱，下边是厚重的仿须弥座，钟摆前方的玻璃门上是牡丹花的图案。冯婉姝乍看见时，不禁笑着说："哎呀！真'怯'！"荀磊忙提醒她："小声点！"又对她解释说，"我爸早就盼着买这么个座钟了，开头是家里生活困难，买不起；后来是手里有钱，买不着；现在他终于买到了，就跟你终于弄到一张斯图加特芭蕾舞团演出《叶甫盖尼·奥涅金》的戏票一样……"冯婉姝这才朝厨房吐吐舌头，领会地点点头。

是的，人们对计时器的选择，越来越着重于它的形态，甚至竟完全从一种超计时的审美需求出发，去对待计时器。薛家的新娘子就是如此，这块雷达小坤表，将体现出公婆对她的尊重和偏爱，体现出薛纪跃对她的钟情与信用，同时也将使她在同一水平线的同事、邻里、学友中，赢得意外的赞叹与羡慕。荀磊深刻地领悟到这一点以后，便发誓即使必须跑遍全北京城，也一定要买到它。

星期日的商场里，顾客稠密。荀磊正转动着身子寻找钟表柜台时，一个人从他身后飞快地走过，两人的胳膊肘重重地碰撞了一下。那人手里的一样什么东西，"吧嗒"掉在了地上。

"啊，对不起！"荀磊忙对他说。

"呀！我的——稿子！不——"那人慌忙拾起了地上的东西。本是因为他慌忙走动，从后面撞着了荀磊，所以他直腰后本想也道一声"对不起"，但抬眼一看，面前不过是一个比自己年岁小许多的小伙子，便"哼"一声，扬长而去。

那人是龙点睛。荀磊自然不认识。

龙点睛从韩一潭家里拿到那份"留着究竟是个祸害"的诗稿，出得那个四合院以后，本是打算把诗稿带回家里再烧掉的，可是当他路过胡同口的那排浅绿色的垃圾桶时，他想：干脆就在这里撕成碎片，扔进垃圾桶算了，难道还会有人把它捡起来，拼接复原么？回家烧，妻子要问，还得费唇舌解释……于是，他便在那里撕将起来，谁知偏来了个老头——他不知道那是胡同里专门拾废纸的胡爷爷——一手拖着个小轱辘车，一手拿着根带"粘针"的竹棍，高声地对他说："同志，您别撕，您就扔给我吧——"让他吃了一惊。他还是把那诗稿撕得粉碎，团起来扔进了垃圾桶，瞪了老头一眼，才快步离开那条胡同……他按原计划进了这百货商场，到照相用品柜台买了一个袋装式照相册，便急着赶回家去——他晚上约了一位编辑到家里"随便谈谈"，他打算赶在那编辑到达之前，把那些他与名家合拍的照片，都插进这个照相册中，这样，他在请编辑听新录的曼托瓦尼乐队演奏的名曲时，只要将相册递过去，使能坐收"尽在不言中"的效果……

龙点睛的心情本是非常之好的，犹如雨过天霁般明丽，但与那位拾破烂的老头的相遇，究竟还是在他那晴和的心境上，抹了一道阴影，故而他的中枢神经里，仍迸射着"那稿件可别……"的意外火花，当与荀磊相撞、照相册落地之后，他急促中将"照相册"说成"稿子"，实在是并非偶然。

但龙点睛冲出百货商场大门以后，也就将心中那道阴影驱逐。他望着大街上的车水马龙，心想：时不再来，机不可失，在这人生的战场上，我要抓紧一切机会不放啊！

对于他来说，时间好比是一只握在拳中的骰子。

荀磊在同龙点睛碰撞之后，对于龙点睛的失礼，倒无动于衷。但龙点睛口中喊出的"稿子"二字，却触动了荀磊的心事。在骑车出来时，他本是命令自己将惨遭退稿一事束之高阁的，此刻却禁不住又心潮起伏。

仅仅是因为他年轻！他能够做、并且可以做得很好的事，仅仅是因为还轮不到他来做，便做成功了也遭到漠视！而最古怪的是，这事明明是国家需要尽早做成的，并且"有资格"去做的人，还没有去做，甚至也不打算去做，但他做了也还是不被承认！有的人宁愿留下空白，也要论资排辈！……

荀磊因为陷入了沉思，一时盲目地在商场中转悠起来。他想：西服、领带、太阳镜、电子琴……这些东西几度被视为腐朽堕落，几度被批判取缔，但终究还是由一批年轻人带头使用推广，而站住了脚，渐渐成为平常事物，现在不是连党和国家的领导人，也穿起了西服吗？不是连讴歌革命战争的影片中，也采用电子琴伴奏插曲了吗？我们这古老的民族啊，你应当进一步以博大的胸怀，恢宏的气魄，收容、消化一切于我有用的新事物，并应当进一步甩开步子，赶上世界科学技术和生产发展的新潮流……

荀磊想，尽管世界上仍旧以原有的秒、分、刻、时、日、月、年……来计量时间，但在我们的心目当中，应把现在和将来的时间，看作一个不断在加速运行的星际火箭。以往的世界，科学技术的进展是多么缓慢啊，信息传递的数量和速度又是多么可怜啊；而今天，电子计算机已经发展到了第五代，越来越接近人脑的功能！每天世界上科学论文的发表量，已达到了6000~8000篇，每隔20个月，论文的数目就增长一倍！……

怎么能懈怠呢？怎么能碰了钉子就罢休呢？荀磊握紧了拳头，他想：买表回去，立刻就找婉妹商量——明天把那译稿，另投到哪家出版社？或许，这次该亲自把稿子送到编辑部，爽性把自己的心情，向他们和盘托出？……

不知不觉地，他已来到钟表柜台前。他一眼便看见，恰好有他所该买的那种表。啊，太好啦！他靠拢了柜台……

人一饮酒，便幻入了仙境，时间于他们来说，便仿佛凝固。

在"一品香"烟酒店里，李铠早已喝得半醉，他胸中淤积的闷气，使他恍若堕入了一个半明半暗的洞穴中，那洞穴很深，且充满了急转弯，他跟跟跄跄地朝前面走去，似乎总看见澹台智珠的背影一闪，裙子角一扫，却总撵不上她；而一只长着大长脸的蓝蝙蝠，总在他面前飞来舞去，切断着他的视线。他已经累得精疲力竭，却毫无撵上澹台智珠的希望——澹台智珠不知为什么是戏台上的装扮，似乎是《木兰从军》最后一场"对镜贴花黄"的扮相，李铠曾经对她说："你这身行头比别的戏里的全强！"她曾经高兴地把双手一合："真的吗？"可现在她连正脸也不给李铠看上一眼……

忽然，李铠眼前出现了卢宝桑，卢宝桑亲热地招呼着他。他愣了愣神，心想这位是谁呢？啊，想起来了——常到薛家串门的那个"愣头青"嘛！一个人只能喝闷酒，两人凑在一块儿却能喝"逗闷子"① 酒……想到这儿，他便忙站起来招呼卢宝桑。

卢宝桑本是一肚子怨怒，路过这酒店，灵机一动钻进来，打算拼个死醉的，没想到一迈进门槛就看见了李铠；而一看见李铠他便联想到了澹台智珠，一想到澹台智珠他便又联想到了《豆汁记》，由《豆汁记》他又想到了金玉奴的父亲金松是个丐头；由这一点他又对澹台智珠产生出了一种特殊的亲近感；而当他落座以后，他又立即将这种亲近感奉献给了李铠——他倒没把李铠联想为那遭到棒打的"薄情郎"莫稽，人在电火般的联想中，常常具有这种精密的筛汰力。

李铠没有料到，卢宝桑一杯酒下到肚里，便哇啦哇啦地夸上了"珠大姐"。他说几乎每次"珠大姐"露演《豆汁记》，他都要到场叫好，他夸完唱功夸做派，夸完扮相夸行头……滔滔不绝地说："那金玉奴，真让珠大姐给演活了！珠大姐戏路子多宽！为人多厚道！观众想看《失子惊疯》，北京能上这出戏的人没有不是？杨荣环人家平日待在天津，不随便到北京来露不是？咱们珠大姐为满足观众，嘿，带着病就上了台！那唱腔，那身段，尚小云活着也不过

---

① 开心。

如是——也就单是一个'屁股座子'生硬了点，嗬，台下就有那不要脸的起上了哄。什么玩意儿！你上台试试去！人家珠大姐本不是唱尚派戏的，串一出给你们开开眼，你就给脸不要脸了！散了戏，我在剧场门口憋着，那坏小子刚一出来，我就给了他一拳……"

这么一路叨唠下去，倒也罢了，李铠感到困惑不解的是，卢宝桑夸来夸去竟夸出了这样的话："姐夫！您说那金玉奴仁义不仁义？豆汁，剩饭，紧着给落难的人不是？她家要丢了手表什么的，能随便赖人家偷的吗？……珠大姐在台上丢了孩子，也没说让那个丫头寿春跑下台来，搜查我呀！……"

卢宝桑扯着嗓门那么一聒噪，小酒店里的酒客们都知道了李铠的身份，立时就有好几位凑拢了过来，对他表示敬重和关怀。一位老人对他说："敢情您是智珠的当家的呀！听说智珠晚上散了戏，都是您把她往家接的呀！我给您们俩道乏啦！我最喜爱看智珠的戏，她玩意儿磨炼得精呀！一出《木兰从军》，兼有梅派的典雅，程派的含蓄，荀派的活泼，尚派的火爆，不容易呀！"几位中年人一声接一声地问："您那口子又在排什么戏哪？""她创那新腔，您总是头一个饱耳福的吧？""多年看不着《红拂传》了，智珠能给露露吗？"……李铠不及搭腔，他们几个竟不知怎么地争辩起来了——啊，原来是其中一位说了句"《木兰从军》里的布景太实……"其他几位不同意，便抬上了杠。因为大家都在微醺状态以上，"酒言无忌"，几句话不合，竟至于满脸溅朱，几乎动起手来。

"成了成了！"卢宝桑站起来，吆喝他们说："有什么意见，一个一个跟姐夫说！姐夫自会记下来，告诉给珠大姐，嘈嘈个什么劲儿！"

便真有几位认认真真地挨着排向李铠诉说起他们的意见和建议来……

李铠只觉得那幽长的山洞似乎终于到了尽头，长脸蓝蝙蝠不知飞到哪儿去了，而澹台智珠所装扮的女装木兰，终于停住了脚步，徐徐地朝他转过身来……

"行啦行啦！"卢宝桑又突然大喊起来，训斥那几个不知趣的酒客说，"人家姐夫还得回去跟珠大姐商量新戏码的事儿呢！谁像你们，有了闲工夫就泡在这儿，没结没完地灌呀、磨牙呀！……"

李铠突然酒醒。他庄重地站了起来，抻抻衣襟说："我真得回去了。各位，少陪！"

人们纷纷热情地向他告别，仿佛欢送一位战功赫赫的英雄。

李铠边朝门边走去，边下意识地从衣兜里摸出了一支香烟，搁进嘴里。但是他继续伸手在衣兜里摸索一通之后，却没有找到打火机和火柴——他出来得匆忙，本没有带。正当他在门前踌躇时，卢宝桑一个巴掌拍到他肩膀上，另一个巴掌扣到了他手心中，他听卢宝桑说："给！姐夫你留着用！"

李铠也没闹清楚怎么回事，便对卢宝桑笑笑，推门走了出去。

李铠站在"一品香"门口。前面是鼓楼，后面是钟楼。一阵寒风从钟鼓楼中穿过，他不禁吐出了那支没点燃的香烟，打了一个嗝儿。他彻底地清醒了。

"爸！"突然跑过来小竹，两只小手冻得通红，眼里还噙着泪花儿，跑过来搂住了他的胳膊。

"你跑这儿来干什么？"他严厉地问。

"爸！妈不知道到哪儿去了，你也不回家，爷爷着急哩，让我来找……"

"急什么，我不是在这儿吗！"他掏出手绢，弯腰给小竹擦着眼睛。

"爸，回家去吧！"小竹朝回家的方向拽着他的胳膊。

"怎么能回家！"他拍了一下小竹的后脑勺，更加严厉地说，"走，到鼓楼前头接你妈去！接着她，咱们再一块儿回家！"

李铠挺起胸脯，牵着小竹朝鼓楼前走去。

他招呼小竹时，一直都用的是右手。当他牵着小竹朝前走去时，他才意识到左手中还握着卢宝桑给他的那样东西。那是什么东西呢？凉飕飕、硬邦邦的，仿佛是一块手表……卢宝桑为什么要把它送给自己呢？

李铠把拳起的左手伸到眼前，张开，于是，他才知道卢宝桑送给他的，是一个小巧玲珑的进口超薄型打火机。不用说，那一定是卢宝桑得来不易、最为珍爱的物品之一。他心里一时非常感动。

李铠再从衣兜里掏出一支烟来，含在嘴中，用那打火机将烟点燃，深深地吸了一口……

时间对每一个人一视同仁。如果说要做到"在真理面前人人平等""在法律面前人人平等"不那么容易，那么不用争取，在时间面前人人自然而然是平等的。

不过，在平等的时间面前，不同的人却采取着不同的态度来消耗它，因而构成不同的遭际，形成不同的感受。

长篇小说

路喜纯骑着自行车回家。当他又一次骑过地安门十字路口时，恰恰是下午五点钟。他为薛家的婚事付出了几乎长达十小时的劳动。临告别时，薛大娘、薛纪徽和孟昭英把他一直送到院门外。薛大娘非要给他"汤封"——原来的"汤封"丢了，薛大娘另包了一包——他诚恳地婉辞了，他说："大娘，我来帮忙，图的是练练手艺，图的是让你们看着喜幸，闻着味香，吃着可口，你们和客人满意了，我心里头就痛快了……我要为'汤封'来，有的菜我还不弄呢！"薛大娘非要把"汤封"塞给他，他躲闪着，倒是孟昭英一旁劝道："妈，路师傅既是坚决不要，我看也就随他吧。其实，人家今儿个不光帮咱们弄了一天的菜，还无缘无故地受了一场气，咱们就是拿出多少钱财来，也赔补不起！我看，不如就打今儿个起交个朋友吧，欢迎路师傅赶明儿来串门！路师傅有什么要咱们帮忙的，来说上一声，咱们抬腿就去！……"薛纪徽也说："难得遇上个路师傅这么个好人，还教给我们怎么让水管子化冻……路师傅啊，真是欢迎你来串门儿，不光来这儿，也欢迎你到我们那边的家去。我们那儿更好认，就在北海后门东边，恭俭胡同里头，你记下门牌号码……你可真去！"路喜纯便说："不瞒你们说，我父母双亡，没个亲戚，你们要真不嫌弃，我赶明儿得空了，还真来！"薛大娘这才收起"汤封"，感动地说："路师傅，小路！你就真来！我们就算你的一门子亲戚！"

　　双方都没有想到，经过一天的接触，竟变得这般亲近。巍巍鼓楼怕也在俯瞰着他们，体味着这人生的滋味……

　　临骑上车之前，路喜纯又诚恳地对他们说："你们那个亲戚，卢宝桑，人头的确次，没个积极的生活目标，光知道足吃足喝，猛撮一顿；我早先就认识他，跟他一向合不来……可今儿个的事儿，我有个看法，就是那雷达表，兴许他的确没偷——他这人以前从没偷过东西，我想他不至于打今儿个变成了'佛爷'，我希望你们不要太难为了他。他这人也有可怜的地方……有一阵子新房里来了好些个人，谁也认不全，是不是有那专门趁火打劫的，混在了里头？别冤枉了卢宝桑！……"

　　路喜纯这话一出来，薛大娘他们更加感动。这个小伙子，卢宝桑把他得罪到那么个份儿上，他倒还怕卢宝桑遭冤枉！

　　他们真是依依惜别。都是平凡的人，可胸中涌动着的，都是不平凡的感情……

　　路喜纯就这样度过了他的一天。他创造了美，并让许多人享受到了这美，他自己也便获得了一种美感——当然，这期间也有对美的亵渎和伤害，但是天下创造美的事业，哪有一帆风顺的呢？路喜纯骑车往家里去，心里充满了快乐，并且充实了他的抱负……

是的，现在在那个小饭馆里，他仍然只能上白案，并且经理对他，仍是那般的漠视，但这种情形，难道会永远存在下去吗？就是在白案上，他也还可以团结别的师傅，争取尽快打破目前品种单调的沉闷局面……他听何师傅说过，过去北京小吃里的好多品种都快失传了，像包子类里的千丝包、三丁包、三冬包……蒸糕类里的千层糕、水晶糕、山楂蜜糕……为什么不能就在他们那个小饭馆，试着恢复几样呢？顾客肯定欢迎，而饭馆的收益肯定猛增！当然，实现起来肯定阻力重重，可嵇老师那话说得真对：要有历史的眼光！……

在那夕阳收敛余光的冬日下午，路喜纯——一个普通又普通的北京青年，心情怡悦地、问心无愧地，骑车远离了钟鼓楼。

可是另外一个人在同样的时刻，却心怀鬼胎、忐忑不安地滞留在钟鼓楼前的大街上。

那便是姚向东。

他双手插在登山服的口袋里，一只手攥着一把钞票，一只手攥着那块雷达小坤表。刚从薛家溜出来时，他心里一度充满了狂喜。他竟成功了！当他逃至鼓楼前大街上时，他觉得他简直是一个百万富翁，啊，"马凯餐厅"，等你四点半一供应晚餐，我要马上进去点几个名菜！都有什么来着？对了，"安东鸡""松鼠鱼"，还有什么"黄雀肉片"……怪有意思的！敢情还有用松鼠肉跟鱼肉一块儿做的菜！他大摇大摆地走进了烟袋斜街把口的食品店，让售货员给他包上五个奶油酥卷，售货员让他付款，他在衣兜里把那"汤封"的红纸弄开，掏出一张票子递了过去。售货员把钱找给他，他拿起包着奶油酥卷的纸包，没走出店门就掏出一个大嚼起来。出了大门，他边吃边走，还没走拢后门桥，已经把五个奶油酥卷全塞进了肚子！他感到口渴，便横穿过马路，进了帽儿胡同口上的食品店，掏钱买酸奶；可就在这时候，他突然惊慌了——他听见一个声音在他旁边猛然响起："你掉东西啦！"他扭头一看，是个岁数不小、身板壮实的男人，他低头一看，原来他从兜里带出来的一张红纸……他弯腰拾起那张红纸，忽然失去了买酸奶的勇气，很不自然地溜出了店门。他不敢回头，可总觉得那喊话的人在盯着他的后背……他一气溜到了后门桥南边，才停下来喘气。

那人会不会是"雷子"①呢？越寻思越像！

他胆战心惊地扭过头去，只见那人出了食品店，并没朝他这个方向张望，而是拐进了帽儿胡同，他吁出一口气来。可是他心里从这时候起便打上了小鼓，始终不停。

他在文物商店收购部前头的石阶上坐了下来。马路对面恰好是"益民信托商店"。那里面有一件比杨强强这件还帅的登山服。只要他能把那手表卖出去，他就足能买下那件登山服。他的眼光移到了信托商店南门，那里写着："收购部。谢绝参观。"据说到那里出售东西，得拿户口本、工作证一类的证件给人家看才行。

姚向东倒有学生证，可能往外亮吗？他坐在那里，愣愣地望着对面，望着收购部，心里不禁懊丧起来。他两只插在衣兜里的手活像攥着两个滚烫的煤球，那块雷达小坤表更像是刚从煤炉子里夹出来的，还冒着红得发蓝、发白的火苗儿！

姚向东站起身来，脚底下像踩着刚出轧机的钢板，懵懵懂懂地一会儿朝南边疯走，一会儿又穿过马路、朝北边行……他不知道他该怎么办。

小时候在胡同里做游戏，姚向东最爱装坏蛋——尤其是日本"鬼子"和德国纳粹士兵，他先是快活地哼着从电影上听来的日本"鬼子"进军的旋律："嗒——嘀嗒——嗒嘀嗒嘀……"或者双脚使劲一并，学着从电影上看来的德国纳粹士兵的伸臂礼："嗨——希特勒！"……他从假装自己是坏蛋、被好人追捕的过程中，获得了无穷无尽的乐趣！最后他心甘情愿被装扮成八路军和红军的同伴"击毙"——闭上眼睛，满脸怪相，扭曲着身子，毫不吝惜衣裤地全身滚落地上……

但是此刻，他头一回偷了人家那么贵重的东西，他感到自己真的成为坏人了，却深刻地体验到了作为坏人的孤独与恐惧！

街上走着那么多的行人，似乎个个都轻松自在，就连那个伛偻着腰的老头，还有那个不知道为什么跟在他妈妈后头哭着走的小娃娃，也都比自己神气。老头不怕有人盯着他，小娃娃哇哇使劲地哭，一点也不怕别人注意！

"小拽子！"

一声呼唤，把姚向东吓得十足地双脚一跳。他扭头一看，是阿臭。

---

① 小流氓的黑话，指公安局的侦查员。

阿臭照例把自行车定在马路边，一只脚踩住马路牙子，上下打量着他问："你他妈怎么还跟这儿晃啊？"

姚向东含含混混地说："谁晃呢？我……想找杨强强去杀棋……"

阿臭皱皱鼻子："算了吧！蒙谁呢你！你要去帽儿胡同，怎么能往北走？你丫挺的准没干他妈的好事！"

姚向东心惊肉跳。他略微沉沉气，心想，或者，干脆把手里攥的东西亮出来，让阿臭见识见识？阿臭那张嘴"横"①得不行，平时听他嘴里吐出来的"横"话，简直连钟鼓楼也敢拆，那么，干脆请他帮帮忙，把这块雷达表随便倒腾成几十块钱，由着他"吃贡"，不行么？

阿臭还在骂骂咧咧地说着什么，他都没有听清。他趁阿臭停嘴，试探地说："你他妈的甭跟我犯贫！这么着吧，我请你上'马凯'，咱俩撮一顿，捎带脚求你个事儿！……"

阿臭一听，两眼一瞪，脸上现出一个怪笑，放低嗓音说："你他妈的当'佛爷'了吧？中午不还跟我借的钱吗？这会儿就要请客！我可不沾你的'包儿'②。"说完，蹬上车，飕飕飕地往前窜，眨眼的工夫就没影儿了。

原来人家阿臭光是嘴上"横"，人家不沾这个"包儿"！

姚向东顿时觉得双腿发软。他想，也许，还是走到什刹海边，像那回扔下那盆山影一样，把这表跟钱都扔进去算了——什刹海没有全冻成冰，银锭桥边上，就还有不小的一片水；扔进去，心里可以踏实点，再说，也就可以回家了——他很不愿意回那个家，想到母亲的吆喝、斥骂，父亲的巴掌、鞋底，他真想就在外头过夜。但这毕竟是寒冷的冬天，他不回家又到哪里去呢？难道坐车去北京站？……

尽管自1980年1月1日起，我国已开始施行《中华人民共和国刑法》，但像姚向东这样的中学生，还没有得到过正式的法律教育，他头脑中只有笼笼统统的极不准确的一些观念，什么派出所的民警夜里"掏窝"啦，给罪犯戴"小镏子"（手铐）啦，推了光头押到台上开批斗会啦，布告上的名字上头给划个红对钩啦……他并不清楚，《中华人民共和国刑法》第六十三条明确规定："犯罪以后自首的，可以从轻处罚。其中犯罪较轻的，可以减轻或者免除

---

① 读作 hèng，厉害的意思。

② "沾包儿"，受牵连的意思。

处罚……"他其实完全可以折回薛家，交回那块雷达表，并交出兜里所有的钱——他花掉的并没有多少，所差的那一点，人家可能在原谅他的同时，干脆不要他补……如果他怕薛家的人不能谅解他，他也可以去派出所自首；可是姚向东却完全没有朝那个方向想……

他给别人造成了痛苦，他也痛苦。

天色晦暗下来，鼓楼渐渐成为一个巨大的剪影。

张秀藻没有同母亲一起坐小轿车回家。送她母亲于大夫回家的傅善读不禁在车上问："你们千金是怎么回事儿？对房子不满意吗？"于大夫摆摆手说："你别在意！如今的大学生，就是这个做派——人家要显示自己的独立性，不沾父母的光。"

张秀藻的确是这么个心思，她不仅觉得不必沾光坐父亲单位的小轿车回家，就是那即将搬去的新居，在她心目中也明确地被认定为是属于爸爸妈妈的，她只不过是借住一时而已。一俟她毕业后独立，她是宁愿马上搬到低水平的集体宿舍去住的——不是她不喜欢小轿车的迅捷方便，更不是她拒绝享受宽敞明亮、设备齐全的住房的舒适，而是她认为，只有通过自己为国家的辛勤劳动和出色贡献，去逐步获得那一切，才能问心无愧。

张秀藻坐公共汽车回家。同去时一样，她乘车和换车都出乎意料地顺利。她在鼓楼前下了8路公共汽车。

"张秀藻！"她忽然听见有人叫她。

她一偏头，啊，是荀磊！一天之中，这是她同他的第二次邂逅。她的心顿时狂跳起来。

荀磊却并不觉得这是什么奇遇。他从百货商场买好表，正骑车往回走。他凑巧在汽车站那里遇上了张秀藻，便本能地唤了她一声。

张秀藻站住了。荀磊下了车，笑嘻嘻地问她："你的表几点？我跟你对对！"

在荀磊这方面来说，提出这个要求是再自然不过的事。尽管商场钟表部在卖定那块雷达表以后，照着柜台里的挂钟给对了个时间，而且荀磊也用自己腕上的表，同时给校正了一下，但毕竟都未必精确——张秀藻家的任何一个计时器却都是必定精确的，所以，荀磊见到张秀藻，不由得首先说了那么两句话。

张秀藻原想矜持地同荀磊一点头，便庄重地朝前走去。但人家提出的这个要求，实在没有不予满足的道理。于是，她便伸出手腕，看着自己那块功能齐全的电子表，详尽地报告说："1982年12月12日16点58分34秒……"

荀磊手里提着那块买来的表，尽可能精确地校正着。张秀藻一瞥之中，不禁纳闷：他怎么会拿着那么一块坤表呢？难道，是为冯婉姝买的？可是照他跟冯婉姝已经达到的关系，要为冯婉姝买表，他们应当一块儿去啊……

荀磊没有觉察出张秀藻惊疑探询的目光，他把表校好以后，感慨地说："12月12日！双十二！哎呀，你看，我差点忽略了——这是爆发'西安事变'的日子啊！多少周年啦？"

张秀藻也一惊。是啊，一整天都快过完了，怎么总没能想起"西安事变"来！她心算了一下，立即呼应说："那是1936年爆发的……到今天整整46周年了！"

两个年轻人这时对望了一眼。有一种电火般的东西，撞击着他们的灵魂。他们同时意识到了一种超乎个人生命、情感和事业之上的无形而坚实的东西，那便是历史。

荀磊建议说："我推车陪你走回去吧。"

张秀藻默默地点了点头。

荀磊忽然觉得，有许多想法可以同这个同代人交流。当他们顺着鼓楼根行走时，荀磊议论说："我想你一定跟我一样，已经有过那么一次醒悟——在无声无息流逝着的时间里，忽然产生了一种历史感……尽管从很小开始，大人就给我们上历史课，给我们讲历史，可是在很长的时间里，'历史'这两个字在我心目当中，只是一门功课，只关系着一定的分数。比如，填空题：中日'甲午海战'，发生在哪一年？'八国联军'的'八国'，是哪八国？……尽管我得过不少满分，可是，实话实说，很长的时间里，我其实并没有真正意识到什么是历史……直到我从英国回来，经过万里跋涉，终于又到达这钟鼓楼脚下，一眼望见了这鼓楼后身那口废弃的铁钟时，不知怎么搞的，我的心一下子狂跳起来，眼睛发热，嗓子眼发涩，我一下子产生了一种实实在在的历史感……你能明白我的意思吗？那是很难能用语言表述清楚的，那是一种思想、情感、知识、理想、意志和信心的综合效应……简单地说，就是我头一回万分清楚地意识到了，我在流逝的时间中所应奔赴的位置和我所应承担的责任……也许，那也就是所谓的使命感——一种把人类历史和个人命运交融在一起的神圣感觉……"

张秀藻被深深地打动了。听了这番话，她对荀磊产生出一种超出爱之上的情感。这种情感一上涌，她的妒忌、怨艾、矜持、惶惑便迅速地消散了。在心弦的一阵强烈共鸣中，她忍不住激动地呼应说："对极了！我觉得自己走向成熟的开始，也就是这种历史感和命运感的萌发。记得今年暑假我们一群同学到山西，在黄河壶口大瀑布面前，我就产生了类似你刚才说的那么一种感觉……当然，也许比起你的感受来，这只能说是朦朦胧胧的，可我自己很珍视它！……"

眼看已经拐进他们住的那条胡同了。荀磊觉得应当把他们这偶然触发，然而很有兴味的谈话继续下去，便建议说："干脆，你一会儿到我家吃饺子去吧。吃完饺子，咱们几个同代人敞开聊聊——不光有冯婉姝，还有我的一个……要算堂妹吧，打河北农村来的，她带来了好多农村的新信息，能大大地开拓咱们的思路……咱们就痛痛快快地聊聊这个主题：时间——历史——命运——使命……好吗？"

张秀藻愉快地答应了。她忽然觉得维克多·雨果的那篇爱情诗并不算怎么成功。倒是这位文豪在弥留之际留下的一句话，更为动人心魄："人生便是白昼与黑夜的斗争。"现在她同荀磊，同冯婉姝，还有那位来自农村的同代人，他们所经受的日日夜夜，同雨果所处的那个时代、那个社会，该有多么不同啊；他们对斗争的理解，更不可能与那位异国的文豪相同。然而，当他们聚在一起时，她无妨借用雨果的这句"临终遗言"，来引出活泼而深入的讨论……想到这些，她对即将搬离那四合院，更有一种依恋不舍之情，并且为自己以往竟不能主动以同代人的身份亲近周围年轻的邻居们，而感到内疚。快走拢院门时，她鼓起勇气提议说："要是你们家不嫌吵，干脆，我把海西宾也叫到你家去，正式开个'同代人恳谈会'，好吗？"

"太好了！"荀磊高兴得把一只手拍到后脑勺上，欢呼起来，"你看，这不就翻开咱们小院历史上的新篇章了吗？历史，原本是可以由我们去创造的啊！"

两个年轻人先后轻快地进入了院门。

1905 年，伟大的科学家爱因斯坦提出了狭义相对论，从根本上动摇了原有的时间观念。他指出，两件事发生的先后或是否"同时"，在不同的观察系统看来是不同的。量度物体长度时，将测到运动物体在其运动方向上的长度要比静止时缩短；与此相似，量度时间进程时，将看到运动的时钟要比静止的时钟走得慢……

那一年，在中国是清朝光绪三十一年。尽管独揽大权的慈禧太后勉勉强强地接受了铁路、电灯、照相术、机器船一类的西方科技成果，并且下诏中止了以八股文取士的科举制度，但几乎没有任何一个中国人能够知道并且理解爱因斯坦这一划时代的科学理论；高踞北京城北面的钟鼓楼，依然从极为落后的时间观念出发，粗糙地报告着时辰……

1916年，爱因斯坦又提出了广义相对论，进一步说明空间和时间其实都是可以弯曲、压缩或延伸的，完全击败了古老的认为时间绝对的观念。

那一年，清王朝虽已覆灭，但末代皇帝仍在紫禁城中继续过着帝王般的生活，同时野心家袁世凯从头年起就演出了一场称帝的闹剧，进步的中国人不得不花费很大的力气来同这种倒行逆施展开斗争……愚昧和迷信仍旧纠缠着我们这个古老的民族：钟鼓楼按老规矩击鼓撞钟，人们的时间观念毫无改进……

从那以后，又有几十年过去了。中国发生了翻天覆地的变化。现在中国不但有自己的相对论研究学者，而且，越来越多的有知识的人开始建立起全面的时间观念——在宏观世界（即肉眼可见的世界）中，时间可以大体上看成是直线地、均匀地向前行进的，但在微观世界（分子、原子、各种基本粒子）和超宏观世界（宇宙中的星系）中，时间可就不一定是直线地、均匀地向前行进了，它有时会被反卷或弯折。据说有一种称为"速子"的基本粒子，它的运动速度竟比过去认为是不可逾越的光还快，因此，在观察"速子"的运动时，你甚至可以认为时间是在倒流；而在宇宙中有一种不可见的星体，称为"黑洞"，据说它是天体彻底的重力崩溃的产物，它的质量之大，密度之高，可以使进入它的重力场的一切物质和辐射"陷落"其中，因此它不但可以否定时间，甚而可以使时间在它的附近静止。

假如我们地球派出一只飞船去探察"黑洞"，可能要一百万年以后，地球上的人才能得到飞船飞拢"黑洞"的消息，但飞船上的钟却可能只走了几分钟乃至几秒钟，飞行员当然简直一点儿也没有变老……

啊，时间！你默默地流逝着。人类社会在你的流逝中书写着历史，个人生活在你的流逝中构成了命运。啊，北京城！北京的市民！钟鼓楼边的住户！

该怎样来描述你们？人类社会，人的心灵，远比相对论所描述的物理世界复杂、深奥！

总的规律是有的，但它将怎样体现在每一个具体的人身上？我们在1982年12月12日这天所认识的这些人物，将怎样继续生活下去？我们对他们的分析、预测和评价，将被时间所确认，还是将被时间所否定？

薛纪跃和潘秀娅能否和谐相处、得到幸福？薛永全能否继续保持内心的平静？薛大娘和她的两个儿媳——特别是与二儿媳潘秀娅之间，是否仍将不断地爆发出微妙的矛盾冲突？薛纪徽终究还是会淡忘那"装车""卸车"的场面，而在新信息的刺激下更加奋发吧？荀兴旺夫妇将怎样送走杏儿，并将怎样看待他们那不可更易的儿媳冯婉姝？杏儿将怎样向母亲和枣儿交代首都之行，并将怀着怎样的情绪回忆这一段遭遇？荀磊在冯婉姝支持下将那译稿另投别处后，是否还会遇到困难？冯婉姝对荀磊的爱情，是否将永不衰减？张奇林夫妇搬入新居后，是否能保持同原来那些"小市民"们的联系？张秀藻经过那一晚的"同代人恳谈会"后，将会在她的笔记本上增添一些什么样的诗抄？庞其杉的情报站站长能不能当稳？傅善读和洛玑山的行为后来究竟得到怎样的评议？詹丽颖有可能改变她的性格吗？齐壮思将怎样对待慕樱的追求——特别是在他离休之后？而慕樱的爱情观和道德观，在社会的进一步发展中，是将遭到大多数人唾弃，还是将被大多数人宽容乃至接受？嵇志满从迷梦中惊醒后，将作出何种反应，并将有怎样的结局？澹台智珠能终于达到表演艺术家的高度吗？李铠能彻底摆脱心理上的暗影吗？韩一潭是否终于能勇敢地独立思考？龙点睛一定会"有志者事竟成"吗？海西宾难道永远保持对名利的淡泊？梁福民和郝玉兰何时能够改变他们那种低收入、低消费的生活习惯和心理状态？姚向东究竟是及时地被挽救过来，还是竟从此沉沦？卢宝桑是总也搞不上对象，总到处去"足撮"吗？路喜纯后来究竟跟谁一起到照相馆拍了礼服结婚照？胡爷爷还要捡多久废纸？海老太太的吹牛还会不会出圈？小莲蓬、小竹这些孩子长大了，将以怎样的眼光看待他们周围的世界？……

看来，这一切都具有某种不确定性。

然而有一点却是可以确定的——除非发生某种难以预料的灾变，北京的钟鼓楼将成为社会历史和个人命运的见证而永存。

鼓楼在前，红墙灰瓦。

钟楼在后，灰墙青瓦。

钟鼓楼高高地屹立着，不断迎接着下一刻、下一天、下一月、下一年、下一代。

1983 年 3 月 17 日开笔
1984 年 5 月 30 日竣稿

飘窗

1

庞奇站在街口，一条街抖三抖。

街上不少人都知道，一年前他离开那条街的时候，撂下一句话："我不回来则罢，如果有一天我回来，那一定是来杀人的。"

2

薇阿跑去找糖姐，糖姐正在精雕新美容过的指甲。

薇阿是一口气跑上三楼的，气喘吁吁："糖姐，你怎么还有心思坐在这里修指甲？！"

糖姐头也不抬："那你要我修理哪处？人老色衰，也就指甲还有点良心，没起皱纹，我怎么不该多给它点呵护？"

她们正好在落地玻璃墙边上，可以把半条街尽收眼底。薇阿让糖姐望街那边，马路尽头，水果摊前……糖姐依然不抬头，问："怎么，你那高雄客来啦？"

薇阿很不高兴。她刚到这金豹歌厅的时候，也印了张名片，正面是她的艺名阿薇，背面是她的手机号码。某日，进来几个客人，其中一位仪表堂堂，最喜欢她陪着 K 歌。一起吃果盘里的火龙果的时候，她递上自己的名片，那人看了说："薇阿！好怪的名字！"原来那人是台湾来的观光客，横印的汉字，习惯从右往左读。其他的客人就起哄："咦，怎么只给叶老板，不给我们？"她就义正词严地说："你们以为我是什么？你们自己以为自己是什么？我高兴把名片给谁就给谁！谁也不给又怎么着？"乱哄哄当中，叶老板又牵手请她一起合唱《外婆的澎湖湾》，最后总算文明分手。自从那次以后，歌厅里的人就都不再叫她阿薇，改叫她薇阿了。她自己也觉得薇阿听起来更那个些，再印名片，就印成薇阿，但又时时会有本地客诧异："该是阿薇吧？"她就冷冷地说："随便。只是背后的电话号码要读顺溜了。"

薇阿现在也不当小姐，当准妈咪了。她只等着妈咪糖姐快些隐退。本来一年前糖姐就要退休去经营服装店的，薇阿一度都接手妈咪的权力了，没想到后来糖姐出了岔子，那事就没落实。薇阿闲来读一本《新编唐诗三百首》，言谈话语间，会恰当或生硬地引一两句唐诗，此刻她就对糖姐说："你呀，真是'商女不知亡国恨'！"她这次的引用是非常精当的。她再督促糖姐朝她指的方向看。糖姐终于抬起头，把挂在脖子上的一个精致的望远镜搁到眼前，右手食指对焦，于是她看到了站在离街口不远的，马路那边的庞奇。

见糖姐脸色陡变，薇阿心想：大奇是来杀糖姐的吧？

3

听到庞奇到街的消息，二锋很镇定。

他思忖，如果庞奇真的是来兑现杀人的誓言，那第一个要杀的，是麻爷。第二个嘛，应该是糖姐。第三个该是他吗？像庞奇那样的人，杀仇家，一个足矣。庞奇不会是杀人狂。

二锋刚从另一端的闪电健身俱乐部里出来，他游了泳，在健身房练了胸肌和腹肌，正打算开车去五里外那家最喜欢的"馋嘴蛙"吃饭。他开的是一辆本田。他的车穿过整条街，驶过水果摊那儿时，他从车窗里瞥见了庞奇，车窗贴了膜，他相信庞奇并没有发现他。

二锋姓雷。可知他老爸给他那样取名的苦心。他参军三年后复员。复员应该加引号。不仅是他，他那些离开部队的战友，没有哪个真的回到原地当个留守农民。虽说"复员"的战友们是八仙过海、各显其能，但大多数是走上两条道，一是当司机，一是当保镖，或者说根本就是一条道，比如他，最后成为麻爷的司机兼保镖，深得麻爷信任看重后，九个月前，麻爷先是让他出任麻爷产业旗下的健身俱乐部的经理，后来更让他入股，干脆成了那俱乐部的老板之一。时下他只在麻爷有特别需求的时候才给麻爷开车随侍。

麻爷最早的司机兼保镖，是庞奇。他们一度超越主仆关系，堪称生死之交。但是一年前，麻爷和庞奇忽然分崩离析……

4

薛工住的那栋楼，卧房飘窗外，正是那条街最繁华的地段。说繁华，是指商铺林林总总，铺面也都浓妆艳抹，但真要准确形容，却只能谥以三个字：脏、乱、差。

那条街街名很暧昧，即使是老住户，也理抹不清。有人叫它打卤面街，若问七十岁以上的老居民，多是这个说法。但查老住户的户口本，上头却一定写着是功德南街。也还有另一个叫法，是红泥寺街，知道的人不多，却明明白白写在一本老版的地方志里。

之所以脏、乱、差，最主要的原因，是近几十年来，行政区划发生若干变化，这一片成为三个区边缘的衔接处，三个区都嫌这一片难治理，因此你推我诿，甲区说该乙区管，乙区则说该甲区管，有时候则甲、乙区都说本应丙区来管，而丙区更振振有词地说，它管不着，至于究竟该谁管，它也不追究，那是市里的事，谁有能耐谁到市里讨说法去。

也确有些人往市里反映，但情况没什么大改进。三个区的环卫工人一般都只打扫到这条街周边，说街里不归他们管，只有时逢全市有重大涉外或会议活动的时候，三个区的相关部门才会配合一下，命令环卫工人不留死角地彻底清扫，这条街也就只在那段时间里能干净几天。甲区的城管值勤车开过来，无照小贩就往马路那边跑，因为据说马路那边就是乙区了，而乙区的城管车一来，不用说，无照摊贩又往马路对面躲，两区城关齐出动的时候极其罕见，丙区城管则一贯不到此街来。

薛工住的那个楼盘，在这条街甲区辖内，是个不小的楼盘，他住的那栋楼，以及临街的另几栋楼，是盘内相对便宜的。盘的核心部分有很高档的公寓，没有小户型，全是200平方米以上的大户型，七层楼，有电梯，一梯两户。其中有几个顶层的公寓，两户其实是一户，居住面积达到400平方米，有楼顶花园和小游泳池。盘内的公用绿地花木繁盛，有假山荷塘，盘内一角有会所，而二锋掌管的那个闪电俱乐部，有扇后门就开在会所边上，持VIP卡的人士可以很方便地进入俱乐部健身。

薛工住四楼，他很喜欢这个高度，既有一定的安全感，又可以很方便地观察外面街道的动态。脏、乱、差固然也令他愤愤然，但也给他和楼盘里的一般中产阶级人士带来许多方便，比如街头的那家水果摊，渐渐发展成营业面积超过50平方米的规模，夏天有大帐篷覆盖，冬天增添可拆卸的玻璃围墙，所出售的品种十分齐全，像榴莲、山竹、莲雾、人心果乃至菠萝蜜全有，其智利大樱桃一百多元一斤，照样有人买。那可是个无照果摊，却几年屹立不倒，它等于是侵占马路而为，当然不用缴纳房租和营业税，所以上好的水果，却可以比街对面那家超市里的还卖得便宜。

街上的无照摊贩，卖菜，卖各种零碎的日用品，也有卖煎饼、烤白薯、风味扒鸡、炸臭豆腐、爆玉米花，以及各种批发价饼干桃酥的。薛工只买菜，不会买那些立刻可以进嘴的吃食，但那些吃食的顾客不少，他们多是住在那马路对面那些商铺后面，巷子里面的那些切割成很多不同院子里的外地租房住的各色人等。一到天气稍暖，街上更会出现很多烧烤摊，会摆上许多简陋的桌椅，供应白酒和啤酒，生意会非常之好，且会营业到午夜以后，晨曦中会看到遍地狼藉的垃圾。

那些走进巷子以后被切割成不同院落的出租房，并不是农民房，而是早已倒闭的国营工厂遗留下的库房及职工宿舍。那些老房子被间隔为平均10来平方米的小屋，出租给外地人。

薛工常对来访亲友指着窗外说：虽然脏、乱、差，却是一幅"清明上河图"，来往于这条街的，有富豪，有中产阶级、小资产阶级，更有原住贫民和形形色色的外地人，有的外地人是当装修工的、当保姆的、当环卫工的、卖水果蔬菜和其他东西的、卖烧烤啤酒的、收废品的、开黑摩的的、修理自行车的、拎桶水摇晃着大抹布招呼开车人停车擦洗汽车的、卖盗版光盘的、磨剪子磨刀的、卖金鱼小兔豚鼠的、卖花木的、收长头发的……正是因为这许多的"社会填充物"，我们的生活才如此丰富多彩、黏合难拆……

当然，这都是两年前的情况了。一年前，薛工的生活发生了一些变化，心情也越来越不好。

那天下午，薛工把自己的心情调理到比较平静的状态，倚在飘窗的大方枕上，想跟两年前那样，从容地欣赏窗外的"清明上河图"，不经意间，发现水果摊前有个魁梧的身影反常地屹立在那边厢，久久没有移动。他仔细端详那背影，不禁沉吟：莫不是庞奇吧？

他和庞奇，两年前在这条街就有过交往。他也听闻过庞奇那"若回来，要杀人"的恶誓。庞奇果然不期而至。他会杀谁？

5

水果摊的老板叫方忠顺，熟人都叫他顺顺。他个头很高，薛工头次买他水果的时候就问他究竟多高，他乐呵呵地说从来没量过，后来多次碰上多次问，顺顺总还是乐呵呵地回答没量，有次薛工说他会带个卷尺来给他量，顺顺摇头摆手："量它干啥？多高不也一样活着？"

顺顺来自河南许昌地区。原是种烟叶的农民，也宰过猪，后来嫌熏制烤烟累个臭死还挣不上几个钱，就带着媳妇到这大都会来干上了卖蔬菜水果的营生，也曾在官方指定的集贸市场交摊位费摆摊，后来觉得摊位费既高，还得不到好位置，就干脆在这打卤面街的巷子里租了房，每天蹬平板三轮，过半夜就去二十几里外的大批发市场进货，一早拉到这街上来卖，这样既不用缴纳摊位费，又可以流动，很是惬意。当然也有城管来扫荡，他们那伙无照摊贩就你从街这边来，我往街那边逃，城管多半拿他们毫无办法。

男人该有个头，"一高遮百丑"，薛工估计顺顺有一米八五左右。身子虽高，顺顺却并不怎么健壮。"男高女爱随"，顺顺的媳妇个子在女子里面也算高的，白净丰腴，让同院的和一起无照卖货的男子们羡慕。顺顺的媳妇争取到了个扫马路的工作，环卫部门是给上"三险"的，大有公务员的味道，就凭这一点，也很招人羡慕。

有一回顺顺正在给顾客称鸭梨，甲区城管忽然来了，其余摊贩急忙往乙区逃亡，顺顺也要逃，那买鸭梨的顾客却拉住他不让跑，说是他那秤有问题，正纠缠时，顺顺被城管逮了个正着，狼狈不堪，那顾客还在埋怨他，城管却要将顺顺的整个三轮车往他们的执法卡车上掀。正在此时，不远处的薛工正跟庞奇走在一起，薛工马上让庞奇出面救急，庞奇几个箭步赶过去，对那执法城管叫声："兄弟！"几个城管定睛一看，不是别人，竟是庞奇，忙缩住手，纷纷露出笑脸，回应道："庞大哥！出来走走？"顺顺趁便赶紧把三轮车蹬跑了。

顺顺原来并不清楚，他所来谋生的这块地盘，全是麻爷的，而庞奇，也就是庞大哥，乃麻爷跟前第一号。自那以后就对庞大哥敬畏不已。又因常买他蔬菜水果的薛先生跟庞大哥是朋友，就对薛先生尊敬有加，常常是心甘情愿要白送薛先生东西，薛先生哪里能白要，不但不白要，还常常不让顺顺找零头。

那天顺顺在果摊棚里发现了庞大哥，多年不见，又长时间只是个侧面，虽然庞大哥在棚外站了半晌，顺顺还是不敢贸然呼唤，后来终于认准了，才走过去招呼："庞大哥，真是您呀？啥时来的？"

顺顺并不知道庞大哥一年前发恶誓的事。他把庞奇请到棚里坐，问庞大哥想吃哪样？他说感谢庞大哥当年解救过他，庞大哥望着他好生奇怪，庞大哥完全不记得了。顺顺剖开一个硕大的菠萝蜜，挖出里面的果肉递上去，庞大哥没有拒绝，扔嘴里猛嚼猛咽，腮帮筋和喉骨跳动着。

顺顺提到薛先生，庞大哥问："他还住这里？"顺顺答："今早还来买过香蕉。"

庞大哥脸上的线条，似乎变得柔和些。

6

薛工名去疾，是个退休的高级工程师，搞了半辈子的轴承，跟老伴含辛茹苦地把儿子培养到美国取得博士学位，又有了份相当稳定的工作，儿子在那边娶妻生子，薛工两口子几次赴美探亲后，最后老伴决定就留在那边，因为老伴在这边哮喘总好不了，一到那边，不治而愈，这样薛工就独自住在这边这条街的这个三室两厅的公寓里，除了每周定期跟大洋那边亲人通个长达一小时的电话，就是一个人过日子。他自称是空巢人而非空巢老人——因为他还不满七十岁，现在这个城市里九十岁以上的老寿星几乎条条街有，他们那个楼盘的会所餐厅里，几乎月月有晚辈为八九十岁的老人办生日宴的；他又自称是"不是鳏夫过鳏夫日子"。

薛去疾这个名字，不消说，是因为一出娘胎，就体弱多病，父母为了祈求神佛能保佑他成活取下的。因为父亲的阶级成分，1950年后被定为小业主，开头比起地主、富农、资本家来，似乎还算好些，后来随着"继续革命"的不断深入，小业主也就跟资本家画等号了，不过由于父母谨小慎微，倒也没招惹出什么大祸，薛去疾也总算上了大学，学的机械专业，毕业后分配到一家大型国企，当了十几年技术员，改革开放以后，成为工程师，因为领导人提出来，科学技术是第一生产力，他那样的人吃香了，因为有好几种发明创造，取得了专利，工厂应用中大获成功，就被吸收加入了共产党，并且被安排为政协委员，呵，可有七八年的风光日子。

但是，后来薛去疾出于真情真性，卷进了大事情，被清查、劝退，一时间仿佛风中黄叶，而没几年，他们那个大厂，说是合资转型，其实就是卖出关闭，工人纷纷下岗，行政人员分流，技术人员留下的较多，但因他"犯科"，也就提前退休，后来档案移到街道，退休金也由那里划拨到他的银行折子上，若不是儿子在美国站稳了脚跟，反哺的力度很大，回来探亲，张罗着将原来父母住的旧单元卖掉，添钱为父母买下了现在住的这套公寓，现在他的日子，就难以摆脱灰暗。

老伴是三年前去美国再未返回的，不是二人感情出了问题，是老伴去了以后哮喘虽然平息，腿脚又出现了问题，据美国医生说，是一长串英文命名的一种病症，总而言之，是行走不便了。儿子儿媳买的"号司"，连阁楼三层，老伴只能在一层活动，上面去不了，全家在一楼聚餐毕道"拜拜"后，儿子儿媳孙子孙女上楼去，她有什么事情，或有什么话想说，就给他们往上打电话；好在她会电脑，会跟薛去疾互通"伊妹儿"，本来还可以通视频电话，但薛去疾和老伴双方都不愿意在电脑上安装摄像电眼，有"越看越老不如声音常好"的共识，也就只是通常规的越洋电话。薛去疾这三年也没有再往美国探亲，因为连续十三个小时的航程他已经无法承受，儿子儿媳表示要来探望他，他说："现在没什么好看的，你们把妈妈照顾好，把孩子教养好，就行了。等我想你们来的时候，自然会打电话叫你们。放心吧，我过惯了独居生活，得大自在呢！"

他没事就坐到飘窗台上依着大靠枕欣赏他所谓的"清明上河图"，也常常下楼，爽性进入到那世俗画卷里，成为其中的一个芥豆，就这样，从老伴还在身边的时候，他陆续结识了庞奇、顺顺，以及更多的"画中人"。

7

薛去疾这名字现在很少有人称呼，甚至根本不知道，原先工厂里人们都称他薛工，后来工厂解体，流落到社会上，有称他薛师傅、薛老师、薛先生的，他对后一种称呼，应答起来脸上微笑最多。

但是，那年那一天，忽然电话铃响，接听，对方称他"去疾兄"，呼唤顺耳，却觉陌生，谁呀？对方提起以前的事情，他才想起来，是一位台湾人士，此人又常居美国，当年他因是政协委员，被安排在一个代表团里，去美国访问，见到过这位仁兄，大体上可算同龄人，聊起天来，当时出去的人士，都颇拘谨，薛去疾在言谈上更是唇上挂锁，生怕说错话，回国后被追究。出国前开预备会，团长强调，一定要"四个坚持"，到了那边，却发现被领馆介绍为进步人士可作为统战对象的，固然有顺着我们这边说话的，但大多数却一个"坚持"也难恪守，几句话里，就会有"冒泡"的地方，只好故妄听之。但是这位打来电话的人，他想起来，叫林倍谦，在那次访问中，曾陪团一起游览当地名胜，跟他找到了共同语言，他们都热爱一种舞台演出，林先生称国剧，他称京剧。原来两家上几辈，都是大戏迷，林家还存有许多当年高亭、百代录制发行的老艺人的唱片，提起来，薛家也大都有过，薛去疾小时候也听过不少，林先生问他家那些老唱片可还都在？"'文化大革命'当中全当'四旧'给砸了"这句话溜到唇边，忽见团长尖着耳朵生硬地朝他笑着，忙让"唇锁"锁住，含混应对，只谈戏，不牵扯别的。林先生提到《虹霓关》，薛去疾就告诉他小时候父亲曾带他在广和楼看过"四小名旦"之一的毛世来的演出，第二本毛世来扮演的东方氏被那王伯党追杀的时候，有从桌子上翻下来的抢背、扑跌等许多惊悚动作，林先生很小就被父亲带往台湾，哪里有那样的眼福，连道羡慕。薛去疾又忍不住告诉林先生，自己所居的大都会，查地方志，有条街就叫红泥寺街，"红泥"二字，很可能就是"虹霓"的俗化。回国后，薛去疾心里不踏实，因为《虹霓关》这个剧目被认为思想内容有问题，而且毛世来的版本加重了色情成分，但那团长根本不懂戏，勉强知道梅兰芳罢了，毛世来何人？听了也记不住，就不但没有追究薛去疾，还在总结报告里，以薛林二位谈戏为例，说明了统战工作的技巧性，对薛去疾大加表扬，又因林先生称京剧为国剧，就又夸赞其坚持"一个中国"的立场，认为如此爱国的同胞，应该多多邀请到祖国访问，团长尚记得红泥寺街，就说以后请林先生过来，就安排一次他和薛去疾同去踏勘考证红泥寺是否就是虹霓寺的活动。

但是那次访问回国以后没多久，薛去疾很快就从庙堂里被清出，流落江湖。他曾偷听外国电台的中文广播，有一次恰好干扰音不强，正好是电台记者采访林倍谦，听那林先生愤愤地说，倘情况没有根本性变化，他是再不会踏上中国大陆土地的，那几句话由耳入心，令薛去疾感动不已。

毕竟不再"以阶级斗争为纲"，震荡波渐成涟漪，后来薛去疾乔迁，恰好就迁到了红泥寺街一侧的楼盘，常坐在飘窗，瞭望窗外的"清明上河图"，就知如今江湖的空间已经非常之大，不是只能在庙堂里取得乐趣，当然有庙堂江湖通吃的主儿，但只占江湖这一头，也很不错，照样可以过得有滋有味。

多年过去，薛去疾已经把林倍谦忘记了。没想到那天忽然来电话，热络地呼唤自己"去疾兄"。开始，薛去疾还以为是境外来的电话，一问，敢情林先生就在这个都会，下榻在一家落成不久的五星级酒店里。说是明晚有个饭局，力邀去疾兄赏脸莅临，也许席间还可以继续聊聊《虹霓关》……薛去疾本想婉拒，却未能道出口，对方却把饭局的地点交代得一清二楚，那么，就去吧。

那次饭局是在一家豪华的海鲜饭庄的大包间里，一进那包间，薛去疾就感觉一别多年的庙堂气息，扑面而来。薛去疾原来对这种饭局是轻车熟路应付裕如的，那次却浑身不自在。虽然林先生也将到局的人士一一介绍，薛去疾却大都记不住系何许人也，只模模糊糊意识到，曾郑重宣布若不如何就绝不再踏上大陆土地的林某，应该是实在撑持不住了，因为不是五年、八年、十年……谁的人生经得起那么长期的等待，尤其是，林先生所经营的生意，在大洋那边和海峡那边都因金融危机而陷于困境，到头来不仅不能失却大陆这块至关重要的市场，简直是要将其视为救命稻草，所以，当年的誓言是真诚的，如今的变通也是合理的。饭局里的几位从面相和端起的架子，以及安排的重要座席，就可知是某几个部门的官僚，还有一位大约才三十出头的小伙子，嬉皮笑脸的没个正型，安排的席位也在薛去疾以上，从席间林先生等人的话语中，意识到竟是某高位要员的孙女婿，但那高位要员究竟有没有孙女？殊难考证，但一桩成功的生意里，似乎这样的角色总会有的，也算是本地特色之一吧。林先生用了好几分钟回忆当年在美国跟薛去疾聊国剧《虹霓关》的事，说没想到如今薛兄就住在红泥寺边上，"红泥"或者就是"虹霓"的俗称，那寺或许就是当年关隘的附属部分，表示这回来了若抽得出时间，还想麻烦薛兄引去现场踏勘……听那意思，林先生特意邀他来，念旧的成分虽有，倒在其次，主要还是以他做个活见证，证明他是个"统派"，一口一个"国剧"嘛，以时下台湾的政治颜色而论，他不仅是蓝的，而且是深蓝，这样，这边的合作方应该可以对他大大地放心，并且应该多予优惠。

那次的饭局围着一张大圆桌，算下来是十一个人，说是有位临时来不了，于是席间就有个人打电话叫来一个人，凑足十二位。那个打电话的人坐的，是埋单席，于是薛去疾心知林先生虽邀了他，却另有埋单者，而这位埋单者，似乎之前也并不认识林先生。听有人称那埋单的麻爷，只觉如雷贯耳，因为住在红泥寺一带的人，大都听说过这称谓，却极少有人能一睹真佛面目。

薛去疾听到的信息，综合起来大体是：没有人能说清这麻爷是本地人还是外来人，他的崛起，是在那个大事情之后，红泥寺街这边的楼盘，是后盖起来的，所使用的地皮，据说就是麻爷转让的，而街那边的一大片，不说巷子里头，单说临街的，超市、连锁旅店、大小五家不同规格的饭馆、网吧、量贩式金豹KTV歌厅、足疗中心、服装店、点心房、自选式大药房、电脑洗车店、手机店、烟酒店、花店、炫风美发厅……全在他掌控中，或是他出租使用空间，或是他控股，或是他卵翼下的买卖，他要灭掉任何一家，咳嗽一声足矣。但这条街的营生到后来不过是麻爷原始积累阶段的"小意思"，现在他早已托付给底下人照管，自己有了更大的舞台，据说他多数时间是住在郊区他那个乡村高尔夫俱乐部人造湖畔的一栋别墅里。这麻爷怎么这么厉害？就有谣言说，其实麻爷原也不过是一极普通的草根人物，因为某一机缘，有人不好自己出面，就让他充当法人，他其实只是更厉害的主儿的"白手套"罢了。

薛去疾那次在席间冷眼细观，只见那麻爷其貌不扬，微胖，眯缝眼，脸上果然有麻点，不是天花所致，早听到传说，是他落魄的时候，有次为了躲避，急不择路，从农村平房的窗户蹿出去，一下子栽到了柴火堆上，被那柴火堆里大量的酸枣枝子上的尖刺，给刺麻了一片。那次饭局是夏天，大家穿衣不多，麻爷也很随便地穿了件圆领T恤，可能是大名牌，看上去倒也平常，引起薛去疾注意的是，他发现那麻爷左边脖颈，有明显的疤痕，越看越像是刀砍的，这么说，此人曾有过刀搁在脖子上，并且因为不服而反抗，导致被刀砍割的经历。

麻爷打电话从楼下叫上来的，以破除十一的忌讳使满桌达到十二位的，就是庞奇，那时候庞奇是麻爷最信任的司机兼保镖，一般情况下都是在楼下散座用餐事后报销，遇有特殊情况，才能到包间忝列末席。席间因为庞奇离得较远，而且不能饮酒，只是默默吃饭，薛去疾没怎么注意到他。

那次饭局让薛去疾不愉快的，是林先生除了邀请他，还邀请了另一位跟薛去疾同团访美的夏家骏，而且让他们挨着坐。当时薛去疾、夏家骏都是政协委员，不过薛是科技组而夏是文化组的。夏家骏何许人也？

8

席间，众人交换名片。别人递薛去疾名片，他接过，道声："抱歉，我没有名片。"后来他注意到，不备名片的，席间除他外，还有三人，庞奇无名片不奇怪，麻爷和那要员孙女婿也无名片，却意味深长。身旁的夏家骏派过别人，最后才派他一张名片。那名片左侧印着好几行头衔，第一行自然是政协委员，然后是什么全国委员、什么理事、什么大学客座教授……最后一行是享受国务院特殊贡献专家津贴。名片右下边虽然印着些地址、电话、传真、局域网之类的联络方式，但经验令薛去疾懂得，那些都是机构通用的，凭借那些根本是很难联系到其人的。那样的名片功能就只是一种庙堂身份的炫示，若他真想跟你联络，会在背面用签字笔写上手机号码，薛去疾眼尖，瞥到夏家骏递给两位官员和麻爷及那要员孙女婿的名片，就是事先备好的背后有手书手机号码的。

薛去疾将夏家骏递他的那张背面是白板的名片塞进衬衫口袋，懒得理他。但夏家骏在与其他人过了不少话，吃完鱼翅羹以后，却扭过头来对薛去疾大为示好，表示虽然多年没见着，实在还是经常念及的，当年一起出席会议，一起坐主席台后排，一起参加官方团拜活动，一起站在高架台第二层等待首长来临一起合影，一起参团到国外访问……夏家骏笑道："我出息不大，也就是在主席台上往前挪了两排，跟首长合影能站在他们椅子后头第一排罢了，还有就是出访国增加到了二十八个……唉，头年争取到了单项副部级待遇，就是医疗那项，今年争取全面化，住房待遇最要紧啊！老兄，你现在住得怎么样？还在原来那个宅子里吗？"薛去疾就不无自豪地告诉他："我萎了，儿子还争气，在美国混得不错，帮我买了个商品房，比起原来舒服多了！"夏家骏就问："多大呀？"薛去疾告诉他："一百五十平吧！"夏加骏嗤鼻："不到二百？哎，你要那年没那个，如今也能争取到副部级住房待遇嘛，二百三十平不成问题，也可以自购，价位当然比商品房便宜多了！"又问具体位置，薛去疾实报，夏家骏抛出一句："南边呀？没听过老话吗？'宁要北边一张床，不要南边一间房'！"薛去疾就跟他一瞪眼："你去住你的副部级房吧！"夏家骏并不生气，而是无限同情地来了句："哎，老兄，你是给搁到死角里啦！"

这句话给了薛去疾一个锥心裂肺的强刺激。

9

席间开始有人下座游动敬酒。夏家骏敬过那位要员孙女婿，就去给麻爷

刘心武自选集·小说卷
310

敬酒，麻爷也不站起来，夏家骏赞美麻爷"您个人的经历就是一部生动的中国腾飞史的缩影"，意思是想跟麻爷约时间采访，为他写部报告文学，麻爷根本不理他的茬儿，又有人过去敬麻爷，麻爷转过身，站起来，大喉咙嚷："一口闷！"薛去疾这才看清楚，站起的麻爷个头偏矮，身子很胖，脖子后头鼓起来，应该是个良性的脂肪瘤……

忽然觉得有人轻拍他的肩膀，原来是林倍谦过来敬酒，薛去疾要站起来，林先生把他按下，自己坐到他旁边，夏家骏暂时空着的椅子上。林先生跟薛去疾干过杯，又拍着他手臂，极表亲切，低声跟他说："薛先生近些年的情况，我还是知道的。佩服！相忘于江湖，说起来容易，做起来难。我这些年思来想去，锐气减了许多。我小儿子是研究大分子的，研究基因，有一天老子低下身段请教儿子：生命的存在，究竟有什么意义？你猜他怎么回答？他正颜厉色地告诉我，生命的存在没有意义，非要找意义，就是完成基因的传递，如此而已。生命的起始就是走向死亡。我就问他，那追求理想，比如民主、自由、公正、人道等，难道都不是意义吗？他说，那是社会赋予生命的外加意义……我就又问：那快乐呢？他点头，说那或许是生命本能驱使要追寻的，但也并非意义……这些年我做生意，全世界飞来飞去，虽说飞机是世界上相对来说最安全的运载工具，但是，也说不定哪一天，我乘坐的那个航班就掉地下了……大儿子会继承我的生意，小儿子呢，他会得个诺贝尔生物学奖吗？哎，说来真是伤感，不说了，咱们不算老朋友也算老相识了，来来来，再斟上一杯，干掉！"

林倍谦发现夏家骏已经回来，站在椅子背后，忙站起，把没干净的余酒敬给夏家骏，夏家骏是不是有点醉了？竟笑道："开头，他们说有个美国来的林什么，我给听成了林培瑞，那可是个问题人物啊，我怎么能跟那样的人聚呢？后来才听明白原来是林倍谦，深蓝啊！林先生这次在北京停多久？若有工夫我想采访……"谁知林先生对"深蓝"之类的恭维最觉刺耳，含混地笑笑，回自己座位去了。夏家骏落座后忍不住还叨唠："起初真听成林培瑞了，那年的那个违规把敏感人物带到最高外交场合，能说一口流利中文的美国佬……我这乌纱帽可没必要为那么个林什么丢了啊！"

薛去疾百感交集。他明白，林倍谦那样一番话，既是为了向他解释为什么立誓不变化不来中国大陆以后还会这样地回来，也是为了寻求自我的心理平衡。夏家骏呢，薛去疾分明记得，那一年一度比他还激昂，他们还和另外几个委员联名发表过声明，登在最重要的报纸上，只不过夏家骏运气好，没给搁到死角，倒在庙堂的活池里游动得更惬意了。生命的意义是什么？也许，林先生和夏某人跟他本在一个答案中，就是寻求当下的快乐。

10

席散后，众人陆续出了饭庄，沐浴在霓虹灯的光瀑中。薛去疾只听夏家骏在那边尖声地问："我的车呢？"那一问并无对象，其实多余，只不过是炫示他是享受公车待遇的，等候他多时的那辆奥迪 A6 因为被另一辆车挡住，没能及时开到他跟前。夏家骏餐后很快乐，他知道薛去疾那样的江湖生存，也可以花自己的钱过得不错，但是，哪里能跟他那样的连家里卫生纸都可以报销的庙堂待遇相比？薛去疾那是"拉硬屎"，想想就更有"给搁到死角里去啦"之叹。

薛去疾要绕过那些人和车去街边打的，他来的时候就是打的，但是麻爷注意到唯独他没有车，就招呼他，让庞奇用他那辆新款宝马送他回家，他也就不谦让，坐了进去，坐妥往窗外一瞥，夏家骏也刚坐进那辆奥迪 A6，也在朝他这边一瞥。夏家骏看到薛去疾竟然坐进一辆价值约在自己那辆待遇车两倍以上的豪车，心头不禁滋出不快，但很快也就释然："他那不过是偶然一遇，我这却是日常生活。"

11

"你单送我，麻爷怎么办？"

庞奇觉得这样问很好笑，但是没有笑，回答说："他办法多。也许叫他那辆宾利过来。多半会让警车来送他。"

"是呀，麻爷就是叫架直升机来，也不稀奇是吧！"

薛去疾坐在副驾驶座上。他往左边观察庞奇。个头没显得很高，比顺顺矮多了。但是恤衫紧箍躯体，好强壮的胸大肌。短袖把胳膊也紧绷着，肱二头肌的轮廓好刚硬。从 V 形敞领里，胸毛肆无忌惮地蹿出来，再一细看，下臂上的汗毛也很浓密。

那是薛去疾头次接触庞奇。没想到就在那次送他回家的一路上，他们双方彼此就都产生了好感，开始有了交往。

庞奇后来告诉薛去疾，麻爷自己，还有他那些朋友，坐他开的车时，从来没有哪个会坐到副驾驶座上，跟他齐肩的。麻爷坐后头，会跟他说话，除了下达些指示，也会闲扯，喝酒喝高了，甚至会跟他掏出点肺腑之言，但是麻爷从来不会让自己喝得烂醉，他什么时候都会保持着至少三分清醒。但是，麻爷以外的那些人物，除了简单的命令，比如道出个让送达的地址，或者敦促他快点，基本上不跟他过话。而薛去疾主动坐到副驾驶座，又跟他平等交谈，蔼然可亲，让他不知不觉地也就话多起来。偏那天遇上大堵车，从饭庄把薛去疾送回他住的楼下，花了一个多钟头，因此，他们对话的内容，也就颇为丰富。

回到家以后，薛去疾一边烫脚，一边回味跟庞奇的交谈。其中留下印象最深的，是庞奇怎么被麻爷招聘上成为贴身一号保镖的经过。

那一年，马路这边，薛去疾现在住的这个楼盘，还没有盖成。马路那边，开业的店铺，也还不多。麻爷的事业还处在初创阶段。麻爷当时在那边一栋四层的旧楼里办公。但是金豹歌厅那时候已经开业，档次还不高，却也有若干豪客光临。

庞奇开头只是金豹歌厅做夜场的。夜场保安多是部队下来的，个头一般都在一米八以上。庞奇却直接来自农村，个头只有一米七七。金豹歌厅那时候是麻爷的支柱产业，他本人常带朋友到那里 K 歌，糖姐是歌厅的一号小姐，麻爷很喜欢她。有天糖姐陪麻爷 K 歌，俩人 K 完"夫妻双双把家还"，麻爷接了个电话，就骂起人来，说办公楼雇的保镖都不中用，一群饭桶！糖姐趁他气稍平，就跟他推荐庞奇，说绝对是一个顶俩，功夫了得，关键时刻，冲得上，压得住，保证主子毫毛不损，而对方从此会知难而退，再不敢轻易到麻爷跟前犯贱。麻爷就让庞奇来见他，一见，貌不惊人，一问，没当过兵，学过拳，问学的是少林拳还是武当拳？却又不是，竟是什么岳家拳，岳飞是个冤死鬼，那拳术能牛逼吗？庞奇只说："您可以试我一试。"麻爷再上下打量他几眼，就让他明天下午三点钟到旁边那栋办公楼四楼去见他，再面试一次。

第二天下午庞奇准时登上四楼，进了麻爷的办公室。那时候的办公室哪有如今的气派，但是在当年庞奇的眼里，已经是超级豪华了。庞奇进去以后，麻爷才从老板桌后面的转椅上旋过来，面朝庞奇，叼着个大烟斗。

麻爷不看庞奇，只问："上楼的时候都见着什么啦？"

庞奇老老实实回答："没见着什么。"

"你仔细想想！"

庞奇想了想："楼梯……楼梯扶手……还有什么？"

"好个目中无人！他妈的，你没见着我的保镖吗？"

"啊，那，见着了。"庞奇想起来，上楼时，是仿佛有几位哥儿们，倚着楼梯栏杆，双臂抱在胸前，朝他斜眼。

"几个？"

"几个？不止一个吧。"

"当然不止一个。我这层门外一个，一米八三，东北虎。三楼两个，学过少林拳的。二楼三个，受过特种训练。一楼现在该有四个，把着门呢。你算算，几个？"

"三个，六个……一共十个。"

"你想不想当我贴身保镖？待遇比你现在做夜场高十倍。干得好我还另外有赏。"

"想当。"

"你凭什么想当？"

"我练的岳家拳，拳法好其次，关键是能精忠报主！"

"说的倒漂亮！我跟你说，今天你有两个选择，一是给我鞠个躬，抱个拳，转身下楼，还回金豹……"

"那为什么？"

"因为，你要想跟我，你得从这个门出去，在我这层，你要打败门外的东北虎；到三楼，你得打败两个少林和尚；到二楼，三个特种兵等着你；到一楼，那四只蒙古野狼拼死也不能让你出楼门……你如果把他们全打败，冲出了楼门，我就收了你！是鞠躬抱拳下楼，他们让开你，还是运足了气，别让他们把你打残，两样，你自己选！"

见庞奇咬牙，麻爷笑笑说："小子，我嘱咐过，他们不会打死你，打残难说，全看你节骨眼上会不会求饶……不管你是在哪一层被打趴下的，你敢打，我就有重赏。你成不了我的一号保镖，我就另招去。"

庞奇的回答是："我一路打下去。如果我打死打残了他们哪个，您负责，我是不管的。"

麻爷一下站了起来，把烟斗往老板桌上一磕："他妈的，有种！你要带血冲出了楼门，赶紧去医院，养好了，来找我，上班！"

庞奇脖颈一挺："我一定打出楼门，出去了就再上来见您！他们可不许再拦我，您呢，要说话算话！"

麻爷吼一嗓："你个浑小子给我打下楼去！"

庞奇转身几步迈出了老板办公室，立即响起打斗声，以及门外秘书席女秘书忍不住的被惊吓的尖叫声。

紧跟着是三楼楼梯拐弯处的打斗声；过一会儿是二楼，拳脚声听不见，但双方的怒吼声清晰可闻……

后来没有了声音。麻爷正要打电话命令秘书下去看个究竟，忽然传来咚咚咚的登楼声，庞奇大步迈进来，眼睛通红，脸上、身上有血，麻爷注视着他身上的血迹，他喘息着把双拳一挥，吼道："那是他们的血！"

麻爷绕出老板桌，过去抱住庞奇，拍着他肩膀夸赞道："好！好个岳家拳！好个大庞子！"

当年的这些情况，庞奇在送薛去疾回家的路上，讲得当然没有这么详细，但那粗线条的叙述听下来，也足令薛去疾回味无穷。

庞奇在车上问过："薛先生，您是搞写作的吗？"

薛去疾说："我不是。不过我喜欢跟你这样的江湖英雄交往。江湖之乐远胜庙堂啊！"

薛去疾那话庞奇并无共鸣。薛去疾自己却很得意。心想，那夏家骏倒是搞写作的，但是他整天黏在庙堂，根本不接地气，哪里听得到这样的素材！

12

金豹歌厅门口，有两个造型极其夸张的号称是镏金的豹子，从门外朝里望，只能见到亮闪闪的钢化玻璃楼梯，非常宽，营业时间，钢化玻璃楼梯里面的霓虹灯会打开，变幻出七彩光芒。其实没有那些闪烁的霓虹灯光，那楼梯倒更显得气派，有种水晶宫殿的感觉。

薇阿的高跟鞋把楼梯踩得弹钢琴般响，她匆匆跑上去，糖姐不在原来的座位上，倚在外厅吧台旁，啜着一杯鸡尾酒。

薇阿向糖姐报告："庞奇没影儿了。不过他一定没有离开这条街。他是暂时藏起来啦。他会在晚上动手吗？"

糖姐不理这个苤儿，只是吩咐："一会儿姑娘们都来了，你要把规矩跟那三个新来的再讲讲。像昨天那样惹人家生气的事情，再不能有！"

薇阿就望着糖姐的眼睛，仿佛要从那里头捞出点什么来。糖姐仰头把杯里的余酒饮净，移过眼光，不跟薇阿对视。

"是啊，糖姐，您是'曾经沧海难为水'，什么样的大惊大险没经历过？这点威胁，小小不言，对不？"薇阿边说边在心里自问：这句唐诗撂在这儿是否有点格涩？但不管引的诗句是否贴切，她见糖姐那强作镇静的德行样儿，很有些幸灾乐祸的麻酥快感。

这时那三个不久前才来的小姐上楼来了，薇阿就过去跟她们拉长一张妈咪脸。但那三个只叫她"姐"，令她十分不快。她们过几天就会叫她"大姐"也就是认她作妈咪了吧？

糖姐转移到她的那个空间，依旧坐到修指甲的那张转椅上。透过玻璃墙朝外面望去，天色已经晦暗，第一批灯光已经燃亮。半年前，她有些担心庞奇回来，后来，生活里有太多别的人别的事，她渐渐把庞奇淡忘，忘得绝不在梦里出现了，此刻，这个男人从记忆里鲜明地浮现出来……

庞奇刚被招进歌厅做夜场，十分土气。有回他跟她说，他还没有喝过葡萄酒。糖姐原来叫唐淑仪，其实也来自农村，刚到这条街的时候，也是只闻过洋酒味儿没舔过洋酒杯儿，还是麻爷收她那晚，才痛痛快快让喉咙跟法国红葡萄酒亲热了一番。糖姐有天就私下跟庞奇打招呼，让收工以后，别让人觉着，跟在她身后走。歌厅是半夜两点打烊，小姐、调酒师、厨子、电工、保安、杂工……个个都疲惫不堪，匆匆收拾完，逃跑似的离开，各奔自己租的小窠，谁会特别注意谁呢？庞奇跟在糖姐身后十多步远，拐出街口，糖姐叫停了辆出租车，两个人坐了进去，来到糖姐租的那个楼里的单元。糖姐那时候是歌厅小姐的头牌，她已经洗净了土气，说话一点口音都没有，甚至有人觉得她说的不是大陆普通话而是台湾国语。那时候歌厅里的人只有她租得起楼房里的单元，虽然只是个一室无厅的独单元，但是有厨房和卫生间，她把屋里布置得相当洋气。

进了那单元，糖姐就单刀直入地说："大奇，我喜欢你的胸毛。可从来只能见着从领口蹿出来的。你脱了，让我看个痛快。"

庞奇就把T恤脱了，赤裸着上身。糖姐禁不住"呀"的一声，因为她看清楚，庞奇身上的胸毛，像一棵树，胸沟两边最茂密，向喉结和胸大肌两边蔓延，然后顺着腹沟往下长，最后在肚脐那里收住。糖姐先用手摸，然后就用嘴唇去亲，这时糖姐感觉到庞奇裤裆里仿佛有个弹簧蹦起来了，糖姐欢喜地"呀""呀"好几声，可是，庞奇却往后退，脸变得跟关公一般红。糖姐就知道，这家伙竟然还是个处男。

糖姐笑着跟庞奇说："有句俗话，'好男一身毛，好女一身膘'，我们两个正好，你的毛好性感，我呢，你看——"说着就脱光衣服，上了床，作姿作态，庞奇只愣愣地看着，糖姐就笑，"怎么？你喜欢骨感美人？你搂上就知道了，光有一把骨头不香！"又跳下床，拎过大半瓶法国红酒，再仰卧床上，把那红酒倒在耸起老高的乳房之间，招呼庞奇，"快来！喝你的第一杯葡萄酒！"

庞奇忍不住扑了上去，搂住糖姐身子，狂饮那乳窝里的酒，红酒像血一样溢到床单上……后来，庞奇也就不再是处男了。

那以后他们常幽会。但是他们互相从未说过"我爱你"。糖姐自己问过自己：爱大奇吗？答案是否定的。所以后来她把他推荐给麻爷当贴身保镖。庞奇随侍麻爷，就难得有接近糖姐的机会了。庞奇爱糖姐吗？他也不知道，只是接近糖姐不容易以后，偶尔遇到糖姐，心跳会稍稍加速，但糖姐对他却总是再没有什么特别的眼神，他也曾向糖姐暗示过，他还愿意去她那里，糖姐却总无回应，他心里头就觉得丢失了什么东西。但这绝不是庞奇要报复糖姐的原因。如果庞奇恨上糖姐并且要杀她，那是后来所发生的事情所致。

13

那时候顺顺还只是蹬着平板三轮游动兜售菜蔬，有回薛去疾买他的菜，顺便聊几句，薛去疾问他租的那房住着怎么样？盖得结实不结实？顺顺就说，别人租的那些房若比成桃酥，他租的那间就是个牛皮糖，租金一样，他那间却结实得多，因为他那间房的墙上嵌着个石碑，上头刻着好多字，他只认出有"红泥"两个字……薛去疾一听，如获至宝，立刻表示哪天有空，他会去顺顺住处拜访。

那晚与老伴越洋通话，老伴又说："我这边毕竟有儿孙，你那边是空巢老人，你可怎么打发日子啊？"他就笑："你又不放心啦？怕我寂寞生邪？其实我充实得很，出得庙堂，下得江湖，我的人生更丰富多彩了！这不，我找到个线索，过两天就去拓那个红泥寺的碑去，真是一大发现啊！我会把寻访经过，还有照片，放'伊妹儿'附件里给你发过去……"老伴闲聊里，说起他们那附近，又有中国人去买"号司"，都是一次性付款，住进去的人，开的是豪车，穿的是名牌，但是会大喉咙爆粗，令老居民们侧目。老伴的议论是，头些年来这儿的，大都是他们儿子那样的，苦读，奋斗，站住脚，贷款买房买车，兢兢业业工作，老老实实还贷，中规中矩邀请父母探亲……现在可好，移过来的净是些莫名其妙的人，儿子跟她说，在一个派对上，因为对方问了自己的职业，也就顺便问对方在做什么？对方耸耸肩膀，告诉他："我什么也不做。"因此那人也就根本不去努力学习英语，后来又在几个派对上遇见，英语还是那么烂，敢情人家是带着够活一辈子的钱移过来的，所需要做的，就是把钱花掉。薛去疾就和老伴在电话里感叹了半天这边越演越烈的腐败，以及腐败的输出对那边的污染……结束电话，薛去疾有种更强烈的清白自豪感。

于是就跟顺顺约了，一天下午去顺顺那里拜访。薛去疾表示耽搁了顺顺生意，愿意给他赔偿，顺顺说如果您这么样，那就别去了。双方是在有了感情的前提下来往，心里头也就都很舒服。

虽然薛去疾对红泥寺街的街面十分熟悉，但是，那天他还是第一次往巷子里走。他们楼盘对面的那边马路，有四条狭窄的巷子深入到里面。顺顺住在头一条巷子里。巷子的路面铺的是劣质的柏油，早已磨损破败，有些院落没有完善的排污管道，一些生活废水流溢到巷子路面上，蒸发出阵阵恶臭。薛去疾找到顺顺住的那个院子，有两扇生锈的铁门，大约很久没有关拢过了，门扇下的野生酸模已经蹿得很高。走进去，等于又是一道巷子，往里很深，推敲起来，应该是原来国营大工厂的宿舍排房，窗户朝南的那排应该是原来的旧房子，窗户朝北的，应该是在借对面那排原来的宿舍房后墙，这些年新盖出来的简易房，墙面和屋顶都十分单薄，纯粹是为了多收房租增加出来的小窠。几乎每间屋子外面都有独立的电表，屋顶上支着许多接收电视信号的小锅，但是自来水管却只有两个公用水龙头，分布在院里前后相距数十米。每间屋子并无明显的编号牌，薛去疾走进去以后只好大声呼唤"顺顺"，而顺顺也就很快笑吟吟地从一间窗户朝南的屋子里走出来，迎接他。

顺顺租的那间屋子，虽然陈旧，但是当年盖得很结实，比对面后盖的那些简易房强多了，何况窗户朝南冬暖夏凉，因此房租比对面同样面积的贵，他这样的是每月400块，对面的只收300块，电钱各家买电卡自理，没什么纠纷，水钱每季度按电表总数字按每户人口分摊，一到夏天，就会发生冲突。

顺顺请薛去疾进屋。掀开薄薄的布门帘走进去，薛去疾望了几眼，就感慨万端。大概只有十多平方米，安放了一张双层床，下面是双人铺，上面是单人铺。其余空间是旧柜子、旧饭桌和几把折叠椅。一台旧的显像管电视机斜摆在柜子上，躺在床上或坐在饭桌旁都大体能看到荧屏。一个台式电扇，挤放在电视机旁边，薛去疾告诉顺顺那样很不安全，顺顺说不要紧，不到热得很，电扇不开的，开电扇的时候，也就不开电视。烧饭的煤气灶架搁在屋外自搭的塑料棚子下面，上货卖货的平板三轮车也歇在那棚子下。

顺顺给薛去疾沏好茶，没喝，望望，薛去疾就想起《红楼梦》里晴雯被撵出去以后，贾宝玉偷偷到下人的住处去看望她，所描写到的那种带膻味的粗茶。在《红楼梦》里，晴雯落难的那个旧屋破炕，离怡红院至多三里路远，那么，顺顺所租住的这个憋屈的空间，距离薛去疾他们那个楼盘中心区的豪华公寓，也正好差不多三里路的样子。为什么人世间到如今，还是如此的贫富悬殊？而且，他们那个楼盘还远不是最高档的，顺顺的这种出租屋也远不是最糟糕的。一瞬间，薛去疾想起夏家骏对副部级住房待遇的追求，减去了许多鄙夷，增加了许多理解。

从顺顺表情上，倒丝毫看不出他对自己住处有什么自惭形秽，脱去套头衫，露出不算健壮的身躯，顺顺不把薛去疾当外人，很爽朗地回答他的一切询问。顺顺还有个弟弟，也来北京挣钱，是收购倒卖旧电器的，顺顺屋里的电视机、电风扇，都是从弟弟那里白拿来的。弟弟另租了不远处的一处地下室的屋子住。他们兄弟在老家都盖好了房子，起的楼，但闲置着没住，说是等老了再回去住着养老，现在挣的正是将来养老的钱。他们父亲没了，母亲还在，如今母亲也在北京，轮流在他和弟弟家住，但是弟媳妇对婆婆不好，他媳妇非常孝顺，母亲只愿意跟他们住，母亲来了，就和媳妇睡下铺，他到上铺去睡，弟弟那里比较宽，母亲能有单独的床，大床小床之间还能用三合板界开，但是母亲还是喜欢到他这里跟大儿媳妇挤着睡。听多了母亲对他弟媳妇的怨言，他也曾跟媳妇商量，要么就干脆让母亲在他们这里长住好了，媳妇先不吭声，后来捶他一拳："你是要我憋急了给你戴绿帽子是不？"顺顺就给她作揖："别。我也不能总憋着。"

薛去疾就感叹："贪官奸商占有那么多社会空间，底层民众却在如此的蚁穴里蜷着，腐败不除，何来公正！"就告诉顺顺他所知道的种种腐败现象，比如那海鲜饭庄包间，就是官商勾结的场所，一顿下来，动辄两三万。顺顺也就告诉他，在他们老家，村干部改选，公开地买选票，你不收那钱还不行，收了钱不投他一票更不行，等那主儿当选以后，就只给私下给他钱财的人办事儿，像他和弟弟那样的一般人，只丢个白眼珠给你……

聊得投机，薛去疾竟然忘记所来为何了，顺顺手机彩铃响，是他媳妇打来的，说就要下班，扫完马路收了工，要不要买点熟食回家？他媳妇不仅记得这天薛先生要来做客，而且记得是要来看碑的。薛去疾这才赶忙问，那碑在哪儿呢？顺顺站起来指给他看，幸好不是在那双层床和那边柜子后头，是在饭桌旁的那面墙的下部，顺顺去取下门帘，又燃亮电灯，光线还是不大行，就找来大手电，给照着。俩人蹲下看，果然，当年盖这排房时，把一块旧碑嵌在了山墙底部，估计当时的宿舍排房，就到这间打住，但是后来这面山墙又成了隔墙，那边又接续着盖出了很多间。顺顺说他是有天把耳挖勺掉在了地上，跪下去细找，才发现那面墙底下部分是个碑，模模糊糊还能看出碑头上雕出的花纹，碑上的字大多认不清了，但是分明有"红泥"两个字……薛去疾蹲着看不分明，也就跪下，确实，有"红泥"两个字，在顺顺举着的手电筒的光圈里，又认出了"红泥"两个字后面的那个字，应该是个"庵"字。薛去疾非常兴奋。在顺顺帮助下，他先将碑面清扫擦拭干净，然后取出带来的墨汁宣纸排笔，拓那碑文……正忙乱着，顺顺媳妇回来了，见状大惊。后来顺顺媳妇就将买来的猪头肉用盘子盛好，又有自家存着的炸花生米，先让薛先生和顺顺就着喝现成的二锅头，自己在那边小炕桌上麻利地包上了包子，不一会儿就在屋外棚下蒸出了一大笼豆角粉丝的素包子，热腾腾地端到他们面前，薛去疾一尝，竟非常可口，觉得比吃那天麻爷埋单的鲍翅宴舒服多了！

卷起干了的拓纸，薛去疾亢奋地议论："不管这个红泥庵跟京剧里的那个虹霓关有没有关系，这个碑都是一大发现！这里地名俗称红泥寺，有道理的！古时候庵寺在俗人嘴里就不分的，庵也可以叫成寺的。可惜还不能看到这碑的那一面，你们隔壁住的谁？那一面也该拓。估计这个功德碑，就是一面记录这庵的营造缘由和过程，另一面镌刻当时捐钱人的名录，捐钱修寺庙就是功德嘛！现在外面那条街的正式名称叫功德南街，也就得到解释了！"议论完又追问隔壁租屋子的是谁？顺顺就告诉他，原来住着个见人总低着头不吭声的人，也不知道干什么营生的，总归都以为是个最老实的人，没想到前些日子忽然开来警车，给铐上手铐逮走了，从隔壁他租的那屋子里，搜出了两麻袋假公章假证件。原来，这附近人行道上、电线杆上，用小喷枪喷出的那些"办证"两个字连着一串手机号码，全是他留下的广告，也就真有人打电话约他见面办证，他做成了假证，再约地方，一手交证，一手收钱。听说从他身上搜出的银行卡上，有十几万呢！现在他租过的那间屋门上还贴着封条，不过房东把关系疏通好了以后，很快就会重新出租吧，那时候顺顺可以帮忙联系，看能不能进去把碑的那一面也给拓了。

薛去疾听了就感慨："你们这院子里还真是什么角儿都有啊！邻居们都相处得怎么样啊？"顺顺媳妇就说："要说好，也真好，谁也不管谁的闲事，真有了难处，求求，九家冰冷，总还有一家是热和的。要说坏，那随时就会闹起来，动刀子，出人命，不稀罕的！"顺顺就举例子，院子最里头，住隔壁的两家，都租的是简易房，墙薄。一家是四川来的，男的是油漆工，跟着包工头搞装修，女的给楼盘里的人家做家政小时工；再一家是东北来的，男的秋天也光膀子，半边身子上刺着个龇牙咧嘴的东北虎，也不知每天出去靠干什么挣钱，他媳妇就在家带孩子，孩子还小，不足岁吧。那四川人就是嗓门大，他家来了亲戚，女人家们高兴，大呼小叫的，你以为是吵架，其实是亲热。那天两家的男人不知为什么都在家歇着，东北来的那家就嫌四川来的那家太吵闹，先是敲墙壁，一点不见收敛，后来那东北汉子就到隔壁门口去嚷，骂的粗话，意思让他们闭嘴，那四川娘儿们，还有她的女亲戚就出屋，一起吵，意思是我们说笑关你什么事？那东北汉子就越发骂得难听，四川汉子就冲出屋，跟他对骂，骂得更难听，其实究竟骂的是个什么鬼，两边也未必都听明白了，总归都辱没了八辈子祖宗，那东北汉子就指着那四川汉子说："我好男不跟女斗！你小子要再敢骂一声，我就拿刀来砍你！你信不信！"那四川汉子越发骂得欢，还把脖子往前梗着，意思是你有种你拿刀来砍呀！没想到那东北汉子真的回去操来把菜刀，抡起就砍。东北人高大，四川人矮小，那四川人用胳膊一挡，顿时刀就砍上了胳膊，血花四溅，这时候不少邻居出来了，见那血光都惊叫起来，顺顺两口子也出屋看见了……薛去疾听了心口有兔子撞，原来这个院子里凶气不少！忙问："出人命了吗？后来谁报的警？怎么收的场？"顺顺媳妇就接着报道：四川那家没报警，邻居们也没人报警，他们两口子也没想起要报警，血溅出来以后，那东北汉子把刀撂地上，扇着肩膀就大步走出院子去了，四川那家媳妇跟亲戚就赶忙用平板三轮把她丈夫往医院送，听说把胳膊上的筋都砍断了一根，缝了好多针……后来那东北来的女人带着孩子也离开了，从此再没露过面，一定是搬到远处去了。那四川媳妇后来跟顺顺媳妇说，她那个时候本应该冲到东北那家屋里，把他们那孩子抢过来抱走，那样那东北坏蛋就早晚会给逮起来，可是倒被她男人骂了一顿，说冤仇不能那样越结越深，就是给人家判了刑，几年以后出来，咱们家不更得提心吊胆地过日子？再说那家女人孩子有什么罪过，非拿人家当人质？于是也就算了，没多久他们家也就离开了这个伤心地，另租地方过了，后来顺顺媳妇还在街上遇到过那四川女子，她说她男人如今干活时，那只胳膊都还支撑得下来，可是一到下雨天，那被砍过的筋肉还要隐隐作痛……

薛去疾只觉得信息满溢，而且这些混乱的信息大大减弱了原来心里洋溢的那种"遨游江湖深水区，桃花源里沐清风"的欢愉感，增添了一种今后再来这种空间务必小心谨慎的自戒。

顺顺送薛去疾往院外走。没想到快接近院门时，一个沙哑的声音从旁响起："不是辛弃疾而是薛去疾，哪阵风把你吹来的？"薛去疾正纳闷，已经被一个从旁边转到他正面的人搂住了。

14

搂住薛去疾的那人，浑身酒气，朝顺顺摆手："我们老朋友啦！你就把他交给我吧！"顺顺见状，就回自家屋去了。那人就搂着薛去疾往他租的那间屋里去。在移动的过程里，薛去疾认出来，那人是何司令。

何司令当然不是其本名，但那些年里，不仅薛去疾所在的工厂里的人们都熟悉他，就是其他几个大厂的人们，也都知道他。

简而言之，本名何海山的何司令，是"文化大革命"期间，工厂里造反派的司令。运动爆发前，他不过是一个初中毕业后刚进厂半年的学徒工，默默无闻。是那场"大革命"造就了他。开头，厂里两派对峙，一派里党员、干部、出身好的居多，运动初期占据上风；另一派，就是何司令所率的那派，开头司令也不是他，后来两派激烈相争，何海山既率众击败了对方，也将自己这派的"机会主义分子"淘汰，成为叱咤风云、远近闻名的造反派司令，运动中期，称霸一方；后来两派对立发展成武斗，对方那派死了人，何司令这派被追究，他本人被逮捕判刑；到运动后期，两派都不再风光，但是成立"革命委员会"时，何司令他们那派没人被结合进去，倒是另一派里有好几位，成了副主任或委员。薛去疾运动爆发时是个技术员，开头观望，后来形势容不得逍遥，自己出身不怎么好，投靠党员、干部多的那派，人家不欢迎，就只好参加了何司令这派，随波逐流。那时候何司令听说他"有几笔刷子"，就是能写文章，抄写大字报字体也清爽，就把他招纳到"造反总部"，充当御用笔杆，何司令知道古时候有个词人叫辛弃疾，见到薛去疾总跟他打趣："不是辛弃疾而是薛去疾，反正没毛病！"但是薛去疾在那个总部，写文章不多，主要是誊抄别人写出的那些"战斗檄文"，他抄出的墨笔字确实清爽好读，因为当年誊抄大字报太多，对写墨笔字生腻，退休以后，同龄人多有以练习书法为乐的，他却绝少再沾笔墨。何司令那派土崩瓦解以后，也曾将他送入"学习班"让他"说清楚"，他很快就被解脱了，因为查出的那些有问题的文章的底稿，均是别人所写，他不过是誊抄，武斗他不但没有参加，有人出来作证，他在何司令跟前是苦谏过的。为他开脱的人说："唉，他不过是个在何司令身后，等着随时给接那军大衣的！"何司令风光的那些日子里，常在大会上高声演讲，刚上台时，肩膀上必披着件军绿棉大衣，讲到得意处，两个肩膀一抖，军大衣就往后落下，而站在他身后一侧的薛去疾，就会麻利地接好那件军大衣，绝不会让它落到地上。何司令进牢房以后，给何司令接军大衣的镜头，不光是别人提起时薛去疾会脸红，就是夜深人静自己想起，也觉惭愧。但是时光会把许多事情冲淡，以至于令别人和自己都几乎忘却。改革、开放以后，薛去疾以发明创造的实绩迈进了新的局面，也一度成为相当中心的准庙堂人物。后来何海山被提前释放，他们也曾照过面，何海山给他笑脸，他还以笑脸，但不再过话。再以后，他就把何海山这位当年的司令忘到南极洲去了。

万没想到那么多年以后，竟在那么个地方，那么个情况下，与何司令邂逅。

何海山将薛去疾强拉进他住的那间屋子。薛去疾望了几眼，就大体上明白了何海山的狼狈处境。想必是工厂解体前，何海山跟许多员工一样，买断工龄，拿了一笔钱，又不再找个营生，经济上越来越困窘，以至于沦落到跟那些外来的杂人混住在这么个院子里。

何海山老婆跟他离婚了，一对儿女都随老婆去了。离婚前他们把当年厂里分的居民楼里的小单元卖掉，卖得的钱对半分了。这些年何海山是坐吃山空。他住在这里，却不缴房租，他已经很久不买电，不使用电灯，晚上点蜡，他从来不交水钱，用水却绝不节约，他那越来越缩水的积蓄，除了用来维持最低水平的温饱，就是买最便宜的白酒喝。

何海山把薛去疾拉进他那望去甚至比顺顺家还要简陋的屋子里时，天光已经暗了下来，每天那个时辰何海山还舍不得点蜡，但是因为这天迎来了客人，他提前把破桌上的蜡烛点燃了，那已经流下一摊烛泪的剩蜡上，蜡焰跳动着，薛去疾别的没有看清楚，只发现那边床上，摺着一件既熟悉又陌生的军绿棉大衣。

眼前的这个当过司令的人，年龄比薛去疾小许多，但是已经严重歇顶，额头两旁只剩两片黄白的头发，脸上的皱纹如同蜘蛛网，但是双眼却依然炯炯有神。

何海山让薛去疾在桌边椅子上坐下，薛去疾不坐，何海山也就不坐。

何海山问："你也成了走资派啦？"

薛去疾说："你这是什么话？"

何海山再问："听说你不是当了那什么委员了吗？"

薛去疾说："老皇历了！早给抹了！"

何海山想了想说："唔，可能是吧。走资派是不会到这种地方来的。哪阵风把你吹这儿来的？"

薛去疾说："我给从庙堂里赶出来了。我喜欢江湖。这里是江湖的底层。这里有真金。"

何海山露出了笑容："当年，你能跟我们站到一起，不是偶然的。"

薛去疾本能地辩解："其实很偶然……"又想转换话题，"你怎么到这么个地方住？你的生活质量好像也太差了些？"

何海山收拢笑容，非常严肃地说："生活质量？生活还要讲究质量？资本主义那一套！你现在生活质量高？住商品楼吧？吃宴请吧？给媳妇买金首饰吧？把儿子送美国吧？……你当年多多少少还有点子革命理想吧？现在恐怕是成了行尸走肉了！你别那么看着我！我知道如今像我这样的应该是稀有的了，但是我生活得很充实，因为我还一直保持着革命的理想和激情！"说着端起放蜡烛的碗，举着，照向一面墙壁，那上面，贴着三张人像，当中一张是印刷的毛泽东，两边则是手绘的，一边是江青，一边是张春桥。烛光中，那三张肖像显得非常诡异。

薛去疾忍不住问："王洪文和姚文元呢？"

何海山啐出一口："叛徒！懦夫！别再跟我提他们！让我恶心！"又高声说，"无产阶级专政下的继续革命，多么伟大的理论啊！江青说的'文攻武卫'，就是个摧毁'保皇派'的法宝啊！春桥那篇《论对资产阶级的全面专政》，颠扑不破啊！……"

薛去疾就说："你怎么还怀念'文化大革命'？把你送进大牢的，正是'文化大革命'啊！还多亏改革、开放，才把你减刑释放。你太脱离实际了！"

何海山说："我这一生，最辉煌的一段，就在'文化大革命'当中。要不是'文化大革命'，我那么个学徒工，怎么能成了司令？成了风云人物？你亲眼看见的！"

薛去疾说："人在历史里，不能只从自我的角度来观察，来评价。"

何海山说："自我？你拍拍你的良心，仔仔细细回想一下，那时候，我冲锋陷阵，一不怕苦，二不怕死，有一丝一毫是为自己吗？我都是为了把无产阶级专政下的继续革命进行到底！为了对资产阶级实行全面专政！为了人类最壮丽的实现共产主义的伟大事业！我把国有资产变个戏法就成了自己私人的吗？我一人得道，就鸡犬升天了吗？把儿子送到美国入美国籍了吗？我包二奶、养小三了吗？我在外国银行里存钱了吗？我一顿饭就花他妈的三五万了吗？……可是现在，你看看这个院子里都是些什么景象？那最里头是个'鸡窝'，你懂吗？就是最没相貌最没身段最没办法的下等妓女待的地方，打一炮，只收十块钱！你微服私访，访到了吗？……"

薛去疾说："是有腐败，有贫富差距越拉越大，等等等等的问题，可是，这些问题是不能通过'文化大革命'那样的办法来解决的！"

何海山恨恨地说："'文化大革命'不会只有一次！会有第二次、第三次……直到把还在走的走资派，把所有的牛鬼蛇神，全扫荡干净！"

薛去疾说："可是，'文化大革命'的最必需的那个条件，不存在了！就是毛主席，他已经在纪念堂里面永远地休息了！"

"那就一定会有第二个毛主席！"何海山几乎是咆哮了。

薛去疾有些害怕。他赶忙告辞："天不早了，我要回家了。祝你好运吧！"说着就往屋外逃。

"我不信什么运气！我只信'人间正道是沧桑'！"当年的司令把这句话从屋里重重地扔到门外他的背上。

15

那真是古怪的一天，那一天显得特别漫长。

薛去疾回到楼盘里自己那个住处，进门就按门厅灯的开关，灯不亮，去按别的开关，都不亮，见鬼！忙用手机给物业打电话，物业说马上派电工过来给他解决问题。

电工小潘来了。给换了保险丝，所有的灯全可以亮了。灯光下，他看那小潘额头上汗津津的，就找出湿纸巾递过去，那小伙子好像还没使用过湿纸巾，没接，他就拿湿纸巾给小潘拭去额头上的汗。小潘的个头跟他差不多，体格很健壮，因为站得近，他发现小潘的一个门牙，有点颜色不对头，随便问怎么回事？小潘说，是用那牙开啤酒瓶的时候，把那颗牙的釉面整个儿给别下来了。他就说："应该修补一下。其实你很英俊的，这牙让你略微地破了相，很遗憾。"他去拿了瓶果粒橙来，请小潘喝，小潘先是退让，后来接过，仰脖喝。

薛去疾问小潘："我出门的时候，一切正常，怎么回来一按这开关，就出问题了呢？"

小潘就说："估计你这门厅灯的开关有了毛病，我给检查一下吧。"就去撬开那开关盒，给他检查，最后的结论是，虽然刚才开的时候能亮灯，其实里头有问题，搞不好还会形成短路，再影响到全局，应该换一个新的开关盒。小潘当时带来的工具袋里没有现成合适的那种开关盒，就回物业办公室那边给取一个来。

以前小潘也上门服务过，给他换过顶灯的灯泡，但是印象比较一般，这回他觉得小潘服务态度真好，小潘给换开关盒的时候，他就在一旁跟小潘聊天，换完以后，又请小潘坐，再给他一瓶果粒橙，继续聊了一阵。原来这小潘是河北张家口那边的人，如今在这楼盘打工，住在物业安排的地下室宿舍里，媳妇接来了，已经有两个女儿，最近媳妇却又怀上了孕，打算再生一个，但愿是个男娃。

薛去疾就说："呀，你们怎么连续超生呀！不罚你们款呀！你交得起那么多钱呀？"

小潘梗着脖子说："罚我款？他们罚不着！"原来他们那边计划生育是管得很严的，头一胎以后，就给媳妇做了输卵管结扎，却偏又有第二次受孕，第二个闺女生下来以后，逼他做了输精管结扎，难道他们结扎了就不过夫妻生活了吗？不是他们非要超生第三胎，是管计划生育的找的是瞎糊弄的医生嘛，你们结扎不灵，能怪我们吗？小潘说他和媳妇在理，已经反映到上一级去，他们这个儿子是非生下来不可！

薛去疾问他："就算不缴罚款，你挣的这点钱，养活那么多人，不吃力吗？"

小潘就说："所以我得挣更多的钱呀！今天我值夜班，所以过来了。我不值班的时候，就接装修的电工活，上个月是在那边商厦里，我包了一层，挣得还行。可是这样的活儿也不是常有。您能不能帮我找点外活？"

薛去疾就说："如果碰巧有线索了，我会给你打电话。"

小潘很高兴："您真是好人！跟您说吧，我什么活儿都接，不是非得电工的活儿。前天我就挣了搬死人的钱……"

"搬死人？"薛去疾非常吃惊。

"可不是。就在咱们楼盘，那边 C9 楼 1506 单元，那娘儿们都死好几个钟头了，血从门缝流出来，才有业主跟物业联系，派出所的人来了，才开的门锁……按说拍完照片录完像，公安局的人就该把那尸体抬走，可是那死人家的，也不知是她妈还是她姑，哭哭啼啼赶过来，另叫了急救车，非要把那死人往医院送，公安局的人就说往急救车上搬，他们不管，那哭哭啼啼的老太太，就说谁把那娘儿们抱上急救车给谁 300 块钱，谁愿意挣那个钱啊？偏我一旁听见了，我就把那钱挣了……"

薛去疾听了，忙问："那女的究竟是怎么死的？是自杀吗？"

小潘说："这两天听物业经理说，公安部门初步判断，是他杀。"

薛去疾毛骨悚然："他杀？怎么杀到这楼盘来了？"

小潘说："所以大家要门户更加谨慎。我们物业也没高招儿。杀人犯进楼盘来，他脑门上也没写字，谁能拦住他？保安也不能乱盘问人是不？"

小潘走了以后，一个人在空落落的单元里，薛去疾把所有的灯全燃亮，踱来踱去。回想起这天下午直到刚才所目睹耳闻的种种，心乱，气闷，空前地失却了安全感。

他想起了庞奇。庞奇曾经跟他说过，如果遇到什么安全方面的问题，可以给他打电话，不管多晚，只要麻爷没安排他什么事情，能抽开身，他都可以赶过来为薛先生效劳。

薛去疾就给庞奇手机打过去，马上就接了，他刚说了句："我需要你帮助……"庞奇就回应道："我半小时以内到您那儿。"

　　迎进庞奇以后，薛去疾渐渐心安。庞奇浑身洋溢着阳刚之气，光那气场，就足以驱走企图侵入的凶险邪气。

　　薛去疾没有细说那天午后到晚上的种种见闻，只强调 C9 楼有凶杀案的事，说这阵心里不踏实，请他来，是为了说说话，壮壮胆。

　　庞奇就说帮他查看一下各处窗户，以及窗外空调室外机的位置，有没有让坏人容易攀上来的漏洞，最后说，其他各处问题不大，只是卧室外头的空调室外机离窗户太近，他这又只是四楼，如果有坏人起了坏心，是可以从一楼顺着各层的空调室外机攀上来的，提醒他出门时和晚上睡觉前，一定要把那扇窗子关严划好保险扣，更建议他至少把那扇窗改造成双层，既增加保险系数，又可隔音。

　　薛去疾更加感谢庞奇。

　　庞奇看到那书房两面墙的书架上，满满腾腾全是书，叹口气说："可惜呀，我有工夫的时候不懂得要多读书，现在想读书了，又完全没有了工夫！"

　　薛去疾就请庞奇再到厅里坐，沏上一壶铁观音，两人对坐在沙发上聊天。

　　薛去疾有一搭没一搭地问，庞奇有问必答，但庞奇并不向薛去疾提问。其实薛去疾也并不是非要知道些什么，只是在那个夜晚，尽情享受一位孔武有力的保护神在自己身边的超级安全感。

　　事后回忆起来，薛去疾凡问及麻爷的情况，庞奇都极简单地回答，有的回答等于没有回答，这说明作为麻爷跟前第一人，庞奇很有职业道德。归纳起来，大概的情况是，凡重要的场合庞奇必随麻爷，凡麻爷交他去办的必是重要的事情，但是麻爷身边的人很多，许多场合许多事情也不必都是庞奇亲历亲办，他会支使另外的保镖司机去办，他相当于一个安保部的主任吧。

　　庞奇讲得多的，还是关于他自己的事情。他老家在南方的贫困山区。他父亲在当年修水库的时候砸坏了腰，多少年来就扛着越来越严重的腰病干农活养家。他母亲前年病故了，他没能赶回去见最后一面，回去奔丧的时候，父亲告诉他，母亲临闭眼以前，说的那句话是："奇儿啥时候娶上媳妇啊！"他哥哥、弟弟都是在本地娶上了媳妇生下了后代，哥哥后来全家迁往打工的城市，跟父母渐渐淡了联系，弟弟在本村盖起了两层楼，就近照顾父母，但给不了父母什么钱，独有他，每年几次汇钱给父母，数量都很可观，虽然春节都得跟着麻爷，回家探亲赶不上节期，但是他回家给父母带去的一大堆东西，总会引起邻里的羡慕。母亲去世的前一年，那时候已经查出了癌症，他回家探望，一进屋，就见有个妇女在床边伺候他妈，开头以为是嫂子或弟妹，后来那妇女抬起头来，羞怯地望了他一眼，才发现是个生人……他父母，特别是他母亲，是希望他娶那女子为妻，就是他们邻村的人，又要推托，又不能得罪父母，他好难……

庞奇的拳术，是跟他叔叔学的，叔叔后来到县城里开武馆，发了点小财，就要庞奇在他那武馆当教练，庞奇没干足一个月，就跑到这大都会来了，开始，怎么也找不到挣钱多的工作，后来，一个偶然的机会，到金豹歌厅做夜场，再后来，就成了麻爷身边的人，工资不老少，跟着吃香喝辣，什么鱼翅、鲍鱼、燕窝、龙虾、发菜、松茸……好东西吃遍了，当然，他不能像麻爷那样，由着性子吃，弄出脂肪肝来，他总是适可而止，而且注意保证蔬菜和水果的摄入量，还每天练功至少一小时，保持充足的爆发力；酒嘛，茅台、五粮液、剑南春……那些个高档白酒，人头马XO、红标黑标威士忌、拉菲红葡萄酒、正牌香槟……那些个高档洋酒，也都尝遍，当然，因为要开车，他饮酒总是在收车以后，而且要保证第二天下午酒气散尽再摸方向盘；住嘛，他还没有买房，也没有租房，麻爷就让他住在一家麻爷旗下的酒店里，长包一个标准间，里头什么都是现成的，如果在酒店里用餐，签单就是了，自己完全不用掏钱……

乍听起来，庞奇的生活似乎挺美，但是，他跟薛先生坦言，他就好比虽然开着辆豪车，听着美妙的歌曲，在高速路上畅快地往前，但是，他的目标在哪里？哪里是他的终点？哪里是他自己的家？家里有哪些自己的人？

去年回家看望父亲，父亲铁青着一张脸，跟他说姿霞嫁人了，他问："谁是姿霞？"父亲甩了他一巴掌，他就明白了父亲说的是谁。母亲因为他拒绝了那姿霞恨恨而去。父亲从此不肯跟他多说话。他心知对不起父亲，可是，他的心事如何跟父亲言说？父亲怕是永远不能理解他了。

薛去疾问了句："那你就永远当光棍么？"庞奇笑了："光棍？只有那总摸不着女人的男人，才叫光棍。我的'棍'早就不光了。是那歌厅的糖姐给我的'棍'破的戒。可是她对我，恐怕是只有性欲，没有爱情。她喜欢我的胸毛。也是怪了去的。原来我还以为那是我身体的缺陷哩。也不止她一个女子喜欢胸毛，也是那歌厅的，叫什么薇阿，也来招惹过我，我把她约到酒店我那包房，她一进屋，我就跟撕开桶水外头那层塑料包装似的，唰地把她剥个精光，她就高兴地跳起来用两条腿勾紧我的身子，我就搂住她不停地抽……咳，太黄了，是不是？可我看见您书柜里有《金瓶梅》，咱比那西门庆，花样怕是少多了啊！……"

庞奇见薛先生很好奇的样子，就接着讲："其实我要找个小姐结婚，太容易了。可我能把那样的女子娶成媳妇吗？而且有的小姐，说起来滑稽，有个花名叫瑞瑞的，她见不得男人胸毛，有个去玩的台湾客人叶先生，胖乎乎的，她不嫌他胖，可是那人有胸毛，一露出胸毛，她就尖叫，就晕死过去，真的休克了，那叶先生也就哇哇大叫，说是歌厅陷害他，糖姐那时快当妈咪了，就招呼我去收拾残局，我说我不能去，等那瑞瑞醒过来，一眼再看见我的胸毛，再尖叫，那就死定了！后来还是薇阿过去，又救起了瑞瑞，又安抚了叶先生……歌厅是流水的小姐铁打的妈咪，那些小姐露一阵脸就又消失了，有的跳槽到更高档的歌厅夜总会了，有的从良嫁老百姓了，有个别的攀上了大款官员，成二奶小三给包起来了，有的，因为姿色本来就差，岁数不好瞒了，混不出来，就去站街，甚至租个小旮旯贱卖了！后来麻爷让糖姐当了妈咪，不过薇阿一直盯着妈咪那个座儿，如今也拿些事儿，不知道糖姐今后怎么样，是嫁人，还是另立门户？薇阿的心事我知道，她一直联系着那个叶先生，说不定哪天，她会从台北打电话给我，说在101大楼顶层咖啡厅喝正宗蓝山咖啡哩！……薛先生，我说太多了吧？实在话，跟着麻爷，我总没个人能坐我对面，听我说话，让我说个够啊！"

薛去疾就说："你就跟我说个够！"

庞奇便接着说："我的心事，没跟别人露过。您看得起我，我把您当我伯父，愿意跟您说。我想留在这个大都市里，最后有自己的生意，娶个有城市户口的干净女子做老婆。可是我学历太低，只是初中毕业。一年年过去，我这保镖行，也是吃青春饭，麻爷再器重我，最后也只能还是淘汰掉，只希望他能把他旗下的一个小买卖，赏给我，起码让我控股，独立运行。这两年，麻爷新招的，就是一般的保安、司机，都只要部队里下来的，这不，来了个雷二锋，他爹真会取名字，第二个雷锋，能拒之门外吗？这小子是跟我试过拳脚的所有人里，唯一我略微感觉有点吃力的一个。他们部队里来的多了，互相称战友，而且都会使枪，聊起新起的歌星影视明星，能说到一块儿，又都能去网吧上网，什么QQ聊天，用起手机，一天发好些个短信，他们就跟连成片的水一样，让我成个岛了。我就想，第一步，我得跟麻爷争取到更多的私人时间，比如像今晚，能坐在您这么个伯伯面前，这么畅所欲言，多好！也许，通过您，我就能有机会认识到小姐妈咪以外的干净女子，有机会看到听到跟麻爷他们那个世界不一般的人和事。薛先生，以后我就叫您一声伯，好吗？"

薛去疾难以拒绝："我既然比你父亲岁数大，你叫我伯当然合适。"

庞奇先站起来，先抱拳，再腾地跪在薛去疾面前，磕了三个头，仰起头望着薛去疾，睁着浓眉下的大眼睛，几乎是喊："伯！收下奇哥儿吧！"

薛去疾忙把他扶起。从那晚起，薛去疾跟庞奇的关系就发生了质变，除非当着某些人不便，他们交往时，薛去疾就叫庞奇奇哥儿，庞奇就只一个字唤他："伯！"

17

算起来，奇哥儿和伯，一个月里顶多见面一次。但每次质量都很高。

都是在晚上。多半是奇哥儿把赌桌上赢了钱或喝得醉醺醺的麻爷送回到住处以后，给伯打来电话："伯，我能去您那儿吗？"伯高兴地回应："你知道我是夜猫子。来吧来吧。"

奇哥儿到达之前，伯会准备好茶水和开心果蔓越莓干等零食，偶尔奇哥儿进来后会笑说："今天能陪伯小酌，二锋开车送我来的，他也还愿意接我，说不管有多晚。"伯就会拿出好酒，再增添些熟食酸黄瓜什么的，无论是品茶还是饮酒，爷俩都会进入到乐陶陶的最佳状态。

他们会先漫无边际地闲扯一阵，后来，渐渐的，就不仅是形而下的谈论，而能升华到形而上的高度。

发现奇哥儿简直没有读过什么中外文学名著，就是知道点，也大都是从据之改编的影视里获得的极不准确的印象。有一晚伯就给奇哥儿讲起了法国文豪雨果的《悲惨世界》，虽然伯书房书架上就有全套《悲惨世界》的译本，奇哥儿哪有工夫借去阅读原著，于是伯就跟他说书，讲得有板有眼，悬念抓人，高潮迭起，奇哥儿是强阳性生物，俗话说"男儿有泪不轻弹"，他干脆是"猛男无泪"，他对书里穷人遭罪的同情，咬牙捏拳，对书里主角冉阿让的崇敬，击掌抱拳，他的感动，从眼睛的反应来说，没有泪光，只是喷火。伯分几次才把《悲惨世界》的故事大体上讲完。讲述中爷俩就有所议论，讲完以后更几乎用了一整夜来讨论。

对于奇哥儿来说，伯跟他讲述讨论《悲惨世界》，不啻是一次精神启蒙与心灵沐浴。伯就跟他讲到平等、公正、尊严、自由、正义、人道……一直分析到谅解与宽恕，但是，虽然伯自己有基督教倾向，毕竟还没有真正成为教徒，就没有再往宗教上引导。奇哥儿渐渐地在精神上对伯有了依赖性。离开伯那里以后，按说多半是东边现出淡红天光了，他应该回到酒店呼呼大睡，以便下午好伺候午后才起床的麻爷，却精神亢奋，怎么也睡不着，他有非常好的习惯，就是不抽烟，于是他会为自己冲一杯速溶咖啡，再提神，好反刍从伯那里获得的精神食粮。虽然他几乎没有睡什么觉，那个下午在麻爷跟前却依然精神抖擞，一点不露马脚。他需要利用接下来几天忙碌中的空档抽工夫将缺失的睡眠补足。

有一天上午他正在酒店标准间里呼呼大睡，忽然感觉到身上仿佛有蛇爬过，他警觉地弹跳起来，才发现是一个赤裸的女人趴在他身边，刚才是用手指抚摸欣赏他的胸毛。看清了，那个女人是薇阿。他二话不说就搂那薇阿，薇阿发出快活的叫声。薇阿花了一千块，买通酒店前台的人，获得了能刷开他这间房的房卡。后来他就以狂暴的肢体动作糟蹋薇阿，薇阿更是快活得吱哇乱叫。把薇阿轰走以后，他接着呼呼大睡。中午起床淋浴的时候，他才充分意识到薇阿这个行为的危险性。但是分析起来，薇阿实在是出于爱他，薇阿会通过这种办法让人来杀他吗？可能性几乎等于零。他查出了那受贿违规的大胆前台，也不用报告麻爷，让酒店经理以别的理由将她炒了鱿鱼，自己换到另层另房去住，也给薇阿打去警告电话，薇阿用哆哆嗦嗦的声音服软告饶，他知道她再不敢了。何况他是通晓法国大文豪雨果《悲惨世界》故事的人了，按伯的教诲，也是《悲惨世界》的主题之一，他应该以大悲悯的情怀来对待无权无势只不过是想跟他肌肤相亲的那么个痴狂的女子。

每次跟伯分别以后，奇哥儿就盼能再能去伯那里。但麻爷是事情越来越多，也越来越难伺候了。奇哥儿会在别人听不到的时候和地方，给伯打去电话问候，倘若伯那边座机无人接，手机又关机，他就会为伯担心，直到终于通话，才安下心来，但伯听了电话，知道他只不过是想念、问候，一时也还到不了他那里，就会怅然若失。

18

那天在楼盘大门口，薛去疾和夏家骏巧遇。

夏家骏乘坐的奥迪A6被保安拦住了，司机替夏家骏说明是到A区某楼，保安要求登记，坐在后座的夏家骏火了：你这不过是个商品楼盘，又不是那上谱的高干楼，啰唆什么！但那保安还是不放行，夏家骏就跳下车，命令保安用对讲机把物业经理叫过来……正争执着，偏薛去疾走过来，他是要出楼盘去买点东西。薛去疾本不想招呼夏家骏，夏家骏却迎上去，也不称呼薛去疾，而是愤愤地说："你们这个楼盘的物业经理是谁？没看见这是公务车吗？耽搁了公务他能负责吗？你帮我说说这些个保安！哪儿招来这么群土鳖虫儿！"薛去疾就对他说："你怎么这么大气性？这些外地来的小伙子们也挺不容易的！原来门禁也没这么严格，前些天不是出了凶杀案吗？物业也是为了我们业主的安全！"其实所谓登记也很简单，无非是所访楼号房号、车牌号及要求留下个手机号码，有个保安就主动给他们往登记单上填了，问手机号码，夏家骏听见，喊一声："隐私！你们不配知道！"保安见他实在不好惹，只好算了。夏家骏回到车里前，才对薛去疾露出个笑容，算是友好招呼，又说："国民素质亟待提高！他们一点眼力见没有！难为你住在使用这种劣质保安的楼盘里！你最近还好吧？"薛去疾心中不平，"国民素质亟待提高"，说谁呢？你这"国民"是怎样的"素质"？！不理他，管自走出大门，夏家骏坐进车里，对司机说："是个以前的熟人，他大概是住在次一点的B区或者C区，咱们去的是A区。"

那楼盘A区住的是名副其实的富人。另有雕花铁栅栏围绕，也另有保安门卫，保安问明到几号找谁，直接用视频对讲器与几号里的业主沟通，业主命令："请他们进来。"保安就放行。A区里的花木档次也比别的区高，春有樱花，夏有牡丹，秋有金桂，冬有蜡梅，更有四季常青的翠竹。那时正当盛夏，门里的喷泉吐珠溅玉，夏家骏就感叹到底是高档商品楼盘胜过部长楼，怪不得有些享受到部级待遇的人，还要另购商品楼特别是郊区的别墅倒换着住。

夏家骏这天是去拜访一位级别并不高的人士，说起来不过是区里的一位城管头儿，撑死了往高算是个副处级罢了，但是，人家却能住在这样的一梯两户的大户型高档公寓里。夏家骏造访的由头，是从晚报上看到条报道，说这个区的城管创造了一种"鞠躬执法"，就是对违规的摊档，不是呵斥更不是粗暴动手，而是深度鞠躬，劝其撤离。后来又打听到，是住在这里的那个头儿，到日本旅游，见日本人动辄九十度深鞠躬，甚至街上两位交警换班，也如此毕恭毕敬，于是深受启发，回来就创造了这种"和式鞠躬"的文明执法方式，效果不错，主动联系到晚报，也就做了报道，但发稿时，审稿的头儿把"和式鞠躬"改成了"深度鞠躬"，也删去了头儿在日本受到启发的内容。头儿看了晚报报道很不以为然。

夏家骏是以报告文学起家的。报告文学一度极火，而且时兴题目里带"大"字的长篇报告文学，大地震呀，大迁移呀，大转型呀，大崛起呀……夏家骏也曾以一篇大 XX 红极一时，得登龙门，奠定了如今庙堂一隅的地位。他深知，能获得这庙堂一隅的座席，大不易，应知足，成为部长级人物，无可能，不妄想，但是，争取正式的副部级，是他日思夜想的人生目标，副部级哟……

夏家骏要实现全面的副部级，不能吃老本，必须立新功。但是这几年报告文学身价大跌，也很难找到可报告的人与事，即使自己觉得是挺不错的选题，去联络采访对象，往往是碰钉子，不是硬钉子就是软钉子，改革开放初期，那些创业的人士，第一家领到私营餐馆执照的老板呀，第一个自主创业的制造商呀，第一块街头商业广告的竖立者呀，第一批淘到满桶金的股民呀，第一批通过"走穴"将自己的名气转化为金钱的演员呀……都不难联系到，也大都巴不得你去采访，写成报告文学配上照片发表，但是，现在越是发财的人士，越要隐姓埋名，比如那位麻爷，至今夏家骏也还没打听到其作为法人的姓名，你愿意给他写一整本书树碑立传，人家却连正眼也不白你一下，是既厌恶报告，更鄙夷文学，再比如这个楼盘 A 区的富人，他们轻易不会透露自己的身份，据说其中以外地小官僚和煤老板房产最多，当然住在里面的却并不一定是其本人或原配，他们轻易不会约人到自己住的地方来，夏家骏能被邀请，他很得意，觉得这也证明着他的身价非同一般。当然，他知道，邀请他来的那位区城管头儿，当然是在另外的区管事，很少有傻到在哪个区拿权只在哪个区筑窝的官员。

19

这是个公休日，夏家骏调动司机比较费劲，但他绝不愿意打的来。那城管头儿能约他到家里去，可见知道他的分量。

按响了门铃，开门的是保姆，被放进去，换了地毯鞋，迎上来的，却并非那位城管头儿，而是一位保养得猜不出年龄的美貌女士，她是原配还是二奶啊？颇难判定。那女士带路，穿过豪华的客厅，出得落地大玻璃门，来到宽阔的平台，请他落座在遮阳伞下的休闲椅上，平台上的游泳池，竟被改成了一个种植着睡莲的水域，紫红的睡莲被碧绿的圆叶陪衬得格外妖娆。保姆端来全套英式下午茶，放在遮阳伞下的休闲桌上，那女士在夏家骏对面坐下，看那表情，不是男主人要接待他，而是这位女士要跟他说话。

果然。那女士告诉夏家骏，老王打高尔夫去了。老王并不需要什么报告文学，他那"鞠躬执法"的创意有报纸报道就够了。之所以还以他的名义约夏教授来，是因为有件事，希望夏教授帮忙。

夏家骏喜欢别人唤他夏教授。但是那老王如此拿他开涮，实在出乎他的意料。他可是有身份的人啊！不过，也还好奇，不接受采访，有事相求，那是桩什么事体呢？

"也不算什么大事。"那女士打个手势请夏家骏喝细瓷杯里斟好的大吉岭红茶，把方糖罐和小小的牛奶杯朝他那边挪了挪，慢条斯理地说了起来。夏家骏听着，先是觉得匪夷所思，接着就非常生气。

原来，王家千金就要移民某西方国家，老王和这位女士，已经为千金在那边唐人街买下了一个超市，办的是投资移民手续，在移民资格审核当中，王家千金，那女士称她丽丽（或者莉莉、俐俐，总之是那么个发音），填表时，学历填了个硕士，其实她只是个学士，并非硕士，但是既然那么填了，就必须提供硕士学位证书，这不就给自己添麻烦了吗？代理办理移民手续的机构说，交过去的表格，无法更改，西方最讲究诚实，其实你就是学士也无所谓，投资移民嘛，但是虚荣心作怪，填了硕士，那就必须提供硕士证书，而且必须是真实的证书，那么怎么办呢？丽丽现在就紧急准备硕士论文……

夏家骏插进去问："咱们这边的硕士学位，也是有一整套审核程序的啊，能轻易取得正式的证书吗？"

那女士，应该是丽丽的生母，就说："当然，也不能完全请枪手，丽丽自己还是努力的，她已经整出了个草稿，现在，就希望您，夏教授，帮她顺一遍。"

夏家骏觉得受到了侮辱，他们把自己当成什么了？他毕竟是得过奖的作家，是政协委员，是享受国务院特殊津贴的专家，怎么能为这么个毛丫头去"顺一顺"什么狗屁不通的硕士论文？这不就是让自己当那丽丽的枪手吗？他差点被一口茶呛住，咳嗽起来，好不容易恢复正常，用抽纸揩嘴，以愠怒的眼光朝丽丽她妈望去。

那女士却以为夏家骏是在考虑条件，于是说了句："钱不是问题。"

"钱不是问题"这五个字，这几年夏家骏听得多了，比如在麻爷埋单的那次宴请中，人们谈生意，其中就出现了这五个字。如今世界经济低迷，风景这边独好，中国的官员、商人，口中多会呐出这五个字来。没想到现在对面的这位女士，为她的丽丽能顺利移民，也以这五个字为誓。

夏家骏当时心中充溢着饱满的正气。他再环顾四周，不过是个城管的头儿，怎么就积累出如此的财富？过上如此的生活？已经为女儿购下国外一个超市！能有如此的手笔！腐败啊！写什么"鞠躬执法"的报告文学，干脆改写"某城管老爷的财富探秘"罢了！

夏家骏就说："这不是钱的问题。这里头有个原则。难道那充当他导师的人，就能让她这样的论文通过吗？上头还有校学术委员会吧？"

丽丽母亲又说出五个字："那我们有人。"

这五个字也并不陌生。"钱不是问题"加"那我们有人"，原是拴在一起的。这实际上也是当下中国人从上到下把事情办成的绝对法宝。以前听到这十个字从未觉得刺耳，这次却不仅觉得刺耳，而且锥心。

"你们既然又有钱又有人，那直接取证书不齐了吗？把我逛来算怎么回事儿？"

夏家骏站了起来，表示告退。

忽然玻璃门里边发出一种似乎是惊喜的声音，接着那丽丽冲了出来，她脸上还敷着面膜，无法弄清其"庐山真貌"，她跳到夏家骏跟前，抓过他的手就喊："哎呀！太好啦！我是您的粉丝啊！快给我签个名！"接着转身跑回去，又飞快跑回来，拿着一本前几个月出的杂志，上面有夏家骏的一个篇幅很长的报告文学《中国大超市》，请他在那题目下签名。

夏家骏勉强地签了名，丽丽看出他不高兴，就又过去搂着她妈妈的肩膀摇："姆妈，你干吗为难人家夏教授啊？"又转身对夏家骏娇嗔，"夏教授，为什么不多坐会儿呢？我还有好多问题要请教您哩！"又活泼地甩手，"别走，等等我！"飞快地跑开，又飞快地返回，这次揭去了面膜，用化妆棉清理着颜面，在那休闲桌旁的空椅子上坐下，对夏家骏甜笑，"现在，您是我的客人啦！"

那丽丽果然美丽，夏家骏望着她，不由得化怒为喜。

丽丽跟夏家骏聊了起来。原来她确实在修工商管理硕士，论文题目是《超市管理中的盲点及清除方略》。如果她这篇论文确实通过，令她获得硕士学位，那么，她去成为在那边投资超市的移民老板，移民局加快接纳她的可能性无疑将大大增强。人家已经写成了一个文本，请夏教授做的事，无非是顺一顺、润润色，更何况人家也是冲着他那篇《中国大超市》的报告文学才恭请他帮忙的，丽丽称，她的论文后面有 86 个注脚，其中 13 个引用了他的大作。这么说，所面对的人和事，也还不是那么离谱，而且，他想起了丽丽妈妈所说的那五个字"钱不是问题"，他被某些评奖班子邀去当评委，动辄会拿个三五千的红包，那么，给眼前这位千金移民助一臂之力，怎么也该拿个三五万吧？

丽丽母亲看出夏家骏脸色的变化，就招呼保姆："李嫂，换壶热的茶来！把提拉米苏端过来！"

20

在打卤面街，薛去疾遇到了推着平板三轮卖水果的顺顺，两人互相亲热地打招呼。顺顺要白送薛去疾上好的苹果，哪能白要！薛去疾硬要他过秤，报出价钱，顺顺不要零头，薛去疾坚持全款，说："你小本生意，哪里经得起白拿去零的！什么时候你在这街上开家打卤面馆，而且叫虹霓寺打卤面馆，借地名发力，肯定大赚！那时候我进去白吃你面，你也痛快，我也痛快！"顺顺就叹口气说："那铺面得多贵的租金！开不起啊！我的想法，能摆个大的水果摊，就不错了！"薛去疾就想起，另一条街，一个楼盘门外，就常年有个水果摊，偶尔他也在那里买回些水果，于是说："那边街，楼盘门口，不就摆了个大摊吗？要不，你在我们楼盘门口，也摆个摊，怎么样？"顺顺说："人家那是有铁人，咱们没有啊！你要是个铁人就好了，我就在你们楼盘门口摆大摊了，谁动得了我啊？"薛去疾听不懂，什么叫"铁人"？顺顺的发音，是"贴甚"，就更一头雾水。

顺顺解释，薛去疾终于弄明白，"铁人"，就是有权有势别人轻易推不倒的人物。比如那边街那个楼盘门口的果摊，听说后台就是一个"铁人"，城管找果摊麻烦，卖果子的立刻打通手机，让城管听，那边传出的，竟是一位上级的声音，让本来气势汹汹的执法人员立刻偃旗息鼓，以后就再也不会去管那果摊了。当然，果摊一定会给"铁人"进贡，究竟进多少，外人就难知道了。

薛去疾心想：所谓"铁人"，不就是腐败分子吗？"找铁人"，不就是去跟腐败分子勾结吗？他跟顺顺的交往中，对腐败分子的愤恨，不是主要的共同语言吗？但是，他还没来得及说什么，就听顺顺跟他说："薛先生，咱们是好朋友了么，您自己不'铁'，可是一定认识几个'铁人'，您给我联系联系，找到个'铁人'，让我也能在人行道上划出一大块摆个不用交房租的大果摊，多好呀！您跟那'铁人'说，我顺顺是最忠诚的，孝敬他只会越来越多！您那时候吃果子不也更方便了？我进的品种会最齐全！"

薛去疾见顺顺满脸热切期盼的表情，心里有些难过。怎么连顺顺这样最底层的人，本来是最恨贪腐的，一旦算计到自身的利益，所向往的路子，也还是找个"铁人"来保护自己的非法经营？他不知该如何应答，含混地说了句"我该回去了"，便转身走了，后面顺顺喊："您忘拿果子啦！"追几步把一兜水果塞给他。

薛去疾往家走，心里又想，本来顺顺这样推着平板三轮卖蔬果，也是法外生存，我买他的蔬果，也是助长法外活动，现在他道出心声，希望能在"铁人"庇护下，把水果生意做大，也不过是从法外五十步，迈向法外一百步罢了，又有多少可责难的呢？就是那些庇护这些商贩的"铁人"，比起更大的贪腐分子，不也算不上什么角儿吗？痛恨贪腐，反贪腐，先要打老虎，但老虎还在那里若无其事，顺顺，甚至包括自己，不也只好是先混沌地过着吗？倘若对自己也较起真来，那么，购买无照摊贩顺顺的蔬果，不也等于帮他逃税，不也是一只苍蝇？哎，这世道，要想绝对纯净，难！

21

那以后好多天，薛去疾没有再在街上遇见顺顺，想来顺顺那些天是推着平板三轮到别处卖水果去了，也就没有多想。

但是，有个晚上，奇哥儿来了，他也很多天没有见到奇哥儿了，奇哥儿说："伯，真想你啊！"他就跟着说："我也想你啊！"爷俩就热络地聊起来。

伯问奇哥儿："怎么这么多天，你不来也罢，电话怎么也不打一个？发个手机短信问个好，你以前惯熟的，怎么这阵子音信全无？"奇哥儿就告诉他：

"是跟麻爷去了趟澳门。你知道麻爷是立了规矩的，去了外地，我没他的允许，是不能随便打手机发短信的。"伯就知道，奇哥儿能透露是跟麻爷去了澳门，已经很不简单，等于是对不起麻爷，而把他视为了高于麻爷的生命存在。当然不能问他们去那里做什么，想来无非是进赌场吧，也许还有什么生意上的事情，不能问，自己也没兴趣知道，于是只淡淡地问："澳门那边气候怎么样啊？有什么特别的见闻？"奇哥儿就说："热多了。还不是老样子，能有什么新鲜的？不过，对了，你怕想不到，我看见顺顺了。"伯笑："那边有人长得像方忠顺？"奇哥儿说："不是长得像。就是他本人。"伯摇头："怎会呢？你怎么会看花了眼？"奇哥儿说："我眼从来不花。我要没有过眼记准，再见必认的眼力，麻爷也不会用我。"伯就诧异："怎么会呢？"奇哥儿说："就是顺顺。不光是他，还有他媳妇。"伯越发惊奇了："不会吧？……"奇哥儿说："我看见了他们，没让他们看到我。千真万确是他们两口子，还有另外几个人，他们在一起。他们可能是参加个旅游团，港澳几日游吧。"后来奇哥儿又聊起别的，伯的思绪却好一阵萦绕在这件事上，虽然是如今中国大陆居民出境旅游的越来越多，像他们楼盘里的业主，常常是飞这里飞那里，还有乘游轮旅游的，但毕竟是富裕人士，起码是中产阶级，像顺顺那样的无照游商，顺顺媳妇那样的扫街女工，还是离出境游很遥远的社会族群的成员，这究竟是怎么回事呢？

奇哥儿说起他在高尔夫球场的艳遇，说是这回可能真能实现他的梦想，内容太刺激了，这才让伯暂时撂下对顺顺夫妇居然出现在澳门的悬疑，集中精神听奇哥儿讲述，又帮奇哥儿预测好事能否兑现的前景……

就在奇哥儿那次拜望以后，没多少天，顺顺就不再推着平板三轮卖蔬果了，他居然大摇大摆占用了打卤面街街角的一大片人行道，设了个水果大棚，做起了红火的生意。不少人啧有烦言："怎么能占用这地方呢？城管也不来管管？"有人就去向城管反映，这个区的城管部门回答说："是那个区的管辖区。"那个城管部门的回答，一模一样。也有个别人往市里反映，石沉大海。薛去疾去那水果摊，顺顺脸上笑成一朵花，抓几个山竹要送给他。薛去疾就问："顺顺，你找着'铁人'啦？"顺顺就说："薛叔！我这下可真是顺顺溜溜啦！"以前跟顺顺聊天，知道顺顺那过世的父亲早薛去疾几年出生，顺顺唤他叔，跟奇哥儿唤他伯一样，顺理成章，薛叔听了顺顺的回答，就知道他真是有了"铁人"撑腰了。就又问他："你这下本钱大啦，是在澳门赌场赢了一大把吧？"顺顺就脸红了："瞧您说的！我这辈子还不知道赌场是个什么模样哩！"薛叔就不再深究。后来看顺顺那生意越来越兴旺，就心想，顺顺毕竟还属于农民的范畴，他这生意虽是在"铁人"卵翼下违规，只算小恶，绝非大恶，又交往过几年，算是老朋友了，跟社会大腐败划清界限有必要，跟顺顺较真就未免矫情了吧？

薛叔始终不清楚顺顺两口子去澳门是怎么回事。后来他也没再跟顺顺提过澳门。顺顺跟他说"我这辈子还不知道赌场是个什么模样"，那可是句真话。

22

事情的缘由，是有一天顺顺媳妇正在扫马路，忽然有个骑电动车的男子在她身边把车停下，她抬眼一看，那人在对他微笑，她认出来，那个斯斯文文的男子，是雇用她那个机构的会计，姓余，就招呼："余先生，您路过啊？"那余先生也招呼她，问她："你想不想去澳门看看？"顺顺媳妇开头没听明白："什么门？我哪个门都想看，可哪有工夫去看？"余先生就强调："是澳门。香港、澳门，合称港澳，电视上常有的。想不想去？去趟澳门！"顺顺媳妇就笑："别拿我们乡下人当开心果！澳门，那是我们去得了的地方？"余先生就说："不光请你去，你的先生，方忠顺，一块儿去！我领你们去！"顺顺媳妇就捏着扫帚把，愣住了。

后来的事情，像做梦。可那都是真的。顺顺和顺顺媳妇双双回到原籍，办理了港澳通行证。顺顺媳妇那份工，找临时工暂时替代。除了顺顺和顺顺媳妇，还有另外两对农村来的夫妻，也都回原籍办理了通行证。余先生和另一个人，带领他们一行八人，乘飞机飞往了澳门。下了飞机，余先生临时找旅行社为六个农村人办理了报关单，因为他们那样的通行证，是不能获得自由行签注的，但付给旅行社每人50元，也就很快获得报关单，享受到和余先生那两个人同样的自由行待遇。排队顺利过关，进入澳门境内，但并没有出机场，就在那机场里面，属于澳门出境候机室的部分，余先生和他的那个同伴，把三对农村夫妇的证件，包括国内身份证收走，让他们坐在免费椅上休息，他们去做的事情，顺顺他们三对夫妇，至今并不清楚，只模模糊糊觉得，是到设在机场里面的银行办事处，利用他们的证件，还有余先生他们自己的证件，开了户头，在那里转账；他们当然永远也不会知道，一个户头最多允许转 50 万元人民币，那么，应该转走了 400 万元人民币，换算成了外币，转到某西方国家，某私人账户上了；余先生和他那同伴，也是帮人办事，帮的谁？应该就是他们那个机构的某个头儿；这种事情，他们办理过不止一次了，经手的款项，加起来，好几千万了。余先生和他的同伴，每办一次转账，当然都有相当丰厚的酬劳，但是，支使他们的人，是把那他们再支使的人的酬劳，算在给他们的酬劳里的，头几次，余先生他们俩找的，是本城的人，虽是穷人，但懂得提要求，比如要至少 1000 元的酬劳，到了那边，要求去观光，进赌场在老虎机上试试手气，等等，回来后还嘴不严，会漏风，于是，后来他们就不再找本城的人，干脆找顺顺两口子这样的人，他们从未坐过飞机，能跟着坐飞机，就觉得变成神仙了，哪里还有别的要求，而且，他们回原籍办理证件的来回车票、办证费用，全给报销，所需要付出的，不过是"千万不能说出去"的信诺，有什么不愿意的呢？

那回余先生把他们带到澳门，根本没让他们出机场，去看一眼澳门的样子，转完账，就又带着他们出海关，乘飞机回来了，反正飞机上给吃的喝的，在澳门机场里，顺顺说实在是口渴，余先生都舍不得掏钱给买杯饮料，顺顺渴极了，就到卫生间去，偏那洗手水盆的水龙头，是自动感应，想把嘴伸过去接水，够不着，只能用手引出水来，捧点喝，让那扫厕所的人，瞪圆眼睛无比惊奇。回程飞机上，顺顺猛要饮料，后来就内急，飞机颠簸，卫生间停用，差点尿裤子。不过回到有红泥庵碑的那个住所，顺顺和他媳妇还是很高兴的。咱们去过澳门啦……

又过了些天，顺顺跟他媳妇说："那余先生，看来是个铁人，咱们就该找他，把摆果摊的事情搞定！"媳妇说："他呀，看起来，未必中用。我再想想办法。"顺顺媳妇也真有办法，有一天，她逮个机会，出现在那机构的女头儿面前，笑嘻嘻地递过一兜水果，说："谢谢您啦！要不是您，我们哪能上澳门去呀！"那女领导吃惊："你说的是什么呀？你怎么给我行贿？要不得要不得！你该做的，就是把本职工作做好啊！"说完扭身往她乘坐的那辆公车快步走去。但是，第二天余先生就找上了门，顺顺两口子就提出摆果摊的事情，余先生说："你们就在那地方摆吧。有我。只是再不能提澳门的事儿。"再过几天，顺顺的果摊就开张了，城管的车从跟前开过，视有若无。余先生骑个电动车过来，顺顺给他一兜鲜果，果子底下用废报纸包了 1000块钱，正是他们私下谈好的"月份钱"数目。后来顺顺媳妇告诉顺顺，他们那机构的那位女领导，跟这边城管的头儿，不是两口子，也是亲戚。顺顺说："管他是什么呢。如今咱们每天流水都在 1000 块以上，只盼'铁人'能铁到底，别涨月份钱。"

薛叔时不时会去买水果，顾客少时，会坐下来说说话。对社会不公、贫富差距、贪污腐败的不满与叹息，仍是他们经常的话题。

23

那真是个美丽的浪漫故事！

奇哥儿说，那天，在高尔夫球场，照例来了些官员、商人以及他们的家属，有的打高尔夫，有的在会所弹子房打台球，有的在棋牌室打麻将、斗地主……有些年轻人，就在球场周边的树林花丛里跑来跑去。

麻爷和一位官员、一位房地产开发商慢悠悠地玩高尔夫，有球童驾着电瓶球杆车随他们身后，保持一定距离随时准备伺候，保镖们隐蔽在不同的树荫下，奇哥儿把具体的保卫任务交给了新来的二锋，自己松弛一时，他顺着树林边散步，时不时挥臂、扩胸，深呼吸，回味着从薛伯那里听来的西方古典小说的故事与内涵，前一阵伯给他讲了英国狄更斯的《孤星血泪》、俄国普希金的《上尉的女儿》、美国杰克·伦敦的《海狼》，以及法国大仲马的《基度山伯爵》，奇哥儿对《基度山伯爵》最感兴趣，可是伯却告诉他，这几位作家和作品里，大仲马和他的《基度山伯爵》文学地位最低，属于通俗小说家写的通俗小说，他很不理解，但是他相信伯教给他的是真经，他努力地反刍伯讲给他的那些人道主义呀，平等理念呀，民主追求呀，独立意志呀，等等的普世价值，他为自己有伯这样一位精神导师而深感自豪与欣慰。

忽然，他听见有女子惊叫："努努！那枝子马上要断了！你抓紧呀！呀！呀！救命呀！……"

原来，是一棵大树上，爬着个姑娘，树底下有个姑娘，两手握着脸，弯着腰在惊叫。

奇哥儿两秒钟就看明白是怎么回事：那淘气的姑娘在树上所踩的树枝，正在吱呀呀地断裂，而她双手抓住的那个树枝，根本悬不住她的身体，也在吱呀呀地断裂……又两秒，他已经跑至树下，在树下姑娘的尖叫声中，树上的姑娘落下树来，伴随着断裂的树枝和刮落的树叶……而奇哥儿，以巧妙的姿势，正好将那落下的姑娘揽在怀中，使其发肤无伤。

奇哥儿说，姑娘落在他怀里以后，他们两个的脸，离得那么近，眼睛对着眼睛，一刹那间，仿佛都看到对方心里去了。他现在鼻子里，似乎还保留着那姑娘的气息，一点香水呀化妆品呀的味道都没有，就是如花的姑娘身体本身的那种香气。他陶醉了。那姑娘在他怀里，望过他，就闭上了眼睛。原来在树下的那个姑娘，就急匆匆去叫车，觉得应该马上把她的玩伴，送到医院去检查。后来那叫努努的姑娘告诉他，她也是被他身体那自然的气息陶醉了，她还是头一次被一个男人如此亲昵地拥在怀里，她闭上眼睛，装成晕过去的模样，只是为了多在那救他的强壮小伙子胳臂里，多享受一会儿。再后来他们交往上，那姑娘说，她觉得他应该把络腮胡子留起来，那样他会显得更有魅力。

奇哥儿讲述这段艳遇当中，停下来想跟伯讨论："我是把络腮胡子留起来，更有男人的魅力吗？"伯说："不好说。那是女人家的眼光。你留不留络腮胡，我看起来都一样。"又问，"那努努既然希望你留起络腮胡子，你怎么现在还是刮得干干净净，只剩些铁青的印子呢？"奇哥儿叹口气："我试探了麻爷，他不让我留，他是觉得我这个保镖应该天天刮净胡子显得利落吧。"

奇哥儿继续向伯汇报。那叫努努的姑娘，姓冯。那个树底下的姑娘，姓钟，叫力力。她们俩的母亲，生她们的时候，是在同一所医院的妇产科，住同一间病房，冯努努比钟力力早落生三个小时，听说她妈妈给她取名叫努努，另一产妇就把自己后生的女儿取名为钟力力。她们都是随母亲姓。后来她们上同一个幼儿园，同一所小学和中学，直到上大学的时候，才一个去学了园艺，一个去学了工商管理，本科毕业以后，一个当了园艺师，一个修硕士学位。两个姑娘的母亲，一度是非常要好的闺密，后来不知怎么的渐渐疏远了，钟力力的父亲姓王，某机构的官员，非常富有，前不久给力力办了投资移民，移民手续还没全妥，就已经在国外买下一家超市，好让力力去那边从经营超市起步，发达以后，再陆续把父母也都移到那边去。努努呢，家境就不那么好了，父亲只是个中学教员，而且前些年患癌症去世了，母亲呢，只是个小学老师，那所小学也不是什么重点小学，收入就很一般，努努本科毕业以后，找的工作专业对口，薪酬比母亲高，家里才将陈旧的显像管电视机换成液晶的，仅此一例，就可见如今也非富裕之家。但努努和力力的友谊，持续了下来。那天力力的父母让机构司机开车来这里，力力自己开着他们家为她买的法拉利跑车，约上努努也来玩玩。力力的父亲在练习场和朋友打高尔夫，母亲在会所跟几位太太搓麻将，力力就和努努在绿茵上和树林里疯跑疯玩。努努说作为园艺师，她认为这个高尔夫球场投资巨大，园林设计上却败笔不少，力力就说努努只懂得审美，不懂得投资者所考虑的，主要是如何快速回收和策划上市，不过两个姑娘并不把争论进行到底，她们快活地互相追逐，最后把鞋子故意甩飞，努努更是具有野性，她敢爬树，到树上去坐着，跟力力扮鬼脸，奚落力力胆子小……结果，努努从树上掉下，这一掉，就正好掉在了奇哥儿怀抱里！

奇哥儿跟伯说，他以前总觉得所谓一见钟情，是拍电影演电视写小说的那些人，生造出来的说法，他跟女人亲密接触过，比如糖姐，他对她何尝钟情？他是在混混沌沌的情况下，被糖姐引诱，被她索要了第一次的，虽然后来见到糖姐也会冲动，但那都并不是爱。再比如薇阿，一见未钟情，二见觉恶心，不过是互相都想解决点问题罢了。但是努努掉在他怀抱里，两个人脸对脸，那眼神，那气息，哎呀呀，真是一见钟情了啊！他跟伯说："那晚上我一直想着她，可并不是想扒开她的衣裳，跟她上床，我想的是，我该怎么爱惜她啊？我能娶她当媳妇吗？她是我媳妇了，我跟她做那种事，我可得让她舒舒服服啊……您说，这种心情，是不是就是真爱呢？"伯予以肯定的回答。

奇哥儿跟努努有了秘密联系和来往。努努跟力力透露了吗？奇哥儿是绝对不能让麻爷发现的，但是，到伯这里来，奇哥儿愿意坦白，不过，他也不能和盘托出。他不能讲述他们的联系和来往方式，但是，他忍不住一再地问伯："她是大学本科毕业，我只有初中学历，她到头来能嫁给我吗？"伯就坦率地回答："只怕激情飚过去，理性来主宰，她就会收拢爱情的缰绳了。再说，还有她母亲那一关。母亲会劝诫她：学历差太多，没有共同语言啊！"奇哥儿就说："我们怎么没有共同语言？我跟她聊西洋古典小说，她高兴得脸上开出花儿来，眼睛跟点了灯一样，她好惊讶，我连法国有个作家叫巴尔扎克都知道，能讲出《欧也妮·葛朗台》的故事……当然，我没告诉她，是有你这么个伯，点拨了我……有一回我们一起讨论财富和爱情、婚姻的关系，到最后，您猜怎么着？"伯就笑："我怎么知道你们究竟达成了什么共识？"奇哥儿就说："最后我们都忍不住，也不知道哪儿来的命令，老天爷下的命令吧，我们俩同时，一秒不差，一下子搂在一起，亲嘴，亲了好久好久……"伯就在心里评判：当年那糖姐让你喝的酒，哪有这一杯纯净甘甜啊！

奇哥儿和努努热恋的时候，一个二十七岁，一个二十四岁。

24

那一年的秋天，打卤面街果然开了一家"味美打卤面馆"，薛去疾到顺顺棚里买水果，指着街对面那边，跟他说："你不开，人家开了。"顺顺就说："我本钱没他多。二磕子谁不知道？这些年我们回乡过年，买不上车票，都是找他。"薛去疾就明白，那打卤面馆老板，原是个老牌的倒卖火车票黄牛，那样积累起来的本钱，开个面馆当然不成问题。

薛去疾有天想去尝尝二磕子的打卤面，走近面馆门口，只见楼盘物业的电工小潘，正在面馆外蹬着人字梯，给安装从铺面招牌延伸到人行道边上的白蜡杆树枝子上的瀑布灯，就是那种由无数的小灯泡构成的装饰灯。小潘从梯子上下来，招呼他，他也点头致意，问："你那儿子，生了吗？"小潘满脸沮丧："他妈的，还是个丫头！"他就劝："丫头有什么不好？如今对父母孝顺的，九个丫头一个儿！你有三千金，福气啊！"小潘脸上稍有笑意："他妈的特别像我！"又叹气："只是养一个媳妇仨闺女，在这城里真费钱，闹不好，还得把她们四个送回老家去。那就能省一大半的开销！"他附议："倒是个办法。老家还有老人吧？也能帮着带孩子。"小潘脸上现出怪笑："那我可就守寡罗！"他不以为意："反正你还可以回去探亲嘛。"小潘却来了句："那我在这儿怎么熬？我可没钱找小姐！"小潘这话可就不雅了，他不再回应，进了面馆。

面馆里头倒也干净，端上来的打卤面，比想象的可口。看见小潘进到面馆，找老板要安装那瀑布灯的工钱，那老板二磕子，是个瘦高喝腮的男子，年龄估计奔五十了，对那小潘说："你春节回老家吧？到时候我让你买到车票不就结了？"小潘说："你白给我车票吧。"二磕子说："美的你！"小潘说："到时候该加多少我给多少，成不？现在我缺钱，爬上爬下地安灯，没功劳有苦劳，你怎么也得给点现钱吧？"二磕子说："你是不是想春节没车票爬回去？少在这儿磨叽！好吧，也不能让你今儿个白干，赏你碗打卤面吧！"小潘就嘟囔："瞧你这人……"

薛去疾没听完那二磕子和小潘的对话，就出了面馆。他的收获，是更真切地懂得，每到春节，铁路春运，小潘那样的底层人，要买到一张回老家的车票有多难，而社会也就因此出现了二磙子这样的填充物，他能给你加价的车票，每年那个时段，二磙子都能大赚一笔……但是薛去疾也就想起，每到春运期间，电视新闻报道里，都有公安系统打击票贩子的内容，会出现在车站前广场上，临时宣判的镜头，一排被逮住的黄牛，低头站在那里，狼狈不堪，难道那二磙子就一次也没落过网吗？……

秋深了，奇哥儿总没露面，薛伯估计是坠入爱河，总跟那努努幽会了。又去买水果，顺顺跟他说："薛叔，如今我把隔壁那间屋也租下来了，那红泥庵碑的那面，您也可以去拓啦！"他很愿意去拓碑，可是，有个心理障碍，就是怕再遇上那何司令，何司令是历史的阴影，也是现实的麻烦，他本想开口问："那姓何的还在你们那儿住吗？"后来没问，因为替那何司令想想，他又能到哪儿去住呢？顺顺催促他："薛叔，您要再不去拓碑，我兴许就搬走了啊！托'铁人'的福，如今水果卖得火，媳妇也不扫街了，我们打算租个旧楼里的单元去住了，中介正帮我们找合适的房源呢，一要离这儿近，二要楼下能放我们上货的平板三轮，三要租金在1500块以内……虽说挺不容易找的，可也说不准哪天就有了，一有了就要赶紧搬啊。"薛伯听了，就答应最近找个时间去拓那红泥庵碑的那一面。

入冬了，过阳历新年了，奇哥儿才终于露面。他很焦虑。果然，进入到谈婚论嫁的层面，努努不得不跟她母亲说清楚，努努母亲当然不同意，她说自己思维还是很开放的，努努有这么个男朋友，初尝爱果，她想得开，但是，跟这么个人结婚，她不敢想象，以后日子怎么过？劝努努只把这交往，当作一段青春罗曼史。奇哥儿问伯，西方有那灰姑娘的故事，结局很圆满，有没有灰小伙子的故事呢？伯就努力搜索阅读记忆，说中国古典文学里倒有不少灰小伙子爱上比自己富有的姑娘，最后终成眷属的故事，比如卖油郎独占花魁，可花魁是妓女，这样的例子不举也就罢了，还有那京剧《红鬃烈马》里的王宝钏，那可是大官的女儿，爱上了穷得叮当响的薛平贵，薛平贵参军入伍以后，王宝钏硬是在寒窑里坚守了十八年，最后那喜剧的结局也未免太夸张了，薛平贵竟然当上皇帝，那戏的最后一折就是《大登殿》……至于西方嘛，伯一时能想起来的，是英国的勃朗特姐妹写的两本小说，一本叫《简·爱》，一本叫《呼啸山庄》，唔，那《呼啸山庄》，就讲的就是灰小伙子的故事，不过，那结局是悲剧……奇哥儿就说："呼啸山庄是个什么山庄？男主角是灰小伙子？结局悲剧也不碍事，您就讲一讲……"伯就跟他讲《呼啸山庄》，其实小说也记不大清了，主要是根据改编拍摄的电影来讲，奇哥儿听着，就把自己比作那小说里，好心老主人从大城市拣来的孤儿希斯克厉夫，心想若是娶不到努努，他怕也就会像那希斯克厉夫一样，变成怪人，对所有妨碍了他幸福的人无情地报复！……

努努父亲那家，因为爷爷奶奶早没有了，父亲去世后就断了来往了，但是努努的姥爷虽然也早没了，姥姥却还活着，在南方一个小城市里，和她舅舅舅妈一起生活。那年春节，努努和她母亲，决定去舅舅家看望姥姥。那个小城倒是在铁路线上，但是只有普通列车，才会在那一站停留三分钟，要买到卧铺票或有座位号的车票，非常困难，以前努努母亲带她去那边，往往就只能买到站票，带两个小马扎，将就在过道里挤着坐，熬到目的地。现在母亲临近退休，身体大不如前，怎么也得给她弄到张卧铺票啊！奇哥儿说起这事，伯说："如今有了你，什么票弄不到？她们有福了。"奇哥儿就说："麻爷底下，专有给他办票的人。上星期三说是麻爷指定的那个飞银川航班的头等舱没有了，办票的人就有本事把一个订了票的副部长的那张票给黑了，愣让麻爷按时飞走。火车票也一样，软卧硬卧，公司的人出差没有说为票发愁的。可是这回给努努和她妈找票，我能通过公司吗？更不能让麻爷知道。不过，我会让二碛子给我办妥，还要他不得走漏半点风声。"

伯就说："二碛子那儿的打卤面，确实挺香。"奇哥儿提醒："伯，您可再别去吃了。他那卤的配料里有鸦片，吃了上瘾，副作用可说不清的。"伯说："怪不得他又瘦又黑，嘴唇发紫，他是不是吸毒啊？"奇哥儿说："到底是伯眼力健。这种人少接触。不过，这回努努她们母女的卧铺票，他得给我弄妥。"伯说："我常在报纸上跟电视新闻里，见到严厉打击票贩子的报道，照片上，镜头里，黄牛一抓一大排，就在车站广场批斗处罚，这二碛子凭什么总能逍遥法外？"奇哥儿告诉他："我刚到这条街，在金豹做夜场的时候，过年返乡为票发愁，糖姐就把二碛子介绍给我，一张紧俏的票，硬座能加到100块，卧铺能加到200甚至300块。你想他一个节期能赚多少？越到年关，票越紧，往往是，想买到车票的人，回家心切，你说他加的价高？有那为了弄到真票，愿意加更多钱的人呢！"伯问："那二碛子是不是并不去车站广场冒险，只靠糖姐什么的帮他介绍急着买票的人呢？"奇哥儿说："那也不是。光凭找上门，那能卖多少？再说，弄票需要跟车站售票处的勾结，一般是在火车发车前三四个钟头，票才出笼，加价才高，二碛子那些日子是天天蹲在车站的。你问怎么他没栽过？我头二年也纳闷，总是在打击票贩子的突击队到来前半拉钟头，在车站内外你就再也见不着他的影儿了……"伯感叹："有人跟他通风报信啊！"奇哥儿笑："岂止是通风报信！这您就太憨厚了。您这样的水晶人儿哪里想得到是怎么回事儿！就在那年春节前，金豹歌厅来了几个人，唱完喝完酒满屋子空酒瓶子，临到打烊前，有把沙发吐得一塌糊涂的，有睡在地毯上打呼噜的，有个家伙居然抢起空酒瓶砸 KTV 的监视器，我做夜场的能不管吗？过去就拎着他衣领把他给放到走廊里了……我还以为我立功了呢，谁知被糖姐好一顿骂！糖姐说他砸了自有人帮赔，你得罪了他们，你还想不想要张有座的车票了？我当时还糊涂，他们？他们是谁？后来知道，来的那几个客，都是铁路公安的大小头儿，给他们买单的赔钱的，不是别人，就是二碴子！人家互相是论哥儿们的！据说也有人往上揭发他们，没有用！那砸东西的头儿跟上头解释，二碴子是他们的线人，没有二碴子，车站现场抓黄牛，怎么会一抓一个准儿？一抓一大帮？电视台报道时，才会有那么震撼的画面，老百姓看了，才会拍手称快！那二碴子也确实是他们的线人，因为黄牛分好几帮好几派，凡是得罪了二碴子的，或是二碴子怕他们做大了妨碍自己这边生意的，都拉了名单，都让铁路公安的记住了长相外号，所以，铁路公安采取打击行动前，二碴子必会提前撤离，哪里是逃跑躲避？人家是共同战斗！"一番描述，令伯目瞪口呆。奇哥儿告退后，伯就想，跟这么个大保镖的交往，也真是互补。伯给他灌输文明观念，奇哥儿让伯明了野蛮世道。

25

那年春节逼近了，火车站内外人头攒动。努努和母亲好不容易才在车站附近一家有名的快餐店占了个靠窗的座位，把行李箱搁在安全的位置，喝着热巧克力，等庞奇把火车票送来。

努努的母亲冯老师，坐在那里时不时抬腕看表，有些个心神不宁。努努对母亲说："妈，离发车还有一个半钟头，离开闸放人也还有一个钟头，误不了的。我跟他交往这么久，他没有一件事，说了不算，做不成功。阿奇肯定一会儿就到。他也许已经到了，只是还没找到停车位吧。"

本来，庞奇是要开车送努努母女来车站的，努努倒愿意，努努母亲却觉得不合适。庞奇就没有坚持。庞奇倒是见过冯老师，是有一次送努努回家，在楼下遇上的，努努给双方介绍了，冯老师对庞奇的第一印象还不错，对庞奇也还算热情，说了句："家里坐吧。"庞奇当然没有去坐，努努也还没有把他带进家里去坐的计划，但是后来庞奇和努努回忆起那天努努母亲的那句话，心里都暖暖的，毕竟是个有修养的知识分子。

庞奇跟二碴子约定，在那趟火车发车前两个半小时，在车站广场尽东边的那个广告牌下碰头。庞奇准时到了，二碴子却姗姗来迟。庞奇见他摇摇晃晃趔过来，两眼喷火："我的事你也敢耽搁！票呢？"二碴子就说："票我这就给你捞。两张卧铺不是吗？准能有。"庞奇有些着急了："票还没弄到？"二碴子说："我也是好久没到这儿来了。我不是金盆洗手了吗？"庞奇恨不得扇他耳刮子："你别误了我的事！"二碴子说："哪能呢！"说着眼珠乱转。广场上那么多人，二碴子能一眼认出哪个是黄牛，虽然那些新手黄牛他事先并不认识。庞奇还没看清楚，二碴子已经叫过一个矮个子来，问他有没有那趟车的卧铺票，那家伙张口就答："没有没有。"二碴子揪住他那羽绒服领子，摇晃他："你看清楚，我是谁？"那黄牛挣脱，说："你爱谁谁。你要真想要那趟的票，一张加300块钱。"二碴子没等他话音落地，就扇了他一耳光，那家伙跳起来："你干吗？"二碴子又扇了他另一边脸，跟他说："我干吗？我操你妈！告诉你，我是二碴子！"那人一听"二碴子"，上下打量一下，信了，结结巴巴地说："我这就拿票去，拿去……"完了跑开了。庞奇有点担心："他要没影儿了怎么办？"二碴子掏出香烟抽着，啐一口："他敢没影儿？他想上电视，低头让亿万人看吗？"果然，没过几分钟，那家伙回来了，递上两张车票，二碴子就着灯光看仔细，看完，啪啪又扇那家伙耳光，那家伙捂着脸带哭腔地说："都是真票，您怎么当成假的？"二碴子说："知道真的，要敢假，早把你脑袋揪下来了！"那家伙不敢再吱声，二碴子就说："拿他妈的两张上铺糊弄我！给我换两张下铺去！再捎张站台票来！"那家伙就哀求："哎呀，下铺太难了，窗口里头那主儿要我们加500块，我们再加怎么卖得出去？没多久车就开了，人家铁路不怕没卖走，反正上车想补票的多的是，我们要是砸手里，可就惨了，车开了，那座儿人家铁路还能再卖一次呢……"二碴子知道这些话是冲着庞奇说的，那家伙看出来想拿票坐车的是庞奇。二碴子还要扇那家伙，那家伙闪开求饶："得，得，我给您换去……"又过一会儿，是两个人过来，除了那矮个子，还有个中等个儿的，那中等个儿的来了先给二碴子作揖，说："这兄弟不知道是您来要票，您多包涵！"递上两张卧铺票一张站台票，"实在不好意思，窗口里的主儿今儿个特横，我们只弄到一张下铺一张中铺，您饶了我们吧，对不住了！"二磕子满脸怒气，意思是还得给我去都换成下铺的，庞奇一旁劝住了，并且还掏出准备好的钱，要递过去，二磕子拦住，不让给钱，那两人简直要给二磕子跪下，中等个儿的就不住地作揖："二爷赏碗饭吧，一个镚子儿别多，让我们收下原票款吧，我们也不容易啊！"庞奇赶紧把那票款塞到黄牛手里，黄牛接过赶紧塞进口袋，二磕子就喊："滚！"那两个黄牛就屁滚尿流地消失在人丛中了，二磕子跟庞奇道声："哪天来吃打卤面！"转身离去，庞奇打开手机看时间，正在那趟车开闸放人进站的五十分钟前。

十分钟以后，庞奇出现在努努母女面前，恭恭敬敬叫声冯老师，仿佛那车票他早就购好，气定神闲地递给努努。努努让他喝杯热巧克力，他说："还是赶早不赶晚吧，咱们现在往站里走吧，一进去，也就赶上开闸放人了。"

往站里走的时候，庞奇帮着拉那旅行箱，另一只手上还提着一兜给他们母女路上预备的东西，除了吃的喝的，还有湿纸巾和小药等，考虑得十分周到。努努和庞奇并肩前进，冯老师紧跟在后，望着前面两个年轻人的身影，冯老师心里掂掇着：这庞奇很有阳刚之气啊，谈吐确也不俗，自从丈夫亡故，家里一直没有男人，阴柔过剩，如有这样一位女婿入赘，倒也很能取阳补阴，只是他那学历，还有那职业，哎……

26

那一年火车虽然有了动车，但没有停靠努努母女要去的那个车站的，她们乘坐的是一趟普通列车，它要停靠许多小站。冯氏母女所要去的那个小城停靠三分钟，而在他们之后的下一站，只停靠两分钟。

夏家骏要去那下一站。

夏家骏本来就烦恼，发现冯氏母女竟然跟他在同一节硬卧车厢里，更是又添三千烦恼丝。所幸的是他们的铺位号码差许多，还不至于导致面面相觑的尴尬。

夏家骏没有见过冯努努的母亲，但是见到过冯努努。

夏家骏经过一番过山车般的心理活动，最后揽了那个帮钟力力修改硕士论文的活儿。他是直到把力力交给他的 U 盘插入自己电脑，将那硕士论文文档复制到自己电脑，打开看那文档，才发现署名是钟力力。他联系的那位"鞠躬执法"创造者分明姓王嘛，怎么这女孩姓钟？而且，其名字并非他原来想象的丽丽、莉莉、俐俐、荔荔……而居然是力力。再后来，曲线打探，才闹明白，那王领导和钟女士都是离异后再结合的，力力随母姓，那王领导之所以在系统里敢于大作廉政报告，是因为他自己名下确实没有什么财产，他跟原配离婚是净身出门的嘛，夏家骏所造访的那个居所，以及钟力力的移民费用，包括力力的跑车，等等财产，都是人家钟女士名下的，而且他们做过婚前财产公证，那些动产与不动产均系人家钟女士自己的，至于钟女士似乎并不工作，稳当全职太太，何以有那么多的婚前财产？虽然机构里某些人啧有烦言，但那本属钟女士个人的经济隐私，岂能随意刺探？

为给钟力力的论文润色，钟太太往夏家骏的账户上划了五万元。确确实实，"钱不是问题"。夏家骏看上了钟力力的美色，就起了不良之心。借口论文里有的问题需要面谈，先是把钟力力约到酒店大堂吧喝茶，后来又约她到酒店日本料理店吃和食，他的算盘，是倘若对方从崇拜他的文字发展到欣赏他的风流倜傥，则在酒店里开房，老牛啃一番嫩草，也是不无可能的。谁知那钟力力，茶也喝了，刺身、寿司、天妇罗、铁板烧……也吃了，甚至梅兰竹清酒也喝了，秋波流转，腮红唇润，他就说："我们各自开间房，都单独休息一下吧。"忽然就听见一阵咯咯咯的笑声，从那边座位上跑过来另一位美女，搂住钟力力肩膀说："醉了醉了你醉了！你怎么开车回家啊？"钟力力就说："夏教授要给我单独开间房休息哩！睡一觉酒醒了再开车回家不迟！你来得正好！怎么不早过来跟我干几杯？正好你可以在房间里陪我睡！"于是把那女孩介绍给夏家骏，"我的发小，我们在同一个医院先后落生，她比我早看见这个世界三个钟头，我们的名字是关联的，她叫冯努努，我叫钟力力，每逢到钟点，我们都要互相鼓励：努力努力再努力！"两个女孩子搂着笑作一团……夏家骏心里好懊悔，不该色胆膨胀，不但餐饮埋单，还只好真为她们开了房，眼睁睁看着那两朵花嘻嘻哈哈飘进去客房的电梯里。后来回过神，就知道钟力力绝非纯真少女，她一定是到酒店来之前，就安插好了冯努努，如今的这些少男少女，哪一个那么容易上当？更何况是上他这么个半老头的当？

夏家骏怎么会来坐这趟车？他是要回原籍，去更正他的出生时间。都老大不小了，还改什么出生时间？对于夏家骏来说，那可是至关重要的事情！春节过后，又要举行每年例行的盛会，通知到会的信函，一般会在节期过后发出，他这次有点担心，怕收不到；虽说与会的名单一般是不会在会前临时变动的，可是例外的情况也曾出现过，他所在的那个组别，去年就有一位人士，被别人取代了，而且事前并未及时知会那人，后来那人才被告知，一是近年在那个领域那人无大成就，而取代者的成就影响都超过了那人，二是那人年龄临界，也该退出。前些时夏家骏在一个场面上迎面遇到政协一位副主席，以往见到他总是很热情的，那天却淡淡的，那是否就预示着他的没落呢？如果保不住政协委员，则全面的副部级待遇也一定泡汤！更何况，他夏家骏岂止是要保委员席位，他还要争取当上常委呢！

夏家骏感到的直接威胁，来自于跟他一个系统的某人，那人的一部主旋律作品，头年被广泛宣传，还改编成影视，捧了好几个体面奖项，而那个人比他小一岁。彼将取代己乎？夏家骏已经两三个月耿耿于怀。对付这份威胁，夏家骏表面上不动声色，甚至在场面上遇到那人，对其获奖表示祝贺时，热烈拥抱，高声赞美，但是，暗地里，夏家骏却在搜集对那人不利的材料，逮准机会，他是要递上去的。再，就是他联系好了原籍的相关人士，表面上是礼贤下士、回去一起过春节，实际上，是一定要在节后头一周就将更正的出生材料带回来，正式入档，那么，那位风头超过他的某人，就比他高两岁，至少没有什么年龄优势了！"钱不是问题"加上"那我们有人"，一定战无不胜！何况，夏家骏营造的理由也非常充分：当年家里为了让他早些上学，故意把他的年龄提高了三岁，如今父母虽然双亡，还有伯妈堂叔等健在，均能作证嘛！尽管和原籍那些管理户籍的人士一起吃喝对他来说不啻受罪，但是也只有在酒肉气息中，才能建立起拍胸脯论哥儿们的关系啊！

夏家骏近年来出行一般都乘飞机，偶尔坐火车，也只乘软卧车厢，但是，这趟车不挂软卧，他也只好接受硬卧的下铺。大晚上的，他却戴着个墨镜。虽然他戴了墨镜，送冯氏母女上到这节车厢，庞奇还是一眼就认出了他。庞奇作为高级保镖，专业能力之一，就是雪亮的眼力和记忆力，他虽然只跟那夏家骏在一次饭局上同过桌，却过目未忘。夏家骏一时却并未认出庞奇来，因为那次饭局，庞奇临时被麻爷叫去忝列末座，夏家骏对他根本不屑一顾。但是夏家骏却一眼认出了冯务务，他赶紧把头转开，所幸冯务务经过他身边时，并未发现他。

庞奇把冯氏母女安顿好，下得车厢，心中不免嘀咕：这位姓夏的，会不会在近期遇上麻爷，并且把在这趟车这节车厢里看到他护送一对母女的事情，讲出来呢？倘若麻爷知道了问他，又该怎么解释呢？

庞奇遇到夏家骏生出的不快，很快也就淡化了。夏家骏遇到冯氏母女引出的不快，却随着火车开动后车轮的咣当声，越来越浓酽。躺在卧铺上，蒙着头，他怎么也睡不着。胡思乱想中，夏家骏就觉得，那来送冯氏母女的壮小伙子，似乎也在什么地方见到过，究竟是在什么时候什么场合呢？忽然就想起了有林倍谦的那个饭局，于是不由得又想到薛去疾……他那天对薛去疾非常刻薄地说到"宁要北边一张床，不要南边一间房"，但是，这冯努努的发小，那钟力力，她家，那么富有，却也是在南边置的房啊，而且，薛去疾竟也住在那个楼盘里，尽管是在房型比较差的区域……又想到，他虽然讥讽薛去疾"你可是给搁到死角里啦"，人家这些年却也还混得可以，儿子也在美国安了家，自己呢，女儿在美国，嫁了个白种人，原来他和妻子都大自豪，谁知那洋女婿绝对是西方思维西方作派，他和妻子去探亲，明明两口子那栋"号司"很大，有若干间卧室，却安排他们住进附近的连锁旅店……哎，听说薛去疾老伴被儿子邀请去长住，那中国种的儿媳妇非常孝敬，他妻子无比羡慕，他那女儿和洋女婿，可是不会接他们去长住的！将来可怎么也到那边安度晚年呢？看来，像钟力力父母那样，积累起足够的财富，投资移民，才是个最稳妥的办法，可是，自己和妻子又怎么才能积累起那样多的财富呢？画饼不如烙饼，所以妻子跟他同仇敌忾，坚决支持他回原籍过春节，不能让那头年捧了奖杯的家伙抢了他夏家骏的委员席位，还是副部级可望而可及，副部级哟……

那硬卧下铺令夏家骏觉得非常难耐，卧具有种不雅的气息，对面中铺和上铺的旅客都在打鼾，令他太阳筋疼，他一时觉得整个世界和人类都对不起他……

27

那一年春天，一天夜里，庞奇开着白色宝马，朝远郊一个射击场驶去。

去射击场，是因为麻爷有天问他："你说，我跟你，有个什么缺陷？"庞奇不敢轻易回答，说："我的缺陷很多。您呢，我还真想不出来，有什么明显的缺陷。"这话不是谄媚，当时庞奇觉得麻爷似乎什么都拥有了，可以随心所欲，活到他那个份儿上，还挑剔什么呢？当时他俩站在窗里，窗外不远处二锋快步走过，麻爷就用下巴指指二锋："他就没那缺陷。"庞奇立刻懂了，就说："那我陪您练枪吧。"二锋是武警部队下来的，一批保安保镖都从复员兵里招来，都会使枪。就在麻爷说那话前些时候，麻爷已经为二锋配了枪，当然是藏在衣服里头，而且，暂时还没有同时配备子弹。麻爷就说："大庞子，我喜欢你的一点就透、一句话到位！"拍了拍他的肩膀。庞奇这名字很少有人叫，麻爷叫他大庞子，麻爷身边别的人不敢跟着那么叫，糖姐、薇阿叫他大奇，二锋一帮兄弟还有打卤面街顺顺等一干人则叫他庞大哥，薛伯叫他奇哥儿，努努叫他阿奇……

那晚大庞子开车，护送麻爷去练枪。他当然更要练。时代在发展，像他那种只能靠拳脚或者加上冷武器制服对手的保镖，若再不会使枪，很快就会被淘汰掉了。当然，预先已经跟射击场的人联系好了。

月黑风高，宝马车在公路上疾驰。忽然，大庞子看到，车子前方大约100多米的路中央，显现出一个巨大的障碍物，他急刹车，下车去看个究竟，就在一两秒的间隙，他不是靠眼睛而是靠背后的声息，意识到那充气障碍物不仅是人为的，而且目的还并不一定是要让车撞上，搞鬼的人要的就是司机下车探究，于是他一个后空翻，落下之前，有个手持钢管的家伙已经挥起钢管，就要朝后车窗砸去，他在落地之前，就准确地踢中那家伙握钢管的手，那人哎呀大叫仰翻在地，他的右脚刚沾地面，脚尖就借力一跃，身体飞过车身，落在另一边的后车窗外，那边有个家伙挥起的钢管正好重重地砸下，也是要砸碎车窗，意在危害坐在后座的麻爷，他偏身一挡，脑袋被那钢管砸中，顿时溅出血来，但他头脑异常清醒，身手也依旧矫健，他夺过那人手中的钢管，一脚将那人踢飞，又再跃过车顶，趁那边那家伙还没有将再次抓起的钢管握紧运好气力，便一钢管砸过去，砸得那家伙吱哇大叫，那人的血溅到他身上，跟他自己额头流下的血混在了一起……

车子两边的家伙都被大庞子击败，但是，路边树林里又蹿出两个人来，也都握着钢管，他们直奔车前，举起钢管就要砸发动机，就在这时，后边开来一辆车，还没刹住，车里就有人朝那要砸发动机的家伙开枪，枪声一响，四个握钢管的家伙，受伤和没受伤的，就都慌忙遁入公路边树林里去了。

那个夜晚，那条僻静的远郊公路上虽说是车子稀少，却也还有载货的卡车和几辆小车在前后出现，听到枪声，就或停到路边躲避，或调头另觅路径，不过，那晚无人就那路段上的事情拨打110报警。

袭击未能成功，宝马车后门自动打开，里头出来个胖子，拿块手帕直擦冷汗，惊魂未定地念叨："真悬真悬真悬……"那是麻爷的替身。

后面开来的，是辆黑色别克。那里面后座上，才是真的麻爷。开枪的是司机二锋。麻爷下了车，走到大庞子跟前，细看他的伤势。大庞子这时候才感到一阵晕眩。麻爷像头一回招聘时那样，抱住他的腰，拍着他的背赞叹："好个大庞子！"

二锋的枪里，仅有一发子弹，也再没有备用的子弹，倘若袭击者也有枪，而且跟他对射，那结果不堪设想。麻爷还是第一次发给二锋子弹，给他子弹的时候，二锋问过："是拿它打死人还是打伤人还只是威慑？"麻爷的回答是："自己动脑子！"这晚那子弹只起到威慑作用。

二锋请示："还去吗？"麻爷说："我开车送大庞子去医院。你把那个我送回去。"

于是，那辆白色的宝马和黑色的别克，就调过头，另换路线，回城里去了。

28

在医院的病床上躺着时，庞奇脑子里时断时续是梦非梦地萦绕着谜团，企图将其解开。袭击麻爷，是谁指使的呢？那晚动身去射击场，公司这边知道的人很少，难道是射击场那边有人走漏风声？自己的功夫身手，总算在实战中有了良好的成绩，但是，仍不能玩枪，的确是个极大的缺陷……钢管袭击者，为什么开头不去砸发动机呢？他们是要绑架麻爷，还想把车开跑？那又为什么立马奔后座去了？是要立马打死麻爷？……麻爷的缺陷，看来不是能不能使枪的问题，是他事业太大水太深了啊，看来，人发太大的财，有太大的势，那本身就是个缺陷，倒不如像薛伯那样，薛伯说过一句什么话来着？啊，是"小康胜大富"。达不到小康，超过了小康，看来都是缺陷呀……

庞奇昏昏沉沉，脑子里转悠的，开头是谁和为什么袭击麻爷，后来就把这些烟圈似地淡化，满脑子里是努努了，自己的这个职业，就是个最大缺陷啊，人家如花似玉的姑娘，为什么要嫁这么个随时会被开瓢的家伙呢？春节从老家回来，努努跟他实话实说："舅舅舅妈，还有姥姥，都不能接受你，不让我嫁给你，妈妈听了更动摇了，哎，我们就做个很好很好的，永远的朋友

长篇小说
355

吧……"他就把她揽在强壮的臂弯里，并不强迫，只是做出个态势，而努努就主动把嘴唇送上，他们就深深地长吻，吻完，他就问："朋友能这样吗？"努努不肯回答，只把头埋在他两块雄壮的胸肌之间的沟槽里……努努的眼睛是多么好看啊！可她的眼睛为什么是潮湿的呢？谁欺负她了呢？……

庞奇用力眨眼，不是在梦里，或在想象里，分明是努努俯下身，眼睛里噙着泪花，朝他深情地探望。

努努怎么能找到这家医院这间病房？

麻爷把他送到了一家高档医院，而且，为他安排了一间本来只有一定级别的官员才能住进的病房，公司里只有很少几个人知道他住在这间病房，二锋和少数几个保镖负责轮流看望并给他送营养品，他在这间病房里养伤是保密的呀。

可是努努分明就站在了他的病床前。

"阿奇！是努努！你看清我了吗？你还疼吗？"

努努的脸离他很近，让他想起他们第一回面对面的情形。他对努努说："对不起，我破相了。"他的额头左边，被钢管击中，医生说裂了三条缝，有两个小的碎片，给他进行了手术处理，初步的判断是，所幸没有伤害到脑组织。事后麻爷他们分析，袭击者开头的分工，是引得大庞子下车查看障碍物以后，有个家伙到他身后用钢管砸他的后脑，如果那一下击中，他可能命也没有了，但大庞子却在一两秒钟里就迅速应变，飞起一个倒空翻，那本来要砸他后脑的就冲到后车门一边，去袭击他们以为是麻爷的那个人，接着从潜伏处冲出去的那两个家伙，按袭击主谋的策划，既是要使宝马瘫痪，也是要准备对付后面可能跟来的车辆，按麻爷出行的惯例，他总坐宝马，后面一般会有越野车载着其他保镖及随员跟着……事后麻爷盛赞大庞子的应变能力和超强武功，让二锋等一干人好好学习，也感叹大庞子命大，他托人把大庞子送到这个一般人进不来的病房时，那被托付的人把伤者听成了大胖子，心中好生奇怪：麻爷的高级保镖怎么会是个大胖子？及至亲眼见到，才知是绝无脂肪感一身腱子肉的壮汉，只不过姓庞而已。

努努俯身注视着阿奇的脸，绷带已经拆除，剃成了秃瓢的左额头，确实凹进一块，周边颜色与脸庞其他地方很不协调。努努要用手去摸阿奇的额头，阿奇制止她："医生不许的。"又移开对视的眼光，说，"破相了。你别盯着了。"努努就说："简·爱会抛弃破相的罗特斯契尔吗？"《简·爱》那本小说里的那个男主人公罗特斯契尔，不仅大破相，眼睛都瞎了。阿奇就说："里头也许撞坏了。我会变成傻子，要么，会像希斯克厉夫一样，变得特别古怪。"努努就说："《呼啸山庄》里的凯瑟琳永远不嫌希斯克厉夫的性格！"然后故意问他，"是哪个写的《简·爱》？艾米莉吧？"阿奇不加思索地回应："是夏绿蒂。她们还有个妹妹安妮，也写小说，可那小说我连名字也记不住，更不知道讲的是什么故事。"努努就高兴得拍手笑："你大脑一点损伤也没有啊！"努努就去亲阿奇的脸……

29

要不要把努努闯进病房的事向麻爷报告？二锋也有一番内心挣扎，就像他父亲当年一样。

二锋的父亲雷进，十八岁的时候也曾参军入伍，那时候军队里搞"四好连队""五好战士"评定，他所在那个连队连续几年都评上"四好"，他自己也连续两年评上"五好"。他们的班长，更是学习毛主席著作的模范，曾被安排在全团大会上"讲用"（讲述自己如何活学活用毛泽东思想的心得），深受包括雷进在内的战友们崇敬。那一年班长和另外几位战士服役期满，要复员了。开过欢送会，正好是个休息日，过了休息日，部队就要用卡车安排他们去火车站各奔家乡了。那时候的休息日没有什么娱乐，主要是理发、洗衣服。那时部队发给战士洗衣服的肥皂，一个月一块，是很粗糙的肥皂，没有花纹也没有包装纸，而且为了防止浪费，他们班是每半个月发半块，有的战士为了表示特别能节约使用，到发肥皂的日子，还暂不领取。发肥皂这件事由班长负责。那班长姓张。雷进一辈子忘不了他，皮肤很黑，右眼下面有颗挺大的痣。特别能吃苦，扛码战壕的沙袋（其实里面不是沙子而是渣土），要求一个战士一次扛一个，他却能一次扛两个，每个都有百十来斤啊！他的肩膀后面，鼓出两块看上去不那么顺眼的肌肉。开饭的时候菜里面有肉，他总是夹给别人吃，自己只吃菜叶子。战友们跟张班长相处得很好，他的退伍复员，令雷进等老兵有些个难舍。

那天傍晚，吃过晚饭到睡觉之前那段时间，有的战士去练双杠，有的借着夕阳学习《毛主席语录》，有的写"斗私批修"日记，有的则"一帮一，一对红"，那是当时很流行的一种二人谈心方式，就是两个人一起交流学习毛泽东思想的心得，一般是一个先进的跟一个相对落后点的拴对子，所以又叫"一帮一，一对红"。雷进就很想跟老班长"一对一"。可是他去找老班长的时候，却不见其踪影。哪里去了呢？几个往常能发现老班长的地方，竟然全都寻觅不到。

雷进他们部队的驻地，后门外有条河，河边布满芦苇丛，在休息日，是准许不值班的官兵出后门在河边散步的，也有淘气的战士趁机蹚水逮鱼，还会在苇丛里发现鸟窝，因此除了提着鱼也有捧着蛋去交给炊事班的。雷进那天转到后门，跟后门站岗的战友打个招呼，就往外找，站岗的哨兵提醒他："别走远了，晚汇报号响前一定回来！""晚汇报"是跟"早请示"配套的政治礼仪，都是为了坚固对毛主席的忠心而设置的。"晚汇报"以后熄灯号响，就得躺下睡觉了。

雷进本来没觉得会在河边找到老班长，老班长很少到这河边来。他往前找了一段，没有任何人的影子，正要退回，忽然发现，那边在晚风中摇动的苇丛里，有人影，再仔细看，是两个人，一个正是老班长，另一个呢，认出是他们连里另一个班的战士，外号大牛，那大牛是老班长同乡。难道是老班长要还乡，大牛要托付他什么事情？那为什么非到芦苇丛里来托付呢？再说，雷进想起来，那天下午，大牛用口琴吹着"打靶归来"的曲调，来过他们班宿舍，跟老班长说过话的。因为是老乡，就有说不完的话吗？雷进有些嫉妒大牛，因为他自己，申请入党好久了，老班长只是一般性地鼓励，并没有像现在对待大牛那样，能"一帮一，一对红"，临走了，还跑到芦苇丛里耐心指教。

雷进以沮丧的心情返回。没多久，老班长也回到宿舍，而"晚汇报"也就开始了。老班长站好最后一班岗，以洪亮的声音，再一次带领大家向毛主席表忠心。在熄灯号响起的瞬间，雷进看到，老班长把他那陈旧简单的一个旅行袋，搁到了枕头边。那东西一直都是放在床底下的。灯熄了，雷进那上铺的位置离老班长那下铺的位置还隔着两张上下铺，他自己睡不踏实，也觉得老班长似乎翻身次数不少。他很惭愧，自己不能安睡，对得起毛主席吗？能保持旺盛的精力投入明天的军事训练吗？老班长的不能安睡，则完全可以理解，那是一个革命战士对部队的依恋！

第二天开过早饭后，老班长在内的一批退伍军人，戴上大红花，在热烈的掌声和口号声中，登上卡车，前往火车站。雷进他们班有了新的班长。

尽管部队纪律很严，传递小道消息是不应该的，但是在第二天开晚饭的时候，连雷进也听说了，他们军营里有个战士失踪了，可能是开小差了，那个战士就是大牛。开小差？雷进觉得万不可能。那个时代，多少年轻人向往参军入伍啊！而且，在部队里，无论吃的住的穿的用的，都比在农村家里好啊！再说了，大牛是老班长的同乡，他跑回家乡去，有什么脸见老班长呢？

几天以后，部队开了大会，宣布，在营地后门外那条河的下游，发现了大牛的尸体，他一定是被阶级敌人杀害了！部队首长要求全体官兵，一起提供线索，来将那杀害大牛的阶级敌人抓住，绳之以法！

这种情况下，雷进就猛然想起，他没有阶级敌人的线索，可是，他亲眼看到了，芦苇丛里，大牛和老班长在一起。他没看花眼，就是他们俩。那么，他要不要向首长报告这个情况呢？也许，那阶级敌人要杀害的，是老班长，大牛是被误杀了吧？……实在难懂！他若向首长报告，部队必去找老班长调查，那会不会给老班长惹麻烦呢？

那天在后门站岗的哨兵，被要求回忆见到营地里哪些人出过后门。他当然会被哨兵讲出。哨兵也会记起来，老班长也曾出去过。可是他们不是又都返回了吗？对他们怀疑的可能性几乎是零。他完全可以守口如瓶。但是，经过一番激烈的"斗私批修"，雷进还是决定去汇报他所见到的，风中芦苇里露出的那两个身影，一个是大牛，一个是老班长。

二锋听父亲讲这段故事，一直到父亲去报告之前的情节，他都不怎么感兴趣。但是，父亲所交代的那个结局，却令他极为震惊。那震惊将伴随他的终生。

雷进的汇报引起了部队首长的重视。很快就找到了复员回乡的张班长。张班长一见部队的人来找他就慌了，开头胡说八道，后来搁不住严厉逼问，终于直供不讳，是他杀了大牛。他为什么杀大牛？因为那天下午，大牛吹着口琴到了他们宿舍，没经过张班长同意，就把张班长床底下的旅行袋拖出来，拉开拉链，他是要把一包糖果塞到那个旅行袋里，托张班长带给家乡他的弟妹。别的人没有注意他们。晚饭后张班长把大牛约到了河边，隐蔽在芦苇丛里，问大牛看到他旅行袋里的东西没有？大牛说看到了好些半块的肥皂。原来张班长是想把历年积攒下来的，没有发给战士，而战士们也没有在意的那些半块一份的肥皂，带回家去。加起来一共是十七个半块。那时候他们那地方农村生活极其艰苦，一般家庭洗衣服都用不起肥皂，妇女们常在村外河里用皂荚树上摘下的皂荚来洗衣服，要么就用木棒槌在石头上猛力敲打，以驱除衣服上的秽物。张班长多年来生活在思想行为都必须完全正确的氛围里，他通过实际努力也确实获得了完满的评价与荣誉，他觉得倘若大牛把他贪污肥皂的事情说出去，他的一切，过去的美名今后的前途，就全完蛋了！唯一的办法，就是灭口！他承认，大牛还哀求过他，保证为他保密一生一世，他还是没有饶过大牛，先掐晕了他，再给他绑上石头推到河里……事发后在他带回家的旅行袋里，搜出了剩下的十六块半拉的肥皂，那些天里，他只送了半块给他喜欢的一个姑娘。姓张的那个当过班长的农民，被押回部队，作为现行反革命分子，经军事法院审判，判处死刑，宣判后立即执行。雷进虽然因为及时汇报受到首长肯定，但是被提前复员，首长在他返乡前告诫他，这件事绝对不能扩散，因为事关部队的声誉。雷进懂得。这应该是极其个别的怪事，不典型，不应当外泄。但是，当儿子二锋也要去当兵的时候，他觉得应该把他人生中所经历的这桩怪事，讲给儿子听，他的用意是："孩子，人心难测。你得永远防着。"

二锋当年听完父亲的讲述，追问："爸，你为什么非要汇报？本来不会有人怀疑到那张班长，也不会怀疑到你。大牛固然死得冤，你又何苦让张班长吃颗黑枣？"父亲就叹口气说："人活在世上，总有那很大很大的东西在你头上，你得服。"

那么，现在对于二锋来说，麻爷就是那很大很大的一种存在，他必须服从麻爷、孝顺麻爷。尽管他知道庞大哥对他很好，也难估计麻爷知道庞大哥有了女朋友而且还闯进了保密的病房，会给庞大哥带来什么后果；但是，不能耽搁，他必须汇报。他离开庞大哥病房后，到得楼下，立刻给麻爷打去电话。

30

西餐馆里，努努和力力占了个车厢座，对面吃西餐。

她们本来约了高中同学海芬，努努之所以能混进常人难抵的高级病房，直达阿奇床前，就是因为有海芬这过硬的关系，正是海芬在上次会面时无意中提及："高干病房竟然住进了保镖，你们信吗？就因为他是什么麻爷的保镖，所以可以破例。"当努努要求海芬帮她进入那保镖病房时，海芬甚至不去追问她怎么会对一个保镖感兴趣，只是得意地说，"进入那病房区是有严格限制的，可因为我是海芬，所以你可以破例。"海芬父亲是个将军，她大学学的医，毕业后在那医院任职。努努、力力、海芬都只有二十多岁，她们性格各异，却对当今社会只要有了过硬的关系就能破法律法规制度守则之例，坚信不疑，只是努努在实践上，经验少些。

喝过酥皮奶油蛤蜊汤，吃完头盆凯撒沙拉，她们的争论更趋激烈。她们从来都志趣有别，见面的乐趣就是将不同的观念针尖麦芒地对阵。

"你好重的口味！肌肉男，胸毛汉，超级阳刚，香港人所谓的'大只'……真不明白你究竟是怎么了！"力力的眉毛挑起老高。

"你的口味也不轻啊！"努努反唇相讥："那个什么夏作家，夏委员，吓死人……原来，是他钓鱼，想钩上你，你还请了我，一起逼他'正照风月宝鉴'，把他耍弄得七荤八素！最近你怎么啦？你把他当鱼钓起来啦，设的好局！这回不让我插手，还保密，可是，要想人不知，除非己莫为，你妈妈为了查你，电话打到我手机，还不谢谢我！多亏我给你遮掩得天衣无缝……"

"怎么啦？"服务生端来葡萄牙风味罐焖鸡，力力看也不看，只顾争辩，"纳博科夫的《洛丽塔》，谁推荐给我的？那改编成电影的DVD，港台翻译的片名是《一树梨花压海棠》，坐在我们家沙发上一块儿看的时候，你是怎么说的？'原来乱辈恋，也能这么美好……'"

服务生又端来法式烤蜗牛，努努倒还注意看，提醒那服务生："配的葱油面包片呢？"服务生报告："马上拿来。"努努这才对力力说："可是那夏某人，算得上'一树梨花'吗？我怎么看怎么觉得是'一把稻草'！"

葱油面包片补送来了，两个人把两种主菜分而食之。

力力说："也许，我真是鬼迷了心窍，不过，至少到今天，我还是难以摆脱他的魅力，他有种熟透了果子的酒香……"

努努笑："果子的酒香？你犯鼻炎了！他那人，爱在他那乔治·阿玛尼的条纹衬衫上，洒点子男用香奈尔香水，你就昏了头，以为正好跟你的路易·威登包，还有范思哲绝版套裙般配……想起他来我就反胃！"

力力把叉蜗牛的叉子往台面上一摔，愠怒地说："你那什么阿奇整个一块发酸的马肉，我现在就要去卫生间一吐为快！"

但是努努依然嚼着用西红柿酱焖软的鸡肉，力力喝了一小口冷水，撕下一角葱油面包片丢进嘴里。

"唉，"力力叹口气说："我反正不过是尝一口老姜罢了，过俩月就去那边了。在那边超市里，我会一边打理生意一边想念他吗？才不会呢！我期待着新的生命体验。可是，你呢？你居然认真起来，说什么要考虑跟那头公牛结婚！你妈同意你嫁一个只有初中学历的保镖？你能把对他的那种新鲜感保持下去？你脑子肯定进水了！"

"你不要唯学历论。他可是一个熟悉西方古典名著的人。就是现在的大学本科生，西语系的除外，有几个能像他那样，对谈起来让你心里有种浸在温泉里的感觉。"

"西方古典名著？启蒙读物？什么人道呀，个性解放呀，大悲悯呀……早过时啦！西方在古典文化以后，有现代派，又有后现代派……讲究荒诞、魔幻，要么就把一切都解构掉，以平面化、无意义为最高境界！夏家骏告诉我的，现在还读什么维克多·雨果，什么列夫·托尔斯泰，会被认为是茹毛饮血！现在要读马尔克斯，读博尔赫斯……"

"读夏某人的大作，《中国大超市》，才是最时髦最前卫的，对吧？"

"你挑什么衅！"

"你发什么火！"

……

等餐后甜点和卡布奇诺咖啡端上来时，和以往一样，两个小女子又都安静下来，不约而同地用小勺子搅着咖啡，各自凝望着窗外的某一并非刻意选定的事物，任伤感袭上心头。

力力自言自语："我要的究竟是什么？"

萦绕努努胸臆的是同一问题，只是她没有吐出唇来。

31

一年后的那一天，二锋开着他的本田去了"馋嘴蛙"。是跟几届的战友聚会。

他一进单间，屋里的人就乱哄哄地唤他"大哥"。这大哥的称谓来之不易。原来都只叫他二哥，他名二锋嘛，而且，山东人，习俗上也不兴称大哥，因为武大郎是大哥，三寸丁谷树皮，谁愿意被当成武大？武松才威武，都愿意被唤作山东二哥。但是，自从跟了麻爷，大哥是那庞奇，虽说庞奇确有一身好拳脚，可只会弄点棍棒之类的冷兵器，不会使枪，开头服，后来就不怎么服了，耳边总听一帮保镖保安大哥大哥地唤庞奇，自己免不了也那么叫，心里头是越来越发堵，取彼而代之的欲望，日渐膨胀，就不免在麻爷耳边，给那庞大哥下点子蛆。那回庞大哥护主受伤，住进高档医院高级病房，忽然闯进个小女子，不管不顾地跟庞大哥亲热，自然立马汇报给了麻爷，但紧接着出现的局面，却让二锋大出意料……九曲八拐，坐过山车般惊险，才终于走了庞大哥，换上了他雷大哥，他雷大哥混到今日，容易吗？

雷大哥坐到主座，其他人纷纷择椅坐下，还没开席，屋子里已经是烟味弥漫。照例是互问近况，照例是从"胡混呗"的回答里得知一切如常，照例是拿个头最小挣得最少的开涮，照例是一串串的黄段子……

烟味里很快就掺进了酒气。干锅牛蛙一气叫来两份，麻辣未及舌尖先袭鼻腔。有几位划上了拳。有的对雷大哥露骨地谄媚，希望在他那闪电健身俱乐部里谋个美差。

雷二锋每次宴请战友时，都因享受众星捧月而心花怒放。这回虽然表面上也兴高采烈，心里却着实地忐忑不安。庞大哥回来了。雷二锋开车往这"馋嘴蛙"来时，分明见那庞奇站在街角的水果棚外头。庞奇庞大哥此来不善。他是故意在那个地方站一站，好让整条街抖三抖。他是来兑现恶誓的吧，他要杀人了。庞奇庞大哥会杀他雷二锋吗？……

在烟酒和麻辣气息中，雷二锋回忆两年前那天，他在医院病房楼外，给麻爷打电话汇报有小女子闯病房的意外情况，麻爷最初的反应，是一声响亮而拖长的"唔"……雷二锋深知，麻爷对贴身保镖玩女人是无所谓的，但是，瞒着他正儿八经地搞对象，甚至谈婚论嫁，那就是大大的不忠了！雷二锋等待着麻爷进一步的反应，也许雷霆万钧，马上就会劈向昨天还深得他宠爱的庞奇！……果然，麻爷"唔"完以后，停顿了几秒，或者十几秒，命令说："你这就来一趟！"……雷二锋不敢怠慢，很快站在麻爷面前，麻爷就让他细说端详，他确不是吃素的呆货，在见麻爷前的极短时间里，他已经掌握住了最重要的信息，遂向麻爷汇报："那个女子叫冯努努，是个园林设计师。她是通过医院办公室的一个女士达到目的的。那帮她的女士，老爸是个将军。"麻爷听了，就又是一声响亮而拖长的"唔"，又停顿了几秒，或者十几秒，然后挥挥手，雷二锋就知趣地退下……

麻爷确是大手笔。隔了两天，麻爷又叫过雷二锋，先问大庞子情况，回答是恢复得好快，医生说差不多就可以出院了，麻爷淡淡一笑，递给雷二锋一个信封，有点沉，里头的东西不像是信纸或钞票，跟他交代："就说本来我要亲自给他，忙，分不开身，让你带过去。他要娶媳妇了，好，我送他一套房，这是钥匙。"当时雷二锋像着了雷轰,万没想到,他的告密,不仅没有撼动庞奇大哥的地位,反倒让其白得一套住房!后来知道,那是麻爷罩着的开发商新开的一个楼盘,虽然所赠户型在那楼盘里属于最小的,却也价值百万了!庞大哥娶了媳妇得了房,岂不更会死心塌地地保卫服侍麻爷,雷二锋岂不是十年的媳妇也熬不成婆?……

那天,在"馋嘴蛙",雷二锋正被禁止不住的回忆困扰,手机发出蛐蛐叫,是有短信,一看,只有一个字:来。就知道麻爷一定是因为庞奇归来,召唤他去吩咐。

庞奇往那街角一站,一定会有人设法报告麻爷,他自然也报告了,但未必是头一个。麻爷自身使用的手机号码连雷二锋也不掌握,他不召唤你也不能主动去往他那里,但来短信的号码是女秘书的,可以确定是麻爷的本意。

包间里乱哄哄。雷二锋把一个啤酒瓶往地上一摔,众人不由停止喧哗。雷二锋宣布:"我有事撤了。你们尽管把已经上的酒水吃食扫荡。我去结账。"他刚出包间,那里头又乱哄哄闹成一片。

32

再拖下去,顺顺就要搬家了,薛去疾带上宣纸墨汁碌子排笔等工具去那排房,拓那红泥庵碑的背面。

薛去疾拖延着不去,是怕又遇上何司令。

真是怕什么来什么。薛去疾刚踅进那院,偏就遇上了何司令。何司令是到院子里的水龙头那儿接水去了,一眼看见薛去疾,如获至宝,硬把他又拉到他那间破败的屋子里。

只见屋子里饭桌上,摊着宣纸,也有墨汁毛笔,是何司令在用大字报形式抄写歌篇。

何司令兴奋地告诉薛去疾,现在他每周有两天是到市中心的公园里,同红歌会的同好们一起唱红歌,他说:"有的人净爱唱些软红歌,什么《我爱北京天安门》《北京的金山上》……还有的把那些个苏联歌,什么《喀秋莎》《莫斯科郊外的晚上》也当红歌唱,我跟几个老哥们儿姐们儿提倡唱硬红歌,特别是毛主席语录歌,他们有的就说,忘了调调,没谱子唱不来,所以我就每回带几大张歌篇去,到了那儿挂在树上领着唱!也没有当年的歌本了,全凭记忆，好在我简谱还成，写出来意思全到位，比如这首《下定决心》，我能带领大家伙儿分三部重唱……"说着就挥拳唱了起来，"下定决心，不怕牺牲，排除万难，去争取胜利！……"见薛去疾木然地站在那里，叹口气说，"大浪淘沙，多有晚节不保的主儿，你还算背叛得不深的……还是伟大领袖说得对，凡是有人群的地方，都有左中右，一点不假，就好比前天去聚，有的挂出的歌篇上是什么《渔光曲》，说是总比《夜来香》好吧，我就跟他辩论，特别是跟年轻一点的歌友们扫盲：《渔光曲》是所谓20世纪30年代的'左翼电影'里的插曲，那电影那歌都属于文艺黑线上的产物，跟毛主席的革命文艺路线是对立的！正如伟大领袖所说，有的人顶着共产党员的名义，却写些个反党的名堂，对人民群众欺骗性更大！从这个意义上说，《渔光曲》的反动性，超过了《夜来香》！……后来，他们有的唱那《渔光曲》，我们真左派就高唱《红灯记》里李玉和的唱段……"

薛去疾真怕何司令把那唱段吼上一遍，就截断他说："你忙你的吧，我是来找顺顺的，他等着我呢……"

何司令拦住他不让走："知道你不是找我来的。当年你紧跟我，如今你紧跟走资派。不过，我问你，今天是个什么日子？"

薛去疾觉得对面这个人真的神经不正常了。今天是个什么日子？很平常的日子，没有重大政治活动，没有大新闻，没有大促销也没有环城马拉松……

何司令的脸色变得十分诡异，他宣布："今天是五月十六日！"

薛去疾过了几秒钟才倏地醒悟：1966年5月16日，中共中央有个《五·一六通知》，那实际上也就是"文化大革命"的总动员令，不过当时工厂里所有的人，从后来被打成"走资派"的厂领导，到后来成为造反派司令的何海山，更别说薛去疾那样的政治上一贯缺乏敏感性的技术人员，谁都没有意识到，《五·一六通知》里号召全党全民与之斗争的所谓"睡在我们身边的赫鲁晓夫"，竟然是刘少奇！……往事不堪回忆，他也不愿意去回忆，此时此刻，他意识到，何海山依然将他的生命，同那个《通知》黏连在一起，而他，早已经和"文化大革命"切割开了……

不想再停留，薛去疾挪脚，何司令却捏住了他的胳膊，他也不便强行挣脱，何况铸工出身的何司令虽然英雄末路，余下的力气仍是他难以抗衡的。

"你给我写几个字再走！"何司令发布命令。

想当年，何司令演讲时肩膀一抖，军大衣一落，薛去疾会麻利地接到怀抱中；何司令将一摞别人写好的大字报稿往他跟前一撂，命令："抄出来！"他便会立即兢兢业业、废寝忘食地抄写。

"写什么字啊？"薛去疾问。

"写：星星之火，可以燎原！"

薛去疾面有难色。

"好，那就方便你，写'星火燎原'四个字好啦！"

薛去疾还试图推却："那是毛主席写过的，我可写不了毛体，当年抄大字报，也不能用草书，是吧？"

"你也不配写毛体。就跟当年抄大字报一样，楷体就行，不过要写个中堂，我要挂起来，每天看，激励自己。"

薛去疾朝那屋里正墙一瞥，依然挂着那天看见的三张头像，当中是印刷的，两边是手绘的。难道何司令要把那四个字挂画像上头？……管不了那么多，早点脱身才好，薛去疾就把自己的东西搁一边，用何司令的纸笔墨，给他写下了那么四个大字。

何司令端详那四个字，摸着下巴，基本满意，拍了薛去疾肩膀一下，说："你还属于统战对象。去吧！"

薛去疾赶紧拿好自己的东西，一溜烟出了那屋。

33

尽管窗户外面的景象不雅，是一片瓦砾场，但在那栋新建成的楼房的那个单元里踱步时，冯老师还是怦然心动。

外面的瓦砾场，意味着这个楼盘还将扩建。这个楼盘离地铁站不远。相信很快可以成为一个配套设施齐全的社区。

这个单元只有82平方米，是楼盘里最小的户型，但是比起自家住了二十来年的那个旧楼的单元，要大出27平方米。如果努努在这里结婚生子，应该是非常幸运的生活。

努努此前只跟阿奇来看过一次。那回他们不曾兴高采烈，这回把妈妈带来看，努努也未见喜笑颜开。

"真的白送给你们？怎会有这样的好事？"

"祸兮福所倚，福兮祸所伏。"

冯老师并不太以为意。她觉得女儿不过是还在强调，如果没有那个夜晚的惊险也就不会有今天这套新房。

努努的心思，还没有跟妈妈道出。

刚开始，她也为阿奇奋勇救主获得这样的褒奖，惊奇而又喜悦，但是，阿奇告诉她，麻爷虽然没有明说，但这褒奖的含义，应该是从此他要更彻底地卖身投靠在麻爷麾下，起码五十岁以前，他还得在关键时刻跟在麻爷鞍前马后，必要时奋不顾身地为其卖命。这不是他想要的生活前景。当然更不可能是努努对今后的期盼。

那么，如果他们接受了这贵重的馈赠，而在不久以后，阿奇提出辞职，麻爷会应允吗？按努努的想法，阿奇应该在半年后辞职，然后，用他和她的积蓄，开一个苗圃，这样，他们就可以过一种田园牧歌式的生活。

在阿奇用那把钥匙打开那单元的门之前，他们已经达成共识：无论如何，他们既然相爱，要结婚，那阿奇就应该换一种职业，与园艺师最匹配的职业，莫过于苗圃老板，而努努实际上也就成了苗圃的老板娘……他们来看看，不过是出于好奇，就像去看看朋友新买下的单元一样，他们是舍得放弃的，如果麻爷的意思真的是以房拴人，扣下阿奇，那么阿奇就会义无反顾地退回钥匙，净身离职。

但是，当那单元的门开启，努努和阿奇迈进去以后，他们两个的心就都不同程度地动摇了。尽管那是未装修的清水房，但是，在这个大都会里，这单元里的每一个空间，每一处细节，都昭示着他们：这天上掉下的馅饼非同一般，是个金馅饼，而且在如今的世道里，随着时间的推移会迅速升值。

努努回想起，她很小的时候，一家人住在那个教育局盖的宿舍楼里，是其乐融融的，但是，等到她上小学的时候，父母就常为住房的窄小而龃龉，虽然有两间卧室，平时父母和她各占一室倒也安然，但是父母两边外地的亲戚一来，便顿感转圜不开。到她上中学的时候，楼里一些人家不知都是怎么抓住时代机遇的，或获取到不菲的灰色收入，或子女发了财，在其他地方购买到大而新的商品楼房，搬往新居，这楼里的住房在结束福利分房一律低价自购以后，就或以高价转卖，或以相当不菲的金额出租，因条件未得改善而留住在楼里的人家，便觉得颜面羞赧。后来父亲去世，家里减员，但努努和妈妈却并未觉得居住空间变宽敞了，因为她们所住的六楼，其余各户全都或卖或租迁往新的楼盘，她们每天还得爬楼梯回家。努努第一次到中学同学钟力力家去时，才知道六层以下的楼房不设电梯的规定早被突破，人家所住的高档楼盘，六层也有电梯，而且一梯两户，就是住二楼的，一般情况下也不用走楼梯。努努上大学以后，回到家，常对妈妈说的一句话是："妈，我一定能挣钱改善咱们的居住条件！"而妈妈惯常的回答是："你嫁个有大房子的男人就好！我一个人住这里足够宽敞了！就是爬楼越来越吃力，不过我也还不甚老，天天爬上爬下也是很好的锻炼！"

阿奇对独立住房的追求，以前比努努淡一些。他已经用挣到的钱，在家乡为自己盖了一栋两层的住宅。在这大都会里置套房，以他那不算低的报酬，若要攒够首付，也得七年八年，何况他是外地户口，还没有在这边贷款的资格，若是全款买下一套稍微像点样的单元，则真不知要攒钱到何时方可圆梦。他每月还要给父母汇钱，对其余亲友的求助从不推托，加上对跟前弟兄们大手大脚，请吃请喝，来借必应从不催还，甚至很少查验自己的存款，遇上冯努努，由真爱而生结婚之想，这才意识到自己应该负起在这大都会置房的责任，痛下决心，从此开源节流，认真攒钱买房！但这追求浓酽起来，注意各处新楼盘价位，才惊悚于愿望与实际之差距巨大！

麻爷所赠单元的诱惑，阿奇和努努都难抗拒。看完那房，他们转移到一家餐馆车厢座，直到服务生送来菜牌，他们才打破各自想心思的沉默。阿奇这就辞职吗？退回钥匙，需要多么大的勇气啊！

努努带妈妈来看房，是再做一次内心的调整。也许，她应该接受阿奇那保镖的职业。各种职业都是平等的，不是吗？保镖是高危职业？其实，许多职业都潜伏着危险，比如医生，前两天还有心怀不满的患者闯进医院乱砍的新闻，被砍死的，并非那他认为是对他态度不好的医生，而是另一个新上岗的青年医生！还有影视明星因拍戏受伤的消息，多少俊男靓女涌向艺术院校的考场啊，他们难道不知道当演员拍戏也是个高危职业？再说，阿奇再干个十来年，麻爷必会给他另安排个工作，她也还可以从长计议……

"这厨房真不算小！"冯老师在那单元里转悠。她对庞奇的不满意，不仅是职业，对她来说，更要紧的是学历。初中毕业！她真不敢多想。她含辛茹苦地将女儿培养到成为学士，怎能让鲜花插到牛粪上？

但这牛粪却能为鲜花提供如此现成的好房子，好房子又怎能放弃？虽说卫生间是个进去就必须开灯的暗卫，但足够宽敞，而且整个单元分割成三室一厅，将来小孩有独立空间，她也可以来住一间……

冯老师满脑子转悠的是：这女婿的学历问题该怎么化解呢？踱到阳台，见女儿正倚栏发愣，就过去说："努努，你那阿奇虽说快三十了，补个学历也应该还来得及，进不了正式大学，上函授班考个本科学历也还是可以的，他既然喜欢文学，就去考个中文系文凭好了……"

本是柔声跟女儿商量，没想到努努突然转过头来，满脸怒容，跟她激动地嚷起来："你又来了！学历学历学历！你烦不烦人呀你！因为学历的事情你把爸爸憋出了癌，你还要我也憋出癌来呀！"

确实，当年在那所中学，评职称的时候，因为努努爸爸只有师专的学历，不是大学本科学历，就没能评上高级职称，分配宿舍之所以安排在六楼，也是因为按学历排队排不到前头，为这事儿妈妈没少叨唠爸爸，以致有一回爸爸气得跟妈妈说："你那中等师范的学历岂不更寒碜？你要是高学历评上个教授，我跟你住教授楼去！要不我们离婚，你另嫁个教授！"

冯老师对女儿的大变脸毫无准备，深受打击，忍不住也吼她："你这是些什么话？告诉你，你青春反叛期最厉害的时候，我都没让你吓倒，你以为你有了这房子就成阔太太了？告诉你，我还真不稀罕！多余跟你来这么个破单元！"说着就噔噔噔往外走。

努努紧跟在她妈身后，气急败坏地说："学历学历！少跟我说什么'学历差距大，没有共同语言'，我跟阿奇共同语言多着哩！倒是跟你这么个半瓶醋的师范生说不到一块儿！我也告诉你，你更年期最厉害的时候，我也都没让你吓倒，你以为你这么着再闹更年期，我就让着你！"

冯老师大脑里迸金星，噔噔噔冲下了楼去，努努跟出单元，还想朝楼梯口嚷，却大脑里顿成空白，她蹲在那单元门口哭了起来。

34

连续好几天，薛去疾都在研究那红泥庵的碑拓，正面碑文是道光年间重修此庵的缘起，其中并无与京剧《虹霓关》沾边的痕迹。京剧《虹霓关》所演乃隋末唐初故事，瓦岗寨英雄王伯当射杀了虹霓关守将辛文礼，辛妻东方氏出战，将王伯当擒获，却因王伯当英俊倜傥生爱慕之心，安排丫鬟出面求婚，竟嫁与仇家，但王伯当在洞房中申斥东方氏不守妇道，将其杀死。旧时代《虹霓关》分头本、二本开演，梅兰芳将此戏演红，头本中饰东方氏，二本中改饰丫鬟，1935年梅兰芳访问苏联时，大导演爱森斯坦还将其头本《虹霓关》拍摄了舞台纪录片，但是1949年以后这戏很多年绝迹于舞台，因为其内容一是涉黄，二是宣扬了封建旧道德，直到改革开放以后，才有头本对阵摛拿的演出。薛去疾从顺顺住处拓下的碑文，乃距王伯当东方氏故事约1200年后，很难想象当年那个虹霓关就在如今这个地方。但是，那碑的背面开列的居士捐赠名单里，多有王姓，也有辛姓，难道是王伯当的后人和辛文礼家族的后人？

薛去疾自命从庙堂入江湖，大隐隐于市，最喜结识下层人物，在与美国亲人通话时，常举些例子，说明江湖小人物如何淳朴，对比于在庙堂钻营的如夏家骏辈的虚伪贪婪，称在江湖中得大自在，有大乐趣。其实，这几年与江湖众生的交往里，已经出现了诸多"毛刺"，如顺顺夫妻靠贿赂"铁人"占人行道开店，等等，令他痛感庙堂虽多贪腐，江湖也有卑污。

那晚自己弄完晚饭吃罢，正在电脑前将拓下的碑帖上的内容录入，忽然电脑旁的座机响铃，拿起一听，是物业电工小潘打来，问他是否刚才往物业打过电话找他？是不是家里用电方面又出了问题？他说家里用电情况正常，并没求助过物业，小潘就表示愿意上门给他再仔细检查一下电路，他觉得小潘一向服务态度很好，印象不错，生下三胎女儿，经济上困难，很值得同情，就是平时在楼盘内外遇上，也很愿意停住脚步，跟小潘聊上几句，现在小潘愿意主动上门，就是没什么电工活儿，聊聊也好，就热情地说："那你这就过来吧！"

小潘穿着个背心短裤就来他家了。那年初夏，气温就很高，薛去疾自己也只穿个白色圆领恤，下面一条薄的条纹休闲裤。开门迎进，小潘笑嘻嘻的，露出他那只因硬咬啤酒瓶盖而损坏掉釉面的门牙。进门以后，小潘有个小动作，将薛家防盗门的保险旋钮扭到外面即使有钥匙也开不开的位置，薛去疾当时也没在意。小潘并没有带个工具袋来。进门站稳以后，小潘将门边的那个开关关了又开，开了又关，薛去疾理解，那是在查验以前给他换上的开关座子有没有问题。

小潘在单元各处转悠，似乎是在检查电路，薛去疾去从冰箱里取出果粒橙，又怕太凉，另取出冰箱外常温的，问小潘："你喝冰过的还是常温的？"

小潘站在薛去疾面前，笑嘻嘻，问他："您喜欢看我？"

薛去疾觉得这话很怪，一时不知如何作答。

小潘就唰地脱掉背心，把背心甩到沙发上，使劲地绷起胸肌，又轮流绷起左右胳膊的肱二头肌，仿佛健美运动员在比赛台上展示，依然笑嘻嘻，问："您喜欢吗？您摸摸！"

　　薛去疾心中有些诧异，又不免暗笑，他那也算健美吗？奇哥儿不比他强壮百倍？而且，他那个脱了釉的门牙刺眼，甚至令人恶心，便闪开视线，递给小潘冰过的果粒橙，小潘接过，仰脖咕嘟咕嘟灌下半瓶，剩下的搁到茶几上，抹抹嘴说："您真疼我！"说完就坐到单人沙发上。

　　薛去疾在斜对他的长沙发上坐下，问他："你最近过得怎么样？"小潘叹口气，说："难过啊！您也不帮帮我！您可是说过要帮我的！"薛去疾就问："怎么个难过？物业又拖欠工资啦？"小潘忽然腾地一下换坐到长沙发上，紧挨着薛去疾，说："都在这里养不活了，老婆孩子都回老家了！"薛去疾说："是呀，长安米贵居大不易，回老家节省多了！老家你们双方的老人还都在吧？也能帮着带带孩子。"小潘满脸愁苦地说："媳妇都回去三十八天了！我，我，我实在熬不住了！"说着，竟然就把裤裆里的老二掏了出来，顿时膨胀起来，超粗超长，把薛去疾吓了一大跳，本能地抬起屁股挪开几寸，没想到那小潘忽然像饿虎一般，猛地往他身上挤靠，直挤到沙发扶手那里将他夹住，然后把头靠到他脖子上，嘴唇紧贴到他耳朵底下，同时，一只手穿过他的恤衫，拇指和食指捏住了他的乳头，另一只手就穿过他的裤子，直截了当地去捏他的老二与阴囊，喘着气哀求他："帮帮我，您答应帮我的……救救我，救救我……去床上，让我捅捅您的菊花……保能让您也爽透！……求您了！"

　　事后回忆起这一幕，薛去疾还心头小鹿乱跳。活了这么大，此为头一遭！后悔不该对小潘那么样地不设防！原只以为庙堂多凶险，没想到江湖更诡谲！

　　当时薛去疾又羞又怒，骂起来："你耍流氓！你滚开！我把你当人，原来你是野兽！"使出浑身的劲头挣扎，先把小潘那伸到下面的手分离抓开，又把捏他乳头的手驱赶，那小潘却还死赖着把嘴唇贴着他脖子，他双手死命推开小潘，怒吼："你想强奸我吗？我要报警！"小潘这才离开他身体，仍坐在沙发上，其老二萎缩了，小潘掩面啜泣起来。

　　薛去疾去到电话边，抓起话筒，要报警，但是回望那小潘，又犹豫起来。他搁下话筒，厉声说："姓潘的，你快给我滚！"

　　小潘把双手从脸上挪开，把裤子恢复到正常状态，拾起背心，穿上，眼里充满恐惧与怯懦，问："你，你真要把我送进局子吗？那，那谁养活她们？"

薛去疾提醒自己不能心软，但也确实下不了狠心报警。他训斥小潘："你性苦闷，性饥渴，不能采取犯罪的手段来解决问题啊！而且，说白了，就是犯罪，也只该犯小罪，比如去找小姐……"小潘说："我舍不得花钱。我怕得脏病。怕染上艾滋病。"薛去疾指着他鼻子骂："所以你就想欺负我！真没想到，你原来是个变态狂！你既然是个搞同性恋的，怎么又跟女的结婚？"小潘就说："您别报警，我坦白，我不是坏蛋，我是把您看错了……"

根据小潘交代，原来，他结婚以前，做电工活，是在这城的另一边的楼区，有次在一家独自干活，也是热天，他光着膀子，那家当时只有一位男主人，也大他好几十岁，个头长相跟薛先生都很像，先是总拿眼打量他，后来就走上前夸赞他健壮，让他绷紧肌肉，伸手抚摸他的胸肌臂肌，后来竟搂住他亲吻，最后，把他带上了床，让他捅自己的菊花……但那只是"一夜情"，后来再没有来往，他也再没有向往过男人的菊花，他结婚以后，跟他媳妇非常恩爱，只是他欲望特强，别说离开三十八天，两天不做那事都欠得慌……小潘说自己千不该万不该错看了薛先生，把以往薛先生对自己的平等、热情、同情跟那位先生有那样的心思画了等号！小潘交代完，站起来，连说"对不起"，又鞠几次躬，往门外走，走几步又回过身，说："您放心，我不会再做糊涂事。我回宿舍自己撸吧。"他自己旋回门内的保险扭，出门前，又回身，怯怯地问，"您会把我送上法庭吗？"薛去疾厌恶地摆摆手，警告他："你别再接近我！躲我远远的！"小潘开门出去，又撞上了门，薛去疾快步过去，将那保险扭狠狠地扭到关闭的位置。

35

机场到港大厅聚集了大群年轻人，小姑娘居多，被保安在出港通道旁拦成两个方阵。当出港通道上出现头几个人影，方阵立即爆发出欢呼，但稍后欢呼声又变成了嘘声，再后，竟归于沉寂……通道上陆续出现一些推着行李车和拖着拉箱的人士，也有只拎小包和空手走出的男女……方阵中的少女少男们引颈期待，他们是在等候一个境外著名组合的明星出现，这个组合这时候乘坐的班机已经抵港是不争的事实，不知他们动作为何如此迟慢，已经有那么多不相干的旅客走了出来，他们却还千呼万唤不见影……

方阵中有的成员不耐烦了，开始抱怨上当受骗，这时那招呼他们来到这里的歌迷会领袖就站到一个自带撑开的折叠板凳上，满面笑容地挥手打起拍子，周边的一些铁杆歌迷就唱起他们迷恋的曲目当中的一个叠句，将失望的焦躁化为兴奋的痴迷……

　　那歌迷会的领袖，就是功德南街金豹歌厅的薇阿，这是她几个兼职中的一个，此刻她戴着埃及女王克莉奥佩特拉式样的银色发套，假睫超长，嘴唇猩红，一身翠绿超短连衣裙，银色高跟长靴，完全看不出她的真实年龄，浑身活力，连续爆发，很快扭转了方阵中蔓延的失望焦躁，忽然，那通道拐弯处出现了推着行李车的组合中的鼓手，薇阿立即指向那人，口中喊出其英文名字。啊！真佛之一出现，方阵顿时沸腾，涌动起来，保安不得不牵起手拼力往后挤压……又一个明星出现，又一阵尖叫，等主唱出现的时候，歌迷们蹦跳狂呼，有节奏地连呼着其艺名，那组合的明星们则不停步地穿过通道，在保安的护卫下快步走出大厅，直奔等候着他们的车辆，而方阵中的少男少女们终于突破保安防线，洪水决堤般地涌向偶像，争取签名，争相用手机相机拍照，尖叫声持续不绝，引得附近不知底里的旅客们目瞪口呆……

　　"难道是爆发了革命？"也乘这个航班到来的商人叶先生不禁笑叹，"没想到中国俗世进化到了这般地步，胜过台湾！"

　　跟他走在一起的商人林先生就说："今天是星期二，这些少男少女应该在学校上学啊，怎么聚集在了这里？此情此景，胜过台湾和美国！"

　　他们哪里知道，如今通过手机网络联络号召的歌迷会，法力强劲，学校教师与学生家长对这些中学生歌迷的逃学，罚责无计，而演出公司所操纵的歌迷会，雇佣薇阿这样的人，只需付她有限的报酬，便能以手机短信网上QQ等形式的造势，凝聚出可观的票房，其中奥秘，外人当然难以知晓。

　　保安终于将失控的歌迷驱散，随着组合登车离去，歌迷们"来是一窝蜂，去是鸟兽散"，空港也就恢复到常态。

　　叶先生、林先生两位商人，同一航班飞来，而且恰好邻座，一路上闲聊，虽然都各自保留不少信息，但能以道出的信息交流，已拉近二人心理距离。叶先生定居台南，林先生定居美西，但叶先生美国那边也熟，林先生根在台北，二人这些年的生意，中国大陆又都成重点，而提起麻爷，又都尽在不言中，更巧的是，这回来此，预订的酒店，又都一样，不禁感叹缘分二字，果真不能轻亵。

叶、林二先生正往出租车召唤处走，忽然一女子出现在他们面前，满面笑容地招呼叶先生，把二人吓了一跳。女子将头上的银色假发揭下，摇散盘起来的真发，叶先生这才认出，是曾去过几次的金豹歌厅的薇阿。叶先生不便向林先生介绍，林先生是大陆常客，并不为怪。薇阿就热情邀约两位先生去金豹歌厅散闷，递上新印的有副总经理头衔的名片，声称："最近歌厅新装修了，服务人员的素质提高了，档次绝对一流，二位，'花开堪折直须折，莫使无花空折枝'哟！"

36

常住酒店的人，一般都不会在酒店内部的餐厅就餐，加收 15% 服务费，昂贵还在其次，往往食之无味，所以都会在酒店外觅食，但叶、林二位入住酒店后，本来约在大堂聚齐，去酒店外品尝美食，却因都感疲惫，懒得再跑路，就去了酒店里的潮州菜餐厅，吃东西其次，聊天为主。

点了青岛啤酒和潮州卤水拼盘，感觉啤酒十分爽口，而卤水拼盘竟意外的出色，于是主菜从简，啤酒和卤拼再来，而聊兴渐浓，忘却早些歇息的互嘱，叶先生先兴奋得满面红光，林先生也倦意顿消。

两人都不记得是第多少次来中国大陆了，但初来那几次的印象，弥久愈深。

叶先生从政治谱系上论，属于绿营，原本更不惮以深绿自居，只是在商言商，中国这边有生意做，赚钱似颇容易，也就逢人只谈买卖，不触及政治，这边的官商，多对台湾政治生态懵懵懂懂，酒宴上称兄道弟，渐渐热络，互给好处，各有其乐，也就管他什么红黄蓝绿，厮混一起。叶先生对大陆最不满处，是汉字简化。提起来，就气愤填膺。林先生说，他刚登大陆，对此也是痛心疾首，亲不见，爱无心，产不生，厂空空，面无麦，运无车，导无道，儿无首，飞单翼，有云无雨，开关无门，乡里无郎，圣不能听也不能说……广本来下面有黄，意味着黄土之邦无限宽广，竟去黄成空！叶先生就激动得拍桌子："你姓林的，到了这边毕竟还姓林，我呢？我姓葉，草字头，当中是个世，下面是个木，竟他妈的给简化成了口字边一个十！那时他们请我上主席台，立的牌子上就将我的姓写成十张嘴，我拒绝就座，说你们请的那位先生不是我，他们就解释，是用了简化字啊，我就跟他们说，繁体字里有叶字啊，叶韵的叶啊，你们去查《百家姓》，有姓那个葉的，跟我不是一个祖宗啊！他们后来就知道，不能把我的姓写成叶，必须写成葉，否则合同形同废纸。但是，后来我慢慢习惯一般大陆民众把我写成叶先生，比如今天机场见到的那位歌厅妈咪薇阿，她发短信'叶先生欢迎您光临'，我不见怪了，可是，大陆的官员和商人，却又流行把他们的名片用繁体字来印制派发……"林先生就呵呵笑："他们又往往弄巧成拙，比如一位官员递我的名片上，写的地址是三裏河，我就问他，有这么个地方吗？是不是一里路二里路三里路的那个三里河吧？他说是呀。我就告诉他，几里路的那个里，在繁体字里是有的，跟裏外的那个裏，衣服裏子的那个裏，不是一个字，不能互相置换替代啊，但他居然听不懂。"

两个人聊来聊去，又都抒发起近年对大陆的喜爱来。叶先生说："这边的歌厅实在好，小姐便宜，质量高；更有那足底按摩，由足及身，手法多样，令人舒泰。"林先生坦言："原来我对此地干部特权，十分鄙视。但是，那年在某省会，他们欢迎我，动用了摩托车队，沿途实行交通管制，真是当了一回大总统，一般大总统怕也不便那么嚣张，那回我呢，车窗外是清爽的街道，风驰电掣，唯我独尊，皇帝的感觉，不过如此吧，哎呀呀，那一刻，真是飘飘然，心想千万不要改掉啊，这样不是很好吗？原来转悠在胸臆的那些观念诉求，一扫而空，始信只要你进入了这个利益系统，一定会知今是而昨非……"叶先生听了，充分共鸣，告诉林先生，他前些时竟有了一个某市政协委员的头衔，是因为市里感谢他去投资，非要他"笑纳"的，他现在算是"酒后失言"，讲了出来，如在台南，万道不出口的，岂有此理嘛！他也真的非常尽责，已经去那市出席了几次"两会"了，未去，也履行请假手续，而且也曾递交提案，建议加大该市旅游地的吸引力，以改变他所看到的景点中游客稀少的景象，谁知后来有人告诉他，那里的旅游景点早已是开发过度、游人如粥的状况，他因为是市领导陪着"考察"，事先清过场的，才觉得清淡啊。林先生听了，心内多少有些嫉妒，自己也算不小的贸易伙伴了，怎么没有奉送"政协委员"的美事？不过再一细想，那叶先生多在小城市里活动，大码头里似乎拳脚还未施展开来，大码头行事哪能像小码头那般离谱？但若能在大码头的棋盘上做活一两个眼，则远比在小码头得顶"政协委员"的帽子快活！

叶先生虽然这大码头进出多次，甚至连麻爷旗下的金豹歌厅也早是常客，却始终未能一睹麻爷真容，跟林先生热络，也确有希望林先生这次能引荐他到真佛面前的用意。

　　林先生跟叶先生经营的领域并不相同，目前利益无有冲突，故而也就答应向麻爷引荐，而叶先生也就邀约林先生抽暇到金豹歌厅找乐，两人碰杯尽欢。

37

　　"瑞瑞！你歇了吧！底薪照算！"薇阿满张罗，糖姐只是冷笑。

　　"我今天精神好，不想歇。"瑞瑞正对着小镜子用镊子理眉，不以为然。

　　"台湾叶先生要来！"

　　"他来他的，我不见他就是。"

　　"不是一个人来，他们有联谊会，要来一群，多是有胸毛的！"

　　"见鬼！"瑞瑞哳地把折叠小镜子合上，"这儿要成大猩猩王国了！我倒乐得回去睡个大觉！"咯咯咯一阵鞋跟响，瑞瑞跑下楼了。薇阿朝她背影道："挥手自兹去，萧萧班马鸣！"

　　薇阿巡视各屋，忽然发现佛罗伦萨厅里，二碌子大摇大摆横陈在长沙发上，正对着茶几上锡纸里冒烟的东西，扇着鼻翼往里吮吸，两眼眯成缝，很享受的模样。她就跑出屋到吧台，问糖姐："二碌子什么时候溜进来的？眼错不见，他就又上瘾了！等会儿来的可都是文明客，见不得这个，而且那叶先生最喜欢佛罗伦萨厅，因为有大窗户可以透气，人家最见不得那些个只靠空调换气的包间！你快把二碌子赶走！"

　　糖姐在高脚屁兜椅上跷着二郎腿，啜着鸡尾酒，笑眯眯地对薇阿说："你不是说要全挂子本事上阵，让我早享清福吗？怎么又来麻烦我？"

　　薇阿起急："人家这就要来了，咱们有大把的赚头，难道就听凭揩油的二碌子在这里丢人现眼？无论如何得把他清出去！"

　　糖姐气定神闲："谁清得掉他？除非大奇来，可如今谁叫得动大奇？"

　　薇阿双手在胸前乱搅，咬着嘴唇一筹莫展。

　　糖姐提醒："你是知道的，那二碌子吸了冰毒，他裤裆里那家伙就雄起，就嚷嚷着要小姐给他打飞机，这个骨节眼上他倒是舍得给赏，谁给他撸出来他给一千，可他那玩意儿往往就跟铸铁似的，没个把钟头还真射不出来，有几个愿意挣那辛苦钱的？……"

　　薇阿就转身招呼一个女子，不是小姐，是歌厅清洁工，那乡里来的女子从头发到眉眼到体态都粗糙，薇阿记得，上一次二碌子来犯贱，吸完毒吱哇乱叫，几个小姐上去轮流给他打飞机他都还是射不出来，最后他嚎："我给三千！三千！""给一万也不伺候你！"小姐们一哄而散，二碌子躺在那儿扯着头发双腿乱蹬，这时候，刚收拾完别的包间呕吐物的那位清洁工，看明白听明白了，就走到糖姐、薇阿跟前问："他真给三千？"她们告诉她，那是真的，她们掌握客人的银联卡，若完成服务，她们可以代付她三千现金，那妇女就说："我要挣三千。"那妇女走到二碌子身边，没几下，就让二碌子大满足了。薇阿想起这事，决定再次速战速决，跑过去先跟迷迷糊糊的二碌子说："这回还是老手来，你还得出三千！"二碌子点头如捣蒜，薇阿就让那妇女上，那妇女也就趋前使出老手段……但是薇阿在门外等候消息，屋里却只有双方不同的呻吟与用力声，竟不像前次那样立见成效，而这时她手机彩铃响了，叶先生告诉她汽车已经停在了金豹门口……

38

好多日子没见到奇哥儿，一旦坐到面前，薛伯真觉得身心俱畅，且不问奇哥儿近况，忙把物业电工小潘对他性骚扰的事情道出，说："这些天他倒没在我视野里出现过，想必是远远看到我就躲避了。一直想跟物业反映一下，让他们炒他鱿鱼，只是难以出口。你坐到我面前，我有了安全感，否则总觉得会被他再次骚扰，他若是怕我告他，做出更恶劣的事情来，那就更恐怖了！"

奇哥儿就细问端详，薛伯对他绝不见外，就把那天情景叙述了一遍。薛伯以为奇哥儿听了会气愤不已，急着为他善后，谁知奇哥儿听罢只是淡笑："这小子，性苦闷，至于猴急到跑这儿来！"劝慰薛伯，"不必把这件事看大。我们农村出来的娃子，大多性欲亢进。记得在外地打工的时候，睡的是土炕，我醒得早，一坐起，哇，一溜的工友，被单底下全撅起着老二，低头一看自己，老二也挺挺的！有个工友，特奶油，有回在浴室洗澡，别人先走了，他就扑到我身上，把我搂得紧紧的，我推他，他就哭，他那老二，比他上头还激动，我就拍他的背，花洒下头，帮他弄了出来，他要跟我亲嘴，我拒绝，正告他：下不为例！他浑身发抖……他不是坏人，拒绝了他，不至于做出恐怖的事情，后来我们相安无事。再后来，工地的人都知道，经理把他调去跟前，他们两厢情愿，暗地里亲热，也没影响到工程什么的，再后来那经理当官去了，把他带走，聘为了秘书，再后来没消息了……那小潘，看来跟他们还不一样，本是直男，不过是老婆不在身边，找机会419一下，您觉着恶心，拒绝他那是当然的，现在是他怕您做出砸他饭碗的事情，您不必怕他……这样吧，伯，我想个法子，也别泄露这事情，给他转到远处楼盘做电工，您把他忘记也就是了。"

薛伯对奇哥儿失望："这次，咱们爷俩出现分歧了。小潘的行为，是要流氓，不可原谅的。你听了，不跟我一起气愤，却为他辩解。可见我们的道德观，因为成长背景不同，也就大相径庭。"奇哥儿听了这话，面色严肃起来，一时无语。原以为自己跟薛伯，心灵的汁液已经流平，现在薛伯等于宣布，他们毕竟是不同阶层的人，所谓成长背景，主要指文化教育和家庭教养的背景，那确实是很难扯平的。薛伯见奇哥儿色变，心里也忐忑起来。反省一下，自己从学识上，似乎也早就对性欲呀，情色呀，同性恋呀，乃至 SM 即虐恋，等等，有所认知，中国的《金瓶梅》，西方的《十日谈》，不是都读过吗？狄德罗的小说《修女》，最后也写到女同性恋，英国的王尔德，行为写作，搞同性恋，那时法律不容，还坐过牢，但后人对他的评价，却多非负面；从弗罗伊德，到福科，关于性的理论，也多少涉猎过啊，更看过劳伦斯的《查泰莱夫人的情人》、纳博科夫的《洛丽塔》，也没有大惊小怪，但是在自己的性生活中，即使夫妻之间，也对任何"出格"的行为耻感强烈，回想自己婚后，就没有在亮光下做过爱，绝大多数情况下都是黑灯操作，做爱的姿势，永远是自己伏在上面，无论自己还是妻子，都从未叫过床……认识奇哥以后，听见奇哥儿讲述他那些性经验、性行为，往好说是耳目一新，往坏说是姑妄听之，性，以前从不是他们交谈的重点，这回因小潘大胆猥亵才引出关于性的聚焦，没想到，二人头一回难以共鸣。

听见奇哥儿重重地叹出一口气，薛伯决定且把二人内心的分歧搁置起来，遂问奇哥儿近况如何？奇哥儿汇报：他已经向冯努努正式求婚，但冯努努仍没有给予最后的回答，更准确地说，是冯努努的母亲还没有下定决心同意这门亲事。麻爷赠予的住房嘛，如果接受，那就等于签下了卖身契，以后很难独立出来了，如果拒绝，那就等于现在跟麻爷摊牌要求独立。而婚事和房事，两件事是搅和在一起的。如果冯努努最后决定放弃他，他也就收下那麻爷的馈赠，长久地服侍麻爷，今后别再提什么爱情，找个差不多的女子住进去生儿育女罢了。如果冯努努答应嫁给他，那么或者按他和努努的意愿，辞职退回那房携手奋斗，或者尊重冯妈妈的意愿，接受那房，他仍在麻爷麾下混事由，经营苗圃的事情或者由努努一人先支撑，或者放弃，先把小家安顿好再说。奇哥儿求伯指示，伯说："你的身价，就值那么一套房吗？要勇于跟麻爷说'不'，虽然这一个'不'字有百万的分量！"奇哥儿听了眼睛发亮，但伯却忽然又心内忐忑：自己说得轻巧，搁到自己头上，那"不"字是那么容易说出口的吗？忙补充一句："我的话仅供参考，大主意还是你跟努努自己拿！"

39

就在奇哥儿和薛伯聊天的时候，金豹歌厅那边出大事了。

那功德南街，或者说打卤面街，或者说红泥寺街，不是"三不管"的城市死角吗？马路两边的甲区、乙区谁也不想管，有事互相推诿，丙区因为只有一角与其相连，更多年对其忽略不计，但是不曾想丙区公安局新来了个局长，新官上任三把火，查看全区地图，发现边沿上有功德南街，街上有金豹歌厅，便知定是藏污纳垢之所，于是布置在那天晚上突击到该处扫黄，街上的各色人等正如往日一样地逍遥，忽然几辆警车呼啸而至，街边无照商贩慌忙收拢东西逃窜，那烤串的抛下炭火匣子就躲，连有"铁人"照应的果棚里的顺顺夫妇，见那么大阵仗，也头皮发麻……那几辆警车却对一干无头苍蝇般的商贩不感兴趣，冲到金豹歌厅门口紧急刹车，警车上的警灯呜哇呜哇持续发威，一群警察在一位副局长带领下，雄赳赳气昂昂跨进门，警靴乱响，踏上玻璃楼梯，直扑各个包间……

糖姐和薇阿起初不慌，以为不是甲区就是乙区来的警察，两区管事的警局头儿和下边的警员，一多半是熟人，有的根本就是歌厅的常客，就算咋咋呼呼突然来袭，要么不过是虚应公事，要么不过是又缺奖金来源，来变相化缘罢了……没曾想冲进来的一水生面孔，掏出证件，竟是万年没露过面的丙区警员，几个盯住糖姐查执照及种种许可证，大群直奔各个包房，不容薇阿解释，只听一片厉声吆喝："靠墙！蹲下！双手抱头！"……

二碳子尽管被薇阿撵出了佛罗伦萨厅，还是没回他那面馆，赖在普罗旺斯厅里，毒瘾未消，螃蟹般蜷缩在沙发上，一只手还死拽着那给他打飞机的清洁工，当然被警察逮个正着……

在佛罗伦萨厅里坐定不久，刚选了陪酒、陪唱、陪聊的小姐，尚未开始玩乐，叶先生和林先生就被警察搅了局，自然十分败兴，但都保持绅士风度，掏出台胞回乡证，说明自己身份，并为两位小姐担保，绝无离谱行为，警察只好客客气气劝他们离开，但对他们选来的小姐，却声色俱厉，喝令她们拿出证件，一通有罪推论的盘查……

其他包间里的客人多被警方气势震慑住，倒是小姐们见多识广，嘴角噙着冷笑，并无畏惧，只恨今日又颗粒无收……至于保安们，早就从厨房那边的后门撤退。

薇阿还来得及跑过去送叶先生和林先生，连连道歉，他们走下楼梯时，还在他们身后抛出两句唐诗："感时花溅泪，恨别鸟惊心！"惹得林先生忍俊不禁，扭回头瞟她一眼……

糖姐有麻爷的应急电话号码，那是绝对不能乱打的，但眼前的事态非同小可，就拨了过去，麻爷那边立即转到庞奇的手机上，如今庞奇这手机号码如不通过这样的途径，糖姐她们也是不掌握的。庞奇在薛先生家里接到糖姐来电，语气急促，显露慌张，就回应："你运气，我现在就在边上，马上到。"心里想，你糖姐老妈咪了，怎么今天沉不住气？

庞奇赶过去时，丙区警察正查封金豹歌厅，封条早准备好了，先往各个包间门上交叉粘贴，而且也开出了很重的罚单，糖姐、薇阿知道这时候无论辩解还是求情都没有用，一切只有等到明天再想办法疏通。庞奇去了，说明自己是金豹上面的总公司的，顺口提起麻爷，那丙区领队出动的副局长跟局长一起刚调来，居然不知麻爷为何物，跟庞奇斜眼歪嘴，于是有资深警员附在那副局长耳边说了些什么，那副局长才稍微客气了一点。

女客和男女同来的早已放行，男客有的抗议他们粗暴，看去似乎有些个身份，也挥挥手放行，男客中越显得怯阵的，越被吃喝训斥，搁到最后才被放行；小姐们最后全集中到吧台边休息室，照例要待客人们散尽才能打发……

二磙子被抓，活该，警察拎起他的脖领，他就跟吊死鬼般地旋动，他的毒劲还没有消，却也清醒了一半，只听他喃喃自语："你们……春节……不想要……火车票啦？"他后来被拎着脖领带下了楼，待他在拘留所彻底清醒以后，他自会设法解救自己，倒不必为他操心。

大悲剧只发生在那清洁女工头上。本来，警察也没把她当回事儿，薇阿将她从二磙子手里解脱出来，告诉警察她是清洁工，是二磙子吸了毒犯了浑，愣把她拽住的，警察看她也确实不是小姐，通体是清洁工的模样，就让她走开。她却朝薇阿要钱："我的那三千块啦？"薇阿恨不得扇她耳光："你胡呲什么？还不到开工资的日子呢！你想钱想疯啦？"那清洁工却指着二磙子说："不是说好他给三千的吗？不是让我到你们柜上领吗？我不能白干呀！"这话一出，警察如获至宝，等于她自首了卖淫，揭发了二磙子嫖娼，更坐实了歌厅妈咪组织卖淫嫖娼。当时糖姐就忍不住去扇那清洁工耳光，薇阿也发狠踢她。那清洁工跌倒在地，号啕大哭："我要那三千！我丈夫摔断了腿，包工头说不算工伤，治腿花了好几千，现在连饭钱都续不上，你们为什么欺负我？为什么说话不算话？我做那下流的事，我破了脸，我为的什么？你们不能赖账！我要！我要那三千！上回不是给过吗？为什么这回不给？我不能白白地破脸！……"

清洁工一番哭诉，把警察们也听愣了。这是怎样的一个淫妇啊！那淫妇知道来了歌厅上面的管事人，就跪着蹭到庞奇身边，先磕头，又抱住他膝盖哀求："行行好！让他们给钱！这点钱在你们眼里不算什么，还不够一瓶洋酒的价儿，可是我们等着钱用！我丈夫要治腿！他要是残了，我们这辈子可怎么过啊！呜呜呜……"

那淫妇哭着仰头哀求时，庞奇一瞥之中，心中一惊，这女子仿佛以前在哪里见过的，是在哪儿见到过呢？而且那口音……

法律无情，执法如山，那副局长发出命令："铐走！"就有警察去拉起那淫妇，把她铐上，两个警察把她往楼下拖，她声嘶力竭地哭喊："我没犯法，凭什么抓我！我今晚上还要给丈夫换药！你们有没有良心！我不活了！我跟你们拼了！"

那清洁工的哭喊，令几位小姐心酸，有的不禁用手绢擦拭眼睛。糖姐不恨她，对副局长说："是二磙子可恨。她和我们都是无辜的。今天也不多解释了。问题总能妥善解决的吧。"薇阿心软了，说："她精神不正常。你们关她有什么意思？也罚不出她款来。她说的是实情。最好过两个钟头就放她回去，租的那边红泥寺的小破屋，她丈夫确实摔断了腿。"那副局长则表示："教育总还是要教育的！"问，"她叫什么名字？"薇阿就说："她让我们叫她姿霞。"糖姐补充道："姓彭。还在用第一代身份证，说是没路费回去办二代证。"

庞奇乍听还麻木，但猛地想起，当年他妈要他娶的那个女子，不就叫姿霞吗？心脏就仿佛被尖钩钩了一下，难道……

40

又坐到飘窗台，倚着大方枕，朝红泥寺街览望，薛去疾这次却并无"清明上河图"的怡人联想，只觉烦乱、郁闷。

小时工文嫂，每周四午饭后来给他收拾屋子，主要的工作是拖地板与擦拭窗台与桌几，擦拭工序已完，薛去疾坐上窗台，也是为了不影响文嫂拖地。

文嫂是从家政服务公司请来的，他看过其身份证，既然姓赵，便唤她小赵，但她却笑呵呵地说："小什么小啊！不小啦！别人家都叫我文嫂，你也叫文嫂吧！"于是知道她丈夫姓文。文嫂收拾屋子很专业，能把死角全顾及到。有次干到半截她手机彩铃大响，是贝多芬《致爱丽丝》的旋律，但粗鄙化了，怪难听，而文嫂和手机那边的对话，简直是吼叫，讲的是四川话，以为是跟对方吵架，打完电话，问什么事那么着急？却原来是她表姐约她一起到某个商场抢购皮鞋，那商场不知为什么要关闭，清货打大折，原来五六百块钱的高档皮鞋，她们原来绝对不敢问津，现在竟然一折，五六十元就能到手。薛去疾猛然想起以前从顺顺两口子那里听来的故事，便试着问："文嫂，你爱人是不是胳膊受过刀伤啊？"文嫂大惊："大叔，你怎么知道的？"果然，这文嫂，就是顺顺当年的邻居，跟东北人闹出血案的，祸根就是她那种四川妇女的说话习惯，嗓门大得吓人，道亲热也跟吵恶架一般的声气。

这天文嫂拖地正拖到薛去疾倚坐的飘窗那儿，忽然电话铃响，是飘窗边上高脚几子上的电话在响，文嫂就自作主张地拿起听筒，递给薛去疾，薛去疾接过就又欠身把听筒扣了回去，教训文嫂说："以后不要这么瞎积极！你的任务就是收拾屋子，不包括帮我接电话！你知道如今社会很乱，常有诈骗电话打进来，什么法院来传票啦，得大奖啦，亲人遭车祸在医院等着送救命钱啦……"文嫂也就再去拖其余地面。但是，那电话居然又响了。烦！不理他！电话却响个不停。薛去疾就欠身去看来电显示，一看，大惊，居然是老伴从美国打过来的。于是拾起话筒，果然传来的是老伴的声音："你怎么不接我电话啊？……"

这几年，薛去疾和老伴的电话联系，大都约在星期天，美国那边是早上，他这边是晚上。美国那边的星期六，儿子儿媳多半会在睡足了觉后，开上七座的越野车，载上他老伴和他孙儿孙女，前往离他们最近的一个"莫"，就是一种综合性购物休闲中心，先在那里吃快餐，然后让奶奶看着孩子们在旱冰场嬉戏，儿子儿媳则去购物，最后会把塞得满满的、够用一周以上的两推车东西先搁到停车场自己的那辆车里，有时就开车回家了，有时又会再返回"莫"，去看一场电影，再喝下午茶，如果喝过下午茶，开车回家后多半就不再做晚饭了，两口子抓紧把采购来的东西各就各位，便上楼洗浴休息，孩子们则可以在楼下跟奶奶一起看电视到晚上十点钟。星期天早上儿孙们照例可以晚起，而老伴也就会在那时候给他来电话，他们一聊往往就会一个多小时，直到楼上的小辈下来嚷嚷想吃早餐，而老伴在挂断电话前，也一定会让小辈们接过话筒跟爸爸爷爷说会儿话，儿子会跟他说真的很累不过现在睡足了很快乐，儿媳妇会一再叮嘱他注意不要着凉也不要上火，孙子孙女会中英文混搭地跟他嘻嘻哈哈，挂断电话后，他总是心满意足，老天待他不薄啊！

前几天，星期天早上，老伴刚跟自己通过电话啊，今天是星期四，而且现在，那边应该正是深夜，怎么忽然打来电话？

"你怎么啦？失眠啦？深更半夜的，怎么打电话？"

"……现在才方便啊……其实早想告诉你的……恳恳跟他媳妇，开始吵架了……"

他以为出了多大的事，不过是两口子闹摩擦，心想我们当年还不是一样，你进入更年期，我大烦闷，吵得还少吗？老伴还要说下去，他望望那边还在拖地的文嫂，不耐烦了，就说："行啦行啦，我现在不方便。还是你那边天亮了再打来吧！吃粒安眠药，先把觉睡好！"接着就挂断了电话。

文嫂去拖另一个房间的地板，他在飘窗台上，所倚的靠枕不知怎么仿佛变成了针毡，心中愈加烦乱。他那儿子薛恳，他跟老伴打小昵称恳恳，脾气随老伴，是从不暴躁的，跟他媳妇结婚以后，在国内也好，到美国也好，他也亲自在美国感受过嘛，恩恩爱爱，懂得退让，至少是从没当着老人面，吵过架红过脸。恳恳在一家大公司任职，职务几次擢升，薪酬可观，媳妇则在一家华人小公司当会计，薪酬虽只及恳恳一半，道出那数目也足令这边一般工薪族羡慕，几年前贷款买下三层的"号司"，有一辆五座小轿车和一辆七座越野车，假期常常全家去旅游，美国好玩的地方逛得差不多了，就去欧洲，去加勒比海的向风群岛，当然也回中国游过九寨沟、丽江什么的，真是"小康胜大富"，虽然恳恳常慨叹工作吃重，媳妇又常抱怨老板克啬，但那样的生活，只应珍惜，何得孟浪，怎么老伴电话，报告起恳恳两口子吵架的消息了呢？难道是恳恳竟然有了外遇，或者儿媳妇居然红杏出墙？殊不可解……

　　文嫂回到他那间屋子门口，他知道是活路做完，等他付钱，忙下飘窗台，去拿钱付予，谁知钱递过去，文嫂竟顾不得接，指着飘窗外，大喊："大叔，那边失火啦！"他转过身子望去，果然不妙，红泥寺街那边的巷子里，冒出滚滚浓烟，而且就有救火车的紧促笛音自远而近，街上忽然挤满了人，有的跑动，有的站在人行道上围观，过往车辆为了让来到的救护车接近起火点，来不及驶出街道的，就冲上人行道停住，驶来的救火车有好多辆，但是无法开进那些窄巷，薛去疾和文嫂本能地靠进飘窗，朝外眺望，只见那浓烟越发吓人，而且浓烟下部的火舌也清楚地显现，仿佛贪婪的魔蛇在吐出信子，文嫂不由得叫："幸好早不住那里了！造孽哟！"薛去疾心里盘算：金豹歌厅保得住吗？二碴子那打卤面馆保得住吗？如果街那边保不住，现在风往这边刮，顺顺的果棚烧了事小，自己住的这栋楼岂不是也将殃及？只听街上人声嘈杂，又依稀看见消防队员抱着粗大的水管子在往巷子里跑，心里仿佛有鼓槌在乱捣……

　　偏这时候电话铃又锐响，一看来电显示，竟然还是在美国的老伴！他抓起话筒，暴躁地说："你捣什么乱？这边燃起大火，快烧进窗户来了！"就只听见那边错愕地"啊"了一声，再无声息，莫非老伴心脏病发作，晕过去了？于是更加急躁地对着话筒喊："你说话呀！出声呀！你怎么啦？……"文嫂被窗外窗内的景象吓得不轻，哆嗦起来，不知如何是好……

41

　　很忙，夏家骏真的很忙。他在暗中跟那个也奔副部级去的同行较劲。那家伙凭借那部据说被某高层领导首肯的主旋律作品，春风得意，有些个飘飘然了。夏家骏必须胜他一筹！夏家骏想出一个点子，就是主编一部收罗自1942年以来的歌颂性纪实文学的多册长编，总名为《高歌猛进》，报上选题，所在机构属下的基金会作为重点扶植项目投钱，所在机构属下的出版社作为重点书派出好几个编辑由他支派。他拟的不是作品名单，而是作者名单，当然有不少是已经谢世的；仍在世的革命文化人，他囊括近尽，当然也将名单一直延伸到近年的若干中青年作家，发动那些编辑先去走访老的，中青年作家则通过电话电邮书信联系，请他们自己提供歌颂性的纪实文字，最后加以遴选整合。他会写一篇长序，强调革命的进程、社会的发展，是靠"高歌"而"猛进"的。书未编出，他先抓装帧设计，美编出了好多个样子，他总摇头，最后那美编心领神会，就是一定要把"夏家骏主编"的字样，凸显出来。有的年轻编辑私下议论这套书出来究竟谁买谁看？也不用他亲自答疑，出版社的头头就告诉那样的编辑了：这样的书是向领导献礼的，会获奖项的，各地的相关机构是会公费购买的，出版社不仅亏不了，而且还能挣到脸面。夏家骏这些天所忙的，主要是书名题签的事宜。一定要请到最高量级的政治人物，如果实在拿不到宣纸墨笔的题签，那么，使用油性笔用硬笔书法题签也行，当然，一定要保证不仅有"高歌猛进"四个字，还一定要有政治家本人的署名，附带日期更妙，所附日期封面上可以略去，但里面的插页上一定要保留。

本来，靠夏家骏的身份与人脉，求到这样的题签似乎并不困难，出版社头头也是这么想的，但是，夏家骏试着跟一些手眼可以通天的人物，特别是某几个"大秘"联络，却都没有人把他这件事放在心上，要么当面应允，事后一问，竟呵呵一笑，早忘在脑后！要么，就给他软钉子碰。他主编的这套书可是得在恰当的时候印出来，才可获得预期效果的，出版社头头这些天常常催问，说是万事俱备，只欠东风，只等他拿来题签，立刻下厂付印！他只道："没问题没问题，误不了误不了。"心想若是再得不到真佛开光，书掉价，他人也掉价啊！

大和尚求不到，靠小沙弥兴许倒能成事！夏家骏打听到，有重量级的政治家，正住进某高档医院，那高干住院区，常人难进，但有个叫海芬的姑娘，她却能进，而那海芬，和冯努努一样，就是钟力力的"发小"和闺密，而他既给钟力力帮了忙，钟力力称他为夏老师，一日称师，终身为师，现在钟力力虽然已经获得某西方国家签证，但那签证要半年以后才到期，她还没有前往，他们也还保持着联系，那么，先说通钟力力，再求助海芬姑娘，就是海芬不能将他带到那政治家跟前，能把他准备好的题签簿和油性笔带进去，求得"高歌猛进"四个字，加上签名和日期，大功岂不就告成了，待将那真佛真迹拿到出版社去时，不管头头脑脑还是小萝卜头们怎么询问他获得题签的详情，他都一定要淡定而含蓄，要给他们那样的印象：他与政治家有亲密接触，但兹事体大，不宜细述。当然，题签上封面，他要亲自把关，要在书名旁鲜明地标识出：政治家题签，夏家骏主编。想到那位仅靠一册主旋律攀上台盘的竞争者，见到一摞有着如此封面的《高歌猛进》，会是怎样的心情？不得不在他面前表示祝贺时，是否醋汁四溅？而下一批获得副部级待遇的名单里，就会有此而无彼啦！呵呵！

在咖啡馆里，夏家骏占据了一个有薄纱幕遮挡的车厢座，点好了所谓极品比利时皇室蓝山咖啡，就是使用比利时皇家习用的一套有虹吸功能的器具，将现磨的号称是加勒比蓝山地区原产的咖啡豆煮在其中，可陆续从小龙头续杯，附送坚果、果盘的，咖啡馆里最贵的那么一个品种。他真怕钟力力不来。但是钟力力虽然迟到二十分钟，毕竟还是来了。

两个人都精明，都略去寒暄废话，直奔主题。

钟力力问："什么事？"

夏家骏就把请海芬帮忙求到政治家题签的事道出。

钟力力左眉一挑："咦，你怎么知道海芬能进入禁区？"

夏家骏说："那回听你说的呀！"

钟力力想起来，她取得签证后，曾请夏家骏吃过一餐，算是对他帮助整理硕士论文的答谢，而请来作陪的，有冯努努，也有海芬，那天喝着拉菲红葡萄酒，随意调侃，可能提到过海芬本事大，把努努直接带进高干病房区的事情。就说："那她是为了努努。我们之间什么关系？你算她什么？她才不会为你做事情呢！何况是这样的事情！"见夏家骏一本正经的模样，张嘴要说什么，把一只手掌伸出朝他立起，"少讲道理。我们，尤其是我，海芬更甚，听不来任何道理。什么你编的那破书如何重要呀什么的，我一句也不要听！"

夏家骏就说："那你告诉我，我为海芬做什么，她就能为我做这事呢？"

钟力力冷笑："她什么也不缺。她什么也不要。她若为你做这事，易如囊中取物。只是她才懒得做呢。她听都不要听。"

夏家骏不觉得是兜头一瓢冷水，那句"她若为你做这件事，易如囊中取物"，令他心里既暖又痒。

钟力力盯着他说："海芬是个怪人。她不缺钱，不缺势力，不想这些个，这当然并不奇怪。怪的是，比如现在的人多半向往出国，去美国，去西欧，海芬的两个哥哥全家早都移民，也给她办过，她美国、西欧全去住过，可是她一点也不喜欢那边，她说她懒得学外语。她父母也给她在这边置办了挺大挺好的房子，她却只喜欢跟着父母住在那干休楼里。她是个传统的孝女？才不呢，她妈妈一见了我跟努努就会控诉她，她不照顾他们也就罢了，反正有勤务员，有保姆，有司机，她跟二老说起话来，总是恶声恶气。而且，她对男人没感觉，也不打算结婚。她是'蕾丝'吗？女同性恋？我跟努努可以作证，她绝对没那个意思！她是否一心扑在事业上？她有什么事业？她学的倒是医。但是毕业以后到了医院，她主动去了行政部门，医院里的人们，从院长到普通职工，谁又指望她真的分摊一方面的事情呢？其实就是随她便。她倒该上班的时候去上班，打卡很认真。当然，一个电话，多半是我，要么努努，她也不请假，就能跑出来跟我们聚谈。她好像总长不大，最喜欢跟我们回忆中学时候的那些屁事。海芬就是这么个人。你想跟她利益交换，她却根本不想获得什么利益。她的口头禅是'无所谓'，还有，'那得看我高不高兴'。她高兴，就能把努努带进去，直达高干病房的最深处……"

夏家骏："听你这么一说，此女确实古怪。我只能求你，让她高兴一下，帮我求那几个字了。"

钟力力摇头："这件事，只怕我没说完，她就懒得听了。"又一笑，"不过，如果真碰上她高兴，对她来说，也真的无所谓，我知道，你要求的那位政治家，恰跟她老爸共过事，提起来，她叫那主儿伯伯，只是她老爸升到一定程度就再也升不上去，那伯伯却一路走高……你要求哪几个字来着？高歌猛进？海芬撒个小娇，一定既高歌，更猛进！"

夏家骏就心里更痒："哎呀，她要是能把我引荐到她伯伯跟前，就更来劲儿啦！"

"可是，究竟怎么才能让海芬高兴，你得自己想办法。我倒可以把她约出来，你们自己交谈，看你有没有运气！"

"对了，"夏家骏一拍脑门，"想起来，那次聚餐，你跟努努嘻嘻哈哈逗她，好像海芬她喜欢写诗，她想不想出诗集呀？想不想加入协会？想不想传媒上来个报道，登张照片？……虽说现在出版社都不愿意出诗集，大赔钱嘛，可是，她能帮助求来《高歌猛进》的题签，我跟出版社的头头说说，给她印一本，不费事儿的……"

钟力力撇嘴："她才不稀奇呢！所以说她怪嘛！她写诗，也就是高中那阵，后来没听她议论过诗，她没有什么名利欲望。你们那个破协会，她才不要入呢！"

夏家骏有些灰心了，钟力力却忽然一声尖叫："尼罗！"把夏家骏吓了一跳："什么？"

钟力力用咖啡勺敲着杯下的小碟说："呀呀呀呀呀！想起来了！海芬有一人生追求！她崇拜尼罗！"

夏家骏先是木然，之后也用咖啡勺使劲一敲糖罐："尼罗！尼罗啊！她崇拜他呀！"

尼罗是二十年前相当出名的诗人。擅写轻音乐般的抒情诗。他的诗里没有沉重的东西，没有哲理，没有鼓动，甚至连爱情也很少正面触及，只是用浅易的词语，轻快而舒缓的节奏，吟诵生命中小小的感动，春水中的春冰，知更鸟的蓝翅，蒲公英绒毛飘散的瞬间，无人的秋千在暮色中摇荡，一颗没有任何地球人关注的流星划出一道弧线……尼罗曾经拥有一个数量不小的赞赏群体，不过，按说那里面不会有海芬这代人，他们那时还是幼童啊。那年大事情过后，尼罗流亡到海外。海芬怎么知道尼罗的？又怎么竟会崇拜上这个如今几乎被人们遗忘掉的诗人？

钟力力告诉夏家骏，海芬是高中的时候不知从哪里弄到的一本封皮打卷的尼罗抒情诗集，翻来覆去念那些诗，喜欢得不得了，把诗集都翻烂了，曾跟她和努努说，要是能见到尼罗，情愿跪下来，吻他的脚趾！前几年海芬哥哥帮海芬办妥留学手续，海芬本是不愿出国的，后来去了，当然海芬妈妈是背后有力的推手，但动力之一，力力和努努都知道，是海芬觉得，她能在海外找到尼罗！结果，海芬在美国和西欧都没找到尼罗，那种中国流亡诗人，到了海外就仿佛一滴雨水掉进大海，消失得无影无踪，海芬懒得再在那边待下去，跟觅不到尼罗有很大关系。只是近来她们闺密相聚，没谈过诗，谁也没提起过尼罗，不知道现在的海芬，是不是还保留着对尼罗的那份非爱情的崇拜，如见到，还愿意跪下去，吻尼罗的脚趾？

夏家骏呷一口咖啡，咂着唇舌道："正因为非爱情，那崇拜想必是永恒的！力力你估计一下，如果我能把尼罗的踪迹告诉海芬，她是否就一定乐意帮我取得那宝贵的题签？"

钟力力笑道："你蒙谁？你会知道尼罗在海外哪个旮旯窝着？你是福尔摩斯？"

夏家骏拈起一颗腰果，抛进嘴里，用劲咀嚼，夸张地吞咽，然后宣布："告诉你，尼罗已经回来，就在我们这个城市，我前几天刚见到过他！"

钟力力惊讶得合不拢嘴巴。心想：这个夏三滥，他还真有点子运气……

42

那天，美东是深夜，这边是午后，薛去疾老伴给他打来电话，很反常，薛去疾开头不以为然，后来因为红泥寺街巷内火灾，心烦意乱，接听时恶声恶气，惹得老伴在那边心堵，差点出大事。以往，他们说定，如无特殊情况，电话都由那边打过来，因为在那边可以买到计费非常便宜的电话卡，如果这边打过去，就非常昂贵。那天红泥寺街的大火总算扑灭，到这边晚上，那边早晨，薛去疾主动打去电话，老伴接听后，如以前惯例，让他挂断，她再打回来，两人算是进行了一次比较充分的沟通。

薛去疾这才知道，儿子薛恳早在两个月前，已被公司裁汰。虽然他大体上也知道美国爆发了信贷危机，经济下滑，但总觉得自己儿子所在的公司是实力雄厚的老字号，儿子又算得为公司立下过汗马功劳的骨干，经济乌云泄下的雨雹，总不至于砸到恳恳头上，万没想到，有这样败兴的消息传来。通完电话，薛去疾坐在飘窗上，只觉得窗外的每一位过路客，都仿佛在抛他白眼。这些年他自诩隐于江湖，得大自在，底气之一，就是儿子一家在那边站住了脚，老伴已经去欢度晚年，他呢，有条宽宽的退路。据老伴电话里说，儿子儿媳其实一直瞒着他，儿子这两个月工作日还是一早开车出去晚上回来，周六全家也还是要去"莫"采购，虽然恳恳脸色阴沉，儿媳时显烦躁，采购时对价格更加在乎，但她浑然不觉，以为恳恳无非是工作劳累，儿媳无非是更年期来临，而减少孩子们滑旱冰的时间、不再进电影院和紧缩采购开支，只说明小两口更懂得过日子罢了。但恳恳和媳妇的争吵，终于如纸里包不住的火，显露出来，她逮个单独和恳恳在一起的机会，才问明真相。虽然恳恳这些日子每天外出都是在找工作，而且降低身段，就是比原来待遇差一半的工作也愿意接，却只得到两次面试机会，并且迄今并无被录用的回音。儿媳打工的那家小公司，亏损连连，虽未倒闭，也还保留她的职位，但从总经理起，员工一律只领半薪了，说是大家同舟共济，撑过难关，指不定哪一天，也就一律遣散。恳恳公司根据合同，给予他一笔不小的违约赔偿，也还有失业金可领，维持日常生活不成问题，但所住"号司"是贷款买的，每月还款压力就变得如磨盘般沉重，孙子即将初中毕业，原打算送入高级私立中学上高中，现在渐成泡影。那边的危机，也一直辐射到这边，薛去疾顿感心头扎进了一

长篇小说
389

根刺。

其实，薛去疾老伴对儿子儿媳因经济危机所引发的情感危机，还所知甚少。

薛恳的妻子，名梅菲。她父母觉得梅这个姓氏，发"霉"的音，不吉祥，所以给她取名"菲"，就是让"霉运飞走"的命意。

薛恳和梅菲，打小就都很规矩，去往美国以后，更属于守法的纳税人，前些年住进这栋"号司"以后，一早被设定好的闹钟闹醒，两人常说的一句话是："一睁眼，就想起来欠银行一百块钱！"要么由薛恳道出，要么由梅菲道出，要么两人一同道出，要么相视一笑，心里回响不必道出。那句话里虽然确有忧虑的成分，但更多的，却是一份自豪与满足。在美国，你的生活质量，包括你的尊严，是与你的贷款能力成正比的。他们俩人的贷款信用等级都不低，薛恳尤其受到青睐，购买这栋"号司"前，他们看中的是比这栋少一层后院只有草坪没有泳池的，是中介和银行主动找到薛恳，推介现在这栋更气派的，后来他们就选择了这栋，住进来确实体面舒适，而且一个月三千美元的还贷量于他们来说，是负担却不能算太沉重。

本以为他们的生活，就能那么朝九晚五加出差加例行购物加派对加旅游……平稳地长久流淌，没想到竟遭逢经济危机爆发，没想到薛恳所供职的老字号大公司竟受到冲击，更没想到的是薛恳竟首当其冲地被裁汰！

薛恳被辞退那天，根据公司实行多年的游戏规则，是人力资源部的头头和公司聘用的心理抚慰医生一起来到他那个Cube——就是敞开式Office里雇员工作的那个用矮板墙隔出的空间——一个把总裁签署的辞退通知书递给他，一个就开始对他进行心理疏导，而他，必须在一刻钟内，将私人用品放到大纸盒里，撤出那个Cube，Cube硬译就是"立方体"。薛恳捧着纸盒子，茫然地往外走，在玻璃走廊里，心理医生在他身旁喃喃地说："不要沉迷于固执地想：为什么是我？放松，放松，再放松……"心理医生问他要不要到医务室去喝一杯镇静剂，或者吸氧？他说谢谢不必，但是他想进卫生间，却发现自己的那个工作卡已经刷不开门，是心理医生拿卡给他开的门，并在门外为他看守那个放有他私人物品的纸盒……他捧着那大纸盒乘电梯到达地下停车场，心理医生恪守职责，陪护在他身边，他都坐进车里的驾驶位了，那医生还弯身隔窗问他需不需要代驾，又建议他听舒缓的音乐，比如《阿甘正传》的片头曲什么的，他想强挤出一个笑容，没有成功，谙哑地说："谢谢。我很好。

我回家了。再见。"他并没有马上开车回家，而是把车停在了公园外面，进去坐到头一个遇上的长椅，望着湖里游弋的天鹅，禁不住还是痴想：就算公司需要裁员以压低运行成本，为什么偏偏第一批就选中了我？不一会儿，他听见手机有短信到达的鸣音，掏出来看，是以总裁名义发来的短信，肯定他这些年对公司的贡献，深表歉意，同时提醒他根据合同保障自己的权益。他知道这都是秘书的文笔。于是心算了一下公司在合同期满前无理由裁汰他应付的赔偿金，那确实是个可观的数目，体现出他的身价，也令他有了尊严感。又不免担心公司以冠冕堂皇的理由克扣他的利益，琢磨该不该联系律师？……他一直坐到差不多是平时下班的时间，才站起走向停车场……

薛恳当晚就把真相告诉了梅菲。梅菲冲口而出的一句话正是："为什么偏偏是你？"但梅菲那晚更多的是骂那裁汰他的公司，骂那个总裁，连带骂到总裁老婆乃至秘书，还有那个假惺惺的心理医生……梅菲同意要瞒住婆婆，当然更没必要让孩子们知晓，于是那以后很多天薛恳都装成每天照常上下班。

尽管赔偿金很快也就兑现了，但"坐吃山空"的阴影越来越酽。咬着牙照付"号司"贷款，以往标准的日常花销大体也还撑得住，但是接踵而至的事情，以前算不得什么的，现在就都令他们犯愁，并且由龃龉导致冲突。后院的泳池应该请人来大清理了，这笔钱出不出？薛恳先主张就还让那水中甩头的电动清理机施行例行清理得了，但那玩意儿顶不住啊，这样的泳池至少要三个月请人大清理一次的，否则会发臭！后来又主张将水放掉，反正泳池利用率不高，孩子们现在也都不怎么下去游嬉，但梅菲认为后院泳池的象征意义大于实用性："那不等于'号司'瞎了眼吗？"但梅菲跟薛恳争来吵去，却也下不了决心打电话请清理工。老大毕业在即，是就上一般的公立高中，还是去上原来早拟定的私立名校？举棋不定中，梅菲给薛恳的脸色便越来越难看。小妹的生日又到了，头些年例行是在麦当劳预定一片空间款待她的好友，今年薛恳却告诉她就在家里搞"派对"，让她同学朋友带吃的来，加上奶奶做的美味，"过一个更有亲切感的生日"，小妹却执意还要在餐馆搞派对，而且，麦当劳已经不在她眼里，她要去必胜客，那就必须父母给她出更多的钱，薛恳对小妹的纠缠不耐烦，说了句"我们不养公主"，梅菲就当着孩子的面讽刺他，说："你不养公主，我还懒得养闲人啦！"最后，小妹的生日派对还是妈妈出资在麦当劳办，但是，大家都不高兴。

他们早上醒来，不再说"睁开眼就欠银行一百块"，这才慬悟，原来那样说，其实是调侃，是一种甜蜜，甚至可以说是得意，现在这笔贷款利息，想起就如有刀在割心肉。他们同床同梦，都梦见过忽然楼前有汽车开来，按响门铃，是银行的人带着律师，来查封他们拖欠还贷的"号司"，他们必须搬到没有脸面的地方去住……

本来薛恳与梅菲的性生活，已经频率渐低高潮渐少，谁知失业以后，求职屡屡碰壁，薛恳反倒增强了性交欲望，头几次梅菲还勉强应付，到那天，薛恳求欢，梅菲厌恶地推开他，说："挣钱没本事，这个倒来劲儿，你让我腻歪死了！"素来颇能隐忍的薛恳，就来了个大爆发，把枕头薅到地板上，跳下床说："我还腻歪你哩！当初就该听算命先生的话，娶姓梅的，倒血霉！什么'霉运飞了'，我的霉运，全是你带来的！"这话戳到梅菲内心最深处，当时也就跳下床，俩人撕破脸吵，把住在二楼各自房间的老大和小妹全惊醒了，跑到他们卧室门外，先听一阵，后来哥哥推开门，兄妹俩望着面目全非的父母发愣……也就是在那天，薛去疾老伴在楼下闻声惊诧……

43

按原来的一个说法，功德南街，也就是打卤面街，或者说红泥寺街，它这边建成了中高档的商品楼小区，那边，市政规划是要建成一座森林公园，那边的那些巷子，那些破旧的工厂排房，会被拆除，那些破烂的房屋虽然陈旧，其间隙地的树木，却很不少，树种有槐、榆、椿、楮、杨、合欢、白蜡杆……甚至还有几株别处已经罕见的楸树与文冠果树，拆除破旧房屋后辟为森林公园，就树木而言，确实很有基础。但这个森林公园的说法，越来越成画饼，并且那画饼也越来越模糊。人们只见那"三不管"地带，越来越脏、乱、差，却也越来越畸形繁荣。那边街面上，各种类型的商号鳞次栉比，随着日移岁换，不但未见减少，反倒更有增加，像金豹歌厅、味美打卤面馆等，生意非常红火，游商摊档更是四季可见，每天留下大量垃圾，总是要积累到连商贩们自己也忍无可忍的状态，才会有人来清扫一下，但总是不可能彻底，整条街成日氤氲着不雅的气息，而人们也就一边埋怨着一边在那空间里生息。

金豹歌厅被丙区有关部门查封，没过几天却又恢复营业。而且自那以后丙区的执法部门也再没有来过问它。歌厅的妈咪薇阿照例能邀来相当有钱的顾客，而且总会在把他们从小汽车里引入歌厅时笑嘻嘻地说："不错，我们是开在城中村，门外不雅，但上了楼您就会发现，'竹喧归浣女，莲动下渔舟'，这番风情，在这座城市，却绝对是独一无二的，正所谓'随意春芳歇，王孙自可留'啊！"那些被她招来的客人不管听没听懂她引用的唐朝王维的诗句，先就被她的风度学识镇住了，迈上玻璃楼梯，升至二楼，果然是个温柔富贵乡！离歌厅不远的味美打卤面馆，串串瀑布灯从招牌拉往行道树，树上又吊着不断发出流动光的灯管，老板二碰子就仿佛根本没被丙区执法部门带走过，照例会常常出现在柜台后边，用一根长长的银耳挖勺，歪着头眯着眼自己掏耳屎，而那些回头客也依然不感到恶心，照例先点下凉菜喝足酒水，再呼噜呼噜吃他的打卤面……

街这边，方忠顺两口子的大果棚，进货花样越来越繁多了，金豹歌厅的果盘原料，全从他们这里出，背后小区里的住户，就连高档区的那些有钱人，也喜欢来他们这里买水果，他们会按季节提供多种鲜货，比如广东那边头批运来的妃子笑荔枝什么的，而且已经雇了穷省来的，说是已成年，其实是辍学的娃子，可以把打电话来要的水果送上门去。他们也不薄一般的工薪族，棚外总会有几匮挑出来的有瑕疵甚至开始霉烂的水果，廉价地卖给自食而非送礼的顾客。

红泥寺街巷子里发生火灾后，方忠顺夫妇见人就道"万幸"，他们在火灾发生前半年就从原来那憋屈的排房住屋迁出，租了旧楼里的单元住了，又不断称赞那些消防队员，正是由于消防人员的奋不顾身和克服困难，才扑灭了那场大火，没让火势蔓延到街面店铺，更没有越过马路烧及他们的果棚。但是回忆起那天所目睹的巷子里大树整株燃烧，仿佛冲天火把的情景，还是忍不住啧啧地道"后怕后怕"……

火灾当然也给了薛去疾很大的刺激。特别是，火灾过后，派出所竟找上门来，说是跟他了解点情况，来的两位穿着制服，主动给他亮工作证件，非常客气，他只能接待，请人家坐，给倒茶水，不过心里确实别扭。他儿子恳恳在美国那边失业的事情，正让他心烦，又难与外人道。他强忍着厌烦跟那二位周旋。原来，火灾是从顺顺住过的那个院子燃起的。有人反映，最开始，是何海山住的那间屋冒出的火苗。后来他们找到何海山，问他："邻居们反映，你不买电，夜里点蜡烛，是不是你点蜡不慎，引发了火灾？"何海山竟跟他们拍桌大怒，说什么："你们算老几？拿腔拿调审问起我来了！老子当司令的时候，你们怕连胎盘都没抱过！依我说，烧得好！这么个世道，走资派横行，早该烧烧了！"他这么一闹，人家对他就不客气了，检查了他提的那个包，发现里头有印的领袖像，这不稀奇，还有一男一女两个人的画像，竟认不出来是谁，何海山气愤，激动得大叫大嚷，以至于流出热泪，说什么："才三十多年，你们就连旗手、斗士都认不出了，这世道怎么会堕落到这个地步！"人家继续翻他的包，就发现还有书法条幅"星火燎原"，便逼问他怎么有这样的字迹？他是不是因为对世道不满，故意纵火？他终于说出来，是他让过去的一个部下薛去疾写的。派出所的民警正是根据何海山的交代，找到薛去疾这里来。面对两位年轻的民警，薛去疾头大，真是"一部二十四史从何说起"！却又不能不把前因后果一一道来，两位民警听得一头雾水，无论如何不能理解何海山火中逃生时偏把这些纸片从墙上揭下珍重保藏。薛去疾最后跟他们说："我不能打保票，但是我认为即使火是从何海山那屋里燃起来的，也是因为他用火不慎，他有他的观念，他的信仰，他的固执，他的幻觉，但是他不会是一个纵火犯。"末后两位来访者也就道打扰，礼貌告别离去，薛去疾关门前冷冷地对他们说，"希望以后不要再来打扰。"人家没有什么回应。后来薛去疾坐到沙发上又心烦意乱了好久。

那天小时工文嫂来打扫卫生，提起那场火灾，薛去疾道："你们很幸运，之前好久就搬走了。"文嫂却大声武气地说："幸个什么运！好背时！这边烧了，好多人全到我们南边那个城中村租房子去了，哪里有那么多空房给他们住？房东就涨我们的租金，一涨就是一倍！没得法，原来租两间，只好退一间，房东就拿去租给那些人！我们本来是躲东北人才租的那儿，他妈的，新租户里恰恰有东北的！让我们怎么过啊！"文嫂竟然爆粗，薛去疾也没力气批评她，只是说："今天要麻烦你多做一点，那间一直闲着的屋子，要把床再铺好……"文嫂很不文明地问："是要让哪个来住啊？莫不是你老头子耐不住清静了？"薛去疾就生出辞退掉她的心。

薛去疾让文嫂收拾好那间卧室，是准备让薛恳住。恳恳前几天跟他通了电话，说到头来恐怕还是要回国来找事情做。

44

那个会所在一个古庙里。古庙历史悠久，所存的大雄宝殿的木结构是明代的。尽管庙里其他建筑陆续拆毁，又陆续搭建出若干杂乱的房舍，但大雄宝殿大体上幸存了下来。这个大院落按归属是一个什么国有公司的，前数十年曾经是街道风机厂，后来成为对外租赁的仓库。尽管有古建专家来看过写出报告，对其硕果仅存的大殿的文物价值一唱三叹，文物局也曾据之来考察，那某公司坚决不将其交付文物局作为文物保护单位处理，文物局反映到市里，传媒也一度就此鼓呼，但事情还是不了了之。现在某国有公司又将此院落外租给某股份有限公司，大雄宝殿被改造成了一处高级会所。文物专家对此痛心疾首，但来会所的人士，有的不仅不以为欠妥，还认为是古为今用的绝佳示范。比如夏家骏，就是如此。

那天夏家骏带着钟力力、冯努努和海芬进入会所，她们都是头一回去那里，夏家骏就指指点点地给她们介绍："这庙殿间架既然贼高，就将它设计成跃层，别的你们自己细看吧，我光把这里边的三种灯指点一下：这盏从藻井直垂下来的水晶灯，最宽直径达到两米二，有七个层次，所缀的水晶片有一千多页，最中心的一圈，是真水晶，其余的人造水晶，是著名的施华洛世奇品牌，也堪称价值连城！来，上楼梯，到上面，嗬，全是遮蔽光，这些盆栽观叶植物，全是真的啊，看这盆散尾葵多么雄伟，那边的紫叶榕可是罕见品种……对了，这是些仿古红纱戳灯，造型是有根有据的，记得《韩熙载夜宴图》吗？来到这个空间，我们也就都成那幅画里的人物啦……但是，请往这边看，看见了吗？看仔细，不是水晶的，不是细纱的，是什么材料的？纸的！对，就是纸做的！但是，它的价值，超过了这会所里所有灯具价值的总和！为什么？因为它是已故的欧洲工艺大师弗拉沃坎的绝笔之作，上头有他亲笔签名！……"

钟力力听了发噱："欧洲工艺大师？哪国的？弗拉沃坎？没听说过！夏老师真能唬人！"

冯努努叹息："好好的古建，给糟害成这样！夏老师，你说这个价值连城，那个世上罕见，其实，所有这些堆砌进来的东西，都没有这座大殿本身珍贵，它才是无价之宝啊！"

夏家骏倨傲地回应："堆砌？这叫作后现代风格，懂吗？所谓'同一空间中不同时间的并置'！这里只接待会员及其由会员带进的雅人，一般俗众是无缘进入的，你们注意到了吧，它门口只有一个放大的门牌号，不挂招牌的，而且，大门基本上永远紧闭，必须插入会员卡才能开启大门入内，如果是约来的，那就得在门外用手机通话，约请方亲自出来接进去……"

海芬对什么大殿古建呀、后现代装潢呀，一概不感兴趣，无所谓！她只关注："真能见到尼罗吗？"

夏家骏引着三位年轻女士往跃层深处走，于是一组有着明黄色靠垫的深紫色沙发呈现在前方，茶几细看是用老式大樟木箱充当的，上面已经有使用中的电动工夫茶器皿，以及在幽暗遮蔽光中闪出花朵般光焰的蜡烛盅。那组沙发约可坐十来个人，他们接近时已经有三个人坐在那里聊天。

见夏家骏近前，一位谢顶的男子便站起来迎接，那是林倍谦，这个会所，他是股东之一，夏家骏正是通过他，约来了尼罗，他带三位小女子来，体现出他的风流，而实际上所图谋的，是取悦海芬，以换取到"高歌猛进"的高层人物墨宝。

林倍谦热情地招呼他们，搓着手，笑眯眯地说："家骏兄几世修出这么旺的艳福，能让三位超级美女簇拥着！如今这边的人怎么讲的？'嫉妒羡慕恨'！我正是这么个心情！快坐快坐，随便坐。"又介绍两位已经坐在那里聊天的两位先生给他们，"尼罗，大诗人！覃教授，大学者！"

其实三位女士，钟、冯二位堪称美女，海芬么，即使在幽暗的光影里，虽然其眼睛颇大，那其直角的下颚、鼓出的颧骨也都难禁人生出"此女实在不敢恭维"之想。

那海芬一眼认出了尼罗，激动得双手胸前紧握，微张嘴唇，几乎要尖叫起来。

45

那尼罗个头长相都只能算是中等，但是他那招牌发型，却十分抢眼，那样的发型，自他出名后一直保留着，就是前面乱蓬蓬，后面脑勺那里，将长发扎成两个岔开的马尾巴。当年他的头发颇丰茂，那天在会所出现，岁月的沧桑，对他脸上的纹路做了加法，对他的头发却做了减法，他前面已经开始谢顶，后面的两个马尾萎缩不少，但整体而言，他却并不女性化，特别是他总保持着络腮胡，岁月的剃刀倒没怎么使他的络腮胡萎谢，微笑起来，依然露出白而齐的真牙，他的追随者，现在叫作粉丝的，如海芬，对他的迷恋，不仅在他的那些诗句，也在他的独特形象，尽管海芬以前只在旧书旧刊上见到他的照片，心内也着实喜欢，现在忽然真人就在几尺以外，一颗心顿时加快加重了跳动。

林倍谦不用把尼罗介绍给夏家骏，他们二十几年前就熟稔，便只郑重地介绍了覃教授，夏家骏见对方并未起立伸手，便只抱拳道"久仰"，自己坐下，又把三位女士的芳名向叶先生等道出，那尼罗、覃教授只淡淡地对他们点点头，仍继续他们刚才的什么话题。

只听尼罗道："……回过头来看，当年那样的决策，非伟人绝无那样的魄力……实在是造福中国！短短二三十年，使十几亿人口脱贫，敢问人类文明史上，有几个政治家做到了这一点？……我原是去西寻故乡的，现在终于彻悟：甚荒唐，再莫误将他乡认故乡！……你知道西方如今穷到了什么地步吗？福利主义那一套，搞了那么多年，终于走到尽头，借钱搞社会福利，利滚利，结果现在爆发了财政危机，还不起债了呀！多年搞福利，养出了大群懒人，养成了必须享受现有福利，而且还要福利不断升级，那么样的思维定式，你政府没钱了，要紧缩财政，要减少假期，延迟退休，啊呀，消息一出，人们立即上街，抗议！反对！愤怒！发狂，跟警察对打！再，就是那边的金融业，游戏规则越来越离奇，到最后，就是想方设法捞钱，空手套白狼，贷款成了普遍的生活方式，放贷成了发财的不二法门，其实就是大型的'老鼠会'，玩来玩去，抛出去的绳索没套住狼，倒套住了自己脖颈……你再看看这边，GDP 持续保持高增长，就算统计数字有水分，就算有贪官污吏侵吞，国家有钱，老百姓温饱无虞，还是真的！所以你看西方，凡在台上的政治家，都在向这边谄媚，这边成了他们经济复苏的救命仙丹啊！就是学者、艺术家……当然不是全部，也有很不老少，包括原来持反对立场的，也都不同程度转换态度，到中国来混事由，来淘金，那些二十年前信誓旦旦表示如果不怎么样就绝不再踏上这边土地的，如今就不是又大都屁颠屁颠地谦卑有加地来了吗？……我们今天坐的这个沙龙，在那边，一般知识分子是坐不起的，这个就不去说它了，我在那边那么多年，我可知道，像你这样的学者、教授，一般也是下不起点菜的馆子的，多是在快餐店吃点东西，可是这边，我这次回来一看，到处是正经餐馆，一般的市民，工薪族，都能坐在里头点一桌的菜肴，吃香的喝辣的……哎，真是有意思，有意思！……"

又听那覃教授对尼罗辩驳道："这边，那边，故乡，他乡，其实，有超越、凌驾在它们上面的一种普适价值，注意，我说的'适'不是'世界'的'世'，是'合适'的'适'也就是'普遍适用'的意思，这是人类共存的最大公约数，是不可亵渎，更不能抛弃的。现在这边流行两句话：'钱不是问题''上面有人'，难道这不是精神的堕落？而且，这种精神鸦片正随着与那边的经济交往在渗透，这难道是人类的福音？我认为不能不引起所有还保有良心、良知、良能的人们警惕、抗拒！……"

二人自顾自地在那里对话。林倍谦抱歉地对夏家骏笑笑，给夏家骏和三位女士献上小紫砂杯的工夫茶。

夏家骏望望尼罗，小声问林倍谦："可知道这边有个叫邓拓的？"林倍谦摇头。于是夏家骏告诉他："他原是《人民日报》的头儿，后来是北京市委的高官，1966年自杀了。他有个杂文集叫《燕山夜话》，里头一篇很有名，题目是《专治健忘症》！"林倍谦于是会意，知道他在讥讽尼罗，其实也无形中将林倍谦打包在内。林倍谦斜睨夏家骏，心想你老兄何尝不属于健忘一族？隐忍住不快，按铃呼唤服务生上红酒与开胃小吃。林倍谦事先已经知道海芬是尼罗的骨灰级粉丝，就故意安排她坐到尼罗正对面，好让她先用视觉将崇拜对象生吞活剥一番。林倍谦之所以答应夏家骏的请求安排这样一个派对，是因为他也想把一封信，烦请海芬带进那医院禁区中，不过他是要把那信递给一位还在职的、临时住院的高官，只要海芬能把信交到那高官大秘手里，就OK了。在这边做生意多年，林倍谦熟悉了这边的明规则与潜规则，深知有的事情，到头来还是要决定于"上面一句话"，他的信言简意赅，希望能打动出那"一句话"来。虽然林倍谦和夏家骏互相心内对对方都看不上眼，但需要利用海芬帮他们完愿，使他们在这个派对上有心照不宣的配合。

其实，林倍谦只赠送了夏家骏一张B级会员卡，这B卡只能免费在茶寮、咖啡吧、酒吧消费。尼罗与覃先生，则并无会员卡，林倍谦与他们结识不久，隔些时邀他们来坐坐，意在捕捉些信息，这天邀尼罗来，当然别有深意，夏家骏求到他，他也有求于海芬，所以不仅是请各位喝喝工夫茶，品品红酒雪茄，也还要请他们享用A级会员卡才能吃到的大餐。这会所的会员卡，一些大老板是自购的，免费赠送的，都是官员。钟力力的父亲，也有一张B卡，有时也会来此，还曾带她妈妈来过，所以夏家骏跟她和努努、海芬得意地介绍会所种种时，她只觉得夏老师毕竟属于穷酸文化人，这么个空间，就令他飘飘然起来了。

三个姑娘落座后，都把眼光投向尼罗。钟力力和冯努努不过是好奇，海芬却是一腔朝圣的情怀。

尼罗在那年那个大事情初起时，从一个湖畔诗人转换为一个广场诗人，激昂得如同撞向礁石的巨浪。在事情严重起来前，他已经接到美国方面一个邀请，飞过去了，这边出现大事态，他在那边的诗歌活动里热泪纵横朗诵了一反他往常风格的抗议诗，他宣布"双退出"，活动结束后他滞留不归，成为流亡者。流亡者之间不久就发生龃龉乃至公开攻讦，他对几方都失望，大不以为然，沉淀在那边茫茫人海里。但近两年他又浮出水面，在网络博客上发表时评，在境外纸媒上发表杂文，又接受广播电台采访，出现在某些电视的谈话节目里，他的语言离诗越来越远，但内里保持着他一贯的赤子童言的风格，他自己也好，许多认识他的人也好，都觉得二十几年前的那个湖畔诗人，和如今的这个狂热的"爱族主义者"（这是尼罗自己发明的符码），确实是同一个绝非虚伪的生命。他是这年才头一回重返故土，据说到机场迎接他的人一见到他，他就双眼闪亮地说："我要亲吻故乡的土地！"他真要那么做，但从机场到高速公路到城里，几乎见不到泥土地，他也就没有去跪下来吻水泥地面，但人们都知道那确实是他内心真切的意愿。

夏家骏不知道尼罗现在究竟是入了美国籍还是拿的那边绿卡，但是现在他能顺利入境，想必更能顺利离境，终究还是世道变得圆软的一个例证。

尼罗和覃教授沉浸在他们二人构成的那个语言岛里，高谈阔论，滔滔不绝。钟力力在大学曾听过覃教授的演讲。确是个有学问的人，中外古今的名人名言，随口引出，有时还夹杂外语，令听讲的人们耳不暇接，除了大佩服，往往也就觉得摄入超量，导致消化障碍。当然啦，覃教授的站位，与如今成为"爱族主义"者的尼罗大相径庭，这基本的色彩，人们还是明了的。覃教授最喜欢引用的还是西方现代名人、学者的言论，马丁·路德·金，曼德拉，哈耶克，哈维尔……是他引用频率最高的几位。

覃教授在红酒斟好以后，举起长柄高脚玻璃杯，先微晃，再对着烛光察色，又凑进鼻翼闭眼深嗅，最后才用舌尖抿了一口，又观察那酒浆挂杯的状态，点点头，问林倍谦："拉菲吗？几年的？"林倍谦告诉他："不是拉菲。现在来这里的人士多是追求拉菲。其实拉菲再好，终究也只算得一种流派罢了。这是马耳他的，窖藏虽然不足十年，大家品品，是不是有种地中海的海风气息？"覃教授点头，道："是的。现在中产阶级又时兴喝南半球的红酒，智利的，南澳大利亚的，南非的，那些地方的私家酒庄酿出来的，品质也不错。"他品酒时，才把目光扫到三位年轻女士，搁下酒杯，很绅士地问："女士们，允许我尝只雪茄吗？"不见反对，便笑道，"我也是全托林先生的福，才能偶尔到这个地方来放松一下。今天还更托了尼罗兄的福。如今中美两国既然是战略伙伴关系，尼罗应邀回来参加官方诗人的创作研讨会，很战略，很伙伴，也就一点不足为怪了！"尼罗流亡后宣布"双退"，这边也就将他"双开"，护照过期作废，很长时间不允入境，这年有副部级职务的官方某诗人，协会为他召开创作成就研讨会，以那诗人个人的名义，给尼罗发去请柬，尼罗也就欣然回来赴会，还在会上作了真情澎湃的发言，鼓呼诗人们要鄙夷布洛斯基，抛开米沃什，重回楚屈原开启的"爱族主义"传统，他的发言，得到传媒报道，会后，他停留下来访亲问友，也不知他是否还要离族赴西。林倍谦那"战略合作伙伴"云云，语带双敲，尼罗只是淡淡一笑，只觉得自己胸臆中自有清风霁月。

服务生端来有雪茄烟的托盘。原来那会所的特色之一，就是有从古巴特邀来的卷烟师，现场制作雪茄。覃先生、尼罗、林倍谦、夏家骏都各取了一枝，用一种粗大的瑞典火柴点燃，各具姿势地品尝起来。

钟力力见那些现卷雪茄粗细长短不一，就拈起一只比较秀气的，笑道："我也要尝尝！"又偏头向努努和海芬发出鼓励的目光，但那两位都不为所动。

覃教授再扫视三位女士一遍，发议论道："都是80后吗？中国的希望，正在你们身上。须知你自己什么样，国家民族就什么样。你们在任何时候也不要放弃原则。任何时候也不能向专制妥协。你们都读些什么书？赛义德的吗？霍米巴巴的？乔姆斯基的？苏珊·桑塔格是你们的偶像？哎呀呀，不要再被什么后现代主义呀、结构主义呀什么的牵着鼻子走啦！要回到古典！回到洛克，回到卢梭，回到密尔，回到先是法国后是美国出现的那两个《宣言》……"

钟力力望着覃教授只是暗笑。这位覃教授确是不遗余力地号召人们特别是青年人反抗专制追求民主，此刻的神气话语也确实语重心长，但是，钟力力记得，就是那次请他来他们大学演讲的时候，在他讲完听众自由提问的阶段，只因为有学生提的问题令他逆耳，他就发出这类的反问："你怎么可以这样提出问题？"又在他虽然作出回答但仍有学生质疑的时候有些气急败坏地说，"我看你是脑子进水，应该好好挤一挤了！"后来更听说，虽然他那次演讲后，网络上的赞语不少，但针对两篇学生穿马甲发出的讥评，他竟打电话给他带过的研究生、网站总编辑，要求立即删除！他反专制，自己却也很专制！他现在常说"你自己什么样，国家民族就什么样"，但社会多元，人各有志，他其实还是要人们，特别是年轻人，都成为他那一头的，依照他立下的标准做人，他其实更是要年轻人去为实现他的理念而冲锋陷阵乃至英勇牺牲。于是又想到关于这位学者的如下传说，他的名字，写出来是覃乘行，上中学的时候，老师第一次点名，点到他，他不回应，教室座位满的呀，此生一定在座呀！那老师心内抱怨其家长竟取出这样的名字，连姓带名三个字全可两读，覃可发"谭"的音也可发"秦"的音，乘可发"趁"的音也可发"成"的音，行可发"形"的音也可发"航"的音，于是那老师就耐心地将那些发音排列组合，一再点名，后来以"秦趁航"唱名，他才答出一声"到"来。

在雪茄烟的气息中，冯努努更加心烦意乱。她本不想来。但是她和力力、海芬毕竟情超姐妹，力力过些时要远走高飞，海芬给她打电话倾诉半个多钟头，使她知道这次和尼罗的会面对于海芬有多么重要，她如果不陪，那简直就无异于宣布跟海芬绝交了。冯努努这些天一下班就往麻爷赠予阿奇的那套房子去，阿奇正在装修那套单元，尽管请了装修工，但是阿奇不仅督阵，还亲自上阵，她发现阿奇真的是个多面手，举凡瓦工、木工、漆工、管工等方面的活计，全拿得起，电工的一般活计也懂些，只是因为没考过本，不敢擅自动手。装修在一天天进展，但是努努发现她妈妈却在一天天地显露出焦虑，昨天她回到家，妈妈问他："阿奇他那套房子究竟装修到什么程度了？"言为心声，说明妈妈到如今还是不能把她和庞奇合起来想，尽管她和阿奇还没有去登记，但是单位里的一些人，更不要说努努和海芬，早把他们视为一体了，但妈妈却把那房称作"阿奇他那套房"，不在心里嘴里表达为"你们那套房"，在妈妈心底里仍然没有接纳庞奇的情况下，她和阿奇去登记时，能是完全快乐的吗？……

海芬在雪茄的气息中更加晕眩了。她几乎是目不转睛地盯着尼罗。这个偶像原来只在纸上，此刻却活生生地离她不到两米远。她没有失望。多么具有魅力的诗人啊！虽然尼罗这天没有一句话谈到诗，但是，他那"爱族主义"的议论，海芬听来却如聆佛音。海芬此前对任何主义都没有兴趣，这个派对过后，她见人就鼓呼"爱族主义"了。"今后的世界，将由中华民族引领人类走向大同！"当她在父母面前忽然发出这样的高论后，父亲惊异地望着她，母亲干脆到她跟前摸她的脑门，怀疑她是不是在发高烧。

那天几位品尝雪茄的人士指尖的雪茄都只弹过一次烟灰，就掐灭了，因为服务生来请他们往餐厅那边用餐，在另一亮堂的空间中，是中式圆桌，中央转盘上却立着威尼斯枝形银錾烛台，林倍谦搓着手说："诸位，今天为各位准备的，是中西合璧的特色菜肴，其中一个高潮，是今天中午刚刚空运来的刀鱼……"

46

刀鱼还没有端上来，钟力力手机彩铃响，她接听，是她妈妈气急败坏的声音："你在哪儿？赶快回来！"她离开座位，去包间的卫生间，掩紧门，也很气恼地说："我还能在哪儿？我能让黑洞吸走再没影儿了吗？真讨厌！才几点？打什么岔！我们正在兴头上呢！"妈妈那边却急得嗓音都劈了："快回来！别废话！赶紧！"钟力力上高中时，青春反叛期里，跟她妈妈对抗得厉害，妈妈的任何一种对她言语行为的干预，都会遭到她的迎头痛击，那还是客气的对抗，如果她狂怒起来，就会玩失踪，最多失踪过三天，妈妈动用爸爸的权力人脉资源，找遍全城，兼及外地，就是找不到她，她是藏到部队大院的院中院，海芬家的将军楼里了，最后还是海芬妈妈一番劝解，让专车司机把她送回家的。上大学以后钟力力和她妈妈也曾几次大碰撞，但近两年母女关系转为和谐。没想到这天，由于妈妈来这么个电话，仿佛将以往母女冲突的伤疤，又生给撕开，钟力力心想：我这就要去美国了，她还把我当作她脖颈上的项链，控制欲也太强了！钟力力愤怒地掐断电话，走出卫生间，回到座位上，她将手机的彩铃关闭掉，换成震动模式。

这时候各人的那份盛在椭圆形錾边银盘的刀鱼已经上齐，身边的夏家骏对她说："趁热。"又见那边的冯努努狐疑地望着盘子里的刀鱼，似乎决心放弃，劝说道："三千元一条呢，外面恐怕拿着再多的钱也买不到啊！"这时钟力力随手搁在餐桌上的手机震动不已，原地打转转，惊动了吃刀鱼的海芬，海芬就拾起手机，递给钟力力，钟力力估计一定又是她妈妈来聒噪，触动接听符，又故意启用共听功能，那边尚未发声，她先极不耐烦地道："好吧，你还有什么圣旨？"结果传出她妈妈绝望的声音，在座的全听真切了："你爸让人带走'双规'了，你赶紧回来！"钟力力如遭电击，僵在那里，整个包间哑场，后来尼罗和夏家骏说起，都觉得跟乌克兰古典作家果戈理的名剧《钦差大臣》最后一幕剧终的哑场定格极为相似……

……出了会所大门，钟力力拦住出租车，跳上去，那的哥哪知她的心思，竟然一如既往地大谈时事政治，她不要听，可是当那的哥说到："……这夜晚，到处是官商结合的灯红酒绿，他们是不打的的，咱们说挞说挞他们，他们也听不见……"觉得非常逆耳，忍不住大吼一声："哪有那么多贪官？！"……

冲进家门，倒没有什么被查抄过的迹象。母女紧紧拥抱在一起。她们在这一紧紧相拥中尽弃前嫌。所有的道理、原则全是废话，血缘才是真理。妈妈恨不得她立即去机场飞走。她护照签证都是现成的，也已经预订好了半个月以后的单程机票。那预订票完全可以放弃，无非添些钱改成最近的一班飞机，如果已经客满，那就可以在机场临时设计出一种飞法，无非多换几次航班，多绕一些弯子。其实先飞到广州从那边出关也许更为稳妥。事不宜迟。要分秒必争。把原定要带的行李减缩优化到极限，只带一只可以免托运的拉箱。妈妈变得格外冷静，掐着手指头把最坏的种种情况都估计了一遍，她心里念叨："不至于那么离奇吧……"却也作好了若被阻止出关如何应付的心理准备。妈妈让她把护照、投资移民资料、信用卡、美钞、人民币等最要命的东西再检查一遍，确认完备后，建议说："把我们的手机互换。"她想了想，这有好处，就互换了。妈妈没有跟她再拥抱，把门打开，只是望着她，她望了妈妈最后一眼，电梯门开，便毅然地走了进去，没有回头。听见电梯门关合，她忽然有些高兴，生命中能有如此这般的遭遇，也很有趣，不是吗？

第二天钟力力先飞珠海，然后从珠海九洲港码头出关，乘水翼船抵达香港，她有赴第三方的签证，可以在香港停留一周呢，哪有闲心在香港玩耍，立即赶到大屿山赤鱲角机场，看两小时后飞洛杉矶的航班还有余票，立即买下，她在再一天后抵达美国，顺利入关，立即给妈妈打去电话，那边发出一种带哭音的欢呼……

47

那些天里，薛去疾几乎不到飘窗台那里去倚坐。一个人在家时，他总背着手在屋里走来走去，心里盘算着自家的事情。老伴究竟要不要也回中国？薛恳回来时，本想把母亲带回来，倒是梅菲把婆婆留下了。梅菲心里想的是，婆婆尽管腿脚不好，上不了楼，她周一到周五毕竟要上班，所供职的公司虽说摇摇欲坠，总算还在维持，如今的世道，能维持就好，薪酬减半，折合成人民币也还不少，何况老板说了，一旦经济复苏，生意又可大单地做，那时薪酬不是复归原位，而是肯定提升。有个老太太在家里守着，能做饭，能使用洗衣机，孩子们放学后多少能照应一下，终归是好。梅菲嘴里说的，则是自己绝非不孝之人，美国这边空气好，婆婆理应在这边享福，她会悉心照顾婆婆，请薛恳和公公放心。薛去疾去美国跟儿媳妇相处过，心里知道那是个嘴甜心苦的女子，因之对老伴留在没有薛恳的那栋"号司"里，实在不放心。但是将老伴接回，现在看来，是个复杂的系统工程了。选择何时？何人护送？孙儿孙女如何安排？薛恳是无论如何一时无法抽身回去接来的了。那薛恳受他影响，从小就不大会交际应酬，以为一个人在社会上安身立命，主要靠自己有本事。去美国以后，确也是靠在那个专业领域里的本事，过上了中产阶级生活，除了偶尔参加某些雅皮的派对，几乎没有其他的社交活动，就是周一至周五上班，周六周日跟家人一起，长假则和家人一起旅游。这下被迫成为"海归"，才懂得在这块地面上要想立足，第一是关系，第二是关系，第三还是关系，当然如果有本事，关系网里网住鱼的概率会增加，但也眼睁睁地看着有那并无真本事，甚至连假本事也没有的主儿，竟然只凭"咱们有人"，就混得非常之好，心中难免不忿。父子二人，用了两个多月的时间，调动起所有的社会关系，来为薛恳觅一角像样的立足之地。薛去疾本已自居远离庙堂、甘处江湖，儿子"海归"后，却忽然又去与当年庙堂里认识的诸多人物联络，常常是不待见面，光那电话里的语音，就令他脸热，而如此破脸，却颗粒无收。薛恳这些天一早出去，老晚回来，薛去疾总是灯下痴等，儿子回来，递上热柠檬水，父子二人坐沙发上，儿子汇报联络进展，针对某些可能，二人来回来去讨论，直到父亲拍脑门说："啊呀，又搞得这么晚，你快洗漱快睡！"才各自去自己卧室。有时美国那边电话打过来，二人就在电话边，以免提功能，跟那边婆媳二人，报喜不报忧，那边亦然，而孩子们，也会插嘴说些中英文混杂的话语，两边就都觉得，阴霾只是一时，灿烂阳光，必在前面。但每当新的一天开始，儿子走后，薛去疾便坐立不安，无心坐飘窗台欣赏所谓的"清明上河图"，多半背着手在单元里各处踱来踱去。

48

"海龟海龟，何不早归？"看到中学同窗戚续光发来的手机短信中这个句子，薛恳真不是滋味。

戚续光这名字不消说容易让人联想到戚继光，戚继光是明朝打击倭寇的武将，戚续光笑称自己是戚继光的弟弟，那么，他应该起码有三百多岁了？戚续光在学校时不爱学习，常被思想教育组的老师训诫，常常是，薛恳上学进得校门，只见戚续光在思想教育组办公室门外罚站，薛恳不免上前悄声问："怎么啦？"戚续光就斜斜眼笑道："又绿啦！"当年同学们把犯错误被老师抓了现行叫作"绿了"。戚续光的"绿"，也不是什么大不了的错误，他不打架，不耍流氓，只是总有些被思想教育小组老师视为不正确的行为，比如，他会把家里姥姥蒸出的大包子，拿到校园来售卖，价钱随意，从一毛到五毛，只要递他钞票他就给你包子，有时候又会把他哥哥看腻的连环画拿到教室转让给喜欢的同学，甚至装出拍卖师的模样，用尺子代替拍卖锤，怪声怪气地叫喊："一毛！两毛！两毛第二次！好，两毛五！两毛五第二次……什么？两毛八？三毛好不好？三毛第二次，三毛第三次……好咧，三毛！三毛成交！"薛恳就从他那里，以三毛钱拍到过一本"文化大革命"末期出版的连环画《红石口》，抓特务的，翻看着挺好玩儿。中学毕业，戚续光没考上大学。同学们各奔前程，薛恳很多年简直把这位戚继光的弟弟忘记了，但是海归以后，三个月过了竟还找不到合适的工作，父亲薛去疾在人际上既然是个笃信靠自己专业本事吃饭，万事不求人，被讥为"拉硬屎"的呆子，也就完全不指望他帮忙，掐指算起来，薛恳所能动用的人际资源，也就是大学和中学的同窗了。大学同窗出国的多，比他早归的有几个，留在国内的能联系上的也有几个，联系来联系去，最后和两位达成了共识，就是自主创业，注册一家生产销售化学试剂的公司，薛恳在美国所从事的，就是这一行，另两位合作者大学里也学的是化学专业，初步的市场调查，是这方面的社会需求虽小，但若有订单，一单的收益便很可观。这种高端试剂还没有国产的，进口价格极其昂贵，因此，获得国家有关部门和基金会的资金支持，可能性很大。在获得官方资金支持之前，他们自己先凑了五十万元，其中包括薛去疾多年积攒的三十万元，于是，开公司的事就算启动了。登记注册的手续相当繁琐，不过还能忍受。最困惑的是，如何才能获取到官方的资金支持？满耳朵听说的是，如果朝中无人，那不管你递交的材料写得多么头头是道，到头来也只能是无休止地引颈以待。但是，在和中学同窗联系的过程里，就获得了戚续光的信息，这家伙现在开着一家高档餐馆，其包间里，常有通天人物出没，某高官的孙女婿，就是常客之一，而且跟戚续光的个人关系，非同寻常，只要跟那孙女婿认识了，获得他的支持，几个电话，便能把事情搞定，起码获得银行的低息贷款，十拿九稳。

薛恳从一位老同学那里，获得了戚续光的手机号码，打过去，对方没关机，但是不接，就发个短信过去，却也没有回复。于是，那天，薛恳就和两位合伙人，径直去到那家餐馆，门口的领座小姐问："有预定吗？""没有。"不停步地往里走，乖乖，一楼散座居然客满，领座小姐就让他们先到门厅那里坐着等候。薛恳心里嘀咕：这个戚继光的老弟，这回是真的"绿了"！于是不坐，直愣愣地跟领座小姐说："你们的老板是不是姓戚？给他拨个电话！我要跟他通话！"领座小姐懵了，她只知道经理是谁，并不知道大老板姓什么，只好去跟店面经理汇报，店面经理很不以为然，来到薛恳面前，一脸假笑："先生，抱歉抱歉，现在没有空桌，请先坐下候候。"薛恳就还是那个要求。店面经理就说："您有手机，您自己跟他拨电话不就结了吗？"薛恳眉头一皱："我要记得他号码早打了！刚从美国回来，要跟他叙旧。你拨给他，接通了我自己跟他讲。"店面经理犹豫了一下，就用手机拨了老板号码，那边听了汇报指示："问他姓甚名谁！"店面经理问明白后报过去，那边的回应是："把手机交给薛先生！"薛恳跟戚续光刚对了三两句话，从薛恳那口吻表情就知道来的是个真佛，忙加重笑纹堆积，腰也微躬起来，戚续光跟薛恳互相嘲笑一番后，就让薛恳把那手机再递给店面经理，然后是一连串指示。几分钟后，薛恳一行便被店面经理引到一个金碧辉煌的单间里，那经理谦卑有加地宣布："马上给三位上茶。戚总一会儿就到。"

薛恳和戚续光十几年后的这次邂逅，双方的心情自然与当年在思想教育组办公室门外的相遇不可同日而语。戚续光责问薛恳回来三个多月怎么现在才想起他来？薛恳就高声抗议："倒打一耙！我明明给你打过手机发过短信，是你这家伙一绿脸就变！"结果对出来，是薛恳记那手机号码的时候记错了一位数。双方互报手机号码后，为验证无误，戚续光立即给薛恳发过去"海龟海龟，何不早归？"的短信。

戚续光让手下把餐馆几乎所有的招牌菜肴都摆上了餐桌，又请他们喝正宗茅台。薛恳顾不得怀旧，几下就说到自主创业的正题，更点到要害：希望能结识那位高官的孙女婿，以便早日将官方资助搞定。戚续光听罢立即拨电话，只听他对那位孙女婿笑骂："你小子又在哪儿的饭局呢？什么没工夫！少跟我来这套！好好好，你把那象拔蚌吃完，赶过来到我这儿喝鳄鱼尾汤！"那手到擒来的劲儿，令薛恳和他的合伙人佩服不已。薛恳心情大畅。常言道：吉人自有天相，没想到的是，这吉人竟是当年常被思想教育组老师罚站的"绿人"！

在等候那孙女婿到来的时段，忽然从包间窗外传来一阵叫骂声。那餐馆里，二楼的单间只有这间是有窗的。窗外本是个死胡同，库房的后门与其相通，一向是比较清净的，没想到那天作起怪来。戚续光立即责令经理去看是怎么回事，进行必要的处理。薛恳因窗底下的声响越来越古怪，忍不住离座起身到窗边朝下望，只看见一辆运啤酒的三轮车斜在那里，两个小伙子扭在一起打斗，一个抽出胳膊来，操起车上塑料筐里的一个啤酒瓶来，狠向另一个砍去，那另一个拿手挡，当即被砍中，血星子溅了出来，薛恳不禁"啊呀"惊呼，惹得两位合伙人也跑到窗前朝下张望，戚续光不大高兴，坐在座位上招呼他们："没什么大不了的，到处都是一样的戏，只不过有的是文唱，有的是武唱罢了！"薛恳他们回到座位坐下，窗下的叫骂声还很凄厉。过一会儿经理上楼来了，跟戚续光汇报："是送啤酒的抢地盘擦架。咱们的人已经把他们分开了，也报了110。没事了没事了。请继续用餐吧！"戚续光摆摆手说："行了行了。一会儿那孙子到了，领这儿就好。""那孙子"何所指，经理心领神会，倒退着躬身退出了。薛恳不免议论："你怎么训练出来的？一幅孙子相！"戚续光说："培训能有多大的用？还不是我开的钱多！开多少钱，就有多少度的笑容，多少度的鞠躬，多少度的谦卑！这个张经理很不错的。啊，对了，你不觉得他眼熟吗？"薛恳摇头："比咱们小多了吧？我出国的时候他能多大？我哪儿见过他？"戚续光进一步问："他那眉眼，你就不能联想起一个人来？"薛恳觉得越发问得离奇。戚续光就道出根底："他那眉眼，不跟他爷爷一个模子刻出来的吗？你忘啦，咱们上学那阵，思想教育组的组长张老师？是那张老师，头年跑来求我，让我给他这个孙子安排一下，我试用了几天，还行，就留下了。开头当领班，如今，是这儿大拿了。"薛恳想了想，才"啊呀"一声，把那祖孙眉眼对上号，又不禁感叹："当年那张老师，一脸子马列，好威严啊，难怪我一时无法联想。"戚续光说："如今满脸市场了，见到我就夸：当年就看出来，是个市场经济的好苗子。"薛恳撇嘴："好苗子！当年把你'绿'得最厉害的，不就是他吗？"戚续光反唇相讥："你也够呛啊！那几个打架的，跟我站一块儿，被责令低头思过，你走过去说悄悄话，不也被那张老师看见过？记得他严厉地问你：'是不是也参与打架了？'你说：'我没打架，我是劝架的。'那张老师就盯住你细看，说：'你劝架的？怎么脸儿熟。你怎么总在劝架？'……"薛恩遥想当年，忍不住笑："是呀，怎么打架总没我，劝架总有我呀？真是的，也差点儿跟你们'绿'着排排站了！"两个合伙听了，也都笑。

一阵活泼的笑声，那张经理，把那孙女婿，引到单间来了。

49

门铃响，薛去疾以为是薛恩回来了，走拢门边，觉得不对，薛恩有钥匙呀，从猫眼朝外看，竟是文嫂，于是开门，让她进来。

文嫂每周四来做事，前天来过，这天周六，怎么晚饭时间跑来？文嫂满脸焦虑，越想把话说清楚，越说不清楚，薛去疾就让她坐下慢慢说，又给她倒了杯柠檬水。

听了半天，总算听明白了。文嫂自己姓赵，她有个小弟弟，叫赵聪发，这些年在这个都会，干的是给餐馆送酒水的营生。薛去疾毕竟是个接地气的人，懂，这些年来，从外省农村跑到这个都会来的人，基本上把所有的社会缝隙都填满了，比如收废品，势力范围早已划定，不是你跑到一个地方，就可以在那里收废品的。那么，给餐馆送酒水，势力范围当然也早就分割完毕。文嫂弟弟赵聪发早已拥有自己的势力范围，其中送货量最大的那一家，就是老板姓戚经理姓张的那家，所送的啤酒有五种品牌，饮料有六种品牌，更有三种白酒品牌，每天的吞吐量极其可观，每个月结一次账，所赢得的差价也颇可观。原来是蹬平板三轮车送货，后来置备了一辆二手小面包。万没想到的是，最近有个别省来的浑小子，竟然蹬辆平板三轮车，跟那张经理勾搭上，以完全不要盈利甚至倒赔一点的手段，想先把赵聪发挤兑走，把那家餐馆的酒水供应包下来，下一步再谋求盈利。赵聪发岂能眼睁睁看着那家伙把他的生意抢走，之前已经几次在餐馆后门憋着那家伙，警告过，并且也跟张经理交涉过，张经理是进货方奈何不得，对那抢地盘的家伙就不必客气。这天那家伙又蹬着一车啤酒来找张经理，赵聪发就冲上去指着鼻子开骂，对方还嘴也极其难听，两个人就扭打起来，赵聪发最后操起啤酒瓶砸，玻璃碴把那家伙手掌划破，见了血。餐馆的人报了警。警察赶到把赵聪发带到了派出所。

那家伙从医院出来，拿来了手伤证明，是缝了十三针。这样赵聪发就面临行政拘留的前景。文嫂找到薛先生这里，是知道他有个大侄子叫奇哥儿，跟警察方面熟悉，所以恳求薛先生赶紧跟奇哥儿联系，无论如何要把赵聪发捞出来。

自从薛恳回来，薛去疾跟庞奇联系的频率锐降，庞奇自己也事儿多，问候也比以往少，但伯侄二人的情谊，应该还是一如既往。听明白文嫂的一番诉说恳求，薛去疾同情心完全在文嫂和她那弟弟赵聪发这边，觉得那抢生意的人其实也动了手，而且搞恶性竞争，本属于不正当行为，虽然手掌划破，也不该单处罚赵聪发一个，像这种情况，应该教育一番，责令赵聪发承担那医药费，也就放出，薅进拘留所去，有何必要？于是立即打庞奇手机，奇哥儿接听，问：“在哪个派出所？”薛去疾就偏头问文嫂，那时候文嫂站在薛去疾身边，倾着身子，仿佛想听清那边的话音，双手揉着衣角，满脸期待，被那么一问，反倒一愣，薛去疾就催她：“快说呀，在哪个派出所啊？”文嫂这才道出那派出所的名称，薛去疾告诉了庞奇，庞奇说：“运气！正好认识那儿的人！只要还没移送，这么点事儿，放人不成问题！”还没等薛去疾转达，文嫂就一再作揖：“谢谢了，谢谢了，谢谢了……”

文嫂走后，薛去疾自己弄了点饭吃，又把苹果和梨削成小块，放在盘子里，插上两根牙签，等薛恳回来一起吃。心神不定地看着电视，也不知用遥控器换了几圈台，在漫长的等待中，终于听到钥匙旋转门锁的声音，薛恳回来了！

薛恳面有喜色。未曾开言，薛去疾已经感受到吉人天相的气息。薛恳把这晚成功地找到了中学老同学戚续光，那戚续光更快刀斩乱麻地约来了某高官的孙女婿，而那孙女婿在品尝鳄鱼尾汤的时候，更爽快地应允为他们的公司去落实官方资助等等颇富戏剧性的情况，一一道来，父子二人，相对欣然。薛恳去开了瓶葡萄酒，找出高脚玻璃杯，斟好，跟父亲碰杯庆贺。父子就薛恳他们公司的事宜讨论一番之后，薛去疾才想起来文嫂曾来求援的事情，讲出以后，薛恳惊呼：“世界真小！”原来那餐馆后门发生的一幕，其中的主角，竟是他家保姆的弟弟！不过想到连送啤酒这种行当，同业竞争尚且如此激烈，乃至血战，那么，他们那试剂公司今后将遇到的挑战，还不知会如何凶险呢！父子二人相对感叹良久。

50

坐在电脑面前，上了网，打开自己的博客，夏家骏心中好恼。

那天本来局面不错，托付那将门之女海芬去求得高层政治人物的墨宝，已经极其接近成功，没想到饭局当中，那钟力力家突发变故，匆匆离席而去，搅乱了饭局原有的气氛，还引出了那位覃乘行和尼罗的一番辩论，后来的情形完全脱出了夏家骏的预计，结果是大家不欢而散。

本来再度联络海芬，钟力力是最佳桥梁，钟力力第二天就不知去向，只好跟冯努努联系，打去手机，倒也接听，但给予的信息是，她难以跟海芬取得联系，除非哪天海芬忽然来了兴致主动联系她，最后等于是知会他，爱莫能助，今后勿扰。出版社等着他把那题签拿来呢，如今叫他从哪里找来？也曾试着从搜集到的高层政治人物以往给各处的题词信函里，找出高、歌、猛、进四个字来，汇集一起，充当那印着夏家骏主编的巨著书名，但是找来找去，怎么也找不到"猛"字，能找到的，有个"前"字，那么，把书名改换成《高歌前进》如何呢？试着跟出版社头头说了一下，对方很不理解："要的就是个生猛劲儿啊！"那头头隔两天催他一次，弄得他心烦意乱，他实在不愿意承认自己拿不到题签，但一再地支吾又不胜其烦。就在他烦恼不堪的当口，出版社头头来电话，说担当那套书的一个责任编辑，给他打了个很长的报告，引了很多所汇聚的文章里的片断，大意是说这些文字跟当下领导的讲话精神，以及当前政策，严重顶牛，而且如此这般的文字，从大小标题到内文，删不胜删，改不胜改，倘若就那么印出，闹不好，不仅不能获得上面奖掖，倒很可能惹来责罚！听到这个情况，夏家骏心中没有一紧反倒一松。就让出版社头头将那份报告作为电子邮件给他传送过来。看了那报告，夏家骏搓着双手，请那打报告的编辑吃饭的心思都有。太好了！书可以不出了，但是，他要首先通过自己的博客，将此书出版受阻，提升到政治高度，敲响警钟：那些总想切断我们的道统与政统的势力，是如何无孔不入，人们，要警惕啊！他将与出版社头头通话，大意会是：书暂时放一放，是金子，什么时候都会闪光！暗示那头头，"高歌猛进"的题签，其实已经在他手中，但墨宝不能轻易出手，哪怕是照片和复印件；那打报告的责编，显然是受到当下某种不良思潮的影响，但也不必责备，人家也算是在尽责；他将继续努力，为弘扬正脉、正气而勇往直前、鞠躬尽瘁。

夏家骏开博以后，发博文不多，跟进的帖子也少。他听人说过，如果你的博客无人问津，那么你就是话语场中的弃儿。如果你的博客跟帖全是来骂的，那么你是成了话语场中的倒霉蛋，趁早关闭评论以免闹心。如果你的博客跟帖有赞有弹，而且赞弹双方对骂起来，这方骂那方SB，那方骂另方脑残，或者这方判定那方是"五毛"，而那方反过来斥彼方为"美分"，那么，你就是话语场中的宠儿。那覃乘行的博客，跟帖无数，基本上就是那种赞弹相激相荡的状态。夏家骏心想，自己也该将博客利用起来。原来更多的是注重往上联络，现在看来，好的前程，实在也需要吸引来自下面网民的托举。

夏家骏写那博客的时候，微博刚刚出现，他反应迟钝，还没有重视，但是覃乘行却已把自己的网上言论朝微博转移了。此是后话。

开始写那博客的时候，夏家骏敲击键盘还很滞涩，有点打苦工的味道，但是越往后，他就越轻松自如。他已经多次尝到了这种滋味。比如他有个极深的隐私，就是在那场狂飙运动初期，为了证明自己能勇于跟"反动资本家"的父亲划清界限，"坚决不做资产阶级的孝子贤孙"，曾经当着冲进他家抄家的"红卫兵小将"，猛扇过他父亲的耳光，以至于父亲鼻子嘴角都流出了血来。父亲早已去世，母亲是在那可怕的场面出现前已经病故，当时哥哥姐姐都在外地，见到那情景的"红卫兵小将"早就不知散落何方，有的可能早已沦落甚至离世，就是还在世的，那时候本身就很暴力，见到他人的暴力行为更多了，谁会单记住他那个"大义灭亲"的暴力丑态？于是，那以后，特别是改革开放以后，夜深人静时，每当那反人性的一幕稍显于记忆，特别是父亲被他揎后嘴角流出血滴，挂在下巴一侧久久没有再往下滚落，那情景会像电影上的大特写，令他心灵的眼睛欲闭难闭，他就咬住嘴唇竭力压抑，将那可怕的大特写排除再排除，渐渐地，他的心灵眼睛终于闭拢，以至于有一阵，他觉得那样的事情根本就没有发生过，但是，父亲嘴角那血滴仍会偶尔在某种特定的情况下闪现，令他心灵深处隐隐不快。到近几年，有一天，他在开会的时候，没去听那主席台上的发言，而是旋转起自己的思路，于是，渐渐的，他就构建出了相当具有科学性，或者说学术性，或者说非常符合唯物辩证法，甚至也符合比如说法国哲学家福柯理论，那么样的一套强劲的逻辑，那就是，暴力固然不可取，但是社会的进步又实在离不开暴力，而且暴力倾向是与生俱来的，是人性中的原罪，大可不必对其痛心疾首，人在革命时会崇尚暴力，人在自保时，同样会依赖暴力，而且代间的暴力是自有人类以来无可避免的东西，小的时候，父亲打自己屁股，何尝手软？记得有一次还一边狠打他屁股一边跟母亲嚷："给我拿锥子来！"母亲自然不照办，还到父亲手下去解救自己，并责备父亲不该下手过狠……这么想来，自己那天的虐父行为，其实更可以用古希腊历史中俄狄浦斯"恋母弑父情结"来予以非常合理的解释，无关政治，完全人性，是一报还一报，打我屁股，掴你脸颊，都不必忏悔，大可以忘却，忘却不了，付之一笑，如此一路想来，真是身心大畅。于是顿悟，你政治运动里整过人吗？最佳的心理放松路径，不是自责与忏悔，去努力论证那些运动都是历史的必然、必须、必经就是；你在关键问题上撒过谎吗？最佳的自我慰藉方式，不是自我道德裁判，而是论证出世道变易中，所谓"坚持说真话"乃虚妄之道，是自我出局的懦弱，而善于造出"必要的谎言"倒是生命力强健的表现……

夏家骏写成那长长的博文，重读之后，竟至摇头晃脑，自我表扬激励：果然江郎并未才尽，在这世道里还大可放马驰骋！

电话铃响，抓起电脑边的电话，是林倍谦打来，说是那天幸会后，覃先生、尼罗，都感到意犹未尽，希望能再把他约去会所，大家继续畅叙一番，"围绕中国向何处去这个大话题，热热闹闹地大吵一通"！哎，这电话来得真是时候，夏家骏正处在思维最活跃、自我感觉最优秀的状态，喜悦地回应："好呀！几时？听你召唤！"

51

把努努送回家，庞奇开车回自己下榻的酒店。天已经黑了。那天下了雨，路面状况不好。尤其是在郊区的那一段途程，路面坑洼不平，雨水泥浆把车身溅得很脏。到郊区去，是跟努努寻觅一处可以经营苗圃的处所。麻爷赠的那套单元已经装修完毕，但是庞奇和努努还并不打算搬进去住。他们打算还是把郊区的苗圃先开辟出来。经过几次寻觅，这天终于可以确定下来。是远郊水库附近的一个农家院及其附属的菜园。那宅基地的主人开上出租车，当了的哥，全家都迁到县城去住了，就把农村的这个地盘拿来出租，庞奇努努跟那的哥洽商，最后双方达成协议，庞奇努努一年付三万元，租用期暂定五年。签好协议，回程路上，庞奇努努都很高兴。虽然将那片地方改造成一个像样的苗圃难度不小，尤其是需要不菲的资金，但是他们总算有了真正属于自己的落脚之地。这样一来，倘若必要时退回麻爷给的那套房，心头就更加无所谓了。

庞奇的车子开到离酒店不远的一条街上，忽然车前有人挥舞着大抹布拦车。庞奇就知道那是洗车的"野战军"。庞奇开的是公司的一辆马自达，自然是麻爷应允他随意使用的，平时洗车，都是公司配了卡，到正规的汽车美容店去，完成一套所谓的"电脑洗车打蜡"程序，最后刷卡结账。这种洗车"野战军"虽然收费很低，一次十元，甚至还可以再往下杀价，顾客多半是出租车司机和一些低档私家车的车主，庞奇从来不理睬他们的。但是这天庞奇开的车实在也太脏了，看出去拦车的又是个妇女，庞奇心想如果不是生活十分困窘，一个妇女也不至于这么黑灯瞎火地跑到街上来挣这个钱，于是就停下车，还没钻出车子，那妇女就趴到前盖上用那块湿毛巾擦拭起来，那是怕车主出了车又不让擦，挣不到钱。

庞奇下车后问："你要多少钱哇？"那妇女边擦边答："五块八块您看着给。"庞奇不禁说道："怎么才要这么点儿？你们的行规不是一次十块吗？"这时走过来一位男子，看那模样年过花甲了，身板却十分硬朗，也拿着块大抹布，擦拭起顶来，那男子边擦边说："你这车太脏！你得给十五块！"庞奇就问："你们两口子呀？"那女的刚吐出个"不"字，那男子就抢着声明："是呀！怎么着？"庞奇再看看两个人，忽然，觉得那妇女有点眼熟，谁呀？啊呀！那不是姿霞吗？她不是有个伤了腿的丈夫吗？难道那丈夫死掉啦？正疑惑呢，就听马路牙子上头，人行道树底下，有个人在招呼："换块抹布吧！"循声望去，那里有个男子，坐在一个自制轮椅上，守着两只大水桶，还有晾在两棵树之间牵起的绳子上的几块大抹布，显然他们三个人一起组成了"洗车野战军"。如今轮椅有的售价并不高，但是那男子坐的是用一把旧木椅装上小铁轱辘自制的凑合着用的轮椅，就说明是生活在最底层的穷苦人。再细看，那轮椅上的男子一条腿分明只有半截。他才该是姿霞的丈夫啊！那轮椅上的男子又招呼擦车的男子："司令！换抹布来！"那"司令"就过去，把用过的大毛巾交给轮椅上的男子，那男子就弯腰在一只水桶里整顿那块用过的大毛巾，而"司令"就取下一块洗晾过的大毛巾，再去擦车……

姿霞和"司令"擦完外部车体，又打开车门，擦拭车门里侧和车内地面，所有地垫都取出来先抖擞再擦拭，然后放回，动作十分麻利，效果相当不错。

完了事，庞奇拿出一张二十元的钞票递给姿霞，姿霞没接，庞奇就递给"司令"，没想到"司令"也不接，而是用下巴指点，于是庞奇就过去递给那轮椅上的男子，只听"司令"说："找他十块！"那男子就拉开腰包拉链，收进二十元，取出十元来，庞奇说："不用找！"姿霞和那男子就道谢，"司令"却不吱声。

开车离去前，庞奇忍不住问姿霞："老乡，原来住处火烧了，现在住哪儿啊？"

姿霞说："搬到南边，房子更糟，租金倒还升了。我们现在三个人一起住。那天大火，要不是'司令'把他背出来，一定烧焦了！"庞奇劝道："这边生活费好高，其实，你们这种情况，倒不如回乡里去……"姿霞叹道："回乡里去？乡里快拆光了！"庞奇有好一阵没跟乡里父亲联系了，父亲不用手机，在市里开武馆的叔叔有手机，一般都是跟叔叔通话转话获得父亲信息，但是跟叔叔也有好一阵没通电话了，如果父亲那里也在拆，叔叔应该主动给他来电话报信呀，弟弟也是有手机的呀，还有什么事情比拆房更重大呢？应该是，姿霞他们那个乡挨拆了，父亲那个乡还能幸存吧？啊，也许是，麻爷的规矩多，外界的电话，往往打不到他常用的手机上……道完"谢谢"，庞奇上车，朝前开去，姿霞那句"乡里快拆光了"，如同一根刺扎在他心上，把他一天的好心情完全破坏掉了。他看看车上的时间显示，这时候叔叔应该已经睡觉了，那明天一定要主动跟叔叔通个电话。

52

那间闺房，如果是不知底里的人进去，会以为是个儿童间。到处摆放着大大小小的 Hello Kitty，也就是凯蒂猫，有的是单纯的玩偶，有的是靠枕、坐垫、提包、座钟、揩面纸盒……

海芬把冯努努约到将军楼她那闺房里，一见面，海芬就神经兮兮地把门关紧，绷紧身子，直截了当地问："努努，我会不会生孩子啊？"

这话把努努吓了一跳。定住神，努努也直截了当地问："你跟尼罗上床啦？"

海芬死劲点头。

两个闺密坐到沙发上，努努把一个粉红色的凯蒂猫靠枕抱在怀里，再问海芬："他没用套？你也没要求？"

海芬告诉她："我自己愿意的。他没做错什么。可是我不要生孩子！"

努努问："你怎么见得你就要生孩子？才多久？"

海芬说："半个月了。本来上周三该来例假，可是今天又周六了，还没有。你说是不是怀上了？"

努努说："你学医的啊，又在医院上班，倒来问我！"

海芬说："我学的是妇产科吗？我该去问医院的人吗？"

努努心里不是滋味。没想到海芬竟先尝到做爱的滋味了。自己跟阿奇，随时可以的，却都把那极乐郑重地留给了新婚之夜，阿奇也是，你是做爱老手了，到我这里，又矜持个什么？肯定的，是受他那薛伯的古典人文精神熏陶太甚！瞧瞧人家尼罗，不古典，很现代，甚至是很后现代，海芬才见他一面，第二面就上床了，还不带套，追求"原生态"，不愧是诗人！

努努劝慰："芬芬，就算真的种下珠胎，也没什么大不了的，尼罗不要，你也不要，刮掉好啦！"芬芬这种叫法，只有努努和力力在特殊的场合，才会唤出。

海芬点头："一定刮掉。瞒住楼下那两个很容易的。也不必告诉尼罗。"

努努奇怪："为什么？应该告诉他。"

海芬撇嘴："我再不要见到他。"

努努问："你从爱他，变成恨他啦？"

海芬不看努努，只盯住对面橱柜上那凯蒂猫造型的座钟，告诉努努："我原来那是爱他吗？现在觉得，是崇拜，并不一定是爱。现在我也不恨他。为什么要恨他呢？我自愿的。我只是奇怪，怎么跟他上了床，他脱了衣服，我觉得他一点没有诗人的范儿，怎么跟餐馆里跑堂的一样，平庸，猥琐……"

努努笑了："也许，男人脱了衣服，全一个德行。"

海芬斜眼看她："你那个阿奇也是？"

努努思索："他，对我来说，不仅是个男人……"

海芬追问："那他是什么？"

努努坦白："不知道。真说不出。"

海芬站起来，拿过一样东西，递到努努手里，开始，努努以为是个酥松的面包，仔细看，是本书。

海芬告诉她："尼罗的诗集。"

"诗集？怎么成了这种怪样子？"

"我要烧了它。搁到微波炉里转，没毁成。"

"搁微波炉里转？"努努笑出声来，"芬芬，亏你想得出来！"

海芬从橱柜上抄起一个小型的凯蒂猫摆设，胡乱地扔到地板上，再坐回努努身边，命令："你帮我烧掉！还有好几本，我都不要了！"

努努问："你原来不是喜欢得不得了吗？当宝贝似的。"

海芬把双手背到脑后，倚着沙发靠背，双腿伸直，轮流上下摆动，冷冷地说："原来喜欢，不后悔，就是喜欢过嘛！现在觉得真无味！"

努努叹息："上过床，就无味了！你真不该那么性急，抻一抻再上床，岂不多喜欢些时候！"

海芬点头："确实，急什么？我原来可不是什么急性子，你跟力力都知道的。"

努努也点头："当然。不过你的这段经历也真有趣。原来人的喜好厌恶能这么样地转换！"

海芬把双手放回前面，坐直了，解释说："能不厌烦吗？尼罗跟我上完床，又来了，满嘴'爱族主义'，原来我是多爱听他讲'回到屈原'呀什么的，可是，从床上下来，去了趟卫生间，不知怎么的，我就烦透了！可是出了卫生间，穿衣服的时候，他还没完没了地满嘴政治，跟我说什么：不能丢了你们前辈打下的江山！我的前辈打下了江山？你是知道的，我爸只指挥过军事演习，根本没打过仗……"

"打江山是爷爷辈的了。"

"爷爷？他早没了，我根本没见过。可我知道，他不是老红军，是个小业主。"

"尼罗那是泛泛而言。"

"我最烦泛泛而言了。那天，你跟力力都在场，你还记得吗？那个什么覃教授，也是不停地泛泛而论，真烦死人！"

努努把话题转开："力力一定是赶紧出境了。也不知她把那超市经营得怎么样。我妈跟她妈。当年一个产房，前后脚分娩，缘分不浅，出院后还联系过一阵，后来断了，我妈说人家那么发达，去凑什么热灶火，现在他家出事了，我妈就想去看望看望力力她妈，可是根本联系不上……"

"可不是。力力的电话，她妈妈的电话，倒是全开机，可是打过去，死活不接，她们能知道电话都是谁打的，咱们却不知道她们究竟怎么了。发短信也不回。看来是要跟我们断关系了。"

"千里搭长棚，没有不散的筵席……"

"《红楼梦》里林黛玉的话吧？"

"不是，是个丫头说的，叫林红玉。"努努叹息完，望着海芬，又回到最初的那个话题，"你别是自己误会自己了吧？说不定明天就来红。那就证明，不过是一场虚惊！"

"虚惊？我没惊。只是觉得空前无聊。不要尼罗，我可又拿什么来解闷呢？"又命令，"他这诗集你拿去给我烧了吧！"

努努说："烧！你知道在家里烧书有多难吗？你这将军楼也并没有壁炉，要烧，需要找只大铅桶，搁进去过火，那黑烟还是个问题！没你那么笨的！搁微波炉里转！是不是还想到搁烤箱里烤？熟透了浇上千岛汁，拿叉子叉着吃？依我说，直接扔垃圾桶里不结了！"

海芬就推着努努身子说："人家就是不愿意那么样做，才想烧的嘛……"

在凯蒂猫的包围中，将军之女海芬始终无法脱离幼稚。

53

又到周四，文嫂来打扫卫生、洗衣服，门铃响后，薛去疾把门打开，只见文嫂身边还有一个小伙子，个头跟文嫂平齐，作为男人算是矬子了，但是非常敦实，眉眼则跟文嫂有相近之处，就猜出来是那赵聪发。果然，那小伙子见到他就鞠躬，说："感谢大爷救命之恩！"又转身抱起一个有商标的纸箱，很重的样子，文嫂代他说："知道你们不喜欢喝酒，这是他孝敬的酸枣汁，将就着喝吧，要是顺口，以后每月给您送一箱来！"他知难以推辞，就忙道谢，文嫂先进屋换了拖鞋，那赵聪发自己早穿了鞋套，文嫂将弟娃引到储藏室，赵聪发放妥那箱饮料就告辞，薛去疾挽留："坐下喝杯茶吧！其实该谢的是庞奇，我自己哪有捞人的本事！"赵聪发说："替我谢他吧！"再鞠一躬就往门外去，文嫂替他解释："面包车还停在楼门口，得赶紧挪开，还要给那边味美打卤面馆送酒水呢……"

赵聪发走后，薛去疾问文嫂："他怎么又给味美打卤面馆上货了？这边离他原来送货的几个餐馆挺远的啊！"文嫂说："可不是嘛！谁能想到，在拘留所里，他就认识了那二磙子呢！"薛去疾这就不明白了："咦，不是奇哥儿给那派出所打了电话，那边同意放人吗？怎么还是进去了？还是我根本就没帮上你们，没把你弟弟捞出来？那还来谢我干吗？那酸枣汁岂不拉我嗓子眼儿？"文嫂就把腿一拍："嗨呀，我这个弟娃啊，你听我细说……"

原来，那天赵聪发被拘进了派出所，庞奇的电话及时打过去，那边的熟人很买账，又训了赵聪发几句，就打算将他放掉，喝令他："下不为例！回去好好反省！"可是赵聪发自动要求判拘留，坚决要进拘留所，稀奇！派出所的民警还是头一回遇上这种倔货。怎么着，敬酒不吃偏要吃罚酒，那好，还客气什么！就把他带出门外，要用车押他去往拘留所，民警因为有庞奇来电话的面子，没给他上手铐，他小子倒主动问："手铐呢？铐上我呀！"那民警还犹豫什么，干脆把他反铐上。这时候那跟他冲突手掌受伤的人，以及那人的几个亲友，都还没有离开，目睹了赵聪发被反铐着押往拘留所的场面，当时赵聪发还故意跟那手掌缝了十三针的家伙对眼，眼里似乎放电，倒把那家伙震住了。所以，不是庞奇没面子，不是薛去疾帮不上忙，是那赵聪发自己，横下心要进拘留所！

"你弟娃是个怪人吧？自找罪受，何苦呀！"

文嫂却已经非常理解，告诉薛去疾："我也是他出来了，才明白。到那里头能不受罪？他告诉我，带进去先把衣服脱个精光，用那高压水龙头，喷出水来鞭子似的抽你身子，进了号子，里头的老大先把你脑袋往茅坑里按……可是，如今他那一行的，都知道他是打架不要命的，带过手铐，进过局子，蹲过拘留所的，谁都不敢再跟他争地盘了，那被他打伤的，还凑过去给他送礼，讨好，明明比他大两岁，管他叫聪哥，后来干脆躲远处，再不敢在他眼前晃摇了！如今他那送酒水的营生，是越发顺畅了！在拘留所还认识了那二礅子，二礅子不知道那回是怎么的，也在那派出所管片犯了事，薅进拘留所，当然在那里头二礅子没受什么苦，没拘够天数就有人捞他出去了……聪发出来以后俩人就来往上了，如今二礅子把原先送货的辞了，专要聪发跟他合作。大爷，您说聪发这孩子是不是因祸得福啊？"

那天晚饭后，薛恳回来。薛恳他们公司搭起架子后，选在远郊经济开发区落脚。他们的项目可以直接通过试验室派生产品，所需场地不大，除了会计出纳非立即聘用，开始阶段三个合伙人，加上新入股的三个人，一切尽量分工承担，在网上发布了专业人员的招聘广告，也有来应聘的，有的一见是草创的阶段，不愿共同创业，有的虽然有加盟之意，一涉及薪酬，嫌所开底薪太少，都摇头而去。自公司开张以后，薛恳就搬到公司去住了，只能忙里偷闲地回来打一头。

父子二人灯下对坐，交谈时心情都颇沉重。公司所争取的官方资金赞助，还是一张画饼。薛去疾直言："我帮你打听来打听去，无法证实，那小子真是大人物的孙女婿。尽管我早在饭局上见过他，连麻爷那么有谱的人，也善待他，可是，说到底，那大人物究竟有没有孙女儿，也还是一个疑问。不过，还是不能放过这样一条线索。听说有开发商就因为他的面子，拿到好大一块地。他那样的社会存在，若是真的促不成交易也只算是假的，若是假的能办成事儿那就得算是真的。"薛恳叹气："真不适应这边。美国那边若不是赶上经济萎靡，我的生活真是平顺。这边模糊区域太大，又真好比是在丛林中搏杀。我从小何尝从你那里得到过拉关系找靠山以及丛林搏杀的训练！"薛去疾任由儿子埋怨。就把赵聪发的故事讲给薛恳听，薛恳听了惊心："这是什么生存法则啊？谁敢拼命，谁拳头硬，谁不怕坐牢，谁藐视法律法规，谁就是强者，一大片人就服他……那么，理性呢？谈判呢？妥协呢？退让呢？共享呢？……难道后面的这些，不是更好的竞争之道吗？"

薛去疾问："今天你还回去吗？"薛恳说："要回去。公司缺了我还真不行。其实我只愿意负责专业方面的事情，当不来什么董事长、总裁，可是，那五位仁兄说，我的股份最多，责任必然最大……唉，现在最大的困难，其实还不是缺人手，而是缺钱，设备、原料等投入后，账面已快见底……不过已经有两份订单，现在要是能马上有一笔较大的资金投入就好了，可从哪里筹措呢？难道去粘高利贷？爸你说过那可是饮鸩止渴啊！"薛去疾心头只有焦虑，毫无襄助之计。

薛恳临出门前，环顾那大约有三十平方米的起居室，忽然口中呐出一句："其实，换个小点的地方去住，也未尝不可吧？"

薛去疾就觉得，心里扬进了沙子。

54

从会所出来，覃乘行开着自己的凌志车回家去。车里音响放送着美声绅士的专辑，那首《再次坠入爱河之前》是他最爱，设定在轮回播放模式，百听不厌。

听歌，看路，稳进，心头却萦回着在会所的一些片断印象。

有种猜测，那林倍谦，约些人轮流到他会所聚谈，恐怕并非他个人喜欢听各种宏论和辩论，也许，他是有背景的线人……他们交谈的那个空间，会不会有隐蔽的录音甚至是录影的设备？他的背景又是哪方呢？又不由得想起了京剧《沙家浜》里阿庆嫂的那句唱词："他们究竟是姓蒋还是姓汪？"……不过，我覃乘行反正是不在乎的。其实，到那里接触些哪怕是莫名其妙的人士，听听各种奇谈怪论，也正是我的目的之一。从深刻的意义上说，自己又何尝不是一个线人呢？只不过汇拢的信息，是用于推进社会进步的正义目的罢了！……

……那尼罗，思路、立场的逆转，意味着什么？不是他一个人病了，是一种正在蔓延的病毒……尼罗跟他争论中说，怎么能去崇尚那种小国的小政治家呢？何况那小国业已一分为二，更其渺小了！那么小的空间里的东西，怎么能用来普及于我们这么大的一个空间？那里的历史，特别是知识分子的构成，国民素质，周边状况，和这边根本没有对应点……这边怎么样？已经发生很大的变化了嘛！尼罗举例：他去参加那官方诗人的高规格研讨会，见到了某著名西洋诗歌翻译家，那翻译家也曾附和覃乘行一派，在博客上称置身于"中世纪"云云，但是在研讨会组织的游览名胜古迹行程中，兴致极高，宴会后与大家合影，当地文化官员坐前排，那翻译家也没拒绝站后排，留影里笑眯眯的，敢问：那是"中世纪"景象吗？就是当今的西方诗人、学者、翻译家，哪个在他自己那个地方，能享受到这种不用自己掏钱的高档款待？……这些话虽然刻薄，却不能不认真应对啊……

……那林倍谦又请来个搞轴承的高级工程师，据说他们很早就认识，而且是在美国相识的，虽说那薛工是搞工程技术的，却很有人文修养……但是聊起来，那薛工所熟悉的，几乎都是些西方古典文学名著，若跟他讨论乔依斯的《尤里西斯》、马尔克斯的《百年孤独》、博尔赫斯的《交叉小径的花园》，就马上语塞声怯，而如果要讨论库切、帕慕克、村上春树、品钦、欧茨，那就更惭愧无语了……尼罗就奚落薛工所崇拜的那些文豪：狄更斯"除了小伤感没有别的"，勃朗特姐妹"小肚鸡肠"，托马斯·哈代"只会玩弄巧合"，巴尔扎克"一脑门子金钱"，雨果则是"贩卖人道主义的狗皮膏药"，列夫·托尔斯泰"是个傻乎乎的烂好人"，托思妥耶夫斯基"典型的精神分裂症患者"，契诃夫"反庸俗过了头"，杰克·伦敦"除了《热爱生命》及格其余的文字全是垃圾"……当时那薛工听了，脸都气白了！……这位薛工颇值得同情，但也有令人厌烦之处，林老板约大家来，本是清谈一通嘛，他却不知道为什么总岔出去，一再跟林老板絮叨什么生物试剂的市场，又是什么如何能弄到低息贷款，又是什么房屋抵押的风险系数，林老板也不能不应付他，唉，好端端的高级精神宴飨，撒进好些红尘的胡椒面！……

……那个夏家骏，搓着手，满面红光地晚到，嘴里道"对不起"，其实很以自己见了个什么要员，刚从那府上过来而引为自豪……夏某人虽然狗屁不通，却是个值得关注的人物，因为他的站位与话语系统似乎都很"正"，有的"道理"官方还并没有说到那个份儿上，他却索性"把话说破"，倒很有参照价值……

……那林老板，还约来一位台湾老板叶先生，叶先生的典型言论是："在商言商，这里给我商机，给我优惠，让我赚钱，我当然要说好！他们让利于我，希望持续！至于他们究竟是不是也让利于民？我就不甚清楚了！当然啦，我是地方政协委员哩，我在会上就敢于提交货真价实的提案，呼吁当局对那些觉得吃亏的族群，实行让步政策，历史上不少朝代，都有实行让步政策的啦，你让让步，对你自己有好处嘛，总不让步，弄不好，那就不是让步的问题，是让位的问题啦！我很尖锐的啊。呵呵呵……"叶先生的言论固然尖锐，但正如他自己所说："不懂政治！不弄政治！除了赚钱，我就吃喝玩乐！"确实也是，他那尖锐的话也就几句，之后就并不听取别人的议论，只坐在沙发上跟有个叫什么薇阿的女士调情，为什么不用发短信或者上网使用QQ去交流呢？什么素质！烦人……

……至于林老板，他组织清谈，自己发言却不多，只是表示："支持渐进式，小碎米步，稳中求进，乱不得，乱不得，当然啦，也退不得，退不得。"看来此公在这边，比那叶先生更如鱼得水……

覃乘行自己呢，抱着锲而不舍的精神，跟他们讲述自己的观念，倒不是要说服谁，谁能说服谁呢？他是借那交谈，进一步梳理自己的思路，同时，也在交锋中磨砺自己的坚持点……

中国向何处去？真是各有各的方向和目标，达于共识难矣哉，求取最大公约数好去比破解哥德巴赫猜想！

覃乘行脑际正回旋着会所里所见所闻，忽然发现车前有人挥舞着什么东西，仿佛是红旗，要将他拦住。啊呀不好！他知道近来"爱国贼"多有越轨行为，他开的是日系车，那尼罗和夏家骏，都声称"当今世界最坏的是美日"，社会上反日情绪更浓，搞不好他是"秀才遇兵"了！如果真对他的车开砸，他是下车拍照，还是躲车里自保？如果不拍照，如何理赔？要不要报警？慌乱中，也没有勇气将车子硬开过去，只好刹住。隔窗望去，才看清拦车的是个妇女，农村来的模样，所挥舞的，并不是红旗，而是一块红颜色的湿浴巾，这才恍然大悟，是那种野路子的擦车收钱的人。这样的人是可怜的啊。覃乘行就下了车，问："你是不是要给我擦车啊？"那妇女未及答言，另一个比自己年纪大不少的男子走过来，手里握住一个大车刷，回应道："我们只收十块钱。"

覃乘行见那妇女就要动手擦拭，打个手势阻止："别别别，我可以给十块钱，但是你们这种擦法，太粗鄙啊，弄不好会把车的表皮拉伤的。我这车的保养，都是到正规汽车美容店去进行的。"

那男子拉住那妇女，再跟他挥挥手，意思是"那你就走人吧"。

覃乘行就蔼然地对他们说："你们为什么非要这样法外生存呢？"

那妇女听不懂他的话，那男子却明白他的意思，鼻子里哼了两声，骂道："法外？如今法内的才混账呢！你别也是个走资派吧？你倒在法内，生存得人横狗样的！你看看，被你们剥削压迫的工人，是什么样的生存状态！"于是往人行道上一指，覃乘行就看到一个坐在自制轮椅上的断腿男人。那景象，跟一个来小时前那会所里的种种，形成触目惊心的对比。同一个都会，却贫富悬殊如此！覃乘行生出恻隐之心，掏出一百块递过去，那妇女要接，那男子挡住，鄙夷地说："搞经济主义吗？去你的！"

覃乘行就问他："你，当年的红卫兵吗？"

那男子回答："想当。可我那时候已经不在学校，不是学生，进工厂了。"

覃乘行就又问："是造反派吧？"

那男子把胸脯一挺："不错。人还在，心不死！"

覃乘行心有快意。一直想摸清如今社会上这种人究竟还有没有，有多少，一直不得要领。今天倒真是巧遇。

覃乘行跟他们说："如果，有了健全的法制，当然不是恶法，是善法，首先保护你们这个阶层利益的，让你们投票，你们是投给谁呢？投给保证按法律办事的，还是投给保证给你们好处的？"

那男子毫不犹豫地回答："投给永远忠于心中红太阳的那位！"

覃乘行就觉得通体清凉。

再开车走那最后一段路时，覃乘行关闭了美声绅士的演唱，心头只有"还很遥远，很遥远啊"的喟叹。

55

独自在家，原来悠然自得，如今总惦记着薛恳他们公司的运转。总算应付了两个订单，并且有一单按合同划了款，另一单拖拉，去起诉他们赖账？律师费出不起，只好反复催要。三个最初的合伙人，全都不领工资，但资金的周转，捉襟见肘。如何走出困局呢？……

薛去疾坐在起居室沙发上，开着电视，遥控器转了几圈，仍无可观的节目。于是去启动音响。想起那天被林倍谦邀往会所聚谈，被那尼罗奚落了一番，着实恼怒。当时不好发作，回家生了好久闷气。但是扪心自问，自己的视野，恐怕也确实应该展拓到古典以外。文学不去说它了，就音乐而言，外国的也总是只觉得莫扎特、贝多芬、柴可夫斯基等悦耳，中国的则总是觉得只有《春江花月夜》《牧童短笛》《二泉映月》可听，当然，《春江》《牧童》《二泉》也算不上古典，准古典吧……自己也不是没有西方现代派音乐的 CD 啊，于是找出斯特拉文斯基的《春之祭》，听了几分钟，便难以忍耐，快进到另一作品《彼得鲁什卡》，只几个音节便觉得简直噪音，关掉音响，气呼呼去书房，打开电脑，胡乱搜索，于是就搜到一位著名的文艺理论家最新的高论：回到古典、复归童心！顿觉醍醐灌顶……

电话铃响，看来电显示，知是老伴在那边打来，拿起移动分机，在单元里走动着接听对话，双方都报喜不报忧，"老样子吧"，能老样子就是喜啊！那边梅菲跟老伴究竟处得如何？老伴不说，他也能估计出个八九分，应该只是过得去吧！老伴无意中说起，前天社区有人打电话来，提醒他们家，舍外的邮递接收筒下面的玫瑰花长疯了，那样会刺伤邮递员的手，应该赶快处理！她也就没跟梅菲提这件事，自己慢步走到那邮筒前，修剪了玫瑰花，结果手被扎出了血……老伴是用诙谐的语气讲给他的，表示平淡无奇的"老样子"里头，也还是会有趣事的。他就讲起小时工文嫂小弟弟赵聪发的故事，意在说明，这边竞争如此激烈，但恳恳他们的公司，还在良性运转，请那边大可放心……双方都知道恳恳和菲菲一定会有通话交流，但他们究竟感情有无变化，则双方从眼前的晚辈那里却简直猜度不出来，能维系就好吧，有两个小宝贝哩……

通完越洋电话，薛去疾顺势又落座在沙发上，一直并未关闭电视，只是设置为静音，随便那么一望，正播出一档法制节目，那戴着手铐的罪犯怎么那么眼熟？忙用遥控器打开声音，呀，是那电工小潘！报道说，他入室盗窃，事主发觉，他竟下手勒毙了那事主，然后携款逃逸，但天网恢恢，疏而不漏，终于在一处地方逮住了他，他也直供不讳，他所杀的事主，是个独居的演员，年纪不小了，他供认，此前因维修电器跟那事主有来往，事主也主动邀他去做过客，但那天他是从窗户爬进去的……那段报道只有几分钟，最后几句是那罪犯已以故意伤害罪被判处死刑，然后是主持人的小评论，提醒人们尤其是独居的老人，不要随意交往不知底细的人，尤其是社会闲杂人员……薛去疾看时心脏突突跳得好猛，节目完了他关闭电视，在沙发上呆坐。回想起来后怕。那小潘一度就坐在这张沙发上，把身子紧贴着他呀！小潘的媳妇，还有三个女儿，还在家乡吧？今后怎么度日呢？这小潘也确实兽性十足，他和那演员之间，会不会还有另外的故事？他从窗户爬进那个单元！想到这里，薛去疾挣扎着站起来，到各处窗户巡视，就想起来，那回奇哥儿查看后，指出来过，书房和卧室的飘窗外，如果有人顺着空调室外机往上攀，那是可以潜进他这个单元的！亏得小潘已经伏法了，要不，死的可能就并非那个演员，而是他这个高工！但是，社会上还潜伏着另外的小潘啊，不防范，怎么行呢？但又该怎么防范呢？恳恳这方面也是无知无能的，看来还得唤来奇哥儿，让他切实地帮助！

晚上薛恳来电话问候。儿子再忙，不回家时，总要来个电话问候。他跟往日一样说"好"。但那晚他久久失眠。眼前总有小潘的影子在晃。无论如何，那曾是条热乎乎的生命啊。他试图以大悲悯的情怀来包容小潘的灵魂，但那天小潘那些下流的举动，又浮现在他眼前，令他恶心，就苦苦思索，人的灵魂，究竟有无？灵魂差异，如何形成？有差异的灵魂，如何相对、相处？这比"中国向何处去"，更值得探究啊……

56

日子依旧在红泥寺街流淌。街角果棚生意依旧不错。

顺顺媳妇去那楼盘 A 区给钟太太送水果，门口保安告诉她："搬走啦！"顺顺媳妇不大相信："你新来的吧？住得好好的，怎么忽然就搬走？她的预付款才消化掉一半，剩下的难道送我啦？"门口保安越发爱搭不理："你有便宜占还不好？跟你说搬了就是搬了。"

顺顺媳妇只好把一箱水果再搬回去。顺顺听说，不以为意："说不准哪天找来，她要退钱也行，都算成果子搭配着让她装汽车后备厢拉走也行。咱们生意也不依赖她一家。"

说着话，那成全他们占道搭果棚的"铁人"余先生来了，顺顺媳妇又跟他叨唠钟太太搬家的事情，她记得余先生是认识钟太太的。余先生听了却说："哪个钟太太？跟我有什么关系？"顺顺就把准备好的一兜鲜果递他手里，最底下照例压着一个信封，不过里头装的好处费早两个月就已经涨到2000元了。余先生接过去，忽然来了句："他们是他们。我们能有什么事儿？"转身走了。

薛去疾进棚买葡萄，顺顺给他推荐浙江产的巨峰，说保准甜。薛去疾跟他闲聊几句，说那边巷子里大火以后，顺顺他们原来住过的那间屋里的石碑，应该烧不坏，也不知道还在不在，说是有个美国的林先生，前些天又会过的，也对红泥庵感兴趣，抽出空儿，还打算让他带去看碑呢。顺顺就说："碑准定还在，只是你可莫往里去了！"顺顺媳妇告诉他："前些日子有杂工进去，听说是将就着又盖了些小房子，也不知道租给谁，谁还愿意那里住呢？"薛去疾说："就是大半空着，也总有看院子的吧，进去找到那碑看看，给点钱都行，怎么不能去呢？"顺顺就摆手："薛先生莫去莫去！这边的人，连二碰子都不往里头去。那天我去给金豹送果子，路过那巷口，就有保安以为我要进巷子，横眉竖眼把我往外轰。"顺顺媳妇说："可不是。那天我还见那个叫二锋的，车子停在巷口，亲自在那儿也不知道指挥个什么。"薛去疾说："二锋，那不是麻爷的人吗？"顺顺说："可不是。那巷子里头虽然是些个烂砖破瓦，论起来顶头的老板还是麻爷。麻爷谁惹得？"薛去疾说："那麻爷我饭局上见过的。他事业铺得那么大，还在乎这么个破旮旯？不是老早市里就规划成森林公园了吗？"又倨傲地宣布，"我可以直接联系麻爷，让他派二锋陪我跟美国的林先生去看那碑。林先生现在有好神气的一处会所，麻爷高了兴，把那碑赠给林先生，移到会所去立着，也是可能的。"正说着，忽然一股强烈的香水味道袭进鼻翼，是那金豹歌厅的薇阿跑了进来，大声吆喝："顺哥，给我拿个榴莲，要个儿大的，裂了口的！"顺顺媳妇就打趣："不怕稀屎味儿啦？要大的，你一个人吃得下？"薇阿就说："赌输了！罚我来买的！真是'文章憎命达，魑魅喜人过'！"顺顺两口子听不懂她最后那两句说的是什么，薛去疾听了，虽然忍俊不禁，倒也佩服她那背唐诗的能耐。于是猜出眼前这位就是奇哥儿讲到过的那位薇阿。顺顺就顺便问薇阿："这位薛先生要进巷子去看红泥庵的碑，你说现在进去方便吗？"薇阿拿眼上下打量薛去疾，半吞半吐地说："不方便吧。白天还消停，到夜里，顺顺你们反正撤了，我们可真受不了……狼嚎鬼叫的！……哎呀，天机不可泄露……我也不知道！什么都不知道！……"翻眼皮，大概是想引两句唐诗，想不出来，接过顺顺递给的榴莲，抛了句，"以后一打逗算！"就又风风火火跑了出去。

薛先生提着葡萄走后，顺顺两口子又忙着接待别的顾客。

天暗了下来。路灯亮了。

忽然听见那边巷口有怒吼的声音，就见有个男子从巷子冲出来后，疯跑过街，正好从果棚外头飞跑过去，后头就有另一个男子，紧追出来，吼着："你找死！你跑哪儿去？你给我回来！"也从果棚外头掠过。那时候果棚左右有些无照摊贩已经摆上了摊，那疯跑在前的撞倒了一个卖烤串的摊儿，火星子乱蹦，吓得顺顺两口子心紧，那卖烤串的堵住追的那个，揪住他脖领子让他赔钱，顿时乱作一团……顺顺两口子招呼棚里的顾客："先别出去，哎呀，这算怎么回事呀！那边一场大火烧个精光，这边再燃起来怎么得了？"顾客都朝外望，都不敢马上出去。外头乱了一阵，那疯逃的肯定逃成了，那追他的究竟是继续去追还是另想法子，就闹不清了。那卖烧烤的居然又恢复了他的摊位，也不知道那些在地上滚过的烤串还能不能再卖出去……

等棚外恢复常态，棚里的顾客才散去，顺顺跟媳妇说："咦，怎么跑过来的那个人，那么一晃，那张脸，好像是庞大哥啊！"媳妇就笑他："你眼花也不能瞎认人啊，只有庞大哥擒拿别人的，哪有让人家穷追的？"可是顿了顿，却又歪着头寻思，"那追他的，脸那么一晃，我也觉着有点子熟哩，对了，追的才像庞大哥……可庞大哥一贯手到擒来，哪有笨得撞到烤串摊上的？"又有顾客进来买水果，两口子就把刚才一幕撩到脑后，忙去招呼。

街那边，斜对面，味美打卤面馆门口，停下一辆面包车。那是赵聪发给二碳子送啤酒来了。赵聪发已经雇上了伙计，那伙计往里搬运酒水，又倒换回放置着空啤酒瓶的塑料筐，伙计干完那些活计，跟赵聪发说："聪哥，这面馆老板还派我干别的，我可不干。"赵聪发问："他还让你干什么呀？"伙计告诉他："让我把一大桶折罗，就是这里顾客吃剩的烂面条下酒菜什么的，送到巷子里面去。那桶一走近就臭烘烘的。咱们有那个义务给送进去吗？"赵聪发听了就去问二磕子："嘿，磕子哥，你在巷子里养了猪还是怎么的？派我们什么臭活儿？"二磕子吐出烟圈，啐口痰说："兄弟，我也是没办法，人家求了我，我也不好拒。也不会老让你那伙计受委屈。今天就帮个忙吧，到里头自有人接过去。你那伙计春运时候回乡的车票，也包在我身上嘛！"赵聪发就去命令那伙计："磕子叔管你春运时候车票呢，就去一回吧！"那伙计只好捏着鼻子去做那件事……

那晚天上没露出月亮。昏暗中，红泥寺街的芸芸众生纷纷在延续自己的生命……

57

虽然麻爷跟庞奇交代过，他尽管忙自己的私事去，不到万分必要，不会招呼他派他任务，庞奇也确实有两个多月只顾装修那单元和往郊区寻觅可开辟苗圃的地点，但是，他是聪明人，感觉到与其说麻爷是关心他的婚事，不如说是要借机削减他的重要性，看得出，麻爷是要让二锋取代自己，那二锋偶尔出现在他眼前，尽管还是"庞大哥""大哥"满亲热地叫着，但是那眼光里，显然少了些往日的畏惧，添了些得意甚至傲慢。

就在那天红泥寺街巷子外头出现一个疯逃一个怒追的情景的第二天下午，二锋接到庞奇电话，约他晚饭后到金豹见个面。二锋本想跟庞奇另约个地方，但是庞奇大有麻爷那说一不二的气派，约完就断了线，再打过去，就已关机。二锋心里有些个不安。这些天，最怕的就是庞奇到金豹这边来，就是庞大哥去找他那个什么薛伯，不到马路这边接近巷子的地方就好。庞奇也确实多日不进入这边的空间。没想到这天庞奇突然要到金豹去。是庞奇知道了什么吗？谁泄露给他的呀？要不要把庞奇的这个动向，跟麻爷汇报呢？但是，琢磨来琢磨去，又觉得，依庞奇那脾气，倘若他真的知道了什么，也不会忍耐到晚饭后，况且庞奇在电话里说了，让他把庞奇放在公司值班室抽屉里的一个旧手机给带过去，那口气听去跟往常跟他交代事情没多大区别。庞奇、二锋他们都使用着两个以上的手机，每个手机里的通讯录会不一样，二锋偶尔也会因某个电话号码正使用的机子里没有，而换另一个手机来用，之所以不把各个手机的通讯录复制得一样，是因为麻爷有令，让他们随身常用的那个手机里，只许有公司允许的号码储存，凡非储存的号码，打进来概不能接，若回应，可用另一手机试探。寻思的结果，二锋决定，庞奇约他金豹见面的事，且不惊动麻爷，晚饭后在那里见了庞奇，再见机而行。只要挨过这晚，把那事瞒过庞奇，应该也就天下太平。

二锋匆匆吃了个晚饭，就赶紧去金豹歌厅。到了一看不对头，怎么门口停着辆中巴。他认出那是糖姐弟弟唐广立的车子。不像话，怎么天都没黑，就开来了，而且大摇大摆地停在金豹门口？

二锋快速通过玻璃楼梯上去，只见薇阿坐在原来糖姐的那个位置上，低头修理指甲。薇阿闻声抬起头，见是他，嫣然一笑："瞧你一头的汗！"二锋问："糖姐呢？"薇阿说："业务上的事情，找我就好。如今我是妈咪。糖姐下月一号起就退休了。"二锋当然知道，麻爷已经把一家服装店交给了糖姐，去当经理，还占股份，但是他现在要解决的事情跟歌厅经营无关，所以逼近再问："糖姐在哪儿？"薇阿就低头依然修理指甲，口中吟出："言师采药去，云深不知处！"这时从有的包房传出的那蹩脚的卡拉 OK 声的间歇里，他隐约听到了糖姐的声音，就转身自去寻觅糖姐，结果在最后一个包间里找到了。

只见那包间里有四个人。糖姐是熟人，糖姐的弟弟唐广立原来不熟，这些日子里也混熟了。还有两个人，一位壮年男子，一位被称作徐主任的中年妇女，刚认识没几天。只见唐广立站着，很生气的样子，指着那徐主任鼻子吵嚷，糖姐也站着，大声劝解他兄弟，让他冷静。那壮年男子只坐在沙发上，双臂抱在胸前，那模样，确实有几分跟庞奇相似。

58

原来，红泥寺街那几条巷子里起火灾后，先成一片瓦砾场，成为流浪猫狗和最没有办法的流浪汉的栖身地。没过几时，就有人来将流浪汉驱走，一些来不及逃遁的流浪猫狗则被捕捉，被卖到本地及外地的某些餐馆成了饕餮客的盘中餐。花最低的工钱雇了些杂工，在那瓦砾堆里又搭建起一些简易的平房。有人说那是麻爷下面隔了几层的人物干的事儿，但糖姐、二锋都知道，其实一切方面，包括细节，全在麻爷亲自掌控之中。又雇了几个刑满释放人员，成为那片简易平房的所谓管理人员，其实是私设了收容所，说白了也就是监狱，正式的收容所和监狱总还有些人间味道，这片空间简直像是地狱。

这片空间里收容关押的是些什么人？是小地方来的上访者。多是因为强制拆迁不愿不服，先往本地衙门去拉横幅、举纸牌，激烈的往身上泼好汽油，手里捏着打火机，哇哇叫，率先被制止逮走，更有跪成一排，哀哀哭泣的，先不理他们，后来也被清走，但就有那么一些对大都会衙门和官员抱有希望的，还是结集起来，跑大都会上访。于是一些地方，截访成了工作重点，成立了专门的办公室。往往是，东堵西截，依然有那么一些人员跑到了大都会里，于是办公室主任就会带几个人御驾亲征，来设法把上访的人员弄回原地。庞奇疏于跟老家的父亲弟弟联系，竟不知道，他家乡也因强拆，闹了起来，他的父亲弟弟，全参加了来大都会上访的行动。庞奇的弟弟三锥子扎不出一句话来，虽使用手机，但很少主动给哥哥打电话。庞奇的父亲没有手机。庞奇跟乡里的父亲弟弟联系，一般都是通过在县城里开武馆的叔叔。前些时他也曾给叔叔打去过电话，问乡里的父亲弟弟的情况，叔叔只简单地告诉他："都好都好，没事没事。"他也就信以为真。哪里能想到，乡里十几个人，有男有女，其中包括他的父亲弟弟，前些天已经来到大都会，企图到大衙门去上访，但还没接近那大衙门，便被拦截，给强制带到了红泥寺街那巷子里的黑监狱。更让庞奇想象不到的是，他那叔叔，竟贪图名利，被聘任为那个办公室的副主任，其实只是挂了个空名儿，但每协助截访一次，可获3000元劳务费，可叹他那拳脚功夫，全用在了乡亲身上！在这次涉及自己出身之乡并涉及亲哥哥亲侄子的截访行动中，庞奇叔叔内心也很有一番挣扎，并且试图让他哥哥侄子得到某些优待，但为虎作伥，终究无耻，倘若庞奇有知，何以面对？他心里惴惴不安。他只盼今晚能顺利把乡里的上访人用那中巴车遣返回原籍交差。

把乡里来的上访人员截获以后，强送到那有红泥庵横碑的一排平房里，男女分开关住，若想喝水，只有自来水，吃饭，就从巷外二碴子那面馆提一桶折罗来，爱吃不吃，有的人提出来自己拿钱买水买饼，不允许，庞奇那叔叔单给他哥哥侄子送去瓶水和面包，但他哥哥侄子非让他给关押的人每人冲好一碗方便面送去，那瓶水面包坚决不吃，庞奇叔叔为难，徐主任则义正词严地宣布："私自跑来上访是错误行为，回乡以前只能是这样待遇，回去以后一切好说，你们可以进饭馆随便点餐！"

庞奇的弟弟还没成家，但是通过到县城打工，三年前已经为自己盖起了两层楼的住房，现在征用拆除，所给补偿只按三年前的料价算，拿那钱到哪里去再盖再买同样面积的住房？怎么娶上媳妇？心中不忿，却拙于言辞，但他那始终不放松的反抗眼神、倔强表情，对一起来上访的乡亲们是种鼓舞。本来头晚就要拿中巴把他们押回去的，但是，傍晚在准许轮流去简易厕所方便时，他忽然像利箭般逃逸，冲出了那巷子，他叔叔便去追赶，那便是顺顺夫妇等看到的一幕。

　　糖姐的弟弟唐广立，住在这大都会另一隅，他本来靠一辆二手摩的拉黑活挣钱，也摆过黑摊卖从管理不善的仓库里偷来的东西，省吃俭用，积累起一点资金，买了一辆二手中巴，用它冒充过正规大都会一日游，骗过一些小地方来的游客的钱，也被查获过遭到处罚。后来就跟一家房产中介挂上了钩，那房产中介代外省某海滨城市售卖所谓海景房，那海滨城市知名度不高，但在这大都会散发的小广告印得颇为精美，号称前往看房者可以免费乘车去那里，并提供一晚住宿，还管一顿晚餐一顿早餐一顿午餐，也就是可以免费到海滨城市"亲近大海，享受清新"。于是有不少这大都会的市民，多是退休不久的老年人，参加这个所谓的免费看房二日游，唐广立呢，就以自己那辆中巴，来运送那些看房人，房产中介每次付他2000元报酬，含汽油费，公路收费站的收费可凭单据报销。有一阵，每周能凑两车人去，一个月下来，光开车的报酬唐广立就能净挣个一万二三，如果真有那看房的人签单买了房子，还可以分到提成，这年夏天七月，车酬和提成加起来，突破两万元了。但是入秋以后去看房的人就越来越少，那里的所谓海景房也越来越难推销，上次去那里，晚上住进那边一个宾馆，从窗户望出去，海景楼盘没几扇窗户亮灯，基本上可以说是一处鬼城。唐广立跟他姐姐没有什么感情，两个人同在一个城市混事由，但联系极少。直到麻爷为大背景的这个截访收容点创立，说是要租用可靠的司机来承担往回押送上访人员，按公里数来付酬，糖姐才想起这个弟弟，唐广立那拉人看房的活计正趋清淡，也就很愿意来挣这份钱。在庞奇家乡的这宗截访生意之前，唐广立已经接过几回另外地方的活儿，都是夜深人静装上人，尽快驶离都会，一路上基本上不停，只在最荒僻的路段，准许车上的人下车到路边去，男的一边，女的一边，行个方便，方便完再轰上车，送到那些上访者所在地的某种办公室的院子里，再交给当地的那些人处理。空车返回，也算公里数，唐广立领了钱，立刻就上车驶离。

　　唐广立头夜已经把车开到巷外，庞奇叔叔主张按原定计划将他们乡里的上访人员遣返回去，徐主任却坚决不同意，说："你放跑了你侄儿，留下个隐患。万一他惹出什么事，反映到县里，你我都吃不了兜着走。你不过是个挂虚名儿的，不给你这回的劳务费也就是了，我怎么办？"庞奇叔叔就说："那小子是个活哑巴，也就是冲气一跑罢了。他那么个虾米，在这么个大海一样的地方，能搅出什么浪头来？我知道，他兜里还有些个钱，到头来，也还是只能买张火车票坐回去，他回去了，我再开导他。"徐主任就斜眼睨着庞奇叔叔："你以为我不知道，你不是还有个大侄子在这里吗？那跑掉的，一定是找他哥去了。他们兄弟两个不都跟你学过拳吗？他们联合起来闹事，还了得？"庞奇叔叔就说："不会的。我那大侄子，跟这边合作方，是一头的。而且他行踪诡秘，我都联系不到他，更不知道到哪里能见着他，他弟弟大海里捞针去？你不要担心那么多！"徐主任就把腰杆一挺："我是要对县里四套班子负责的！我是讲原则的人！不行！明天夜里再遣返，而且一定要在出发之前，把那小子找回来！你第一个去找！想想他都可能去什么地方？"

庞奇叔叔就找了一天，那才真是大海捞针，哪里找得到？但是那天下午，他正没头苍蝇般在火车站广场转悠，忽然徐主任给他打来手机，说他那侄子自己主动返回到收容点了，但是无论如何询问，总不吭一声。庞奇叔叔大松一口气。这么说，当夜遣返工作就可以启动了。

没想到就在这天晚饭前，唐广立忽然把他的中巴车开到了金豹歌厅门口。他上楼去告诉糖姐，让糖姐转告徐主任他们，夜里遣返的活儿他辞了，因为有人出了更高的价租他的车，况且"那活儿比这个干净"，让徐主任他们"另请高明"。这是糖姐以及徐主任等没有料到的。徐主任和庞奇叔叔在味美打卤面馆吃过东西，就到金豹歌厅 K 歌，徐主任让歌厅也开餐饮的发票。他们本以为可以在那里耗到夜晚，就把上访的人全数遣返，没想到唐广立忽然来宣告辞活，并且马上就要从金豹门口出发，去接那"比这个干净的活儿"。于是争吵起来。正吵着，二锋过来了。

59

那徐主任来大都会截访，本是个苦差事。她也没有想到，县里头头让她来这边接头后，所提供的收容点竟然如此污糟，只有三间平房盖得还算齐整，里头的设备勉强及格，她可以自己住一间，庞奇叔叔另住一间，几个这处所房东雇的看守合住一间，在房间里头可以用电热壶烧开水，但是哪里有卫生间？要方便，只好出巷子，到金豹歌厅去，因此也就跟糖姐特别地套近乎，徐主任和庞奇叔叔都知道连车带人雇来拉活的是糖姐的弟弟，因之相处也就更加融洽，糖姐也就自费请他们喝些饮料吃些零食，薇阿算账丁是丁卯是卯，但对徐主任和庞奇叔叔，还能笑面相对。糖姐跟他们解释，旁边巷子里的那些房子虽然简陋，可在这个大都会里，属于三不管的旮旯，有利于他们的截访不受干扰。徐主任想想也是。

本以为熬到这天夜里，再把上访人员遣返回去，也就苦尽甘来，没想到突发变故。徐主任就跟唐广立说："你这人怎么能不讲信用呢？你临时拆台，现在让我们到哪儿另找车辆司机去？做人总该以诚信为本！"唐广立则跟她说："其实我根本可以不来，打个电话，发个短信，告诉你们我不去也就得了，我现在亲自来辞活儿，够意思了！你们搞这种截访，把一些个良民关起来，不觉得亏心吗？你们也许真是在执行任务，我凭什么非揽这黑活儿，挣些个昧良心的钱？"徐主任就教训他："唐同志，我们都要以大局为重！"唐广立笑出声来："同志？谁是你同志？你当我不知道同志是什么意思？进这歌厅的人，谁不知道同志指的是那些搞基情的人？你把我当什么人了？我唐广立可是个地地道道的直男！懂吗？我可是直男！"糖姐就截住弟弟的话："成啦成啦，胡诌八咧些个什么啊！你确实不能临阵卸甲，你就是不想再拉这样的活计，今夜再忍一回，从明天起，让他们再找别人。你想想，前些日子我给你介绍这个营生，你那高兴劲儿，按来回公里数算，你挣的还少吗？你就满脑门子是钱，你说吧，那个雇你去干别的那位，这趟能给你多少？比完成这趟遣返多出多少？"又望着徐主任说："要不，你们就把那差价给他补齐？"徐主任立刻摇头："我们是正规机构，一切开销都有预算的，讲定多少就是多少，哪有临时加码的？"唐广立就嚷："你补我差价我也不去！就是不去！这肮脏的活儿给我多少我也不干了，哪怕钱少点，我要接干净的活儿！"徐主任就高声批判："谁肮脏？你知道你这话错得有多严重吗？……"

二锋就是这个时候进入那个包间的。二锋很快明白了是怎么回事。立即调动自己的应变能力。他飞快地盘算了一下，放走唐广立，另从麻爷公司那边派车？不妥，如果公司可以派车，早派了，就是不能留下麻爷跟巷子里的黑收容所有关系的痕迹嘛，现在再找别的黑车司机，也实在来不及，看来还是必须把唐广立哄过来，而且，庞奇恐怕很快就要来了，庞奇应该并不清楚唐广立，在歌厅门外看到那么个25座的中巴，会以为是旅行社运K歌团队来的吧？……思索完毕，二锋就扬起嗓子吼："吵什么吵？你们知道吗，庞奇马上就要到这儿来了！"

在场的几位，徐主任懵懵懂懂，一时不以为然，那三位却立刻变了脸色。糖姐深知庞奇那脾气，如果他发怒，那会不管不顾，如果知道你害了他的父亲兄弟，他能立马杀了你！唐广立虽没见过庞奇，但是久闻威名，连跟他一样的开黑车的人，也大半都知道有位庞大哥功夫了得，惹不起只有躲开，他知道这回要遣返的上访者，都是庞奇老家那边的，他虽然还不清楚那里面包括庞奇的父亲和弟弟，但是想必庞奇是条热爱乡土、维护父老乡亲的汉子，若是知道他在参与遣返，铁拳头岂能饶过他去？他要辞活，庞奇怎会知道？肯定一锅煮！庞奇叔叔原来在另外三位的争吵中置身事外，只坐在沙发上旁观旁听，尽管也有些着急，究竟还没有触及他的根本利益，但是二锋进来宣布庞奇马上要到，不禁腾地一下从沙发上站了起来，这是万没想到的，叔侄多年不见，难道这次要在这大都会过招？他如何向这个大侄子解释？所开武馆生意越来越清淡，只能靠寒暑假招上十来个学生勉强维持，物价是不断提升，他武馆的学费是不断降低，再不设法赚些外快，如何养家糊口？这份兼差，每月总有任务，对他来说，那劳务费不无小补，此前都是遣返别的乡的上访人员，没想到终于拆到他出生之乡，涉及哥哥小侄，原来死活辞去这次任务，但徐主任跟他指出，他是跟他们办公室签过协议书的，这次可以不去，但必须退回以前各次领去的劳务费！他是实在迫于无奈啊！

徐主任看出另外几位脸色陡变，大感不解。庞奇要来，又怎么样？

二锋就指挥起来。对糖姐："你到前厅去迎。务必稳住他。估计他未必知道这边的事情。你告诉他我在这厅里候他，他要的那个手机给他带来了。"对唐广立，"你就说你是送旅行社的K歌客来的。要让他觉得一溜包间里头的客人都是你拉来的。"对庞奇叔叔，"你最好从这后边安全通道下去，不过别胆小怕事溜出后门，就在那储藏室里暂避一时，必要的时候我会叫你上来。"最后对那徐主任说，"你大摇大摆从前门出去吧，遇见庞奇他也不认识你，只当你是个散客。"徐主任还倨傲地说："我是国家干部。我是有正经工作任务的。"二锋就不耐烦地跟她说："是呀是呀。你是不怕因公殉职的。你当了烈士我们都到你遗像前鞠躬。"徐主任听了才感受到形势的严峻，转身往包间外头走。

而这时候，薇阿的高跟鞋已经咯咯咯响得越来越重，只听她用唱歌般的声音在说："他们都在尽里头那间恭候着你呢，哎哟哟，正是：'君问穷通理，渔歌入浦深'……"

60

华灯初上，戚续光那家餐馆所在的那条街，霓虹灯闪烁，各个店铺门前的车位剩余不多，马路上车如流水，虽是缓流，不过开车的人觉得车子能动，已是福分，人行道上红男绿女的穿梭速度倒比车流快，高楼腰际的超大屏幕正反复播映某种法国化妆品广告，一个美女明星的酷脸特写不时浮现，仿佛在冷冷鸟瞰那好一派繁华盛世景象。

戚续光的餐馆走中高档路线，也兼顾一般市民的中低档需求，翻它的附带彩色照片的菜谱，就会发现并不追求某一特色，是川、鲁、粤、湘、淮扬、本邦、潮州……的典型菜肴皆有，虽然涉及山珍野味、鲍翅蚝燕等的很贵，但居多数的还是精品家常菜，平均价位在 48 元左右，更有十几种平民菜肴如肉末豆腐、青菜汤钵平均价位只有 22 元，最低价位的如焓炒土豆丝只卖 18 元，如果办了会员卡，则一律打折，从八五折至九五折不等，消费超过 200 元，还反馈 50 元代金券，可在非假日的午餐使用。由于口碑越来越好，上座翻桌率很高。那天晚上包间全满，散座如无预定则需要等候至少半个多小时，才能被领座小姐引入。

二楼那个有窗户的包间，被老板自己留下了。原来是薛氏父子要在那里宴客，所宴请的主客，是薛恳叔辈的林倍谦和叶先生，另有两位公司所在区的干部，薛恳的一位合伙人也到，戚续光亲自出面作陪。八位都到齐了，薛恳将原来互不相识的一一两边介绍，薛去疾笑对林、叶二位说："我算是借花献佛，林先生在那么高档的会所赏饭，我哪有那般的回请能力，不过这家餐馆虽没有那么豪华优雅，菜的品相和味道都是绝佳的，等一会儿二位尝尝便知。这也算是我不成敬意的答谢吧！"薛恳就怕着戚续光肩膀说："这餐馆老板可是戚继光弟弟啊！我们是发小，他今天要免费哩，哪有那么占便宜的，他就说只收原料钱，好吧，我们公司目前还没发达，领他这个情！"冷盘上齐，各人面前酒杯里斟上精品牛栏山二锅头，薛恳举杯先谢林、叶二位："感谢你们在美国试验室推荐我们的试剂！二位叔叔是我们公司的福星！"合伙人也竭诚与二位叔辈碰杯致谢。那两位干部，年龄比薛恳大不了多少，也碰杯致谢，一位说："我们也盼他们公司能成为区里的支柱产业之一，它最大的优势就是高科技、国际化！"大家又交错敬酒。叶先生咂着嘴唇说："其实这'牛二'喝着最舒服！我总觉得比茅台还爽！建议接下来就不要再起立敬酒了，免除繁文缛礼，我想尽兴喝酒、大快朵颐！"席间气氛，欢悦起来。

　　原来，薛去疾借前些时和林先生、叶先生接触的机会，恳求他们"为小犬回国创业助一臂之力"，后来林先生和一位美国大学里的朋友联络，那朋友是在某大学研究所研究大分子的，林先生的儿子，是其助手之一，因美国经济下滑，科研经费紧缩，原来从欧洲方面购买的某些试验用品，包括试剂，转向亚洲如印度、马来西亚、泰国购进，这样可以节省不少开支，林先生告诉他中国这边现在有这样一家公司，创办者是美国培养出的人才，专业上是可靠的，那边就表示无妨先少量购进一点，用用再说，倘若好用，可签长期批量购进合同，消息传来，薛恳以及合伙人大喜，薛去疾也乐得几天合不上嘴。但是，试剂，哪怕是样品，进入美国谈何容易，有关的申请、手续相当繁琐，审核非常严格，薛恳他们哪里有那样的经验。正在为难时，叶先生听说，就给帮了大忙，原来叶先生对那类游戏规则相当熟稔，指引薛恳他们，顺利将头批试剂，也就一小箱，运达了那试验室，而那边很快发来反馈，就是他们的试剂，已用于研究工作中。林先生又透露，那边研究大分子的朋友，在关于基因的研究中，已初步发现了致人肥胖的基因密码，倘若反复试验后结论一样，那么，此公很可能就是最近年度瑞典皇家卡罗琳学院生物医学诺贝尔奖的得主，而在这项突破性的科研成果中，薛恳他们公司的试剂，也起到了一定作用！这是多么鼓舞人心的消息！席间提起这事，薛氏父子和那位合伙人喜形于色自不消说，两位区里的官员，也兴高采烈起来，戚续光就捅了薛恳一拳："你小子！这回真要'绿'了！"其他人听不懂这话，也无所谓，大家纷纷举杯"门前清"。

　　一浅钵地道的淮扬特色菜烩鲫鱼舌头上桌了，戚老板先不让服务员报名，叶先生先尝了一勺，大呼"美味"，其余各位也都品尝，戚老板问："各位说主料是什么？"有说是鳝鱼肉的，有道是猪腰花粒的，有猜是海蛎子的，待戚续光道出是"鲫鱼舌头"时，无不惊诧，叶先生说："我算是吃遍海峡两岸、港澳两区、大洋两边的老饕了，淮扬菜系的蟹粉狮子头、布袋烧鸡、盖家锅盔……也都是品过的，这专拿鲫鱼舌头烧制的烩菜，还是头回入口，果然滑腻别致！"林先生也说："跟《红楼梦》里写到的那个茄鲞，有得一拼！"薛去疾也赞叹："得要多少条鲫鱼的舌头，才烧得出这么一钵啊！"

见薛恳那合伙人不怎么喝"牛二"，戚老板就问："你白的看来不大行，是不是想喝点啤酒啊？"那合伙人就说："啤酒还行。不过现在餐馆不知道为什么，备的都是生啤酒，最多的是纯生，想喝熟啤酒，多半说没有。"戚老板就说："我们这儿备有熟啤酒。"就让服务员拿来，不一会儿张经理搓着手过来了，躬身跟戚老板汇报："现在备的都出完了。因为点生啤的多，点这个的少，所以进的也少。按说这时候那赵聪发早该到了，每回跟他订一箱，不知道为什么他这会儿还不到。他一到，我马上送上来。"听那张经理道出赵聪发的名字，薛恳就跟戚续光说："世界果然真小！你知道吗，那给你们送啤酒的赵聪发，他姐姐文嫂，恰是给我老爸做家政的阿姨！"薛去疾就把赵聪发将人手掌割伤后，进了派出所，有人捞他也不愿意出去，执意要当着仇家戴手铐，要进拘留所去"留学"一番的故事，跟大家讲了出来。戚老板说："北京话，拔份儿，就是要通过这样的经历，拔高自己在同类人群中的威势。他欲拔头份儿，这下算是真达到目的了！"席上就围绕着市场经济中的激烈竞争，各发议论感慨。薛去疾又讲到那赵聪发在拘留所里认识了二碴子，把二碴子的事情也讲了一下。林先生就感叹："那家骏先生总说你是给抛到死角里去了，哪里是死角啊，我看你现在是进入了更广阔的水域，泱泱海阔凭鱼跃啦，见识到那么多有趣的人和事！可惜你不搞写作，你要是写起来，那缺乏地气的家骏兄，饭碗怕就让你给抢了啊！"薛去疾就又跟林先生提起，他和叶先生去过的那条红泥寺街的金豹歌厅附近的巷子里头，就还保存着一方红泥寺庵的古碑，虽然那巷子里失过火，石碑是烧不坏了，哪天还是要约着一起去踏访，而且建议："可以把那碑移到你那会所里保存，还可以用那碑作背景，请京剧演员演出全本《虹霓关》，岂不构成一桩文化盛事！"林先生举杯敬薛去疾，连说："妙！妙！妙！"

张经理亲自拿上来几瓶熟啤酒，又说："马上往冰箱搁了几瓶，要喝冰过的稍候一时哦，抱歉不周！"那薛恳合伙人就说："常温的就好。"张经理又亲自给他开瓶倒酒。戚老板有一搭没一搭地问了句："赵聪发那小子，他今儿个为什么晚到？"张经理就汇报："他说是先往红泥寺街那边味美打卤面馆送货，没想到那儿出大事了，好像是打群架，引了好多人围观，他那小面包半天开不出去……他说围观的人议论纷纷，说那巷子里有黑监狱……"薛去疾正好听见，不由一惊……

61

　　就在戚续光餐馆二楼那有窗的包间里各位酒足饭饱，纷纷站起来笑脸谢别时，努努和海芬进入了餐馆楼下的散座厅，那时候已经过了饭点，无须等座，她们到靠窗的一张小餐桌对坐，大玻璃窗外是万丈红尘，窗里她们座位旁边正好有盆高大的散尾葵，把她们和其他食客隔开，形成一个小小的私密空间。

　　海芬满脸喜悦。她又来例假了。可见并没有怀孕。家里开饭时，妈妈先在餐厅里大声呼唤，后来更走到她房间门边，她以："烦死了！别管我！"为回应，不去餐桌就座。她打电话约努努一起共进晚餐："你就不能把你那个什么阿奇抛开一个晚上吗？"努努笑道："我下午就已经抛开他啦！"那天上午她和阿奇去了准备开苗圃的村子，中午把车开到城里吃了午餐，然后就各自回归自己的私人空间，他们约定，婚后也一样要保证各自有自己的空间和时间上的相对独立性。海芬约她共进晚餐太好了，爱情之外，闺密友情也很重要啊！

　　点菜之前，海芬神秘兮兮地对努努说："我要告诉你一个机密！"

　　努努就笑："你哪儿有过机密啊！你的表情早把你那机密泄露了。果然是场虚惊，对不对？"

　　海芬就摇晃着身子，做出生气的样子："讨厌！讨厌！你就不兴让我自己来宣布吗？"然后忽然表情极其严肃，宣布，"我可是再不想见到那尼罗了！"

　　努努就问她："尼罗会放过你吗？"

　　海芬把手机上的短信递给努努，让她看："烦不烦人啊！"

　　努努就看，短信写的是："我的小海狸，你打湿的皮毛，难道不渴望高热度的海风吹拂吗？你的海风尼罗。"

　　海芬收回手机，告诉努努："这是今天中午发过来的。前两天还有更让人起鸡皮疙瘩的啦，我全删了！"

　　努努问："你就一点也不心动了？"

　　海芬说："我倒真愿意继续心动呢。可真是动不起来了。不是尼罗不好。他没做错什么。是我自己不好。你知道吗？我现在想见，想亲热的，是……"她说出了一个近来电视上常出现的男嘉宾。

努努惊讶："怎么又是个半老头子啊！你真是重口味！"

海芬就说："这次我不急。急着见，结果，尼罗就是个例子嘛。可望而不可即，是最佳的感情状态。我要好好享受！"

努努就批评她："你是生活得太优裕了，把感情也当成凯蒂猫那样的玩物，想玩就心痒，玩起没顾忌，玩完就起腻，腻了就换样……"

海芬瞪圆眼睛："我有那么坏吗？我跟你，跟力力，不一直有感情吗？我腻了吗？"

努努就说："好啦好啦，点菜吧！"

叫来服务员，她们首先点蟹黄狮子头，开头说两个，很快两个人异口同声说要三个，服务员告诉她们两个足够了，她们坚持要三个。又点了响锅鳝糊和青菜钵。服务员哪里知道，她们两个加上力力，一度满城到不同的餐馆考察过狮子头，总是点三个狮子头，品尝后打分，到这年夏天为止，这家的狮子头评分最高。

但是这天她们约不来力力了。力力不在，只当还在，因此不约而同，还是点三个。点了狮子头，都更想念力力了。

"力力没良心。提前出去也不打个招呼！"海芬埋怨，"给她打手机不接，发短信不回，怎么能国一出、脸就变呢？"

"那不是她父亲出事了嘛。"努努说，"其实她保持跟咱们联系能有什么风险？她父亲的事归她父亲，能牵连到她吗？再说，反正也在外边了。"

海芬就压低声音说："她妈妈也不住那儿了。我跑去找过。会不会把她妈妈也关起来了？"又出主意，"就是关起来了，咱们打听出来，关在哪儿，咱们也可以送东西过去呀！你说带什么去？"

努努看她有脸天真模样，就故意说："送巧克力去！"

海芬不以为那是幽默，认真地点头："是啦是啦！买哪种牌子的呢？人家说全城只一有个地方卖正宗的比利时布鲁塞尔小尿童牌的巧克力，我们要不要去买几盒？"

努努就叹一声气，提议："咱们为什么不喝点酒呢？"

海芬热烈呼应："是啦，借酒消愁啊！"又望着努努，发议论，"不过，你有什么愁呀？有了阿奇，很快又会有苗圃，明年就会有宝宝吧？"

努努叹出一声更长的气来。是的，她现在有幸福感，但是，安全感还欠缺，她和阿奇还没有就是否以及如何跟麻爷脱钩达成充分的共识。阿奇中午吃饭的时候还跟她提起，那位给阿奇启蒙的长者——阿奇正准备带她去其府上拜谒——薛伯，在跟阿奇讨论麻爷究竟是一种什么社会存在的时候，跟阿奇说过："那是个社会填充物。社会存在填充物是正常的。填充物有各式各样的。比如卖水果的顺顺和他媳妇，他们非法占地，在人行道上搭棚销售，这种行为里有恶，但只是小恶，但是那麻爷，这个社会的多少暗箱操作，都有他参与啊，实际上已经是社会的恶性肿瘤，有待社会的免疫系统发挥作用，予以化解，搞不好，得动大手术切除！当然，他们那些黑幕里的事情，我们都是不清楚的，我参与过他出面的饭局，只窥视到其小小的一角，你虽然在他鞍前马后，无非为的是谋生，所知其实也很有限，你们公司所有的下属，也都是谋生罢了，罪不在一般谋生者，但是，能从麻爷那里剥离开，另找个干净的地方谋生，比如你和努努去自己开辟一处苗圃，确实应该是更好的人生抉择……"那薛伯的指点不消说是正确的，但是，麻爷毕竟给了一套单元，阿奇在执行麻爷的一般指示时，能让麻爷满意，今后他们建立起的小家庭，便可以比较从容地生存，倘若退回那单元，彻底跟麻爷剥离，真靠创建苗圃去面对今后的生活，那风险是无限大的，想到此，努努心中能有踏实的安全感吗？没有啊，所以，海芬说得也对，借酒消愁吧！

"你究竟愁个什么啊？"海芬把努努从沉思里拽出来，"我知道了，还是那个老问题，要不要阿奇离开麻爷吧？哎呀呀，你们也真是，有的人，巴不得攀上麻爷的关系呢，像那个会所里见到的林先生，美国籍耶，嘴里提起麻爷来，也跟提起什么大领导一个样呢，啊，对了，那林先生让我把一封信带给住院的大领导，我还真给带到了哩！他若谢我，邀我再去会所享受，你可还得作陪啊！啊，还有，那个作家，夏什么来着？我总记不住他那名字，求我帮他去请住院的大领导题什么字，写在一张纸上，我也给了他那秘书啦，那大秘看了先就不买账……好啦好啦，酒菜都来啦，咱们一醉方休吧！"就带头夹菜，又举杯跟努努碰，碰了一下再碰一下，"这下算是敬力力，哎呀，怎么一晃咱们就都这么大啦！要还是学校合唱队里一起排练那老歌的日子，该多好呀！'我们的田野，美丽的田野……'下面该怎么唱来着？……"

于是努努也就回到了那些最天真无邪的日子里，笑了起来："最滑稽的是那一句：'金色的鲤鱼，长得多么肥大……'"海芬就跟她抬杠："这怎么就滑稽呢？"努努说："人有时候就这样，无缘无故地觉得苦闷，无缘无故地觉得滑稽，我就一直觉得这句很滑稽嘛！……"

两位女士就那么在餐馆里消费着她们的如花流年。不知不觉餐厅里已经只剩三两桌食客，窗外马路上已经不再堵车。

这时候忽然努努的手机发出声响，是有短信，她一看，号码陌生，但内容应该确实是阿奇写出的，第一句是"因故换了新手机。"然后是让她尽快设法去往某地一个宾馆的某楼某号，最后一句是"你必来，我坚信。"落款为阿奇。努努开始觉得，是阿奇在考验她对他的爱情的深度，很快又疑惑，天已经很晚了，阿奇一贯担心她一个人夜行出事，今天怎么如此孟浪？那地方已经不属于这大都会管辖，是邻省的地盘了。不过那宾馆他们曾在自驾旅游途中停留过，当时只是在那餐厅吃虹鳟鱼。她如果去，只能是找辆出租车。也许有愿意去的司机，也可以多给些车资。

努努心里正盘算，海芬不禁问："谁的短信？阿奇找你？他怎么这样讨厌？你跟他好，就不兴再有自己的私人空间啦？"

努努就把那短信拿给海芬看，海芬惊叹："侦探小说耶，好离奇、好浪漫、好刺激呀，多少的悬念等着你！努努你真幸福！还不快去！我就喜欢这种特别的爱！我怎么遇不到阿奇这样的？'小海狸'，又是什么'高热度的海风'，还诗人呢，矫情！看阿奇造的句子！'你必来，我坚信。'这才是诗呀！努努你要相信我，我懂诗的耶！你还犹豫什么？飞过去！我埋单就是！"

努努说："是想飞。可是翅膀在哪里？打车去，还真怕不安全……"

"为什么要打车？"海芬把双手紧紧一握，"亲爱的！我给你装上安全的翅膀！你也可以多跟我坐一会儿！"于是立刻给她家的司机小魏打电话，让他马上到这家餐馆门外来。有将军专车和穿军装的司机把她送到那邻省的宾馆去，真好比插上了一双安全丰满的翅膀！谢谢海芬！努努举杯跟海芬重重地一碰。

62

一年前的那个晚上，庞奇到了歌厅，薇阿引他往最里面那间包房去，进去了还大胆地踮起脚，搂住庞奇脖子，强行亲庞奇的脸，庞奇推开她，她临撤退前还用手指头拨弄了一下庞奇衬衫领口里蹿出的胸毛，故意说："要不要找瑞瑞来陪你呀？"自知再起腻可能挨揍，就笑着逃走了。

唐广立害怕，没等庞奇过来，抢先在庞奇叔叔前头，从对面的安全通道溜走了。留在包房里的糖姐和二锋站立着迎接庞奇。糖姐给呆立在门边的徐主任丢个眼色，徐主任赶紧离开了。

二锋就把庞奇要的那个手机双手递过去，恭敬地问："大哥用过饭了吧？忙累了吧？这儿例行的果盘不好，要不要我过马路到那拐角买点特别的果子？人心果？番石榴？释伽？莲雾？……"

糖姐挽庞奇坐下。

薇阿已经亲自送来了大果盘，里头有剖好的菠萝蜜，周围配着切成片的火龙果、菠萝、甜橙和猕猴桃，搁到茶几上，另有服务生用托盘送来红酒、高脚玻璃杯，还有开心果、腰果和号称美国大杏仁其实是扁桃仁等几种干果，也一一布在茶几上。薇阿望了望紧挨着庞奇的糖姐，笑对庞奇说："她可是人老珠黄了呀！知道你腻歪我，我也停不下，如今我是妈咪离不开前头，我们这儿有两个新来的很不错啊，'豆蔻梢头二月初''卷上珠帘总不如'，要不要招呼过来呀？……"糖姐就隔着裤子抚摸庞奇大腿，截断薇阿的话，宣布："我人不算老，风韵更是犹存！这金豹歌厅，我才'卷上珠帘总不如'哩！"感到她的抚摸似乎没有引出庞奇的嫌厌，就更加得意，对庞奇说，"我献一首梅艳芳的《女人花》给大奇！"二锋先给庞奇斟酒，又给自己和糖姐也各斟一杯，听糖姐要唱那歌，就又将那歌视频找出，沙发对面荧屏上显示出了歌名……

糖姐开唱。她那嗓音略显沙哑，但颇有梅艳芳的韵味：

　　……
　　花开不多时啊，堪折直须折，女人如花花似梦！
　　我有花一朵，长在我心中，真情真爱无人懂！
　　……

二锋举杯敬庞奇，庞奇轻闭双眼，倚在沙发背上，将酒杯凑近嘴唇，似饮非饮。二锋盯着庞奇，心里琢磨，庞奇究竟知道了这边的事情没有呢？他进来，没有问门口停着中巴的事，那走出去的徐主任，谁呀？他也不问。如果他什么都不清楚，应该问一声呀？他来，真是就为那个手机吗？真是忙自己的私事忙累了，想来这里放松一阵？又怕庞奇貌似闭眼，其实从眼皮缝隙里也正盯着他啦，忙把眼光移开，拈起一个腰果放进嘴里……

　　糖姐原来心中万分紧张，但是唱起那歌，竟一时忘却了别的，多年来在歌厅挣扎发展的种种片断，在脑海放起了电影，包括她享受了庞奇处男初夜那些细节：她仰卧着，将红葡萄酒浇到乳沟里，呼唤庞奇："来呀，来喝啊……"她从心底里对这首歌的歌词共鸣，她动情地唱：

　　……
　　爱过知情重，醉过知酒浓，花开花谢终是空。
　　缘分不停留，像春风来又走，女人如花花似梦！
　　……

　　唱完一遍，她看庞奇似乎很享受，就又重头唱起，实际上，她是要再沉溺到那歌里去，咀嚼她从一般坐堂小姐升到妈咪，过几天再成为服装店占股经理，那一路风尘，一路甘苦，一路艰辛……她容易吗？她怜惜自己，慰藉自己：

　　……
　　女人花，摇曳在红尘中；女人花，随风轻轻摆动。
　　只盼望，有一双温柔手，能抚慰，我内心的寂寞。
　　……

　　庞奇轻垂眼帘，啜着红酒，心里在细细盘算。
　　原来，那天中午跟务务分手以后，他回到酒店房间，冲了个澡，打算补一觉，忽然总台打来电话，说有个小伙子找他，自称是他弟弟。庞奇很不耐烦："我弟弟？我弟弟在家乡，他连省城都没去过，怎么会在这里？别理他，就说没他找的那么一个哥，把他打发走！"放下电话，他躺下，刚钻进雪白被套套住的毛毯，总台又来电话，说那小伙子咬定是他亲弟弟，坚持要见他，他更不耐烦："他咬定？他咬定你们就轻信？别跟我说看了他的身份证，现在造个假的太容易！"可是总台那边说："我觉得，我们几个都觉得，他也许真是你弟弟！"庞奇发怒了："你们觉得？你们凭什么觉得？岂有此理！不许再打搅我！"但是那边告诉他："来的这位，长相实在太像您了……"庞奇这才一惊，欠起身命令："好吧，让他上来！"不一会儿，门铃响了，庞奇从猫眼一看，大吃一惊，忙开门，弟弟刚进门，就扑到他身上痛哭失声……

庞奇弟弟前晚从那黑收容所逃出来，发誓要找到哥哥，他模模糊糊记得，哥哥跟家里说过，老板让他长期住在酒店里，那个酒店的名字，他记住了发音，却不知道究竟是哪两个字，于是就满城转悠，见有写着接近那发音的字样，就进去找他哥，已经被五六家酒店给轰了出去。但是他固执地寻找。在街上，他坚持不向任何人打听。他现在不信任任何人。他以沉默来体现他的倔强。进入他觉得可能是哥哥住的酒店，走到总服务台，也始终只有两句话："我哥哥庞奇住这儿。我要见他。"有的就问他："哪个房间呀？"他答不出来，只是重复那两句。他衣衫不整，看去几天没有洗脸，身体发出不雅的气息。总台的人就让保安把他请出去。他被赶出，不怨恨，心想一定是他哥确实不在那里头住，因为如果那酒店的人见过他哥哥，一定会帮助他的。从前晚逃出，到这天奇迹般地兄弟相拥，在这大都会里，他不吃不喝已经接近四十个小时，是老天的护佑吧，他居然达到了目的，哥哥后来跟他说，像他那么样无头苍蝇般地乱找，很可能四百个小时也未必能找到……

庞奇听完弟弟的倾诉，先叫餐进房，让弟弟吃饱喝足。他本想让弟弟洗澡，却忽然改了主意。短短的时间里，庞奇内心经历了震惊、愤怒、痛心、自责、疑惑、憬悟、发恨、理智、冷静等一系列的复杂变化过程。他带弟弟出酒店，去商店购买了两个新手机，告诉弟弟这两个手机只用于他们两个人的联系。弟弟和另一些访民原来有手机，都被徐主任他们没收了。庞奇指点路径让弟弟返回那个收容所去，要让徐主任和那良心被狗吃了的叔叔以为他是万般无奈，只好回去。庞奇嘱咐弟弟一定要把那手机隐藏好。一旦徐主任他们启动遣返，把他们往车里带，就偷偷给他拨电话，也不用说什么，庞奇这边手机一有反应，就意味着访民们被往巷子外头的中巴车押送了，庞奇到时候一定会出现，来把遣返变成逃脱。兄弟二人商议好的方案一定不要事先告诉父亲。关键时刻，兄弟二人要默契配合。弟弟要拼死阻止叔叔上车，庞奇则要夺取司机钥匙，把司机拽下车，然后自己来开那车，把乡亲们载到一处能自由的地方。至于那徐女士，先留在车上也行，抢到车后，到某一地方再把她赶下车去，谅她一时也无法改变事态。当然事情面临许多复杂的因素，在最必要时他们用手机互讲比较多的话，也是必要的……

63

　　站着把第二遍《女人花》唱完，糖姐坐回沙发，紧靠着庞奇，痴情地说："知道你要娶良家妇女了。祝你幸福！可我要告诉你，我还跟那年那次一样，爱你爱到骨髓里头！你现在嫌弃我，是我的命，我认命！不过你今天居然又来，能让我再伺候你，我真的真的很激动，大奇，我愿意为你奉献一切！你可以跟我来ＳＭ，你是主，我是奴！你一日为主，我终生为奴！你拿鞭子抽我吧！你要我亲吻你的光脚丫吗？……"庞奇没有马上推开他，庞奇睁开眼，二锋正坐在一侧，马上给他敬酒，庞奇就问他："你刚才哪儿去了？"二锋的心一沉，就知道庞奇果然是假装闭眼，对他的动静是一直没有放松监视，就说："我，我去了趟洗手间。"庞奇把糖姐推离身边，问她："你当奴？那你老实告诉我，楼底下门前停的中巴是哪儿来的？"糖姐刚才因为对庞奇动了真情，几乎把正事给忘了，正事，就是要配合二锋把庞奇稳住、拴住，让徐主任他们能顺利地完成遣返任务。糖姐定定神，掠掠头发说："那中巴？咳，你忘啦，记得以前我跟你说过，我有个弟弟，死不争气，混了好多年，才混出这么辆二手车，在旅游行里混事由，这不，拉了半车Ｋ歌的来……"庞奇就故意问："哪儿的客？台胞团的？那个什么叶先生，吓晕瑞瑞的，又来啦？"糖姐就说："谁知道？现在薇阿是妈咪。管他哩！哎，我再给你唱首容祖儿的《挥着翅膀的女孩》吧……"庞奇摸了摸衣服口袋里新买的那个手机，没有动静，就琢磨，他们是还要等到夜深人静再搞遣返，还是会提前把访民们押出来呢？现在弟弟那边就是怎么个状态呢？如果他们还要等到午夜才行动，那自己在午夜以前的时间里怎么跟二锋、糖姐周旋？……

　　二锋在所谓去洗手间的那段时间，抓紧下楼找到庞奇叔叔，那武师正和徐主任在一起，是徐主任下楼后找到了他，他们跟二锋反映，唐广立要把空车开走，武师把他制服住，逼他交出了车钥匙，唐广立可能是觉得保命比保车更要紧，就干脆跑掉了，当然，唐广立心里也明白，这车终究还是会还给他的。武师会开车。于是徐主任就决定立即进行遣返。二锋提醒她，这时候街上行人还不少，味美打卤面馆和果棚以及别的商店也都还在营业，街边的烧烤摊生意兴隆，摆地摊的有的也没收，这么个情况下行动，万一被街上那多事之徒发现不对头，用手机拍了照，捅到互联网上，被网民"人肉"，那对徐主任他们那边，和二锋的老板，都很不利，是不是再等等，街上清净些再行动？徐主任腰板挺得直直的，说："我们怕什么？我们是正确的，反对这个是错误的。"就决定和武师一起进入那巷子启动遣返。二锋也就由他们去，但是警告："要麻利！我再回去稳住庞奇。但愿他还真的不知道你们干的事！"

二锋回到包间不久，糖姐唱起《挥着翅膀的女孩》，唱到一半，庞奇感觉衣兜里那个新手机有了动静，就从沙发上站起，二锋也本能地站了起来，庞奇瞪着他说："我去洗手间。怎么，你给我当马桶去？"二锋只好又坐下。

庞奇出了包间，那一溜包间的外头是一条颇长的走廊，临街那面是一溜用彩色玻璃镶嵌出花卉图案的大玻璃窗。庞奇走到一扇窗前，将其打开，下面正好是那歌厅门口中巴车停留的位置，他欠身朝下望，就看见几个所谓的保安，其实就是黑收容所的看守，把他们家乡的访民带往那辆中巴，他一眼看出了其中的老父亲，心头一震，眼睛一热，浑身就仿佛冒出了火苗，接着，他就看到那狼心狗肺的叔叔，居然站在车门口，嘴里大概是吆喝着："快点快点！"伸出双臂把不大愿意进车的乡亲使劲往车里塞。忽然，就只见访民队伍里冲出了弟弟，趁叔叔不备，冲过去想将其击倒，毕竟叔叔是武师，从来师傅要留一手以备徒弟造反，两个人没过几招，弟弟就被武师用一只胳膊锁了喉，弟弟蹬着双腿挣扎，而这时候，父亲就几步抢过去，嘴里喊着什么，看样子是要给武师下跪，求他看在血亲的份儿上手下留情……所有这些情况，发生在大约几秒钟里，而庞奇也就在这个当口，大喊着："爹！你不能跪呀！"从二楼的窗口，往下一跳，先落在中巴顶上，发出一声巨响，那车顶也就瘪了一块，半秒钟后，庞奇已经又从车顶跃下，正落在那武师身后，脚刚沾地，他就伸出右掌双指，猛地戳向武师肩胛后的一个穴位，那武师顿时翻个白眼，身子软了，往地下出溜，弟弟解脱了，弯腰从武师身上找到掏出车钥匙，递给哥哥，自己去扶父亲上车，庞奇就转到车那边，拉开驾驶座那边的门，跳落在驾驶座上，立即插进钥匙，启动车辆。上了车的人都惊呆了，那徐主任从驾驶座后面的座位站起，刚掏出手机，就被庞奇弟弟一把抓去没收，也不发声，只是双眼出火恨着那徐主任，那徐主任就要下车，车门已经关闭，哪里下得去，便高声呼叫："反动！来人啦！报110！……"车子开动起来，豁开围观的人群后，便加速开出了红泥寺街。

二锋没敢立即跟随庞奇出那包间，但很快听到了庞奇吼声，以及紧跟着的怪异巨响，这才冲到走廊，从打开的窗户朝下望，看到了庞奇点穴武师昏倒的情景，那糖姐发觉情况不对也就中止了 K 歌，跑出来，也到那窗户朝下望，看到了中巴驶离的一幕……

歌厅门口中巴车那里发生的怪事，在红泥寺街引出轰动，行人，在面馆里吃面的，给面馆送酒水的，果棚、商店里购物的，在街边吃烧烤的，摆摊的逛摊的……其中一大半闻声跑过去围观，议论纷纷，也有几个用手机抓拍的，混乱了好一阵，并且由这件事，又引出了另外的混乱：给面馆送酒水的小面包车被一辆平板三轮刮蹭，双方车主激动地先论理、后对骂；烧烤摊的摊主和果棚老板都发现，有顾客白吃白拿趁乱消失；有小偷趁这大好时机扒窃，收获大大；歌厅里有的包房的客人闻声也出包房到走廊，更多的窗户被推开，抢着往下看，有的 K 歌客甚兴奋，纷纷问走过来的妈咪："街上怎么啦？怎么啦？……"妈咪薇阿就一心提防那趁乱不结账溜之乎也的混混……

虽然发生了一阵大混乱，人们互相议论，对事情的来龙去脉派生出了很多个不同的版本，但是，那晚却并没有任何人打 110 报警。二锋和糖姐心照不宣，巷子里的空间轮流租赁给某些小地方设为收容所，那点收益归麻爷的徒子徒孙，麻爷在乎那个蝇头小利？是外面某些地方的开发商，跟那边的某些官员，他们求到麻爷，麻爷是在参与下一盘大棋的情况下，才默许底下的某几个徒子徒孙，为他的那些朋友，提供这么个空间截访，以防访民真遇到青天大老爷，包龙图摆铡刀，成为传媒上查获贪腐的反面新闻主角。实际上如果真报了 110，无论大都会的哪个区出警，头一个被认定违法的，应该是黑收容所的租赁者和使用者，而非访民，这也是那徐主任在劫车发生的初始阶段未报 110 的原因。二锋当然有责任将所发生的事态报告给麻爷，却完全没必要跟 110 发生关系。糖姐事发后发了好久的呆，她倒不担心自己会遭遇到什么麻烦，大不了麻爷认定她不中用，不兑现让她去服装店当占股经理罢了，她很担心庞奇，大奇这不是鱼撕网破吗？这么着跟麻爷掰离，今后可怎么活着？……

那中巴开走后，因为那武师还瘫软在歌厅门口，成为一个持续的看点，围观的人没有马上减少，反倒有所增多，而且围观圈越来越紧缩，后面的看不到究竟，就不住地问："死了吗？有气吗？……"但也没有人呼叫急救车，死者自死，活者自活，活人看死人倒也是个乐子！忽然那圈里的人屁股朝外拱，有人惊呼："妈呀！活过来啦！"圈外的人就更好奇，偏朝里拥，里外不同层的人有的就发生肢体摩擦，先互骂，又互推，使得那条街好长一段时间，里面的车子开不出去，外面的车子开不进来……

"呀！见鬼啦！鬼来啦！"又几声惊呼，看热闹的包围圈这才抖抖散开。原来是那位武师，被点的穴位渐渐恢复常态，先坐起，再站起，再往前挪步，然后，忽然身体状态一切如常，便推开挡路的，匆匆从那条街逃遁了。前天晚上，庞奇弟弟成了大都会里的流浪者，现在，这位武师，他可是庞奇兄弟的亲叔叔啊，也成了霓虹灯下的流浪者……

庞奇那叔叔彳亍在街头，心里好懊悔。自己练的可是岳家拳啊！练拳先正心，自己究竟是怎么回事啊，为了徐主任他们那些人赏赐的一点钱，居然背叛了哥哥和侄儿，欺宗叛祖啊，岳家拳法那最核心的忠与义，抛到地沟里去了呀！……当年教授庞奇，因为实在喜欢他，就额外教了他几招点穴令人瘫痪一时的绝招，跟他说："这几招绝不能乱用，必得在遇见最不可赦的宵小时，才可偶尔发威！"万没想到，今天大侄子就点了自己的穴，我是宵小啊！我活该呀！……武师在陌生的大都会里乱转，有行人发现，这汉子泪流满面……

64

庞奇开着那中巴，一直担心二锋报告麻爷后，麻爷动用关系，把车牌号和中巴特征告知有关部门，然后布警拦截，车上的乡亲都知道那开车的是谁，但又都不知道还会发生什么事情，全在心里打鼓，全都沉默不语。那徐主任也没回到座位，只站在车门那里，双手抓住车上金属立柱，开始还喊几句什么，后来怕庞奇弟弟冲过去对她动手，万般无奈中，也只是喘气无语。车子就那么开出了大都会。庞奇见红灯不闯，该减速减速，完全不违反交通法规，从旁看去，或者事后查看监视录像，那中巴的行驶中规中矩，无可挑剔。过收费站，那车唐广立办理过 ETC 不停车收费系统卡，不用停车，顺利通过，收费站那边，就是另一省份了，又往前开了大约十分钟，在一个前不见村后不见店，而且也没有监视机探头的地方，庞奇减速，将车停在路边，启动车门，对那徐主任一声怒吼："滚下去！"那徐主任慌了神，本还想指责庞奇"抢劫、反动"，却双腿软得不行，哀求起来："不行啊，也把我拉回家吧，我替你解释……"庞奇弟弟就过去，也没有推她，只是贴近她，双眼恨得仿佛喷出闪电，这时候车里的乡亲们，开始只有一两个人，后来几乎是全体，都朝那徐主任吼："滚！滚下去！"那徐主任只得下了中巴，刚站稳，车门就紧闭，车子就一下子加速开跑了……无月的黑夜，那段公路并无路灯，路边只有树木灌木并无任何建筑，只有很远的地方才有些灯火闪烁，而且公路上车辆也很稀少，只有对面车道有些往大都会开去的大货车，徐主任想起自己的拉杆箱还在车上，现在是孤身一人被抛在了荒郊野外，更要命的是没有手机，完全无法与机构与家人联系，不免恐惧悲伤起来。其实，她所参与的那项工作，曾经无数次将跑到县里政府机构去上访的访民，用中巴车强行遣返出县城，哪里真耐心将他们送回乡里，还不是趁月黑天高，车子开到荒野，赶下去就是！当年施之于人的做法，现在报应到自己身上，而且，这里离他们那县，是几千里之外啊，且不说她如何回到家乡，就是这一夜，她可怎么熬过啊……

庞奇在那天下午行动前，已有周密预案。车子没有被拦截，倒也没有令他惊异，他做了几种估算，二锋报告麻爷后，麻爷按兵不动，也是一种可能。他把车子开到邻省的一个小火车站，为全体乡亲们买了回乡的火车票，告诉他们，不要再这么上访了，尤其不要下跪，跪是跪不出好结果来的，他会在两天后也返回家乡，跟乡亲们一起维护家园的权益。他到父亲跟前，低下头说："孩儿大不孝，久失照应。我本该跪下，回家再单给您跪。爹，咱们跪天跪地跪祖宗，就是不要跪官跪商跪衙门！"又把一个装着钱的信封交给弟弟，拍着他肩膀说，"好样的！这些钱，路上给乡亲们买吃买喝。那被我点瘫的败类，要是回去了，谅他不至于找你报复，你莫再理他就是，千万不要再去跟他打斗。"乡亲们围着庞奇，辈分不同，怎么呼唤他的都有，大多数是感谢，也有的就问："我们回去又怎么办啊？""难道他们来强拆，就只剩下拼命一条路么？"庞奇就转着身抱拳致意："回去商量，回去商量。"把他们往月台送，提醒弟弟，"这趟车快到了，只停三分钟，你要保证每个人都上去，都找到座位啊！"眼看父亲兄弟和乡亲们都剪了票，那边转过头挥手，他也挥手，然后转身离去。

庞奇返回那中巴，开着它驶到一处高速公路服务区，将其停在了停车场。然后去了卫生间。出卫生间，他设法越过路障，来到反方向的公路，那边也有一个服务区，他不进入那个服务区，而是绕到后面的一处温泉度假村，他选择的宾馆，就在那度假村里，办理好入住手续，在电梯里，他就用最新的那个手机给努努发去短信。

65

努努乘着小魏开的挂军牌的轿车，风驰电掣往那邻省的宾馆而去。军队的司机的优点之一就是只遵从命令开车，绝不多言多语。海芬把努努送上车，努努坐进后座，努努道出要去的地方，小魏便使用卫星定位朝向目标。上车的是谁，为什么要去那么个地方，他一概不问。只是在把车开到宾馆风雨廊停住以后，问一句："要等您返回吗？"努努说："不用，你这就回去吧，谢谢，再见。"便下了车，进了大堂，直奔电梯。

努努进了屋，庞奇就跟她说："我要你。现在。"

努努什么也不问。她等候这一刻很久了。她曾反复幻想过，这一刻，应该是新婚之夜，把门关紧，把窗帘遮满，阿奇说出这句话来，然后他们如何如何……现在的情况，却是哪一次幻想里也没有的。他们中午在一起吃过饭，很平静地各自回归自我空间，万没想到晚上会有这样的意外之喜。是中午吃饭的时候，阿奇就设计好了晚上的浪漫？还是下午发生了什么她无法猜出的事情，使得阿奇必须通过立即得到她，来疏解他那受了伤的灵魂？……

努努扑到阿奇身上。阿奇没有洗澡，身上有浓浓的体味。阿奇搂住她，吻她的头发、额头，脸颊，耳垂，然后才是她的嘴唇，并且把舌头伸进她的嘴里，她以舌头承接，并且在阿奇舌头退缩时，反伸进阿奇嘴里，阿奇一边跟她舌交一边将她抱到床上，是她先去剥解阿奇的衬衫，衬衫和背心还没有脱掉，她就疯狂地去抚摸亲吻阿奇健壮的胸肌，以及那树形的胸毛，又随机地亲吻阿奇那硬中有韧的臂肌，阿奇的上身完全赤裸了，她就身体下滑，去亲吻阿奇那八块轮廓分明的腹肌……阿奇略带粗野地剥掉她的衣服，面临乳罩时，先隔着乳罩搓揉，然后猛地撕开，努努那如花的乳房就怒放在阿奇眼前，阿奇把脸埋进努努乳沟，拼命吮吸那处女的芳香……后来他们全裸做爱，阿奇忘却了一切，尽情享受，尽情释放，努努经历了她人生中宝贵的流红一痛，也忘却了一切，尽情享受，销魂呻吟……

那是真正的爱情，最纯正，最丰满，最符合生命基因的原始使命，也最生动地呈现出心灵合鸣的共振波……

66

金豹歌厅门前的劫车案过去一年了。其实那件事发生后，并没有人报案，因此也很难说那是一桩劫车案。后来有人看到唐广立仍开着那辆中巴在大都会街上驶过。糖姐仍在金豹当妈咪，薇阿仍在等待糖姐转移到服装店。雷二锋更多的时间是在闪电健身俱乐部，显然麻爷跟前又有了更得力的一号保镖。不过红泥寺街那巷子里的黑收容所从那以后就关张了，又有杂工进去搭建简易住房，也就又有外来的人员租那些小屋子栖身。

庞奇回乡后，究竟都做了些什么？他那家乡，是经过村民抗争避过了强拆，还是虽然拆了却多少增加了赔偿款？那位徐主任是否仍在原职，还是换了岗位？庞奇那叔叔，还敢不敢跟哥哥侄儿见面，他那武馆还开不开得下去？据说庞奇在事发前，都搞好对象装修好房子要结婚了，事发后他跟那对象是分手了，还是怎么的？……这一切红泥寺街的人士都不清楚。但是一年来关于庞奇的传言断断续续一直在流布，有人说庞奇回乡没多久就"折进去了"，没多久又"越出来了"，有人说在外地某风景区看见，有那靠颠轿挣游客钱的，其中一位颠轿的壮汉，分明就是庞奇……流言又往往互相矛盾，有的诌得格外离奇，那"我不回来则罢，如果有一天我回来，那一定是来杀人的"恶誓，究竟是谁亲耳听到的？二碜子非说他亲耳听到，但是事发那天，他根本不在庞奇身边！但是红泥寺街的人们，几乎都认为，那话是真有的。一年后，庞奇身影真的出现在红泥寺街，凡觉得自己绝非庞奇仇家的，就大半等着看"好戏"。

薛去疾倚坐在飘窗，亲眼看到了庞奇回归的身影。如果一切都还同两年前一样，他会立即下楼，去把奇哥儿约回家来，烹茶细论端详。但是现在他有切身的大烦心事。他但愿那关于奇哥儿的恶誓只不过是种传言，奇哥儿也许还会在这大都会找到新的立足之地，待他自己的烦心事消解，奇哥儿又站稳脚跟，他们再恢复那份温馨的伯侄之情，犹未为晚。

薛去疾烦心的事，其实更是薛恳烦心的事。当年薛去疾夫妇住在单位分配的单元房里，后来实施"房改"，用很低的价格，买为己有。薛恳在国外学成就业，挣到美金，回国探亲，就张罗着把原来父母住的那个单元给卖了，赚头很大，用那个钱，加上薛恳带回的美金，购买了现在住的有大飘窗的三室两厅的住宅，买的时候每平方米 4000 元，属于那个时期那个地段相当贵的楼盘了，如今升值已近十倍，是薛去疾有生以来最大的一笔财富。薛恳回国创业，事业状态，仿佛过山车，忽而出现亮点，忽而面临危机，薛去疾的心，也就跟着那起伏曲线悸动。前几个月，经林先生、叶先生帮忙，美国一个大学里的著名研究所的科学家，研究大分子的，先试用了薛恳他们公司的试剂，不久就出来可喜的研究成果，就是初步发现了大分子中使人致胖的特殊基因，试验报告发布在专业杂志和网络后，引起全球那一界的轰动，如果这项试验成立，那么，今后人类中肥胖人的减肥问题不但有望简便解决，防止肥胖更是容易之事，这项研究的成果，肯定会获得瑞典皇家卡罗琳学院评定的诺贝尔医学生物学奖！消息传出，薛恳公司同仁欣喜若狂，因为除了那个研究所签下数量剧增的订单，美国其他研究所也纷纷来要货，以前这项试剂美国的研究所都是从欧洲或日本进货，价格要高三倍以上，从薛恳公司这里进，那些美国研究所的科研经费大为节省，而薛恳公司的利润仍相当可观。跟着，又有欧洲和日本的试验室来订货，要的量少，愿意出更高的价。但是，要充分供货，薛恳公司必须扩大生产规模，他们本来只是试验室生产方式，现在想扩大为车间生产方式，那个什么高层领导的孙女婿，并没有为他们落实政府机构及基金会方面的资金援助，区里的相应机构替他们去化缘，也暂无收获，于是，薛恳就跟父亲商量，将所住单元，抵押出去，扩大生产的资金可以马上到手，这样不仅可以尽快满足已有客户的需求，更可以签到新的订单，一旦买方付款，立即将利息付给所贷款的金融机构，赎回这套有大飘窗的单元。薛去疾觉得如此抵押贷款，风险太大，万一赎不回来，人家来收房，岂不是要流落街头？难道也搬到曾经充当过黑收容所的地方去住？于是脑海里就浮现出夏家骏那张幸灾乐祸的脸，不用语言，那脸上的表情分明在奚落："呵呵，老兄，你不仅是给搁到死角里了，你分明是让死角给挤扁了啊！"

　　庞奇出现在红泥寺的第二天，又是周四，文嫂来打扫卫生，薛去疾闻门铃开门放她进来后，无话，仍去坐到书房飘窗台面，倚着大方枕，脑子里转悠着抵押贷款的事情。文嫂拖地，拖到那飘窗跟前的地板，笑指着窗外说："看呀看呀，如今的年轻人，好滑稽呀！"文嫂以为薛去疾早也看到，没想到薛去疾根本是在想心事，经她笑嚷，这才望去，只见有个非常年轻的小伙子，骑辆自行车，车上拴着一个直径超过一米的巨无霸粉红氢气球，球上写着"姜雅琦嫁我吧！"估计那气球的另一面，也有同样的话语。小伙子骑过顺顺那个果摊，拐往薛去疾他们那个楼盘大门所在的大街，也不知道那姜雅琦是否就住在他们那个楼盘里。薛去疾看到后，禁不住也笑了。人们各自生存。你痛苦的时候，有人快乐。你忧郁的时候，有人搞笑。即使你能分享到别人的快乐与幽默，谁又能跟你分担痛苦和忧郁？

文嫂一边继续拖地一边说："大叔，你也听说了吧，那个功夫好厉害的，姓庞的，回来啦！满街的人都说，他回来，是要杀人啊！"

薛去疾就说："莫信那些个谣言！再说啦，他要杀人，杀得到你我吗？"

文嫂问："咦，对了，他不是跟你好吗？你好像管他叫奇哥儿，他是不是认你作伯伯了呀？你就该劝劝他，杀人是要偿命的呀，可莫干那样的事情！他会来拜你吗？你会劝他吗？"

薛去疾一心想着自己的事情，听了好不耐烦，脸一沉说："他爱杀谁杀谁，关我什么事！"

文嫂这才知道老爷子心情很糟，不想说话，惹不得，赶紧转身，用拖把去拖别的地方。

67

每次从公司回家以前，薛恳总要给老爸先打个电话，已形成不可更易的惯例。

这天，也就是看到奇哥儿出现在红泥寺街果棚外的第二天，晚上九点钟了，薛恳并无电话打来，薛去疾就自己用高腰木桶，接了电热器里的热水，倒进些白醋，坐到卫生间的高脚凳上泡脚。

忽然听到单元门被旋开的声音，薛去疾就提高嗓门问："谁呀？"

"是我，爸！"

薛去疾就继续用大嗓门问："怎么不先来电话？你吓了我一跳。出什么事情了吗？"

薛恳在卫生间找到了老爸，看见老爸正在泡脚，就止住了涌到喉咙的话语，先过去，站在老爸身后，伸出手，给老爸揉肩。

薛去疾从儿子那在他肩上按揉时的颤抖，意识到情况不妙。就问："有坏消息？"

薛恳的手停止了动作。忽然转到老爸侧面，也是因为老爸坐在高脚凳上，为方便说话计吧，就跪下了。

薛去疾把腿一只一只从桶里抽了出来，其实泡脚的预定时间还没到头，薛恳没有劝父亲再多泡泡，忙站起拿过毛巾为老爸擦拭，又帮老爸把睡裤原来卷起的裤腿放下，拢上拖鞋，还试图要为老爸按摩小腿，但是薛去疾自己站起，往他那卧室去，坐在床边的单人沙发上。顶灯没有开，单人沙发后面有个垂花似的阅读灯，开着，光线从老爸头顶泄下，看去比实际年龄老很多。薛恳看着心中剧痛。薛去疾吐出一口气，摆摆手说："讲吧。把坏消息告诉我。"

薛恳先是拼命咬着嘴唇，然后一下子跪在父亲面前，抖着嗓音说："爸，我大不孝……"

薛去疾蔼然地说："你怎么不孝？那泡脚桶，就是你孝敬的呀。快告诉我吧。"

尽管薛去疾早有心理准备，但薛恳道出的情况，还是让薛去疾脊柱发凉。

原来，那美国科学家的研究成果，被欧洲几位同行否定。那种科学试验，必须是经过上百次甚至上千次的重复，每次的结果都一样，才算站住脚，特别是要经得起同行采取同一试验方式反复进行检验，结果欧洲和日本的几个试验室，都出了结果，就是那美国科学家反复试验都呈阳性，而他们反复试验的结果均为阴性，问题出在哪里？美国科学家自己焦急地找原因，欧洲、日本的同行也友善地帮助解开这个怪现象，最后的结论一样：如果在试验过程中不使用从中国进口的试剂，那么试验结果一定呈阴性，只要换成从中国进口的试剂，则可呈阳性，那么事情就很清楚了：薛恳他们公司生产的试剂虽然价格低，却不合格，在目前的情况下，美国、欧洲、日本的相关试验室，都不能再使用他们的试剂，以免导致科研工作的徒劳。现在，欧洲、日本和美国的相关试验室，都首先在网络上公布了这个结论。美国那位科学家，也公开承认了自己原来的试验报告形成了误导，就不慎使用了不良试剂一事，向同行和传媒以及公众深致歉意。这样一来，原来所有的订单全泡汤不说，原来已经买去的试剂，未使用的退货，已使用但尚未付款的则一律不再划款。就在这天上午，公司电脑里已经出现美国公司传来的律师函，纸质函件也已快递，不日到达，人家不但拒绝付款，还提出了赔偿要求！

薛去疾听了，血压顿时波动，颜面都抽搐起来。薛恳趴到老爸膝盖上痛哭。薛去疾抚摸着儿子头发，努力镇定下来，劝慰他说："创业，原不一定成功，失败了，要面对。如果做试剂无法重整旗鼓，那就宣布破产。天无绝人之路。总还能再找到办法的。"薛恳就说："我们不服！难道我们是故意造假货骗人吗？这两天我们也是那样反复检验，就发现，试剂的问题，只出在一种原料上，我们也已经写了律师函，跟供货商索赔！"薛去疾反复抚摸儿子的头发，把浓酽的父爱，通过手指的运动传递给儿子。

薛恳心里一番挣扎，要不要把那最最坏的消息说出来？如果说出，老爸会不会崩溃？但是，他不能不说，因为时间极其紧迫！薛恳仰起头，咬咬牙说："爸，这单元，原以为有大订单，要扩大生产规模，凑资金，给押出去了，现在，现在……"薛去疾就说："知道，我原来就知道嘛，不是抵押期半年吗？我们还有小半年的时间嘛，公司关掉好了，抵押来的资金，总还有小一半没用出去嘛，一切设备，包括办公用品，全卖掉，再抓紧跟那供货商打官司，赢了也还来钱，我也还有一点积蓄，梅菲那边多少出一点，再设法借到一些，半年后把这房子赎回来，也还是有希望的呀！"薛恳就终于道出那令老爸五雷轰顶的消息："十天前，利欲熏心，以为一笔大款马上要划过来了，就想贷出更多的钱来，于是，董事会上，我的决定，再把这房子，二次抵押，押给金狮典当了！抵押期半个月，利率奇高，现在还差五天，哪里筹措那么多钱去！这房子，丢定了呀！爸，我不孝，不孝啊！"薛去疾两眼发黑，心口发紧，薛恳站起来，找到速效救心丸，往老爸舌下塞下十几粒。

薛去疾缓过神来，盯住薛恳，薛恳第一回从父亲眼神里看到了恨，薛去疾轻轻摆手让儿子走近些，薛恳就又跪到他面前，刚跪下，薛去疾就扇了他一耳光。薛恳挨了这一巴掌，反把心彻底硬下，遂一口气哀求道："爸，你怎么打我我都该受。可是现在我们还是要努最后一把力，把这房子保住！怎么就能保住？如果爸你能在这两天见到那个麻爷，求求他，他一句话，就基本保住了！那金狮典当，是麻爷的嫡系买卖。那银行的贷款经理，也是对麻爷言听计从的人。你求麻爷开恩，我们退还金狮的贷款，只求免去利息！那银行的贷款，求他担个保，延长半年还款期……您不是见过麻爷吗？他对您应该还有印象，应该是个好的印象，对他来说，舍那么些利，积个大德，一念之善，真的不难，爸，您就找到他，破个脸，恳求恳求，说不定就是个峰回路转……"

薛去疾就咆哮："麻爷！社会之癌！我去求他！亏你想得出！你你你……真真是不孝之子！……"

68

内心的挣扎尽管形成阵阵剧痛，现实的利害仍然驱使着薛去疾千方百计去寻找见到麻爷的门径，是"吉人自有天相"，还是"自蹈魑魅陷阱"？薛恳道出二次抵押真相的第二天下午，薛去疾给林倍谦打去电话，寒暄后嗫嚅地道出："……想尽快见到麻爷……不知道仁兄知不知道麻爷最近的……"话没说完，那边林先生就告诉他："今天晚上，麻爷正约我参加 Party 呢！你若愿去，我先问他一声，他若欢迎，我再告诉你就是！"又说，"好呀好呀，我们又可以讨论一番毛世来、芙蓉草他们的《虹霓关》哪个更好啦，哎，这回一定要锁定去踏访那红泥庵石碑的日程啦，你看你看，两年多了，总未落实，今晚 Party 上可要一言为定！"

林倍谦给麻爷打去电话，告诉他晚上 Party 想带个朋友去，其实也是曾见过的云云，麻爷完全想不起来薛去疾这么个人，但与麻爷利害关系勾连最多的某官僚的亲属，正与林倍谦合作一个跨国大项目，麻爷的存在，其实正是那些人的洗钱机、提款机、迷彩服、迷魂阵，麻爷当然要善待林倍谦，"爱屋及乌"，林老板要带什么朋友去，是乌鸦还是麻雀，麻爷都无所谓。

当晚，麻爷派二锋去接薛去疾。其实他们就在一个楼盘里。二锋那闪电健身俱乐部，就连着楼盘的会所。二锋给薛去疾打去电话，口气极其谦卑，说是本应将车子开到薛先生的那个楼门口，但是从那里出院子，因交通规则的缘故，要绕弯子才能前往目的地，所以恳请薛先生先步行到会所，再从俱乐部正门那边出发，去往目的地就顺畅多了，最后连道"对不起"。薛去疾听了笑道："我走几步路，正好锻炼筋骨。没事没事。"就下楼步行到那会所。虽然是自己楼盘的会所，薛去疾很少加以利用。只见二锋已在会所门前迎候，又引领他进去，去往通向闪电健身俱乐部的 VIP 通道，刷卡进入一扇门，里面边是俱乐部一隅，乘电梯往地下，便是停车场，一辆豪车停在最接近电梯口的位置，二锋打开车门躬身请薛去疾后位入座，还把一只手掌挡在车门上面，以防他碰头。车子转出通道口，一下子就是大马路。

薛去疾原以为是要往郊区开，他多次听奇哥儿讲到过那个乡村高尔夫俱乐部的情景，奇哥儿艳遇努努，不就是在那个地方吗？于是忍不住问驾驶座上的二锋："满街传说庞奇他回来了，又说他是回来杀人的，有那么邪乎吗？"二锋谨慎地回答："我没听说啊。"薛去疾就说："依我想，那奇哥儿起码是受我的影响，是信奉人道主义，注重生命尊严，博爱众生，追求公义的。若说他回来是因为恨，我不信；若说是因为爱，我信。过些天，他会来看望我的吧。这几天，我想他是和那冯努努在一起吧。"二锋对薛去疾这些话，不作回应。

薛去疾还偏问："那冯努努，后来怎么样了？你知道一点吗？"二锋想了想，就告诉他："庞大哥走了以后，没多久，我收到一个快递，是递到健身俱乐部的，里头是两副门钥匙，还有张打印的字条，上头写着：'房子退还，装修奉送。'没有落款。但是从信封上能看出来，是冯努努递的。那以后就没她的消息了。"薛去疾叹道："但愿他们有情人终成眷属吧！"这下二锋迅速回应："我也是这么想。"

车子走走停停。堵车严重。薛去疾朝车窗外望去，发现并不是往城外去，倒是往闹市区开。麻爷这回的 Party 地点，究竟是在哪里呢？

69

车子最后开进一条槐荫掩映的小街，停在一个新整修不久的古典式院门前。二锋迎薛去疾下车，也是用手掌护在他头顶上。二锋去按了下门铃，里面门房的保安先从监视器看清外面，认出二锋和那车，这才开门，他们一进去，门马上就关闭了。

薛去疾观察，那是一座最高档次的四合院。进了二道垂花门，是宽敞的内院。院心均匀地种植着四株海棠树，虽然花期早过，但绿叶丰茂，结出了许多海棠果，淡黄中沁出粉红，不比花朵逊色。穿山游廊以及高大正房檐下的彩绘，绚丽多彩。夕照中院景整体显得更加富贵妖媚。正房的门大开着，里面人影晃动，传出民乐演奏声和笑声。从西厢房里迎出来林倍谦，把薛去疾带到了西厢房里，二锋就消失了。

那三间西厢房完全打通，进去发现是自助餐厅的模样。长条餐桌上摆着各种冷热菜肴，以及各色酒水小吃，里面设有若干或靠窗或靠墙的双人中式小座或多人现代派变型卡座，一些红男绿女已经在那里自取自饮，谈笑自若。薛去疾就问："这也是会所？"林先生告诉他："No，no，这是麻爷的私宅，当然，只是之一。"又带头取吃的，薛去疾拿了个盘子，四面望，哪有麻爷的身影？肚子也实在有些饿，也就取东西来吃，林先生往他盘里拿了两只鲜牡蛎，薛去疾不由说："还有这个！"林先生见薛去疾去掀开底下有酒精保温灯的银色球形食盒盖子，要取红烧狮子头，就劝阻说："不忙。那边还有佛跳墙哩。慢慢来，慢慢来。"引他到一角的小桌先坐下，又去倒来香槟，好配食牡蛎。那小桌和两把配椅都是中国古典式的，椅子上有明黄的坐垫，薛去疾坐下后说："皇帝用品啊。不过坐着未必舒服。"林先生说："将就吧。并非古董，不过材料倒真是海南黄花梨的。"

边吃边听林先生指点，才知道每次在这个宅子里搞 Party，都是从下午起，就在这西厢房里设自助餐，一般的客人，也就都在这里吃东西，供应一直从下午茶到晚餐到夜宵，流水席，随来随吃，吃了可以再吃，也可以完全不吃。薛去疾就注意到，那西厢房有门通往厨房，几个工作人员端出食物，往长餐桌上补充。"正房里面是圆桌大餐，麻爷在那里款待主客。麻爷对我很客气的啦，我们要去那里也没问题啦。可是我知道你最反感寒暄揖让，我们也没办法聊私房话啦，所以我们先在这里吃些东西，不要饿着。"薛去疾听了就有些失望，他所来为何？难道是为了吃牡蛎、喝香槟吗？连麻爷的影子都见不着，他怎么保住自己的房产？林先生跟他碰杯，接着告诉他："今天那正房里的主客，我不说也罢。我知道你最不愿意见官，官亲你也没有兴趣去认识啦。我一会儿还是不得不跟他们敷衍一下，你理解的罗。不过麻爷他本人贫寒出身啦，你以为他单喜欢跟那些权贵鬼混？再过两个来小时，属于他的 Party 才正式开始啦，那时候，麻爷会最潇洒，最本色，我们都可以跟他论哥儿们的啦，你接近他，跟他说点悄悄话，不成问题的啦。"听了这话，薛去疾又燃起了希望，胃口也打开了，去取了一小钵佛跳墙享受起来。

二锋出现在西厢房门口，朝林先生弯腰微笑，林先生就跟薛去疾说："麻爷要我出场啦。我要失陪一阵。你慢慢用。那边应酬完了，我来约你一起去参加 Party 的重头戏啦。"说完就随二锋往正房去了。

林先生一走，薛去疾顿感失落，胃口也没有了。环顾那屋里的人，陌生得恐怖。林先生要多长时间才返回呢？这时手机有动静，一看，是薛恳发来的短信，只有八个字："敢于开口，力挽狂澜。"薛去疾就生气，麻爷根本没有见着，跟谁去开口？也无心回复。

薛去疾如坐针毡，度秒如年。百无聊赖，就去取些水果。他离座以后，有服务员来清理了桌面。他取好水果，再返回时，见一个青春靓丽的女孩，侧身坐到了他原来的座位上，没有取任何食物酒水，不知何意。那女孩应该是刚进屋的。薛去疾不便再坐到那桌，就用眼睛打量屋里还有什么适合他坐的地方。这时候忽然有个年轻男子，留着长发长胡须，戴个眼镜，急匆匆进门，显然是找那年轻女子来的，还没到那女孩面前，那女孩就转身把背对着他。只听他们有如下对话：

男的："……当年巩俐头回上戏，也不是女一号……真的表演艺术家，注重的不是戏份多寡，是那角色性格的闪光点……"

女的："反正我就要一号！"

男的："你听我说……"

女的："我再不要听！"

男的："你再不识好歹，那，末一号也没你的份儿！"

女的忽然转身，面对面地告诉那男的："今天可是麻爷亲自约我来的，你可是我带进来的，没有我，这个门你进得来？"

男的："那又怎样？你以为来这里能增进艺术修养？大家玩玩，散散闷罢了。当然啦，这也是生活，这样的见识也是生活积累，早晚用得着的……"

女的："早晚？我现在就要用！你再去跟导演说，一号应该是我，而不是那只瘦猫！"

男的："他决心已定！"

女的："没有不可动摇的决心！"

男的："你不要胡闹！"

女的："我胡闹？"冷笑几声，就用手机拨了电话，然后对那边接听的人说，"我在哪儿？我能在哪儿呢？我跟麻爷已经说了，他不高兴了，他要撤资了！……"

薛去疾再听不下去，见那边有张桌子空了，就端着水果过去……

70

小口吃完水果，林先生还没过来，薛去疾就踱出西厢房，只见院里三三两两站着些交谈的人，有的还举着高脚酒杯。朝正房望去，灯火荧然，人影幢幢，里面一个民乐组合正演奏《喜洋洋》。走到东厢房门口，望进去，是布置成茶寮的模样，一些人士分坐在不同的座位上品茗交谈。薛去疾踱进去，到一个树雕茶几旁的烧瓷绣墩坐下，就有旗袍女递过茶单请他点茶，他问："收费吗？"那旗袍女就知他此前从未来过，不免掩口窃笑，薛去疾感到脸上发热，忙胡乱地点了一种白茶，为挽回面子，说，"两杯。林先生一会儿来，我们一起的。"

茶送来了，不是两个玻璃杯沏的，是一套精致的带茶盘的紫砂茶具，一只中型提篮壶，两只荷叶杯。旗袍女说："洗过两遍。叶片都没灼伤啊。慢品。"薛去疾就过了几分钟，再倒出半杯来品，果然清醇无比，饮后内颊出甜。

林先生怎么还不来？心神不定中，薛去疾环顾茶寮，发现南墙那里有扇门怪怪的，其实也未必怪，是安在那地方怪，那分明是个电梯门啊，难道，是坐下去到停车场的？二锋送自己来，没见有供车辆出入的地下车道呀……

终于，听见林先生的笑声，进东厢房来了，到茶几另一边的绣墩坐下，搓着手说："去疾兄很内行啊，就知道西边吃餐东边品茶，点的这茶极品啊，恰是我的最爱！"

薛去疾不免问："几时能跟麻爷见面啊？"

林先生说："快啦，快啦，这不，正席已经散啦。"就见窗门外有些人说笑着往垂花门外走，见薛去疾眯起眼朝外看，林先生就说，"那都不是 A 咖啦，麻爷自己不送这些个人的。A 咖都是从后门进后门出啦。后门在后院，那后院棒极啦，一般来客是进不去也看不到的，有好几间客房，装备得跟五星酒店差不多啦，不知道今天的 A 咖是不是住那里啦，如果住下，前面这里的某个美女，一会儿就会人间蒸发啦，蒸发到哪里去了？"就眯眯眼睛，打个榧子，"你懂的！"

那时天已全黑，薛去疾心里起急。林先生看出来，就说："别急。要理解麻爷啦。他其实是个内心很寂寞的人啦。他开这样的 Party，他跟我透露过心声，就是图热闹啦。他知道有些人是想利用这个 Party 来寻人脉、谈生意，有些人只是来蹭吃蹭喝，但是也有些你我这样的雅人，所以他也布置准备出这种雅皮的东西，他也喜欢看见一些雅皮士托赖他享受到这些东西，可是，一会儿你就明白啦，就眼界大开啦，这院子里的客人，有的会走掉，像刚才出去的一些 A 咖、B 咖的亲属那样，有的，会留下，跟麻爷一起到地狱里，陪他在最本真的欲望里狂欢啦！"林先生嘴里的 A 咖、B 咖，薛去疾大体能懂，就是正部级、副部级官员的意思，但是他说的什么"地狱"，什么"本真的欲望狂欢"，就简直不知如何去理解了！不过他在心里对自己说：进入这个空间，于他就已经是下地狱了，为了家族的利益，保住住房，我不下地狱，谁下地狱？

71

终于候到那一刻，麻爷用牙签剔着牙出现了，身边簇拥着一些人，屋里喝茶的也都站起来，麻爷含混地跟屋里的人打招呼："都好吧？不想下去的就在上头接着吃喝玩乐吧！西屋一会儿的夜宵有新嚼头，足撮吧！"说着已经走到南墙那里，那里果然是电梯，门大开，麻爷率先进去，其他人才一个一个地进去，二锋在门边掌握进电梯的人数，说了声："关门。"里面就有人按了关门键，门关上，二锋对等候在外的客人微微躬身，道，"对不起，稍候。"

林先生和薛去疾第三拨乘电梯到达底下。出电梯一看，啊唷，好大的地下空间，应该是把正房、东西厢房以及整个院心的底下都挖空了。里面的布置，大体像个高档酒吧，有很大的吧台，有分布在各处的座席，在相当于上面正房的位置，有个稍高于地面的舞台。进去的人们都找座席落座。全是柔软舒适的沙发。林先生带薛去疾选了个长沙发落座。按说这样的大酒吧，灯光应该柔和，甚至设置些遮蔽光，林先生他们那个会所就是这样的，但是这个地下酒吧却灯光通明。薛去疾注意到，麻爷自己独坐在一张正对着那舞台的红丝绒长沙发上。

林先生对薛去疾说："虽然没有窗户，你的呼吸感觉怎么样？比上头院子里还舒服吧？安装的是西方最先进的空气交换机，一般的交换机通风效果好就算好好，这里安装的，附带最先进的空气过滤器，还有随时对室内气流中含氧量测试的设备，一旦标准指标下降，便自动补氧，所以，这个地下娱乐空间，为了人居舒适，可以说是武装到牙齿啦！呵呵，你猜到了，正是我帮麻爷引进的啦，不消说，这边的上层社会需求量很大的啦，我正参与的生意，这是重要的一宗啦，不过，最大单的，当然还是把这边的东西，出口到外面，价格好低廉呀，A咖、B咖他们，本人是两袖清风，家属那就……你懂的啦，回扣好厉害！账面上的公司，法人都是麻爷，一个血统卑贱、来自最底层的土豪，看，他的真性情，就要尽情挥洒罗！"

薛去疾见识过西方的和这边的西式酒吧，一般屋顶上都会有霹雳球，舞台上会有钢琴、电子琴、架子鼓，会有高保真的回环立体声音响，但是这个酒吧似乎都没有，显得有些古怪。

只听麻爷喊了声："老规矩！"立刻就有人起身去吧台取酒，林先生也去端来了两杯，是那种中式的白瓷杯，薛去疾一闻，是白酒，就问："茅台？五粮液？国窖1573？"林先生摇头，跟他碰杯："你尝一口！"他喝了一口，呛住了："好烈！什么度数啊？"林先生就告诉他，麻爷的"老规矩"，是这个地方只备一种酒，就是麻爷家乡那里产的一种烧锅，65度，麻爷自己要喝够，也要求跟他下到这个酒吧的人陪他喝到醉，这里不供应别的白酒，也不供应红酒、啤酒，也不配制鸡尾酒，更拒绝一切洋酒，想喝别的酒的，请到东厢房去找！下酒的东西，只有一样，就是麻爷家乡那里产的一种黑豆，烘焙过，事先都盛在了酒客沙发跟前的茶几上的瓷钵里，原来薛去疾没有注意到，林先生带头抓一些搁嘴里，薛去疾也就试着往嘴里放进几粒，十分酥脆可口，没有盐糖及其他添加剂的味道，保留原香，良心话，倒真是十分难得可口的零食。

原来那麻爷，每隔若干天就在那宅院里举办一次 Party，其最大的快乐，就是到这个地下酒吧，饮家乡烧酒，嚼家乡黑豆，而且，他最喜欢看酒客一个个醉倒在那个空间，醉相百花齐放，无须百家争鸣。麻爷最了不起的一点，就是他会醉，但永远不会烂醉，看到酒客们烂醉如泥，甚至呕吐得一塌糊涂，胡言乱语，疯疯癫癫，以至打斗，他就会以所储留的那几分清醒意识，享受审美般的满足。

薛去疾心里起急，这么个场合，如何接近麻爷，道出自己的请求，以实现自己的愿望呢？苦闷中，不禁就很饮了几口烈酒，嚼了些黑豆。林先生知他心事，就俯耳道："薛垦公司试剂退货的事，我其实也有责任，那线，本是我牵的啦，你放心，一会儿会有机会，我跟你一起去跟麻爷说，他的心，其实很软的啦……"

就只见舞台区灯光增亮，一男一女，也不知从哪里冒出来，乡土打扮，女的不俊，男的不帅，开演了二人转，没有伴奏，全凭本嗓，但是肢体语言极其丰富，手帕功夫了得，那说唱的音量居然非常饱满，头一段好像是《傻子相亲》，插科打诨，十分生动，到第二段，也不知叫个什么，就荤话连篇，表演动作也下作起来，酒客们掌声欢声四起，怪声叫好的大有人在。只见那麻爷倚在沙发背上笑开怀，干掉一杯，再干一杯，他跟前那茶几上，反正排满了酒杯，又见他抓起一把黑豆塞进嘴里，嚼了，喝酒，再抓一把……

薛去疾一会儿忘记所来为何，被麻爷的酒弄得神魂颠倒，一会儿掐自己大腿，提醒自己本负有家族的神圣使命……那林先生也很快半醉，那酒吧里的酒客有的起立乱舞，有的高声乱唱，麻爷并无所谓，那表演二人转的，麻爷起身给他们递酒，他们干了，又接着更夸张地扭着腰身更抖擞地说唱起来，句句情色挑逗，段段装龟学驴……

二人转还在舞台上跳腾，麻爷开始在酒吧里巡游，欣赏着他的酒客的种种醉态丑形……呀，他终于走到了林先生和薛去疾身旁。

机不可失，时不再来！

更可喜的是，麻爷主动坐到他们跟前的茶几上，跟林先生说："老林呀，我知道，我是个土包子，是个土鳖虫，是人渣，是垃圾，没几个人真的打心眼里看得起我，我混成这样，不容易！我清楚着啦，原来，是我为了往上爬，需要他们，后来，是他们需要我，做个挡箭牌，他们其实都看不起我，打心眼里看不起我！"说着把手里那杯酒一口焖掉，抓一把黑豆，没往嘴里放，用手搓，豆粉从他手里漏下，继续说，"那天，席上我说起老家的黑豆，就你一个人认真听，还问我是怎么磨成面糊治腿疮的，他们那些个混蛋王八蛋，没一个听的，全在那儿管自聊他们的鸡巴破事……妈的！"

林先生就立即跟进说："你也看得起我呀！这不，这位薛去疾薛先生，我打电话跟你说，我要带他来，你二话没问，立即邀请了！这可是位人道主义者，最看重草根英雄的！这不，他遇上挠头的事情了……"就给薛去疾使眼色，事到临头，薛去疾却造不出句子来，脸憋得通红，林先生爽性替他说出，"他儿子，不懂事，把他住的那单元房，抵押到金狮典当了，眼看过几天就到期，这薛先生的房子就丢了，麻爷您是否给我个面子，让金狮把那还息期后延，或者干脆免了，反正薛工程师儿子会把贷款原数退回，这薛工望七之年了，难道让他流落街头？"

薛去疾心头充满对林先生侠肝义胆的无比感激，接上去说："就是这，这么个事情，恳求麻爷施恩！"麻爷就盯着薛去疾看，想起来了，问："你是工程师？我见过的啊！"林先生说："可不是，那年你给我接风，也请了他嘛。"薛去疾说："是呀是呀，那回散席，您还拿平时自己用的车送我回家的。"麻爷就说："我全想起来了。那天你薛工满脸傲气，你跟林先生可不一样，你心里是看不上我的。"麻爷这话一出，薛去疾就觉得太阳筋断了，两眼发黑，只听林先生替他辩护："麻爷您误会了，他那天脸上的那些个鄙夷不屑，绝不是针对您的。那天还去了个叫夏家骏的作家，也是我邀去的，那确实是个势利小人，薛工是给那夏家骏甩脸子呢。"

这时二锋拿过一杯酒，换去麻爷手里的空杯，麻爷又仰脖一饮而尽，抹抹嘴唇说："真的吗？你薛工心里还是看得起我的？房子抵押到金狮啦？退贷免息，还不是我一个电话的事儿！怎么，真看得起我？怎么证明？好吧，你姓薛的倘若真的看得起我，那你就要做到一件事！……"

薛去疾在那个晚上，醉醺醺，却也清醒，他做了那件事。

72

从麻爷那处私宅回到闪电健身俱乐部，已经是午夜之后了。那俱乐部里，有他的一个居住单元。二锋感到疲惫，但坚持洗澡后再睡觉的原则，脱光了衣服，到卫生间里，先本能地照镜子，就在这时，他感到镜子里闪了一下，马上转过身，就看见庞奇堵在了卫生间门口。二锋赤条条，庞奇穿着衣服。

"大哥！"二锋说，"我就知道你会找我！"

一瞬间，二锋想起父亲跟他讲过的，那张班长杀大牛的故事，仅仅为那十七块半拉的粗肥皂，张班长就能起杀那老乡大牛的念头，那么，庞奇杀他的理由，充分多了。二锋没有畏惧，只是觉得遗憾。为什么他跟庞大哥的关系会走到了这一天？这个地方，是否跟父亲讲到过的那个芦苇荡一样，会就是他的归宿？他比庞奇个头高，他比庞奇年轻，他营养比庞奇好，如果他和庞奇肉搏，取胜的可能起码有百分之六十。但是他没有斗志。他认命。他垂下眼帘，对庞奇说："庞大哥，你下手吧。"

庞奇退后几步，让他出卫生间，说："穿上！"

二锋就去穿脱在床上的衣服。一提裤子，他就有一点后悔，为什么回来后没有马上把手枪搁进那个带锁的抽屉里？他就说有："庞大哥，你毙了我吧，这个地方的响动外头听不真，没人来管。"

庞奇盯住他，再命令："穿好！"

二锋就把衣服全穿上了。

两个人面对面站着。

庞奇问："现在麻爷在哪儿？说！"

二锋不吭声。

庞奇逼他："说呀！"

二锋就说："你知道我不能说，不会说的。你要还是麻爷保镖，给你压老虎凳、灌辣椒水，你就说啦？你死也不会说。这是职业道德，对不？"

庞奇咬牙切齿："道德？麻爷有什么道德？你还不觉悟，我以前也糊涂过，现在明白了，他勾结贪官，联络各地奸商，损害老百姓利益，都直接伤害到我那家乡，我的父老乡亲们了！你那家乡，指不定哪天也是一样，你家里的人也会遭殃！再不要为虎作伥了！告诉我，他现在在哪儿？他明天计划到哪儿？"

二锋还是不吭声。

庞奇就说："我毙了你！"

二锋说："你开枪吧。不过那里头只有一粒子弹。"

庞奇说："我知道。这粒子弹要射进麻爷脑壳！"

二锋说："其实麻爷对你挺好。去年那事以后，你对象把麻爷赠你们的那单元的两副钥匙快递给我了，我拿去给麻爷，麻爷跟我说，你给存着吧。也许大庞子还回来。我就一直留着呢。那单元也没再给别人，也没卖，就那么一直给你留着。说完那句话以后，他再没跟我说过一句关于你的话。我也没听他跟别的人提起过你。麻爷不是个坏人。他还是讲义气的！"

庞奇说："什么义气！他那心机，全是歪点子！你要把他看穿！他就是个人渣，在他跟前点头哈腰，人的尊严何在？人活一世，尊严为上！"

二锋就说："啊，以前就听你说过。那不是你薛伯灌输给你的吗？那个姓薛的……"

庞奇喝止他："你不愿意叫伯，也要称他为先生！是薛伯给了我启蒙，让我懂得什么是尊严，什么是高尚，什么是博爱……"

二锋跟庞奇杠起来："我就只能叫他姓薛的！他教给你什么叫尊严？笑死我了！刚刚几个钟头以前，他当着我，当着好多人的面，给麻爷下跪，求麻爷开恩！你不信吗？我把手机上的视频拿给你看！"一摸衣服口袋，就知道庞奇把他的手枪、手机都没收了，于是说，"我手机在你那儿，你自己看吧！"

庞奇掏出那手机，打开，找不到，就递给二锋，二锋很快把那段他拍摄的视频放给庞奇看。庞奇知道，有的时候，在某种场合，麻爷是准许贴身保镖拍摄视频的，只要其场景无碍于麻爷本身的利益。

于是庞奇就从那大屏幕手机上，看到了发生在那个地下酒吧里的一幕，分明是那薛去疾，在麻爷面前哀求，麻爷说："真的吗？你薛工心里还是看得起我的？房子抵押到金狮啦？退贷免息，还不是我一个电话的事儿！怎么，真看得起我？怎么证明？好吧，你姓薛的倘若真的看得起我，那你就要做到一件事！就是给我跪下。如今跪官府的多，截首长汽车下跪的也多，就是没人在我前头那么下跪。你跪一个，也让我争争脸，提提气！"那薛去疾愣了愣，居然咕咚跪在了麻爷面前，先作揖，说："你答应我的请求吧！"那麻爷还只顾喝酒，薛去疾就凄厉地喊出，"我给你磕头，磕响头啊！"说完真的磕起头来……

庞奇一把将手机抢过，心在喷血，拼力顿脚，大叫："这不是真的！"

二锋冷冷地说："我有造那个假的能耐吗？我造这么个假干吗呢？"

庞奇浑身颤抖。一跺脚，冲了出去。二锋也不追出去看。

73

薛去疾完全不记得自己是怎么回到家里的。是二锋把浑身酒气的他从车里抱出来，扛上楼，从他衣兜里找出门钥匙，开了门，把他搁到卧室床上的。

薛去疾觉得大脑裂成了两半。座机不断地响铃，然后手机响。他从衣兜里摸出手机，是薛恳打来的："怎么样啊，爸？妥了吗？"他这才恍然大悟，他是去用最宝贵的生命尊严，来挽救了这套有飘窗的单元，而这一切都是由于薛恳公司的深度危机！他哭了起来，凄厉地说："妥了！可是我的灵魂死了！"薛恳就在那边说："爸，赶紧休息，睡个好觉，我明天回去看您，一切都会好起来的呀！"薛去疾听凭手机落到床下，他在哭泣中昏睡过去。

那个漆黑的夜，有人沿着那楼的空调室外机，很快攀爬到了薛去疾那个单元卧室的飘窗外，并且顺利地扒开了窗扇，站到了薛去疾的床前。床头柜上台灯的光，照着薛去疾的脸。

那从飘窗进入薛去疾卧室的，是庞奇。

庞奇望着那张既熟悉又陌生的脸，心中爱恨交织、五味杂陈。他们伯侄曾有过怎样的交往，多少的交谈，有过多少心灵的融通，多少认知的升华啊……但是，现在，一切都轰毁了，一切都勾销了！

庞奇揪着薛去疾脖领，把他摇醒。薛去疾一下子清醒了，睁眼望去，以为是在梦中，指着逼近自己的那张脸，激动地呼唤："奇哥儿！是你吗？我的好侄儿！你到底还是回来了！我就知道，你会来找你薛伯的！"

万没想到，对面那人毫不犹豫地扇了他两耳光，这下薛去疾彻底清醒了，他再细看，那分明是奇哥儿呀！怎么回事？

薛去疾捂着脸坐起来，只见庞奇站在他面前，弯下腰，顿着脚，握紧的拳头使劲挥动，大吼："你为什么要骗我？！"

薛去疾不由得问："怎么回事？我何曾骗过你？"

庞奇就把二锋那手机掏出来，打开那个视频，举起来，让薛去疾看，质问他："这是不是你？你还要不要脸？你不要脸，我还要！"

薛去疾愣住了。心仿佛被人掏走，找不回来了。

庞奇怒问："是不是你？是不是真的？"

薛去疾机械地回答："是我。都是真的。"

庞奇觉得天塌地陷。

两个人就那么对望，石像般。

几秒钟后，庞奇发出一声用整个生命凝聚的怒吼——

"我先杀了你！"

……

100

不知是几多年以后。

那个大都会的地图上，没有了功德南街，也没有红泥寺街或者打卤面街。原来的那个位置上，注明有一个虹霓城市森林公园。

那虹霓森林公园树木蓊翳、花卉艳丽，有一个人工开凿的湖泊，每到夏天，近岸的水域淡红浅紫的睡莲灿烂开放，几对白的和黑的天鹅，浮游在湖中。

在公园里漫步休憩的人们，很少有人知道在那片空间及附近区域，究竟都生存过消失过一些什么生命，那些生命有过什么故事？他们的故事，和呼吸着洁净的空气，在碧蓝天空下自在嬉戏的自己，究竟有什么关系？

只是会不时看见，一群喜鹊，叽叽喳喳飞来，停在高高低低的树枝上，不住地翘尾巴。

2013 年 1 月 23 日开笔

2014 年 1 月 27 日写完于温榆斋

中篇小说

如意

零

编辑部的工间操时间照例无人做操。有人高声讲着一件什么趣闻，爆发出一阵快活的大笑。偏这时候我接到一个电话，在喧嚣中怎么也听不清话筒里的声音。

我朝大伙连嚷带摆手，他们总算减小了笑谈的音量。我才听出来，给我打电话的是老曹——我原来工作过的中学的党支部书记。自打三年前我调来出版社，我们很少联系，主要是因为双方都忙，其实我在学校工作时，和他称得上是难得的相知。

"老曹，什么事啊？"我贴近话筒，大声地问。

他性格不改，无论遇上什么大悲大喜的事，总能不动声色。我听见他慢悠悠却是单刀直入地说："学校里的石义海大爷死了，要开追悼会。想来想去，悼词还得请你写。"

我周围的聒噪声仿佛陡然飘向了远处，只觉得自己的心犹如铅砣般往下一坠，我紧紧地捏住话筒，喉咙那儿突突地跳，不由得变了嗓音地问："哪天死的？"

老曹简洁地报道说："前天。往医院送的半道上就咽气了，是心肌梗塞。收拾他的遗物，你知道他俭朴了一辈子，哪有什么像样的东西。可是从他那口唯一的木箱里，发现了一个严严实实的包裹，包了好几层……"

我迫不及待地问："里头是什么东西？"

老曹告诉了我。我倒吸了一口气，心里就像有千百个琵琶在"大弦嘈嘈如急雨"，不禁喃喃自语："原来是这个！原来……"

我的心强烈地抖动着。石大爷的追悼会定于第二天下午开，我答应当晚便写好悼词，第二天请假送到学校去，并出席追悼会。

当晚，我坐在书桌前，忘记了别的一切，只想着石大爷。

秋夜是这般的静谧，静得仿佛能听出远处树叶飘落的声音。我提起笔来，满腔的哀思仿佛都汇涌到了笔尖，却又一时不知从何写起。

石大爷，您如果有灵，您应当驾着清风，趁着静夜，悄悄地来到我的身边，让我们像往昔一般促膝而坐，相见以诚……

石大爷，我想您，您大概也还在惦念着我吧？石大爷啊……

一

我是 1961 年到学校工作的。那时候我们不少青年教师住校，每天清晨，当我们洗漱既毕，或到操场跑圈，或到树下诵读，或赴办公室备课，总会从薄雾或霞光中，看见一位五十多岁的工友，在用大竹扫帚清扫校园。他个子不高，很宽的肩膀，很厚的身板，但却长着一双很明显的罗圈腿；他总是默默无言地低头徐行，一下一下很匀实地扫着。每当看见他，我脑海中就飘过一个淡淡的念头："啊，石大爷又扫上了……"这念头犹如一根柔弱的游丝，他的身影一从我视网膜中消失，这游丝便也消融在空气之中了。别的住校教师，对他大体上也是这么个态度。

应当为我自己和同伴们剖白的是，这并不是因为我们看不起工友。管传达室的葛大爷比石大爷还老几岁，是个高瘦、嗫腮的老头，据说新中国成立前当过道士，我们就常同他打趣。他知书识字，分发报纸信件汇款单认真负责，还很爱主动同我们谈论时事。石大爷大字不识一个，无法在传达室工作，似乎同我们缺乏一种自然的联系纽带，而他这人又极为沉默寡言，脸上表情很呆板，难怪引不起我们的注意。

直到 1962 年过五一节的时候，我同石大爷才有了一次颇不寻常的个别接触。那天我没去参加晚上的联欢活动，留在学校值班，任务是每一小时沿操场的大墙巡逻一回。石大爷的宿舍是位于操场一角的小平房，因此，不转悠时我就待在他的屋中。

开头，我只是坐在椅子上，管自看自己带去的小说，全然不注意坐在床上捻叶子烟的石大爷是何神态。但是，每当我坐下来看小说，石大爷就默默地往我面前的茶碗里倒茶水，这时，我就多少有点不好意思了。于是，当我第三次巡逻回来，便把小说搁到一边，搜索枯肠地同他闲聊起来。

我想到听校长说过，我们这所校址，几十年前是个贝勒府，当年的贝勒府总不会有这么个操场吧，于是便漫不经心地问："石大爷，当年这操场是贝勒府的什么地方，您知道吗？"

"咋不知道？是花园。"

我脑海中立即浮现出《红楼梦》中的某些景致，不知为什么我想到了后四十回中的"大观园月夜警幽魂"。于是如同大多数青年人一样，在夜晚，面对着老人，忍不住提出了这样的问题："这花园里闹鬼吗？"

"咋不闹鬼？我就见过。"

石大爷说时，面部表情仍旧十分平板，吧嗒吧嗒地不紧不慢地吸着他那半尺长的烟袋锅。

"我不信。世界上哪有鬼呢？"

"咋不信？我亲眼见呢。"

"那一定是您看花眼了。鬼是没有的。"

"咋没有呢？我见着的嘛。"

于是像大多数青年人一样，遇到这种口吻，我便又想听又不想听他说："真的吗？您见着的鬼什么样呢？"

石大爷微微抬起脸，正对着我，他那略呈椭圆形的脸上，依然看不出什么特别的表情，语气平淡地说："那时候，我才你这么个岁数吧。这贝勒府的一多半，已经归了教会的学校。那时候操场没这么大，东半截是一排排的学生宿舍。学生晚上撒尿撒大木桶里头，木桶就搁在排房的尽头。我是管给学生倒尿桶的，有时候起五更就给倒。有一天，兴许也是今儿这么个气候吧，我起得早点，往排房那儿走。刚走拢，冷不丁见个白影儿一闪。我挺奇怪。那影儿像是个女的，穿着月白衫子，套着黑裙子。你知道咱们学校打那会儿到如今都是男校，只收男生不收女生，深更半夜的，咋会跑出来一个女的呢？"

我要表示不信，又为了壮胆，就胡乱解释说："个别胆大的女生也是有的，她准是翻墙进来的。"

石大爷的语调依旧平缓迟慢："不是。我走过去招呼：'甭藏，你出来吧！'她就从墙角出来了。乌黑的头发，雪白的脸，眼角耷拉着，嘴皮子红得像流着血……"

我插嘴说："这哪是鬼呀，这活生生是个人嘛。"

石大爷仿佛没听见我的话，愣愣地继续他的讲述："我跟她脸对脸地站着。我就问她：'你是人是鬼呀？说！'她给我鞠了一个躬，哭着说：'大哥，我是人，我不是鬼呀……'"石大爷说到这里，停顿了一下。我的心仿佛在收缩着，目不转睛地望着他。他吸了口烟，接下去说："……我正疑惑呢，只听她又添上一句：'我的命好苦哇！'说完就转身走了。我看见她光着脚，两脚好像离地一寸多，忽悠忽悠地，拐过屋角就没影儿了……"

我的头发根根都直竖起来，耳里响着自己放大了的心音，背部忽然有一种空虚和不安全的感觉。想到下一次的出屋巡逻，我忽然胆怯了……

费了好几分钟，我才镇定下来，我想自己是青年团员，应当相信唯物主义，不能中迷信思想的毒素，便正色对石大爷说："您当时肯定是产生了幻觉。鬼是没有的，没有。"

但是石大爷非常顽固，他表情依旧毫无改变，继续吧嗒吧嗒地吸着烟，好几分钟以后才分辩说："我咋会看错呢？后来我想着她可怜，估摸着她准有冤情，就偷偷买了一双袜子，半夜里搁在那天遇上她的地方了。天亮时候我去看，袜子没了。那时辰学生们都没起床哩，不是她收走是谁收走了？打那以后她再没现过形，兴许是报了冤仇了吧。"

这回我连背上的汗毛也竖起来了。一时间说不出辩驳的话来。

"你歇歇吧。我替你转悠去。"石大爷站起来，拿起桌上的长筒手电，慢悠悠地走了出去。我把脊背抵住墙壁，努力克制着心中喷涌的恐怖。我又气恼石大爷的迷信和固执，又感谢他对我的体贴与照顾。

但是这一夜过去以后，当天光大亮时，我对他就只剩下了落后而顽固的坏印象。从此以后，我尽量少同石大爷接触。

二

我同石大爷再次建立关系，是 1964 年的秋天。那时候学校里已经时兴安排听忆苦报告、吃忆苦饭、访贫问苦一类的活动。

有天我找老曹去了。那时候他刚调到学校当党支部副书记不久，已经是现在这副又黑又瘦又出老的模样，其实他当时不过刚满 38 岁。

我见了老曹就诉苦说："还给学生们安排什么活动呀？忆苦饭都吃过两回了！……"

老曹沉吟地说："再安排一次访问活动吧……"

我提高嗓门说："近处的几个典型都访问过了，往远处跑，停课更得多，还让不让学生学文化呀？"

老曹把头一偏说："其实咱们学校就有可以访问的对象……"

我急不可耐地问："谁呀？"当我听到"石大爷"三个字的回答时，简直惊住了："他？"

老曹点点头说："我看过他的材料，也到他宿舍跟他谈过。他大约是辛亥革命前后出生的，是个育婴堂里的弃婴，父母想必是当年的城市贫民，养活不起，就把他扔了……他在育婴堂里能活下来，除了罗圈腿，没落下别的残疾，可真是不易呀。他长到十来岁，就被教会学校的神甫要去当了仆人，打小伺候洋鬼子，挨打受骂，干最粗最脏的活……就这么着一直熬到解放。直到1952年这学校被政府接管，外国神甫卷起铺盖滚了蛋，他才算过上了不受剥削、压迫的生活。我看你可以请他给同学们忆忆苦嘛。这样近在眼前的老校工现身说法，也许比外请的人忆苦，对孩子们触动更大。"

我倒不知道石大爷原来有这么典型的血泪史。听了老曹的建议，便去石大爷宿舍找他。进屋时，他正准备下面片儿，要煮面片儿汤吃哩。我把来意说了，担心他会拒绝，最后特别强调："是支部让我来请您的。"

石大爷手里正捏着湿面团，听我说话时忘记了扯面片，任锅里的水沸腾着，脸上却看不出有什么特别的表情。出乎我的意料，他挺爽快地答应了下来："行呀，我就讲讲吧。"

他到班里来讲了。一开头，他讲得挺符合要求，虽说表情比较呆滞，语调里的感情还是很诚挚的："你们是身在福中不知福，哪知道当年那洋人欺压咱的苦处……"同学们聚精会神地望着他，倾听着，我十分满意。

但是，讲了十来分钟以后，就听得出来，石大爷对当年教会学校里的两个外国神甫，在评价和感情上都很不一致："……如今初三（二）班那教室里，地面不是还有块木头板，上着个锁吗？那木头板底下是个台阶，通到地窖子里头去。那时候洋人可享福了，打那欧罗巴国（他就是这么个说法）运来成箱的啤酒，就戳在那里头。他们想喝酒了，就使唤我下去拿。越是大暑天越想灌啤酒不是？我一天不得下去十来趟才怪呢。那德老爷（他指的是'德太白'神甫，'德太白'是这位外国神甫给自己取的汉名），我们下人背地后给他取的外号叫'面包'，他白得像剥了皮的山药，胖得像个冬瓜。要说懒、剥削人，德老爷跟别的洋人一个德行。可他讲点子仁义，使唤我们的时候，说话透着客气：'义海呀，劳驾你再给我取瓶啤酒吧。'我给取来送上去了，他还冲我点个头：'谢谢啦！'遇上他顺心的时候，兴许还剩下小半瓶子啤酒，赏给我喝。那狗娘养的赫老爷（他指的是'赫爱尔'神甫，'赫爱尔'也是汉名），可就不是个玩意儿了，我们下人背地后叫他'胡萝卜'，他那酒糟鼻子真比胡萝卜还红！'胡萝卜'使唤人谱儿可大了。一声吆喝：'给我拿酒去！'咱就得颠颠地赶紧下地窖子。稍微慢点他就兴许扬手打人。有回我从地窖子上来，攥着酒瓶的手直打哆嗦，'胡萝卜'就跟我吹胡子瞪眼：'你他妈的怎么回事？抽的哪门子筋？'这小子北京话练得挺油，可不好对付了。我就说：'这大暑天一身的汗，冷不丁往地窖子里一钻，冷气激得受不住，咋不哆嗦呢。'他嫌我顶撞了他，非罚我到地窖子里蹲一个钟头不成，咱求情也没用，他连推带搡，愣把我推进去，'咔嗒'锁上了木板门。我就穿着个单褂儿，在地窖子里冻得上牙直跟下牙掐架……多亏了人家'面包'仗义，不满一个钟头，就把我放出来了。我听见他一个劲地埋怨'胡萝卜'，说'胡萝卜'，心太狠，不合上帝的旨意；'胡萝卜'跟他吵，他到了还是护着我……"

想想看，当我听见石大爷说出这么一连串大有问题的话语时，心里该多着急。同学们却听得津津有味，还不时地交头接耳。我实在耐不住了，便趁上去给他斟水的机会，似乎是很自然地插进去说："两个神甫本质一样，'面包'比'胡萝卜'更阴险，因为他具有欺骗性……天下乌鸦一般黑嘛！"

唉，糊涂的石大爷啊，他竟偏过头，望着我说："乌鸦也不尽是黑的，我就在这府后头的花园里，见着过灰脖白肚的山老鸹。"

同学们"轰"的全笑了，我气得脸都白了，往他茶杯里倒的开水溢了一桌。我心里暗暗埋怨老曹，千不该万不该出这样的馊主意，看他给荐了个什么样的报告人，竟然对"天下乌鸦一般黑"这样天经地义的话也提出异议，事后我的"消毒"工作多难做……

我怕他再往下说更"出轨"，便引导地说："您除了忆自己的苦，也可以把咱们学校原先是贝勒府时候的事儿说说，让我们知道知道府里奴仆受压迫的惨况……"

他嗽嗽嗓子，想了想便说："贝勒府里缺大德的事多了去！别的甭说，光是到花园子里填井的丫头，我就听说过一巴掌的数儿。活得好好的干嘛往井里跳哇？还不是让贝勒给糟践了。后来花园子拆了，井也填了，可那冤魂儿还不散，我就见着过……"

我一听不妙，真怕他当着这么多个"祖国的花朵"，讲类似给我讲过的那种鬼故事，便立即打岔说："石大爷知道的事可真多。其实您不必限于讲贝勒府的事，也可以把咱们这个地区穷人在旧社会的苦诉诉……"

他一口喝下了半杯茶，接过我的话茬说："人一穷可不就得受欺。咱们这个地方过去受欺侮遭磨难的人可多啦……就好比咱们学校南边，竹叶胡同 14号里的金家姐儿俩，受的苦大呀。要不是她们姐俩互相照应得好，又赶上这新社会，早不知道撂在哪个旮旯里成了鬼啦……"

又是"鬼"！我看再不截住他，是非出辙不可了，便趁他停顿的当口宣布说："石大爷年岁大了，最近身体也不大好，今天就暂时讲到这儿吧。让我们以热烈的掌声，感谢石大爷给我们上了生动的一课！"于是，一阵劈劈啪啪的掌声，便把他欢送走了。

我说"生动的一课"，不过是例行的客套话，可是对于学生们来说，这仿佛的确是生动的一课；一连好多天里，同学们都议论着"面包"和"胡萝卜"，"金家姐儿俩"也引起了浓厚的兴趣。一周以后，班委会的小干部们来找我汇报说："同学们纷纷提出建议，希望把竹叶胡同苦大仇深的金家姐儿俩请来忆苦。"

我正苦于教育活动不易安排，想了想，便同意了。开好介绍信，我就亲自出马去联系。我想这回得把"底"摸准，倘若这金家姐妹也是石大爷那般混沌，那么她们的家史即便苦得赛过黄连，我也不能请她们来讲。

三

我找到居委会，主任不在，于是便贸然跑到 14 号去了。

14 号是个只有六户人家的小杂院。1964 年那阵，北京的住房问题还没发展到爆炸性程度，自盖小房子的风气尚未蔓延开来，所以这个小杂院倒显得挺豁亮，各处都点缀着一些花儿草儿，房子虽旧，收拾得还比较干净利落。

敢情金家姐儿俩都是五十来岁的老太太了。两人分着过，一家住南屋，一家住北屋，都只有一间房。我先找到南屋，屋里坐着个黄壮的汉子，我认出他是附近煤铺里摇煤球的师傅；同他对了几句话，我意识到他是金家小点的那位妇女的丈夫，他说他"屋里的"在服装厂当熨衣工，现在上班去了。我便提出来要找他爱人的姐姐，他愣了愣，便领我朝北屋最偏东的一间小屋走去，在门口叫了声什么（我没听清），见门开了，指指我说："找您的。"便离开了。

开门出来的老太太，看着有五十来岁了，瘦弱的身材，长方形的一张小脸，白里透黄的皮肤非但不显得粗糙，反而颇为细腻，但额头、眼角、嘴角都有了极细琐的皱纹。她花白的头发在脑后结成了一个元宝髻，淡得看不大出来的两弯眉毛下，一双挺大的眼睛先是惊疑地大睁着，随即又流露出一种饱经沧桑的倦怠神情。把我让进屋去以后，她上下打量着我，懒懒地问："您是办事处的？"

我告诉她自己是什么人，为什么而来。她戒备地望着我，仿佛有点惶惑无措。

为了摆脱这尴尬的局面，我尽量先用热情的语调说点闲话："您爱人上班去啦？"

她眉尖一抖，生硬地说："他？他不是早就死了吗？"

我这才注意到，这间屋里只有一张单人床，而且比刚才我去过的那间南屋要凌乱得多。样样家具都是些陈旧的劣货——不，只有一样或许是个例外，那是靠在床头的一张紫檀木高脚茶几，这茶几上摆放的两样东西，也比屋中其他任何器物都更干净爽目：一件是一个颇为讲究的打火机，另一件是一只颇为古雅的细瓷盖碗。

我又搭讪说："您妹夫在煤厂工作吧？"

她略微一愣，点点头说："您是说秋芸她当家的？对。秋芸在服装厂做事。我在家糊纸盒子挣点钱。"说着她指指屋角，我注意到那里堆着一堆糊好和待糊的纸盒、纸片。

正当我想把话引到忆苦这个正题上去的时候，居委会主任突然找上门来了，说是刚才接到电话，学校打来的，让我马上回去，有急事。我只好告辞，走到胡同里，才知道这是主任大妈用的计。她激动地对我说："你们找这个人去忆苦可不合适。你知道她是谁吗？她就是你们校址原先那个贝勒府里的千金小姐，当年管她这样的小姐叫郡君，又叫多罗格格。清朝倒台以后，贝勒府的多一半卖给了外国教会，办起了学校；贝勒府的主子们窝在偏院里，过了一段昏天黑地的日子，坐吃山空。"七七"事变以前，贝勒把最后的一个偏院也卖给了教会学校，整个败落了。格格跟她哥哥分了家，搬进羊角灯胡同的一个四合院住，那是她最后的产业，她就靠吃房租过日子；可是临解放的时候，她的男人——男人是打小包办的，旧社会整天在外头吃喝嫖赌——背着她把房子卖掉，一个人卷款溜了，她才搬到这儿，直到新中国成立后的头二年，全靠变卖残存的字画古玩瓷器墨砚过日子。后来才算揽了点活儿在家里干，剥云母片呀，折书页子呀，糊纸盒子呀，算是自食其力了。"

我大吃一惊，心里不住地怨恨石大爷，他怎么把个贵族小姐，当成贫苦市民来介绍呀？同时禁不住问："秋芸是她妹妹吗？"

主任大妈说："什么妹妹，是她的丫头。这秋芸阶级觉悟总提不高，跟格格感情特别好，划不清界限。格格名叫金绮纹，多少年来，总放不下她那多罗格格的臭架子，虽说后来穷得一个搪瓷盆儿又洗脸又和面，还是戒不了她那两样嗜好：抽好烟、喝好茶。秋芸新中国成立前陪着她守活寡，新中国成立后也一直照顾着她，到1956年秋芸跟煤铺王师傅结了婚，他们两口子也还是待金绮纹不错，依旧看不出个界限……这样的人，你们怎么想起来请去给学生们忆苦呢？"

我哑口无言，同时感到无比震惊。我万没有想到，就在我所熟悉的这些胡同街道里，还生活着这样的人物，他们是我在报纸上、小说里、报告中从未看见、听见过的，他们住的离我这么近，却又显得如此陌生……

瞧，扯远了，我们还是来说石大爷吧。可要说清楚石大爷，又不得不说到另外一些人。于是我想起了那我们宁愿忘掉而又不能忘掉的10年里的事……

四

我尤其不能忘掉1966年炎夏，政治龙卷风终于扫过我们那所小小中学的情景。

记得那天早上洗脸的时候，同宿舍的帅老师还跟我互相撩水逗乐。帅老师名叫帅谈，但是同事们都管他叫"蒜薹"。我们头两天下午都听到了关于"第一张马列主义大字报"的广播。震惊、疑惑、好奇，然而并未感到同我们自身有什么关联。当我们走出宿舍，往教学楼走去时，看见了我们学校的第一份大字报。那份大字报背面的糨糊还湿漉漉的，顺纸边冒热气儿，题目叫作《党支部休想蒙混过关！》。许多教师和同学围着看，个个表情都非常紧张、复杂，但古怪的是并无喧哗、争议之声。上课铃响了，头一堂课前半截还比较正常，后半截就不行了，先是从操场上传来了阵阵喊叫声，接着就有首批造反学生冲进每个教室，号召大家到操场去集会。我当时完全被搞懵了。冲进来的造反学生脸上肌肉跳动着，一腔热血似乎已经超出沸点之上，他非常真诚地发出呼吁，眼里甚至闪着晶莹的泪光。他当时喊出的话语我已经记不清了，大意是党内出了修正主义，你们怎能还温良恭俭让地坐在平静的教室里，而不冲出去"横扫一切牛鬼蛇神"？两分钟以后，我班的教室里就只剩下几个胆小的学生和我自己。而目瞪口呆的我，没过几分钟，也身不由己地走到了操场。操场上一片混乱，一群最激进的造反学生围住刚担任正书记不久的老曹，要他承认自己紧跟"黑市委""黑区委"，搞了修正主义。他似乎并没怎么开口，另有几个高中学生和青年教师在那里挺身而出为之辩护，其中就有"蒜薹"，他的高挑身材非常显眼，喷着唾沫星子，确乎是慷慨激昂。

到中午，我校第一份大字报周围，就出现了互相冲突的两种大字报，一种支持，另一种反击；"蒜薹"在宿舍疾书了一份保卫党支部的反击性大字报，让我签名，我犹豫了一下说："让我想想看吧……"他瞪了我一眼，噔噔噔跑出去张贴了。

傍晚时分，广播室用高音喇叭告知全校，团中央已派来了工作组，党支部靠边站了，工作组组长表态，支持革命学生们积极投入运动……"蒜薹"又立即在宿舍写上了大字报，不过这回他皱着眉头，写得很慢，但一写完就跑出去张贴，用新的大字报盖住了中午贴出的那一张，题目是《热烈欢迎工作组！》。劈头一句便是："党支部对我们的蒙骗是不可能长久的……"晚上他久久都没有回宿舍来，他跑到灯火通明的高三教室里，找造反学生们谈心，"向小将们学习"去了。

以后的两三天里，像我这样缺乏运动经验的庸人，简直不知道该怎么办。学校里的大字报越来越多，最后连操场厕所的墙上也贴得不剩空隙。大字报涉及的人和事也越来越广泛。终于，一份长达 17 张的专门为我写的大字报出现了，总标题呼吁着"揭开"我的"画皮"，小标题也很尖锐，诸如"宣扬封资修黑货""教唆学生走白专道路""恶毒攻击京剧改革"……我平生头一回看见针对自己的大字报，那滋味难以形容，只觉得我整个完蛋了，活在这个世界上是太难、太冤，也太没意思了。令我惊异的是其中有的"黑话"，似乎除了"蒜薹"别人不可能知道——那是我俩熄灯后躺在被窝里聊天时，随口说出来的……这天晚上我回到宿舍，"蒜薹"阴沉着个脸，不再同我说话，也不再同我的目光接触，我知道，他已经在同我划清界限了。失眠一夜以后，早晨起来，我发现脸盆架上的肥皂盒空了，原来我们一贯是合用一只我的肥皂盒，香皂轮流买，那个月的"绿宝香皂"是他买的，他取走了。这打击，比他将我聊天中的"黑话"提供给"小将"们更大，我禁不住身子一软，坐到床上发呆，几乎流出眼泪——人啊人啊，你为什么几天之间，就能有这般大的变化？……

尔后的变化更加令人目不暇接，更加莫名其妙——一会儿"工作组"宣布造反的学生是"右派""游鱼"；一会儿造反的学生又欢呼"中央文革"战胜了"工作组路线"；一会儿工作组组长和老曹一齐被揪斗；一会儿造反派之间又互相开除、攻讦；最后"蒜薹"搬出了我们合住的宿舍，到造反学生其中一派的"勤务组"安了家，当上了"小将"的秘书，在他每日摇动笔杆的桌子上方，挂上了大幅的江青画像……

跟着出现的事态越来越带血腥味，"红八月"到了，到处在破"四旧"，搞"横扫"。有一天下午，造反的"小将"们拖来个资本家，在操场上一边打一边斗，两个钟头以后把他打死了。快打死时天上已经开始打雷，打死后便下起雨来。"小将"们一哄而散，操场上阒无人影。我坐在宿舍里，心里像堵着块铅。我脑中没有思想，只是充满了生理上的恶感。一意识到我那窗外几十米的地方有具尸体，被越来越紧最后成倾盆之势的大雨淋着，我就想呕吐。

第二天清晨，我勉强洗漱了一下，到教学楼去参加"天天读"，忽然，一个镜头映进我的眼帘，令我顿生异样而复杂的感触。我看见什么了呢？在教学楼侧面，毫无表情的石大爷，挽起裤子，裸露着罗圈腿，正站在潴留的大片积水中，固执地掏着被堵塞的下水道泄水孔。那是一个完整的画面。背景上的几株槐树被雨水冲刷得格外清爽，叶片在晴阳下闪着滋润的光泽，叶尖上时不时滚落下亮晶晶的水珠，在倒映着碧蓝天空的积水中，激起柔美的涟漪；槐树下的几棵蜀葵，不知为什么并未被破"四旧"的勇士们拔去，生长得粗壮、恣意、烂漫，开着一串由大而小的粉得浑厚的花朵……这一角的景色中没有语录，没有大字报，显得纯洁而清幽；在这种背景前活动的石大爷，仿佛并没有经历和目睹过这些天的狂乱，显得单纯而朴拙。我很惊异于他对掏通那被落叶残花堵塞住的泄水孔的韧性，因为当时的我，恐怕还不止我，甚至很大的一部分人，都已经觉得眼前的生活失去了色泽、乐趣、希望……既然连珍贵的文物古迹都可以"格砸勿论"，又何必非掏通这泄水孔，让积水流泻干净呢？一个变成以一切秩序与纪律为敌的学校，还需要什么清扫与整洁呢？

当我拖着脚步登楼时，我不禁为石大爷灵魂的麻木不仁与颠顶混沌而叹息。

这天的"天天读"，一开始气氛就很不平常。主持教研组"天天读"的"蒜薹"，一遍又一遍地高声领读着"在拿枪的敌人被消灭以后，不拿枪的敌人依然存在……"当大家紧张得连声音都打战时，他便陡地宣布："今天凌晨，我校发生了一起现行反革命案件——火葬场来收尸时，发现那死有余辜的混蛋王八蛋资本家的狗尸上，竟然盖着一块塑料布！这不仅是对牛鬼蛇神的露骨支持，也是对革命小将的猖狂反抗！我们必须把盖塑料布的现行反革命揪出来！从现在起，大家人人都要提供线索，检举揭发！如果这反革命就在屋中，希望他想一想顽抗到底的后果！……"他一边说着，一边用他那颇为俊俏的面庞上那双相当秀气的眼睛，恶狠狠地挨个儿瞪视我们在座的人。我感到他瞪视到我时，似乎滞留的时间格外的长……

"天天读"完毕得下楼去看大字报，刚出楼门，便看见人们围成一圈，在紧张地看着什么，原来是已经把那"现行反革命"使用过的塑料布，挂到了绳子上，示众兼征求检举。我走拢过去一看，脑子里就仿佛"嗡"的一声，两腿禁不住一抖——我绝对没有看错，而且也只有我一个教师能够认出来：那块塑料布是石大爷平时用来盖床铺的，边上有两个被烟灰烧出的"吕"字形窟窿！

我费了整个灵魂的力量，才掩饰住了自己的心情。当我终于又能回到宿舍中，敞开心灵同自己交谈时，我不禁絮絮不绝地问着：石大爷为什么要这么做？石大爷现在会怎么想？倘若查出是他，他会遭到什么命运？当厄运向他袭来时他将如何对付？我应当怎样理解石大爷这个人？给死尸盖塑料布与若无其事地掏泄水孔，这两件事怎么会统一到石大爷这同一个人身上？……

下午造反组织开始检查每一位教职工的宿舍，由"蒜薹"带着，重点检查原来床上盖有塑料布的人是否仍有那块塑料布。我一直为石大爷揪着心，可又不敢朝他宿舍那边张望。

傍晚，校园里的高音喇叭哇啦哇啦叫嚷着："一定要揪出为反动资本家张目的现行反革命分子……"我隔窗望去，啊，甬路上又晃动着石大爷用大竹扫帚清扫路面的身影，我心里坠着的铅块，这才倏地落了地。我意识到，"蒜薹"他们很可能唯独没有去检查石大爷的小屋，因为在"蒜薹"的心目中，似乎根本不存在石大爷这么个人，他那顶上瓦松长得老高的小屋，也算不上什么宿舍……

我隔窗久久地偷觑石大爷。奇怪，他依旧是仿佛石雕般没有表情的一张面孔。

五

那时候的"现行反革命事件"未免太多，所以势必难以一一破案。"盖尸事件"闹腾了一阵，也就不了了之。这事凉下去以后，我对石大爷的态度，由为他担心渐渐变为了嫌他糊涂。一个资本家，剥削者，死了就死了，你石大爷属"红五类"，干吗要冒险办这样的事？这算是什么性质的阶级感情呢？

当我几乎已经断定石大爷是个毫无政治头脑和阶级觉悟的糊涂人时，有件事却又改变了我的看法。

那是在两大派造反组织联合批斗"走资派"老曹的大会上。会前我已知道，"蒜薹"专门找石大爷做了动员工作。1966 年上半年，教育局要求学校安排一批 55 岁的男教职工和 50 岁的女教职工提前退休，以便在不增加编制的情况下补充新人。石大爷当时已够 55 岁，但在他的退休问题上，学校领导之间有所争执：一种意见是一定要安排他退休，好使学校能多补充一名新职工；老曹却不同意让他退休，认为石大爷孤身一人，以校为家，即便宣布他退休，他也不会停止几十年如一日的清扫工作，而一旦宣布退休，他每月却要减少 40% 的收入，他工资本来就低，这样一来生活就更困难了……最后双方达成折中意见：给石大爷办理退休手续，但向教育局申请保留他的原薪。经过老曹一番奔走交涉，这个方案落实了。现在，"蒜薹"他们找到石大爷，说老曹的这一手叫作对工人阶级实行"经济主义的腐蚀"，为的是"收买人心，麻痹斗志，以利疯狂地推行修正主义教育路线"。据说，"蒜薹"他们在动员石大爷到批斗老曹的会上发言时，石大爷照例面无表情，一声不吭。"蒜薹"他们一再给石大爷交代政策："至于你每月拿钱，该拿多少还拿多少，不是说你这么一控诉，下月就按 60% 发你了。咱们为的不是钱多钱少，为的是批走资派嘛。"这样好说歹说，到最后，石大爷点点头道："好，我说两句。"

这次的批斗会规模搞得比较大，因为"批判修正主义教育路线人人有责"，把附近街道上的居民也叫来了；操场上黑压压地坐满了人，台两侧雁翅排列着"走资派"的"黑干将"，一律挂着黑牌、弯着腰陪斗；老曹被押到了台当中，脖子上挂着个举重杠铃上最重的铁饼……在"蒜薹"他们组织的发言中，石大爷自然并不是"重炮"，但他们安排石大爷上台"控诉"，也自有他们的深意，就是要让台下的"革命群众"们意识到：连石义海这号角色都站出来控诉了，你们对曹某人应当定性为走资派，还有什么疑问呢？

当"蒜薹"用尖嗓门宣布完"现在由石义海同志控诉"！我在台下人丛中，目睹石大爷似乎是没心没肺地迈着罗圈腿登台时，不知为什么，心里就像有个锉子在锉似的，说不出的难过。

石大爷走到扩音器前，他的面部仍然看不出有什么明显的表情，只听他用家常谈心般的口气说："共产党从来没亏待过我呀。"这句话一出来，使台上台下的人都有点意外，特别是他说完这句话以后，把头转向了几乎被大铁饼坠得昏倒的老曹，台下的群众就更为之一震了。接着出现了轰动全场的镜头，石大爷不紧不慢地走过去，在众目睽视中取下了坠在老曹脖子上的铁饼，然后转过身去，仍用家常谈心般的口气对"蒜薹"他们说："共产党哪点亏待你们啦？犯得着上这么重的刑罚？"说完弯腰把铁饼往台上轻轻一放，便大摇大摆地走下了台。

台下先是静得连咳嗽的声音也没有，尔后就"嗡嗡嗡"地骚动起来。台上几个主持批斗会的造反派头头气急败坏而又意见不一，一定是有的主张立即把石大爷揪上去陪斗，有的又觉得这样做对自己未必有利……到底"蒜薹"脑瓜灵活，他冲到扩音器前头，紧攥着喇叭筒说："石义海的这种表现，我们要进行……研究！这说明保皇派对他的腐蚀很深！我们也希望石义海本人悬崖勒马，如果坚持这种反动立场，一切后果由他负责！勿谓言之不预也！"但他说到最后一句时，石大爷已经回到操场一角自己的小屋，并且关上了门。

"蒜薹"正要宣布下一个发言，忽然，台下一角传出一声音量不大但音调很凄厉的呻吟，接着就有人站起来，扶着另一个人往会场外走。原来是一位老太太被眼前发生的事吓晕了，当然，也许还因为受不住烈日那么久地当头曝晒……我在匆匆的一瞥中看出来，那被扶着往外走的老太太不是别人，正是与我有一面之缘的金绮纹，那扶住她的敢是秋芸？因为跟在后面的汉子，分明是煤铺的王师傅……

关于这个批斗会，我不想再说什么了；石大爷很幸运，"蒜薹"他们后来顾不上去报复他，学校里的局势更频繁地戏剧性地变化着，一会儿这派夺权，一会儿那派反夺权，一会儿掌了权的又一分为二；而"工宣队"一进校，几派又都没有了权，但第二批"工宣队"又否定了第一批"工宣队"的"大方向"。不知怎么搞的，"蒜薹"也成了被带上台批斗的角色，罪名是参加了什么"五·一六反革命阴谋集团"。望着他痛苦地被撅着"坐飞机"的姿态，又使我生出了不多不少的怜悯情绪……

戏剧性变化的高潮，是有一天"工宣队"开宽严大会。"蒜薹"因为坦白交代好，"既往不咎"从宽了；而根据他的揭发和"专案组"核实，抗拒者要立即从严，我正像猜谜语般琢磨着该从严的究竟是谁时，忽听得一声大吼，却是把我揪上台去的命令。原来，哈哈，我竟是"隐藏得很深的五·一六骨干分子"！

在这种情况下，我哪还有心思研究石大爷其人，除非我也效尤"蒜薹"，去揭发石大爷竟是"五·一六"的核心人物！

六

据说是"庙小神灵大，池浅王八多"，"清队"阶段，我们这所小小的中学，被"群众专政"的教职工竟有21人，占全数的19.3%强；除了写检查、挨批斗，便是进行劳动改造。最重的活就是刨树根。学校附近的竹叶胡同里，不知为什么锯掉了5棵洋槐，于是我同另外9个"牛鬼蛇神"，便被指派去刨那深纠在地里的树根，而同我编到一组、被勒令刨出胡同尽头一个最硕大的树根的，是前面提到过的传达室的葛大爷。

头天去刨时，我和葛大爷只是埋头干活，没怎么交谈。我们不交谈，并非有人监视我们，而是彼此都不大摸对方的"底"。葛大爷之所以被揪出来，罪名是"反动会道门骨干"，正如他不知我是否真的参与了神秘离奇的"五·一六"组织一样，我也不知他这位当年的"火居道士"是否真的恶贯满盈。但我们毕竟都是人，是一种社会动物，因此哪怕只有两个人在一起，也不可能永久地视而不见，以孤独和沉默为满足。第二天继续去刨树根，在打歇的时间里，我们终于忍不住谈起话来。

我坦率地对葛大爷说："说我是'五·一六'分子，天大的笑话！他们亮出来的最大的'罪证'，就是我曾经给肖华写过一封信。现在说肖华是'五·一六'的后台，所以我就成了'五·一六'骨干。其实我那封信从头到尾都是同他探讨《长征组歌》的用韵和节奏问题。"

葛大爷只穿着背心，瘦骨伶仃地蹲在我面前，布满老斑、皱巴巴的皮肤被汗水浸泡着，细长胳膊上的动脉，像发蓝的死蚯蚓鼓起老高。他见我没同他见外，便也诚挚地说："我打小在道观里当道士，后来道观房产荡尽了，天师也蹬腿去了，我就带着四个师弟，逢上白事跑去给阔主儿打醮、送殡，骗点钱吃饭。要说宣扬迷信、奉承阔主儿这号事，我是干过的，有罪该罚；可说我仇恨新社会，罪该万死，就想不通了。"

我俩对望着，我俩都觉得无须再"内查外调"，各自从对方的眼睛里看出了真诚。这交接的目光，缔造了相互的同情与信任。于是，当我俩挥镐再刨树根时，就有了更多的相互照顾与配合。

那是个多么炎热的夏季啊！我们的热汗如同水过纱布般地从皮肤里不停地沁出来，衬衣上的汗碱渍了一层又添一层。但是学校并不给我们供水，渴了，只好到附近院里找个自来水龙头灌一气凉水。这对我来说简直如饮甘霖，可是像葛大爷及别的几位患有胃病的"牛鬼蛇神"，他们的日子可就难过了！特别是葛大爷，他的胃溃疡极为严重，不喝水，胃里像揣着热炭；灌自来水吧，胃里又像掉进了冰碴。看着他紧暖腮帮、抿着干裂的嘴唇，尖突的喉结痛苦地一上一下搐动着、忍耐住干渴的模样，我的心就像被热沙子烫了般难过……

第二天下午，正是热浪最狂的时候，忽然，我看见石大爷推着个手推车，车里露出一只铁镐的镐头，脸上表情沉重地越来越近。我招呼葛大爷说："看，他也给揪出来了！"葛大爷痛苦地点着头说："我就知道他也躲不过。他平时轻易不说话，可猛孤丁一说，兴许就能当上个'现行'……"

石大爷的手推车在我们的树坑前停住了。这时我才看出来，那车里还搁着一只水桶，上头盖着块湿布；他掀开湿布，一股绿豆汤的热气扑进了我们的鼻腔。我和葛大爷正发愣呢，他已经用搪瓷缸舀出了一缸子绿豆汤，先递给葛大爷，仍像素常一样平淡地说："喝吧，不够再来。"

我看见，当葛大爷仰脖喝着、顺嘴角淌着温热的绿豆汤时，他的眼睛潮湿了……

很快我们就弄明白，石大爷并没有被"揪出来"，也并没有人命令他给我们送水，是他用自己的绿豆，在自己的火上为我们熬的汤。我惊讶地注意到，对一个确实犯有"恶攻"罪行、连我同葛大爷都不能谅解的"现行反革命分子"，石大爷也一视同仁地递送着绿豆汤。一缸子不够，那人似乎不敢再讨第二缸，畏缩着，舔着嘴唇，石大爷便毫不犹豫又舀出一缸子，递给了他……

更令人惊讶的是，供应完了绿豆汤，石大爷又操起镐来，轮流帮我们刨树根。当他来到我们这里，挥手让葛大爷到墙根歇歇，同我一起向那顽固的树根下镐时，我不禁问他："石大爷，您这么样……不会惹出事来吗？"

他停下抡镐，望定我说："没事儿。你们老的老，病的病，要么就是读书人。帮你们一把也应该。"

我心里很感激，可又总觉得这事还得"一分为二"，我朝那边的"现行反革命分子"努努嘴说："他可真的恶毒攻击了伟大领袖，您可别去帮他……"

谁知石大爷干脆地说："他有罪，该让他受罚，可也得善待他。越把他当人，兴许他改得越快。"

我心里一震。

第三天上午天阴，石大爷没来送水。歇工时，我同葛大爷不由得议论上了他。我说石大爷这人真怪，葛大爷赞同地点着头。他四面望望，压低嗓门，深陷的腮肉一抖一抖，用嘶哑的声音说："老石这人是有点费琢磨，有档子事我一直闷在心里头，不敢往外掏。好在你也信得过他是好人，不会去揭发卖好，我就跟你说说。你知道大破'四旧'那阵，红卫兵还把我当'工人阶级'看待，所以他们在这左近抄了家，就把东西扔进传达室隔壁的空房里，让我晚上帮他们看管。当然他们给屋门上了老大的铁锁，钥匙他们攥着。记得是个下着雨的半夜里，我听见有人用手轻轻敲传达室的门。开门一看，是老石！我问他：'咋啦？你深更半夜的这是干什么呀？'他说：'老葛，白天他们是抄竹叶胡同了吗？'我说：'可不。这回抄来的东西，比哪回都多，屋子都快堆满啦。'我一边这么说，一边瞅着他，心里直纳闷。老石无亲无故，竹叶胡同跟他有什么瓜葛呢？他问这个干什么呀？从他脸上也看不出他心里在想什么。他闭着嘴木了那么几分钟，忽然，单刀直入地提出来：'你把这中间的门弄开，让我进去看看。'我一听吓傻了。传达室跟隔壁的仓库之间，确实有一扇门，可多年那门都用木条钉着，封上了。我哆哆嗦嗦地对他说：'你自己活腻了，还想连累别人呀！'他见我这样，也就不再说服我，自己走上前去，拿出早已准备好的钳子，几下把钉门的木条拆掉，推开门就进了仓库。我赶紧跟了进去，心里就像有几百条蚰蜒在爬，不知怎么办好。老石进去以后先看家具，我留神地盯着他，见他瞅到一样家具时，眼睛'刷'地亮了，他上前用大手摸着，自言自语地说：'果真也给抄了！'那家具是一件硬木雕的茶几，其实我看着也挺平常，因为抄来的好家具海了去啦。后来，他就仔细地到古玩堆去掏腾，看一件撇一件，撇一件再看一件……最后他满头是黄豆大的汗珠，眼里那个神情儿好怪，倒好像有几分高兴似的。他什么也没拿，就出了仓库，又把那门按原样用木条钉好。只听他跟我道了声谢，眨眼就没影儿了。我被他闹得再没敢睡，第二天见了人心里就打小鼓。可是后来红卫兵没发觉这事，我只能说老石这人命大，该着不挨揪……"

听完葛大爷的讲述，我顿觉石大爷身上的神秘气息更浓。这是怎样的一个人呢？大概靠领袖的语录、靠查档案、靠"阶级分析"、靠内查外调、靠"坦白从宽，抗拒从严"的政策、靠逼供……你都不能了解到他的内心。原来我曾以为石大爷是一个最简单最落后最不屑人们一顾的、最无味乃至最无价值的角色，然而在这混乱疯狂、离奇反常的世态中，他却独能保持自我，不为汹涌恣肆的狂潮左右……

历时三天近三十小时的艰辛劳动，我们终于把那章鱼般的树根刨出来了。当我们推着手推车，把刨出的树根运回学校时，由于劳累过度，我推的那辆车在胡同中间歪倒了，车里的泥土与根屑撒了一地。葛大爷忙帮我把车搬正，弯下腰去，用手把泥土和根屑往车里捧。我对他说："这是何苦，反正这胡同有人扫。"葛大爷继续清理着泥土与根屑，鬓边闪着汗光，叹着气说："这胡同罚扫街的是当年的格格，如今五十好几了，一身都是病，咱们还是替她省把子力气吧！"

我脑中浮现出金绮纹的形象来，不过并未产生同情的共鸣，仍旧说："咳，她每天扫这么长一条胡同，不也扫下来了吗？"葛大爷站起来，筋络暴突的手扶到车帮上，喘着气，悄悄地对我说："我听到个说法，每天后半夜，有人帮着她扫，只留下这三十来步的一段，天蒙蒙亮的时候她来划拉划拉，要不，她早吐血玩完了！"

我吃了一惊。恰好这时，迎面来了个平板三轮车，是满脸煤末的王师傅在运蜂窝煤。我想到秋芸和王师傅对金绮纹的愚忠，心里顿时明白了几分，便没再说什么，推起手推车朝学校而去。

七

又是一个炎热的溽暑。这一天校园显得出奇的整洁美丽。乍看外表，似乎校园这只轮船，已载着它上面的生存者，由惊涛骇浪中驶入了静谧的港湾。

朝阳把校门口的语录牌坊照得红处格外鲜艳，金字格外耀眼。牌坊下是两溜摆成半圆形的盆花，天冬草拖下长长的绿枝，一串红挺着小铃般的花蕾；牌坊两侧甚至摆上了两株栽在桶里的棕榈树。不必惊讶，只要朝通往教学楼的甬路前行，看看路侧竖立的彩绘黑板，便会明白这是为什么了。那黑板上用水粉颜料画着一束盛开的玫瑰，横过玫瑰的是中、英两种文字的口号："热烈欢迎 × 国外宾访问我校！"

这已是 1973 年。"工宣队"的队长已几易其人，不过始终兼着校党支部书记的职务；老曹终于被"解放"出来，当着党支部副书记。随着 1972 年中美关系的解冻，外国人又开始来我们国家访问，并且从六年前随时可能被红卫兵揪住辱骂的处境，变为了具有每到一处，便能使该处事前改颜换貌的法力。

早上七点半左右，有三个人在布置得颇为堂皇富丽的"接待室"里争论了起来。这三个人是谁呢？

一位是老曹。他穿着家常服装，敞开的衣领里露出黝黑而结实的脖颈，浓眉微微朝下撇着，显见心情不怎么舒畅。他是不赞成为迎接这么一位外宾来访而大造其假的——特意从区里运来了沙发、茶几，地毯、抽纱窗帘一类的"道具"，布置出这么间"接待室"；还特意从附近公园借来了棕榈、天冬草、一串红这些"政治用花"；接待外宾听课的课堂特意喷过浆，补齐了打破的玻璃，把木头黑板换成了玻璃黑板，又集中了全校最好的桌椅；甚至连学生也是从各年级里经过"政审""貌审""口试"三环挑选出来的，女学生还规定她们一定要穿花裙子。这很使那些被选中参加"外事活动"的学生家长们为难，因为家中原有的花裙子早已由于"破四旧"改作他用了，还得买布现做……总之，老曹想到这一切便有种反胃的感觉。可是当时学校真正当家的是"工宣队"的樊队长，他将在八点左右穿着"接待服"到校，在由我们布置安排妥帖的"布景"中出面接待尊贵的外宾。他是一切实际事务工作概不沾手的，但倘若接待中出了纰漏，责任却需要我们——首先是老曹——来负。

站在老曹对面的是"蒜薹"，他穿着簇新的"接待服"：深灰的"三合一"

混纺上衣、裤线挺括的黑色弹力"的确良"长裤、光可鉴人的三接头黑皮鞋。自从他被"工宣队""从宽"以后，经过他一而再、再而三地深入"工宣队"队部接受"再教育"，早已达到了能同樊队长他们围桌通宵打扑克的融洽境界。他被樊队长指定为"接待小组"的成员，上面讲到的种种安排布置，都是他奔走努力的结果。现在他心情愉快而意犹未尽，为"防止到时候出现漏洞"，他忽然想到，应当告诉石大爷，外宾来时不要露面，"当然在老石面前，咱们只说是省得外宾找他问话他不好答。我的考虑是老石的形象不大好，他那个罗圈腿……"

老曹脸色铁青，脖子上的筋直蹦，打断"蒜薹"的话说："罗圈腿怎么啦？老石是堂堂正正的中国人，中国人在中国的土地上倒要躲着外国人，这算个什么道理？"

我站在一旁也气得直哆嗦。我在"九·一三"事件后不久也被"解放"了，这时已经恢复了教学工作，并且因为我毕竟是全校最好的外语教员，所以安排了外宾听我给学生们上外语课。我也尽可能穿出了自己最好的衣服，但我同老曹一样，对如此弄虚作假十分反感；更没想到"蒜薹"竟说出了要去通知石大爷"回避"的话，这真是太过分了！我接着老曹的话说："石大爷的罗圈腿，是帝国主义的压迫造成的，并不是中国人的耻辱；而且，我以为石大爷在这几年的反复里，始终没有给别人使过坏，他的灵魂和形象，比有些人美得多！"

"蒜薹"见老曹和我动了肝火，忽然莞尔一笑，满脸天真地自责说："算了吧，算了吧，怪我多事……其实外宾来的时候，老石也扫完地回屋了，压根儿就遇不上……""蒜薹"就有这个本事，在你对他意见最大的时候，能以最天真无邪的表情，来赢得你的谅解。记得老曹"官复原职"以后，他既不是痛哭流涕，也不是满脸羞愧，而是走到老曹面前，肩膀一耸，以天真到烂漫程度的表情、语气说："我过去斗你斗错啦，上当受骗嘛！这么大个运动，我这算个什么问题呢？"老曹能说什么呢？自然是："算不了什么问题……"

且说我压抑住内心的烦怨，勉为其难地随着樊队长和"蒜薹"等人，完成了那次的"接待任务"。其实来的外宾不过是个二十多岁的小伙子。他是随着一个什么访问团集体来华的，他个人提出希望访问一所大学和一所中学，以了解中国"教育革命"的成果，回去好撰文介绍——他来华前已答应了向某家杂志提供这类文章。出乎打扮得油光水滑的樊队长和"蒜薹"意料，这位外宾推个平头，穿一身中式蓝布裤褂，着一双橡筋口布懒鞋，而且自称得过小儿麻痹症，双腿看上去不大顺眼——我认为他也是罗圈腿，只不过他是呈 X 形的内罗圈。他被我们哄得不住地点头称赞。唉，他哪知道许多美丽的事物都是临时摆布出来的……临走的时候，他感动得热泪涔涔，紧紧地握住樊队长的手说："文化大革命好！教育革命好！我回去一定要写文章，驳斥那种诬蔑中国毁坏了教育的谰言！"翻译译着这些话时，似乎也颇激动，樊队长脸上放着光，看得出他内心充满了真诚的感谢与由衷的喜悦；"蒜薹"笑得双眼眯成了两道缝。我望着那位外国小伙子，心里嘀咕着：我多么希望，您看见的这些都是真实的啊……

"外事活动"刚一结束，"蒜薹"就忙于去布置人搬走棕榈、盆花……搞"复原"，以免师生们中花草之毒；我憋着一肚子闷气，想来想去无处发泄，便爽性跑到石大爷宿舍去。推门一看，老曹正同他面对面坐着抽烟，他俩脚下扔满了自卷的叶子烟烟头。我生平第一次伸出手去说："给我卷上一支……"

这以后，每当烦闷袭上我心头时，我就跑到石大爷宿舍里去。开头，石大爷话很少，主要是我向他倾诉。可以在一个人面前不设防地尽情倾诉，这在生活中该是多么惬意的一件事。我向他说到了葛大爷之死。葛大爷没等到"九·一三"事件出来，就在"群专"中死去了。他撇下了一个在百货公司门口看管自行车的老伴，还有一个在农村插队的闺女，那寡妇孤女今后将生活得更加艰难……

我对石大爷说："也许葛大爷以前确实干过不好的事，可从我跟他的接触中，我觉着他是个好人。"石大爷平静地说："是呀，谁也不是圣人。不存心害人的人就是好人。"

渐渐地，我开始向他提出一些问题："您信上帝吗？"我知道他从小受外国神甫支配，肯定入过教。谁知他坦率地说："说不上信不信，因为我没见过。我只信我亲眼见过的东西。"我抬杠说："人眼睛看东西的能力有限。比如磁场、电流、隔着墙的东西……肉眼都看不见。有时候由于心理作用，人眼睛会产生错觉、幻觉，比如您以前给我讲过的那个女鬼，想必就是您的幻觉。"他想了想说："看错的时候兴许是有的。可人不能没看见就说瞎话啊，那叫昧良心。"

他这话乍听平平常常，可搁到心里一咂味儿，就觉得饱含着哲理。联想起那年夏天在刨树根时他讲过的话，我感觉石大爷一定是有自己的人生哲学。

于是，我终于忍不住问道："破'四旧'那阵，学生们打死的资本家，是您给盖的塑料布。我认出那块塑料布了，当然至今我没跟任何人露过。我不懂，您是受苦出身，为什么要同情一个资本家呢？"他望了望我，扔掉手上的烟头，老老实实地回答说："他们打死的那个主儿姓孙，他们家新中国成立前就在街面上开杂货铺，这主儿人缘最次，是个'抠门儿大仙'，家里人剪手指甲，他都让拿纸接着，完了攒在一块儿，拿去卖给药铺，就那么爱财！可他没有死罪啊，既然遇上这一劫，给活活打死了，也不该让他尸身任雨淋着啊。他也是人。人对人不能狠得过了限。新中国成立那阵，我为什么佩服共产党？就是觉得共产党不糟践人。地痞恶霸他们逮去了，为民除害，一个枪子儿毙了算，不像猫拿耗子似的，先玩上一阵，搓搓烂了再吃。我也不知道这几年是怎么啦，时兴人整治人、人糟践人。咱们学校一开批斗会，拉出人来给挂牌子、戴高帽子、撅着揪着，剃什么'阴阳头'，逼着唱什么'嚎歌'……我就觉着不是味儿。跟你说实在话吧，就算那人真是坏蛋，你这么一弄，我的心也软了，我还是可怜那让别人不当人待的人。你们常说阶级斗争，阶级斗争是人跟人斗，不是人跟狗斗，是不？那就该有个分寸，不要弄得这么不像人样儿……"

从石大爷那散发着陈旧被褥和劣质烟叶味儿的小屋里出来，我久久地沿操场上的跑道漫步着，不愿马上回到自己的宿舍。我仰望着银河微颤的夜空，不知为什么，多次激动得不能自己。像上面那些听来朴拙而内涵深刻的话语，在那苦闷而紊乱的艰难岁月里，对我起着实实在在的振聋发聩的启蒙作用。

渐渐地，我每晚不去石大爷那间小屋就会难熬难过，而我感觉到，石大爷也对我有了相应的感情。有一天晚上，天气热得连树上的叶子也喘气，知了在夕阳落山后还久久地聒噪着，空气中仿佛流荡着炉膛的气息。我去石大爷屋中，意外地发现煤铺的王师傅同他面对面地坐在一起，仿佛已谈了许久。

因为天气灼热，石大爷和王师傅都打赤膊。我惊讶地发现，石大爷的身躯竟是那般地茁壮。他已经年过60了，比王师傅怎么说也要大两三岁，王师傅固然体魄魁伟，但浑厚的肌肉已多少有点松弛，而石大爷那厚实的大胸肌还绷得紧紧的。不幸的童年虽然使他的腿骨失去了美感，但长年的劳动却铸就了他健美的胸脯。石大爷和王师傅盘腿坐在床铺上，他们中间的炕桌上摆着一只已经喝干的酒瓶，一盘下酒菜也吃得精光，屋中弥漫着一股子酒味。王师傅那宽大的脸盘上布满酒后的红晕，颊上深陷的皱纹里煤灰似乎已经长进了肉里，这使他显得有点像古典小说中的猛汉。石大爷颧骨处微微泛红；他眼睛闪闪放光，却是平时很少见的。王师傅见我来了便披衣下床，告别而去，石大爷并无一句挽留的言辞。我坐到了王师傅坐过的一边，可我一贯不会盘腿，就坐在床沿上。

石大爷望着我，提议说："你今晚就别回你屋去了。我有事想跟你商议，咱爷儿俩兴许得说个通宵。"

我受宠若惊。以往总是我找话同石大爷说，他主要是担任听和答的角色。今天是怎么啦？

于是，我经历了终生难忘的一夜。

八

请想象一座废园的景象。

亭榭的油漆已然黯淡乃至剥落，小小的池塘干涸得犹如长了白翳的盲眼，小桥上的石栏倒圮了一半，井台上锈满了绿苔；园中的树有的败死了却无人砍除，狰狞的枝丫刺向青天，而另一些疯长的乔木竟同树下无人修剪的灌木纠结在一起，堵塞了昔日的甬路；芦苇和杂草一直长到石阶上，石缝中长出的小树使作为桥面和石阶的石板翘了起来，各类小爬虫在阴暗的角落出出进进，鸟儿在树上和苇丛中筑下了巢，灰白的鸟屎溅在了廊柱上、栏杆上和石阶上；一阵风吹过，萧飒之声四起，伴着数声鸦噪……

是初秋的一个傍午，废园的井台边出现了一个古怪的画面：一个十七八岁的小厮，两手被绳子拴成了"苏秦背剑"的模样，两脚却不停地踩着脚下的黄泥。这小厮便是当年的石大爷。废园当时还算贝勒的产业，但外国神甫正同贝勒的管家谈判买园子的事。事实上，从神甫把持的教会学校通向这废园的葫芦门早已开放，赫爱尔神甫不待收购事宜谈妥，已视废园为己有。他听说园中的黄黏土最适宜制作泥人，已特地从天津请来泥塑匠人，准备定制一批泥人，好在初冬返回欧洲述职时，带去分赠亲友。为了使掘出的黄黏土增加黏性，他命令石义海用脚去踩上整整一天。鉴于石义海平时不够驯服，将石义海带进园中井台旁黄土堆边时，他把石义海一只胳膊扭到腰后，另一只胳膊扭到脑后，然后用一根皮鞋带牢牢拴住了他的两个大拇指，这就成了"苏秦背剑"的姿势。

再没有一种处罚像"苏秦背剑"这样令石义海痛苦了。主要不是肉体的痛苦，鞭笞和靴踢远比这样更加疼痛；这是一种屈辱，它使你感到自己仿佛不是人，甚至不是牲口，而是任人蹂躏的玩物，就像老猫爪下的小耗子。初秋的阳光依旧不减其炎威，石义海站了一小会儿就汗流浃背了，井台离他只有咫尺之远，他却不能用双手打水来喝。他真想冲出这废园去同赫爱尔拼命，但他知道那样干不会有什么好结果；另一位在他看来相当仁义的神甫德太白到外地去了，没有人会给予他庇护。他胸中也涌动着逃走的念头，但纵使他跑得出这个地方，那"背剑"的姿势也立即会让人们知道他是一个逃犯。欲反抗而不能，他的双脚出于一种惯性机械地踩着浇过水的黄泥，不久就陷于麻木状态了……

也不知过了多久，一阵阵妇女的呜咽声渐渐揪住了他的心。这是一个什么女子？是天上的圣母下了凡，还是人间的媳妇遭了难？他用眼睛四处搜寻着，最后确认了那呜咽声的方位，是从荆榛长到窗台上的西房中传来的。那破落的卷棚顶房屋的门上，一方"怡文轩"的匾额沾满了燕泥和蝙蝠粪，石义海虽不认得匾上的文字，却知道那原是贝勒府的一所书房。

在书房中呜咽的是金绮纹。她那时正在妙龄，虽是素旧衣衫、满面泪痕，容貌也堪与府中仕女画上的人物媲美。

现在的年轻人大概以为，1911年辛亥革命一起，清朝贵族便灰飞烟灭。其实宣统皇帝拖到1912年2月才下了"退位诏"，而退位后的溥仪依旧住在紫禁城中，照样按皇帝的排场生活；到1917年还有过一次张勋复辟，复辟前后的北京街头，朝服顶戴摇摆而过的遗老遗少大有人在。溥仪直到1926年即民国十五年，才被迫迁出紫禁城。跑到天津"张园"当寓公以后，他还以皇上自居，继续封赐效忠者爵位、谥号。明乎此，对贝勒府"百足之虫，死而不僵"的局面，就不会大惊小怪了。金绮纹落生在这样一个家庭之中，她的母亲是贝勒的第二个妾，生下她不久便得产褥热死去了。金绮纹从小便被灌输着复辟意识，贝勒和福晋（贝勒的嫡配妻子）一再提醒着她的格格身份。她的塾师除教她读《列女传》，也一再对她讲述着清朝的发祥和盛衰史，以培养她天潢贵胄的自尊和复仇心理。但是贝勒府的高墙拦不住时代潮流的冲击。金绮纹的大舅偏是个革命党，后来在北洋政府中任职；三个哥哥里也有两个后来冲向了社会，变成了同老贝勒完全不一样的人物。他们穿上了西装、学会了洋文，最后干脆改名易姓，浮沉于万花筒般变化不定的世事之中。金绮纹一天天长大起来，越来越多地了解到墙外的世界。现在她提出了到洋学堂读书的要求，被贝勒当成忤逆，在那个视她为遗产争夺者、必须摈弃之而后快的哥哥挑动下，贝勒激怒中把她打入了"冷宫"——锁进了废园中的书房，声言她若不放弃上学读书的想法，就不把她放出来。

金绮纹在悲痛地哭泣，泪水滴湿了她那滚着黑镶边的藕荷色旗袍的袖口。她额上的刘海乱了，头上的两个团髻也已蓬松。有一阵她哭得也处于麻木状态了。

也许是在石义海听出了她的呜咽声同时，金绮纹也听到了石义海足踩黄泥的吧唧声。她抬起头来，一双泪眼透过字连环窗棂上那破败的窗纸，朝窗外园子里望去。透过秋阳映照下飘曳的芦穗和野生的蔷薇丛，她看出三四十步远的井台旁，有那么个小伙子，正以奇怪的姿势站着，两条不够直的腿在一上一下地踩着黄泥……以她的聪慧，她很快就猜出了那是隔壁学校神甫的小厮，现在踩着的是用来塑泥像的黄泥（她听管家说起过有关的事）；她也看出来石义海正受着刑罚的煎熬，她想起了"同是天涯沦落人，相逢何必曾相识"的诗句，刹那间对那小厮充满怜惜，忍不住捂住脸，呜咽得更加凄楚了……

这时候出现了浓眉大眼的秋芸。她是这个贝勒府最后一茬的家生丫头。这个走向败落的贝勒府，充分地榨取着她的使用价值，她被命令主要伺候两个女主人，兼顾格格；但她在心里却作了相反的安排：敷衍两个女主人，尽心尽意地陪伴、照顾格格。她为格格偷来了《红楼梦》的石印本，格格读完又悄悄向她讲述着《红楼梦》里的故事。她们两个以紫鹃、黛玉相比。每当夜阑人静，一灯如豆，冷雨敲窗，耗子在纸顶棚上跑来跑去，她俩就紧偎在一起叹息、流泪，相互怜惜、安慰。现在秋芸偷来了书房的钥匙，她放出了格格，给格格出着主意，建议她逃出去投奔舅舅。

金绮纹在秋芸扶持下，走出了那尘埃厚积的书房，正要拐出废园、回到闺房时，她忽然要秋芸停住脚步。她指着井台的方向，对秋芸说："不能那么糟践人。你去把那拴他的绳儿解开吧！"秋芸弄明白了是怎么回事后，走过去照办了。

那是一个静悄悄的秋日的中午。对于我们的宇宙和地球来说，那是极其渺小的一瞬；从现代史的角度来看，那一天的那一个时辰没有任何值得记载、分析、研究的事件；然而对于石义海，那却是神奇到极点的一幕，他终生不忘，梦里常温。他永远记得秋芸是怎样一下子走到他的身边，果断地为他解下缚住他的那根鞋带。他在惊讶中慌忙道谢，而秋芸一指前方说："你谢她！"他透过一株垂柳微曳的绿丝望去，只见金绮纹站在一丛紫蔷薇前，两眼湿漉漉地望定他，满脸怜悯……两只蝴蝶围着她藕荷色的腰肢翩飞，几扇银杏叶儿袅袅落到她的肩头……他定在那里，不知该如何表示自己的感激与景仰。

然而正恍惚中，秋芸已挽着金绮纹消失了。那一天下午赫爱尔神甫喝得酩酊大醉，第二天中午才醒来，而德太白神甫已经归来，对石义海的自我解脱，赫爱尔也就不再追究；但石义海回到自己小小的下处时，心里如煎似焚，他担心格格后来遭到了更不幸的命运，因为他懂得，格格的行为是一种非同小可的叛逆……

现在需要再想象的，是后来贝勒府侧门前的景象。府门上的铜钉能够抵御住刀剑的进攻，却阻挡不住历史脚步的踢踏。贝勒和他的两个妻妾都已经在绝望中死去。金绮纹的哥哥把包括废园在内的全部剩余房产，都卖给了教会学校，赫爱尔神甫还买下了他们正房中的全堂硬木家具。于是这一天贝勒府侧门前一片混乱。三辆马车是为金绮纹那恶兄拉家什的，一辆马车是已经出嫁的金绮纹来拉分配到的遗产的，另一辆排子车是赫爱尔神甫派石义海来拉硬木家具的……金绮纹那除了精于躺在家里吸鸦片、逛前门八大胡同而别无一技之长的丈夫，拽住大舅子马车的车门不撒手，因为他嫌细软分配得不均匀，一群路人挂下下巴，愣愣地在那里围观；大舅子躲到别处去了，大舅奶奶从马车里探出头来，大声撒泼詈骂着；闹了一阵，大舅子那三辆马车终于跑掉了，金绮纹的丈夫也便不再照顾自家雇来的马车，径自奔酒楼而去；金绮纹在马车中暗泣着，以不无依恋的泪眼望着露出在高墙上的树冠，与度过童年和少女时代的府第默默地告别；马车的车轮开始滚动了，秋芸这才跨上踏板，她手里抱着一个硬木茶几，那本是应当算在赫神甫购下的家具总数之中的，是拉排子车的石义海偷偷从车上撤下来，递给她的；石义海对秋芸说："格格命苦，给格格留下吧。"秋芸答谢不迭："这是格格在娘家时候，一直搁在床前的东西。可怜她一辈子没个人疼，有了这件东西，她能知道世上还有好人，今后也活得顺气点……"马车车轮在硬邦邦的黄土地上滚过，留下两道浅浅的轨迹；石义海望着远去的马车，也不知道为什么心里头空空的，仿佛被人掏走了什么要紧的东西……

于是，我们接着想象庙会中的场面。

这里在拉洋片，洋片上画着些穿燕尾服的洋男和穿撑着鲸鱼骨大裙子的夷女，他们在逛被画得花红柳绿走了样的西湖景，拉洋片的人扯着嘶哑的喉咙唱着嚷着；那里支着卖面茶的架子车，硕大的铜壶和车帮上的铜钉都闪闪发光；而旁边打了花补丁的布篷下，卖三鲜肉火烧的胖老头，正用锅铲在平底锅的锅沿上敲出一串子节奏急促的花点儿；走过耍猴儿、卖膏药的圈子，穿过卖小百货和估衣的摊子，看一看花儿匠挑来的旱金莲和四季海棠，赏一赏卖鸟的带来的一笼子虎皮鹦鹉和卖金鱼的那一缸子墨龙睛；然后我们接近了庙中的正殿，在斗拱的阴影下，看见了一串子地摊，这里出卖各种古玩瓷器和字画墨砚。

多少年过去了？往事不堪回首。在一个地摊旁我们看到了秋芸。她已经发胖，从穿着上已看不出丝毫昔日"紫鹃"的痕迹。她坐在小马扎上，一边纳着鞋底，一边照顾着摊上的几件瓷器和玉镯。这时我们看见了石义海，他已经三十五六岁了，肥大的抿腰裤子遮住了他那罗圈腿的弧形，因而那精壮的身板显得颇为健美。他是上街为两位神甫买东西的，他走向了秋芸所摆的摊子。秋芸抬起眼，不无警惕地望着他。

"你买哪一件？"

"我买那个细瓷盖碗。"

"少了不卖。你先说个价吧！"

石义海从手里掏下一把汗湿的钱："就这么多。算我买下了存在你们那儿吧。"秋芸默默不语，收起了钱。

"格格她好点了吗？"

"好点了。咳嗽少点了。"

"先生有信儿吗？"

"没有。也甭指望他了。"说着秋芸又添上一句，"他跑了也好，省得祸害。"

秋芸和石义海这么说话时，离他们十来步的地方冷不丁站出一个壮汉来，光着膀子，双手叉腰，腰上缠着好粗好鼓的红布裤带；他紧闭着嘴，眯着眼打量石义海，随时准备几步跨上去。这人当时靠耍钢叉卖蛇药为业，后来到煤铺摇上了煤球，并且同秋芸结了婚。

星移斗转，人世沧桑。再想象，我们就看见了春意盎然的天坛公园。

不必在祈年殿和回音壁流连，隐秘的感情不会到那里去交流。于是我们看到了柏树林深处的一隅。这里有一方石桌，桌旁四只石凳坏掉了一只，因此这里坐着三个、站着一个。对面而坐的是金绮纹和石义海。那已是 1958 年。

他们用了整整 30 年，才终于坐到了一张桌子的两边。他们的欢乐是渺小的，哀痛是卑微的，然而，他们的生死歌哭，也应当在人类的文明史中占据应有的位置。

金绮纹坐到这里来是不容易的。直到几个月以前，虽然她切齿痛恨那卷逃的丈夫，却始终认为自己应当承担一种义务，即作为他的妻子而生存下去。秋芸的成家给予她一个很大的刺激。那王师傅曾为她所不齿，那毕竟是个卖蛇药出身的"煤黑子"，她实心实意地劝过秋芸"三思而行"，"紫鹃"再没落也不该下嫁"醉金刚"。可是，事实证明王师傅并不是"醉金刚"，在同一个院里居住，金绮纹渐渐羡慕起秋芸来，原来傻大粗黑的王师傅竟是那么善良、温驯、憨厚、纯朴，在生活中的艰难时刻，他宽厚的肩膀和铁铲似的双手，真是担得起、握得住。秋芸的儿子诞生了，金绮纹视同己出，抱着、吻着、逗着，泪水时时涌上她的眼眶，她总是扭过头偷偷用手帕揩掉。她也需要这样的人生乐趣！

是秋芸主动向她提出建议的：大着胆子迈出一步去，找个主儿成个家！金绮纹动了心，秋芸替她跑法院，很容易地就办了同原来丈夫的离婚手续。秋芸向她提出了石义海，金绮纹低头一想，自己现在还挑剔什么？王师傅的身上就有那石义海的影子，心好是头一条。秋芸让王师傅去找石义海通了话，石义海自然是一说就愿意。于是约定了到这里来相会。金绮纹的这个行动尽管安排得非常之隐蔽，终究还是在胡同中引起了不大不小的波澜。秋芸和王师傅在她出发前一小时先行一步，免得邻里们怀疑，但是当她略事装扮，提着骨环布袋走出院门，往胡同外的车站而去时，在她背后努嘴儿、戳脊梁、挤眼冷笑的已不乏其人，更有故意迎上去高声询问的："格格这是到哪儿串门子去呀？""格格今儿个拾掇得够利索的，是什么好日子呀？"走到胡同口，她几乎要拐进副食店，心想还是买包味精折回去算了，后来眼前浮现出相依为命的秋芸那严厉的眼光，这才抖着一颗心，走拢了开往天坛的公共汽车站……

石义海的出行却完全是另一种境遇。他难得花五毛钱上理发馆理了发、刮了脸，又穿上了做好后几乎从未穿过的新制服，头天晚上还特意去买了一双新布鞋。他连续三天晚上都到澡堂去洗了澡，并且减少了吸烟的数量。他希望学校里的人们能注意到他的喜悦，并且向他询问、打趣乃至起哄。然而谁也没有注意他的显著变化。当天早上他走出校门去赴约时，迎面正碰上骑车上班的"蒜薹"，他老远就微笑着想招呼声"帅老师！"谁知"蒜薹"眼光虽然扫到他的身上，却仿佛视而不见，竟一阵风地蹬车而过。

现在两位对象隔桌而坐。男的已经四十七岁，女的也四十四五，他们却像一对初恋的少男少女一般，竟至于手足无措，不知该怎么开口说话。打横而坐的秋芸来回扫视了他们几遍，以权威的口吻嘱咐说："你们好好聊聊，我跟老王逛逛就来。我们不回来，你们可别散！"王师傅侍立在秋芸身后，憨笑着，似乎有意展览着他们的幸福，以启发坐着的一对。

秋芸和王师傅走了。石义海抬眼望着他渴望已久的人。这天她脸上的皱纹仿佛平展了许多，眉毛格外秀媚，眼睛如秋水般澄净，以旧翻新的紫地细碎黑花夹袄，映衬得她的脸庞和脖颈格外粉白。王师傅教给石义海要首先开口，他讷讷地发话了："当年您救过我，我多少年一直没忘您的恩德。"

金绮纹瞥了石义海一眼，他的四方脸庞绝不秀气，眉不算浓，眼也不算大，鼻翅边弯下两道长纹，把阔大结实的嘴唇衬托得分外引人注目。一目了然：这是个文盲，是个粗人；但是他的厚道，他的精力、他的可靠性也是毕露无遗。她淡淡地一笑，接过他的话茬说："您后来没少关照我。甭提这个了。我这辈子遇上的歹人太多，遇上的好人有数。我的心，早硬得能划洋火了。我没指望着还能交什么好运……"说到这儿她心慌了，她忘记了秋芸教给她的一切，她不明白自己的这些话是怎么迸出来的……

春风慷慨地朝他们那个角落传送着盛开的海棠花的清香；啄木鸟自觉地离开他们身旁的古柏，飞到别处去敲击树干；反映着晴阳虹彩的游丝，飘到半途便挂在了柏枝上；成团的柳絮知趣地从他们脚下静悄悄地滚过。他们还说了些什么，连秋芸也不清楚了。唯一可知的细节，是最后金绮纹递给了石义海一个尺把长的布包袱，告诉他那东西本是一对，现在她给了他一半，另一半暂留身边，觉得这就不需要再解释什么了……石义海激动得心要撞破胸膛滚出来，他悔恨自己竟没有带见面礼来，他只买了两斤蜜柑，用一方手帕包着；他递过了那包蜜柑，想到蜜柑吃掉了便不会再有，他和金绮纹都不禁笑了，他笑得咬牙，金绮纹笑得低头用手帕捂嘴……

事情到了这个地步，仿佛底下的事就会顺遂到枯燥乏味的程度。不然。先是金绮纹病了，除了不死，一切内科症状似乎都有。石义海急得恨不能上天去讨仙丹，倒是王师傅有天来告诉他：不用怕，死不了；这是妇女闹更年期，闹过去便会好的。于是石义海等到了1962年。又起了新的波澜。这时候金绮纹已经接近五十，街道上传出了种种关于她的流言蜚语。最甚者干脆说，前两年她秘密地做了一次人工流产。为保持做人的尊严，她觉得还是保持独身的好，免得人们在婚后怪笑着说："瞧，果不其然，毕竟是格格出身，哪有不寻痛快的……"秋芸找她好说了多少回，也歹说了多少次；王师傅又去督促石义海开证明信以便登记，他说："你开了她准也开，她不会让你那么为难的。"

是一个降雪的日子，鸡爪雪给校园织成了一幅抖动的网幕。老曹穿着棉大衣，戴着栽绒帽，忙匆匆地要到区里去开个什么会，忽然迎面遇上石大爷，让他给叫住了。

老曹哪里想得到，石大爷是经过了好多天的思想斗争，才终于定下了这么个方案，在僻静的甬路上堵住他，来提出那对自己一生起决定性作用的要求的。石大爷不愿向学校里别的领导开口，他觉得这个黑老曹相对而言比较通人情，也许能理解他，帮他办理并代他保密。

"老石，天冷，你怎么不在屋里暖和着？"老曹看见石大爷棉袄两肩上的雪足有寸把厚，惊讶地问。

"我有话跟你说……"石大爷两眼望着别处。

"我要开会去哩，"老曹解释地说，"天冷，你别站在这儿受冻。有工夫我到你屋里去，听你慢慢说。"

"我有个急事……"石大爷忽然瞪住老曹，仿佛生气了。

"你说吧你说吧。"老曹在内心里检讨着自己刚才的态度，主动地揣想着：他会有什么急事呢？

石大爷却又不言语了。老曹便蔼然地询问着："你那屋里的炉子太小了吧？赶明儿我让总务科发你个高腰的花盆炉。学生踢球老打碎你那玻璃窗是不？我让体育组帮你安上铁丝网。你咳嗽好点了吗？医务室的'嗽喘宁'没有了，你自己先去药房买几瓶吃着，我让校医给你报销……"

石大爷鼻孔里喷气了："我不要这些玩意儿了，我要……我要开封介绍信！"

这回老曹总算听明白了，他爽快地说："你怎么不早说！开完会回来我就给你开。你那棉被胎子也是该换换了，你单身一人的棉花票，哪够一床胎子？开个介绍信补助你一下。"老曹想起半个月前石大爷提过的话茬：他那棉被胎子该换换了。

谁知石大爷仿佛被老曹扇了一记耳光，他跺一下脚，一声不吭地绕过老曹的身子，走人了。老曹耸耸肩膀，心想得原谅他的孤僻，也便管自去开他的会了。

天黑了。石大爷回到屋里，久久地没有开灯，愣愣地坐在床头，沉思着。连学校里最能接近他的人，也不懂得他最迫切需要的是什么。在人们的眼里，他也许是一个优秀的工友、一个值得表扬的工会会员、一个"以校为家"的模范、一个任劳任怨的典型……然而人们竟全然忘记了，他也是一个需要女人的男人！他需要一个小小的家庭！一种最普通最琐屑的人生乐趣！

这一冬石大爷得了急性肺炎，住了院。人们注意到煤铺的王师傅常来看他，给他带来灌满热鸡汤的暖瓶。这种鸡汤的味道，那些日子里也常飘溢在金绮纹炉子的周围，并且引出了同院某些邻居的闲言碎语……

正当石大爷重新鼓起勇气，要找老曹开证明结婚的当口，席卷十年的大运动起来了。石大爷听说金绮纹以"封建余孽"的罪名被抄被斗以后，忧心如焚。他说动葛大爷，到堆藏查抄物资的仓库去寻觅了一次，没有发现那与他收藏的信物相应的另一半信物。后来王师傅告诉他，那另一半信物被金绮纹妥善地埋藏起来了，其可靠性如同埋藏在她的心房之中，这令他非常感动。后来，每当夜深人静，石大爷就扛着扫帚来到竹叶胡同，替金绮纹清扫那罚她清扫的地面，只留下一小段由她天亮后自己去应付……

九

这一切都是在那个难忘的夜晚，石大爷讲给我听的。当然他讲述时用的是另一种方式，另一种口吻。

在他讲述中，我曾追问过："格格给您的那样东西，究竟是什么？"

他脸上的酒色尚未褪尽，听我一再好奇地追问，忍不住打开了他那唯一的木箱，取出了那一尺来长的布包袱。他脖子上的血管有力地起伏着，满脸焕发着幸福的光彩："这儿哩，这儿哩……"但是当他那粗大的手指触到包袱的结扣时，他犹豫了。他低下头，微微地喘着气，仿佛在摔跤场上进行决斗，这说明他内心里斗争很激烈。终于，他抬起头来，吁出口气，诚恳地对我说："我起过誓，不给别的人看……我得对得起格格。"说完，他几下把包袱放回了木箱中，使劲地扣上了锁，额上沁出一溜黄豆大的汗珠，抱歉地对我憨笑着……

石大爷讲完他的爱情经历后，时间已经是下半夜。整个校园乃至整个城市似乎都已进入酣睡，唯有夜风如醉汉般地游荡着，送来远近唧唧吱吱的虫声。

一听完，我便激动地建议说："石大爷，我明天就找老曹他们，让他们赶紧开介绍信，成全您们的好事！"

石大爷点头说："我今儿个叫着你，也是想借你一把力气。如今街道上也给格格落实了政策，她还算人民内部，我想着这回我俩的事儿，总该能上谱儿了吧。"可他又郑重地嘱咐我，"今儿个我把心掏给了你，你可得替我兜着。你也不用忙着明儿就找老曹去说。哪天我们合计好了，我再求你，你再去说。没说之前，你务必得没事人似的，别给我露了。你依不依我？"

我说："就依您的。"

他两眼闪闪地望定我："你给我起誓。"

我心甘情愿地起了誓，他笑了。我从没见他那般舒畅地笑过，他没有笑出声来，但是眼睛弯成月牙儿了，脸上的笑纹展得很开，咧开嘴露出整齐、结实的牙齿，我头一回觉得他的面容是美丽的。也许这是一个规律吧，幸福能使每一个人变得美丽而和善。

然而两天以后，我发现街道居委会主任大妈来学校找老曹，老曹跟她说了没几句话，就让她找"蒜薹"去了。我走过去问老曹："她来有什么事呀？"老曹皱着眉头说："说是他们街道上也要接待外宾，找我们取经……问我们有什么经验，咱们那经验能往外端吗？……"

我好奇地打听："什么外宾要到胡同里参观？"老曹淡淡地说："是那格格的丈夫回来了。听说如今入了加拿大籍，在那边是个挺拔份儿的资本家，这回是来参加交易会，参观游览……"

我一听差点蹦了起来，老曹吃惊地望着我，我连忙掩饰了过去。一上午我讲课都心神不定，中午吃完饭，我就跑到石大爷宿舍去了。

王师傅刚从他那儿出来。果不其然，他已经知道这意外的消息。我说："怎么半道上又杀出个程咬金来……"石大爷正色截住我说；"兴许我才是那个程咬金。咱们别再提这档子事好不好？"

我利用到竹叶胡同访问学生家长的机会，搜集着有关的消息。金绮纹本是坚决不愿同过去的丈夫见面的，她强调已履行过离婚手续。但"有关部门"一再通过街道办事处和居委会，动员她"贯彻革命外交路线"，她才勉强同意了。为欢迎这位贵宾的来临，竹叶胡同掀起了大扫除的高潮，"查抄物资清理办公室"主动送还了全部属于金绮纹的东西，包括那只高脚硬木茶几。那位……怎么称呼好呢？姑且称为商人吧，本是一位眠花宿柳的恶少，他对金绮纹毫无感情，竟至于在1948年背着她卖掉了房产，卷款而逃。大概世界上可变性最大的莫过于人。他先逃到香港，后跑到加拿大，以那笔钱为资本，七搞八弄，居然发了财；在生存竞争中，他戒掉了一些生活上的恶习，增添了一些经营上的狠毒；他娶了外国妻子，养了几个混血儿，终于抵达了功成身退的境界；如今他已成为商业巨子，洋妻子一病呜呼，大儿子执钥秉财，他忽然似大梦初醒，深疚于以往的荒唐，遂吃斋供佛；他如饥似渴地寻阅关于大陆的报道文章，他乡思悠悠，金绮纹的哀怨面容时时侵入他的梦境，于是他带着大儿子回来了。不是出于虚伪，乃是出于忏悔，他见到接待人员便盛赞共产党的功德和社会主义的成就，他恨不能剖心立誓，要为增进祖国的繁荣富强"竭尽绵薄之力"。

据说那位归来的商人，见到金绮纹独居一室时，不禁老泪纵横。他以为金绮纹是在二十几年如一日地"夜夜盼郎归"。他郑重地提出，要将金绮纹接到加拿大去颐养天年，以赎他早年之罪。陪同会见的人们都以为，一则中加友谊的佳话就要诞生了，特别是当那商人命令自己的混血儿子向金绮纹行鞠躬礼，而那长发洋服的青年听命俯身时，人们竟至拍起了巴掌。

但金绮纹的态度使对方极度失望，她冷冷地说："不可能了。我一个人过惯了。说起来，我还得谢谢你。你当年卷包一走，倒让我成了个自食其力的人。在新社会里，我懂得了为人民服务的道理。一开头，我剥云母片儿，糊纸盒子，贡献太小；如今我学会了画蛋壳，你瞧，这桌上摆着的都是；再瞧墙上这奖状，是头年工艺美术公司发给我的；这山水彩蛋也运到你们加拿大去，能为我们的国家挣外汇、增光；这样的日子我过着心里头挺自在。你这次回国来看了我，为以前的罪过道了歉，我也就不再记恨你了。祝你今后多做好事吧。"那加拿大商人并不灰心，留下话说："你再考虑考虑吧。到底年岁不饶人，就是为人民服务，你也该退休了。我随时准备着回来接你。"

于是，街巷胡同里开始流传着关于格格不日启程赴加的种种说法。

夏末的一日，夕阳西下时，我去石大爷宿舍找他。他那宿舍从来不锁门，找他的人也无须敲门。我如往常一般推门而进，室中空无一人，石大爷不知到哪儿去了。我闷闷地踱出他那小屋，走出学校，顺僻静的街道散起步来。天空弥散着金红的棉朵般的云块，晚风中挟带着马缨花的醉人的芬芳。拐了个弯，前面路边出现了几株高大的国槐，我看见一个梳双辫的少女，正弯腰扫着树下稠密的槐豆。我正奇怪这树上的槐豆怎么掉落得这般多时，从粗干后闪出一个人来，他举着顶端带拉钩的大竹竿，专心地绞着树上的槐豆。啊，这不是石大爷吗？我走上前去，叫了一声。

石大爷看见是我，遂放下竿子，拉起敞开的衣襟擦了擦额上的汗，指指那少女说："老葛的闺女。"又对那少女指指我说，"学校的老师，你叫叔叔吧！"

那少女长得瘦瘦高高的，眉眼儿使我想起了活着时的葛大爷。她叫了我。我问她："你上调回城啦？"

她脸红了，不好意思地说："没。我妈一个人生活困难，石大爷帮我绑了这么个竹竿，教给我打树籽。树籽卖到药铺去，多少是点补助。"

其实以往我常在街上遇见打树籽的人，我从未考究过他们是为了什么，还朦胧地以为那都是园林局的工人。现在我才懂得，在我们这个城市里，还有着一些这样的平民百姓，打树籽、逮土鳖、捡烂纸、拾西瓜籽……为的是补助一下他们那匮乏的物质生活。

我帮着石大爷为她打了一阵，看她把满筐树籽搁到小轱辘车上，推着走远了，我才同石大爷走回学校，来到他的宿舍之中。

我提起了格格的事。我劝他干脆这就提出来开证明登记结婚。

石大爷平静地坐着。他又恢复了用多年前的烟袋锅，吧嗒吧嗒地吸着，诚恳地对我说："老王来传了话，格格也有这个意思。可我眼下不能。我得凉一凉，得容格格多想想。"

他没话了，我也无话。我俩就那么默默地坐着。

起初，我并没有面对石大爷，我两眼直望过去，映入我眼帘的是靠放在门背后的大竹扫帚。这竹扫帚的把手部分已经磨得焦黄发亮，帚尾已经发灰。我平生第一回对一把扫帚产生了丰富的联想和浓烈的感情。我想到这扫帚每天牺牲着自己，为使世界清洁而美丽，它孜孜不倦地留下它所喜欢的、除掉它所不喜欢的；当道路和地面变得整洁爽目时，它却必须躲藏到不被人们所见的角落里去……

当一派柔情荡漾在我的心头，并逐渐增强为奔放的激情时，我把眼光转向了石大爷。石大爷的侧影有如一尊充满了爱与力的石像。

这里没有小提琴在演奏婉妙的旋律，没有吉他或曼陀林的和弦，没有人朗诵象征派的诗歌，没有米开朗基罗的壁画与罗丹的雕塑，没有盛开的玫瑰与含苞的素馨，没有泉水叮咚也没有松涛呼啸，没有檀香的氤氲也没有古筝的清韵，这里只坐着一个60岁出头的没有文化的不引人注意的童贞男，一个质朴到极点的厚实晶澈的灵魂；但正是他，却使我心中充溢着诗情画意，鸣响着黄钟大吕，饱吸着露气芳香，升华着纯真的人性美……

十

我从出版社打电话给老曹，告诉他悼词已经写好，一会儿我就动身到学校去。我对老曹说："追悼会应当邀请校外的几个人参加……"听筒里传来他吃惊的声音："校外的？谁呢？石大爷没有亲友啊！"我对他说："有的。到了学校，我就告诉你。"老曹似乎明白了几分，他对我说："他那包裹里的遗物，你大概也知道是怎么来的了。快来解开这个谜吧，这两天学校里议论纷纷……"

我坐电车到学校去。下了电车，恰巧遇上了"蒜薹"和另外几个教员。我们一起穿过竹叶胡同朝学校走去。

"蒜薹"高声谈论着关于石大爷那神秘遗物的事，并且发表着荒诞的猜测："……你们没见过如意？咳，就是故宫里头炕桌上常摆的那种玩意儿，二尺来长，整个形状像是几何学上的相似符号，大头是个灵芝形。昨天我到老曹那儿看了看老石的那一柄，是硬木雕的，镶得有猫儿眼、祖母绿一类的宝石……他怎么会有这玩意儿呢？多半是当年学生把抄来的东西随处乱摆，他捡的；老石这人偷是不会偷的，可捡到了值钱的东西，他也知道包严实了存起来，可见在商品社会里，就连最俭朴的人，也难免有一双好财的眼睛……"说到这儿，他便眯着眼，纵声笑了起来。

我本没有去听"蒜薹"的议论，我在为石大爷之死而责备自己。自从我调离学校之后，纵使路远、工作忙，我也不该长久地不去看望石大爷啊；而我在仅有的几次看望中，又为何只是匆匆泛谈，没有爽性在他那里住上一夜，抵足而谈呢？……

可是当我听出"蒜薹"在谈论什么以后，我的心就像被人剜了一刀似的，忍不住朝他吼了一声："你胡说八道些什么！"

"蒜薹"照例报之以耸肩微笑，双眉上扬，形成一个标准的天真烂漫的表情，不作声了。其他的几个教员也不再问什么。一时间我们几个都只是默默前行，唯有脚步声杂沓地响着。

忽然，我听见了一阵渐响的呜咽，随之这呜咽变为号啕大哭。那是 14 号门里传出来的。这哭声随着打旋的秋风直上九霄，风中的片片枯叶，仿佛就是那哭声化成的精灵……

哭声撞击着我的心，我的喉头，我的眼眶。我想起了一切。一个人死去了，另一个人真诚地为他哭泣着。这在世界上来说，是一件最平淡的事；然而，从这哭声里，从那两人各执一柄如意而终于没有如意的爱情中，我却捕捉到使整个人类能够维系下去，使我们这个世界能够变得更美、更纯净的那么一种东西……

那格格的哭声是悲怆而奔放的，不能不引起我强烈的共鸣。

我拼命地压抑、压抑，然而终于撑不住，"哇"的一声，像个孩子似的哭了。"蒜薹"和别的老师都惊呆了。他们茫然不解地望着我，仿佛我患了一种什么神经上的毛病。

我一边朝前走一边恸哭……

人们啊，听到我这哭声，愿你们能够理解！

你们应当理解。

1980 年 1 月—2 月写于垂杨柳

公共汽车咏叹调

都会的血液

气恼。凡是公共汽车的乘客都难免气恼。

死等，死不来车。终于来车，轰隆隆从站前一掠而过。动不动竖起"区间""快车"的小牌子。好容易跑拢车门，偏"哐当"猛然关上。总算挤了上去，售票员从后面推你搡你，就仿佛对付一袋土豆。来劲儿时，查票近于刁难，没劲头时，你要买票他还懒得卖给你……

终点站上，停着好多辆车。为什么一辆也不发？

淤成一团的乘客个个心急火燎。

站上有间小屋，是车队的调度室。一位乘客闯进去，质问道："怎么还不发车？"

没有人理他。

调度员拉长着脸，在一张表格上填写着什么。几个也不知是司机还是售票员的年轻人坐在长椅上，管自互相聊天。

那乘客提高嗓门，再问一次。

几个声音同时响起："你等着去呗！""现在没车！"

终于有一辆车开拢站前。人们争先恐后地往上挤。

忽听售票员宣布："西单不停！去西单的甭上！"

西单是大站，为什么不停？

乱哄哄。有人想退下去，再等一趟西单停的，但游移之中，车已启动。

车驶出站后，乘客们开始纷纷呼吁："西单干吗不停？""我们都去西单！""快车也得快得有道理，西单不停算怎么回事？"

前面那位烫发描眉的售票员撇着嘴说："甭跟我嚷，你们跟司机说去！"

真有几个人去跟司机说。或恳求的口吻，或激动的语气。

原来快车省停有一定的随机性。调度员的安排并非圣旨。

司机嚷了一声："一站西单啦！"

售票员便也呼应了一声："头站西单！"

车有十七米长，分前后两截，塞得满满的，有人没听见，有人没听清，有人没听。

调度员对乘客闯入调度室大声质问早已习惯。

她懒得回答。甚至懒得抬眼望一下质问者的模样。

小小的调度室，是乘客们所不了解的另一世界。

调度室的一面墙上，是木制的大幅人事调配表。车队的每个成员都有一个木牌，名字写在木牌上。木牌按出勤安排，挂到大表上。总有若干木牌被另挂在一侧，那是病假和缺勤栏。

是的，难怪乘客们眼睛出火——站里明明有车，为什么不发？

非高峰时间，只出一半的车。停驶车的司机下班回家了，车没人开，自然不能发出去。高峰期也可能有车停在那儿开不了，因为司机出勤不足。

出勤不足，这是调度员管不了的事。

调度员打着哈欠，填写着表格。表格上有一栏是"正点率"。她尽在那一格里打叉叉。

车行不能正点，怪路：有的马路至今还是清朝走轿子的宽度。怪车多：如今北京机动车已达三十万辆，自行车已过五百万辆。怪红灯。怪事故。怪预料不到的种种情况。

谁了解一个调度员的工作？她连续工作二十四个小时，然后再连续休息二十四个小时，这叫"隔日勤"。车队除了调度室，还有几间活动房，其中有一间是收了末班车后，给调度员睡觉的，行话叫"住站"。

因为路上受阻，那一头终点站的车开不过来。半天不来，一来一串。她能让那一串车再像糖葫芦般地开出去么？她得让那些车甩开距离，所以得发"快车"，得发"区间"。她自有她的道理，所以她对质问者拉长着脸。她让那辆车西单不停，为的是让它快些开往东单，好缓和东单站的淤积形势。她将另调一辆车空驶西单，装走西单站上所有焦躁的乘客。

乘客天天不理解。她天天这么干。

"也不知那些调度是怎么搞的？！"乘客们常常怨恨地说。

至少这个调度员蒙受着一定的冤屈。她不是故意要让乘客们难受。她已经结婚。她同婆婆有矛盾。她的孩子有点佝偻症。她爱人在工厂里跟车间主任关系搞不好。她还没买上洗衣机。她身上穿的那件格子呢的外套不慎掉上了一个大油点。听说有一种"洗油净"特灵。她还没有买到，她还很想买一双白颜色的坡跟皮鞋。头发刺痒，该洗头了。她很想买一套"华姿系列化妆品"。可是谁愿意知道她这一切呢？

"你们是怎么搞的？怎么还不发车？"

她眼皮也不抬。她填着那张表。

那辆车在西单停靠了。

许多乘客如释重负地涌下车去。许多乘客如获至宝地拥上车来。

可车没开。

有两个小伙子，是从车上下来的。他们气冲冲绕过车头，闯到驾驶室边，一个拽开门就骂："你他妈的工会大楼干吗不停？！"一个竟伸出手去要拽司机："有你这么开车的吗？！你下来！"

工会大楼是前一站。发车时本是说工会大楼停西单不停的。

司机韩冬生原以为自己是做好事，没想到遭到这样的突然袭击。

韩冬生个子不高，但精壮茁实。他眉眼粗，汗毛重，一望也不是个好惹的。

他顿时火冒三丈。大家伙一个劲儿嚷："西单停！""西单停！"他才前一站不停停西单的。他心想你们非工会大楼下车干吗刚才不嚷嚷？真是谁心善谁吃亏。他觉着自己真是亏透了。前一阵大北窑那儿修路，车堵得厉害，车一停能停半拉钟头。常有忍耐不住的乘客跑过来求他："师傅，开门让我们下吧！"不在站上不能开门，这是制度。他本可以置之不理。可他心软，好几次都把门开了，让想下去的下去。这回他又心软。"我们都到西单下！"一片嚷声，他本是将就大家伙儿，没想到倒惹出了麻烦来。"瞧这二位那个横劲，怎么着？找碴儿打架吗"他满脸溅朱地指着他们叫嚷起来，"你们想怎么着？嘿你们要敢拽我你就直拽，这车我今儿个还真不开了，车撂这儿开不了你们负责！"

底下两个小伙子倒没真拽，但跳着脚骂个没完。

韩冬生气得浑身哆嗦。他转过身来，朝着车厢呼喊："嘿你们说说，是不是刚才车上都嚷着要我西单停车？！你们给证明证明！"

只有前面的售票员夏小丽呼应他："可不是吗！都嚷着要西单停，真西单停了又来捣乱！"

车上的乘客竟没有一个应声作证的。

韩冬生大受刺激。他又转身冲着车下的二位对吵起来。他甚至想跳下去同他们扭打一番。

西单站那里形成了淤塞。后面来车了，因为这车堵着，开不动。很快淤上了一长串。十字路口的交通民警一时顾不上这里，一边指挥着车辆一边干着急。一些过往的行人驻足围观。一些骑自行车的人停车围观。

这里是西长安街，前面就是电报大楼。街上挂着一串串小彩旗。街心车如流水。

事情还在恶性发展。

车上的乘客没有应声作证。

这并不奇怪。

嚷嚷着要西单下车的，早已都下去了。

听见了"西单下！""停西单！"嚷声，尚未下车的乘客，一时还没有反应过来。这类事，实在并非罕见。能不介入就不要介入。

车上主要是些才从西单站拥上的乘客。他们感到不快，可对事情的来龙去脉实在摸不着头脑。只好皱眉忍耐着。

交通警走过来了。还有治安联防的人员。

车下两个寻衅的小伙子走开了。

韩冬生还是不开车。他豁出去了。他冲车厢里嚷："这车不开了！下车！都下去！"

交通警走拢车前，问韩冬生怎么回事儿。

韩冬生气咻咻地望着两个挑衅者消失的地方，赌气地说："你们逮不着流氓你们就罚我吧！今儿个我还真不干了！"他掏出印着红 1、黄 2、蓝 3、绿 4 的一叠"北京市机动车驾驶员违章记录证"来，一下子递到交通警手里。

那本是他胸兜中最宝贵的东西，最怕被交通警缴去的。

交通警很冷静，把四张卡片都还给了韩冬生，对他说："你先把车开走吧！"

韩冬生把胳膊抱在胸前，两眼直愣愣地望着电报大楼的大钟，梗着脖子宣布："我这车出毛病了，开不了了！"

交通警见一时解决不了他的问题，便先去疏导淤在这车后面的其他车辆。治安联防的人员劝散了围观的人们。原先被韩冬生这辆车挡住的车陆续绕过它开了出去。

韩冬生再次转身对着车厢里嚷："这车坏了，不走了！下车！都下去！"

有十多个人下去了，多数人不动。特别是坐在座位上的人。挤车而能得到座位，难。哪怕这座位即将作废，他们也舍不得决弃。再说他们等待惯了。许多原来不能实现的事通过耐心等待都能等到。还有一些人从开着的门朝上登。夏小丽对他们尖声嚷着："不走了不走了，下去下去！"可仍有人坚持登车。他们觉得无论如何先登上去总是好的，下一辆什么时候才能来呢？眼前哪怕是可能落空的机会也该抓住，它总比一个圆满但还没有影儿的机会实在。

有一个人拿钱找夏小丽买票，夏小丽不耐烦地说："不卖了不卖了，你买哪门子的票？"

"我起点站上的。"那人解释着。

"甭买了甭买了。"夏小丽依旧摇头撇嘴。

连续几辆出租汽车从街心驶过。

韩冬生望着出租汽车顶上安装的有 TAXI 字样的顶灯，心里更不是滋味。

他把那顶灯叫成"坟头"。"那些顶着坟头的家伙"，他这么称呼出租汽车司机。

他从羡慕他们，到嫉妒他们。

韩冬生今年三十一岁。他父亲是一家饭馆的"白案"。那不是有名的饭馆，是一条胡同口上的一家最不起眼的小饭馆。他母亲是家庭妇女。两个妹妹也在饭馆，一个是给"红案"切菜备料的，一个是端盘儿的。他弟弟是全家的骄傲，因为在西郊一所大学里工作，尽管是在大学修建队当瓦工。大学里曾给每位教师配置一部《辞海》缩印本，本来行政部门的干部以及工人不一定需要那么厚的一大块纸砖，但福利均等的不成文规则使他弟弟也领到了一部。他弟弟立即倒手转卖，便得了四十块钱。韩冬生在弟弟面前原来并不觉得寒碜。这类事多了，心里便堵上了冰坨——我们公司怎么一年才发两双手套？

韩冬生赶上了最后一茬"上山下乡"。他哪知道后来中学毕业生用不着"上山下乡"了。在村里种地的时候，他常常一边抹着汗水一边幻想：什么时候能当个工人就好了！后来真有了这么个机会，房山的一个小煤矿招工，他欢天喜地地去了。去了才知道当矿工比种地还苦。于是他幻想哪一天能调回城里就好了！1979年还真遇上了难得的机会，父亲的一个"把兄弟"在公共汽车公司的一个车队上当队长，靠这个"后门"，他转到城里公共汽车公司来了，临调走的时候，矿上让他在一张纸上按手印，那上头写着他自愿从四级工降为二级工。他没犹豫，蘸着大红的油墨按了。他在公共汽车公司是二级工从头干起。先卖了两年票，后来才学了开车，当了司机。头两年他还算安心。可这一年多来他心上长毛了。

关键是出租汽车的勃兴。

原来北京市的出租汽车不过一千多辆，也没怎么听说过出租汽车司机发财的事儿；如今北京市的出租汽车过一万辆了，到处流传着出租汽车司机挣大把钞票的故事。

整个公共汽车和电车公司，才一万名司机。如今出租汽车司机的数目，已经赶过他们了。

出租汽车事业还在迅速发展。最大的一家首都汽车公司，车辆数目已过三千。就是同属一个北京市公共交通总公司管的北京出租汽车公司，车辆数目也已达到一千八百辆。其他各种名目的出租汽车公司已经超过一百家，什么翔远、安乐、渔阳、远东、京深、友谊、广达……还有叫香格里拉的，瞧人家那抖劲儿！

新中国成立之初，是蹬三轮的仰头望着公共汽车司机，羡慕个贼死，如今，是公共汽车司机低头望着出租汽车的司机，嫉妒得牙痒。

韩冬生其实还不算牙痒得最厉害的。

每天天还没亮，韩冬生就从床上爬起来。

他住在北京一条古老的胡同里的一个小杂院里。

他住的那间小南房只有十多平方米。家具很简单。自己打制的酒柜上有一个闹钟，结婚时候买的，近二年已经不能闹了，他也没去修，因为不用钟闹，他一到三点半过后准能猛地醒来。

他和爱人、孩子睡同一张床。那是一张目前已经不时兴的木板双人床。孩子已经四岁。他们是回民。回民托儿所比重点大学还难进，他们没门路，孩子托不进去。这样的苦恼他有一大堆。比如他和爱人都仍在精力最旺盛的阶段，性生活的要求都很强。可是在一个已经会说话的孩子身边做爱，孩子的一阵梦呓，一阵磨牙，都使他们既败兴又自卑。但这类的苦恼再深再重，也还比较容易恢复心理平衡。同院不少家的住房情况也差不多。最让他梗在心里化不开的，还是这样一个问题：同是握方向盘，为什么人家就能握出租汽车的，而我却只能握公共汽车的？

从洗脸、刷牙开始，两种方向盘所带来的差距便萦回在他的心头。不到四点，他已经出了胡同，他乘上203路夜班环行车，来到景山前门。

每天凌晨三点半至四点之间，许多辆公共汽车公司的接班车汇聚在景山前门那里，众多的司、售员纷纷在那里转换去往自己车队的接班车，情景蔚为壮观。可惜几乎百分之九十九的乘客都无缘目睹这一景象。

在接班车上，韩冬生同熟识的司机最经常的话题，就是谁谁谁走了什么什么路子，调到出租汽车上去了，这类的信息常像火红的煤球般烫伤着他的心灵。他觉得不公正。被调去开出租车的多半是场里头头们的儿女或其他亲友。他一一记住了他们的名字和准确的亲属关系，达到睡梦中摇醒过来也能脱口而出的程度。

到了场里或总站，做准备工作的时候，他往往心里更加别扭。他想到如今的出租车越换越漂亮，越舒适。有空调，冬不冷夏不热。有录音机，随时能听个《血疑》主题歌什么的。后头放个香座，还有摇头狗什么的，前头挂串塑料葡萄，或者粽子香袋什么的。车里永远不会臭烘烘。不爱拉的还能推掉。虽说规定了一定比例，让上缴外币兑换券，自己终究能捞到一些。跑完了车子能开家门口停着，省多少事儿。还能用它拉拉关系，好处多了去！

逢到冬天，在场里给公共汽车灌热水，尤其是热水溅到手上烫得钻心的时候，他就更生动更具体地想象着出租小轿车里种种令人艳羡的景象。

在街上开着车，他脑子里流动着种种杂念，那最难压抑下去的，也还是"我怎么就不能调去开那出租汽车呢？"

像韩冬生这样的司机，工资待遇的确低。公共电、汽车公司的一万名司机的平均工资仅仅五十元。开中间带转盘和折棚的大车有一天六毛钱的"斗儿费"，加上公里费、节油费以及奖金，一月不缺勤不出岔儿能有七十元左右。这样一个月总共能有一百二十元左右。

韩冬生家里的温饱成问题吗？

现在全北京每一个市民的温饱大概都不成问题了。

问题是谁也想过上更宽裕更舒适的日子。

以往北京市民们见了面，总是问："吃了吗？"

吃饭曾经是头等重要的大问题。

中篇小说

如今北京市民们见了面，倘是一段时间没遇上过，常问的是："家里买彩电了吗？"

黑白电视早已不稀奇。不问那个。

"买彩电了吗？"还要接着问，"多少寸的？"还要接着问，"什么牌儿的？"

说是牡丹、昆仑、金星、孔雀……什么的，对方会忍不住地摇头："您不买个日本的？"

说是福日，"啊，打日本进的流水线攒的，还行。"说是东芝、松下、三洋、索尼、夏普，"嚆，真棒。原装的吗？什么路子买下的？"

这就是时下北京市民的典型心理状态。

韩冬生一家也未能免俗。

他家的那本经还有特别难念之处。

他岳父年纪不算太大，但已偏瘫了十多年。

他爱人秦淑惠，在跟他搞对象的时候跟他一五一十交代清楚了。

岳父不仅偏瘫，行动不便，脾气还很古怪。

岳父现在住在他们隔壁一间更小的不怎么见光的屋子里。岳父床边有个大箱子，旧得看不出漆色，据说是樟木的，可韩冬生从未闻见过樟木的味儿。那箱子谁也不让动，就连小外孙京京摸摸，他也要嘴角一抽一抽地制止。

院里的老住户们之间流传着这位老头的许多奇闻轶事。他现在是个退休的七级工。偏瘫了，人已经不成形状。但据说退回三十多年，他是个风流倜傥的京剧票友。唱起《白门楼》来，风姿不让叶盛兰。他有过红火的时候。他有他的个人秘密。他的履历可以查清，他的心路历程别人永远不能知晓。如今他那逝去的甜蜜和神秘的隐私都浓缩在了那口樟木箱子里。据传那里头有 20 世纪三四十年代北京戏园子的所有戏单和说明书，还有无数当年的京剧小报，以及若干他自己和别人的照片。盛传那些照片里有梅兰芳、筱翠花、荀慧生、言慧珠、梁小鸾等从一流到三流的名伶亲笔签名的戏装和便装照。"文化大革命""破四旧"时他已成为最普通的工人，没有"红卫兵"抄他的家。他的樟木箱里所塞满的东西如今更具有文物价值。中国戏曲研究院的人倘若知道，一定会兴奋不已，并采取相应行动，可是有关的传言并不能流出他们那条窄窄的胡同。韩冬生听到这一切时只是一笑。他甚至有些失望。他原期望那樟木箱里有点元宝金条之类的东西，最不济也该有些金银首饰。

韩冬生不懂京剧，并且不喜欢一切戏曲。

他也不爱看书。在他家屋里甚至找不到一本印刷物。

他模模糊糊知道有个梅兰芳。不过他更熟悉和崇拜山口百惠与程琳。

他没有挑剔秦淑惠的家庭。秦淑惠母亲早故，剩下个父亲又是这种情况。他还是同意和秦淑惠结婚。回民找回民不好找。差不多也就行了。

秦淑惠家住房比韩冬生家总算宽敞一点。他就入赘了。他们过得也还不错。

自从生了京京以后，秦淑惠一直没去上班。她是一家羊毛衫厂的工人。现在算是"吃劳保"。一月只有三十多块钱。这真够恼人的。可她有什么法子呢？孩子入不上托儿所，父亲又是那么个情况。原先父亲还能凑合着自己下点方便面吃，如今端碗都端不稳了。特别糟心的是老头最近常有大小便失禁的情况。她一个人得洗一老一小两个人的裤子。真够呛！也曾考虑过雇个保姆，但算来算去，还是不如自己"吃劳保"待在家里合算。"我雇我自个儿吧！"想通了，她倒也快快活活。

韩冬生有回开车开到日坛路，猛刹车，跳下车去揪住一个乱骑自行车的人吼了一通。表面上是因为那人违反交通规则妨碍了他行车，实际上是韩冬生头天下午窝了一肚子火，憋了十多个小时，总得借个碴儿撒放出去。头天下午淑惠领着京京出去买菜的工夫，岳父突然大便失禁了，呼哧带喘臭作一团。韩冬生能不管吗？管是管了，心里头别扭。他想，我上午在马路上伺候乘客，下午回到家还得伺候病人，可我家连台彩电都没混上，我怎么这么倒霉？

韩冬生心里偶尔会升起这样的念头："他怎么还不……呢？"但他总能自觉地立即把它压抑下去。

岳父有时候精神稍好，能含着漱口水似的说话。这种时候他可能会叫过韩冬生去："给我买两包烟来！"

岳父哆哆嗦嗦地递给韩冬生一块钱。韩冬生默默地去了。岳父有一笔不算太少的退休金，但他并不把那钱交给他们打伙用。每月领到钱后，他只交上十五块伙食费，此外，就全留在自己身边。他嗜好抽烟、喝茶，没香烟没茶叶了，便掏钱让小两口去给他买。碰上身体状况处于最佳状态，他兴许会蹭到街上去站站，然后给京京带回一点零食来。他们就是这么个经济关系。

韩冬生买回了一包四毛四分钱的"翡翠"和一包四毛七分钱的"红梅"，老头只认这两个牌子，剩下的九分钢镚儿，韩冬生全数随烟交了上去，而岳父也就颤颤巍巍地收下。

望着岳父不住痉挛的颜面，韩冬生又可怜起老爷子来。他心里升起这样的念头："谁也难免有这么一天哪……"

将心比心是人类的一种优美素质。

人心隔肚皮。理解别人的心思很不容易。

但应当有理解别人的愿望。

难。

难得普遍地产生这种愿望。

生活：网。

乘客们从一个网结流向另一个网结，借助于公共汽车时，他们的心灵或处于暂时的麻木状态，或沉浸于自我的思绪。对于他们来说，"公共汽车司机"和"公共汽车售票员"是两个抽象的概念，尽管面对着活生生的司机和售票员，他们也很难产生出如下的心绪：那些人各有各的名字，各有各的来历，各有各的生活道路，各有各的家庭，各有各的喜怒哀乐，生死歌哭……

乘客们的这种心态无可厚非。

当乘客们受制于公共汽车司机和售票员时，他们是无辜的。

当韩冬生在西单气恼而执拗地轰乘客们下车时，那满车的乘客便都是无辜的受害者。

来坐公共汽车的，谁也不容易。

当韩冬生和夏小丽他们往下轰乘客们时，有几位乘客的心灵最受伤害。

其中就有那位递过钱去要买票，而遭夏小丽拒绝的人，他是国家机关的一位技术干部。

韩冬生觉得自己比出租汽车司机挣得少，委屈，这位干部实际上挣得比他还少。

单看固定工资，这位四十岁出头的干部是比韩冬生拿得多。但韩冬生他们加上补助和奖金，能拿到一百二三十元，这位已经开始谢顶的干部却是干拿一份工资，额外的附加收入一年也不过一百多元。

韩冬生他们还能开辟第二财源。

韩冬生的同事里，有的经常泡病号。其实没有什么病。他们是同什么什么公司挂了钩，给人家到广州一类的地方接车去了。他们日夜兼程地从那边把车给人家开回来，或一周或半月，人家给他们一笔报酬。最多一次能拿到六百元。

韩冬生胆子小。秦淑惠也不让他那么干。秦淑惠头两年从街道上揽了糊纸盒的活儿。是糊装西装套服的那种漂亮的纸盒。糊一个大的能挣三分六厘钱，糊一个小的能挣两分四厘钱。韩冬生成年上早班。天不亮出去，中午一点半回到家里，吃过午饭，略事休息，他便帮秦淑惠糊那纸盒。

他们能从下午一直糊到吃晚饭，吃完晚饭一边看电视一边继续糊。韩冬生糊到九点来钟先睡。秦淑惠最来劲的时候能糊到十一点去。

最多一天能糊出二百多个来。

一月到头，把纸盒交上去，除了扣除百分之十的管理费，以及扣除糨糊钱和耗损费外，最多一月能挣到八十块钱。

那位平时骑自行车上班，偶尔才坐公共汽车的中年干部，可是一点这类的第二财源也没有。他和他那也当机关干部的妻子都没有开辟第二职业的魄力。客观条件也不具备。都说机关干部分房子占便宜。也不尽然。不过总的来说，确比公共汽车司机或售票员或然率高一点。那位干部前些时确实分到了一个两居室的单元。但说来韩冬生他们可能不信，那干部家里家具非常寒酸。他们也想添置点家用电器，一台十二寸的黑白电视看了多年，暂不作更新之想，算有一件了吧，最急需的洗衣机他们就还没有买。要买个双缸的，他们就还得再攒一阵钱才能办到。

韩冬生家里除了一台十四寸昆仑牌黑白电视机外，已经迎进了一台广东中山县出产的威力牌双缸洗衣机。秦淑惠特为它扯了两米花色艳丽的平绒布，不用时盖在上面，标志着它在他们家中目前所享有的荣耀地位。

韩冬生真不该觉得自己是天底下最倒霉的人，他在西单遇上点麻烦就这么不管不顾地对待工作，对待乘客，实在并不占理。

但乘客们也该知道他的家庭悲欢。

买那台双缸洗衣机对他们家来说是一桩大事。钱是用两双手辛辛苦苦糊纸盒子糊出来的。可是从百货商店运到家里，刚使两回就出了毛病。

气得不行。立即再去借平板三轮，运回百货商店，要求调换。

人家让他们先搁那儿，得研究研究，看究竟是机器本身有毛病，还是他们使用不当。韩冬生急了，跟人家吵。吵也没用。就像公共汽车上的乘客同他吵架一样。没用。权力，尽管是小小的权力，在人家手里。

洗衣机放在那儿了。韩冬生第二天早上开车心绪不宁。经常猛刹车。乘客们被弄得东倒西歪。没有哪个乘客知道，这除了惯性作用以外，还有司机本人的心理作用，而这竟又同一台搁在百货商店仓库里的待查洗衣机有关。

不细述了。韩冬生和秦淑惠四出四进，到百货商店换了三次，最后才得到现在稳定地覆盖着碎花平绒布的这一台。这一台真可爱，开动起来一点毛病也没有。

可是他们生活中的小悲欢仍在细波回澜般地展开着。

有一天韩冬生回到家，只见秦淑惠坐在床边上抹眼泪。

这是怎么了？

原来是有人给他们"下了蛆"。说他们是双职工，没权利领纸盒子到家里来糊。于是人家不再发给他们那样的纸盒糊了。

韩冬生对出租汽车司机们眼红。没想到也有人对他们两口子眼红。

韩冬生生气得不行。怎么着？八十块钱的外快挣得容易吗？有时候为了赶上交活的时限，得帮秦淑惠一直糊到半夜，第二天开车都迷迷糊糊的，万一出了事儿，自己吊销执照，坐班房，老婆孩子不得喝西北风去？

韩冬生愤愤地想：把我们挣的那八十块钱，拿出来跟你们劈分吗？有那么个理儿吗？

其实韩冬生这时候也该想一想，人家出租汽车的司机就那么轻松吗？不错，是挣得多，可开车的时间，不也比开公共汽车长吗？有时候一天有十六个、十八个小时都在跑车，最少也得跑十二个小时，容易吗？难道就该把他们多挣的钱，拿出来跟开公共汽车的劈分吗？这就合理了吗？

眼睛都朝比自己挣得多的人看，越看越眼红。

红眼病。这是目前中国人最常见、最多发、最普遍的心理症状。

失去了糊纸盒的财路，韩冬生秦淑惠便另辟蹊径。秦淑惠不知怎么的认识了邮局的人，于是他们从今年开始趸报纸卖。

趸来的报纸，《北京晚报》卖一张能挣四厘，《大千世界》和《球迷》合起来平均一张能挣五厘。他们每回趸三百份《北京晚报》、二百份《大千世界》和《球迷》。他们坚韧地几厘几厘地积累他们的财富。

韩冬生如今每天下午去卖报纸。一天能挣两块多钱。当秦淑惠每天点着挣来的钱——净是钢镚儿和皱皱巴巴的分票儿——她总是知足常乐地说："把一天的饭钱挣出来了！"

中国是个以烹饪技术著称于世的国家。

但中国一般民众的三餐饮食仍旧相当俭朴。

北京一般小市民宁愿牙缝里省一点，攒出钱来置"大件儿"。

眼下北京市民衡量一个家庭富裕程度的标准，主要不再是吃得怎么样，也不是穿得如何讲究，甚至也远不是有没有组合家具或壁灯吊灯，现在主要是看拥有家用电器及高档耐用消费品的数量和质量。

有所谓"八大件"的说法。按其重要性，彩电稳定地排在第一位，其余的在各人心目中次序略有差异，它们是：电冰箱、洗衣机、缝纫机、录音机、照相机、摩托车和录像机。

为了向"八大件"进军，韩冬生一家在吃上非常节俭。他每天早上不吃东西就去上班，跑车跑到八点多的时候，他在终点站附近的回民小吃店买四根油条，就着热茶水啃。天天如是。中午全家等他回来一块儿吃。他家中午饭全院知名。一年三百六十五天，天天吃炸酱面。秦淑惠每三天炸一次酱，油搁得比较慷慨，但里面只有鸡蛋和虾米皮，并没有羊肉末。自从羊肉涨到一块九毛钱一斤以后，他们一月只买一次，每次只买一斤来吃。晚上一般吃米饭、炒菜。菜是哪样便宜了吃那样。这一阵子柿子椒便宜了，一角六分钱一斤，秦淑惠就天天买两斤来炒着吃。

那位要买票反倒遭到拒绝的干部当然不知道。使他所乘那辆公共汽车搁浅的司机，便来自这样的一个家庭。

夏小丽拒绝卖给他票，使他非常难堪，也使他非常气愤。

他愤然说："你怎么不卖？我坐了国家的车，我就该买票，不能让国家吃亏！"他固执地抻着胳膊，把一毛钱递到夏小丽面前。

夏小丽竟越发粗暴地把他那拿钱的手推开，仰着脸，两眼眯成两条缝儿，下巴颏抖动着，嘴里像吐葡萄皮儿似的一连串地说："得了吧得了吧得了吧……"

她不仅拒绝售票，还拒绝接受那位干部的正确道理，使周围的乘客难以再保持沉默。

一位花白头发的女乘客忍不住对她说："你这样可不对……"

夏小丽没等他说完便又尖声地截断她说："我不对我不对我不对……不对又怎么着？！"

那眼睛瞪成一对鼓鼓的豆荚。

另一位戴眼镜的知识分子也实在看不过去，激动得有点结巴地批评她说："你你……这是什么态度？你你……怎么能这么工作？"

"就这态度！我还不想干呢！"

夏小丽的回答斩钉截铁。

真所谓"一波未平，一波又起"。这车更崴泥了。可怜满车乘客心！

夏小丽原是远郊区的一个高中毕业生。她父母都是那边工厂的普通工人。她上的那所学校是所谓"非重点"学校。全校高中毕业生里只有三个人考上了大学。她高中毕业时适逢北京市公共交通总公司招聘售票员。她是自愿来应聘的。

谁知经济改革的迅速进展，使所谓个体户活跃起来。破产或并无大赚的个体户人们很少顾及，到处传说着个体户暴发的消息。也不都是夸张。夏小丽的一个同班同学，如今是母校那一带的"糖葫芦王"，他通过从家庭车间里生产出的糖葫芦，垄断了那一片地区的糖葫芦批发业。存折上究竟有多大数目，不得而知；"八大件"置全了，可是有目共睹。夏小丽就被请到他家看过录像。对比之下，夏小丽越来越后悔当初为什么非来当这售票员。早知道的话不如在家耗一耗，耗到能领个体营业执照时，也领它一个大干一番。夏小丽觉得自己也不是个玩不转的人。

夏小丽在穿戴上原不怎么讲究。可如今刺激她的时髦事物实在太多。刚觉着"华姿系列化妆品"新鲜，电视上又推出了"威娜宝系列化妆品"的广告。刚置备了眉笔，百货商场化妆品柜台里又出现了睫毛夹子。最近北京街头陆续出现了港式的发廊，里头尽是打广州请来的有手艺的美容师，什么"小巴黎""秋子""新浪潮""迷你"……光理发廊的名字就让人心里头怦怦乱跳。看过几次时装展览，她懂得了什么是"国际流行色"，什么是"Ｘ型""Ｈ型""Ａ型"服装。光东长安街高台阶上的丽都百货商店里，就有那么多五光十色的真假首饰。刚买上一双细高跟皮鞋，人家就告诉说如今最新潮的女鞋倒是平跟的。

乘客们真该理解和谅解夏小丽的心思。

她虽不是如花似玉，到底正当青春。爱美是可贵的素质。万不可对之轻蔑。

问题是她越来越不乐意当售票员。公司发了工作服，蓝色，黄纽扣上的图案是方向盘，她嫌难看。料子很次。车队队长说值四十八块钱。她拿到信托商行估过价，人家只给开九块钱。她不按规定穿那工作服售票。她总按自己的心愿打扮自己，坐到那售票台上去。

她嫉妒那些比她打扮得好的女乘客，尤其外地来的女乘客。

有一回外地一位女乘客问她："同志，到颐和园在哪儿换车？"

她斜眼睨着那位女乘客。女乘客的西装套服材料高级，剪裁得也好，耳垂上的耳夹闪闪发光，不知是纯金还是包金……嘀，瞧那派份儿，敢情头一回来北京，口音透着"怯"，颐和园都没见识过。夏小丽撇撇嘴，傲慢地说："这车不去颐和园！哪儿换你下去问去！"

对方很伤心。人家头一回来北京。车子刚开过天安门。人家打车上望见天安门广场心里热乎乎的。人家觉得这是首都。首都应当处处、人人都比外地强。人家兴冲冲地要去游颐和园。人家家里的人还等着她回去讲述首都的风光。人家不过问一声怎么转车，首都的这位售票员就给人家一对卫生球眼珠，一句透心凉的冷话！

人家不能不提意见："同志你怎么这么说话？"

"我怎么说话啦？"夏小丽振振有词地说，"这叫北京话！你懂吗？告诉你这车不去颐和园，你啰唆什么？"

对方激动了："你这是什么态度？"

"就这态度！"夏小丽把头一转，"受不了这态度你坐小出租去呀！有能耐你坐专车去！"

人家气得要哭。游颐和园的兴致全给冲没了。

时常有乘客想：为什么汽车公司不对夏小丽这样的司、售员采取严厉措施，比如说，他们屡教不改，便加以开除？

有的乘客给公司打电话、写信，正式提出了这样的建议。

提出这类建议并不奇怪。头两年电影、电视剧里不净是这类的改革故事吗？新上任的改革家，铁腕人物，第一招就是对那些调皮捣蛋的人物实行"炒鱿鱼"。你不好好干？你改不改？你还捣乱？好，请你卷铺盖卷，滚蛋！

夏小丽那样的司、售员却不但不怕这一招，甚而巴不得你给他们来这一招。

在公共电、汽车的一万名司机里，已经有四分之一的人打了正式请调报告。有的人甚至要求离职。有的管你批准不批准，他就不上班，自己另辟财路去了。

售票员中也有一些这样的人。夏小丽就曾经闹过退职。不批准，她就把气往乘客身上撒，她经常懒得卖票。目前公司的规定是票款达不到指标不影响奖金，超过指标才能有额外奖励，数目也有限。夏小丽跑的那条线坐车的净是有月票的，买零票的不多，反正也超不了指标，所以她懒得卖票。

夏小丽不但不怕除名，她还自己除过自己的名。

头几个月，她忽然失踪了。老不来上班，车队干部去她家找她。她父母只是说："我们也不知道她哪儿去了呀！""许是到沈阳她姑那儿去了吧！"其实她就在北京。那个"糖葫芦王"帮忙，给她联系到一个外贸单位，当了接待室的接待员，负责给外商端茶递水。虽说是临时工，挣的不比售票员多，但实物油水非售票员可比，而且夏小丽觉得既体面又轻省。

车队终于找到了她，给那个单位说清楚，她是擅离职守的，于是人家辞掉了她。

夏小丽在这之后有一天来到了调度室。她穿着当接待员时候人家发给她的工作服，那是多么鲜亮的一身套服啊！她还戴着港式的蔚蓝色项链，耳垂上缀着雪花形的耳饰，脚上穿的是一双罕见的淡蓝色的人造革新款式高跟鞋。

简直是"衣锦还乡"的气派！

连韩冬生走进调度室，同她久别重逢，脑中也丝毫没有她犯了什么错误的意识。他只是乐呵呵地望着她说："嗬，鸟枪换炮啦！"

夏小丽被一群女售票员围着。有的用手捻她套服的料子，有的在问她那头发是哪家发廊里做的，是九块钱还是十二块钱的工钱，有的皱着鼻子凑拢她闻着她身上的香水味儿。夏小丽得意洋洋地用一条脚掌握着平衡，因为她脱下了一只鞋，正让另一个姑娘试穿，那试穿者脸儿涨得红红的，心里翻腾着微妙而汹涌的思绪。

"嘿！"她招呼韩冬生说，"吃陈皮梅！"

她买来一包陈皮梅，摊在了调度桌上，让大家随便抓着吃。

韩冬生吃了一颗。

"人家外商都时兴吃这个，没人吃那奶糖！"她宣谕着自己获得的人生经验。

调度员也吃着陈皮梅。她一边嚼着一边问夏小丽："嘿，我说你打算哪天来上班啊？"

夏小丽恩赐似的说："那就明天吧！"

处分？除名？从总公司到车队的头头们心里都明白，与其用处分和开除来吓唬这类司机和售票员，莫若随时随地提醒他们，他们将永远被该公司雇用。因为该公司目前已经有三分之一的司机、售票员因待遇问题打了请调报告，出勤率一直保不住。公司对付这些人的办法只能防止他们自行脱离，一旦有人自行脱离，他们就要像找回夏小丽那样找回他们来。他们不被除名就办不下个体户执照，也不能被别的单位正式录用，因而到头来还得认命，该开车开车，该售票售票。

都会的血液。

流通不畅。

胆固醇过高？血栓？还是毛细管溢血？

中国啊中国，北京啊北京。你在艰难中发展！

人太多。人挤人。可又没有立体化的公共交通结构，来疏散世界上最稠密的人流。

国外许多大城市的公共交通起码有三个层面。一是地下的地铁，二是高架铁路上的电气火车，第三才是地面上的公共电、汽车。

其中起主要作用的一般是地铁。

例如法国巴黎，它那蛛网般的地铁超过一百九十公里，沿途有三百七十多个车站，平均每天运载旅客四百万人次，在公共交通总运载量中远居首位。

而北京目前只有两条尚不能沟通的地铁线路，统共只有三十九点五公里长，两边合起来统共也才二十九个车站。北京全年公共交通载客达三十多亿人次，地铁只有一亿多人次，仅占总运载量的百分之三点二。

北京并无高架铁路，载客的负荷，自然主要压在了地面上的公共电、汽车上。目前北京的公共电、汽车已设一百五十八条路线，有四千零九辆车在这些线上跑，运载总长度是一千八百六十六公里，每天客运量大约是八百五十六万人次。巴黎在 1980 年，其公共汽车（尚不包括有轨电车）已设二百一十九条路线，有三千九百九十二辆车在这些线上跑，运载总长度是两千三百三十九点九公里，而每天客运量仅约二百零八万人次。北京公共电、汽车的定员标准是每平方米最多装载九人，实际上高峰时已达每平方米装载十三人，而巴黎公共汽车的定员标准是每平方米最多装载六人，但由于他们的满载率不足百分之七十，所以实际上常常是每平方米仅有三到四人。怪不得北京的公共汽车常常是挤成黑压压的一团，而巴黎的公共汽车上很少有人站着。

但巴黎再好，是人家的！

临渊羡鱼，莫若退而结网。

结网的人不少。

北京市公共交通总公司的干部们，他们何尝不愿意发展壮大首都的公共交通事业，何尝不愿意提高整个系统的服务质量呢？

总公司还有个城市公共交通研究所，几十个收入甚至比韩冬生还少的科研人员，目前仍挤在一幢屋顶漏雨的旧楼中，兢兢业业地搞着科研，整理着情报资料。

北京市市政府的市政管理委员会，说实在的也在作出最大的努力，来缓解公共交通中出现的纠结成团的问题。有的领导干部晚上确实常为这方面的头痛事半宿半宿地失眠。骂他们官僚主义是容易的，你换到他们那个位置上去试试，你能保证你一上台，北京市公共交通就立即面貌一新吗？难。

具体的困难就不去说它了。难就难在究竟怎么确定我国城市公共交通的性质。

公共交通系统，究竟应当确定为自负盈亏或基本自给的企业单位呢，还是应当确定为政府充分补贴的社会公益事业？

目前是举棋不定，暂称为"服务性的生产部门"。

但这就带来了不可克服的矛盾。

既然是服务性，就不能把赢利放在首位。甚至就得甘心认赔。目前北京市的公共汽车是开一条新路线赔一笔，有的线路甚至是跑一趟亏一趟。以服务性为宗旨，票价绝不能涨。可是汽油涨价了，能源税财政局照收。国家现在给售出的每张月票补贴一点九元。全年补助大约三千两百万元。这只能勉强堵上亏下的窟窿。实际上只是一种成本的简单再还原。总公司的干部们在这种情况下调薪无望。司、售员们当然不可能再提高收入。整个系统的福利待遇只能维持在低水平上。

但既然你又规定它为生产部门，那么为了赢得更多的利润，整个公司的人心必然向捞取钞票上倾斜。眼珠子里钞票多了，乘客就挤得没有地方装了。有的城市的公共汽车系统已发生了混乱。既然我们是生产部门，自负盈亏，那么，好，我把大量的公共汽车都拨去搞旅游，只剩下很少的车跑一般运行路线；在一般运行路线上为了多捞钱，或私抬票价，或收了钱不给撕票，或少停站以提高运行频率，或挤满了再开以提高满载率，或因觉得收入不如开旅游车的而闹情绪、怠工……北京的公共电、汽车说实在的还相当不错，没有出现过这样的大混乱。不过开车、售票既然不能满足自己的得钱欲望，那么，在班后开辟第二职业的风气愈演愈烈。今年 8 月 21 日清晨，四十四路一位女司机上班不到三个小时，按说应当正是精神最好的时候，却在马尾沟一带将车子猛地撞向在另一路汽车站牌下等车的人群，使一位上有老、下有小的中年女工程师当场惨死，另一名已考取大学正待去报到的青年右眼脱落，另两名无辜者受伤。这位女司机是位很善良的人，平时开车一贯认真。她怎会酿成此惨祸？她是开着车犯上困了！一大早开车就犯困！为什么？其原因不言自明。

公共交通究竟该算什么样的性质？

几乎所有西方资本主义国家，在观念上都是非常明确的：城市公共电、汽车理所当然是社会公益部门；不仅不要求它赚钱，甚至也不让它自负盈亏。它们采取稳定的补贴政策。例如法国的城市公共交通，票款收入只占其收入的百分之三十六，其余百分之六十四，都由国家、当地政府和受益单位承担。这百分之百的收入除成本还原外，不仅有余款可以发展公共交通，并且能够使公共电、汽车的司机保持相当不错的工资和福利待遇。例如巴黎的公共汽车司机，月薪平均六千法郎，大体上相当于两千元人民币左右，一般并不低于当地一个出租汽车司机的收入。

社会主义国家里，如匈牙利，原来对公共交通也没有很明确的决策观念，亏损严重，司机的积极性也不高。到了20世纪70年代末，国家在对饮食、娱乐等服务性行业进一步搞活，要求其自负盈亏的同时，却下决心将公共交通从自负盈亏的范畴中解放出来，确立了其社会公益部门的恒定性质。到80年代初，已投巨资将首都布达佩斯的公共交通全部更新，车票仍保持低价，国家补贴却大幅度提高，目前票款收入约占百分之二十五，而补贴却占百分之七十五，因而司机的工资福利待遇，在社会上已居于有吸引力的水平。

当公共交通系统同邮政海关等系统成为超出竞争之上的享受稳定补贴的部门时，服务于其中的工作人员自然会有一种职业上的自豪感和经济上的满足感，因而其服务质量，自然也就容易提高。

那我们也赶快补贴呀！多多补贴呀！

的确应当补贴，并且应当越来越多地补贴。

不光公共交通事业应当补贴。基础教育、幼儿园、小学、中学，就不该多多补贴吗？看见寒暑假里中小学临时改成旅馆，一些教员忙前忙后地招待着旅客，只为增加点外快以滋补困窘的生活，我们难道不鼻酸吗？公共文化事业呢，不该多多补贴吗？看见我们的图书馆把阅览室变成了收费播放港台低劣武打录像的场所，看见我们的博物馆和名胜地过一道门收一次费、租借不该租借的地盘给人家拍电影拍电视摆摊子设商亭，弄得文物受损、风景被污，我们难道不气愤吗？该补贴的方面和部门实在太多，而且我们还可以举出无数国外补贴有方的例子：他们的中小学校舍设备如何高级，他们的博物馆如何向学生免费开放，他们的风景区不仅禁止摆摊售货，甚至不准汽车驶入……

但是补贴需要大笔的钱。

钱从何来？

事实证明，以前那种框死的经济方针，效率低，收益慢，国家富不起来，因而只好一口大锅熬稀粥，大家平摊着喝。

实践证明，只有对内搞活，对外开放，才能解放生产力，使国家富起来。

而一搞活，就必然带来不平衡。

一些部门，一些人，因搞活而富裕起来了。

一些部门，一些人，只是逐步受益。

还有一些部门，一些人，如城市公共交通系统，如公共汽车司机和售票员，他们相对于出租汽车司机和个体户确实处于"吃亏"的状态。

因为穷，所以要搞活。搞活，却又拉开了贫富差距。填平贫富差距，就得回头去吃大锅饭。不想再过又穷又单调的日子，还得搞活，因而就得有相对穷一些的部门和人员。这真是个"怪圈"。

哈姆雷特沉吟着："活着，还是死去？这是一个问题。"

无数的中国人沉吟着："搞活，还是框死？这是一个问题。"

让我们还是回到那辆公共汽车上来。

竟闹到了不可开交的地步。

有些乘客下去了。但后面的车不见踪影，于是有的在站台上抱怨，有的复又上到这车上来。

韩冬生仍在罢工。夏小丽扯着嗓子轰乘客们下车："坏了坏了坏了，这车坏了不开了，下去下去下去！"

几位乘客开始同他们讲理。

"这车明明没坏。为什么不开？"

"你们像话吗？你们哪有想不开就不开的权利？"

“快点开车！注意影响！”

争吵中双方的话语都升了级。

“不坏也不开了，就不开了！”

“什么样子？你们怎么敢这样？非得给你们反映反映！”

“就这样！你反映去吧！你打电话告去！三十三局七〇三六转三六六，你下去打去呀！”

“你们没权利这么对待乘客！”

“你给《北京晚报》《古城纵横》写信去！你登报去！”

…………

最后双方的话语都有点出圈。

双方的心理状态都有点——实在是都有点“反动”。

都对现实不满。

乘客里有的想：“什么世道！越来越乱！”

韩冬生和夏小丽他们想：“什么日子，受够了！”

敢于公然从最小的冲突中喊出最惊心动魄的话语，这也是目前中国民众的特点之一。

因而相互不能原谅。相互都把对方作为证明世道不好、自己吃亏的发泄靶。

甚至不惜从动口到动手，乃至酿成流血事件。

其实这世道究竟亏待了那一方呢？

即如韩冬生，难道他退回十年的境况比今天好吗？即如夏小丽，难道她所享受到的口红、睫毛夹、耳饰、项链……以至于进发廊、听流行曲、吃双味高杯冰激凌、看美国电影《星球大战》等快乐，不正是这个世道给予她的吗？

家用电器进入了几乎每一个城市居民的家庭，增添新的品类和更换高上一档的家用电器已成为生活中能够争取实现的事情。一边抱怨着什么都涨价了，一边购买着过去不曾享用过的食品、衣着和日用品。

更要紧的是头上不再笼罩“阶段斗争”的阴云。干部们不用再上“五七干校”。知识分子不再是理所当然的“臭老九”。家里的弟弟妹妹、儿子闺女不会再被强制性地轰去“上山下乡”。“出身不好”的，有“海外关系”的，被冤枉过戴上过种种“帽子”的，至少不会再被公开地歧视和遭受明目张胆的打击。

可是都不满意！

一种新的心理冲突：在搞活和开放所拉开的差距中，贫和富之间，小富和大富之间，富得容易和富得吃力间……

怎么协调？

宣传不计个人利益、不在乎报酬和福利、甘于清贫和淡泊的高尚情操吧！那自然是应当赞颂的！但倘若宣传得过了分，则又必然引起对经济改革的怀疑。因为激发出把个人利益与工作任务挂钩的热情，恰是改革所赖以推行的心理动力。于是又有一个逆向的"怪圈"。

经济改革的成败，相当大程度系于心理改革的成败。

真理的核心是一种准确的分寸。实践的精髓在于掌握一种恰到好处的平衡。

难！

那辆公共汽车最后终究还是朝前开去了。

谁使然？

正当最混乱的时候，一位老先生从后面走拢车前。他又瘦又高，留一把稀疏的白胡须，穿一身西服，长长的脖颈上喉结非常突出。

他用手势止住了几位正跟夏小丽舌战的乘客，蔼然地对夏小丽说："姑娘，你消消气吧！"

他又走近驾驶台，更加蔼然地对韩冬生说："小同志，我不代表大家，我就代表自己。我看，你还是开车吧！"

他的话就那么简单。

可是，韩冬生却愣住了。他看到了老先生那双眼睛。那眼神儿。

韩冬生从那眼神儿里看见了什么？

事后他也说不清。人的思绪有时候是不可能说清的。

但韩冬生能一接触到那眼神儿便产生出那么一些思绪，却并非偶然。

韩冬生每星期日休息。车队长动员他星期日加班，他一次没去。加班给加班费，但规定不能超过三块钱，所以对他缺乏吸引力。他星期日唯一的乐趣，便是一大早带上他的京京，骑车去中山公园。他骑他的自行车，京京骑一辆带一对辅助轮的小自行车。京京真了不起，不到四岁，可他能沿着马路牙子，由爸爸护着，骑那自行车，一直骑到中山公园去！买那样一辆小自行车花了五十六块钱，韩冬生和秦淑惠舍得！

他舍得。为了京京。公园里的电动汽车，玩十分钟收一块钱，只要京京乐意，玩几场他都舍得掏钱。他还带京京去西单游乐场，那里的"碰碰车"玩十分钟就要两块钱。两块钱就两块钱，京京，你还玩不玩？

京京穿得比哪个富裕人家的孩子也不差。橘子刚上市，一块五一斤，他就立时买上两个大的，回家递到京京手中，然后每一瓣都由京京独享。他们全家一月吃一斤羊肉，这是笼统而言，其实他们每月总要买几回酱牛肉，每回称一块，要最精最好的，那也是由京京独享。京京的玩具也不少。看电视广告上宣传说有一种维生素 E 饼干儿童吃了健脑，他就让淑惠去买，结果转了半个城圈才买回来。饼干还没吃完，听车队里有人说维生素 E 过剩会造成呆痴，他回家又毫不吝惜地把剩下的饼干统统扔进了垃圾箱！

那维系着他和京京的东西，便是他接受老先生目光的契因。

那东西也不仅维系着他和京京，和秦淑惠，那东西也维系着他和岳父，乃至于更多的人。

岳父唤他，他走了过去。

"这后头、这后头……"

他知道是岳父实在忍耐不住了。但凡熬得住是不召唤他的。他便给他揉背。岳父发出也不知是痛苦还是痛快的呼噜声。

院里的人全都夸赞韩冬生小两口。谁都知道，淑惠并非那偏瘫怪僻的老头的亲生女儿！淑惠是落生五十六天以后抱过来养大的。淑惠在搞对象的时候就告诉了韩冬生。韩冬生知道全部事实。淑惠的亲生母亲依然健在，他们还有来往，韩冬生跟着淑惠叫他"大妈"。大妈原是这老头的嫂子，淑惠亲生父亲见弟媳妇总不生育，这才把她过继给了弟弟。如今淑惠的养母和生父都已故去。这么个关系，而小韩两口子还能伺候着那偏瘫的老头，没见着虐待和嫌弃。

但韩冬生小两口的心湖中也有过浮冰。院里的人全不知道，老头本人更不知道。小两口偷偷去过"法律顾问处"，请教了那里的律师：老头既非亲生之父，又自己有一笔收入，他们能不能同他脱离关系，由他自己另过，用他的钱请个人伺候他？或者是否政府将他安排到一个什么"敬老院"去？人家客客气气地接待了他们，曲曲折折地讲了半天，说来说去，还是以维持现状为宜。

小两口从"法律顾问处"出来，不知道为什么脸上都有点发烧。回家的路上，他们没怎么商量就破费买了五根一元五一斤的进口大香蕉，到家只分给京京两根，倒送了三大根到老爷子面前。

……在韩冬生住房对面，他还盖了一间厨房和一间只两平方米的小屋，那原是他盖来临时存放待糊和糊妥的套服盒的。自从有人给他们"下蛆"，失去了这项第二职业后，他便从场里弄来一只废弃的汽油桶，安装到那小屋的顶上，上面盖上一块大玻璃，从院里的自来水管那儿引出一条管子接到了油桶上，又从油桶底部往屋里接了一根带喷头和阀门的管子，于是，那间小屋便成了个地地道道的淋浴室，在炎热的夏季，利用阳光晒热那桶里的水，淋浴时水温恰到好处。从六月底到九月初，全院的人都不再去澡堂洗澡，全享用这韩冬生自创的"晒水器"淋浴……

所以韩冬生一接触那劝他继续开车的老先生的目光，便不由得软化下来。

夏小丽也有她另外的一面。每次回到远郊家中，她便要跑出二里路去看同学陈雪梅。雪梅的丈夫因为打架斗殴伤了人，被判了二年，如今自己带着个瘦猫似的小闺女凑合着过。夏小丽去了就给她拾掇屋子，帮她带孩子。雪梅哭，她就劝。雪梅说出离婚的想法，她跺脚责备，她搂着雪梅的肩膀，说许多知心的话。上回她给雪梅带去两口袋陈皮梅。她从小珠子串成的钱夹子里取出一个小伙子的相片来，说是只给雪梅一个人看。那是她当接待员时认识的一个小轿车司机。雪梅劝她早拿主意，她忽然向雪梅要烟抽。这回是雪梅搂住了她的肩膀，轮到她流眼泪，雪梅就用手绢给她擦，说许多岔了声儿的话……

所以夏小丽一接触那老先生的眼神儿，也就不再大喊大叫。

那眼神儿里有那么一种说不出来的东西。那是一种时下人与人之间十分缺乏的东西，一种十分、十分宝贵的东西。

老先生经历的事情多了。他总能替别人设想。总能往好处想别人。比如那两个跳下车去跟韩冬生找碴儿的青年，不仅韩冬生夏小丽恨死他们，其他乘客、民警和治安联防的人几乎也都视他们为臭流氓。要不他俩怎么一见民警和联防人员过来就赶紧溜了？

老先生却宽容地想：他们一定是确有急事，确实非得刚才在工会大楼那站下才不误事。

也许真是那样。那两个穿牛仔服、着滑雪衫、戴铜戒指、烫鬈鬈发的青年，也许真有急着要办的事。也许他们跟人家约会，他们不希望误点，他们要在工会大楼那站下车去找人家，他们上车后坐在最后一排座位上，他们没听见司机和售票员"一站西单！"的喊声，他们准备下车车却未停，一拉就把他们拉到了西单，于是他们气愤，懊丧，他们不找司机质问质问就不能取得心理平衡

他们并非什么流氓。也许他们教养差、语言粗、动作野，确实有点讨厌。但他们也有他们应享的生活，存在的道理。他们显然也有他们的难处，他们的生活也挺不容易，但能够这么去想的人实在太少。

那老先生却能。

老先生对司机更怀有深入的理解，因而能产生出最宽宏的谅解。

"他们开车的也不容易。"他对站在一旁的一位中年妇女说，"前些日子，热天，我上王府井买了一大包东西，也是车挤，把我挤到最前边，大草编包沉，我把它搁在发动机盖子上。也是到这西单，车一停，包一歪，把包里东西甩到了驾驶台那边，开车的也是个小伙子，瞪我一眼，还是把东西捡回给我。到了木樨地，我才发觉驾驶台边还有一个我刚买的摆桌上的温度计。捡起来，我以为摔碎了，一看，嚯，四十五度！"

这番话老先生说得动情，韩冬生却没有听到，夏小丽也没有听到，但他们能感觉和接受老先生的目光。

那是 7 月份，热得最邪乎的时候。老先生坐公共汽车回家，没人给他让座，他真累。他抓住司机座后头的那块隔板的立柱，尽量不让自己歪倒。他想起了十多年前，"文化大革命"后期，那隔板上喷写着"服务公约"，其中有一条是"不夹不摔"。"不夹不摔"！这是什么标准？好比你去一家饭馆，墙上赫然贴着："不给顾客往碗里放毒"……他望见了车上靠近售票员的双人座上方，喷写着"老幼病残孕专座"的字样，尽管那专座上现在坐着个假装闭眼打瞌睡的胖汉子，售票员拿他没有办法，但刚上车的一位抱小孩的妇女，把那小孩搁到了售票员的售票台上，售票员却并不觉得妨碍了自己，这景象是时下车上常见的，倒也多少弥补了胖汉子所构成的一个临时性缺憾……于是老先生不怨天，不尤人，站在那儿，于是他站到木樨地，看到了那个温度计……

他觉得"活到老，学到老"这话真是一点也不错。坐了这么多年公共汽

车，他直到这天才知道夏天里司机是在什么样的条件下工作！

由此及彼，由一点推及全面，他的眼神儿里的那种东西，更增加了浓度和力度。

难怪他那眼神儿和韩冬生的目光一交接，便有那样的效应。当然，韩冬生并不能立刻达到完全的心理平衡。他决定开车了。但他还要维系一下面子。他朝着车厢里的乘客们宣布："这车是有毛病！打不起火了！要开也成，可你们得下去人，帮着在后头推！"

乘客们纷纷议论。谁也不信，谁也不想下车去推。有人啧啧抱怨，有人打算再次抗争。

可是老先生带头往车底下去。他说："下去推推吧！活动活动身体好啊！"

开头几个，后来十几个，都下去了，大家开始推车。夏小丽从车窗里欠出身子来对老先生说："您别推，让他们推！"

韩冬生发动了汽车，下头的人陆续上来，老先生也被人搀上来了，有人给他让座，他就坐下了。

这辆公共汽车终于朝下一站开去。

公共汽车啊，公共汽车。

在我们的公共汽车里，你免不了还会遇上韩冬生那样的司机，夏小丽那样的售票员。你经常得在一个平方米上，同十二个同胞"筑成血肉长城"。

是该好好地琢磨一下了。"用我们的血肉筑成新的长城"应当只是一种崇高的比喻。如果不打比方，我们该怎么办？

1985 年国庆节写
10 月 19 日改毕

短篇小说

班主任

一

你愿意结识一个小流氓，并且每天同他相处吗？我想，你肯定不愿意，甚至会嗔怪我何以提出这么一个荒唐的问题。

但是，在光明中学党支部办公室里，当黑瘦而结实的支部书记老曹，用信任的眼光望着初三（三）班班主任张俊石老师，换一种方式向他提出这个问题时，张老师并不以为古怪荒唐。他只是极其严肃地考虑了一分钟左右，便断然回答说："好吧！我愿意认识认识他……"

事情是这样的：前些日子，公安局从拘留所把小流氓宋宝琦放出来。他是因为卷进了一次集体犯罪活动被拘留的。在审讯过程中，面对着无产阶级专政的强大威力与政策感召，他浑身冒汗，嘴唇哆嗦，做了较为彻底的坦白交代，并且揭发检举了首犯的关键罪行。因此，公安局根据他的具体情况——情节较轻而坦白揭发较好，加上还不足 16 岁——将他教育释放了。他的父母感到再也难在老邻居们面前抛头露面，便通过换房的办法搬了家，恰好搬到光明中学附近。根据这几年实行的"就近入学"办法，他父母来申请将宋宝琦转入光明中学上学。他该上初三，而初三（三）班又恰好有空位子，再加上张老师有十几年的班主任工作经验，又是这个年级班主任里唯一的党员，因此，经过党支部研究，接受了宋宝琦的转学要求，并且由老曹直接找到张老师，直截了当地摆出情况，问他说："怎么样？你把宋宝琦收下吧？"

正像你所知道的那样，张老师思忖的目光刚同老曹那饱含期待、鼓励的目光相遇，他便答应下来了。

二

张老师是个什么样的人呢?

趁他顶着春天的风沙，骑车去公安局了解宋宝琦情况的当口，我们可以仔细观察他一番。

张老师实在太平凡了。他今年 36 岁，中等身材，稍微有点发胖。他的衣裤都明显地旧了，但非常整洁，每一个纽扣都扣得规规矩矩，连制服外套的风纪扣，也一丝不苟地扣着。他脸庞长圆，额上有三条挺深的抬头纹，眼睛不算大，但能闪闪放光地看人，撒谎的学生最怕他这目光；不过，更让学生们敬畏的是张老师的那张嘴。人们都说薄嘴唇的人能说会道，张老师却是一对厚嘴唇，冬春常被风吹得暴出干皮儿；从这对厚嘴唇里迸出的话语，总是那么热情、生动、流畅，像一架永不生锈的播种机，不断在学生们的心田上播下革命思想和知识的种子，又像一把大笤帚，不停息地把学生心田上的灰尘无情地扫去……

一路上，张老师的表情似乎挺平淡。等到听完公安局同志的情况介绍、翻完卷宗以后，他的脸上才显露出强烈的表情来——很难形容，既不全是愤慨，也不排除厌恶与蔑视，似乎渐渐又下了决心，但忧虑与沉重也明显可见。

张老师从公安局回到学校时，已经是下午三点钟。他掏出叠得很整齐的手绢一边擦着脑门上的汗，一边走进年级组办公室。显然同组的老师们都已知道宋宝琦将于明天到他班上课的事了。教数学的尹达磊老师头一个迎上他，形成了关于宋宝琦的第一个波澜。

尹老师和张老师同岁，同是一个师范学院毕业，同时分配到光明中学任教，又经常同教一个年级。他们一贯推心置腹，就是吵嘴，也从不含沙射影、指桑骂槐，总是把想法倾巢倒出，一点"底儿"也不留。

三

尹老师身材细长，五官长得紧凑，这就使他永远摆脱不了"娃娃相"，多亏鼻梁上架着副深度近视镜，才使他在学生们面前不至有失长者的尊严。

在这 1977 年的春天，尹老师感到心里一片灿烂的阳光。他对教育战线，对自己的学校、所教的课程和班级，都充满了闪动着光晕的憧憬。他觉得一切不合理的事物都应该而且能够迅速得到改进。他认为"四人帮"既已揪出，扫荡"四人帮"在教育战线的流毒，形成理想的境界应当不需要太多的时间。不过，最近这些天他有点沉不住气。他愿意一切都如春江放舟般顺利，不曾想却仍要面临一些复杂的问题。

关于宋宝琦即将"驾到"的消息一入他的耳中，他就忍不住热血沸腾。张老师刚一迈进办公室，他便把满腔的"不理解"朝老战友发泄出来。他劈面责问张老师："你为什么答应下来？眼下，全年级面临的形势是要狠抓教学质量，你弄个小流氓来，陷到做他个别工作的泥坑里去，哪还有精力抓教学质量？闹不好，还弄个'一粒耗子屎坏掉一锅粥'！你呀你，也不冷静地想想，就答应下来，真让人没法理解……"

办公室的其他老师，有的赞同尹老师的观点，却不赞同他那生硬的态度；有的不赞成他的观点，却又觉得他的确是出于一片好心；有的一时还拿不准该怎么看，只是为张老师凭空添了这么副重担子，滋生了同情与担忧……因此，虽然都或坐或站地望着张老师，却一时都没有说话。就连搁放在存物架上的生理卫生课教具——耳朵模型，仿佛也特意把自己拉成了一尺半长，在专注地等待着张老师作答。

张老师觉得尹老师的意见未免偏激，但并不认为尹老师的话毫无道理。他静静地考虑了一分钟，便答辩似的说："现在，既没有道理把宋宝琦退回给公安局，也没有必要让他回原学校上学。我既然是个班主任老师，那么，他来了，我就开展工作吧……"

这真是几句淡而无味的话。倘若张老师咄咄逼人地反驳尹老师，也许会引起一场火爆的争论，而他竟出乎意料地这样作答，尹老师仿佛反被慑服了。别的老师也挺感动，有的还不禁低首自问："要是把宋宝琦分到我的班上，我会怎么想呢？"

张老师的确必须立即开展工作，因为，就在这时，他班上的团支部书记谢惠敏找他来了。

四

谢惠敏的个头比一般男生还高，她腰板总挺得直直的，显得很健壮。有一回，她打业余体校栅栏墙外走过，一眼被里头的篮球教练看中。教练热情地把她请了进去，满心以为发现了个难得的培养对象。谁知让这位长圆脸、大眼睛的姑娘试着跑了几次篮后，竟格外地失望——原来，她弹跳力很差，手臂手腕的关节也显得过分僵硬，一问，她根本对任何球类活动都没有兴趣。

的确，谢惠敏除了随着大伙看看电影、唱唱每个阶段的推荐歌曲，几乎没有什么业余爱好。她功课中平，作业有时完不成，主要是由于社会工作占去的精力和时间太多了——因此倒也能获得老师和同学们的谅解。

头年夏天，张老师接任这个班的班主任时，谢惠敏已经是团支部书记了。张老师到任不久便轮到这个班下乡学农。返校的那天，队伍离村二里多了，谢惠敏突然发现有个男生手里转动着一根麦穗，她不禁又惊又气地跑过去批评说："你怎么能带走贫下中农的麦子？给我！得送回去！"那个男生不服气地辩解说："我要拿回家给家长看，让他们知道这儿的麦子长得有多棒！"结果引起一场争论，多数同学并不站在谢惠敏一边，有的说她"死心眼"，有的说她"太过分"。最后自然轮到张老师表态。谢惠敏手里紧紧握着那根丰满的麦穗，微张着嘴唇，期待地望着张老师。出乎许多同学的意料，张老师同意了谢惠敏送回麦穗的请求。耳边响着一片扬声争论与喁喁低议交织成的音波，望着在雨后泥泞的大车道上奔回村庄的谢惠敏那独特的背影，张老师曾经感动地想：问题不在于小小的麦穗是否一定要这样来处理，看哪，这个仅仅只有三个月团龄的支部书记，正用全部纯洁而高尚的感情，在维护"绝不能让贫下中农损失一粒麦子"的信念——她的身上，有着多么可贵的闪光素质啊！

但是，这以后，直到"四人帮"被揪出来之前，浓郁的阴云笼罩着我们祖国的大地，阴云的暗影自然也投射到了小小的初三（三）班。被"四人帮"那个女黑干将控制的团市委，已经向光明中学派驻了联络员，据说是来培养某种"典型"；是否在初三（三）班设点，已在他们考虑之中。谢惠敏自然常被他们找去谈话。谢惠敏对他们的"教诲"并不能心领神会，因为她没有丝毫的政治投机心理，她单纯而真诚。但是，打从这时候起，张老师同谢惠敏之间开始显露出某种似乎解释不清的矛盾。比如说，谢惠敏来告状，说团支部过组织生活时，五个团员竟有两个打瞌睡。张老师没有去责难那两个不像样子的团员，却向谢惠敏建议说："为什么过组织生活总是念报纸呢？下回搞一次爬山比赛不成吗？保险他们不会打瞌睡！"谢惠敏瞪圆了双眼，几乎不相信自己的耳朵，隔了好一阵，才抗议地说："爬山，那叫什么组织生活？我们读的是批宋江的文章啊……"再比如，那一天热得像被扣在了蒸笼里，下了课，女孩子们都跑拢窗口去透气，张老师把谢惠敏叫到一边，上下打量着她说："你为什么还穿长袖衬衫呢？你该带头换上短袖才是，而且，你们女孩子该穿裙子才对啊！"谢惠敏虽然热得直喘气，却惊讶得满脸涨红，她简直不能理解张老师在提倡什么作风！班上只有宣传委员石红才穿带小碎花的短袖衬衫，还有那种带褶子的短裙，这在谢惠敏看来，乃是"沾染了资产阶级作风"的表现！

"四人帮"揪出来之后，张老师同谢惠敏之间的矛盾自然可以解释清楚了，但并没有完全消除。

现在，谢惠敏找到张老师，向他汇报说："班上同学都知道宋宝琦要来了，有的男生说他原来是什么'菜市口老四'，特别厉害；有些女生害怕了，说是明天宋宝琦真来，她们就不上学了！"

张老师一愣，他还没有来得及预料到这些情况。现在既然出现了这些情况，他感到格外需要团支部配合工作，便问谢惠敏："你怕吗？你说该怎么办？"

谢惠敏晃晃小短辫说："我怕什么？这是阶级斗争！他敢犯狂，我们就跟他斗！"

张老师心里一热。一霎时，那在泥泞的大车道上奔走的背影活跳在记忆的屏幕上。他亲热地对谢惠敏说："你赶紧把团支部和班委会的人找齐，咱们到教室开个干部会！"

五

四点二十左右，干部会结束了。其他干部都走了，教室里剩下张老师、谢惠敏和石红三个人。

石红恰好面对窗户坐着，午后的春阳射到她的圆脸庞上，使她的两颊更加红润；她拿笔的手托着腮，张大的眼眶里，晶亮的眸子缓慢地游动着，丰满的下巴微微上翘——这是每当她要想出一个更巧妙的方法来解决一道数学题时，为数学老师所熟悉、所喜爱的神态。可是此刻她并不是在解数学题，而是在琢磨怎么写出明天一早同大家——也包括宋宝琦——见面的"号角诗"。

张老师同谢惠敏在一旁谈着话。围绕着接收宋宝琦需要展开的工作，已经全部落实。男生干部分头找男生们做工作去了，跟他们讲宋宝琦并不是什么威震菜市口的"英雄"，而是个犯了错误的需要帮助的人。对他既别好奇乃至于敬畏，也不能歧视打击，大家要齐心合力地帮助他。女生干部将分头到那几个或者是因为胆小，或者是出于赌气，宣布明天不来上学的女生家去，对她们和她们的家长讲清楚，学校一定会保证女孩子们不受宋宝琦欺侮；对宋宝琦这样的小流氓，消极躲避只能助长他的恶习，只有团结起来同他斗争，进行教育，才能化有害为无害，并且逐步化无害为有益。张老师则要对宋宝琦进行家访，对他以及他的家长进行初步了解，并进行第一次思想工作。石红的"号角诗"明天一早将向大家强调："让我们的教室响彻抓纲治国的脚步声！"

当石红的"号角诗"快要写完的时候，张老师同谢惠敏的谈话结束了。张老师把摊在桌上、刚给干部们看过的几件东西往一块敛。那是张老师从派出所带回来的宋宝琦犯案后被搜出的物品：一把用来斗殴的自行车弹簧锁，一副残破油腻的扑克牌，一个式样新颖附有打火机的镀镍烟盒，还有一本撕掉了封皮的小说。小干部们面对这些东西都厌恶得皱鼻子，撇嘴角。谢惠敏提议说："团支部明天课后开个现场会，积极分子也参加，摆出这些东西，狠狠批判一顿！"大伙都同意，张老师也点头说："对。要利用这个机会，进一步抓好反腐蚀教育。"

没曾想，临到张老师收敛这几件物品时，突然出现了矛盾，还闹得挺僵。

别的东西都收进书包了，只剩下那本小说。张老师原来顾不得细翻，这时拿起来一检查，不由得"啊"了一声。原来那是本"文化大革命"以前，中国青年出版社出版的长篇小说《牛虻》。

谢惠敏感到张老师神情有点异常，忙把那本书要过来翻看。她以前没听说过、更没看见过这本书。她见里面有外国男女谈恋爱的插图，不禁惊叫起来："哎呀！真黄！明天得狠批这本黄书！"

张老师皱起眉头，思索着。他回忆起自己中学时代的情况。那时候，团支部曾向班上同学们推荐过这本小说……围坐在篝火旁，大伙用青春的热情轮流朗读过它；倚扶着万里长城的城堞，大伙热烈地讨论过"牛虻"这个人物的优缺点……这本英国小说家伏尼契写成的作品，曾激动过当年的张老师和他的同辈人，他们曾从小说主人公的形象中，汲取过向上的力量……也许，当年对这本小说的缺点批判不够？也许，当年对小说的精华部分理解得也不够准确、不够深刻？……但，不管怎么说——张老师想到这儿，忍不住对谢惠敏开口分辩道："这本《牛虻》可不能说成是黄书……"

谢惠敏的两撇眉毛险些飞出脑门，她瞪圆了双眼望着张老师，激烈地质问说："怎么？不是黄书？！这号书不是黄书什么是黄书？"在谢惠敏的心目中，早已形成一种铁的逻辑，那就是凡不是书店出售的、图书馆外借的书，全是黑书、黄书。这实在也不能怪她。她开始接触图书的这些年，恰好是"四人帮"搞法西斯文化专制主义最凶的几年。可爱而又可怜的谢惠敏啊，她单纯地崇信一切用铅字新排印出来的东西，而在"四人帮"控制舆论工具的那几年里，她用虔诚的态度拜读的报纸刊物上，充塞着多少他们的"帮文"，喷溅出了多少戕害青少年的毒汁啊！倘若在谢惠敏她最亲近的人当中，有人及时向她点明：张春桥、姚文元那两篇号称"阐述无产阶级专政理论"的"重要文章"大可怀疑，而"梁效""唐晓文"之类的大块文章也绝非马列主义的"权威论著"……那该有多好啊！但是，由于种种主观和客观上的原因，没有人向她点明这一点。她的父母经常嘱咐谢惠敏及其弟妹，要听毛主席的话，要认真听广播、看报纸；要求他们遵守纪律、尊重老师；要求他们好好学功课……谢惠敏从这样的家庭教育中受益不浅，具备了强烈的无产阶级感情、劳动者后代的气质；但是，在资产阶级、修正主义的白骨精化为美女现形的斗争环境里，光有朴素的无产阶级感情就容易陷于轻信和盲从，而"白骨精"们正是拼命利用一些人的轻信与盲从以售其奸！就这样，谢惠敏正当风华正茂之年，满心满意想成为一个好的革命者，想为共产主义这个目标而奋斗，却被"四人帮"害得眼界狭窄、是非模糊。岂止《牛虻》这本书她会认为是毒草，我们这段故事发生的时候，《青春之歌》已经进行再版了，但谢惠敏还保持着"四人帮"揪出前形成的习惯——把那些热衷于传播"文艺消息"，什么又会有某个新电影上演啦，电台又播了个什么新歌呀这样的同学们，看成是"沾染了资产阶级思想"。就在前几天，她发现石红在自习课上看一本厚厚的小说，下课她便给没收了。那是1959年出版的《青春之歌》，她随便翻检了几页，把自己弄得心跳神乱——断定是本"黄书"，正想拿来上交给张老师，石红笑嘻嘻地一把抢了回去，还拍着封面说："可带劲啦！你也看看吧！"结果两人争吵了一场；后来她忙着去团委会开会，倒忘记向张老师反映了，没想到今天张老师竟比石红还要石红——亲口否认这本外国"黄书"之黄！在谢惠敏心中，外国的"黄书"当然一律要比中国的"黄书"更黄了。面对着这样一位张老师，她又联想起以前的许多琐细冲突来。于是，往常毕竟占据支配地位的尊敬之感，顿然减少了许多。她微微噘起嘴，飞走的眉毛落回来拧成了个死疙瘩。

这时候，石红写完"号角诗"，正准备给张老师和谢惠敏朗诵，忽然听到张老师说："这本《牛虻》可不能说成是黄书……"她这才知道那本破书原来就是《牛虻》，赶忙凑拢谢惠敏身边去看。谢惠敏大声质问张老师的话刚一出口，她便热情地晃动着谢惠敏胳膊说："别这么说！我听爸爸妈妈讲过，《牛虻》这本书值得一读！这两天我正读《钢铁是怎样炼成的》，里头的保尔·柯察金是个无产阶级英雄，可他就特别佩服'牛虻'……"石红早就想找本《牛虻》来看，一直没有借到，所以她从谢惠敏手中拿过书来翻动时，心里翻腾着强烈的求知欲：这本书写的是什么时代的事儿？故事发生在什么地方？"牛虻"究竟是个啥样的人？真的有值得佩服的地方吗？……当她把破书还到张老师手上时，不禁问道："读这本书，该注意些啥？学习些啥？"谢惠敏咬住嘴唇，眯起眼睛，不满地望着石红，心怦怦直跳。

张老师翻动着那本饱经沧桑的《牛虻》。他本想耐心地对谢惠敏解释为什么不能把它算作"黄书"，但这本书是从宋宝琦那儿抄出来的，并且，瞧，插图上，凡有女主角琼玛出现，一律野蛮地给她添上了八字胡须。又焉知宋宝琦他们不是把它当成"黄书"来看的呢？生活现象是复杂的。这本《牛虻》的遭遇也够光怪陆离了。对谢惠敏这样实际上还很幼稚的孩子，分析过于复杂的生活现象和精华糟粕并存的文艺作品，需要充裕的时间和适宜的场合。

想到这些，我们的张老师便把破旧的《牛虻》放入书包，和蔼地对谢惠敏说："关于这本书的事儿，咱们改天再谈吧。看，快五点了，咱们赶紧听听石红写的'号角诗'吧，听完分头按计划行动。"

石红念的诗，谢惠敏一句也没装进脑子里去。她痛苦而惶惑地望着映在课桌上的那些斑驳的树影。她非常、非常愿意尊敬张老师，可张老师对这样一本书的古怪态度，又让她不能不在心里嘀咕："还是老师呢，怎么会这样啊？！……"

六

五点刚过，张老师骑车抵达宋家的新居。小院的两间东屋里，东西还来不及仔细整理，显得很凌乱。比如说，一盆开始挂花的"令箭"，就很不恰当地摆放在了歪盖着塑料布的缝纫机上。

宋宝琦的母亲是个售货员，这天正为搬家倒休，忙不迭地拾掇着屋子。见张老师来了，她有些宽慰，又有点羞愧，忙把宋宝琦从屋里喊出来，让他给老师敬礼，又让他去倒茶。我们且不忙随张老师的眼光去打量宋宝琦，先随张老师坐下来同宋宝琦母亲谈谈，了解一下这个家庭的大概。

宋宝琦的父亲在园林局苗圃场工作，一直上"正常班"，就是说，下午六点以后就能往家奔了。但他每天常常要八九点钟才回家。为什么？宋宝琦母亲说起来连连叹气，原来这些年他养成了个坏习惯：下班的路上经过月坛，总要把自行车一撂，到小树林里同一些人席地而坐，打扑克消遣，有时打到天黑也不散，挪到路灯底下接着打，非得其中有个人站起来赶着去工厂上夜班，他们才散。

显然，这样一位父亲，既然缺乏丰富而有意义的精神生活，那么，对宋宝琦的缺乏教育管束也就可想而知了。至于当母亲的，从她含怨的叙述中，不难看出她是怎样自食了溺爱与放任独生子的苦果。

绝不要以为这个家庭很差劲。张老师注意到，尽管他们还有大量的清理与安置工作，才能使房间达到窗明几净的程度，但是两张镶镜框的毛主席、华主席像，却已端正地并排挂到了北墙，并且，一张稍小的周总理像，装在一个自制的环绕着银白梅花图案的镜框中，被郑重地摆放在了小衣柜的正中。这说明这对年近半百的平凡夫妇，内心里也涌荡着和亿万人民相同的感情波澜。那么，除了他们自身的弱点以外，谁应当对他们精神生活的贫乏负责呢？……

差一刻六点的时候，张老师请当母亲的尽管去忙她的家务事，他把宋宝琦带进里屋，开始了对小流氓的第一次谈话。

现在我们可以仔细看看宋宝琦是什么模样了。他上身只穿着尼龙弹力背心，一疙瘩一疙瘩的横肉，和那白里透红的肤色，充分说明他有幸生活在我们这个不愁吃不愁穿的社会里，营养是多么充分，躯体里蕴藏着多么充沛的精力。唉，他那张脸啊，即便是以经常直视受教育者为习惯的张老师，乍一看也不免浑身起栗。并非五官不端正，令人寒心的是从面部肌肉里，从殴打中裂过又缝上的上唇中，从鼻翼的神经质翕动中，特别是从那双一目了然地充斥着空虚与愚蠢的眼神中，你立即会感觉到，仿佛一个被污水泼得变了形的灵魂，赤裸裸地立在了聚光灯下。

经过三十来个回合的问答，张老师已在心里对宋宝琦有了如下的估计：缺乏起码的政治觉悟，知识水平大约只相当初中一年级程度，别看有着一身犟肉，实际上对任何一种正规的体育活动都不在行。张老师想到，一些满足于贴贴标签的人批判起宋宝琦这样的小流氓来，一定会说他是"满脑子资产阶级思想"。但是，随着进一步地询问，张老师便愈来愈深切地感到，笼统地说宋宝琦这样的小流氓具有资产阶级思想，那就近乎无的放矢，对引导他走上正路也无济于事。

宋宝琦的确有严重的资产阶级思想，但究竟是哪一些资产阶级思想呢？

资产阶级标榜"自由、平等、博爱"，讲究"个人奋斗""成名成家"，用虚伪的"人性论"掩盖他们追求剥削、压迫的罪行。而宋宝琦呢？他自从陷入了那个流氓集团以后，便无时无刻不处于森严的约束之中，并且多次被大流氓"扇耳刮子"与用烟头烫后脑勺。他愤怒吗？反抗吗？不，他既无追求"个性解放"，呼号"自由、平等"的思想行动，也从未想到过"博爱"；他一方面迷信"哥儿们义气"，心甘情愿地替大流氓当"催巴儿"，另一方面又把扇比他更小的流氓耳光当作最大的乐趣。什么"成名成家"，他连想也没有想过，因为从他懂事的时候起，一切专门家——科学家、工程师、作家、教授……几乎都被林贼、"四人帮"打成了"臭老九"，论排行，似乎还在他们流氓之下，对他来说，何羡慕之有？有何奋斗而求之的必要？资产阶级的典型思想之一是"知识即力量"，对不起，我们的宋宝琦也绝无此种观念。知识有什么用？无休无止地"造反"最好。张铁生考试据说得了个"大鸭蛋"，不是反而当上大官了吗？……所以，不能笼统地给宋宝琦贴上个"满脑袋资产阶级思想"的标签便罢休，要对症下药！资产阶级在上升阶段的那些个思想观点，他头脑里并不多甚至没有，他有的反倒是封建时代的"哥儿们义气"以及资产阶级在没落阶段的享乐主义一类的反动思想影响……请不要在张老师对宋宝琦的这种剖析面前闭上你的眼睛，塞上你的耳朵，这是事实！而且，很遗憾，如果你热爱我们的祖国，为我们可爱的祖国的未来操心的话，那么，你还要承认，宋宝琦身上所反映出的这种问题，在一定程度上还并不是极个别的！请抱着解决实际问题、治疗我们祖国健壮躯体上的局部痈疽的态度，同我们的张老师一起，来考虑考虑如何教育、转变宋宝琦这类青少年吧！

张老师从书包里取出那本饱遭蹂躏的小说来，问宋宝琦："这本书叫什么名儿？你还记得吗？"

宋宝琦刚经历过专政机关严厉的审讯和带强制性的训斥，那滋味当然远比一个班主任老师的询问与教育难受，所以，他尽可能用最恭顺的态度回答说："记得。这是牛亡。"他不认识"虻"字，照他识字的惯例，只读一半。

"不是牛亡，是'牛虻'。你知道这两个字是什么意思吗？"

宋玉琦面部没有表情，两眼直愣愣地望着对面在窗玻璃外扑腾的一只粉蝶，极坦率地回答说："不懂。"

"那么，这本书你究竟读完了没有呢？"

"翻了翻篇。我不懂。"

"不懂，你要它干什么呢？这本书是打哪儿来的呢？"

"我们偷的。"

"打哪儿偷的呢？偷它干什么呢？"

"打原来我们学校废书库偷的。听说那里头的书都是不让借、不让看的。全是坏书。我们撬开锁，偷了两大抱。我们偷出来为的是拿去卖。"

"怎么没把这本卖了呢？"

"后来都没卖。我们听说，盖了图书馆戳子的书，我们要是卖去，人家就要逮着我们。"

"你们偷出来的书里，还有些什么呢？你还能说出几个名儿来吗？"

"能！"宋宝琦为能表现一下自己并非愚钝无知感到非常高兴，他第一次有了专注的神情，眨着眼，费劲地回忆着，"有《红岩》，有……《和平与战争》，要不，就是《战争与和平》，对了，还有一本书特怪，叫……叫《新嫁车的词儿》……"

这让张老师吃了一惊。他想了想，掏出钢笔在手心里写了《辛稼轩词选》几个字，伸出去让宋宝琦看，宋宝琦赶忙点头："就是！没错儿！"

张老师心里一阵阵发痛。几个小流氓偷书，倒还并不令人心悸。问题是，凭什么把这样一些有价值的，乃至于非但不是毒草，有的还是香花的书籍，统统扔到库房里锁起来，宣布为禁书呢？宋宝琦同他流氓伙伴堕落的原因之一，出乎一般人的逻辑推理之外，并非一定是由于读了有毒素的书而中毒受害，恰恰是因为他们相信能折腾就能"拔份儿"，什么书也不读而堕落于无知的深渊！

张老师翻动着《牛虻》，责问宋宝琦："给这插图上的妇女全画上胡子，算干什么呢？你是怎么想的呢？"

宋宝琦垂下眼皮，认罪地说："我们比赛来着，一人拿一本，翻画儿，翻着女的就画，谁画得多，谁运气就好……"

张老师愤然注视着宋宝琦，一时说不出话来。宋宝琦抬起眼皮偷觑了张老师一眼，以为是自己的态度还不够老实，忙补充说："我们不对，我们不该看这黄书……我们算命，看谁先交上女朋友……我们……我再也不敢了！"他想起了在公安局里受审的情景，也想起了母亲接他出来那天，两只红红的、交织着疼和恨的眼睛。

"我们不该看这黄书。"——这句话像鼓槌落到鼓面上，使张老师的心"咚"的一响。怪吗？也不怪——谢惠敏那样品行端正的好孩子，同宋宝琦这样品质低劣的坏孩子，他们之间的差别该有多么大啊，但在认定《牛虻》是"黄书"这一点上，却又不谋而合——而且，他们又都是在并未阅读这本书的情况下，"自然而然"地作出这个结论的。这是多么令人震惊的一种社会现象！谁造成的？谁？

当然是"四人帮"！

一种前所未及的，对"四人帮"铭心刻骨的仇恨，像火山般喷烧在张老师的心中。截至目前，在人类文明史上，能找出几个像"四人帮"这样用最革命的"逻辑"与口号，掩盖最反动的愚民政策的例子呢？

望着低头坐在床上，两只肌肉饱满的胳膊撑在床边，两眼无聊地瞅着互相搓动的、穿着白边懒鞋的双脚，拒绝接受一切人类文明史上有益的知识和美好的艺术结晶的这个宋宝琦，张老师只觉得心里的火苗扑腾扑腾往上蹿，一种无形的力量冲击着他的喉头，他几乎要喊出来——

救救被"四人帮"坑害了的孩子！

七

春天日短。当远处电报大楼的七记钟声，悠悠地随风飘来时，暮色已经笼罩着光明中学附近的街道和胡同。

张老师推着自行车，有意识拐进了免费出入、日夜开放的小公园里。他寻了一条僻静处的长椅，支上车，坐到长椅上，燃起一支香烟，眉尖耸动着，有意让胸中汹涌的感情波涛，能集中到理智的闸门，顺合理的渠道奔流出去，化为强劲有力的行动，来执行自己这班主任的职责。

晚风吹动着一直拖到椅背上来的柳丝，身上落下了一些随风旋转而来的干榆钱，在看不见的地方，丁香花开了，飘来沁人心脾的芳馥气息。

同宋宝琦本人及其家庭的初步接触，竟将张老师心弦中的爱弦和恨弦拨动得如此之剧烈，颤动得他竟难以控制自己。他恨不能立时召集全班同学，来这长椅前开个班会。他有许多深刻而动人的想法，有许多诚挚而严峻的意念，有许多倾心而深沉的嘱托、建议、批评、引导和号召，就在这个时候，能以最奔放的感情，最有感染力的方式，包括使用许多一定能脱口而出的丰富而奇特的、易于为孩子们所接受的例证和比喻，淋漓尽致地表达出来……

他感到，他比以往任何时候，都更爱我们亲爱的祖国。想到她的未来，想到她的光明前景，想到本世纪结束、下世纪开始时，"四化"初具规模的迷人境界，他便产生了一种不容任何人凌辱、戏弄祖国，不许任何人扼杀、窒息祖国未来的强烈感情！他想到自己的职责——人民教师，班主任，他所培养的，不要说只是一些学生，一些花朵，那分明就是祖国的未来，就是使中华民族在这 960 万平方公里的土地上，强盛地延续下去，发展下去，屹立于世界民族之林的未来！

他感到，他比以往任何时候，都更深刻地仇恨"四人帮"这伙祸国殃民的蟊贼。不要仅仅看到"四人帮"给国民经济所造成的有形危害，更要看到"四人帮"向亿万群众灵魂上泼去的无形污秽；不要仅仅注意到"四人帮"培养出了一小撮"头上长角、浑身长刺"的张铁生式丑类，还要注意到，有多少宋宝琦式的"畸形儿"已经出现！而且，甚至像谢惠敏这样本质纯正的孩子身上，都有着"四人帮"用残酷的愚民政策所打下的黑色烙印！"四人帮"不仅糟蹋着中华民族的现在，更残害着中华民族的未来！

对丑类的恨加深着对人民的爱，对人民的爱又加深着对丑类的恨，当爱和恨交织在一起的时候，人们就有了为真理而斗争的无穷勇气，就有了不怕牺牲去夺取胜利的无穷力量。

张老师陡然站了起来，他看看表，七点一刻。他想到了晚饭。不是他感到饿了，想自己回家吃饭去，他简直把自己也需要吃晚饭这件事忘到爪哇岛去了。他是打算亲自到几个同学家里去，了解一下他们对宋宝琦来初三（三）班的反应。而这个时候，同学们家里一定都在吃饭，吃饭的时候进行家访是不适宜的。他想了想，便背着手，在小公园的树林子里踱起步来，同时确定下来，七点半左右再离开这里……

丁香花的芳馨一阵阵更加浓郁。浓郁的香气令人联想起最称心如意的事。张老师想到"四人帮"已经被扫进了垃圾箱，想到华主席为首的党中央已经在短短的半年内打出了崭新的局面，想到亲爱的祖国不但今天有了可靠的保证，未来也更加充满希望，他便感到宋宝琦也并非朽不可雕的烂树，而谢惠敏的糊涂处以及对自己的误解与反感，比之于蕴藏在她身上的优良素质和社会主义积极性来，简直更不是什么难以消融的冰雪了。

八

张老师推车走出小公园时，恰巧遇上了提着鼓囊囊的塑料包，打从小公园门口走过的尹老师。

尹老师大吃一惊："俊石，你怎么还有逛公园的雅兴？"

张老师笑了笑，没有解释。他也并不问尹老师从哪儿来，到哪儿去。他知道，尹老师坚持有一个多月了，每天下午四点以后，除了在学校组织一些数学后进的学生补课以外，还要轮流到他们家里去进行个别辅导。他熟悉尹老师的脾性，特别是"四人帮"控制着文教战线的时期，他往往牢骚满腹，对教育部不满，对学校领导不满，对学生不满，对家长不满。倘是一个局外人，听了他那些愤激之情溢于言表的话，一定会以为他是个惯于撂挑子、甩袖子的人；其实尹老师牢骚归牢骚，工作归工作，不管是什么时候，不管遇上什么打击、障碍、困难和挫折，他从未放弃过辛勤的教学劳动。就是在"四人帮"把学生中的无政府主义思潮煽动得达于极点，课堂里往往乱得像一锅煮沸的粥时，他虽然能在办公室里把牢骚话说到"咱们干脆罢教"的地步，一听到上课铃响，却又立即奔赴教室，仍然竭尽全力地用粉笔敲着黑板，用劝导、吆喝、说服、恫吓来让同学们听他讲述那些方程式和多面体。

张老师知道这是他已经结束了个别辅导，要奔赴胡同外的汽车站，乘车回家去了。他既然是忙完了工作，那么，牢骚一定是一触即发。果不其然，不等张老师开口，他便拍着张老师自行车的车座子，长叹一声说："'四人帮'给咱们造成了些什么样的学生啊！你想想看吧，我教的是初三了，可刚才却还在为两个学生翻来覆去地讲勾股定理……你比我更有'福气'——摊上个'新文盲'宋宝琦！说实在的我不能理解你，眼下是'百废待举'，该做的事情那么多，而光是今天一个下午，你就为收留一个小流氓耗费了那么多心血，犯得上吗？！让宋宝琦滚蛋吧！公安局不收，让他回原来的学校！原来的学校不要，就让他在家待着！……"

张老师诚恳地对他说："经过这一下午，我越来越自觉地认识到，症结不在是不是一定要收下宋宝琦——的确，也许应当为他这样的学生专门办一种学校，或者把他同相似的学生专门编成一班；要不按他的文化程度，干脆把他降到初一去从头学起……但这都不是主要的。症结在哪里呢？今天下午围绕着收留宋宝琦发生的这一件又一件的事情，好比一面镜子，照出了'四人帮'糟害我们下一代的罪恶；有些'四人帮'的流毒和影响，我以前或者没有觉察出来，或者没有像今天这样感到触目惊心，我想到了很多、很多……达磊，现在是 1977 年的春天，这是多么美好、多么幸福的春天啊，可它又是要求我们迎向更深刻的斗争、付出更艰苦的劳动的春天，因而也是要求我们更加严格的一个春天！朝前看吧，达磊！……"

尹老师从这简单的话语里不可能感受到张老师已经感受到的一切，但是，当他同张老师那饱含着醒悟、深思、信心、力量的动人目光相遇时，他的牢骚和烦躁情绪顿时消失了。1977 年春天的晚风吹拂着这两个平平常常、默默无闻的人民教师，有那么一两分钟，他们各自任自己的思绪飞扬奔腾，静静地没有交谈。

张老师想到，过几天，针对尹老师思想方法偏于简单和急躁的缺点，一定要好好地找他谈一谈：感情绝不能代替政策；迫切希望革命事业向前迈进的心情，不能简单地表现为焦躁和牢骚；锲而不舍地坚持斗争的同时，又应当对事物的发展抱相应的积极等待的态度；对宋宝琦这类小流氓的厌恨，还可以转化为对祖国的幼苗遭到"四人帮"戕害而生的怜惜和疼爱……总之，要好好地同尹老师谈谈哲学，谈谈辩证法，谈谈现在和未来，谈谈爱和恨，谈谈生活和工作，乃至于谈谈《红岩》和《牛虻》……

远处又飘来了报告七点半已到的一记钟声，张老师收回沸腾的思绪，拍拍尹老师肩膀说："咱俩另找个时间好好聊聊吧。我还要到几个同学家里去一下。"

"快去石红那儿吧，"尹老师忽然想起，赶紧告诉张老师，"我刚从他们楼里出来，听我那班的一个同学说，谢惠敏跟石红吵了一架，你快去了解一下吧！"

张老师心里一震，他立即骑上车，朝石红家所在的居民楼驰去。

九

石红的爸爸是区上的一个干部，妈妈是个小学教师，两口子都是在轰轰烈烈的"四清"运动里入党的；从入党前后起，特别是经过"无产阶级文化大革命"，他们形成了一种很好的习惯，就是坚持学习马列、毛主席著作。他们书架上的马恩、列宁四卷集、"毛选"四卷和许多厚薄不一的马列、毛主席著作单行本，书边几乎全有浅灰的手印，书里不乏折痕、重点线和某些意味着深深思索的符号……石红深深受着这种认真读书的气氛的熏陶，她也成了个小书迷。

石红是幸运的。"晚饭以后"成了她家的一个专用语，那意味着围坐在大方桌旁，互相督促着学习马列、毛主席著作，以及在互相关怀的气氛中各自做自己的事——爸爸有时是读他爱读的历史书，妈妈批改学生的作文，石红抿着嘴唇，全神贯注地思考着一道物理习题或是解着一个不等式……有时一家人又在一起分析时事或者谈论文艺作品，父亲和母亲，父母和女儿之间，展开愉快的、激烈的争论。即便在"四人帮"推行法西斯文化专制主义最凶狠的情况下，这家人的书架上仍然屹立着《暴风骤雨》《红岩》《茅盾文集》《盖达尔选集》《欧也妮·葛朗台》《唐诗三百首》……这样一些书籍。

张老师曾经把石红通读过的《共产党宣言》《马克思主义的三个来源和三个组成部分》和"毛选"四卷，以及她的两本学习笔记，拿到班会上和家长会上传看过，但是，他更觉得欣喜的是，这孩子常常能够根据马列主义、毛泽东思想的原则去思考、分析一些问题，这些思考和分析，往往比较正确，并体现在她积极的行动中。

我们这个故事发生的那一天，张老师敲开石红他们家那个单元的门后，发现迎门的那间屋里，坐满了人。石红坐在屋中饭桌边，正朗读着一本书，另外有五个女孩子，也都是张老师班上的学生，散坐在屋中不同的部位，有的右手托腮、睁大双眼出神地望着石红；有的双臂叠放在椅背上，把头枕上去；有的低首揉弄着小辫梢……显然，她们都正听得入神。根据下午谢惠敏的汇报，这恰恰是那几个因为害怕或赌气，而扬言明天宋宝琦去了她们就不去上学的同学。

石红读得专心致志，没有发觉张老师的到来；有两三个女孩子抬眼瞧见了张老师，也只是羞涩地对他笑笑，没有出声叫他"张老师"，那显然并非忘记了礼貌，而是不忍心中断她们已经沉浸进去的那个动人的故事。

来开门的石红妈妈把张老师引到隔壁屋里，请他坐下，轻声地解释说："孩子们正在读鲁迅翻译的《表》……"

《表》是苏联作家班台莱耶夫在十月革命后不久写的一部儿童文学作品，它描写了一个流浪儿在苏维埃教养院里的转变过程。鲁迅先生当年以巨大的热情翻译了它。张老师虽然好多年没翻过这本书了，但石红妈妈一提，这本书里的一些人物形象和片段情节，顿时涌现在张老师的脑海中。张老师在短短的几分钟里，已经猜测出石红家里出现这种局面的来龙去脉了。果然，石红妈妈告诉他："石红一回家就把宋宝琦的事跟我说了。吃晚饭的时候她一个劲眨巴眼睛，洗碗的时候她跟我商量：'妈妈，要是我约上谢惠敏，把那些害怕、赌气的同学们都找来，读读《表》这本书怎么样呢？'我很赞成。我跟她说：'有党的领导，有社会主义制度，路线对了头，只要老师、同学们发挥集体的作用，小流氓也是能转变的啊！'后来她就找同学们去了——只是谢惠敏不知怎么没有来……"

正说着，石红读完一个段落，知道张老师来了，拿着书跳进里屋，高兴地嚷："张老师，你来得正好！快给我们讲讲吧！"

张老师被她拉到了外屋，几个小姑娘都站起来叫"张老师"，不等他发话，各种各样的问题就争先恐后地提出来了：

"张老师，这本书我们能读吗？"

"张老师，这本书里的小流氓，怎么又惹人生气，又惹人同情呢？"

"张老师，谢惠敏说我们读毒草，这本书能叫毒草吗？"

"张老师，您见着宋宝琦了？跟这本书里的小流氓比，他好点儿还是坏点儿呢？"

……

张老师且不忙回答，却反问她们："谢惠敏为什么不来呢？石红跟她吵嘴了？你们应该齐心合力把她拉来啊！"

小姑娘们激动地同声回答起来，吵成一片，结果一句也听不清，还是石红让大伙静下来，解释说："拉不来啊！除非现在报上专门登篇文章，宣布《表》是一本好书……"

原来，石红刚一找到谢惠敏的时候，谢惠敏见石红工作这么积极，还挺高兴。可是一听是找到一块儿去读一本外国小说，她就打心眼儿里反感。石红跟她解释，这本书挺不错，读了对解决那几个同学的问题能有启发……谢惠敏没等石红说完，立刻反问道："报上推荐过吗？"这一问使石红呆住了，半晌才回答："没推荐呢。""读没推荐的书不怕中毒吗？现在正反腐蚀，咱们干部可不能带头受腐蚀呀！……"谢惠敏一脸警惕的神色，警告着石红，不仅自己拒绝参加这个活动，还劝说石红不要"犯错误"……这把石红惹恼了，同她吵了一场，但临走时仍然拉着她的手，央告她去"听听再说"，她把石红的手拂开了。石红走后，谢惠敏激动地走出屋子，晚风吹拂着她火烫的面颊，她很痛苦，上牙把下唇咬出了很深的印子……

在石红的家里，接下来出现了这样的场面：张老师坐在桌边，石红和那几个小姑娘围住他，师生一起无拘无束地谈了起来，从《表》谈到苏联的演变，从《表》里的流浪儿谈到宋宝琦，从应当怎样改造小流氓谈到大多数小流氓是能够教育好的，最后渐渐谈到明天以后班里面临的新形势，张老师笑着问那几个小姑娘："怎么样，你们还罢课吗？"

她们互相交换完眼色，便都望着张老师，几乎是异口同声地说："不罢啦！"

张老师离开石红家的时候，满天的星斗正在宝蓝色的夜空中熠熠闪光。

用不着思索，蹬上自行车以后，他自然而然地向谢惠敏家里驰去。说实在的，当他同石红和那几个小姑娘议论时，谢惠敏无时不在他的心中；他疼爱谢惠敏，如同医生疼爱一个不幸患上传染病的健壮孩子；他相信，凭着谢惠敏那正直的品格和朴实的感情，只要倾注全力加以治疗，那些"四人帮"在她身上播下的病菌，是一定能够被杀灭的。

离谢惠敏的家越近，张老师心上的内疚感便越沉重。过去，对谢惠敏成为这样一种状态，他总觉得自己难以承担责任——他在接班不久的情况下，就向谢惠敏含蓄地指出过，不要只是学习零星的语录，不要迷信解释领袖思想的文章，要认真学习原著，要独立思考……但谢惠敏并未领悟。今天，张老师有了新的感触，他责问自己，虽然去年十月以前的那个学期里，是个乌云压顶的形势，可是，难道自己就不能更勇敢、更坚决地同荒诞、反动的东西作斗争吗？就不能更直截了当地、更倾注全力地同谢惠敏谈心，引导她擦亮眼睛、识别真假吗？……

快到谢惠敏家的门口时，一个计划已在张老师心中初现轮廓：他今天要把书包中的那本《牛虻》留给谢惠敏，说服她去读读这本书，允许她对这本书发表任何读后感。然后，从分析这本书入手，引导谢惠敏运用马列主义、毛泽东思想的立场、观点、方法去解答一系列互相关联的问题：应当怎样认识生活？应当怎样了解历史？应当怎样对待人类社会产生的一切文明成果？应当怎样批判过去文化遗产中的糟粕而取其精华？应当怎样全面地、辩证地看问题？应当怎样辨别香花和毒草，识别真假马列主义？应当使自己成为一个什么样的人？应当怎样去为祖国的"四化"、为共产主义的灿烂未来而斗争？……

张老师心中掀动着激昂的感情波澜。当他刹住车，在谢惠敏家门口站定时，心中的计划进一步明朗起来：不仅要从这件事入手，来帮助谢惠敏消除"四人帮"的流毒，而且，还要以揭批"四人帮"为纲，开展有指导的阅读活动，来教育包括宋宝琦在内的全班同学……他决定明天一早就去请示党支部。会获得支持吗？他眼前浮现出老曹在支部会上目光灼灼地发言的面影："现在，是真格儿按毛主席的思想体系搞教育的时候了！"他正是要"真格儿"地大干一场啊，一定会得到组织支持的！他心中又闪过了一些老师可能发出的疑问，于是，他决定，要争取在教师会上发言，阐述自己的想法：现在，我们不仅要加强课堂教学，使孩子们掌握好课本和课堂上的科学文化知识，获得德、智、体全面发展；不仅要继续带领他们学工、学农，把理论和实践结合起来；而且，还要引导他们注目于更广阔的世界，使他们对人类全部文明成果产生兴趣，具有更高的分析能力，从而成为社会主义革命和社会主义建设的更强有力的接班人……

这时，春风送来沁鼻的花香，满天的星星，都在眨眼欢笑，仿佛对张老师那美好的想法给予着肯定与鼓励……

1977 年 11 月

我爱每一片绿叶

　　每当春夏之际，我常常仔细观察那些躯干粗壮、枝叶扶疏的阔叶树。我发现，从同一棵树上，很难找出两片绝对相同的绿叶。

　　我常想，只要是绿叶，不管大的、小的，形状标准的、形状不规范的，包括被虫蛀出了瘢眼的，它们都在完成着光合作用，滋养着树。

　　望着树冠上的万千绿叶，一股柔情从我心头漾起。我爱每一片绿叶。

　　我要介绍你认识一个人。

　　打这说起吧——上学期期终，我们教研组评选优秀教师，一共 16 个人，按比例可以评出 5 名优秀教师；发言踊跃，不多一会儿，就提出来 9 个候选人。

　　我是教研组组长，评选会由我主持。评议热闹过去了，会场稍显雅静。我用圆珠笔点了点记下的提名，忽然感觉仿佛有点什么欠缺，于是抬头环顾了一下会场——啊，为什么没有人提魏锦星的名呢？

　　魏锦星这时正坐在角落里，他和我同岁，今年 42 了，长挑个儿，永远是个平头，皮肤称得上黝黑，眼窝明显塌陷，高颧骨，厚嘴唇，一眼能看出是个南方人。此刻他两肘支在桌上，双手十指交叉，可以清晰地听见他扳动指关节的声响。

　　我心里动了动。魏锦星任教 20 年。数学教得呱呱叫，这两年他教的那两个班，期终考试始终名列全年级一二名，还在《中学数学教学资料》刊上发表了两篇教学经验，把他漏掉可不应该。

　　"还有没有补充的？"我直朝魏锦星坐的那个位置看，启发着大家。

　　组里年龄最大的吴老师，仿佛有点犹豫地开口说："我看锦星不错……"他举出了几条理由，提名魏锦星为优秀教师。

　　但是，他发完言，除我而外，却并没有什么人呼应。我想再发动一下，坐在我身旁的圆鼻头小余碰碰我胳膊时说："抓紧点吧——大伙还都有一摊子事呢！"

我就宣布散会。魏锦星头一个走出教研组，他抱着一大摞作业本，低着头，神色很不自然。看见他这样，我心里挺不是味儿。

人走得差不多了。我问平时跟我无话不谈的小余："你们干吗都不提魏锦星呢？"

小余耸耸肩膀说："他？怪物！"

魏锦星的确怪。

记得我们是同一年分配到松竹街中学来的，当时学校总务处有规定，我们单身教师一律两个人一间宿舍，可是魏锦星一到学校便向领导提出要求："我要一个人住，房间可以比他们小一半。"

总务主任一听就火了："什么？要搞特殊化？没门儿！"倒是党支部书记周大姐有肚量，她说："咱们不是有间 8 平方米的小屋吗？就让他住吧，只要他努力工作，把课教好就行啊。"

于是魏锦星住进了那间小屋。

当时，我们十多个从各地大学分来的毕业生都住校，晚上，为备课的事也罢，为闲聊一阵也罢，不免要串串宿舍。

有天晚上，我去敲他的门。他慢悠悠地在里面说："请进。"

我进去了。他桌上摊着书、本、教具，显然正在备课。说来也怪，他的屋子那么小，而我环顾之后，却有一种空旷的感觉。他屋里除了小床、书桌、书架和一个脸盆架外，只有一张直径不超过一尺的铁腿小圆凳，他就坐在那小圆凳上备课。其实，学校里多的是学生坐的靠背椅，他屋里却一把也不准备。

魏锦星见我进了屋，便站起来，客气地问我有什么事。我并没有什么特别的事，只不过想和他聊聊，找不到小椅子，便去坐他的床，他拖了我袖口一下，指指小圆凳说："这儿坐吧！"我不由得坐到了小圆凳上，这才仔细看了看他的床，啊，盖着雪白的罩单，不但一尘不染，而且平平整整，连一丝皱褶也找不出来。

奇怪的是，他自己也并不去坐床，而是在我面前以稍息姿态站着，双手背到身后，面上挂着客气的微笑，似乎在等待我提出什么问题，打算耐心地回答我。

我谈兴全无，便把备课中遇到的一个问题提了出来，他呢，俯身到书桌上，操起笔为我在纸上边画边讲。我得承认，他讲得很认真、很细心，对我确有启发，但是，讲完了这个，他便直起身来，又无话了。我当然只好告辞。

一个月以后，再没有人去敲他的门，因为大家都遭到了和我差不多的"礼遇"。小余揶揄地说，真该在他的小屋门口贴上副对子："游人止步""闲人免进"；横批："怪人居"！

魏锦星在教学上显然比我们教得更好一些，像吴老师那样的老教师听完他的课，经常当着我们的面频频赞扬；学生也反映他讲课清晰易懂，"没有一句废话"。他一样给学生补课，一样找学生谈话，只不过绝不把学生带回宿舍，他安排的地点不是教室就是教研组。到了夏天，有时干脆就在操场边、树荫下。

魏锦星那小小的宿舍渐渐显得神秘起来。不久就传出了一个秘闻，说他那书桌有三个抽屉，其中一个抽屉说空也空，说不空也不空，总之非常非常奇怪——那抽屉底上，搁着一张同底面积差不多相等的大照片，照片上是一个微笑的姑娘的大头！这秘闻发源于小余，小余自说是有一天晚上备课，因为实在得用一本习题集，而这习题集只有魏锦星才有，所以不得不去敲魏锦星的门。魏锦星爽快地把习题集借给小余以后，便提上暖瓶，准备去打开水，他侧身让小余出了门，待了一会儿，这才朝锅炉房而去；小余回到自家宿舍，还没坐下，就发现钢笔不见了，他想也许是落在了魏锦星桌上，便跑去找；魏锦星打开水还没有回来，小余在桌上没找见钢笔，便顺手拉开抽屉找了一遍……当然，钢笔最后是在小余自己的书桌下面找到的，不过，魏锦星抽屉底上的大照片的事儿，从此也便暗暗地传布开了。

"真想不到，魏锦星倒走到咱们头里去了！"小余这样议论过，甚至注意过邮递员搁到传达室的信件——有没有用娟秀的字体写出"魏锦星亲启"字样的来信？但是，小余的这种多余的好奇心，慢慢地也就无法维系下去了，因为，我们住单身宿舍的其他同伴们先后都结了婚，搬出校外成了家。小余也有了女朋友，而魏锦星却依然是一个人住在那间 8 平方米的小屋中。

岁月，随着一节课又一节课的铃声匆匆消逝，"魏锦星是一个怪人"的判断，随着每日粉笔灰的扬起与飘落，在我们的心目中巩固下来。不过，在工作上魏锦星同我们每一个人都处得很好，几乎没发生过什么值得一说的特殊情况。

然而，除了每日的教学工作，我们还有另一种生活，就是所谓政治生活。渐渐地，政治生活所占的比例越来越多、位置也越来越高。也不知道是从什么时候开始，我们的教学工作似乎并不能算是革命，我们如果要革命的话，必得用大量的时间和精力开政治性会议、听别人发言、自己发言、写大字报、看大字报、揭发别人、检查自己、搜索5%、保住自己在95%中的位置……渐渐地，魏锦星的日子便突出地难过起来。

记得那是在1964年夏天。正是"京剧现代戏观摩演出大会"搞得热闹的时候，教师团支部搞起了整风活动。我和魏锦星那年都已经28岁，参加完整风也就该办退团手续了；过罗筛般的整风整到魏锦星头上时，小余——那时候他正担任团支部宣传委员，在时代气氛的熏陶下，充满了在一切一切方面推进革命化的狂热——放了头一炮，这一炮不但把魏锦星打得面色惨白，而且，也使全场为之一惊："魏锦星同志的精神状态与火热的革命时代格格不入，请他向同志们交代一下自己的阴暗心理！"

大家的目光都集中到魏锦星身上，记得那天他独自坐在会议室的一把破旧的沙发椅中，蜷缩着身子，沉默了足足两分钟，才笨拙地辩解说："我没有什么……不革命的心理啊；当然，我有缺点……可是，不阴暗……"

如今回忆起来，真是难以解释。小余的那一炮明明武断之极，可是却没有一个人站出来缓和气氛，就是我自己，也在几位同志发言附和小余之后，沉不住气地表态说："我们应当在一切方面实现革命化，堵塞一切通向修正主义的管道；希望魏锦星同志在八小时工作之外，不再保留个人的'自留地'！……"当时会场上一派严肃气氛，仿佛中国之是否能够防止变修，全系于魏锦星能否改变他的脾性。

这次整风很有成效，有的同志被整掉了说话喜欢艺术夸张，富于幽默感的习性（这种习性被上纲为"资产阶级自由主义"）；有些同志在"革命化"压力下戒掉了围棋，卖掉了吉他，收敛了哼唱《铡美案》的歌喉（被表扬为"交出了思想领域中的自留地"）；我也被整得生怕和"资产阶级温情主义"沾边，努力鞭策自己用"事事离不开阶级斗争"的眼光去看待一切……尽管我们不可避免地仍有着各自的某些非规范性的特点，但都自觉地将这种特点压缩，藏掖到最高限度。只有两个人变化不大，一个是小余，因为他的偏激和好斗似乎堪称规范，所以毋庸有所变化；另一个便是魏锦星，他背负着冷眼与误解，依然是那样勤恳地工作，依然是那样一种生活方式……

1966年夏天到了。突然大家都掉进了令人头晕目眩的炽热漩涡，连小余也未能例外。一时间校园里处处贴着"小将"们用最极端化的措辞写成的大字报，不仅是贴在墙上、门上、讲台上、黑板上，甚至还贴在教师们的办公桌上、座椅上乃至于脊背上。

一开始，魏锦星当然绝非是横扫的重点，但是，也不知应当解释为偶然还是必然，他很快地被卷到了漩涡中心。事情是这样的：

那一天，在大操场上批斗党支部书记周大姐，戴高帽子、挂黑牌不算，还要当众剃什么"阴阳头"。我们全体教职工被集中在会场最前面，以备随时从中揪出"走资派复辟资本主义的社会基础"，押上台去陪斗，因此，个个忐忑不安，在烈日的炙烤下，热汗和冷汗浃背交流。小余低头坐在我身旁，连嘴唇都吓白了，显然，他比我们更加痛苦，因为万万没有想到，他也一样被扫到了"右"的行列。

事情来得很突然。正当几个"小将"要给周大姐剃"阴阳头"时，魏锦星不声不响地离开我们的教师席，低头朝会场外走去，于是，被身着绿军服、臂戴红袖章、手持宽皮带、绿军帽下耸出两把"刷子"的"女兵"喝住了：

"干什么去？"

"我恶心。"

"滚回去！革命不怕死，恶心也得参加斗争！"

"我恶心。"

"你早不恶心晚不恶心，这会儿恶心是什么意思？"

"我恶心。"

"要革命的滚回去！不革命的小心狗头！"

"我恶心。"

"你到底是什么阴暗心理？你说，周溪清是不是牛鬼蛇神走资派？"

"她算什么派我弄不懂。我就知道她是人，是个好人……"

"他妈的保皇派，反动透顶！""女兵"挥起皮带，铜头打到魏锦星脑壳上，发出一声惊动全操场的脆响。我们还来不及从新的惶悚中清醒过来，魏锦星已经被揪到了台上，满脸血污，让人扭住随周大姐一同剪了"阴阳头"成为陪斗的头一名……

当然，他的宿舍立即遭到了查抄，没有抄出其他任何罪证，只抄出来那张大照片，于是，那张大照片很快便被粘到了大字报上，予以"示众"。我在那时才第一次看见，照片上是个长得并不漂亮、但是青春焕发的、爽朗地笑着的姑娘。

根据一种"必然"的逻辑，魏锦星被"群众专政小组"挂上了"大流氓、坏分子”的牌子，关进了地下室。

两天以后，“群众专政小组”把魏锦星押出来劳改，给了他一把大笤帚，让他去打扫操场上的公共厕所。

那一天，我作为“走资派重用的红人”，也被派到操场劳改，任务是蹲在操场边上拔草。正当我几乎被暑气弄得晕过去的关口，忽然，传来一声撕裂人心的惨嗥——那声音是我平生从未听见过的，今后也绝不忍再听。我想，倘若把一个人的肉体扔进油锅，也未必会发出那种惨叫，只有当一个人的灵魂被掷进油锅时，才会有那般的狂啸……

我抬头朝发出声音的地方看去，啊，原来是魏锦星。他发现了粘在大字报上“示众”的大照片，像头狮子般地扑了过去——当然，他立即被身边的押解者扭住了，于是，两个人扭作一团，不用说，很快就有另外几个“群众专政组”组员去支持战友，于是，两分钟以后，魏锦星便被踢打着又带回了地下室。

太阳静静地照耀着白晃晃的操场。我受了这个场面的刺激，眼前似乎旋转着一个灼目的万花筒，终于仰面晕倒在操场上……

众所周知，后来学校里又发生了许许多多难以想象而居然出现的事情。我只想告诉你，有一天，那是在包括我和魏锦星在内的大多数教师终于被进驻的工宣队解放以后，小余忽然很激动地跑来对我说：“嘿，你说顽固不顽固——魏锦星的抽屉里，又有张大照片了，还是原来的模样——肯定是他用旧底片新放大的……”这回，小余没说他是怎么发现的，但是，我相信这是真的。

我本想对小余说：“大照片就大照片吧，这是人家个人的事……”可是终于又咽了回去。小余那时候又渐渐顺利起来。他在红卫兵、工作组、“造反派”、工宣队几朝天下，不断地重复着这样的“三部曲”：先是带头“斗私批修”站过去，接着当一阵“路线斗争”的积极分子；随后又“受蒙蔽无罪反戈一击”；看来我们的政治生活很需要小余这样的“标准群众”，也难怪小余对魏锦星这号难以就范的格涩人物不予谅解……

终于到了这一天，“四人帮”垮台了。学校发生了很大的变化。原来实现四个现代化本身就是革命，我们每日的教学工作也就是革命活动，这个浅显的道理被肯定以后，我们渐渐地如梦方醒。大家都很高兴，小余可以不必重复再扮演那令他人和自己都腻烦的“三部曲”，魏锦星脸上也出现了难得的笑容。

在整顿教学秩序和提高教学质量的战斗中，魏锦星作为我们教研组的一员，表现得非常出色。

那是 1977 年春天，有个初三年级的团员，是个头发扎扎乎乎像个刺猬的男孩子。他社会工作很积极，学习成绩却不行，尤其是数学。他先是小考连续不及格，后来爽性作业也不交。小余是他的任课教师，把他找到教研组来谈话，问他为什么不交作业。

那同学自知理亏，只是反复强调："我不会做啊！"

小余板着面孔下命令："你坐在这儿给我补出来，补完了再干别的去！"

那同学摊开作业本，看了看题，叹口气说："太难啦，这题我不会做啊！"

小余气得不行："你这是什么态度？你做，哪儿不会你提出来，我给你讲！"

那同学眉毛结成两团疙瘩，��硬是下不去笔。

我们好几个老师都走过去批评他。

这时，魏锦星不声不响地出现在他的身旁。只见他俯身拍拍那同学的肩膀，从胸兜中掏出一张写有练习题的卡片，送到那同学眼前，亲切地问："那么，这样的题你总能做吧？"

那同学接过卡片，看了一下，脸更红了，头也不抬地说："还是不会。讲这号题的时候，我就听不大懂了……"

小余气得直咬牙，魏锦星却又麻利地从胸兜中掏出另一张习题卡片，递过去问："那么，这样的题呢？"

那同学接过去，�了�钢笔杆，点下头说："倒能试试，可没准也做不出来。"

大家都还没反应过来，魏锦星竟又从胸兜中掏出第三张习题卡片递了过去，那同学接过一看，松了口气："这号题我会作。我就是打这以后糊涂起来的！"

魏锦星拍拍他的肩膀说："那就请从这几道题做起吧。"

同学开始做题了，魏锦星从胸兜里掏出剩下的几张卡片，一并送到小余眼前，解释似的说："学生有时候说不清自己学习上落下了多远，我准备了一叠写着深浅程度不同的习题卡片，能把他们落下的距离测出来。借给你参考吧，请后天还给我。"

说完，不等小余道谢，竟又不声不响地消失了。

在这件事上，大家都很佩服魏锦星。但是，也许是物理学上的"惯性作用"作祟吧，背地里大家仍旧认为他是一个怪人。

1978年春天到了，迎春花谢去了满枝黄瓣，蹿出了碧绿的叶片。我多年不住校以后，又重新回到学校，住进了宿舍。因为我和爱人、儿子组成的小家庭离学校太远，而在这个春天里我又有着那么旺盛的工作热情，因此，我决心每周只回家两次，其余的晚上都在宿舍里悉心备课。我回校住了几天以后，才又注意到魏锦星的那间宿舍，依然是素净的白布窗帘，依然是"闲人免进"式的气氛。只是窗外的杨树粗了许多，晚风一过，叶片的摩擦声更响，使人想起流动的涧水，从而进一步联想到逝去的岁月，而生出万千的思绪。

　　我轻轻走到那株杨树前，伸手摩挲着树皮，仰头望去，星星从叶隙中闪烁出神秘的光芒。我想，这真是一件怪事，十多年来，宇宙中发生过多少巨变。就在我们生活过的这片大地上，曾经席卷过多么惊心动魄的政治飓风，然而这间8平方米的小屋里，却仍旧保持着可以想见的特有状况。

　　我忽然觉得，魏锦星多么值得怜悯。我们毕竟有了个小家庭，尽管房间很小，生活也艰辛，但有老婆儿子，得享天伦之乐，"麻雀虽小，五脏俱全"……

　　可是，当我在树下背着手踱了几步，我又突然想到，也许，从魏锦星的角度看我们，倒是我们更值得他去怜悯。他毕竟敢于在抽屉里保留一张那样的照片，在心灵深处维系一股个人的柔情。而我们，比如说我吧，这些年来连日记也不记了，同亲友通信，也按随时可能被用大字报公布的标准来写，因为我目睹了太多这样的事例。我已经习惯于按"安全"而"规范"的方式说话、办事、与人交往；说老实话，我是没有勇气在自己的生活中，保留类似抽屉底上的大照片这种东西的……

　　陡然，魏锦星屋里的灯熄了，银色的月光，泻泻到他屋外的院落里，使人如处纯净的冰壶之中；沐浴着这清朗的月光，我第一次产生了这样的想法：魏锦星并不怪啊，应当说，他是一个非常、非常正常的人……

　　万万没有想到，他那刻板而不为人理解的生活，有一天突然起了很大的变化。

　　这天我正坐在宿舍灯下批改学生作业，忽然有人敲门，我开门一看，竟是魏锦星。他进得屋来，搓着手，塌陷的眼窝里，眸子闪着奇异的光彩，满面为难之色，嗫嚅地说："老彭，你看，能不能……这几天你回家去睡，让我，我来你这儿暂住几天……"

　　可以当然是可以，但魏锦星竟然要打破他的生活常规，"下凡"到我这个凌乱不堪的宿舍里来借住，真让我难以想象，这是怎么回事呢？

"我……老家来了个亲戚，要住几天，所以……"

原来是这样，我立即让出了一切：屋子、床铺、被褥……我对他说："你尽管住吧，我反正有自己的家！"

当我离开学校时，路过他的宿舍，只见窗帘上映出了一个妇女的身影，屋里传出她和一个孩子说话的声音。这是魏锦星的什么亲戚呢？从来没听他提起过啊……

魏锦星的亲戚很快成了全校教职工注视的物件。是一位看上去四十上下的妇女，矮矮的，没有什么腰身，脸庞瘦瘦的，眼角鱼尾纹很明显，看上去很憔悴。她早出晚归，所以露面的时候不多。大家看见得最多的是她带来的那个男孩，看样子有五六岁的模样。她吆喝他"小三"，可见是她的第三个孩子。每天一到中午，大家就看见魏锦星到食堂给孩子打饭，每回总要买上两个肉菜；他把饭菜送回宿舍，亲手照料那孩子吃。那孩子很淘气，总要端着大碗，跑到屋外来吃，吃的时候很贪，腮帮子鼓起来半天平不下去，嘴角往下掉渣儿。

有一天傍晚，我正要回家，远远看见魏锦星拿着一条纸蛇，蹲在杨树下，噗噗噗地吹着，逗弄那孩子，孩子咯咯咯地摆动着小手笑着。这个镜头令我很是吃惊。我回想起来，1966年同受"群众专政小组"专政时，我曾和魏锦星一起被关在生物标本室里待了好多天。什么鸟呀兔呀一类的好看的标本，早被洗劫一空，剩下的只有人的骷髅骨架和几种蛇的标本。他并不厌恶骷髅骨架，却特别怕蛇，即使是泡在药水里的瓶装标本，他也总要远避三米以外，还屡屡指着蛇对我说："我恶心，我恶心……"可是，此刻面对他亲戚的这个孩子，他却不厌其烦地吹着纸蛇。那孩子显然顶顶喜欢这个形象逼真的玩具，一见纸蛇伸缩蠕动，便拍手笑着，两只眼睛眯成两条小缝。看见孩子笑，魏锦星便也笑，脸上笑纹抖动，嗓子眼里还乐出声来。说实在的，这种笑法，我和他同事近二十年，还是头一遭看见。

"真是怪物！"小余在我耳边这么评论。

"唔。"我竟不由自主地应和着。

有一天。放学以后我和小余同路骑车回家，他又向我开始了"小广播"："嘿，你知道魏锦星那亲戚是干什么来的吗？是来北京上访的！据说她丈夫直到现在还被关着。你知道这些天魏锦星备完课净干吗吗？帮那女的改上告信呢？……你仔细琢磨一下吧，这女的那脸庞，跟他抽屉底上的那张大照片，是不是有点像？……"

不知为什么，我突然生了很大的气，瞪了小余一眼说："你净琢磨这些个干什么？"

可是，回到家里，我的心却好久踏实不下来。是呀，那妇女的脸庞，猛瞧上去当然和那照片上的姑娘并不一样，但细细考究，的确有着某种消除不尽的同一神韵。难道……

十多天以后，一个星期六的下午，魏锦星在众目睽睽之下，送那母子去火车站。那妇女神色黯然，显然是上访暂未获得成果。小孩却很高兴，一手举着咬掉一半的糖葫芦，一手抱着辆一尺长的玩具汽车。魏锦星提着大包小包，神色泰然，如过无人之境，陪着他们走出了校门。

有人隔着办公室的玻璃窗窥视他们的身影，有人在檐前、树下互相努嘴、打手势，表达着对魏锦星的评价，但并没有几个人公开议论这件事。

这件事结束以后，一切似乎又复归旧态。魏锦星每日白天同我们一样辛勤地工作着，每日晚上回到宿舍，除了备课和批改作业，他还干些什么呢？不得而知……

再回到评选优秀教师的事儿上来。

我把头一回开会的情况汇报上去以后，党支部书记周大姐皱皱眉头说："怎么会只有一个人提魏锦星呢？"

我说："多半是大伙觉得他怪，不讨人喜欢。"

周大姐沉吟着说："还是要看工作做得怎么样嘛。"

于是开了第二次会。周大姐来参加。这回我带头发言，提名魏锦星为优秀教师。

没有人发表反对意见。但是在集中人选的过程中，只有吴老师和另外两位中年教师把魏锦星列为第五名，其余同志所提出的五个人中，都不包括魏锦星；当选的五个人当中，平心而论，起码有两位就教学成绩而言，实在明显地逊色于魏锦星，可是强扭的瓜不甜，看来只好如此。于是我打算结束整个评选工作，环顾了一个全室，例行公事似的问："同志们还有什么话要说吗？"

小余在我身旁小声催促着："成了成了，谁争这个名誉。"

可是，坐在角落里的魏锦星突然发话了："我说几句。"

大家都不禁有点吃惊，全不由自主地把脸转向了他。

魏锦星那黝黑的皮肤本来是难以令人觉察出泛红的，但此刻你可以看出，他的脸确实涨得通红。他眼里闪着一种执拗、渴求交织的光芒；停顿了一两秒钟，像下了多么大的决心似的，他终于用低沉的声音说："这回参加评选优秀教师，我很高兴。有的同志当年错划成了"右派"，有的同志背了好多年的历史包袱，现在都解脱出来了，工作有成绩，大家在评议里都给予充分肯定，这有多好。这样落实政策，我很拥护。可是，能不能给别的……别的东西……落实政策？……"

全场哑然，似乎都屏住了呼吸，等待他继续说下去。

但是，魏锦星突然顺下眼皮，摆了下手，不再说下去了；只见他的喉骨上下搐动着……

散会后，我随着周大姐往党支部办公室走，周大姐眉峰攒聚，双眼仿佛凝视着远处，低声地问我："你知道魏锦星要说的是什么吗？"

我突然感到，仿佛是银幕上的画面陡然从模糊变为了清晰，并且推成了一系列特写：大幅的姑娘头像、8平方米小屋的窗户、当年团支部的整风会上蜷缩在沙发上的魏锦星、"我恶心"和随之打来的铜头皮带、狮子般地扑向大字报和撕裂人心的惨叫、远道而来的女客和她的眯眼睛娃娃、由蜷曲到伸直的纸蛇、给母子送行的场面……我觉得一个意念已在心中形成，于是，我用肯定的语气回答周大姐："他是问，能不能给性格，特别是给比较特殊的个性，落实政策？我还要替他补充：一个人在努力为祖国的繁荣富强而工作的前提下，能不能保留一点个人的东西，比方说，能不能有一点个人的秘密？"

周大姐用力地点着下巴，深沉地说："是呀，多少年来我们的政治生活不够正常，'左倾'灰尘污染了多少人的眼睛，容不得魏锦星的性格和他的个人秘密，这只不过是小小一例罢了……看来，充分调动每个革命群众的社会主义积极性，真正形成既有统一的革命意志，又有个人心情舒畅的局面，该做的工作还多……"

说着我们已经走到了党支部办公室门前。这时，我看见檐下的冰挂正在阳光下融化，一滴一滴的水珠落到阶沿上，正发出有节奏的声响……

1979 年 6 月

黑墙

夏日。星期天。

胡同小院。三两棵树，五六家人。

清晨。七点半左右。

有一户姓周的，一口人住一间东屋。这周某人三十嘟当岁。猜他没结过婚，可他用个有大红喜字的脸盆洗脸。猜他结过又离了，见了院里没对象的大姑娘又何必低眉顺眼，绕着弯儿走？他搬来不久，工作单位的名称挺绕脖子，院里的邻居们也闹不清他具体是干什么的。可掐指一算，他那么个岁数，插队八年回来的，工龄归里包齐满打满算也就七年挂零儿，能挣多少钱，能享受哪种待遇，提供不了多少可供猜测的乐趣。他来了以后不招灾不惹祸，不串门不待客，院里见了邻居，或是邻居先问他："吃了吗？"他不卑不亢地答一声："吃啦！"或是他先问邻居："您歇着啦？"邻居答一声："可不！坐这儿过过风！"脚底下并不见他停步，一径去了。有时候到院里公用自来水龙头那儿接水，或洗衣物，或淘米准备煮饭，跟邻居遇上了，自然不能不多谈上两句。他是有问必答，有答无问。院里的老住户们既谈不上喜欢他，也谈不上嫌厌他。

这天一大早他就忙乎开了。先是往屋子外头搬东西。再就是用一只大澡盆调配什么浆水。他大约头天就借来了一台脚踏式喷浆机。显然，他是要喷他的屋墙。

这本是档子平常事儿。邻居们在自来水龙头那儿遇上他，问一声："您今儿个喷房？"他答一声："喷喷！"客气一句："用不用我们帮忙呀？"他道一声谢谢："有喷浆机，容易！谢谢！"接完水，也就各自相安。

院里碗口粗的国槐上，绿伞似的树冠里藏着知了，开始一声递一声地叫唤起来。大伙听惯了，也就不觉着腻烦。

七点四十六分左右。

"哧——哧——哧——"

那声音有点新鲜。可很好理解——周某人开始喷房子了。

差四五分钟八点。

院里歇班的年轻人一连走了几个。自然是打扮得仔仔细细，而又各不相同。有一位平日卖肉的姑娘戴着假宝石耳坠、蹬着乳白高跟鞋，一出院儿就打开了蓝花自动尼龙遮阳伞。另有一位平日在铸工车间翻砂的小伙子，上身穿着件也不知哪儿弄来的印着美国印第安纳大学英文缩写字样的圆领衫，下身穿着条出口转内销的灰灯芯绒猎裤，戴着副紫罗兰色框架的大号遮阳镜，推着辆小轱辘自行车也出了门。再有一位在大学分校学企业管理的姑娘，穿着件自己裁剪缝制的不掐腰的浅绿色布拉吉，提着个正圆形的草编包，也匆匆忙忙而去。因为他们都走了，所以下面的事情才会那么发展。不过如果他们留下来，能不能改变事态的发展，也很难说。因为至少还有一位年轻人始终留在家里。他是在商场卖玻璃器皿的，这个轮休日他吃完早点就靠在床上看一本《没有点亮的灯》，他妈后来叫他参与下面的事情，他付之一笑，仍旧看他手里的书。

八点一刻左右。

院里气氛开始有点紧张。说"院里"不够准确，该说"屋里"，也不是所有的屋里，而是北房正当中那间屋里。那家姓赵，赵师傅五十六岁，提前退了休，为的是让二闺女"顶替""接班"。退休后一度到某单位去"补差"，最近那单位缩减工序，赵师傅暂时赋了闲，正联系着新的"补差"单位。

几位邻居是自然而然聚到他家里去的。他们告诉赵师傅：那周某人往墙上喷的，竟不是白浆而是黑浆！他竟要把屋墙弄成黑的！那黑浆也不知是用什么材料配的，就跟墨汁那么黑！漆黑漆黑！

赵师傅一方面大感吃惊，一方面却朦胧地体味到一种心理上的满足。退回十年，他当过一个歌舞团的工宣队副队长，那时候"积极分子"们发现了什么"新动向"，来向他报告时，神态、语气就有这么股子味道。赵师傅的老伴赵大妈，内心与赵师傅共鸣。退回八年，她当过"社会主义大院"的"院长"，有一回人们在枣树后的墙根那儿发现了半条"反标"，来报告时，也是这么个气氛。十年八年前的那些事儿，原以为早就封存在死灰里了，谁知来了一股风儿，旋着旋着，那冷灰似乎又有了几分热气儿。

"这可不成！"赵师傅威严地表态。

"这是怎么说的！"赵大妈表达着义愤。

八点二十五分左右。

"哧——哧——哧——"

周某人依旧喷着他的屋子。

最新消息：他把顶棚也喷成黑的！

赵师傅让来的人们坐下。坐下就有点开会的气氛。有各种各样的会。有的会谁都腻味，有的会你喜欢他不喜欢，有的会他喜欢你不喜欢。赵师傅喜欢现在这样的"会"。他提出建议说："这个情况，咱们得赶紧跟派出所反映！"

搁在十年八年以前，这既是建议也便是定论，既是个人发言也便是领导指示。

然而现在毕竟不是十年八年以前。瘦高条儿钱大叔居然立即就予以反对："这事儿，依我说咱们都别往那上头想……再说，无根无据的，咱们哪能就往派出所报呢？"

赵师傅和赵大妈都瞪着他，心里都在想：这个老裁缝！当年让"小业主"的头衔压着的时候，能这么张嘴就驳回我们吗？如今在家里揽私活儿，彩色电视机买来看着，谈话的声气也变了。

确实，钱大叔现在挺直腰板坐在那儿，侃侃地发表着他的看法：周兄弟兴许是犯病！有那么一号病，小报上登过例子，病人兴奋起来，就做那出奇的事儿……这小周上星期天在屋门口晒被子，大家伙兴许都没留神儿——那被面是大红的线绨，这不稀奇，可那被里居然也是清一色的大红布，真是透着古怪！所以说，该做的事不是去报告派出所，而是去找大夫——胡同里就住着位退休的中医，虽说中医兴许不擅长治这号病，可请来给瞧瞧到底没有坏处……

钱大叔这番话也没多少人响应，因为大家随着他讲话都不由朝窗外望去，透过槐树荫儿，只见那"周兄弟"在自己屋里神色自若地继续喷着墙壁，隐隐约约地，还听见他哼着一支什么歌，难道这是有病的神色做派吗？

坐在门边的孙老师，用左手小拇指搔着只有几缕头发勉强铺掩着的头皮，建议说："该去问问他，问他干吗要喷黑墙？他要说不出理儿来，咱们就禁止他——不，劝阻他——对了，劝说他，让他别再这么干了。"

凑巧坐在尽里边的另一位邻居李大娘，顺水推舟地说："那您就替大伙去问问吧！"

别的人也就都让他去。

八点三十六分都过了。

孙老师提建议的时候，心里只想着：自然是由赵师傅或赵大妈出面去问。没想到大伙却都让他去问。他后悔自个儿恰好坐在了门边，他在一所小学校工作了三十多年，是干总务工作的，并没教过一天书，虽说耳濡目染之中练就了咬文嚼字的习惯，可临到这种场合，需要挺身而出，去询问"怪人怪事怪现象"，他却像被强推到讲台前一般，手脚无措，舌头也打了结儿。

八点三十七分。

"哧——哧——哧——"喷房的事态在继续发展。

"嗡嗡嗡……"屋里的人们就近压低嗓门议论着。

孙老师机械地弹着左手小拇指的长指甲，两眼只望着鞋尖。他可不愿意去问那"周兄弟"。倘若让人家给干撅回来，脸上可怎么挂得住？又怎么跟大伙儿交代？倘若那"愣头青"说出着三不着两的话来，可怎么办？如实汇报吗？那不成了揭发检举？加以隐瞒吗？那不成了知情不报？而且又没有旁证，将来复查起来，谁说得清楚？……

费了好大劲，额头上都挂出一溜汗珠，孙老师才开口说道："还是，还是——赵师傅您去问问，问问吧！"

其余的人也就借坡下驴地一迭声说："就赵师傅去问吧！"

赵师傅先坐着没动。待人们把一般性的推让口气转化为请求的口气以后，他才猛地站了起来，一声："我问去！"抬脚便出了屋。

人们的目光，透过门窗，追随着他的背影，直抵"周兄弟"那屋的门前。都尖起耳朵想捕捉点有意义的声音，可是能听见的只是那槐树上知了的重叠成没有间歇的一片叫声……

八点四十一分。

赵师傅铁青着脸回到屋里，报道说："这小子，说是喷完了来跟我解释。我就知道他得来这一手！眼里还有咱们这些邻居吗？"

赵大妈火上浇油地指着窗外说："瞧，查水表的同志来了，这不，也朝他那屋里瞅呢！人家说出去，可不说是哪家哪户喷了黑墙，只说是咱们院里喷了黑墙——他这不是带累咱们了吗？"

李大娘是弹棉花社的工人，心地比较平和，她提出一种克服心理障碍的解释说：“兴许他喷这黑浆是打底儿，喷完了这个，他再往上喷白浆！”

八点四十三分。

“哧——哧——哧——”那喷浆的声音继续响着。望过去，那屋里竟是一片黑色。没人听信李大娘的解释，就是李大娘自己，多朝那边望上几眼，心也不禁更往下沉。

这是怎么说的？喷黑墙！在大家伙住的这个院里！你来邪的，你不怕，可你别带累别的人呀！

八点四十五分。

满屋子的人在一点上都共鸣：他不该把墙喷成黑的！屋里的墙壁、顶棚怎么能喷成黑的呢？这种事想都不敢想，可他竟然想了做了，稀奇！古怪！邪魔！外道！半疯！反动！……

赵师傅觉着还是该去报告派出所。不过挪脚之前他又有点二乎。如今的派出所可不如十年八年以前的派出所（那时候似乎没有了派出所，有的是“砸烂公检法领导小组”，不过办公的地方也就是以往和如今的派出所那个院子）。如今的派出所似乎没那么有杀伐，也没有以往那么看重自己，又动不动就讲“按政策办事”，一“按”，这黑墙的事兴许就拖着不给解决，甚至不了了之。所以赵师傅犹豫。可他心里又有一种强烈的冲动——要去报告。这是他不可推卸的责任，也是他必尽的义务。他难道是为了个人吗？他个人能捞着什么好处？……

赵大妈看出了老伴的心情，心里只感觉着辛酸。十年八年前他们是什么光景，如今又是什么光景！老伴如今吃亏在手里没掌握一门技术，所以“补差”只能是去当辅助工、看仓库，干不了多久就让人家给辞回来！是他不好好学手艺吗？不是，过去三十多年里头，净把他“抽出来”搞运动嘛，动来动去，如今就缺了个挣钱的门道——他以往值得骄傲的全在“政治敏感性”上嘛，如今要发挥一下这个水平，竟从眼里、皱纹里、嘴角里透露出那么多的犹豫，这是怎么着说的！他今儿个这劲头是为了啥？难道是为了给自个儿家捞点什么吗？……

钱大叔则越发认定“周兄弟”是犯了病。他承认自己刚才考虑得不对路。这号病中医不管用。他能让大夫给他号脉吗？不能。所以还是得请西医。可如今医院都不兴出诊，他这情况就难办了，谁能说动他去医院看门诊呢？……

李大娘想回屋再说动他那光知道看小说的大小子，出来拿个主意。也许能把那周兄弟劝得心回意转？那就让大小子帮他再把墙喷成白的。白的多好！怎么能不是白的呢？……

孙老师想回自个儿家里去，可又抹不开面子，不好挪动身子。这事自己得有个过得去的态度，不要弄得将来一查，自己竟是"划不清界限"的人物；当然也不要弄得将来一"落实政策"，自己在"周兄弟"面前又成了个"参与错案"的角色。最好是过去、现在、将来都不落各方面的非议。自己来这赵师傅家的"意思"已经够了，就该及时退出，可退出又得不露痕迹，这就难了……

八点四十八分。

赵师傅有个孙子，小名小扣子，才十岁挂零。起头他一直在里屋画画儿，后来倚在通里外屋的门边，好奇地听大人们议论。他觉得这外屋显得又挤、又闷、又热、又乱。他不明白这些大人干吗要这么折磨自己。

正当人们又议论起来，而且气氛再次趋向紧张时，小扣子站到了爷爷身前，他仰着头问："爷爷，你们在这儿干吗呀？"

赵师傅威严地对他说："去！一边玩去！没你的事儿！"

小扣子不服气。你们不就是为周叔叔喷墙的事在这儿生气吗？其实周叔叔这人可好了、可逗了。有一回他把我叫到他屋里去，从抽屉里拿出一沓硬纸片来，都有晚报那么大，什么色儿的都有，他一会儿换一张，紧挨着我眼前，让我满眼里全是那色儿，问我："喜欢，还是不喜欢？""觉着冷，还是热？""觉着干，还是湿？""觉着香，还是臭？""觉着想睡觉，还是想玩？""想起什么来了？还是什么也想不起来？""害怕，还是不害怕？""想喝水了，还是不想喝水？""想多看看，还是不想多看看？"……我答一句，他就往小本本上记一句。你瞧他多会玩！不信，你们都找他玩玩去！

小扣子想到这儿，便昂起头，放大声量说："爷爷，你们说个没完，累得慌吧？让我跟你们说几句吧！"

大伙儿不由得都停止了议论或思考，都把目光汇聚到他身上。

赵师傅赌气似地摆摆手说："好！你就说吧！"

小扣子便问："周叔叔他喷完了自个儿的屋子，还挨家挨户来喷咱们的屋子吗？"

八点四十九分半。

大伙全愣住了。

八点五十分。

赵师傅迸出一声："他敢！"赵大妈呼应说："他倒试试！"李大娘和孙老师都连说："那不会，那不会……"钱大叔想了想也说："看样子他不是那号胡来的，他犯病也就是在自个儿家里犯……"

八点五十一分半。

小扣子转动着身子，眨动着一双大眼睛，黑眼仁黑得比那黑墙更黑，黑得发亮，他天真地笑着，尖着嗓门说："这不结啦！周叔叔喷自个儿家里的墙，又不喷咱们的墙，你们跟这儿说他干什么呀？"

八点五十二分。

全屋哑然。

东屋那边传来的"哧——哧——哧——"的喷墙声，汇合着知了的叫声，显得格外清晰。

1982 年夏写于劲松中街

"5·19"长镜头

　　1985 年 5 月 19 日子夜来临之前,路透社驻北京记者安东尼·巴克顾不得掏出手帕揩去脸上的汗水,便扑到电传打字机前,抢先发出了关于当晚中国——中国香港足球赛结束后出现"骚乱事件"的消息。在这则电讯中他突出了本身所经历的惊险场面:一群因中国队意外失利而怒不可遏的球迷围住了他的小轿车,"一位球迷对我大声吼道:'谁好?中国,还是香港?答错了我宰了你!'"……他还报道,"这批闹事分子主要是年轻人,他们开始砸汽车,大声嚷:'外国人!外国人!'"

　　像"5·19"这样一种突发事件,抢先发出的头一条消息往往具有无形的权威性。

　　第二天,5 月 20 日,中国香港报纸纷纷在头版报道这一事件,若干报纸突出了安东尼·巴克带头强调的所谓中国人的"排外意识"。《东方时报》在报道中这样描绘当晚的场面:"数以千计的球迷麇集北京工人体育场附近街道,高呼反外国口号,阻截外国人汽车和袭击在车上的外国人。"同日,台湾国民党"中央社"从中国香港发出电讯,幸灾乐祸地引用"香港某些球迷"的话说:"他们……对中共输球后昨晚北平发生的排外暴乱事件,表示震惊……他们发现中共在心理上无法承受败给香港队,而导致引发排外暴乱……因此他们对香港前途的忧虑,也更加深。"

　　其实,足球狂热所引起的脱轨行为,近几年在北京多次出现,如 1981 年 10 月 18 日中国——科威特一役,中国足球队 3 比 0 获胜后,便有球迷截哄外国人小轿车;同年 11 月 12 日中国足球队胜沙特阿拉伯后,一些球迷拥向天安门广场,爬到受阻的公共汽车车顶,在上面狂呼乱舞,并从公共汽车的车顶上往小卧车的车顶上跳,使这两辆车的车顶被踩瘪;1983 年 7 月 1 日中国足球队负于联邦德国曼海姆队后,一些球迷朝客方队员乱扔东西,并在场外阻止外国人乘坐的车辆开动。但是 1985 年的"5·19"事件，不仅中国香港和海外在第二天大表震惊，我国自己也极度重视。5 月 20 日新华社电讯在历数了一帮"害群之马"在场内掷物哄闹、到场外任意毁坏公共设施和财物的错误行为后，用这样的语气说："更为恶劣的是，少数人在工人体育场附近故意拦截外国人的汽车，恣意辱骂……"并报道，有关部门领导人指出，"北京工人体育场发生的这一事件，是新中国成立以来在北京体育比赛中发生的一次最严重的、有损国格的事件，这种愚昧、野蛮的行为与首都的地位极不相称。北京市政法部门将依法严惩肇事者。"

不知道安东尼·巴克在睡醒一觉后，是否感到得意。我们应当相信他那力求客观、公允的报道动机，但至少有一处，巴克先生的报道失真：他说球迷从看台上朝场内掷了西红柿，但事后经中国有关部门细心统计，从容纳 8 万人的看台掷进场内的物品，共计软包装汽水瓶 2995 个，汽水瓶 156 个，面包 143 个，半截砖头 13 块，苹果 15 个。当天西红柿在北京的牌价每市斤超过一元钱，而且并不好买。

从球迷们入场开始，公安部门便开始拘留有问题的人，比赛中已拘留了 30 多人，后来在场外的大骚乱中又拘留了 90 多人，5 月 20 日新华社正式宣布："公安部门当场拘留了 127 名肇事者。"

5 月 19 日那一天，滑志明本来并不一定要去看足球赛。

头天，下午，他本是非常快乐的。他在上午就完成了当天的定额，下午他在车间里晃了一阵，便跟组长打招呼，要提前"走人"。组长开头给了他几句难听的，可知道他这人一脖子恼油，一股邪气上来，兴许就跟人吵嘴动武，后来便默许了他的早退。他一溜烟地骑车出了厂，直奔澡堂子。工厂有淋浴室，可他怕提前去淋浴让"多管闲事的"指认他的早退。在澡堂子里他痛痛快快地洗浴了一番，把事先带好的一套衣服，从帆布包里取出来换上。出了澡堂子，他骑车直奔王府井大街斜对过儿的正义路。正义路是北京城区绿化得最早的一条林荫道。路当心的一溜绿化区，乔木、灌木、草坪和甬路组成了宜人的风景。

滑志明到那里等他的女朋友。他们约的是下午六点钟见面。他去得太早，才五点五分。

滑志明今年 26 岁，活了这么大，他没一个人散过步。他当然会走路，可不懂得一个人散步。在这林荫道上，既然女朋友一时还来不了，他可以推车散步，也可以锁上车离车散步，可他不会。他把自行车胡乱地一支，找了个座凳一屁股坐下，立刻掏出香烟，一根根地抽了起来。

正义路林荫道上，在头年国庆节前安放了三座雕塑，一座名为"扫街"的清洁女工仿铜雕塑，在这1985年5月初已不知被什么人推倒，碎为三截；另一座名为"调筝"的弹琴女子雕塑，中指已被敲掉，还被人用红圆珠笔在额上点了红点，在脖子上画了项链；再一座名为"学习"的读书姑娘的雕塑，嘴唇被涂成了红色。滑志明就坐在那已被丑化的读书姑娘附近，可是他一点也不懂得仔细去观察周围的景物，所以那姑娘无论是洁白无瑕还是被玷污都引不起他的反应。他只想着他的女朋友小瑛子。

他跟小瑛子是三个月前在电影院里认识的。他们交上朋友以后，他一直在小瑛子面前装出一副"老手"的派头，仿佛他早就用这种法子交过许多朋友。其实他心里清楚，就凭他那个条件，无论是"自由乱爱"还是依靠"红娘"，找对象本都是难上加难的。就在"5·19"事件前一周，5月13日的《北京科技报》上的"征婚"栏中，便可以看到如下有代表性的"启事"："她，26岁，未婚，身高1.61米，大学毕业。本市某研究所从事技术工作，品貌端正，健康善良，欲求30岁以下、本市工作、大专以上学历、开朗正派、1.7米以上未婚男青年为伴侣……"别的就甭说了，才1.61米的姑娘，便非1.7米以上的小伙子不嫁，难怪像滑志明这号1.65米的小伙子，常常让人戏称为"半残废"了！他这个"半残废"头一回大着胆子交朋友，便交上了个越瞅越可爱的小瑛子。小瑛子也1.61米，并且也"品貌端正，健康善良"，可她不仅不挑他的个头，也不挑他的学历……

说来别人不信，滑志明就那么坐着抽烟，待了半个多钟头。他头脑里当然有思维，但也实在称不上什么胡思乱想。小瑛子提前十分钟到了。他们不懂得搞一些小把戏，如故意迟到啦，用一些闪烁的言辞勾起对方的嫉妒心啦，等等。他们实实在在地交朋友。当然，这天他们心里都浮起一个更深层的意识，就是他们已经在认认真真地搞对象了。

小瑛子这天打扮得比以往细心，可滑志明没觉察出来。小瑛子却注意到滑志明穿上了一套以往没露过的浅咖啡色的"撒哈拉式"西服，西服里头是浅蓝色的衬衫，系着一条金红色的条纹领带。小瑛子乐呵呵地腻到了滑志明膀子上，滑志明闻到了一股淡淡的牛奶味儿。小瑛子是乳品公司的涮瓶子工，无论头发上、脸上、身上用了多少种不同香味的化妆品，她身上总突出着一股淡淡的奶香。滑志明爱闻这股味儿，可他没跟她表述过。他不大会表述超出思维表层的内心活动。这自然说明他是个憨人，可他内心里所蕴含的，不也有优美的朦胧诗吗？

他们一块儿推车走出了正义路，在前门东大街南侧的松竹餐厅里吃了饭。滑志明要照例地点满一桌子菜，被小瑛子制止了。滑志明也便没有那样做。小瑛子的这一态度，暗示出她已开始把"他的钱包"看作"我们的钱包"。滑志明只粗粗拉拉地意识到她更"够哥儿们"。临到他们要一块儿骑车去滑志明家时，滑志明才告诉小瑛子："今晚上让你乐个够，我请你看录像！"

滑志明的父亲这天下班回家，一进屋就瞧见了一样刺眼的东西，他扬着嗓门问正在厨房里做饭的爱人："电视机边上那是啥玩意儿？哪儿来的？"

滑志明的母亲忙从厨房里出来，手里还举着油瓶子，因为知道老伴动不动爱犯急，忙掀动着嘴唇快速地解释说："中午志明弄家来的。是跟他中学同学小猛子借的。小猛子他爸不是到日本工作好几年了吗？带了这玩意儿回来。是放录像的机子。我也跟志明说来着，甭借这个来家，鼓弄坏了赔不起，可他……"

滑志明父亲无名火起，粗暴地打断她说："不像话！越来越不成样子！你就惯吧！惯吧！……"

厨房里的油锅眼看要出事，滑志明母亲只好暂且冲进去处理。父亲落座到购置不久的意大利式人造革沙发上，抖着手点燃一根香烟。如今满街都在卖法国式的、比利时式的、意大利式的人造革沙发，连奶品店里都撂着一大溜，所以滑志明父亲对这已经见惯的东西，用之心安。但放录机毕竟还很不流行，他狠狠地盯着那扁方的闪闪发光的机体，就仿佛是牧羊人面对着闯入牧场的怪兽。

人的思维活动，有若干个层次。最表面的一层，是感官和知觉对外界事物的肤浅判断与朦胧的好恶；往下，是以具体功利为核心的一些算计；再稍往下，是以往个人经验以及作为群体成员的"集体无意识"的交织与化合。滑志明的思维就常常只具有以上几个层次，总体仍是浅薄的，所以可归于"浅思维"一类。滑志明的父亲自然不止于此，他至少还有如下层次：由个人和个人所处的小社会出发，而达到对大社会的分析评判；由具体的评判而上升为趋于纯理性的思考；由一般分散性、随机性的思考，而跃升为一种哲理水平的思考……这各个层次的思维，往往不是由一层递变为另一层，而是转化为复杂的情感，交融在一起立体推进的。当滑志明父亲坐在那沙发上，眼睛盯着那放录机时，他的思维便立体推进着：放录机外观与性能的双重陌生感，以往听到过的私放黄色录像带的案例，"小猛子他爸"那种知识分子技术干部的入党、提升、出国、获实利，自家作为党政干部的宦囊羞涩与街头"二道贩子"们的得意忘形，"搞活"与"开放"所带来的他所判定的混乱与污染，自己作为党员对目前党中央方针路线的拥护义务与内心疑惑之间的痛苦感，必须严格按党中央目前的方针政策说话行动的高尚的自我党性约束所带来的神圣感，又伴随着连爱人、子女的思想也不能加以划一的痛苦感……这一切搅和在一起，起着化学反应，使他生理上血压升高，心理上失去平衡，感情上一触即发。因此，当儿子大大咧咧地回到家来，并且出乎父亲意料地带来个如同放录机一般陌生的女朋友——这事态一呈现于他的眼前，他便冲着儿子劈头盖脸地发作起来。

父子冲突的情景读者当可想象，这里从略。母亲自然是这一冲突中不可或缺的润滑剂。小瑛子看在"伯母"的面上，没有立刻离去。可小瑛子确实很伤心。她不理解滑志明为什么事先竟没通知父亲一声，她今天是头一回走进这个家门。父亲对儿子的一番训斥，她几乎一句也记不住，但总体印象却使她受到一次强刺激——原来滑志明在家里这么没有派份儿。当母亲把儿子和儿子的女朋友劝进儿子的那间小屋以后，忙掩上屋门，殚精竭虑来对付老伴：劝他吃饭，扶他到卧室休息，给他沏茶，为他温洗脚水，顺着他叨唠一阵儿子，最后再相机进言："敢情志明交上朋友了，瞅着还不错嘛……志明这么个学历，这么个工作，这么个个头，这么个脾气，能交上就不错……干吗让人家一进门就赶上一顿熊呢？……"滑志明和小瑛子对坐在那间小屋里，滑志明光是闷头吸烟，小瑛子光是胡乱地翻一本盗印得很粗糙的《冰川天女传》。滑志明竟不懂得表达他的心思，也不懂得向小瑛子贡献必要的解释。后来小瑛子就走了。当淡淡的牛奶味完全消失以后，滑志明才想起来他也没跟小瑛子约定下回见面的时间和地点。

滑家的单元里安静了好一阵。母亲本是每晚必看电视的，这晚却回避了。九点多钟，滑志明蓬着头发踅出了他的屋，来到过厅。他家的电视机搁在过厅里。滑志明决定放录像看看，解解心中的郁闷。他还没有一个人摆弄过放录机。他不记得他是怎么按键的了，反正无论他怎么放小猛子借他的那盘香港武打片录像带，电视机屏幕上总是一些空白。"他妈的！骗人！"他骂着小猛子，结束了放像的尝试。后来他就去睡觉。他并没有失眠。

第二天，即 5 月 19 日这个将使他终生难忘的日子，一大早他便去小猛子家，还回放录机和录像带。他自然率先谴责了小猛子的不义，但小猛子比他更气急败坏——对方判定是因为他不会用机子，按错了键，将原来有像的录像带洗成了白带子！而那录像带又是小猛子向别人转借来的。滑志明愣了。他不记得自己当时都按了哪些键，他不立足为自己辩护。他觉得自己太不走运，太亏，但他没冲小猛子发作，他问："赔，得多少钱？"小猛子告诉他得150 块。他二话没说，离开小猛子家，回家从自己屋里取出 180 块钱，又赶到小猛子家，痛痛快快地递给了小猛子 150 块。兜里揣着 30 块，他没再回家，他骑着车满城乱转悠。

我们从旁分析，可以认准他是要把窝在心里的浊气，找个渠道发泄。可滑志明自己没有这样一种自觉意识。他只是不想回家，他知道小瑛子家在哪儿，但他既然从未迈进过那个门槛（本来小瑛子跟他说好，下星期六晚上带他去的），他也没有硬闯的想法。他只决定熬过这个星期天，第二天往小瑛子单位里打电话。他不想一个人去公园，前面说过，他不会欣赏自然风景。中国美术馆正同时举办着几种美术展览，他也打那门口路过了，但他甚至都没有注意门口那些广告上宣布着什么展览正在举行。他有点想跳舞（只是有点，因为他个子矮，他知道腿长身材好的人跳舞才显得帅），但哪里有跳舞的场所呢？下饭馆，叫一桌子菜，喝两升啤酒，剩下一多半菜，然后扬长而去，曾是他的一种享乐方式。但自从有了小瑛子以后，他回过头去一想，也真没劲。那么只有看电影。美国立体片《枪手哈特》已经看过两回，不想再看。国产片《代号213》让他不称心，值当花 3 毛钱进电影院吗？他想找个地方玩玩电子游戏机，但想了半天，似乎只有中山公园里头才有；他已经骑车遛到了东单，也没兴致再回头往西骑。攘攘京城，竟没有一个能让滑志明顺顺溜溜排遣郁闷的去处！当他茫茫然骑过了建国门以后，他路过了国际俱乐部，路过了友谊商店，又路过了建国饭店和京伦饭店，他产生了一些浅浅的思维，他知道像他这样的中国人是不允许进这些地方的。他想到了外币兑换券，想到了前些日子他跟小瑛子逛西单商场地下室的售货部，那里有外币兑换券专柜。他俩在一下楼梯的地方就遇上了一位"倒爷"，是专门倒腾兑换券的，那家伙下巴颏好尖，个头倒准在 1.7 米以上，一见他俩就睐着眼说暗语，手上比画着兑换券和人民币的差价，他理也没理就带着小瑛子绕了进去。他开了眼，可他没那个购买力……他还想到了电视上见着的长城饭店，想到了小猛子的话："人家广州只要你有钱，什么地方都让进！"想到了有一回偶然从人家手里一张《羊城晚报》上看到的大广告："中国大酒店隆重贡献，张德兰演唱会……届时并有霹雳舞蹈团助演，轻歌妙舞，精彩万分，每位只收￥25及￥30……"记得当时人家跟他解释了那羊犄角是什么意思，可现在他仍旧搞不清……他骑过了那些地方，这样的思维也就差不多结束了。当他骑到大北窑附近时，因为街边上尽是个体摊贩，使慢车道上出现了许多慌忙去往的行人，不知怎么的他自行车的前轱辘碰了一个四五十岁的男人，那男人当即扭过头来，满脸厌恶，冲着他说："你文明点不行吗？！"他千真万确没跟那人干仗，他下了车，没说道歉的话，可没吱声，这不就意味着他认头吗？可不知谁的自行车前轱辘又撞了他那自行车的后轱辘，他却本能地扭过头去，也没把那人看清，便瞪圆眼睛嚷："你长眼了吗？"那人是个岁数跟他不相上下的小伙子，两人当即吵了起来，一句比一句难听，可没吵大发。滑志明不记得有没有人劝，也不记得他都吵了些什么，单知道他已经拐到三环路上的时候，心绪坏得不能再坏。

　　针对"5·19"中国北京的"足球骚乱"，美国《每日镜报》5月21日发表评论《乱扔砖头》，以猜测的口吻判断说："这些足球迷是不是60年代在中国的'文化大革命'中采取暴烈行动的红卫兵中感到失望的一部分人？"这是很有代表性的一种估计。

　　应当提醒一下世人，"文化大革命"是1966年爆发的，其大规模呈现暴烈行动的年份是头3年，当时的红卫兵的主要成分是高中和大学生，年龄在17岁至23岁左右，到1985年，他们应当都是36岁至41岁的人了。但"5·19"事件中所拘留的127个"肇事分子"中，最大的才35岁，而且过30岁的仅仅数人，绝大多数是15岁至25岁左右的小青年，他们或者"文化大革命"爆发时尚未出生，或者当时仅处幼年阶段，所以绝非"60年代……采取暴烈行动的红卫兵中感到失望的一部分人"。

　　对"5·19"事件进行主观猜测的窃窃私议也出现于国内，首先出现于北京，而且，特别耐人寻味的是更多地出现于并不迷恋足球，也几乎从不到球场去的中、老年人，其中不乏若干国家干部。"是不是与调价有关？"众所周知，5月10日起北京市开始对若干副食品实行上升的调价措施，这自然对所有消费者的心理都有一定的冲击，但其冲击度，大体上是与年龄成正比的，"5·19"事件中被拘留的127人中，已结婚成家的才不过几人，绝大部分甚至还没有对象乃至还不懂得恋爱，他们绝大部分人都还没有独立开伙生活，他们当中许多人甚至从未去买过肉、鱼或蔬菜，他们中已参加工作的薪金虽然很低，奖金也不算太高，但因为一般都在家中白住白吃，所以他们手里并不缺少钱花，而他们的消费习惯与老一辈大不相同，他们更多的是考虑那东西可爱不可爱，而不大计较那东西是否便宜。总之，很难找到有说服力的事例，来证明"5·19"事件的爆发含有某种反现行物价政策的政治色彩。

滑志明当晚去工人体育场看了那场足球赛。这倒并非纯属偶然。他本是喜好观看球类比赛的。对于这第十届世界杯足球赛亚洲区预赛东区第二大组第一小组的比赛，他之没有像以往那样热心地去搞票，原因之一，是他现在有了小瑛子，而小瑛子并不喜好看球赛；原因之二，是他觉得这回的分组，等于是白让中国队出线，没那么大看头。但当他在光华路的凤凰餐厅吃完饭，蹬车赶到工人体育场，并且用两块钱买到一张6毛钱的"退票"时，他心里还是挺高兴。国家队只要跟中国香港队踢平，就稳能出线，而中国香港队从未踢赢过国家队，今儿个晚上，占着天时、地利、人和，国家队不猛灌中国香港队球门一气才怪！滑志明挤进满满腾腾的看台，把自己放定，他看见远近一些看台上，球迷们展示着自己制作的横幅标语，有"中国必胜！进军墨西哥！"有"天津球迷进京助威"有"古仔加油进球！"（他愣了一下神，明白过来"古仔"说的是古广明），忽然全场气氛更加活跃，原来2台那边有人展开了一个自制记分牌，上头写着："中国：香港，2：0"……他觉得胸膛里松快多了，他只等着国家队出场，通过一次次射网入门，帮他把应当发泄出去的淤气发泄出去……

坐在滑志明右边的，是个花白头发的球迷，他是最地道的球迷。地道不地道的标志，不在是否每场都到场助战，而在是否时时去龙潭湖畔的国家足球队训练场观看心爱的队员们练球。这位球迷是只要时间允许，一准去看的。类似他这样的超级球迷北京大约有二三百人。他们常常是不等国家队的球员们到来，便提前到训练场外的铁丝网旁集中；待国家队开始练球的时候，他们便聚精会神地一饱眼福；国家队已经撤了，球场已经空了，他们有时还站在那铁丝网外，恋恋不舍地议论个没完；他们的心情，恰似有着一个即将参加升学考试的孩子的父母，随时想给这孩子煎两个荷包蛋，或催服一些花粉健美酥，在凝视孩子备考温书的过程中，获得一种慰藉，得到一种乐趣。不消说"5·19"这天他们是全数到齐了。滑志明右边这位，东西带得真全：袖珍半导体、高倍望远镜、自动折叠伞和最新一期的《足球》报。球赛开始以后，他始终边看、边听、边自言自语。坐在滑志明左边的，看样子是个中学生，他的屁股仿佛是个橄榄，要么不时地站起来，要么坐着左右摇晃，可他不招人讨厌，因为他舍得把折叠望远镜借给滑志明，并且时不时拿起一个花花绿绿的玩具小喇叭，鼓圆了腮帮子吹出一串子"嘟嘟嘟"的声音给国家队助兴。滑志明前头的一个小伙子，用手帕裹着两只鸽子，他是只等着国家队一胜，便要把鸽子撒出去庆贺的。

整场比赛的过程中，滑志明并没有什么出格的行为。他只不过好比一滴水，汇入了奔腾激荡的潮流。因为场上出现的场面，竟越来越出于几乎所有球迷的意料之外，那巨大的心理落差，便酿成了一种比以往任何比赛更狂乱的"集体无意识"。呼啸声竟一秒钟也不曾停息，没有人指挥，但几万人一齐跺脚；当开场 18 分钟中国香港队往国家队网窝中罚入一球时，狂乱的浪潮奇妙地凝滞了一阵，仿佛"台风眼"过境；当踢到 32 分钟国家队赢回一球，喧嚣的狂乱却掀起了一个超前的高潮。美联社在翌日的电讯中概括说："每当香港队控制球的时候，就会出现粗暴的球风和球迷们大声的嘘叫。"当时不仅是狂乱的球迷，也不仅是场边的教练和场内的球员，甚至连维持球场秩序的一些民警，也都体现出一种超级的争强求胜心理，就是不仅不允许国家队输，也不允许只是踢平，而必须得大胜，并且要立即大胜，因此即使是让中国香港队员暂时地控制了一会儿球，也认为是奇耻大辱。形成这种心态，与我们一贯对体育比赛的宣传报道过分"国格化"有关，赢了，破纪录了，便是"中华腾飞"；输了，成绩差了，虽不明说，但总似乎便是"国耻"。朱建华在奥运会上面对着横竿，心理上坠着的正是这种沉重的负担，千万个盯着电视屏幕等待他起跳的同胞，也都把他的一跃视为不是兴邦便是丧邦，结果他反而发挥不出水平。"5·19"事件中，8 万名观众和国家队的这种"集体无意识"的心理倾斜，使我方越踢越不成形，下半时第 60 分钟，中国香港队再次破门得分，本来憋着终场后大肆欢庆的球迷们陡然失却了心理平衡，他们以更其狂乱的喧嚣使球场成为一锅几乎要腾起烈焰的沸油。偏偏天公又来添乱，泻下一场阵雨，少数没带伞的球迷心烦意乱地往有天棚的看台上方移动，多数球迷怒气冲冲地任凭雨丝浇淋，更有那激动中脱成光膀子的球迷，在雨中狂舞胳膊喊红了眼。最后15分钟国家队完全没了章法，回天无术，以1∶2败北。终场时，所有观众霍地站了起来，有如壁立的凝固的怒涛。滑志明右边的老球迷泪流满面，左边的中学生早踩瘪了喇叭，前头的小伙子气急败坏地扯断了鸽子的尾巴，把鸽子扔了出去，可怜的鸽子流着血飞走，一些尾羽被甩到了滑志明脸上，这时候有许多塑料汽水瓶从他们头上飞过，掷入场内。

中国香港队的获胜，使他们自己陷于一种忘记外在环境的痴狂，国家队终场后固然没有去同他们握手（这一细节被某些外电一再强调），说实在的，中国香港队当时也并未顾及这一应有的礼仪。他们先是泪汗齐流地互相狂拥乱跳，后来又同拥进场来的一些队友、随员及记者忘形地欢呼胜利。他们不断改变着排列组合拍照留念，闪光灯如只只傲眼映动，这一连串细节捶击着几万名观众的心，看台上那"壁立的凝固的怒涛"开始将积蓄的势能释放出来，请想象一下高耸的浪峰卷扑下来的情景！

几万人的情绪浪潮朝几个方向流动。以上述"地地道道的球迷"为核心的一支人流涌向国家队的退场口，他们是一支悲壮的队伍，为首的几个人据说有的鬓发已然苍白，他们哽咽着向阻拦他们的民警恳求，要国家队教练曾雪麟出来"回答他们的问题"。这股人流的核心都是些纯净的文明球迷，但越处于这股人流外围的看热闹者越盲目，他们看到民警在劝导前面的人退场，于是出于一种反驯服的心理（他们觉得自己的情绪是正义的，并且前面的人一定是为正义冲锋陷阵的勇士），便发出一片"噢噢噢"的起哄声。本来国家队退场时已有无数塑料汽水瓶掷向他们，这时也有个别狂热分子以为国家队的人已出来答话，便补掷着东西，也不知是谁带的头，这一群体的平均素质使他们齐声以最不堪入耳的呼叫发泄出他们的愤懑："国家队，×××！曾雪麟，×××！"另一股盲动的人流，主要把狂怒发泄到中国香港队身上，当中国香港队在绿茵场上狂喜过后，准备退场时才发现，他们已处于"飞矢阵"的包围之中，于是保护他们的工作人员便带领他们取道主席台旁的台口退场，也不知他们手中怎么都有了一把雨伞，他们以伞为盾，突围了两次才撤入休息室。工作人员原以为主席台旁可以避开"飞矢"，因为主席台后的17、18、19看台的票不是任球迷自由购买，而坐的都是"有组织的观众"，但偏偏那天唯一的"流血事件"便出现于兹。一只玻璃汽水瓶从17台上掷下，恰中港队球员张家平，他举手一挡，唇边和手指均被划破。再一种心理冲力直截了当地针对着现场维持秩序的民警，民警们本是准备对付因胜利而爆发的狂欢中所出现的问题的，没想到最后所面临的却是因惨败而狂怒的浪潮。这就使他们疏散人群的工作更加困难。心里蹿着火苗、冒着浓烟的球迷们一边拥向场外一边跟民警起哄，于是首先发生了失却理智的球迷砸碎体育场出口旁窗玻璃的事态。

"5·19"事件既单纯又复杂，既复杂也单纯。单纯，在于这是一种超国家、超民族、超政治、超道德的全人类共有的竞赛狂热的大发作。复杂，在于它其中又糅杂着我们中华民族特有的心理沉淀，我们近30年来政治经济变动的心理投影，我们因"文化大革命"而造成的一代人文化教养的惊人低落，我们社会生活中所提供的情绪发泄渠道的贫乏，我们实行开放政策所诱发出的个性解放的热浪，以及对这种势头缺乏分析研究所派生的简单化的逆向压抑，等等。

当滑志明以一种不由己，并且也不自知的狂声起哄的状态随人流涌出体育场以后，扑面而来的夜风使他稍微清醒了一些。他听到了砸玻璃的声音，听到了民警跑步的声音。然而最使他感到意外，并将他情绪催化得更为复杂的，是从靠近体育场北门一带所传来的一阵阵激昂的歌声。唱的是什么？是《国际歌》！还有《咱们工人有力量》！

滑志明在那旋律被扭曲、然而十分狂放的歌声中顿感胸中的积郁车轮般旋转起来，他想到了录像带、150块钱、小猛子的嘴脸、父亲的一双眼睛、小瑛子满脸的不自在。啊呀，他才猛地意识到，小瑛子昨晚来会他时，耳垂上吊着两个白颜色的水滴形耳坠。他联想到白色的牛乳，淡淡的乳香，他痛切地感觉到他真是太亏了。他眼前又浮现出球场上国家队的"臭大粪"表现，李华筠、赵达裕光知道一个劲地长传吊冲，"古仔"的脚丫子也不知道为什么没了灵气儿。他又想起刚才中国香港队的狂劲儿，想到他们准有外币兑换券，想到西单商场里的尖下颏"倒爷"，想到建国饭店和京伦饭店不让他进，想到透过两家饭店的大玻璃窗，可以依稀瞥见里头豪华的吊灯和餐桌，以及穿大开叉旗袍的女服务员的身影；他把自己和小瑛子试着搁进玻璃窗里，又懊丧地把想象中的图景抹掉。这样，不知不觉中，他已经走出了工人体育场的铁栅栏墙，并且迷迷瞪瞪地过了马路，接近了北三里屯的丁字路口……

"5·19"事件究竟是不是一次"排外暴乱"事件？球迷们对中国香港队的"飞矢袭击"是否预示着香港前途的暗淡？香港《信报》判定这是一次"义和团精神的发作"，有没有道理？

"5·19"事件中确实存在着针对香港人或外国人的冲击波,有一位外国使馆官员说,当他坐进小轿车以后,他感到处于一种不是被狂暴的人群揪出来打死,便是疯狂地开车冲出人群将个别人轧死的局面。结果他作出了第二种抉择,人群都闪避开了,他也安然无恙;有一位外国驻华记者说不仅他本人在被拦截后受到侮辱,他随车的小女儿也遭到粗鲁的威吓;有数名外国驻华人员到外交部提出抗议。但据最后统计,并没有任何一辆外国人或香港客的小轿车被推翻或丧失启动能力;被不同程度砸碎挡风玻璃、砸凹车门车壳、造成掉漆或唾上痰迹的外国人汽车,最保守的数字是9辆,最充分的数字是25辆。

　　其实在被用来出气的东西中,占最大比例的是"完全国货",工人体育场门外沿街的几十个垃圾箱几乎统统被推倒(但扶起来后可照样使用),一座交通警岗亭的挡风玻璃被砸,停在体育场外等着疏散观众的十多辆公共汽车的窗玻璃被砸,除了处于"圆心"的体育场窗玻璃被砸外,冲击波的半径至少达于一公里以外的二环路东四十条地铁站,那里的窗玻璃也惨遭砸击。在民警现场疏导失态的球迷和拘捕肇事者时,有人在抗拒中踢打了民警,但没有任何球迷或民警需要进医院治疗,除了港队英雄张家平唇指被碎玻璃割破外,任何外国人或港澳同胞都没有受伤,而张家平的伤口除了涂之以红汞外,似乎也用不着更复杂的治疗。

　　据说,至少有一名年老的外国人在小轿车中因眼前的事态而惊厥。这当然值得整个中国向他致歉,但第二天以后,中国人自己对这一事件所上的"纲",使无数的中国人,首先是青年人,心理上承受着难以言喻的沉重压力。传说有的单位已要求凡当晚去看过这场球赛的人逐一登记。又传说无论看没看过球赛,每个人都必得卷入一场由此而生发的教育运动,得坐在板凳上为此而开会表态,谴责"害群之马"并保证自己遵法守纪。又传说今后看球不能再自由购票入场,而实行由单位领导签押负责、挑选文明观众逐片承包的方式组织观看。不消说,也有这样的传言:这回对肇事的"害群之马"必得从严从重从快惩治,并将被拘留的127人全部吊销北京户口、遣送青海……幸好,此后的事实证明,我们的有关部门毕竟渐渐学会了依据法律理智地、妥善地处理这一闹事。这样,后面的相当冲动的传言也就变成了"谣言"了。

　　还是那位路透社记者巴克先生,同他24小时以前率先发出"排外"惊呼一样,5月20日晚他又率先清醒过来,抢先发出这样的电讯:"一位英国外交官不完全相信有任何特别的同香港对立的情绪。他说：'不管是谁，只要是中国人，对于不能参加世界杯比赛都会感到失望的。'"

中国方面在对被拘留的127个肇事者的审查中，开头自然将"拦截外国人汽车哄闹"作为重点，但几乎没有一个人承认自己做过这样的事，而拘留他们时的证据也几乎都不是这一条，大多数是因投掷两毛钱一个的塑料汽水瓶（其实应称为汽水管）而被当场拘留的，有的仅仅是因为向场内投掷了硬纸叠成的"飞镖"（纸飞机），或在狂热的激情中直到最后也哄嚷着不肯离开体育场外的空地，因而落网。

隔了一天，5月21日，香港一些报纸在评论中开始发出较为冷静的议论，《明报》认为："球迷闹事，在世界各地经常发生……这种骚动与那个地区整个社会的精神文明，并无多大关联。在任何大城市，都有一些人缺乏修养、情绪不稳定、理智不坚强。"《华侨日报》认为："球迷骚动原是个人冲激的行动，根本与所谓文明礼貌无关，如果说这件事损害了北京市民之形象，未免'无中生有，小题大做'了。"

据悉，在127个被拘留的肇事者中，确乎难以坐实哪一个是巴克先生头一次电讯中所描绘的那种"排外暴徒"，他们当中被认为罪行最严重的一例，是用石块投掷了满载着增补的民警的卡车；另一例是参与了推翻一辆中国出租汽车的行动，而在全部"5·19"事件中，查实被推翻（从侧面推至横立）的小轿车，也仅此一辆。

滑志明本已脱离体育场那狂热的旋涡中心，他的个人命运，本不至于有一次酸辛的沉沦，但他突然意识到他忘记了取自行车，并且所走的方向也不对头，他胸中更觉憋闷。正在这时，那丁字路口偏有一簇从旋涡中心甩出来的狂浪，在那里肆意翻卷。犹如地下奔腾的岩浆，在苦闷的冲撞中遇到了一个合适的喷发口，滑志明本能地跑拢过去，加入了那一簇"恶之花"。

那一群大约有二三十个左右，全是跟滑志明岁数差不多的小伙子，他们在那里是彻头彻尾地寻衅滋事，每驶过来一辆出租车，他们便哄闹着加以拦截。事后在预审员一再追问下，滑志明勉强回忆出，闹事的人群中有一个瘦高个儿，嚷叫过这么几句话："咱们他妈的花高价看了场窝囊球，他们他妈的一晚上干挣几百块，打丫头养的！"由此可以分析出，这个闹事群体的"集体无意识"与其说凝聚在"排外"上，不如说凝聚在对时下某些捞"外快"

捞得多的人的嫉恨心理上。

一辆出租汽车驶过来，他们一哄而上，截住了，司机从车上跳下来，拱手求饶："哥儿们，哥儿们，让我走吧，我还有任务，真误不起……"

他们也就放他走了。

又一辆出租汽车驶过来了，他们又一哄而上，车被迫刹住了，司机从车门里伸出头来，哀告说："我说哥儿们，甭跟我过不去成不成？车里还有客人哩，出了事我可惨啦，我担待不起不是？……"

他们有的用拳头捶车门，有的用脚踢后备厢，有的朝车上啐痰。滑志明这时仍未上手，他只在一旁拼命地嗷嗷乱叫。乱了一阵，这辆车他们也放行了。

据事后回忆，滑志明确实不记得他自己和别的闹事者特意地选择了有外国人或港澳同胞的乘坐车来拦截；他们的心态，确实有别于85年前的"义和拳"。"义和拳"确确实实是"排外"的，如当年"义和拳"的咒语："天灵灵，地灵灵，奉请祖师来显灵，一请唐僧猪八戒，二请沙僧孙悟空，三请二郎来显圣，四请马超黄汉升，五请济颠我佛祖，六请江湖柳树精，七请飞镖黄三泰，八请前朝冷于冰，九请华佗来治病，十请托塔天王、金吒、木吒、哪吒三太子，率领天上十万兵……"这显示出团民们根据自己的文化水平调动一切中华传统力量的心态。滑志明他们一伙无领导、无纲领、无组织、无目的、由足球狂热转化而成的哄闹滋事的乌合之众，倘若能呼咒语，或许会这样念念有词："天灵灵，地灵灵，我们大伙要开心，一请奚秀兰，二请张明敏，三请汪明荃，四请徐小明，五看《霍元甲》，六看《万水千山总是情》，七要牛仔裤，八要迪斯科加'华姿系列化妆品'，九要夏普、东芝、日立'家用电'，十要铃木、雅马哈加塞扣、西铁城……"他们其实恰恰是香港通俗文化和东洋商业文化的最积极的吸收者；他们之所以在"5·19"那天闹出一些针对外国人或港澳同胞的不雅之事，充其量不过是对外国人或港澳同胞在北京所显示出来的某些特权和优越感，喷发出他们潜意识中回荡、压抑已久的不理解、不谅解、不满与嫉妒而已。

……又来了一辆出租汽车，乳白色的，法国产，"地平线"牌，他们又一哄而上，截住了。司机从车里蹦出来，义正词严地斥责他们："你们想干什么？你们在这儿闹什么事？……"

"打丫头养的！"不知谁带头嚷了一嗓子，反正并不是滑志明，一些人就拳脚交加地冲那无辜的司机而去。司机迫于无奈，只好暂时弃车而逃……

滑志明仍旧嗷嗷乱叫着，觉得胸中郁积的闷气，泄出了不少。

"把丫头养的车搁起来！"又不知谁嚷了一嗓子，反正也不是滑志明，但滑志明心甘情愿地响应了，他凑拢小轿车的后轮边，把他那双本该让小瑛子紧紧捏着的手，傻乎乎地抠住了护轮壳，在不知什么人那"一、二、三哪"的指挥下，卖力地去搁那辆小轿车；头一回他们没有成功，但第二回小轿车终于被搁得侧立起来。

这时候有一队民警朝着他这个闹事点跑步而来，乌合之众一哄而散。滑志明并没有特别紧张地拔脚而逃，他甚至有点过分悠闲地吁着长气朝马路对面而去。他忽然感到胸中郁积的东西似乎已全数排出，他良心上没有感到什么不安；他没有"前科"，所以对民警也没有什么畏惧之心；在一天之中，那一刹那甚至是他最轻松的一刻……

当民警们跑拢那一地段时，其他闹事者早已踪影难辨，但有一位壮汉，突然从侧面抓住了滑志明的手腕子，对着跑拢跟前的民警大声揭发："他就是个搁车的！没错儿！"

滑志明这才吃了一惊。他束手就擒。那逮他的同志早在一旁冷眼观察他们那一群的哄闹。他没有看球赛，是个骑车路过当地的国家干部。他有意等到民警们快跑拢时才下手抓住滑志明，这说明他考虑得很周到。当然他得以成功也是因为滑志明并没有浓厚的逃跑意识。出于义愤，也出于对滑志明的凶恶性的过高估计，他解下滑志明的皮带，将滑志明的双手扣到身后捆绑了起来。滑志明被民警带到了临时拘留点，民警们顾不得细顾每一个被频频领入的肇事者，当骚乱全部平息以后，接近凌晨，民警们将拘留的人分批装入汽车，准备运往正式拘留地时，才发现滑志明被皮带反捆了数小时。滑志明被拘后没有表现出任何抗拒，也从未对自己参与搁车一事进行任何辩解。

两天后他被宣布依法逮捕，鉴于他那确凿无疑、供认不讳的犯罪行为，他将以触犯《中华人民共和国刑法》第一百五十七条或第一百六十条刑律而被惩治。

我们似乎总是重视国际舆论远胜于重视国内舆论。香港报纸因为毋庸翻译，外国驻京记者因为常以目击者自居，他们释放出的信息常足以引起我国最大限度的重视。就是外国人（或海外华人、港澳同胞）口头传递的信息，也往往起着非同小可的作用。外国人告诉我们中国有个陈景润，他研究"哥德巴赫猜想"大有成绩，一时间陈景润几乎成了民族英雄；但我们中国包头市有个中学教师陆家羲，他早在1961年就攻克了著名的"寇克曼女生问题"，1980年又在"斯坦纳系列"研究中达到世界最先进水平，却因为外国人没有及时跑来告诉我们，我们就任他同年10月默默无闻地在贫病交加中死去。"5·19"事件当夜巴克先生抢先发出的那条突出"排外性"的电讯，就大概在我国有关部门判定该事件是新中国成立以来"最严重的、有辱国格的事件"时起了作用。其实除前面提及的例子外，1981年中国女排在第三届世界杯中先后战胜日本、美国两队后，也曾有上千骑自行车的青年人在天安门广场闹事，并有一批人跑到日、美驻华使馆前呼喊"打倒小日本""打倒美国佬"等口号，当时国内有关部门也向上报告过这些情况，但大约是"国外舆论"对此反应并不强烈，加以女排又是赢球，便没怎么追究。

我们需要更加冷静，需要更加重视国内舆论，尤其需要更加重视一般群众，又尤其需要更加重视一般青年人的直露的或含蓄的、顺耳的或不顺耳的反应。一个民族倘若总是对大多数"中间青年"厌烦，只想驯化他们而不乐意听听他们的意见，这个民族恐怕是要老化的……

中国香港队回到香港以后，其教练郭家明迅即表态说："'5·19'当天场内的骚乱并不算大事。这类事在国外更为普遍。球迷们只是对国家队丧失出线机会不满。"而巴克先生所属的路透社已无暇评述中国的"5·19"事件，因为在欧洲的布鲁塞尔，5月29日晚发生了骇人听闻的足球惨剧，骚乱在意大利尤文图斯队与英国利物浦队开赛之前便已开始，两支球队的支持者大打出手，造成38人丧生（33名意大利人、4名比利时人、1名法国人），100余人受伤后被送入医院，其中20人伤势极为严重；赛后一些英国球迷在市中心用饭桌击破一间商店橱窗，抢走价值1000万比利时法郎、16万美元的珠宝，另有一名英国球迷被人用刀刺伤胃部住院；当警察对狂乱的球迷实行弹压时，一名尤文图斯队球迷竟向警察开枪射击……英国首相撒切尔夫人在出事后急召英国足协主席和秘书长回国，要求他们起码在两年之内不要派球队参加欧洲赛事；英国政府并拨款25万英镑给予意大利受害者家属。肇事的球迷，自然要绳之以法，但英国也好，意大利也好，比利时也好，他们似乎都不在乎我们对他们的反应，并且，从首相到平民，似乎也都不认为这样的足球惨剧有损于他们的"国格"……

5月29日，中国足球队暂时解散。

5 月 30 日，国家体委副主任袁伟民和著名运动员郎平、李宁向"5·19"事件中被集中审查的 90 多人发表讲话，强调"要发扬我们民族的道德风尚，不要学外国那些不好的东西"；同日，在龙潭湖国家队训练场地经常有球迷围观的一侧，砌起了一堵两米多高的围墙，以取代原有的铁丝网。

5 月 31 日，中国足球协会接受了国家队教练曾雪麟的辞职。

6 月 1 日至 4 日，除少数几个人外，其余被拘留的小青年均被释放。

小瑛子从 5 月 20 日就等着滑志明来电话。可是一连几天都没来。5 月 25 日又是个星期六，她憋不住了，中午往滑志明单位里打了个电话，接电话的人用了一种让她受不了的声调："……你是他谁呀？你是装傻还是真不知道哇？小滑子他让公安局给逮起来啦……就因为'5·19'事件呀，有辱国格嘛！这回他可闹大啦！我们这儿是拍手称快呀，小滑子他总算折进去啦！……"小瑛子只觉得眼睛发黑，身子发软。她是在街头的电话亭里打的电话，倚在玻璃墙上闭眼让心跳缓过来一点，她就又给自己单位打了个电话，破天荒地撒谎说自己正在医院里看病，然后她就迷迷瞪瞪地在人行道上漫无目的地直着眼睛朝前走。不知怎么的，最后她来到了正义路林荫道，来到了她常常规定的让滑志明等她的地方。她在一个石凳上坐了下来。她看见一群少先队员正在为那读书的石膏姑娘整容。泪水扑扑簌簌地从她眼里滚落出来。她把耳垂上的水滴形乳白耳坠揪下来攥在手里，攥得紧紧的……

小瑛子不知道公安局把滑志明拘押在了什么地方。她也没有勇气去打听他的下落。她还没把跟滑志明搞对象的事告诉家里。她也不好意思去滑志明家里探问。她更不懂得找律师。她甚至没有一个知心的朋友可以去诉说。她同滑志明一样，属于被"文化大革命"彻底耽搁的一代，他们在大混乱中进入小学，在几乎并不正经上文化课的"教育革命"中度过初中时期，然后他们就待业，就当了工人，就在"浅思维"的水平上迎来了他们的青春。或许他们真是让我们头疼的不文明的一代？可我们难道除了谴责他们、管教他们、责罚他们，就不该扪心自问，我们是不是也欠了他们一些什么？比如说，足够的理解与谅解、关怀与爱？

小瑛子拿不到医生开的假条。她因事假而丧失了 5 月份的奖金。进入 6 月了，小瑛子破天荒地注意看报，搜索与"5·19"事件有关的消息。她总是跑到王府井大街上的报栏去看，看完走到正义路林荫路上去坐着。她还是没决心去探监，没决心去滑家，也没决心把这事跟父母或什么亲近的人说。但是她下决心默默地等待。她变得常常咬住下嘴唇，呈现出一种悲愁与坚毅相交融的异样表情。

事到如今，我们无妨反过来想想，倘若 5 月 19 日那天球赛结束，看台上的中国观众都心平气和地为"双方的精彩表演"鼓掌，然后极有秩序地、迅速地鱼贯而出，并纷纷微笑着各自回家，全世界和我们自己，对我们这个民族该做出怎样的评价呢？

1985 年 6 月 6 日写于北京垂杨柳

小小说

楼前白玉兰

　　他特别喜爱玉兰花。除了迎春，玉兰大概是北京初春最早开放的花了。迎春比较常见，玉兰相对而言要金贵得多。以往北京人时兴开春以后到颐和园去看玉兰花，那里乐寿堂侧院里有两株极品玉兰树，春来花开，玉雕神琢一般婀娜，香气淡雅而氤氲，观之沁腑爽心。这些年玉兰树种得多些了，长安街中南海红墙外，以及许多公园里，初春也都有白的或淡紫的玉兰花开放。

　　他这些天忙于一篇学术论文的最后定稿，但观赏玉兰花的心理需求，依然是"当春乃发生"。从报上看到记者拍的新闻照片，说是中南海红墙外的玉兰花苞已然绽开了，引得春阳中的路人欣喜观望；他家离那里颇远，但他家附近的公园里，近年来栽种了几株白玉兰，每逢初春花期，他总是要去瞻仰一番；于是他两次抽空去了公园，但也许是因为这公园的地气还不够苏暖，或与中南海红墙外的品种不同，竟都只还是枝头上刚刚冒出毛笔头般的花芽；他这天在整理论文的间隙里，伸腿舒臂，听着窗外骤起的风声时，脑际不禁闪过这样的念头：啊呀，玉兰花的花期是非常短暂的啊，说不定我这儿一忙，顾不得再去，这风再一吹，那玉兰花便都香消玉殒了啊！……

　　他确实没工夫再去公园。那天他应邀去参加一个学术会议，会议假座于一所公寓式宾馆。那地方很不好找，他下了公共汽车，绕了好一段冤枉路，才终于找到。进了那宾馆大门，绕过堆得并不怎么好看的太湖石屏障，他寻找那大院落中的三号楼，学术会议便租的是那楼里的会议室。他边走边观望，忽然，有美丽的东西落入他的眼睛，令他惊喜不已——那是三株虽不算大，但非常秀气的玉兰树，就栽种在某座楼大门的侧面；三株树的花都烂漫地开放着，有一株枝头上的玉兰花完全可以称之为怒放！他激动地走过去，在那楼前的玉兰树边贪婪地鉴赏着那些洁白、光润、秀挺、芳馥的花朵，他都几乎忘记了自己所来为何了！

忽然，他听到有人大声地招呼他，他转身定睛一看，啊！原来是大秦！大秦是他中学时的同学，他早知道大秦"下海"发了大财，并且前些时他还在公园边上，一个高档俱乐部门口，十分凑巧地与大秦邂逅；进那个俱乐部的人，据说是一个晚上从吃潮州菜起，到看夜总会表演，再洗桑拿浴，全身按摩，最后到KTV包房喝洋酒，享受跪式服务直至凌晨四点离去，最低的消费额是一万二千元！当时他只同大秦随便寒暄了几句，分手后也便"相忘于江湖"。他对大秦既不羡慕，也不鄙夷。他觉得只要大秦是按正当的"游戏规则"赚钱，那么大秦怎么消费他所赚的钱，便只是大秦个人的私事。

　　他没想到在那儿会又遇到大秦。大秦问他："你怎么在这儿？"他同时也在问大秦同一问题。俩人便互相解释。原来大秦在这个宾馆里长包了套房，就在他们所站的那栋楼里，并且大秦伸手一指，所包的套房简直就在那三株玉兰花后面的窗户里头。他不禁艳羡地说："大秦你可真有福气！有玉兰这么守着你！"大秦显然是把玉兰听成一个女子的名字了，跟他说："咳，别提她了！……我也用不着她守着我！……她跟着个老外远走高飞啦！跟你说吧，别指望这号娘儿们能跟你动真情，全是逢场作戏！……"他便笑说："你说些什么啊！我是说，你这窗户外头……"大秦便说："是呀，这一楼的房确实不够理想，窗户外头老有汽车发动的声音……我们院里各人自己的车，多一半是大名牌，那还好说，讨厌的是外头开进来的，尽有那十几万一辆的低档车，噪音实在大！……"他说："我是说你那窗户外头，这楼前的三株……"大秦竟还是听岔了，回应他说："我没把这楼全租……租一套，一天是七十美元，算相当优惠了……等我公司再扩大，那我可就不在这儿租咯……我得挪到高尚点的地方去……"于是他便指点着，更大声地说："你看呀，我说的……是那个啊……难道你不觉得……非常美丽吗？"这回大秦的目光确实对准那三株玉兰树了，可是大秦瞳孔的焦距却越过了那些玉兰花，落在了所租用的房间的窗户上，那玻璃窗里，显露出大秦挂在窗边的一个很大的镀金的吉祥物，那是一个把"招财进宝"四个字写成为一个字的菱形挂件……大秦说："美丽吗？……这是我从香港带回来的……你以为这边也有卖的？跟你说吧，这边的都是铜皮做的假玩意儿，我这可是实打实镀了金的！……"

　　他觉得心里发堵。正在这时又有人过来招呼他。大秦便告辞，奔自己的那辆宝马车而去了。来招呼他的是学术会议的工作人员，跟他说："都在等着你啦！快，跟我去吧！"

他边走边忍不住回望那三株玉兰花树……开了好几天了吧？就在楼前头，就在那套房窗外啊！……领他去三号楼的人以为他是在回望大秦，便对他说："常住这里头的人，听说个个都是大款啊！……那是您熟人吗？……他一定也非常有钱吧？"

他扭回头，闷闷地说："不，他其实很穷很穷……"

等候散场

　　已经是晚上九点钟了，我才到达剧场门前。剧场里的芭蕾舞剧《天鹅湖》肯定已经跳完了如梦如幻的第二幕，而且华丽诡异的第三幕说不定也所剩无多。我是个狂热的芭蕾舞迷，因此尽管因为业务上的急事耽搁到八点四十才得脱身，还是风风火火地跳进出租车赶到剧场。

　　我出了汽车才感觉到下着小雨。从我下车的地方到通向剧场大门的宽大阶梯还有一小段距离，为了避免淋雨，我从售票处以及相连的平房那儿绕向阶梯，因为那里有挡雨的棚檐。我一边小跑，一边朝剧院大门望去，我觉得那一连串的门扇仿佛都已关闭，根本没有剪票的人影了，我是否还能入场呢？惶急中，我忽然撞到一个人的肩膀上，要不是他及时闪避，我们俩说不定都得倒地。

　　我立足定神一看，是个小伙子，戴着一副眼镜。他的眼珠子在镜片后也细打量着我。

　　"您有票吗？"

　　我吃了一惊。竟还有比我更痴迷芭蕾舞的。这剧场前的小广场上，只有路灯光下，霏霏细雨中活像巨型甲虫的小汽车，默然地斜趴成一大排，除了我们俩再没别的人影。里面舞台上那最令人眼眩心迷的西班牙舞大概已经跳过，王子正在上黑天鹅的当……剧已过半，他还在这里等退票！

　　"我自己要看！"我一边回答他，一边掏我的票。咦，怎么没有？

　　"不，"那小伙子蔼然地对我说，"我不要您的票。您快进去看吧！"

　　我从衣兜里掏出一堆名片，从中抽出了那张宝贵的剧票，顺口问："你不看，待在这儿干什么？"

　　"等散场。等她出来。"

　　我立刻明白，是一对恋人同来等退票，只等到一张，因此小伙子让姑娘先进去了。我倏地忆及自己的青春，一些当年的荒唐与甜蜜场景碎片般闪动在我心间，我不由表态："啊，你比我更需要……你进去吧！"

我把票递给他，他接过去，仔细地看了一下排数座号，退给了我。我那张票是头等席，180元一张。他是等我主动打折么？我忙表态："不用给钱，快进去吧！"他还是不要，说："您这票的位置……离她太远……"我说："咳，那有什么关系！你可以到她那排，把这个好位置让给她旁边的人……至少，你可先到她那排，告诉她，你也进来了……"他却仍然把我持票的手推开了。

我觉得这个小伙子很古怪。他已然耽搁了我的时间，而且还拂了我的好意，我恼怒得反而不想进剧场了，我很粗暴地说："你有病！"

小伙子很难为情，解释说："我答应在外面等她……她也许会随时提前出来……我还是要在这儿一直等着散场……"说着便扭头朝剧场大门张望，生怕在我们交谈的一瞬间，那姑娘会从门内飘出，而他没能及时迎上去。

我抛开那小伙子，跑向剧场大门。小雨如酥，我险些滑跌在门前台阶上。从每扇门的大玻璃都可以看到前廊里亮着的灯光，可是我推了好几扇门都推不开。后来我发现最边上的一扇是虚掩的，忙推开闪进，前廊里有位女士，我走过去把票递给她，她吃了一惊，迷惘地看看我，摇头；紧跟着前廊与休息厅的收票口那儿走来一位穿制服的人，显然，那才是收票员，他先问那位女士："您不看了吗？"又问我，"您是……怎么回事儿？"我发现先遇上的那位女士，不，应该说是一位妙龄女郎，站在前廊门边，隔着玻璃朝外看，我也扭身朝外望去，只见那个小伙子仍在原地，双臂抱在胸前，痴痴地朝剧场大门这边守候着……

从演出区泄出《天鹅湖》最后一景的乐曲，王子与白天鹅的爱情即将冲破恶魔的阻挠而终于圆满。妙龄女郎望着雨丝掩映的那个身影，忽然咬紧嘴唇，眼里闪出异样的光……我站在那儿，摩挲着鬓边白发，沉浸在永恒的旋律里……

一刻钟

　　下午三点多，忽然接到尼娜电话，问能不能来我家"打扰一下"？虽然吃惊，还是接纳。

　　尼娜是她在公司的"叫名"，真名是王爱红。她的父亲是我中学同窗，比我大一岁，我和王兄穿越历史烟尘一直保持联系，我是看着尼娜长大的。尼娜从美国留学回来，在一家美国金融机构做事，前年已获中层职衔。偶尔应邀去尼娜家与王兄晤面，开始我也并不多想，但，"老弟，你看京城的万家灯火！"在他们家客厅落地窗前，王兄一拍我的肩膀，我就禁不住有些惭愧了，自己的儿子不过是介乎白领、蓝领之间的打工仔，哪能提供这种"法式情调、英式管理"的空间来让我独自待客！不过回到自己家里，也就自劝：人各有运，知足常乐，他们过得固然极好，我也并不糟，祝福他们，也祝福自己。

　　尼娜飘然而至。"你要出远门？"她是跟名牌拉箱一起进屋的，我不由得如此发问。还不只拉箱，她还提着一个大纸袋，那样的纸袋本是装名牌服装的，现在鼓鼓囊囊似乎乱塞着一些零碎的物品。"叔叔，我不出门，我一会儿回家去。我想求您——这些东西暂存您家。"我莫名其妙，她却又说，"我先用一下您家卫生间好吗？"当然可以，她匆匆进了卫生间，那临时搁在我家茶几边的纸袋歪倒了，里面有东西滑落出来，我拾起两个小镜框，一个里面是她妈妈的照片，想到王嫂去年仙逝，我一叹；一个里面是尼娜和儿子佳佳的照片，为什么她这个年龄段的白领丽人，多有像她这样成为"单亲母亲"的呢？再一叹。又拾起一个银制小奖杯，上面錾着英文，应该是他们公司为表彰她的业绩颁给她的。我把滑落的东西往纸袋里放妥。尼娜从卫生间出来，又问："能不能喝杯热茶？"我知道她是习惯喝咖啡的，就说："我这里虽然没有现磨的喷雾咖啡，不过速溶的品牌是靠得住的……"我一边冲咖啡一边问她："怎么回事？"她把自己身体抛进沙发，双手拢拢头发，简捷地说："我刚经历了人生中最恐怖的一刻钟！"

原来，他们那家公司，全球同步裁员，尼娜两点一刻接到通知：她被裁了。当时她还正忙着。也用不着她跟谁交接。公司规定，自接到裁员通知后，一刻钟内必须撤离。她想用座机往外打个电话，她那架电话已经撤销；想再用电脑发封"伊妹儿"，局域网已经不允许她进入；她赶紧收拾私人用品离开办公区；到了走廊，想进入茶水间喝杯咖啡放松一下，发现自己手里的钥匙卡已经无法开启那门；想进入卫生间，也一样；到前台，交回钥匙卡，从此她再也无法进入几年来所熟悉的空间了……"这太不人道了啊！"针对我的说法，她惨然一笑："很人道的，我看见医务室的门大开，很显然是为了及时救助无法承受这一刻钟的被裁人士，路过那里我没有停步，但一瞥之间，看见高大的姜森——他比我高一级，金发碧眼，平时很威严，正在那里面一张躺椅上抽泣，周围两个医生也不知是在进行药物治疗还是心理干预……"

我不知道该如何安慰尼娜。但她喝了几口热咖啡后，镇定下来，冷静地对我说："尽管我们早知道公司会有裁员的大动作，也知道所谓'一刻钟撤离'的游戏规则，不过事到临头，还是有些发懵。"我问："你下一步怎么办？"她一时沉吟不答，我就说："如果你有困难，叔叔虽然不特别富裕，总还能……"她没等我说完，抬起头，笑了："我们这种人，遇到的问题，不是没饭吃，而是今后能不能换个小碗吃饭，可是，一旦过惯了这样的生活，要放下身段来，那不是一桩简单的事！"她告诉我，公司裁员，按合同，会给她这样级别的雇员一定的补偿，但是，"别的不算，光我那房子的月供，一个月就得两万……把大房子换小，从技术上来说是一个系统工程，从心理上说，纵使我承受得了，老爸现在住我那儿，他能马上接受这样的事实吗？他能接受了，佳佳呢？原来开福特接他，他都觉得'没面'，现在如果把本田再换成福特甚至QQ，不敢想！我只能缓冲一下，把这些东西暂存您这儿，起码一周之内，天天还开车离家做上班状！"

尼娜告别后，我想，于她那样的人士而言，人生中的这一刻钟，是既狼狈而又宝贵的，一切在于今后能不能给生活以更朴实的定位。

住女生宿舍的男士

烫过脚正要上床休息，忽然倪君来电话，语气令我觉得怪异，要我马上到附近咖啡馆跟他见面。

其实三小时前我刚跟他见过面。我们共同的一位境外朋友，来京住在酒店，约了我和他，还有另两位北京人士，一起在酒店吃自助餐，畅叙别后情况及国内种种变化，当时他神采奕奕，谈笑风生，我和其他几位都贺他事业有成、家庭幸福。怎么才过三个小时，他竟仿佛精神濒于崩溃似的？

我匆匆穿好衣服，赶往他指定的那家营业到深夜两点才会打烊的咖啡馆。街上行人车辆稀少，隔着咖啡馆的大玻璃窗，我一眼就看到了许多空座位包围着他的身影，竟是脊背佝偻的一幅颓唐相。

我进入咖啡馆坐到他对面，问他："你怎么啦？"他抬起头，长叹一声说："住女生宿舍啊！"我一时摸不着头脑。

倪君55岁，我们认识有十多年了。他以前也曾把自己的苦恼向我倾诉，比如在评职称过程中所遭受到的排挤，还有他两年前，房价还没疯涨的时候，贷款买下了一套面积不算大但格局很适合他家居住的二手房以后，我刚说出恭贺乔迁之喜，他就直率地告诉我："每天早晨一睁眼，立马想起今天欠银行一百块钱，什么滋味啊！"但是，现在他高级职称拿到了，收入增多房贷压力减缓，怎么还如此状态？

他喝一杯卡布奇诺，我只要免费开水。我意识到我的任务既不是问什么更不是劝什么，就默默地啜着热水，倪君也不看着我，而是对着他眼前用小勺搅出旋涡的咖啡，倾诉起来。

他说他现在是住在女生宿舍里。第一位女生就是他的夫人。颇长时间了，他夫人不仅绝对不对他亲热更反感他的主动亲热，一小时前厉声呵斥他："你别碰我！离我远点！"他说，当然，他懂，是他夫人进入更年期了，据说更年期综合征有的反应轻有的反应重，他夫人属于奇重，令他苦闷难堪。如果只有这一位女生倒还罢了。还另有两位女生呢。一位是他的岳母。本是相当慈祥的一位妇人，没想到这两年变得脾气乖戾，如果是患上老年痴呆症倒也罢了，却是痴而不呆，叫作痴疑，最离奇的是总怀疑来打扫卫生的小时工要偷她的钱财，把她自己的一个存折，用一方旧头巾卷起，再系到自己腰上，如今睡觉的时候也不解掉。前些天他夫人给他岳母洗澡，他只不过是把那暂时解下的存折拍平而已，事后岳母却长时间用疑惑的目光望着他，令他十分难过。最难对付的则是第三位女生，名副其实的女学生，他的女儿，如今上到高二；去年暑假女儿和几个同学去北戴河游玩，他和夫人趁机把女儿那间屋彻底清扫一番；不敢改变女儿屋里的格局，比如床边墙上如同门扇那么大的某歌星像，还有印着格瓦拉头像剪影挂在电脑桌上方作为装饰的恤衫，都只是掸去灰尘，并没有加以改变。没想到女儿回家以后大怒，也没跟他们多吵，过几天女儿天不亮就去学校，他们两口子起床时，一眼看见他们卧室门上粘着一条大标语："与你们的后殖民主义抗争到底！"后来就发现女儿给自己的屋门加了一道他们没有钥匙的锁……是呀，一个进入更年期，一个进入老年痴疑期，一个进入青春反叛期，三个女生三窝蒺藜，难怪倪君场面上光鲜欢畅，回到女生宿舍却难以支绌，郁闷至极。本来今天晚上与老朋友欢聚，他是真高兴特舒坦，没想到回到家没进门就听见屋里吵闹声喧，原来是他夫人发现女儿不是在好好复习功课而是在电脑上浏览什么流浪汉"犀利哥"的信息，气得骂女儿"早晚是个宅女剩女啃老女"，女儿就反唇相讥："谁让你们没能耐让我进一流中学？考上大学又怎么着？考不上又怎么着？你们一群小市民！你们懂得什么叫现代花木兰吗？"而单在一屋的岳母法制节目看得多了，就哆哆嗦嗦地拄着拐棍走到客厅，气喘吁吁地说："嚷吧嚷吧，把打劫的嚷进来了，可怎么了啊？"……

我正想略回应几句，他手机响了，他用扬声器模式接听，是他夫人平静的声音："我刚热好银耳百合莲子羹，回来喝吧。"他问："她们呢？"回答是："都睡了。一个轻轻打鼾，一个小声说梦话。"他站起来跟我说："谢谢你来。"

我望着倪君钻进出租车。这个住女生宿舍的男士，他所承受的哀乐不仅属于他个人。我扭身往自己家走，深呼吸着静夜的润气。

抱草筐的孩子

　　这个题目，我三十年前在稿纸上用钢笔书写过，因为有别的事打岔，没成文。1981年，我曾到运河边农村一友人家小住，这期间目睹了一群割山草的孩子们之间的小纠纷。那群孩子里，有个孩子割草割得最多，其余的孩子免不了边割边玩，独他只顾割草，往回返的时候，有几个孩子就不乐意了，因为进村的时候，少不了有大人看见他们一行，表扬那孩子勤奋事小，家长知道了责备自己事大，其中个头最高的那个孩子就命令那草筐装得最满的孩子："我们背回去，你抱回去！"其余的孩子全都哄然赞同，那孩子就果然抱起草筐，跟那些背着草筐的孩子一起回村。那段路相当远，抱草筐的孩子用力抱着那满筐的草，身子后倾，汗珠子掉地上碎八瓣，脸憋得通红，其余的孩子一会儿赶到他前头说风凉话，一会儿故意落后背着草筐乱吼乱唱。我那天正好在草坡上画完水彩写生，收拾好画夹等物品，随着观察了一路。进村时，那抱草筐的孩子引出村口大人们的称赞，他将草筐放到地下时，我见他一路上牙齿已经快把嘴唇咬破。其余的孩子则一哄而散，各自将不满或仅半筐的草背回家里。我当晚就跟留住的朋友说，我要写篇散文《抱草筐的孩子》，赞颂那孩子的韧性与耐力，而且预言，这孩子今后必定比其余那些孩子出息大，"嚼得菜根，百事可成"，也无妨说成"抱得草筐，百事可成"了。

　　这篇散文那时未能写成，今天却在电脑上用键盘敲击起来。我三十年来写的小说多是都市生活，这个素材一直没有利用进去。其实三十年的岁月风云，早把我这一记忆消磨得几乎星渣全无。要不是前几天坐出租车，"的哥"主动唤出我的名字，跟我攀谈，也不会终于写出这么个题目的文章。"的哥"当然是从电视讲座节目里跟我先"重逢"的。他提起当年我在运河边画水彩画的情景，那时他们几个割草的孩子还凑到我身边围观，挡住了光线，我让他们散开别来打扰。他说那时他就听学校里的老师提到我的名字，一直记住没有忘，以后在晚报上见到署这个名字的文章，就觉得是"熟人"，愿意"睐兮睐兮"（北京土话，看看之意）。他讲起那天一群孩子里只有一个是抱着草筐回村的。我就端详他，难道他就是那抱草筐的孩子？当年十来岁，如今四十郎当岁，不惑之年了啊！他看出我的眼神，笑了："我不是抱筐的，我是背筐的，是我挑头逼他抱回去的！"我不由叹道："你就是那个个头最高的坏小子啊！"他嘿嘿地笑："正是洒家。"我不免问起那抱草筐的孩子，一定大有出息了吧？他叹口气说："您绝对想不到，我们那一群里，独他混得最糟，前两年陷入传销陷阱，让人勾引到外地差点回不来家，这阵子又赌博成瘾……您想象得到吗？您说，他原来品质比我们都好，怎么长大成人以后，倒混不出个样儿呢？我们这些'坏小子'，虽说没有当官的、发大财的，总还都有了份比较稳定的营生，过上了比他健康、安全的生活……您学问大，您给解释解释，可别拿'人都是会变的'那样的淡话来忽悠我啊！"他把我送到目的地，我也答不出来，只是发愣。他留下手机号码，希望我以后还坐他的车。

现在回想，就有三十年前不曾有过的思绪，当年那孩子面临那样的局面，他完全可以抗拒，就算其余孩子对他群殴，他奋力反抗，也无非弄个鼻青脸肿，且不说我可能会及时介入，回村后更会有明理的大人出来主持公道。再说他也可以坚持要求大家一起抱筐回家。他是太容易被人控制了。人在群体中难免要受控，但这控制的"游戏规则"应该是所有参与者共同来制定，而且应该"世法平等"，各人自觉遵守契约，不能强势者例外。这样想来，他成年后为传销的邪魔控制，又在经济困窘中被赌局控制希图一夜暴富，也就并不奇怪了。亏得当年我没有写出那立意为表扬他忍耐力的文章来。我祈盼他的生活尽快归于正轨。我也为三十年过去，我能有对那小小一幕人生场景有新的思考而欣慰。人性深奥，文学应是对人性孜孜不倦的探究。就人性深处的弱点而言，自己有时候是不是也成了一个"抱草筐的孩子"呢？

喜宴端盘娃

　　这个暑假俊杰好高兴！大表姐结婚，爸爸带他去参加喜宴。他奇怪妈妈为什么不去？爸妈都笑，说是咱们这儿农村的规矩，你大了就明白。到了八里路外大表姐嫁的那家，哟嗬，宴席从堂屋一直摆到院里，爸爸去了，人家就给他胸前别了一朵带燕尾签有绿叶陪衬的大红绢花，签上写着"贵宾"，俊杰就跑去问新娘子："大表姐，我怎么没那花呀？"新娘新郎听了都笑，有人来引着爸爸和俊杰去堂屋，安排在炕上第二桌，跟着就有人笑嘻嘻送来大绢花，给俊杰别在胸前，那签上写的是"弟弟"，俊杰好得意！

　　开席了！炕桌和炕下各桌，原已摆好凉菜，上热菜了，头四样是鸡、笋、鱼、肉。见那大盘整鸡俊杰就要下筷子，爸爸制止了，用眼色告诉他要等同桌岁数最大的先下筷子。那桌为首的是当地中学校长，也是大表姐大表姐夫的证婚人。校长学问大，告诉大家："咱们胶东这块，明朝时候摆席，要'鹅为先，鹅为上'，鹅肉是最尊贵的，但是后来鹅肉出席了，那是不是让鸭给取代了呀？也不是，你看今天上的头四道，不是鸡鸭鱼肉，是鸡笋鱼肉，有讲头呀……"但是一瞥俊杰，就不往下说了，爸爸等人忙说："都懂。"就都举杯给校长敬酒。是呀，喜宴头二道菜，有祝福洞房幸福的含意，"儿童不宜"，俊杰不懂也罢，但妈妈为什么不到？爸爸告诉了他那讲究，就是到新娘回娘家的时候，姨妈才上席。俊杰也不想把那些个规矩搞懂，大口吃香香，好快活！第五道上的是浇汁鲍鱼，席上每人一只，汤勺那么大的。校长说："这是新花样了！咱们这儿虽说离海不远，以往就是阔人家的喜宴，也不见得有这个，如今人工养殖，价钱也不那么邪乎了，据说有个讲头，'保证年年有余'哩！"俊杰兴冲冲吃那鲍鱼，却只觉得跟啃橡皮似的，这东西为什么倒比大肉贵呢？

　　俊杰正吃得上劲，忽然发现来上菜的，竟是同班的聪发，忙放下筷子，把胸前的红花点给聪发看，聪发并不理他，只是专注地摆放那盘炒菜。席上有人议论："咱们这儿啥时候又兴起了这个，除了大人，还专找九岁的童子来当喜宴端盘娃？"爸爸说："看哪，请了三个娃吧？小细胳膊，端那么大的盘子，穿行在那么多桌子当中，真跟演杂技似的。可他们一脸认真，腿脚麻利，也不见洒出了什么，好娃娃！"校长就说："这应该跟西洋人婚礼上用儿童牵婚纱提花篮一样，又好比如今足球比赛运动员牵娃娃走出场一样，不是用童工，是借娃娃添喜。就是端盘娃洒了掉了，喜庆家也只当是'潇潇洒洒''岁岁平安'。"

菜上齐了，俊杰去撒了泡尿，路过厨房，见聪发跟另外两个娃站在里头，各自端个大碗，里头有饭有菜，站着吃，吃得好香。那两个娃不熟，但也是一个学校的。俊杰走进去，本想再显摆一下胸前的大红花，谁知六只眼睛里全无羡慕，聪发更笑出声来："你白吃白喝，我们自食其力，这是最好的暑假作业！"

回家以后，俊杰面无喜色，妈妈吃惊："你吃撑啦？"俊杰闷坐一阵，忽然问："村西建业哥是不是十八号结婚？我要去。"妈妈说："他家跟咱们家无亲无故，素无来往，你爸跟我都不去，你去咋的？你这张嘴吃出痨病了不是！"俊杰就说："我不也九岁吗？你们去跟建业哥说，我去他家端盘！"于是道出在大表姐喜宴上见到聪发受到的刺激。爸爸就同意他去，妈妈不同意："你以为端盘容易！又不是在自己家，那是十几二十桌的喜宴，一回兴许要端两盘菜，左右手不得闲的，我还见过两只胳膊各放两盘菜往席上送的呢。就你，不得砸人家多少个盘碗，赔钱事小，不吉利是不是？依我说，你还是老老实实在家写暑假作业是正经！"

可是，俊杰执意要完成这项自己选定的暑假作业，他自己跑到建业哥家报了名，人家热烈欢迎。回到家，他就拿自己家的盘碗练习，爸爸鼓励，妈妈挑刺："你那是空盘，人家那可是有实打实的分量！"俊杰就在妈妈蒸出一笼包子以后，自己装出四盘，两只胳膊托着，在屋里跑圈儿，把爸妈都笑喷了。

当完建业哥新婚的喜宴端盘娃，回到家里，俊杰把装有一百块的红包交妈妈，然后，就把那放在柜子上，大表姐婚宴得来的那朵大红花，收到抽屉里，在大红花原有的位置，摆上了从建业哥那里得到的一本童话书，望着，脸上绽出顶顶得意的笑容。

巴西木开花啦

繁蕙家客厅里的那盆巴西木开花啦！好花要共赏，她给微信群的朋友们发去信息，约请那晚能抽出工夫的朋友们观看她的即时直播，并且就此发表感想。巴西木开花是她未曾想到的，那盆巴西木才养了三年多，居然蹿出两个花穗，其中一个几天工夫就升得有两尺来长，而且开始斜伏，上面均匀分布着纯白的绣球状花苞，花球下还分泌出晶莹的蜜汁滴，煞是可爱！尚未张开花瓣，已经飘出沁脾香气。从网上查了资料，知道巴西木开花无论花体还是香气都绝对无毒，而且还能吸收消弭甲醛等有害气体。细筒状花瓣会在傍晚张开，入夜盛开，天亮后再闭合，花期大约会持续五六天。她约请众友人观看即时直播，是算好了时间，那天晚饭后花瓣会齐刷刷张开，她每隔五分钟传去一张照片，会以全景、中景、近景和大量特写来展现巴西木开花，还会有她和老伴用自拍器录下，在盛开的花木前跟众朋友问好的视频。

繁蕙的微信圈，绝大多数是大学同窗。他们在 20 世纪 50 年代就读于一所工科学院，毕业后分配在与所学专业相关的单位，经历过相同的时代风云，陆续在 20 世纪 90 年代退休。他们退休那阵，个人电脑还没流行，繁蕙是最早拥有个人电脑，并且迅速掌握汉字输入法的，她在 21 世纪初就开了博客，进行网聊，并且比较早就拥有手机，又在微博刚流行时就成了微博控，是最早一批网购控，时下她又成了手机不离手的微信控。当年的同窗，凡能联系上的，她都动员他们加入微信群，她若放下手机，那么多半不是坐在台式电脑前，就是手持平板电脑或阅读器。她老伴常笑她："你的老伴哪里是我，是数码工具！"

当年的同窗里，唯有长期跟她睡上下铺的慈梅，在这数码化的时代，彻底地落伍了。慈梅几年前在她一再动员下，才终于置备了一台电脑，她在电话里费好大劲教会了慈梅上网，她通过电邮给慈梅传去不少配乐的幻灯片，嘱咐慈梅给她回复，慈梅却只是给她来电话，说无论如何学不会汉字输入法，今后联系还是打她座机吧。繁蕙忍不住在电话里说："你当年是班里成绩拔尖的呀！怎么现在学个新技术这么费劲？其实你只要找个年轻人，到你身边指点几次，很快就掌握了呀！"慈梅竟马上挂断了电话，繁蕙这才意识到失言。慈梅中年丧偶没有再婚，独生子在十年前患脑癌去世，虽然媳妇对她很好，但是儿子和媳妇没有生育，七年前媳妇改嫁了，给别人家生了后代，慈梅哪里找能关心帮助她的年轻人去！

同窗们都很怀念慈梅，她当年是班上最爱唱歌也唱得最好的，有"夜莺"的外号。慈梅不回复电邮，甚至也不置备手机，同窗们逢年过节或想起她时，给她打座机，虽然她的回应一开始总很高兴，但只要来电者道出"你一个人也真不容易啊""你闷了时只管来电话"等话语时，慈梅便会直率地告白："我一个人过得好着啦！我才不闷呢！我充实得很！"慈梅拒绝同情、厌恶怜悯，展示出其性格中以前不为同窗所知的刚强硬冷一面。

那天繁蕙在微信群里的巴西木开花直播，给都已步入八十岁的同窗们极大的乐趣。微信里七嘴八舌，有叹稀罕的，有赞花美的，有遗憾嗅不到香气的，有咏诗抒怀的，有调侃他们两口子老来俏的，有借此交叉对话的……一位男士忽然来了句："你就该动员慈梅入群，由她高歌一曲！"繁蕙知道一个秘密，就是那男士当年给慈惠递过情书，没想到几十年后别的人一时都忘记了慈梅，他却从心底牵出了初恋的情愫。繁蕙忍不住就从自家座机打到慈梅座机，向她报告自家巴西木开花的情景，慈梅听了很高兴，也跟繁蕙报告她家阳台上有仙人掌开花，繁蕙趁机动员慈梅加入微信群，慈梅说新买的手机只用于上街时应急拨打救援号码，"我不入群也挺好的"，接着就结束通话。

巴西木开花的微信直播结束后，老伴见繁蕙满屋子找纸笔，就问她："怎么？要返老还童吗？"繁蕙说："正是。我要给慈梅写信。明天你先去打印巴西木开花的照片，然后把我写的信拿到邮局去寄，注意：第一，封口前别忘把照片搁进去，搁进去前别忘在背面写说明；第二，现在到邮局窗口投寄往往会不用邮票只打邮戳，咱们这信却一定要在信封上贴邮票；总之，信的形式越复古越好！"

抛开电脑、手机，繁蕙认真地给慈梅写起信来。这才发现提笔忘字，字体也幼稚得可以，但是，当年种种情景心绪，却返回涌荡心头。大学毕业后，各奔东西，她和慈梅远离几千里，但是她们一直通信，到二十几年前才结束了这种原始的联络方式。她知道慈梅现在订有一份晚报，每天傍晚必得下楼到邮箱取报，不管过些天慈梅从那邮箱里连同报纸取出这信时，以及回到居室拆看后是什么反应什么心情，反正繁蕙写信时心里暖流潺潺。巴西木开花啦，人生还剩几何？与同窗分享这桩乐事，就是当下生命实实在在的意义！

代跋 刘心武：穿越这个时代

邱华栋

　　1993年，我受一家杂志的委托，去采访刘心武，那是我第一次见到他。此前，我已经读过了他发表的大量作品，深受其影响，我是带着崇敬的心情，作为一个大学刚刚毕业参加工作的小记者，去采访他的。他的家在安定门外护城河边的一幢塔楼里。进门之后，我看到客厅不大，但是屋子里盆栽植物生机盎然，三只大花猫在跳上跳下地警觉地观察我。我记得那次采访很成功，因为我对他的作品耳熟能详，所以，我们聊得很愉快。第一次的印象里面，刘心武非常和蔼可亲，知识渊博，视野开阔，观点犀利但又待人宽厚。

　　那个时候我二十多岁，在一家报社工作，精力旺盛，白天写新闻，晚上写小说，一年能够发表二十多篇小说。一年后的某一天，他出其不意地给我打来了一个电话，问我，很多文学杂志上那个和我同名的写小说的，是不是我？我告诉他就是我。他很高兴，说，他正给华艺出版社主编一套"城市斑马丛书"，希望我把那些小说编辑整理好给他，可以出一本小说集，就放到丛书里。他还告诉我，这套丛书还有朱文一本，张小波一本，都是第一次出版的小说集。并且，他主动说，你的小说集的序言，我来写！

　　我很高兴，确实有受宠若惊之感，也非常激动，于是赶紧整理好了一本小说集《城市中的马群》，交给了他和出版社。我18岁的时候出版过一本小说集，可是，毕竟那是少年写作，不值一提。而这本书，才是我迈上文坛真正意义的第一本书。我想当时不仅对我，对朱文和张小波应该也是如此。而他给我写的序言的题目叫《和当下共时空的文字》，准确地捕捉到了我的小说的意义和特点，给了我很大的鼓励。可以说我迈上文坛，很大程度就是依靠刘心武的"第一推动"。

　　从此，我们就经常联系了。十年间，我们还做了多次对话，对当下的文学和文化问题，对城市建筑和规划发表了看法。过去，我听一些作家说，他的脾气有些怪，可是，十多年的交往，我从来没有发现他的脾气古怪过。而且，他属于那种一旦接受了你，和你成了好朋友，关系就一直很好，很不容易改变的人。

记得刘心武曾经给我讲过，十多年前的一天，他读到王小波的一些作品，非常喜欢，就想尽办法找到了王小波，请他吃饭聊天，写评论文章。本人也记得曾在刘先生组织的聚会上与王小波两次见面。不仅有王小波，他还约了另外的两个朋友，就在离他家不太远的一个餐馆里。都是刘老师做东，谈天说地，大家聊到很多与文学、文化有关的问题。我清楚地记得，席间，王小波有些话说得非常尖锐且很有意思。大家喝了不少酒，王小波很能喝酒，每当他轻微地醉了的时候，脸红红的，说了很多有趣的话。深夜，我们散场走出去，他曾问王小波："你做自由撰稿人，稿费不够养活自己怎么办？"王小波笑了，说："我还有个大货的车本，我当货运司机肯定没有问题！"没有想到不久之后，他就心脏病发作去世了。在电话里，刘老师和我叙谈起他，叹息和惋惜了很长时间。

刘心武经常给一些年轻的作家提供机会。某一天，他和法国大使馆文化专员吃饭，那个专员是一个汉学家，也是他的作品的翻译者和研究者，他就特意地带上我和祝勇参加，不遗余力地推荐我们。后来，我的几种法文本小说的翻译出版，也都是他牵线搭桥。有时候他显得很仗义，2004年中法文化年的举办中，他出版的作品法文翻译本在短时间就超过了6种，法国最有影响的报纸《世界报》《解放报》《费加罗报》都对刘心武的作品进行了热烈深入地评介。

刘心武总是对处于边缘地位的作家非常关注。我还记得，在王朔的小说遭到各种批评的时候，他能够写文章支持王朔，对王朔大为赞赏。我记得还有一年，作家协会开大会，他听说王朔、余华这些人既不是会员也不参加那个大会，就对我说："一个作家代表大会，连王朔和余华都不参加，还叫什么作家代表大会！"

作家王刚也是一个天马行空、独来独往的人物，前些时候出版了一本长篇小说《英格力士》，刘心武很喜欢，立即撰写了书评，还请王刚一起吃饭聊天。后来我见到王刚，他给我说起来这件事情，忽然就有些哽咽了。王刚是一个新疆出生的刚强汉子，他一直很少和文坛人士来往，因此，当一个前辈作家十分真诚地、充满了激情和喜悦地欣赏他的作品，不遗余力地推荐他的作品时，从来都觉得自己是边缘化的王刚，当然会很感动，我很理解他的哽咽。一晃十多年过去了，这些年月，我们一些年轻的作家借着给他过生日的由头，喝了好几次酒，每一次场面都非常热闹，也非常令人难忘。

1993年，8卷本《刘心武文集》出版，收录的都是他三十年来最重要的作品，包括《钟鼓楼》《四牌楼》和《栖凤楼》三部长篇小说，还有中篇小说《如意》《木变石戒指》《小墩子》，短篇小说《班主任》《白牙》，纪实文学《"5·19"长镜头》，两部非虚构作品《私人照相簿》《树与林同在》，以及他的一本日记体散文集《人生非梦总难醒》，谈人生、友谊与爱情的散文集《献给命运的紫罗兰》。2012年，40卷的《刘心武文存》出版，更加全面地展示出他所种的"四棵树"（小说树、散文随笔树、建筑评论树、《红楼梦》研究树）的累累果实。

刘心武在1977年发表的短篇小说《班主任》，被文学史家认为是新时期文学的开端之作，尽管现在看来这篇小说显得有些简单化，可是，新时期文学的源头，就是从这里来的。这篇小说在当时影响非常大，直接引发了当代文学各个流派，比如伤痕文学、改革文学、反思文学等的产生。短篇小说《白牙》是刘心武后期小说的代表作，白描中透露着荒诞，精致简洁到了极点。中篇小说《如意》《小墩子》和《木变石戒指》大都创作于十多年前，它们大多是被称为"民俗现实主义"的代表作，有的被改编成了影视剧，产生了很大的社会影响。而谈起刘心武小说的扛鼎之作，当然是"三楼"系列：长篇小说《钟鼓楼》发表于1984年，这部小说在当时引起了巨大反响，获得了茅盾文学奖、《当代》文学奖、人民文学奖和北京市政府奖。这部小说的结构非常巧妙，用橘瓣式的结构，写了一天的事情，通过北京胡同里一家普通市民的婚礼，写到了几十个人物，从一天延伸到了几十年，有着大量的民俗的、社会学的信息。获得了上海市文学大奖的长篇小说《四牌楼》，以及后来的《栖凤楼》，仍延续着他对北京民俗与文化心理积淀和生存范式的探索。三部长篇构成了三座令人瞩目的小说山峰。这三部长篇小说构成的"三楼系列"，我觉得和1988年获得了诺贝尔文学奖的埃及作家马哈福兹的代表作"三街系列"———《宫间街》《思宫街》《甘露街》相比，毫不逊色。对这三部小说的解读与评价、细读与研究也才刚刚开始。

他的《"5·19"长镜头》是当代纪实文学的先驱之作，通过对1985年的一次北京的足球骚乱事件的描写，透视了当时国人的普遍心理，在当时，引起了巨大的社会反响，人们争相传阅以为快事。而《私人照相簿》则是在《收获》杂志开设两年的专栏，通过对一些普通中国人家藏照片的解读，描绘了经历历史沧桑巨变的中国人及其家庭的命运。长篇非虚构作品《树与林同在》，仍旧是普通人的一曲漫长而温暖忧伤的命运歌谣，他为一个很普通的北京人任众，写下了一本图文传记，表达了他十分独特的文学观，那就是，中国人都是由"任众"这样的普通人组成，是他们构成了民族的森林。

刘心武的两册散文集《人生非梦总难醒》和《献给命运的紫罗兰》，是他二百多万字散文随笔中的精华，表达了他历经岁月沧桑之后对人生、婚姻、爱情和命运的思考，也是一个作家对人生最真切的感悟，发表出版的当年都深受年轻的读者喜欢。

从 1977 年他发表短篇小说《班主任》开始，一直到《刘心武续〈红楼梦〉》，他在国内外出版的各种版本和翻译本的作品单行本，不算《文集》《文存》的数量，已经超过了 140 种。像他这样有着耐力和活力的长跑运动员般的作家，现在并不多见了。

一直到今天，无论在文坛的中心地带，还是边缘地带，无论在风口浪尖上，还是在波谷地带，刘心武都泰然处之，神情自若，只是拿作品不断地说话，不断地参与着当下的文学进程。因此，要了解近半个世纪中国当代作家的心路历程，刘心武是一个绕不过去的人物，他是一个不可抹杀的文化存在。

附录

刘心武文学活动大事记

1942 年

6 月 4 日生于四川省成都市育婴堂街。

后在重庆度过童年。

父母兄姊均热爱文学艺术，深受家庭熏陶。

1950 年

随父母迁居北京，从此定居北京。

在隆福寺小学上小学，在北京 21 中上初中。

1958 年

在北京 65 中上高中。

给若干报刊投稿，屡被退稿。

8 月，在《读书》杂志发表《谈〈第四十一〉》一文，是投稿第一次成功。

1959 年

在《北京晚报》副刊《五色土》陆续发表一些儿童诗、小小说。

为中央人民广播电台少儿部《小喇叭》(对学龄前儿童广播) 编写若干节目，其中快板剧《咕咚》经编辑加工、录制后大受欢迎；"文化大革命"中录音带被销毁；1991 年重新录制播出。

1961 年

毕业于北京师范专科学校，分配到北京 13 中任教。

至"文化大革命"前，在《北京晚报》《中国青年报》《人民日报》《光明日报》《大公报》《北京日报》《体育报》《儿童时代》《大众电影》等报刊上发表了约 70 篇小小说、散文、杂文、评论等文章。

1966 年—1976 年

"文化大革命"中，因 1964 年曾发表过一篇关于京剧的文章，被以"反江青"罪名冲击。

1974 年后再试写作，曾写一关于"教育革命"的长篇小说，由出版社联系获准脱产修改，但终未达到当时出版要求。

1976 年

写出一个大院里孩子们同坏蛋斗争的中篇小说《睁大你的眼睛》并得以出版（北京人民出版社）。

按照当时政治要求写出一些短篇小说、散文，有的到次年才收入多人合集中出版。

调到北京人民出版社（后恢复"文化大革命"前社名：北京出版社）文艺编辑室当编辑。

1977 年

11 月，在《人民文学》杂志发表短篇小说《班主任》，产生重大影响——被认为是"伤痕文学"的开山作，也是"新时期文学"的发端；从此成名。

从《班主任》后，写作冲破懵懂，沿着认定的方向跋涉，穿越风云，锲而不舍。

1978 年

参加《十月》杂志（开始以丛书名义出版）创刊工作，在创刊号上发表短篇小说《爱情的位置》，经转载和广播，影响巨大。

在《中国青年》杂志上发表短篇小说《醒来吧，弟弟》，反应亦极强烈。

《班主任》《爱情的位置》《醒来吧，弟弟》均被改编为广播剧，由中央人民广播电台多次广播，《醒来吧，弟弟》被搬上话剧舞台；此年发表的短篇小说《穿米黄色大衣的青年》亦由电台播出。

1979 年

在首届全国优秀短篇小说评奖中《班主任》获第一名。颁奖会上，从茅盾先生手中接过奖状。

参加中国作家协会第三次全国代表大会，被选为中国作家协会理事。

成为中华全国青年联合会常务委员，至 1993 年卸任。

9 月，参加中国作家代表团访问罗马尼亚，此系"文化大革命"后第一个作家出访团。

在《人民文学》杂志发表短篇小说《我爱每一片绿叶》，写作技巧有长足进步。

1980 年

调至北京市文联当专业作家。

《我爱每一片绿叶》获 1979 年全国优秀短篇小说奖。

《看不见的朋友》获 1954—1979 年第二届全国少年儿童文学创作奖。

在《十月》杂志发表中篇小说《如意》，其弘扬人道主义的追求引起争议。

出版《刘心武短篇小说选》(北京出版社)。

1981 年

在《十月》杂志发表中篇小说《立体交叉桥》，引起更大争议，一些评论家认为此作"调子低沉"，是步入了写作上的歧途，另有评论家则认为此作标志着刘心武的小说创作在反映现实、探索人性及艺术功力上均达到了新的水平。

5 月，应日本文艺春秋社邀请访问日本。

1982 年

应导演黄建中之请，改编《如意》；北京电影制片厂拍成彩色艺术片《如意》。

1983 年

11 月，参加中国电影代表团赴法国，在南特"三大洲电影节"上，《如意》在开幕式上放映，获好评；后陆续在法国、西德电视台播出。

1984 年

冬，应邀访问西德，参加中德大学生会见活动，并在波恩大学、波鸿大学与威尔兹堡大学介绍中国当代文学。

年底，参加中国作家协会第四次全国代表大会，再次当选为理事。

在《当代》文学双月刊第五、六期连载长篇小说《钟鼓楼》。

1985 年

出版长篇小说《钟鼓楼》(人民文学出版社),并获第二届茅盾文学奖。

因《钟鼓楼》获北京市政府嘉奖。

7月,在《人民文学》杂志发表纪实小说《"5·19"长镜头》,反响强烈。

11月,又在《人民文学》杂志发表纪实小说《公共汽车咏叹调》,引起轰动。

1986 年

年初,应当代文艺出版社邀请访问香港。

6月,调中国作家协会所属人民文学杂志社,任常务副主编。

在《收获》杂志设《私人照相簿》专栏,进行图文交融的文本尝试。

散文集《垂柳集》出版,冰心为之作序。

1987 年

1月,被任命为《人民文学》杂志主编。

2月,《人民文学》杂志一、二期合刊发表马建写的小说《亮出你的舌苔或空空荡荡》违反民族政策,承担责任,停职检查。

9月,复职。

冬,应邀赴美国访问。参观《美洲华侨日报》;在哥伦比亚大学、三一学院、哈佛大学、麻省理工学院、康奈尔大学、芝加哥大学、旧金山大学、斯坦福大学、加州大学伯克利分校、洛杉矶分校、圣迭戈分校等处演讲,介绍中国当代文学,并参观耶鲁大学;参加爱荷华大学"作家写作中心"的纪念活动;游览华盛顿等地。

1988 年

3月,应香港《大公报》邀请,赴香港参加50周年报庆活动;在《大公报》安排的大型报告会上作关于改革开放与文学创作的报告。

5月,应法国文化部邀请,参加中国作家代表团访问法国,除在巴黎活动外,还访问了西部港口城市圣·拉扎尔。

《私人照相簿》在香港出版（南粤出版社）。

《我可不怕十三岁》获 1980—1985 年全国优秀儿童文学奖。

以上数年中，若干小说、散文还分别获得过《当代》《十月》《小说月报》《小说选刊》《中篇小说选刊》《儿童文学》《北方文学》等杂志，《人民日报》《文汇报》等报纸副刊的奖项；拍成电视剧播出的有《没工夫叹息》《今夏流行明黄色》《到远处去发信》《非重点》《公共汽车咏叹调》《熄灭》（电视剧名《火苗》）和八集连续剧《钟鼓楼》；若干作品被英国、美国、西德、苏联、日本、瑞士、瑞典、法国、意大利等国翻译为英、德、俄、日、法、意、瑞典等文字出版；自 1987 年起被世界上有威望的英国欧罗巴出版社《世界名人录》收入辞条。

1989 年

春，应香港中文大学翻译中心邀请，与妻子吕晓歌赴香港访问。

1990 年

3 月，以任届期满，免去《人民文学》杂志主编职务。

香港中文大学翻译中心编译的英文小说集《黑墙与其他故事》出版。

秋，以"鱼山"笔名在《钟山》杂志发表中篇小说《曹叔》。

1991 年

出版小说集《一窗灯火》。

除小说外，开始发表大量散文、随笔。

1992 年

长篇小说《风过耳》在内地（中国青年出版社）、香港（勤 + 缘出版社）分别出版，反响颇为强烈。

长篇小说《四牌楼》完稿，交上海文艺出版社出版。

《献给命运的紫罗兰——刘心武谈生存智慧》由上海人民出版社出版，受到读者欢迎。

在《收获》杂志发表中篇小说《小墩子》，后由中国电视剧制作中心改编拍摄为电视连续剧。

至该年，在海内外出版的个人专著按不同版本计已达 43 种。

在《红楼梦学刊》1992 年第二辑上发表论文《秦可卿出身未必寒微》，在"红学"界和读者中均引起注意；另有若干《红楼梦》人物论和《红楼边角》专栏文章发表。

冬，应瑞典学院邀请（斯堪的纳维亚航空公司赞助）赴北欧访问；在挪威奥斯陆大学、瑞典斯德哥尔摩大学和隆德大学、丹麦哥本哈根大学和奥胡斯大学的东亚系汉学专业以《九十年代初的中国小说》为题作学术报告。

12 月 7 日，参加诺贝尔文学奖有关活动，听 1992 年得主德里克·沃尔科特发表受奖演说。

1993 年

华艺出版社出版《刘心武文集》（一—八卷）。

出版长篇小说《四牌楼》。

1994 年

1 月，应台湾《中国时报》邀请赴台参加两岸三地文学研讨会。

《四牌楼》获上海优秀长篇小说大奖，到沪领奖。

1995 年

出版随笔集《人生非梦总难醒》（上海人民出版社）。

出版小说集《仙人承露盘》（华艺出版社）。

1996 年

出版长篇小说《栖凤楼》（人民文学出版社）。至此，由《钟鼓楼》《四牌楼》《栖凤楼》构成的"三楼"长篇小说系列竣工。

应《南洋商报》邀请赴马来西亚访问并顺访新加坡。

1997 年

应日本国际交流基金会邀请，与妻子吕晓歌访问日本。长篇小说《钟鼓楼》、儿童文学作品《我是你的朋友》、短篇小说《王府井万花筒》等此前已相继译为日文在日本出版。

1998 年

建筑评论集《我眼中的建筑与环境》由中国建筑工业出版社出版，在建筑界产生影响。

应美国科罗拉多大学邀请，赴美参加金庸作品国际研讨会，在会上提交关于《鹿鼎记》的论文《失父：一种生存困境》。

1999 年

出版纪实性长篇小说《树与林同在》（山东画报出版社）。

出版《红楼三钗之谜》（华艺出版社）。

赴新加坡出席国际环境文学研讨会。

2000 年

应邀访问法国，并应英中协会和伦敦大学邀请，从巴黎赴伦敦讲《红楼梦》。

至此年底在海内外出版的个人专著（不含文集）按不同版本计达 101 种。

2001 年

出版包含建筑评论的随笔集《在忧郁中升华》（文汇出版社）。

在北京电视台录制播出《刘心武谈建筑》系列节目。

2002 年

出版小说集《京漂女》（中国文联出版社），自绘插图。

应澳大利亚雪梨华文写作协会邀请赴澳大利亚访问。

2003 年

以马来西亚《星洲日报》世界华人文学"花踪奖"评委身份赴吉隆坡参加相关活动。

台湾联经出版社出版小说集《人面鱼》。此前台湾已出版过刘心武多种作品，如皇冠出版社出版了《钟鼓楼》，幼狮文化事业公司出版了《四牌楼》《为他人默默许愿》（散文集）。

2004 年

赴法参加巴黎书展活动。书展上展出了译为法文的著作，有小说《树与林同在》《护城河边的灰姑娘》《尘与汗》《人面鱼》《如意》与歌剧剧本《老舍之死》。

建筑评论集《材质之美》由中国建材工业出版社出版。

小说集《站冰》出版（人民文学出版社），自绘封面插图。

2005 年

出版集历年研红成果的《红楼望月》（书海出版社）。

应 CCTV-10（中央电视台科学教育频道）《百家讲坛》邀请，录制播出《刘心武揭秘〈红楼梦〉》系列节目 23 集，反响强烈，引出争议。

《刘心武揭秘〈红楼梦〉》第一、二部相继出版（东方出版社），畅销。

2006 年

应美国华美协会邀请，赴纽约在哥伦比亚大学讲《红楼梦》。

应邀参加香港书展。

出版《刘心武揭秘古本〈红楼梦〉》（人民出版社）。

2007 年

继续应邀到 CCTV-10《百家讲坛》录制节目，并出版《刘心武揭秘〈红楼梦〉》第三部、第四部（东方出版社）。

访问俄罗斯。

2008 年

出版随笔集《健康携梦人》（中国海关出版社）。

自 1986 年出版《垂柳集》，至此所出版的散文随笔集已逾 30 种。

2009 年

在《上海文学》杂志开《十二幅画》专栏，每期发表一篇写人物命运的大散文，并配发自己的画作。

4 月，妻子吕晓歌病逝，著长文《那边多美呀！》悼念。

2010 年

再应 CCTV-10《百家讲坛》邀请，录制播出《〈红楼梦〉的真故事》系列节目。至此在《百家讲坛》录制播出关于《红楼梦》的个人系列讲座累计达 61 集。

出版《〈红楼梦〉的真故事》（凤凰联动·江苏人民出版社），在争议声中畅销。

4 月，应台湾新地文学社邀请赴台参加 21 世纪世界华文文学高峰会议。

出版《命中相遇——刘心武话里有画》（上海文艺出版社）。

加快《刘心武续〈红楼梦〉》的写作。

至本年底，在海内外出版的个人专著，《文集》不算在内，重印亦不算，按不同版本计达 182 种（按不同书名计则为 141 种）。

年底，筹备编辑《刘心武文存》。

2011 年

由江苏人民出版社出版《刘心武续〈红楼梦〉》。

至 2011 年底月在海内外出版的个人专著以不同版本计达 193 种（《刘心武文集》不计算在内）。

2012 年

江苏人民出版社出版散文集《人生有信》。

漓江出版社出版《刘心武评点〈金瓶梅〉》。

法国伽里玛出版社出版《尘与汗》《护城河边的灰姑娘》法译本的袖珍本。

江苏人民出版社出版《刘心武文存》40 卷，收录 1958 年至 2010 年所能搜集到的全部公开发表过的作品。

2013 年

漓江出版社出版散文集《空间感》。

2014 年

漓江出版社出版长篇小说《飘窗》。

台湾学生书局出版宣纸线装本《刘心武评点全本〈金瓶梅词话〉》。

人民文学出版社出版"刘心武长篇小说系列",包括《钟鼓楼》《四牌楼》《栖凤楼》《风过耳》《刘心武续〈红楼梦〉》(修订版)五部作品。

2015 年

漓江出版社出版《跨世纪的文化瞭望——刘心武张颐武对谈录》增订版。

至此年 4 月,不算《刘心武文集》《刘心武文存》,以单本著作计,出版著作已达 227 种,若剔除同一书名的不同版本,则有 160 种。

漓江出版社出版自 2013 年以来未收入集的作品汇编《润》。

2016 年

应邀参加第五届澳门文学节活动。

译林出版社出版《刘心武文粹》26 卷。

长江文艺出版社出版《刘心武揭秘〈金瓶梅〉》。

2017 年

与"如侧读品"合作录制《刘心武:〈红楼梦〉诗词大揭秘》视频在公众微信号播出。